KB120622

시의 깊이, 정신의 깊이

시작비평선 0021 이은봉 평론집 **시의 깊이, 정신의 깊이**

1판 1쇄 펴낸날 2020년 12월 28일
지은이 이은봉
펴낸이 이재무
책임편집 박은정
편집디자인 민성돈, 장덕진
펴낸곳 (주)천년의시작
등록번호 제301-2012-033호
등록일자 2006년 1월 10일
주소 03132 서울시 종로구 삼일대로32길 36 운현신화타워 502호
전화 02-723-8668
팩스 02-723-8630
홈페이지 www.poempoem.com
이메일 poemsijak@hanmail.net

ISBN 978-89-6021-533-7 04810
978-89-6021-122-3 04810(세트)

값 25,000원

*이 도서의 국립중앙도서관 출판시도서목록(CIP)은 서지정보유통지원시스템 홈페이지(http://seoji.nl.go.kr)와 국가자료공동목록시스템(http://www.nl.go.kr/kolisnet)에서 이용하실 수 있습니다.
(CIP 제어번호: CIP2020054158)
*이 책은 세종특별자치시와 세종시문화재단의 지원을 받아 제작되었습니다.

시의 깊이, 정신의 깊이

머리말

그동안 여기저기서 쓴 글들을 모아 평론집 형식의 책을 내기로 하고 제목을 『시의 깊이, 정신의 깊이』라고 붙인다. 평론집의 제목이 『시의 깊이, 정신의 깊이』라니! 내가 생각해도 좀 낯설고, 어렵고, 어색한 제목이다. 물론 수많은 생각들 끝에 붙인 이 책의 제목이 『시의 깊이, 정신의 깊이』이다. 이때의 수많은 생각들 속에는 시는 무엇이고, 깊이는 무엇이며, 정신은 무엇인가라는 질문도 포함되어 있다. 이들 질문 중에도 좀 더 큰 무게를 차지하고 있는 것은 정신이란 무엇인가, 정신의 깊이란 무엇인가이다. 이들 질문이 선행하게 된 것은 시란 무엇인가, 시의 깊이란 무엇인가라는 질문의 경우 과거에도 수없이 해왔을 뿐더러 나름대로는 이런저런 대답을 해왔기 때문이다.

시가 시인의 정신을 바탕으로 한다는 것은 덧붙여 설명할 필요가 없다. 언어를 매개로 하기는 하지만 시인의 마음을 담아내는 것이 시이거니와, 마음의 다른 이름이 정신情神이라는 것을 염두에 둘 필요가 있다. 마음의 다른 이름인 정신精神에 대해 한의학에서는 정기신精氣神의 준말이라고 한다. 정기신精氣神의 준말이 정신이라는 말에는 정신이 몸에서 불거져 나온 것이라는 뜻이 들어있다. 몸의 하단전下丹田에서 불거져 나오는 정精, 몸의 중단전中丹田에서 불거져 나오는 기氣, 몸의 상단전에서 불거져 나오는 신神을 합친 말이 정기신精氣神이기 때문이다. 물론 이때의 정기신은 마음의 비가

시적인 에너지이고 영역이다. 에너지이고 영역이라는 말은 그것이 운동하는 터전이라는 것이다.

따라서 몸에서, 곧 물질인 육체에서 불거져 나오는 것이 정신이라는 말은 좀 더 설득력을 갖는다. 몸에서 불거져 나온 것이 정신이라고 하더라도 정신에는 얼마간 물질의 속성과 비물질의 속성이 섞여 있을 수밖에 없다. 물질의 속성이라고 했지만 그것은 실제로 감각의 형식을 취하기 쉽고, 비물질의 속성이라고 했지만 그것은 의식의 형식을 취하기 쉽다. 감각은 그것의 결과가 이미지인 만큼 이미지 사유, 곧 형상 사유의 형식을 취하기 마련이고, 의식은 그것의 결과가 지식이니만큼 논리 사유, 곧 개념 사유의 형식을 취하기 마련이다.

흔히 말하기를 시는 형상 사유의 결과를 담아내고, 과학은 개념 사유의 결과를 담아낸다고 한다. 이러한 생각을 받아들이면 이미지 사유에 기초하는 시의 형상 사유가 감성(정) 사유와 다르지 않고, 논리 사유에 기초하는 과학의 개념 사유가 이성 사유와 다르지 않다는 것을 알 수 있다. 더불어 이때의 감성(정) 사유가 상상력과 다르지 않고, 이때의 이성 사유가 이해력과 다르지 않다는 것도 알게 된다.

하지만 순수이성에서 불거져 나오는 순수과학이 있기 어려운 것처럼 순수감성(정)에서 불거져 나오는 순수시도 있기 어렵다. 순수과학을 순수학술이라고 바꿔 말할 수 있는 것처럼 순수시도 순수예술이라고 바꿔 말할 수 있다. 그렇다면 순수학술이 있기 어려운 것처럼 순수예술도 있기 어렵다고 할 수 있다. 순수학술이 있기 힘들고, 순수예술이 있기 힘들다는 것은 학술과 예술이, 예술과 학술이 상호 착종될 수밖에 없다는 것을 가리킨다.

인간이 이루는 정신활동의 결과인 예술과 학술이 상호 착종되는 것은 인간이 이루는 정신활동의 두 축인 감성(정)과 이성이 상호 착종되는 데서 기인한다. 순수감성(정)이 있기 어려운 것처럼 순수이성도 있기 어렵기 때문이다. 인간의 정신활동이 이루는 이러한 착종은 문학의 경우, 서정시의 경우에도 다르지 않다.

흔히 서정시를 두고 '주관적인 감정(성)을 토로하는 언어예술'이라고 정의한다. 많은 사람들이 서정시에 대한 이러한 정의에 동의한다. 나도 물론 마찬가지이다. 그렇기는 하더라도 여기서 말하는 '주관적인 감정(성)'이 말 그대로의 순수한 감정(성)이기는 어렵다. 이때의 감정(성) 역시 순수한 감정(성)이기는 어렵다는 얘기이다.

조동일 선생은 서정시에 반영되어 있는 이때의 감정(성)을 두고 '이성이 미분화된 감정(성)'이라고 주장한다. 이와 관련해 T. S. 엘리어트가 시를 두고 말하는 '감정(성)과 이성의 등가물이라는 주장을 떠올릴 수도 있다. 물론 각각의 시들에서 감정(성)과 이성이 이루는 등가의 형식은 다를 수밖에 없다. 그것은 시성詩性의 존재 방식인 '이성이 미분화된 감정(성)'의 경우에도 마찬가지이다. 인간의 정신, 곧 마음이 분화되는 과정에 존재하는 이른바 '이성이 미분화된 감정(성)' 역시 단일한 존태를 보여 주는 것은 아니라는 것이다. 이성을 포함하고 있는 감정이라고 하더라도 이성을 포함하는 방식이 각기 다를 수 있기 때문이다.

우선은 감정과 이성이 제멋대로 뒤섞여 있는 경우가 있을 수 있다. 섞여 있다고 하더라도 그것의 표면에 감정이 전경화되어 있고 이성이 후경화되어 있는 경우가 있을 수 있고, 이성이 전경화되어 있고 감정이 후경화되어 있는 경우가 있을 수 있다. 이처럼 '이성이 미분화된 감정(성)'이 존재하는 형태가 다양할 수밖에 없다는 것인데, 기본적으로는 선행하는 감정(감정) 속에 후행하는 이성이 포함되어 있는 것이 그것의 가장 보편적인 형태라고 할 수 있다. 말하자면 감정(감정)이 표면을 이루고 이성이 내면을 이루는 '이성이 미분화된 감정(성)'이 서정시의 가장 보편적인 특징이라는 것이다. 이를 두고 감정(감정)이 선행하고 이성이 후행하는 형식의 '이성이 미분화된 감정(성)'이라고 불러도 좋다.

여기서 말하는 '감정(성)'이 의식으로 성숙되기 이전의 감각, 곧 이미지와 함께하리라는 것은 불문가지이다. 감각, 곧 이미지와 함께하는 것이 '이성이 미분화된 감정(성)'이라는 것은 그것 속에 이야기도 들어있다는 것이 된다. 이를테면 이때의 감정(정)은 정서, 이미지, 이야기, 의미를 자질로 하는 형상성의 다른 이름일 수 있다는 것이다. 형상성으로서의 '이성이 미분화된 감정(성)'은 그것의 자질로 의미를 꼽을 수 있는 만큼 깊이와 넓이를 지닐 수밖에 없다.

이때의 의미는 하이데거가 말하는 '존재'와 다를 바 없거니와, 그것이 진실, 본질, 진리, 영혼, 그윽한 것, 신비로운 것, 성스러운 것 등의 기표와도 함께하는 것들이기 때문이다. 이들 기표는 말할 것도 없이 시를 쓰는 사람이 지니고 있는 인간적 향기와 연결되어 있을 수밖에 없다. 시인이 내뿜는 지향, 혜향, 덕향, 도향, 정향 등이 향기를 바탕으로 하는 것이 좋은 시에서 '의미'라는 이름으로 불리는 기표의 내포라는 것이다. 이를 두고 시의 깊이라고 부를 수 있다면 이는 마땅히 시인이 지니고 있는 정신의 깊이를 반영할 수밖에 없다. 정신의 깊이라는 말은 영혼의 깊이라는 말을 끌어안고 있거니와, 그것을 두고 좋은 시가 갖고 있는 향기라고 불러도 좋으리라.

이번의 평론집 『시의 깊이, 정신의 깊이』는 기본적으로 시를 바라보는 이러한 관점을 갖고 있다. 이 책이 다소간은 제목에 상응하는 내용을 갖고 있어 나로서는 기쁘지 않을 수 없다. 시와 관련해 내가 '시의 깊이 정신의 깊이' 운운하는 생각을 갖는 데 가장 큰 도움을 받은 것은 '연백시사'에서의 공부이다. '연백시사'에서 시와 관련해 처음 이런저런 공부를 시작한 것은

2002년 여름부터이다. 벌써 18년 전의 일인데, 돌이켜 보면 그동안 이곳에서 참으로 많은 공부를 했다고 하지 않을 수 없다. '연백시사'와 관련된 여러 선생님들께 이 자리를 빌려 감사의 말씀을 드린다.

『시의 깊이, 정신의 깊이』는 내가 간행하는 다섯 번째 평론집이다. 평론집을 다섯 권이나 출간하다니! 내가 생각해도 내가 대견하다. 이 책으로 나는 나와 한 약속을 다 지킨 셈이다. 이 책이 독자 여러분의 인문학적 상상력을 키우는 데 다소나마 도움이 되기를 빌며 이 책의 머리말을 가름한다.

2020. 10. 20.

청리당에서 이은봉

차 례

제2부 시의 깊이와 정신의 깊이

제3부 시와 정신 차원

제4부 시 창작의 현장

제1부

시의 깊이와 성스러움

시의 정신 치유, 그 실제와 전망

1. 머리말-논지의 초점

이 글의 주제는 '시의 치유 가능성과 방향'이다. 그런데 예의 주제에 따른 논의는 지금의 내 능력으로 볼 때 아무래도 불가능해 보인다. 따라서 여기서는 주제를 '시의 정신 치유, 그 실제와 전망'으로 고쳐 몇 마디 내 생각을 논의해 보려 한다.

논의의 주제를 그렇게 바꾸기 위해서는 일단 한 가지 전제가 필요하다. 말하자면 인간에게만 고유하게 존재하는 정신精神이라는 것이 무엇인지를 알 필요가 있다는 뜻이다. 따라서 우선은 정신이란 무엇인가라는 질문과, 그에 따른 대답이 요구되어야 마땅해 보인다.

이러한 논의는 무엇보다 시가 육체(물질)의 산물이 아니라 정신의 산물이라는 것을 바탕으로 한다. 정신이 육체(물질)에 깃들어 있는 것이고, 육체에서 비롯되는 것이라고 하더라도 그것은 크게 다를 바 없다. 요컨대 정신활동을 하는 존재인 인간의 본질적 특징을 반영하고 있는 것이 시라는 얘기이다.

시에 반영되어 있는 정신이 좀 더 그렇듯이 인간에게 형성되어 있는 정신은 의식의 기저를 형성하며 일정한 지향성을 갖는다. 의식의 살아있는 실체로 작동하며 나날의 삶을 결정해 나가는 것이 정신이라는 것이다. 정신이 시간 속에서 일정한 지향성을 형성하는 가운데 그것을 축적시켜 일정한 이념의 공간을 낳는 것도 다름 아닌 이 때문이다. 바로 이러한 점에서도 "시의 역사는 정신의 표현이며, 시의 역사는 정신의 역사"[1]라고 할 수 있다. 시의 정신 치유의 능력은 무엇보다 시가 지니고 있는 이러한 특징과 무관하지 않아 보인다.

2. 정신의 의미망

많은 사람들이 시에는 치유 능력이 있다고 말한다. 시의 치유 능력이라고 할 때의 치유의 대상은 무엇인가. 말할 것도 없이 이때의 치유의 대상은 육체(물질)가 아니라 정신精神이다. 따라서 시의 치유 능력은 정신 치료의 능력, 즉 마음 치료의 능력을 뜻한다.

그렇다면 먼저 인간의 마음, 곧 정신精神이란 무엇인가라는 질문과 그에 따른 대답부터 필요하지 않을 수 없다. 전통적인 차원에서 말하면 정신은 '정기신精氣神'의 준말이다. 정기신精氣神은 인간의 마음 활동 일체를 가리키는 기표이다. 따라서 정기신精氣神의 준말인 정신精神은 하단전으로서의 정精, 중단전으로서의 기(氣, 情), 상단전으로서의 신(神, 理)을 가리키는 말로, 인간의 마음 활동 일체를 뜻한다. 물론 인간의 마음 활동 중에는 초단전으로서의 영靈도 있기는 하다. 이때의 영靈은 당연히 좀 더 고조되고 고양된 인간의 정신활동을 가리킨다.

정기신精氣神이라고 할 때의 정精은 정액精液이라고 할 때의 정精, 정랑精囊이라고 할 때의 정精을 가리킨다. 정精은 하단전下丹田에서 태어나 활동하

1 최동호, 『현대시의 정신사』, 열음사, 1985, 9쪽.

는 마음 기제이다. 이렇게 태어나는 정精으로서의 마음 활동이야말로 인간이 이루는 모든 정신활동의 토대이고 뿌리이다.[2] 자궁子宮이나 정랑精囊을 바탕으로 태어나는 것이 이 영역의 마음 활동이라는 것을 잊어서는 안 된다. 마땅히 이 영역의 정신활동은 매우 본원적이면서도 충동적이고 즉흥적이고 우발적일 수밖에 없다. 그것이 인간이라는 생명체를 이루는 근원적 에너지이기 때문이다.

정기신精氣神이라고 할 때의 기氣는 기운氣運이라고 할 때의 기氣, 기세氣勢, 기분氣分이라고 할 때의 기氣를 가리킨다. 기氣는 중단전에 의지해, 곧 배와 가슴에 의지해 태어나 활동하는 마음 기제이다. 흔히 말하는 감정感情, 곧 사단칠정四端七情의 칠정七情이 이때의 기氣에 해당한다. 이렇게 태어나는 기氣로서의 마음 활동은 심리心理라고 할 때의 심心을 가리키기도 한다. 불가에서 말하는 일체개유심조一切皆唯心造의 심心도 여기서 말하는 심心과 다르지 않다. 정情으로서의 마음 활동, 곧 기氣로서의 마음 활동이야말로 인간이 이루는 정신기제의 기본 내용이라고 해야 마땅하다.[3] 따라서 기氣=정情=심心은 인간의 마음이 갖는 변화의 영역, 곧 변수變數의 영역이라고 할 수 있다.

정기신精氣神이라고 할 때의 신神은 귀신鬼神, 신령神靈이라고 할 때의 신神이지만 신神을 그렇게만 받아들이면 다소 비의적인 마음 활동으로 받아들이기 쉽다. 기본적으로 신神은 상단전에 의지해, 곧 머리, 두뇌에 의지해 태어나는 이치적인, 원리적인 마음 활동이다. 따라서 신神은 흔히 말하는

2 정精의 사전적 의미는 ㉠ 정精하다 ㉡ 깨끗하다 ㉢ 정성精誠스럽다 ㉣ 찧다 ㉤ 뛰어나다, 우수하다 ㉥ 가장 좋다, 훌륭하다 ㉦ 총명하다, 똑똑하다, 영리(怜悧 · 伶俐)하다 ㉧ 세밀細密하다, 정밀精密하다, 정교精巧하다 등이다.

3 기氣의 사전적 의미는 ㉠ 기운氣運 ㉡ 기백 ㉢ 기세(氣勢: 기운차게 뻗치는 형세) ㉣ 힘 ㉤ 숨 ㉥ 공기 ㉦ 냄새 ㉧ 바람 ㉨ 기후 ㉩ 날씨 ㉪ 자연 현상 ㉫ 기체 ㉬ 가스 ㉭ 성내다 ㉭ 화내다 ⓐ (음식을)보내다(=餼)(희) ⓑ음식물飮食物(희) 등이다.

이理, 곧 사단칠정四端七情의 사단四端에 해당한다.[4] 이렇게 태어나는 심神으서의 마음 활동은 심리心理라고 할 때의 이理와도 다르지 않다. 이理로서의 마음 활동, 곧 신神으로서의 마음 활동은 인간이 이루는 정신활동의 주요 내용이라고 해야 마땅하다. 따라서 신神, 즉 이理는 인간의 마음이 갖는 변하지 않는 영역, 상수常數의 영역이라고 할 수 있다.

이로 미루어 보면 인간의 마음은 정기신精氣神, 곧 본성本性, 감성感性, 이성理性이라는 세 영역으로 분할이 된다. 본성이 구체화된 것이 본능本能이고, 감성이 구체화된 것이 감정憾情이라면 이 세 영역을 본능, 감정, 이성이라고 불러도 좋다. 인간의 정신이 활동하는 영역을 정精, 기氣, 신神, 곧 본성(능), 감성(정), 이성이라는 세 영역으로 분할할 수 있다는 것이다. 따라서 제1영역은 본능(성)의 영역이고, 제2영역은 감정(성)의 영역이며, 제3영역은 이성의 영역이라고 해야 마땅하다.

하지만 인간의 정신 영역이 누구에게나 3개의 영역으로 분할되어 이해되는 것은 아니다. 혹자에게는 4개의 영역이나 5개의 영역으로 분할되어 이해되기도 하기 때문이다. 정신활동精神活動의 영역이 4개로 분할되는 것에는 하단전(精), 중단전(氣/情), 상단전(神/理), 초단전(靈)의 형식, 곧 본성(능), 감성(정), 이성, 영성의 형식이 있다. 그리고 5개로 분할되는 것에는 본성(능), 감성(정), 의지, 이성, 영성의 형식이 있다. 이는 의지를 따로 독립시켜 정신의 고유한 영역으로 받아들이는 경우라고 할 수 있다.

이들 정신 영역은 늘 상호 분리되어 있으면서도 통합되어 있다. 각기 다른 차원을 형성하고 있으면서도 끊임없이 서로 침투하고, 간섭하고, 관여하는 것이 이들 정신 영역이다. 말하자면 하나이면서도 여러 개인 것이 인간의 정신 영역이라는 것이다. 따라서 이들 정신 영역 가운데 어느 한 곳에

---

4 신神의 사전적 의미는 ㉠ 귀신鬼神 ㉡ 신령神靈 ㉢ 정신精神, 혼魂 ㉣ 마음 ㉤ 덕이 높은 사람 ㉥ 해박한 사람 ㉦ 초상肖像 ㉧ 표정表情 ㉨ 불가사의不可思議한 것 ㉩ 신품神品 ㉪ 신운(神韻: 고상하고 신비스러운 운치) 등이다.

이상이 생기면 다른 한 곳도 이상이 생길 수밖에 없다. 마음을 하나로 받아들이려는 불가의 관점도 이와 무관하지 않아 보인다.

여기서 이상이 생긴다는 것은 정신 영역에 질병이 생긴다는 뜻이다. 인간의 정신 영역에 질병이 생긴다는 것은 그중의 한 곳에 문제가 생긴다는 것이 된다. 이들 중 한 부분의 정신 영역이 제대로 작동을 하지 않게 되는 것이 이른바 정신병, 정신질환이라는 것이다.

위에서 살펴본 것처럼 인간의 정신 영역은 여러 형태로 분할될 수 있다. 하지만 그중에서 가장 설득력이 있고 안정감이 있는 것은 인간의 정신 영역을 셋으로 분할하는 경우이다.[5] 이렇게 셋으로 분할된 정신 영역은 인간 고유의 인식능력과도 깊이 관련되어 있다. 말하자면 인간의 인식능력, 곧 앎의 능력도 세 개의 영역으로 분할될 수 있다는 얘기이다. 본성(능)과 관련된 제1영역에 해당하는 직관력, 감정(氣)과 관련된 제2영역에 해당하는 상상력, 이성(神)과 관련된 제3영역에 해당하는 이해(지성)력이 바로 그것이다.

이들 세 개의 정신 영역은 예의 세 개의 인식능력과 함께 세 개의 정신세계를 만든다. 여기서의 세 개의 정신세계는 본성(능)과 관련된 제1영역이 만드는 자연(물질)의 세계, 감성(정)과 관련된 제2영역이 만드는 예술(문학)의 세계, 이성(知)과 관련된 제3영역이 만드는 학술(과학)의 세계가 그것이다.

이들 세 개 정신 영역의 토대를 이루는 것은 정精의 영역, 곧 본성(능)의 영역, 다시 말해 하단전의 영역이다. 하단전의 영역은 모든 생명체들이 지

---

5 인간의 정신을 3분하는 것은 매우 보편적인 일이다. 프로이트는 그것을 의식, 무의식, 선의식으로, 나아가 이드, 에고, 슈퍼에고로 나눈 바 있고, 라캉은 상상계, 상징계, 실재계로 나눈 바 있다. 그런가 하면 주자의 성리학에서는 인간의 마음을 성性, 기氣, 이理로 나누어 인식하기도 한다. 불가의 반야심경에서는 일단 이를 색色과 공空으로 2분한 뒤 각각을 좀 더 세분화하기도 한다. 색色에 해당하는 오온五蘊, 곧 안이비설신(색성향미촉)과 공空에 해당하는 6식六識, 곧 의意나 법法이 그것인데, 이 6식은 나아가 7식[末那識], 8식[阿賴耶識]으로 확장되기도 한다.

니고 있는 근원적인 생명의 영역이기도 하다. 이때의 생명의 영역은 흔히 식욕의 부분과 성욕의 부분으로 나누어진다. 식욕은 생명의 연장과 관련되어 있고, 성욕은 종족의 보존과 관련되어 있다. 식욕은 충족이 금지될 수 없지만 성욕은 충족이 금지될 수 있다. 성욕은 충족이 금지될 경우 생명의 연장이 지속될 수 있지만 식욕은 충족이 금지될 경우 생명의 연장이 지속될 수 없다. 먹지 않으면 죽게 마련이라는 것이다.

바로 이러한 점에서 식욕과 성욕은 각기 차이가 있다. 하지만 이들 두 욕망은 공히 제대로 충족되지 못할 경우 다른 정신 영역, 즉 감정의 영역이나 이성의 영역을 억압하게 되고, 그래서 그것들이 제대로 가동되기 어렵게 만든다. 대부분의 정신질환은 이 부분의 정신 영역, 곧 식욕과 성욕이라는 본능의 영역이 과도하게 억압당하거나 핍박당하거나 왜곡될 때 잉태되는 경우가 많다.

신화적으로 말해 인간은 에덴으로부터 일탈된 존재라는 자신의 원초적인 조건 때문에 근원적으로 세계와 분리되어 있을 수밖에 없다. 이때의 세계는 동물, 식물, 광물의 물物을 포함하므로 자연 그 자체라고 불러도 좋다. 따라서 세계로부터 소외되어 존재할 수밖에 없는 인간은 그것을 극복하고자 하는 욕망에 덧붙여져 있는, 곧 플러스 되어있는 특별한 결핍(이를 결핍a라고 하자) 때문에 늘 자신의 행동에 수시로 문제를 일으키기 마련이다. 세계와 분리되어 있는 데서 발생하는 이때의 결핍a는 매번 인간 존재에 내재해 있는 근원적인 충동으로 작동하며 수시로 인간의 행동에 개입하고 인간의 행동을 간섭한다.

따라서 이 결핍a는 수시로 무질서하게 작동될 수 있는 축적되어 있는 욕망, 저축되어 있는 욕망이라고 불러도 무방하다. 내면에 잠재되어 있다가 뒷날 불쑥불쑥 나타나 인간의 행동을 엉뚱하게 왜곡시키는 것이 이 결핍a이기 때문이다.

이 결핍a를 포함하고 있는 정精의 영역은 매우 여리고 섬세해 상처받기 쉽고 왜곡되기 쉽다. 충동적이면서도 즉흥적이고 우발적인 에너지 공간이기 때문이다. 대부분의 정신질환이 이 마음 영역의 욕망이 상처를 받는 데서 기인한다는 것을 알 필요가 있다.

모든 생명체는 구체적인 발현의 양태는 다르더라도 기본적으로 정精의 영역, 곧 본능의 직관적인 세계를 갖고 있다. 하지만 기氣의 영역, 곧 정情의 영역이나 신神의 영역, 곧 이理의 영역까지 갖고 있는 생명체는 많지 않다. 물론 다른 생명체와 달리 인간은 이 세 개의 정신 영역을 다 갖고 있지만 말이다.

이제는 기氣의 영역, 곧 감정의 영역과 관련해 인간의 정신 영역을 살펴보기로 하자. 무수한 역사 속에서 인간은 질적인 전환을 통해 몇몇 온혈동물들과 함께 감정의 영역, 즉 중단전의 영역, 다시 말해 기氣의 영역을 획득하게 된다. 이러한 질적인 전환은 인간이 지니고 있는 진화의 증거인 동시에 창조의 증거이기도 하다. 창조된 존재인 동시에 진화된 존재가 인간이라는 점을 알 필요가 있다.

감정의 영역, 곧 기氣의 영역은 인간만이 지니고 있는 정신 능력이 아니라는 점에서, 다시 말해 온혈동물들도 지니고 있는 정신 능력이라는 점에서 상대적으로 본능의 영역, 곧 정精의 영역에 가깝다. 그러니만큼 기氣의 영역, 곧 감정의 영역은 안정감이 없고 변화가 심한 정신 영역이라는 것을 잊어서는 안 된다. 흔히 말하는 정신질환의 증세는 대부분 이 기氣의 영역을 통해 드러난다. 그렇다. 광기를 보인다든지, 발광을 한다든지 하는 것은 본능의 영역에서 감정의 영역에 걸쳐 일어나는 파괴된 정신활동이라고 해야 옳다.

정기신精氣神에서 신神의 영역, 곧 이성理性의 영역, 지성知性의 영역은 인간만이 지니고 있는 인간 고유의 특별한 정신 영역이다. 물론 개중에는 제대로 된 신神의 영역, 곧 이성理性의 영역, 지성知性의 영역이 크게 약화되어 있는 사람도 있다. 본능과 감정에 쫓겨 자신의 삶이 함부로 휘둘리는 사람도 있다는 뜻이다. 인간의 마음 활동이 갖고 있는 신神의 영역, 곧 이성의 영역, 지성의 영역은 자기 견제의 영역, 자기 인내의 영역이기도 하다.

자신의 본능과 감정을 통제하고 절제하고 조절하는 정신 영역이기도 하다는 뜻이다. 인간의 정신 영역 중에서는 의지의 영역이 특히 이와 관련되어 있다는 것을 알 필요가 있다.

따라서 오늘의 주제인 시 치료와 관련해 가장 주의를 집중해야 할 정신 영역은 신(神, 理)의 영역이기보다는 정精의 영역과 기氣의 영역, 다시 말해 본능의 영역과 감정의 영역이라고 해야 마땅하다. 이들 정신 영역은 곧바로 시의 영역이기도 하다는 점에서 오늘의 주제인 시 치료와 관련해 좀 더 주의가 필요하다.

3. 정신, 자아의 실재

정精, 곧 본능의 영역이든, 기氣, 곧 감정의 영역이든, 신神, 곧 이성의 영역이든 인간이라는 주체가 정신활동을 하는 바탕을 개념화시켜 흔히 자아自我라고 한다. 정신활동을 하는 인간이라는 존재 그 자체를 가리키는 것이 '자아'라는 것이다. 주체의 정신이라는 말이 주체의 자아라는 말이 되기도 하는 까닭이 바로 여기에 있다. 물론 이때의 자아라는 말이 프로이트식의 이드id로부터 비롯되는 에고ego만을 가리키는 것은 아니다. 이를테면 이때의 '자아'는 '소아小我'가 아니라 '대아大我'인 것이다. '소아'로서의 자아가 에고ego, 곧 의식을 가리킨다면 '대아'로서의 자아는 정精, 기氣, 신神 전체, 곧 인간의 마음 전체를 가리킨다.

정精의 영역, 기氣의 영역, 신神의 영역은 결국 자아의 정신 영역을 셋으로 나누어 구체화한 것이 된다. 자아의 정신 영역을 셋으로 나누어 구체화하는 까닭은 무엇보다 그렇게 나눌 때 인간의 정신 상황이 좀 더 확연히 드러나기 때문이다. 자아의 정신 영역을 셋으로 나누어 받아들인다고 하더라도 그것들이 늘 상호 침투하는 가운데 존재하리라는 것은 당연하다.

그렇다고 하더라도 이들 자아의 정신 영역은 본래 나날의 현실과 교섭하고 관계하는 가운데 형성되고 전개되기 마련이다. 운동하는 현실의 축적이 역사이니만큼 운동하는 현실과 교섭하고 관계하는 자아는 움직이는 역사 속에서 일정하게 변화되지 않을 수 없다. 변화하는 역사와 관련시켜 이해할 때 개인의 자아, 곧 주체의 정신영역이 보편적으로 형성되고 전개되기 시작하는 것은 자본주의적 근대 이후이다. 대부분의 인간들이 자본주의적 근대 이전에는 주체적인 자아, 각성된 자아를 갖지 못했다는 것이다. 신이나 왕, 주인이나 가부장 등에 깊이 종속되어 있었던 것이 당시의 인간들이 갖고 있었던 일반적인 자아라는 얘기이다. 이들 절대적인 존재들에 대한 종속의 정도는 남성들보다 여성들이 훨씬 심했던 것으로 보인다. 여필종부女必從夫라는 말이 보편적이었던 것만 보더라도 이는 잘 알 수 있다.

거개 인간의 자아가 저 스스로를 발견하고 각성된 주체를 실현하기 시작한 것은 말할 것도 없이 자본주의적 근대가 출현한 이후라고 해야 옳다. 우선은 자본주의적 근대에 이르러 사회적 주체로 독립하게 된 부르주아 계급의 구성원들이 자아의 발견과 자아의 실현을 이루게 된다. 자아의 발견과 자아의 실현을 이루게 된다는 것은 개인의 자아가 당대의 현실 안에서 정신활동을 하는 주체로, 곧 주인으로 정립하게 된다는 것을 가리킨다. 이와 관련해 기억해야 할 것은 자본주의적 근대가 진행되는 과정에 삶의 일상이 지속적으로 일그러지고 찌그러지자 그 대안으로 사회주의적 '근대 이후'가 논의되는 과정에 노동자 계급의 주체들도 저 자신의 각성된 자아를 발견하게 되고 실현하게 된다는 점이다. 자본가 계급의 구성원들만이 아니라 노동자 계급의 구성원들도 저 자신의 주권을 지키는 싸움에 나서게 된다는 것인데, 싸움에 나서는 것 자체가 이들 주체에게는 각성된 자아를 발견하고, 자아를 실현하는 과정이라는 것을 기억할 필요가 있다.

자본주의 경제체제는 여성들에게도 경제적인 자유를 갖도록 하는데, 이는 곧바로 여성들도 깨어있는 자신을 발견하게 할 뿐더러 그러한 자신을 실현하게 하는 원동력으로 작용하게 한다. 경제적인 지위가 향상되는 과정에 여성들도 자신을 자각하게 되고, 자신을 바로 세우게 되거니와, 실제로는 이러한 노력 자체가 깨어있는 자아를 발견하고 실현하는 과정이라는 것을 알아야 한다. 성性의 차이를 떠나 모든 존재가 바르게 각성된 저 자신을, 곧 내가 나라는 사실을 깨닫는 것은 저 자신의 인권을 발견하고 실현할 수 있는 토대를 갖게 한다는 점에서 인간 정신의 대단한 발전이고 승리라고 하지 않을 수 없다.

물론 누구나 다 역사의 현실 속에서 저 자신의 위상과 역할을 자각하고 구현할 수 있는 것은 아니다. 저 자신의 위상과 역할을 바르게 자각하고 구현하는 과정, 즉 저 자신의 자아를 발견하고 실현하는 과정은 그 자체로 피나는 투쟁의 연속일 수밖에 없다. 각 개인의 자아가 저 자신의 자유를 자각하고 실현하는 것 자체를 끊임없이 가로막는 것이 오늘의 자본주의적 근대가 지니고 있는 한 특징이기도 하기 때문이다.

많은 사람들이 지적하고 있듯이 자본주의적 근대라는 현실은 그 자체로 욕망의 늪이라고 불러야 마땅하다. 이때의 욕망 중에는 당연히 자본주의적 근대라는 현실을 살아가는 자아 자신의 것도 포함되어 있다. 자본주의적 근대사회에서는 자아 자신의 욕망 또한 끊임없이 부추겨지면서 달궈질 수밖에 없다는 것을 잊어서는 안 된다. 끊임없이 부추겨지면서 달궈지는 저 자신의 욕망과 함께하게 되면 자아의 정신 영역은 아무래도 분열되거나 파괴되거나 응축되거나 도착되기 쉽다. 자신의 욕망과 함께하면서 분열되거나 파괴되거나 응축되거나 도착되기 쉬운 자아의 정신 영역은 언제나 정精, 즉 본능과 기氣, 즉 감정에 걸쳐있을 수밖에 없다. 분열되거나 파괴되거나 응축되거나 도착되는 정精, 즉 본능과 기氣, 즉 감정에는 온전한 신神, 즉 이성이 작동되기 힘들다. 물론 이러한 경우에는 올바른 의지가 작동되기도 어렵다. 이때의 정精과 기氣에는 이미 신神, 곧 이성이라고 할 만한 것이 깃들지 못한다는 것을 유의하지 않으면 안 된다.

따라서 이처럼 일그러진 자아에게는 주체라는 이름을 붙이기가 어렵다. 비주체로서 이때의 자아를 가리켜 사람들은 흔히 정신질환자라고 부른다. 이들 정신질환자가 지니고 있는 자아의 정精과 기氣가 항상 찢겨지고 으깨진 상태로만 존재하는 것은 아니다. 자리가 뒤바뀌거나(전이) 한곳에 뭉쳐 있는(응축) 경우도 있을 수 있기 때문이다. 이렇게 존재하는 자아의 현존은 다양한 멜랑콜리의 형식을 취하고 있다는 점에서 정精보다는 기氣의 모습으로 드러나기 쉽다. 그렇다고는 하더라도 자아의 뒤얽힌 욕망이 분열되고 파괴되면서, 응축되고 도착되면서, 억압되고 왜곡되면서 그것이 비롯되는 것은 사실이다.

물론 이때의 욕망은 기氣보다 정精에 더 가까울 수밖에 없다. 본래 욕망은 기氣보다는 정精에서 비롯되기 마련이다. 늘 충동적이고 즉흥적이고 우발적인 것이 정精의 영역, 곧 본능의 영역에서 비롯되는 욕망의 실제라는 것을 잊지 말아야 한다. 신神, 즉 이성이라는 상수常數의 정신작용이 가장 통제하고 절제하기 힘든 것이 정精, 즉 본능에서 분출하는 왜곡된 욕망이기 때문이다.

4. 자본주의적 근대와 정신질환

정精(본능)에서 분출되는 특징을 갖는 욕망은 기본적으로 오늘의 현실, 곧 자본주의적 근대라는 현실과 충돌하고 길항할 수밖에 없다. 자본주의적 근대라는 현실에 포섭되어 있을 때 자아의 욕망은 높은 차원의 정신 경지보다 낮은 차원의 물질이나 부富를 추구하기 쉽기 때문이다. 물론 물질이나 부를 추구하는 것 자체는 인류의 오랜 역사와 함께해 온 보편적인 특징이라고 해도 지나치지 않다. 잘 먹고 잘 살려 하는 것 자체는 인간이라는 생명체의 이미 구조화된 본원적인 운명이기도 하다는 것이다.

하지만 오늘의 현실, 자본주의적 근대라는 현실에 이르러 추구되고 있는 물질이나 부는 그것의 본질로부터 너무 멀리 벗어나 있는 것이 사실이다. 함께 나누고 함께 쓰고자 하는 공동체의 열망으로부터 너무 많이 떨어져 있는 것이 지금의 현실에 이르러 분열되고 파괴된 자아가 추구하는 자본의 실제이기 때문이다. 오직 왜곡된 자아 자신의 욕망만을 위해 추구되고 있는 것이 자본주의적 근대라는 현실과 함께하고 있는 지금 이곳의 자본이라는 것이다. 따라서 이러한 자본을 독점자본이라고 부르는 것은 당연하다.

물론 여기서 말하는 물질이나 부, 곧 자본을 별다른 의심 없이 욕망하는 자아가 나날의 삶에서 언제나 당당하고 떳떳할 리는 만무하다. 그러한 연유로 정작 기억해야 할 것은 이처럼 왜곡된 물질이나 부, 곧 어긋난 자본을 아무런 반성 없이 욕망하는 자아가 그러한 저 자신을 별로 달가워하지 않는다는 점이다. 물질이나 부를 욕망의 자아, 다시 말해 저 자신을 별로 좋아하지 않는 자아, 저 자신을 별로 긍정하지 않는 자아가 온전한 주체, 곧 평화로운 주체를 형성하기가 힘든 까닭이 바로 여기에 있다.

개인이라는 주체와 함께하기는 하더라도 자아의 정신 영역이 따로 떨어져 존재하는 것은 아니다. 실제로는 끊임없이 당대의 현실이라는 객체와 상호 교섭하고 상호 관계하는 가운데 형성되는 것이 자아의 정신 영역이라는 것이다. 자본주의적 근대를 살아가는 자아의 정신 영역이 결코 저 혼자 따로 떨어져 존재하기 힘든 까닭이 바로 여기에 있다. 현대인의 자아, 곧 현대인의 정신 영역이 크든 작든 다양한 질병을 앓게 되는 까닭도 지금 이곳의 현실과 무관하지 않다. 때로는 이러한 자본주의적 근대라는 현실 자체가 정신질환을 확산시키고 심화시키는 바이러스로 작용할 수 있다는 것을 잊어서는 안 된다.

분열되고 파괴되고 응축되고 도착된 나날의 현실은 분열되고 파괴되고 응축되고 도착된 자아를 낳기 마련이다. 자아의 정신 영역 중에서 좀 더 심하게 분열되고 파괴되고 응축되고 도착된 부분은 기氣, 곧 감정의 영역이기보다 정精, 곧 본능의 영역이기 쉽다. 정精, 곧 본능의 영역이 지나치게 분열되고 파괴되고 응축되고 도착되기 때문에 충동적이고 즉흥적이고 비약적이고 우발적인 행동이 태어나는 것이다. 사람들은 이런 행동들을 가리켜 정신질환이라고 하거니와, 이를 치유하기 위해서는 일단 인간의 마음이 이루는 정精의 영역은 물론 정精의 영역에서 비롯되는 기氣의 영역도 잘 알아야 한다.

분열되고 파괴되고 응축되고 도착된 오늘의 자본주의적 현실에서 비롯된 분열되고 파괴되고 응축되고 도착된 자아가 이루는 기氣, 곧 감정은 과거의 그것, 곧 봉건시대의 그것과 많이 다르다. 자본주의적 근대에 이르러 보통의 인간이 갖는 자아의 기氣, 곧 감정은 원형을 잃고 엄청나게 변질되었다는 것을 간과해서는 안 된다.

일반적인 인간의 자아가 이루는 기氣, 곧 감정의 원형은 주지하다시피 희노애락애오욕喜怒哀樂愛惡欲이다. 이와 관련해 필자는 이미 다른 글에서 다음과 같이 말한 바 있다.

인간의 마음 가운데 이성理性, 이理, 사단四端, 인의예지仁義禮智는 본래 변하지 않는 것, 즉 상수常數이다. 인간의 마음 가운데 감정感情, 기氣, 칠정七情, 즉 희노애락애오욕喜怒哀樂愛惡欲은 본래 변화하는 것, 즉 변수變數이다. 끊임없이 변화하는 인간의 감정(감성), 즉 희노애락애오욕은 이미 자본주의적 근대 이전에 명명된 이름이다. 따라서 여기서 말하는 칠정은 인간이 지니고 있는 감정의 원형이라고 해도 무방하다. 인간이 지니고 있는 본원적이고 근원적인 감정이 다름 아닌 칠정, 곧 맹자가 말하는 희노애락애오욕이라는 것이다.

감정의 원형인 희노애락애오욕은 크게 플러스의 정서와 마이너스의 정서로 나누어진다. 플러스 정서는 생명의 정서이고, 마이너스 정서는 죽음의 정서이다. 생명의 정서는 통합의 정서이고, 죽음의 정서는 분리의 정서이다. 통합의 정서, 생명의 정서, 플러스의 정서는 희喜, 락樂, 애愛이고, 분리의 정서, 마이너스의 정서, 죽음의 정서는 노怒, 애哀, 오惡이다. 그러면 욕欲은? 욕은 플러스 정서(생명의 정서, 통합의 정서)도 아니고, 마이너스 정서(죽음의 정서, 분리의 정서)도 아니다. 욕은 중도의 정서라고 할 수 있다.

욕에는 이들 두 정서가 착종되어 있다. 그러니만큼 욕은 상황과 조건에 따라 생명의 정서(플러스 정서, 통합의 정서)로 발현될 수도 있고, 죽음의 정서(마이너스 정서, 분리의 정서)로 발현될 수도 있다. 욕이 생명의 정서(플러스 정서, 통합의 정서), 즉 밝은 품성에 바탕을 둘 때 희喜, 락樂, 애愛는 활기를 얻는다. 구체적인 삶에서 생명의 정서(플러스 정서, 통합의 정서)를 살기 위해서는 노怒, 애哀, 오惡의 정서보다는 희, 락, 애의 정서가 중심이 되어야 한다.

생명의 정서는 삶을 들어 올리고, 죽음의 정서는 삶을 주저앉힌다. 생명의 정서는 삶을 심화, 확장시키고, 죽음의 정서는 삶을 소외, 폐쇄시킨다. 생명의 정서는 삶을 업up시키고, 죽음의 정서는 삶을 다운시킨다. 그렇다. 생명의 정서는 밝고 환한 빛의 기氣인데 비해, 죽음의 정서는 어둡고 탁한 빛의 기氣이다.[6]

오늘의 현실에 이르러 되돌아보면 자본주의적 근대 이전에 명명된 원형의 기氣(감정)인 희노애락애오욕喜怒哀樂愛惡欲은 지나칠 정도로 간단하고 소박하게 느껴지는 것이 사실이다. 희노애락애오욕이라는 감정의 원형과 관련해 이처럼 단순하고 소박한 느낌을 갖는 것은 그것이 이미 매우 미세하게 분화된 지 오래이기 때문이다. 이를테면 자본주의적 근대에 이르면서 훨씬 더 섬세하게 분화되고 확장된 것이 이들 감정(氣)이라는 것이다. 따라서 좀 더 혼몽하고 몽롱하게 마구 뒤엉킨 채로 존재하는 것이 오늘을 살아가는 자아의 감정(氣)이라는 것을 염두에 두지 않으면 안 된다. 자본주의적 근대의 출현과 더불어 자아의 감정(氣)이 매우 혼몽하고 몽롱한 모습으로 복잡하고 다기하게 분열되고 해체되어 있다는 것이다.

희노애락애오욕 중에서도 특히 문제가 되는 것은 노怒, 애哀, 오惡라는 이름의 마이너스 감정(氣)이다. 노, 애, 오라는 이름의 부정의 기氣는 분열

---

6 이은봉, 「죽음의 정서들 밖으로 내는 쬐그만 창」, 『시와인식』(2008년 여름호), 18쪽.

되고 해체된 기, 곧 자본주의적 근대에 이르러 훨씬 불거진 죽음의 기가 뿌리를 내리고 있는 곳이다. 여기서 말하는 분열되고 해체된 기, 곧 심화되고 확장된 죽음의 기는 당연히 정신의 플러스에 기여하기보다는 정신의 마이너스에 기여한다. 정신의 마이너스와 함께하는 기는 당연히 정신질환과 함께할 수밖에 없다.

어쩌면 이들 정신질환과 함께하는 기가 마음껏 분출되어 있는 공간이 서정시라는 언어예술이라고 할 수 있다. 서정시의 창작과 향유가 정신질환을 치료할 수 있는 근거가 바로 여기에 있다.

5. 맺음말-정신의 영역과 시의 영역

자본주의적 근대의 삶이 분출하는 기(감정) 중에는 통합의 기, 생명의 기, 플러스의 기가 있고, 분리의 기, 죽음의 기, 마이너스의 기가 있다. 하지만 자본주의적 근대를 풍미하고 있는 기는 통합의 기, 생명의 기, 플러스의 기이기보다는 분리의 기, 죽음의 기, 마이너스의 기라고 해야 옳다. 오늘의 삶과 좀 더 함께하고 있는 기는 기본적으로 긍정의 기가 아니라 부정의 기라는 것이다.

정신의 플러스에 기여한다는 것은 상승하는 생명 의식에 기여한다는 것이고, 정신의 마이너스에 기여한다는 것은 하강하는 죽음 의식에 기여한다는 것이다. 오늘의 자본주의 현실에서 주조를 이루고 있는 기(감정)는 대부분 분리의 기, 죽음의 기, 마이너스의 기로 하강하는 죽음 의식과 함께 한다. 지금 이곳의 기가 이처럼 하강하는 죽음 의식과 함께하는 까닭은 자본주의 현실을 이루는 기가 본래 생명 의식보다는 죽음 의식에 가깝기 때문이다.

노怒, 애哀, 오惡의 감정을 연원으로 하고 있는 죽음의 감정, 곧 자본주의적 근대에 들어 심화되고 확장된 마이너스 감정을 정리해서 말하면 고독,

소외, 상실, 환멸, 염증, 피곤, 절망, 불안, 초조, 공포, 설움, 우울, 침통, 싫증, 짜증, 권태, 나태 등이라고 할 수 있다. 기본적으로 이들 감정은 비정상적인 감정, 곧 정신질환과 함께하는 감정이다. 일종의 멜랑콜리라고 할 수 있는 이들 감정과 함께할 때 나날의 삶이 온전하고 무구하고 순수하고 평화롭게 이루어지기는 힘들다.

하지만 일상에서 마주하는 현대시의 주조를 이루는 감정(기)은 대부분 이들 죽음의 감정, 즉 고독, 소외, 상실, 환멸, 염증, 피곤, 절망, 불안, 초조, 공포, 설움, 우울, 침통, 싫증, 짜증, 권태, 나태 등인 것이 사실이다. 시에 이들 감정, 곧 멜랑콜리가 깊이 감염되어 있고 침투되어 있다는 것은 시인의 정신 영역의 실제가 그렇다는 뜻이기도 하다. 시인이 자신과 다른 자아, 곧 탈을 쓴 화자를 내세운다고 하더라도 그의 심리에는 시인의 자아가 반영되는 만큼 화자의 감정과 시인의 감정은 항상 뒤섞일 수밖에 없다.

본래 시인은 창작의 과정에 저 자신의 복합 심리를 뒤섞어 토로하기 마련이다. 저 자신의 복합 심리라고 했지만 실제로는 자본주의적 근대에 들어 보편화된 고독, 소외, 상실, 환멸, 염증, 피곤, 절망, 불안, 초조, 공포, 설움, 우울, 침통, 싫증, 짜증, 권태, 나태 등으로 구체화되는 죽음의 감정, 곧 멜랑콜리를 가리킨다. 이들 죽음의 감정을 토로하는 과정은 이들 죽음의 감정을 객관화하는 과정이기도 하다.

물론 이들 죽음의 감정은 시인 자신이 지니고 있는 자아의 일부라고 해야 마땅하다. 그렇다면 이들 죽음의 감정을 객관화하는 과정은 시인이 저 자신이 갖고 있는 자아의 일부를 일반화시키는 과정이라고 해야 옳다. 따라서 시를 통해 이들 죽음의 감정을 토로하는 과정은 시인이 자신의 자아 안에 들어있는 이들 죽음의 감정을 씻어내는 과정이 된다. 물론 이들 죽음의 감정을 씻어내는 과정은 이들 죽음의 감정에 감염되어 있는 자신의 자아를 치유하는 과정이기도 하다. 시를 창작하는 과정이 창작자의 정신질환을 치유하는 과정이 될 수 있는 까닭이 바로 여기에 있다.

다양한 모습을 지니고 있는 죽음의 감정(기)에 감염되어 있는 자아를 치유하는 일은 독서의 과정에서도 마찬가지로 존재한다. 시인이 시에 드러나 있는 죽음의 감정과 통전統全을 체험하는 과정에 독자가 저 자신을 객관화할 수 있는 능력, 곧 자기 자신의 오염된 정신 영역을 씻어낼 수 있는 능력을 기를 수 있기 때문이다. 시를 읽고 그에 감동하는 과정에 인류의 전 역사에서 오늘의 인간, 즉 자본주의적 근대의 인간이 처해 있는 감정(기)의 현존, 곧 죽음의 감정이 이루고 있는 현존에 대한 객관적이고도 보편적인 인식이 가능해지기 때문이다.

이러한 뜻에서의 정신 치유는 죽음의 감정으로 충만해 있는 시보다는 생명의 감정으로 충만해 있는 시에서 훨씬 더 능동적인 효과를 발휘할 수 있을는지 모른다. 기쁨과 환희, 낙관과 희망, 그리고 깨달음의 정서(기)로 가득 차있는 시가 절망과 좌절, 슬픔과 비애, 그리고 허무로 가득 차있는 자아를 정화시키는 데 오히려 효율적일 수도 있다는 뜻이다.

물론 이때의 정신 치유는 논리적인 추이를 통해서보다는 순간적인 깨달음을 통해 이루어지는 예가 많다. 시가 독자에게 주는 정신적인 효과, 곧 심리적인 효과는 문득, 별안간, 갑자기, 퍼뜩 찾아오는 우발적이고 충동적인 자각인 경우가 대부분이기 때문이다. 이처럼 시는 감각에 기초한 비약, 나아가 본능에 의지한 직관의 방식으로 독자의 일그러지고 찌그러진 자아를 문득, 별안간, 갑자기, 퍼뜩 온전하고 활기찬 자아로 변화시킨다. 실제로는 이러한 과정 자체가 병든 자아를 건강한 자아로 치유하는 시의 고유한 방식이라는 것을 잊어서는 안 된다.(『시로 여는 세상』, 2011년 가을호)

시의 깊이와 성스러움

1. 시의 깊이와 높이, 넓이

2005년에 초판을 출간하고 2015년에 증보판을 출간한 졸저『화두 또는 호기심』(작가, 2015)에 실려있는 글「좋은 시: 성聖과 속俗을 잇는 외줄타기」에서 필자는 다음과 같이 말한 적이 있다.

> "삶 속에 알알이 박혀 있는 진실을 껴안고 있는 좋은 시는 고통으로 지쳐있는 사람의 눈으로만, 마침내 너무도 담담해진 사람의 눈으로만 들어온다. 마음의 깊은 곳에서 우러나오는 무욕의 가난만이, 그러한 사람의 눈만이 진실이라는 보석이 박혀 있는 시를 나날의 삶에서 캐낼 수 있다. 세속의 일상과 함께 허우적대면서도 끊임없이 성스러운 진리의 세계를 꿈꾸는 자만이 좋은 시를 얻을 수 있다. 좋은 시는 항상 성聖과 속俗의 사이에서 외줄을 타며 아슬아슬한 곡예를 하기 마련이다."

여기서 이러한 얘기로 논의를 시작하는 까닭은 그동안 필자가 시의 깊이와 높이, 넓이, 나아가 성스러움 등에 대해 지속적인 관심을 갖고 있었다는 것을 강조하기 위해서이다. 시의 성스러움에 대한 논의는 뒤로 미루고 우선은 시의 깊이와 높이와 넓이에 대한 논의부터 먼저 해보자. 그렇다. 많은 사람들이 시에는 깊이와 높이와 넓이가 있다고 말하고 있다. 정말 그러한가. 정말 시에 깊이와 높이와 넓이라고 할 만한 것이 있는가. 물론 시의 표면에 시의 깊이와 높이와 넓이가 가시적으로 생생하게 드러나 있는 것 같지는 않다. 따라서 시를 읽으며 모든 사람들이 시의 깊이와 높이와 넓이를 곧바로 쉽게 알아차리기는 어렵다. 시의 깊이와 높이와 넓이가 쉽게 눈에 보이지 않는 것은 그것이 구체적으로 손에 잡히는 것이 아니기 때문이다.

분명히 있기는 하지만, 명확히 존재하기는 하지만 눈에 보이지 않는 것은 많다. 도처에서 이를 확인할 수 있는데, 눈에 보이지 않는다는 것은 물론 오감에 의해 감각되지 않는 것을 가리킨다. 오감에 의해 감각되지 않는 것은 추상적인 것, 관념적인 것, 불교식으로 말하면 의식계意識界 혹은 법계法界의 것을 뜻한다. 그것이 사물 바깥의 존재를 의미하는 것은 불문가지이다.

실제로 감각되는 것이라고 하더라도, 다시 말해 안이비설신眼耳鼻舌身, 색성향미촉色聲香味觸. 시청후미촉視聽嗅味觸 안에 존재하는 것이라고 하더라도 보통의 사람들에게는 편안히 감각되지 않는 것이 있다. 불교의 예불문 앞머리에 나오는 계향戒香, 정향定香, 혜향慧香, 해탈향解脫香, 해탈지견향解脫知見香 등도 그것들 중의 하나이다. 일상의 나날에서 이들 계향, 정향. 혜향, 해탈향, 해탈지견향 등을 구체적으로 감지感知하는 사람은 별로 많지 않다. 일정한 정도의 정신적 깊이와 높이, 넓이를 갖고 있지 않으면 생생하게 느끼기 어려운 것이 바로 이들 감각, 이들 향기이기 때문이다.

이처럼 분명히 존재하기는 하더라도 보통의 평범한 사람들에게는 쉽게 감각되지 못하는 것이 없지 않다. 이러한 일이 사실이라고는 하더라도 낱낱의 시에서 깊이와 높이와 넓이라고 할 만한 것이 실제로 있기는 한 것인가. 시가 시인의 마음을 반영하는 것이라면, 시인의 마음에 깊이와 높이와 넓이라고 할 만한 것이 있다면, 그것을 투사하는 시에도 깊이와 높이와 넓이라고 할 만한 것이 있지 않을까. 나는 늘 이러한 생각을 하며 시를 읽고 쓴다.

시에 깊이와 높이와 넓이가 있다면 그것은 구체적으로 어떠한 모습을 띠고 있을까. 다음의 예는 백석의 시 「흰 바람벽이 있어」의 일부이다.

이 흰 바람벽엔
내 쓸쓸한 얼굴을 쳐다보며
이러한 글자들이 지나간다
—나는 이 세상에서 가난하고 외롭고 높고 쓸쓸하니 살아가도록 태어났다
그리고 이 세상을 살아가는데
내 가슴은 너무도 많이 뜨거운 것으로 호젓한 것으로 사랑으로 슬픔으로 가득찬다
그리고 이번에는 나를 위로하는 듯이 나를 울력하는 듯이
눈질을 하며 주먹질을 하며 이런 글자들이 지나간다
—하늘이 이 세상을 내일 적에 그가 가장 귀해하고 사랑하는 것들은 모두
가난하고 외롭고 높고 쓸쓸하니 그리고 언제나 넘치는 사랑과 슬픔 속에 살도록 만드신 것이다

—백석, 「흰 바람벽이 있어」 부분

시가 지니고 있는 깊이와 높이와 넓이와 관련해 가장 먼저 떠오르는 것이 백석의 이 시 「흰 바람벽이 있어」의 한 구절이다. 이 중에서도 내가 가장 주목하는 구절은 "하늘이 이 세상을 내일 적에 그가 가장 귀해하고 사랑하는 것들은 모두/ 가난하고 외롭고 높고 쓸쓸하니 그리고 언제나 넘치는 사랑과 슬픔 속에 살도록 만드신 것이다"라는 구절이다.

백석의 이 시구절에는 두 가지 의미가 들어있다. "하늘이 이 세상을 내일 적에 그가 가장 귀해하고 사랑하는 것들"에게는 첫째 **가난하고 외롭고**

높고 쓸쓸하니 살도록 한다는 점이고, 둘째 **넘치는 사랑과 슬픔 속에 살게 한다는 점**이다. 가난하고 외롭고 높고 쓸쓸하게 사는 삶과, 넘치는 사랑과 슬픔 속에서 사는 삶이 시인의 마음을 깊고 높고 넓게 만들 것은 자명하다. 깊고 높고 넓은 마음을 지니고 있는 시인이 깊고 높고 넓은 시를 쓰리라는 것도 마찬가지이다.

"가난하고 외롭고 높고 쓸쓸하"게 사는 시인의 삶과, "넘치는 사랑과 슬픔 속에"서 사는 시인의 삶이 **시를 깊고 높고 넓게 만들 것**은 자명하다. 이 문장에서 말하는 '깊고 높고 넓은 시'가 뜻하는 바는 그다지 어렵지 않다. 겉으로 보이지는 않지만, 오감에 의해, 색성향미촉色聲香味觸에 의해 쉽게 감각되지는 않지만 깊고 높고 넓은 시가 숭엄하고 장엄한 기상을 갖는 시, 성스러운 분위기를 갖는 시일 것은 확실하기 때문이다.

한 시인이 '숭엄하고 장엄한 기상을 갖는 시, 성스러운 분위기를 갖는 시'를 쓰기 위해서는 무엇보다 먼저 저 자신의 마음속에 그것을 절대적이고 유일한 기준으로 삼아야 하리라. 이는 내 시의 경우에도 마찬가지이다. 내 마음에 들어있는 이러한 시의 기준, 곧 '숭엄하고 장엄한 기상을 갖는 시, 성스러운 분위기를 갖는 시'의 기준도 늘 절대적이고 유일한 것이기 때문이다.

언제나 나는 이 절대적이고 유일한 기준에 맞는 시를 쓰기 위해 끊임없이 언어를 매만지고 다듬는다. 하지만 내가 끊임없이 매만지고 다듬는 시의 언어는 자주 절대적이고 유일한 기준 밖에 자리한다. 그렇다. 내 시의 그것은 너무 많이 절대적이고 유일한 기준에 미치지 못한다. 그것은 내가 아마도 그동안 시를 매개로 해 이 절대적이고 유일한 기준의 안에 들어가 그것과 더불어 직접 숨 쉬어본 적이, 직접 살아본 적이 별로 없기 때문일 수도 있다. 실제로는 별로 없는 것이 아니라 거의 없는지도 모른다.

따져보면 내가 쓴 시가 앞에서 말한 '숭엄하고 장엄한 기상을 갖는 시, 성스러운 분위기를 갖는 시'라는 절대적이고 유일한 기준 밖에 자리하는 것은 아직까지도 내가 그러한 기준을 충족시키는 시를 쓰지 못 하고 있는 탓일 수도 있다. 하지만 실제로는 이러한 절대적이고 유일한 기준에 언제나 자주 아무렇게나 늘 도달해 향유하고 있는 것이 나일 수도 있다. 모든 절대적이고 유일한 기준은 본래 멀리 떨어져 애타게 그리워하는 파라다이스나 유토피아 같은 것이면서도 이미 내 안에 있는 것인지도 모르기 때문이다.

그렇다면 깊고 높고 넓은 시, 다시 말해 숭엄하고 장엄한 기상을 갖는 시, 성스러운 분위기를 갖는 시를 숨 쉬고, 살고 쓰기 위해 지금 이곳의 내가 해야 할 일은 무엇인가. 그와 관련해 가장 필요한 것은 앞에서도 줄곧 말해 온 것처럼 온몸으로 "가난하고 외롭고 높고 쓸쓸하게" 사는 삶, "넘치는 사랑과 슬픔 속에서 사는 삶"을 사는 것인지도 모른다. 그러한 삶이 자발적 소외, 자의적 고독을 통해 이루어진다고 하더라도 정작의 시인이라면 기꺼이 그것을 감수해야 마땅하다. 기꺼이 자발적 소외, 자의적 고독의 마음을 갖고 사는 삶이 시를 쓰는 사람의 마음을 깊고 높고 넓게, 성스럽게 만들리라는 것이다.

삶과 시에 대한 이러한 내 생각이 부디 복되기를 빈다.

2. '성스럽다'는 말의 의미망

'성스럽다'는 말을 한자어로 표현하면 '聖스럽다'가 된다. 많은 사람들이 '聖스럽다'라는 말 앞에 신神 자를 덧붙여 '神聖(신성)스럽다'라고 한다. 신神은 무엇이고 성聖은 무엇인가. 맹자는 신神과 성聖의 관계를 두고 "성이불가지지위신聖而不可知之之謂神"(『맹자孟子』, 진심 하盡心 下)이라고 말한다. 직역하면 "성스러워서 가히 알 수 없는 것, 그것을 일러 신神이라고 한다"라는 말이 된다. 맹자의 이 말로 미루어 보면 성聖의 개념과 신神의 개념은 결코 무관하지 않다. 맹자의 견해에 따르면 성즉신聖卽神이거니와, 이를 매개로 생각하더라도 성聖의 의미망과 신神의 의미망은 서로 겹쳐 존재한다.

그렇다고는 하더라도 신神과 성聖을 아무런 논리적 인과 없이 곧바로 일치시켜 받아들이기는 쉽지 않다. 적어도 표면적으로는 신이 인간과 자연, 곧 만물의 밖에 존재하는 것으로 받아들여지고, 성이 인간과 자연, 곧 만물의 안에 존재하는 것으로 받아들여지기 때문이다.

과연 그러한가. 신은 인간과 자연, 즉 만물의 밖에 존재하고, 성은 인간과 자연, 즉 만물의 안에 존재하는가. 이를 제대로 이해하기 위해서는 몇 단계의 논리적 추이를 거칠 필요가 있다.

우선은 먼저 신神의 의미망부터 살펴보자. 많은 사람들이 신을 인격과 관련해 인격신人格神으로 이해하고 있다. 그것은 신을 유일한 것으로 절대화한 기독교의 경우에도, 곧 여타 종교에 비해 훨씬 고급한 종교인 기독교의 경우에도 다르지 않다. 기독교에서도 얼마간은 신을 인격적인 존재로 받아들이고 있다는 뜻이다. 그것은 아마도 구약에 나오는 "하나님이 가라사대 우리의 형상을 따라 우리의 모양대로 우리가 사람을 만들고, 그로 하여금 바다의 물고기와 하늘의 새와 짐승들과 온 땅과 그 땅 위에서 기는 모든 것을 다스리게 하시고", 그리고 "하나님이 자기의 형상대로 사람을 창조하셨으니"(창세기 1장 26절, 27절) 등의 구절에서 비롯되는 듯싶다.

신을 인격적인 존재와 관련해 이해한다는 것은 결국 신을 인간을 비롯한 만물을 주관하는 조물주로 이해한다는 것이 된다. 그럴 경우 특별한 인격인 신은 불가피하게 인간과 자연, 곧 만물의 밖에 거주하는 '외재적 존재'가 된다.

신을 외재적 존재로 받아들이면 신즉성神卽聖이 되기 어렵다. 성聖은 언제나 귀(耳)와 입(口)을 지닌 인간과 자연, 곧 만물의 안에 존재하기 때문이다. 성聖이라는 한자말을 파자破字하면 耳+口+壬이 된다. 이처럼 성聖은 귀와 입을 상대에게 맡긴다는 뜻을 지니고 있다. 이로 미루어 보면 근본적으로 인격과 함께하는 성聖에 비해 신神은 인격 밖에서 인간과 자연, 곧 만물을 짓고 만드는 위대하고 거대한 어떤 무엇이 된다.

따라서 성聖은 자연 만물 중에서도 인간의 마음이 이룰 수 있는, 도달할 수 있는 가장 드높은 경지라고 해야 마땅하다. 이러한 점에서도 성聖은 기본적으로 내재적이다. 따라서 내재적인 성聖은 인간이라면 누구라도 이를 수 있고, 도달할 수 있는 깊고 높고 넓은 마음을 가리킨다.

이러한 맥락에서 보면 내재적인 성聖에 비해 외재적인 신神은 인간으로서는 도달할 수 없는, 인간 밖에서 세상 만물을 주재하는 조물주일 수밖에 없다. 인간과 자연, 곧 만물의 외부에 거주하고 있는 유일한 신神, 유일唯一하고 절대적인 어떤 존재가 신神이라는 것이다. 이러한 뜻을 갖고 있는 외재적인 신神을 인간이 만드는 예술의 하나인 시詩가 갖는 성聖스러움과 관련시켜 이해하기는 쉽지 않다. 편 편의 시에 어떤 질서와 원리로서 신성神性이 깃들어 있다고 하더라도 말이다.

따라서 시가 갖는 성聖스러움과 관련시켜 신神을 이해하고 받아들이려면 신神은 외재적 존재가 아니라 내재적 존재가 되어야 한다. 따라서 이때의 신은 인격신으로 존재하기 어렵다, 아니 인격신으로 존재해서는 안 된다. 물론 실제의 삶에서도 외재적 존재가 아니라 내재적 존재로 신神을 이해하고 있는 경우가 전혀 없는 것은 아니다. 동양에서는 말할 것도 없고, 서양에서도 간혹 신을 내재적 존재로 이해하는 예가 있기 때문이다.

서울대학교 국문과의 방민호 교수는 「성스러움에 관해 다시 생각한다」라는 논문에서 특별히 스피노자의 신神과 관련해 다음과 같이 설명하고 있다.

> 스피노자의 신은 기독교적인 신이 아니다. 우주 만물과 인간은 초월론적인 신에 의해 파생된 존재가 아니라 그들 자체가 곧 무한으로서 신을 구성한다. 그들의 유한성은 무한성이라는 대립자를 필요로 하지 않는다. 이렇게 표현하는 것이 타당한 것인지는 좀 더 생각해 볼 필요가 있겠으나 유한성은 곧 무한성의 또 다른 표현일 뿐인 것이다.[1]

---

1 방민호, 「성스러움에 관해 다시 생각한다」, 『감각과 언어의 크레바스』, 서정시학, 2007, 87쪽.

방민호 교수의 논리에 따르면 스피노자에게는 "우주 만물과 인간"이 그 자체로 "무한으로서 신을 구성"한다. 스피노자의 이러한 생각은 신이 "우주 만물과 인간"의 밖에 따로 있는 것이 아니라 "우주 만물과 인간" 자체가 "무한으로서 신을 구성"하는 존재라는 것을 의미한다. 따라서 스피노자의 이러한 견해는 "우주 만물과 인간" 속에 이미 신이 들어있다는 뜻이 된다. 결국 스피노자의 주장은 유한한 "우주 만물과 인간"은 무한한 신의 부분이면서도 전체라는 얘기이다. 신과의 관계에서 "우주 만물과 인간"은 저 스스로 부분이면서 전체인 관계를 이루고 있다는 뜻이다. 논의를 이렇게 진전시키다 보면 "우주 만물과 인간"은 "우주 만물과 인간"이면서 동시에 신神이라는 말이 된다. 이러한 논리는 이내 신은 신이면서 동시에 우주 만물과 인간이라는 결론을 낳게 된다. 수운 최제우의 시천주侍天主 사상이 떠오르거니와, 물론 이때의 우주 만물과 인간은 외적 형상으로서의 존재이기보다는 내적 원리로서의 존재를 가리킨다. 신을 내적 원리로 받아들이면 곧바로 신즉이神卽理가 된다. 신이 인격적 존재가 아니라 이치나 원리가 되는 소이가 바로 여기에 있다.

기독교적인 신神(하느님/하나님)은 무한한 존재로서 언제나 저 스스로 존재한다. 저 스스로 존재하는 신은 영원하여 시작도 끝도 없다. 시작이 있고, 끝이 있는 존재라면 이때의 신은 아무래도 생사生死의 인과 과정을 거칠 수밖에 없다. 2,000년 전에도 살아있고, 지금도 살아있는 만큼 이때의 기독교적인 신은 무한한 존재일 수밖에 없다.

방민호 교수는 스피노자에게 "우주 만물과 인간" 자체가 지니는 "유한성은 무한성이라는 대립자를 필요로 하지 않는다"고 말한다. 이 말은 "우주 만물과 인간"인 신에게는 유한성과 무한성이 대립되지 않는다는 뜻이 된다. 방민호 교수의 표현을 빌리면 스피노자의 신에게, 곧 그의 "우주 만물과 인간"에게 "유한성은 곧 무한성의 또 다른 표현일 뿐"이다. 그렇다면 스피노자의 신, 곧 그의 "우주 만물과 인간"은 유한한 존재인 동시에 무한한 존재가 된다.

스피노자의 신은 신즉이神卽理이니만큼 유한즉무한有限卽無限, 무한즉유한無限卽有限의 존재라는 것인데, 이러한 주장으로부터 먼저 떠오르는 것은 선불교의 존재론 혹은 인식론이다. 여기서 말하는 선불교의 존재론 혹은 인식론은 일즉다 다즉일一則多 多則一의 역설에 기반한 불이론[不二論, 不一而不二論]을 가리킨다. 성속불이聖俗不二라고 할 때의 불이不二 말이다. 하나는 여럿이고, 여럿은 하나라는 일즉다 다즉일一則多 多則一의 역설을 현대식으로 번역하면 부분은 전체이고 전체는 부분, 개인은 사회(공동체)이고 사회(공동체)는 개인이 된다. 이를 스피노자의 논리에 대입하면 신은 "우주 만물과 인간"이고, "우주 만물과 인간"은 신이 된다.

물론 이때의 불이론不二論은 당연히 공즉시색 색즉시공空卽是色 色卽是空으로 요약되는 반야심경의 세계관과 무관하지 않다. 하나인 공空은 여럿인 색色이고, 여럿인 색色은 하나인 공空이기 때문이다. 이러한 논리는 공은 없는 것(비가시적인 것)이고 색은 있는 것(가시적인 것)이라는 점에서 무즉유 유즉무無則有 有則無의 역설과도 그대로 통한다. 있는 것은 가시적인 것, 곧 여럿인 것이고, 없는 것은 비가시적인 것, 곧 하나이기 때문이다. 이처럼 "우주 만물과 인간"이 곧 신이고, 신이 곧 "우주 만물과 인간"이라는 스피노자의 신관神觀은 결국 공은 색이고 색은 공이라는, 곧 공(본질)과 색(현상)이 불이라는 선불교적 역설과 맞닿아 있다.

또한 스피노자의 신에게 "유한성은 곧 무한성의 또 다른 표현일 뿐"[2]이라는 방민호 교수의 견해는 노자老子의 『도덕경道德經』 제1장에 실려있는 모순논리를 떠오르게도 한다. 이를테면 그것이 "無名 天地之始, 有名 萬物之母, 此兩者 同出異名 同謂之玄"(무명은 하늘과 땅의 처음이요, 유명은 만물의 어머니이다. 무와 유는 한곳에서 나왔는데 명칭, 곧 기표는 각기 달라도 그 내용, 곧 기의가 현묘하기는 같다)라는 글에 드러나 있는 유무有無의 상호 관계가 갖는 순환성을 연상

2 방민호, 위 논문, 위 책, 87쪽.

시킨다는 것이다.

방민호 교수는 예의 논문에서 "스피노자의 무한 개념은 어떠한 초월성도 인간의 상상적 고안물로 간주하는 내재성의 옹호론에 다름 아니"[3]라고 지적하기도 한다. 이러한 시각에서 보면 스피노자의 신관神觀은 기독교의 신, 즉 여호와와 관련된 신관神觀이라고 하기보다는 동양적 신관神觀, 나아가 동양적 존재론이나 인식론을 서구의 언어로 풀어 말한 것이 아닌가 싶기도 하다.

한편 방민호 교수는 이 논문에서 강신애의 시 「지옥의 환인幻人」을 예로 들어 자신의 논리를 진전시키기도 한다. 강신애의 이 시의 2연에는 "산란 후 유년으로 회춘한다는" "누트리쿠라라는 해파리"와 관련해 "어느 별의 쪼개진 돌멩이에서 태어나 바다의 신이 되었니?"라고 자문自問하는 내용이 나온다. 이 구절에서 주목해야 할 것은 '돌멩이와 바다의 신'이 이루는 관계이다. 시인이 여기서 "어느 별의 쪼개진 돌멩이"를 "바다의 신"이 태어난 모태로 파악하고 있기 때문이다. 내가 보기에는 강신애 시인이 세계를 이렇게 인식하는 데 작용하는 철학적 기반도 실제로는 노자의 천지지시天地之始로서의 무명無名과 만물지모萬物之母로서의 유명有名이 이루는 관계가 아닌가 싶다. 이때의 '돌멩이와 신의 관계'는 서구적 신성관神聖觀보다는 노자의 유무관有無觀을 연상시킨다는 것인데, 물론 이는 스피노자가 생각하는 인간 및 우주 만물과 신이 이루는 관계와도 그대로 상응한다.

제목만으로 보면 방민호 교수의 논문 「성스러움에 관해 다시 생각한다」는 신성神聖에 대한 사색보다는 성聖스러움에 대한 사색을 담고 있는 듯싶다. 여기서 구태여 이러한 논의를 하는 까닭은 동양에서는, 특히 성리학 등 유교사상에서는 성聖이나 성聖스러움에 대한 인식은 있지만 신성神聖이나 신성神聖스러움에 대한 인식은 있지 않기 때문이다.

---

3 방민호, 위 논문, 위 책, 90쪽.

이와 더불어 흔히 신이라고 부르는 어떤 존재, 관념이 기독교의 유일신唯一神인 '여호와'를 번역하는 과정에 구체화되었다는 것을 기억하지 않으면 안 된다. 이때의 여호와라고 하더라도 개신교 하나님의 개념과, 가톨릭교 하느님의 개념은 조금쯤 다르다. 전자가 유일신을 강조하고 있다면 후자는 천주, 한울님, 곧 조물주를 강조하기 때문이다. 그렇다고는 하더라도 보통의 사람들에게 존재하는 이들 두 신, 두 절대자가 모두 외재적 존재인 것만은 분명하다. 그렇다. 신을 닮으려는 데서 성스러움이 비롯된다면 개신교와 천주교의 경우에는 그것이 밖에서 온다고 생각하는 것을 거부하기가 어렵다.

물론 동양의 철학에서는 불교이든, 노장이든, 유교이든 모든 성스러움이 안에서 비롯된다. 물론 불교에서 말하는 성聖스러움은 주체의 정신 차원이 성불이나 해탈의 경지에 이르는 것을 가리킨다. 이때의 성불이나 해탈이 무자기無自己 혹은 무자성無自性을 자각하고, 실천하는 데서 가능하다는 것은 불문가지이다. 이러한 점은 시에 실현되고 구현되는 성스러움의 경우도 크게 다르지 않다. 무자기 혹은 무자성의 내포를 특별히 어렵게 받아들일 필요는 없다. 그것의 내포가 끊임없이 변하는 것이 '나'인 만큼 불변하는 '나', 항구적인 '나'는 없다는 생각에 지나지 않기 때문이다. 불변하는 내가 없다, 항구적인 내가 없다는 것이 뜻하는 바는 나와 타자, 유와 무, 색과 공, 생生과 사死가 불이不二의 관계에 있다는 것에 지나지 않는다. 물론 여기서 불이의 관계에 있는 것은 이들 각각의 관계가 순환하는 관계에 있다는 말과 다르지 않다.

물론 이들 각각의 관계를 순환하는 불이의 관계로 자각하고 그것을 일상의 삶에서 실천하기는 쉽지 않다. 이들 각각의 관계를 순환하는 불이의 관계로 받아들여 나날의 삶에서 그것과 더불어 살아가기는 어렵다. 그것이야말로 성인聖人으로 사는 것, 곧 성聖스럽게 사는 것이기 때문이다.

성인聖人이나 성스러움의 가치를 정작 소중히 여긴 것은 『논어』의 중심화자인 공자인 듯싶다. 공자가 이루고자 하는 성聖의 경지는 물론 거룩한 것, 고결한 것, 뜻이 매우 높고 큰 것, 맹자의 표현을 빌리면 호연지기浩然之氣의 마음에 이르는 것을 가리킨다.

그렇기는 하더라도 일단은 성聖이라는 한자를 파자破子해 그것의 개념을 좀 더 구체적으로 이해할 필요가 있다. 앞에서도 말했듯이 성聖이라는 한자를 파자하면 耳(귀)+口(입)+壬(크다, 맡기다)이 된다. 귀耳와 입口을 세계에, 곧 객체에 맡기는 것이 성聖이라는 글자의 본래 뜻이라는 것이다. 耳(귀)와 口(입)는 안이비설신眼耳鼻舌身, 색성향미촉色聲香味觸, 시청후미촉視聽嗅味觸, 곧 색즉시공의 색色, 그러니까 오감五感, 즉 오온五蘊을 대표한다. 객체의 자극으로부터 야기되는 주체의 감각 일체가 이耳와 구口로 상징된다는 것인데, 이것들을 세계에, 곧 객체에 맡긴다는 것은 결국 주체를, 즉 자아를 무화無化시킨다는 뜻이 된다. 표면적인 내포로만 보면 주체를, 자아를 무화無化시키는 경지는 불교의 『아함경』에서 말하는 무자기無自己, 무자성無自性의 경지가 된다. 물론 정작의 무자기, 무자성의 경지는 주체를 무화시키기보다는 주체와 객체가 순환하는 불이의 경지에 이르는 것을 가리키지만 말이다.

그렇다면 여기서 말하는 성聖의 내포는 공자가 『논어』에서 말하는 육십이이순六十而耳順의 이순耳順의 내포와 다르지 않게 된다. 耳(귀)口(입)+壬(크다, 맡기다)과 耳(귀)+順(순하다)이 실제로는 동일한 의미망을 갖고 있기 때문이다. 이처럼 공자에게는 성인聖人의 경지나 성스러움의 경지가 육십이이순六十而耳順의 경지, 더 나아가 '칠십이종심소욕불유구七十而從心所欲不踰矩'(『논어論語』, 위정편爲政篇)의 경지를 가리킨다. 따라서 성인이나 성스러움의 경지와 관련해 '나이 70이 되어서야 마음이 하고자 하는 대로 좇아도 법도로부터 어긋나지 않았다'는 이 구절이 내포하고 있는 의미는 크다. 이것이야말로 바로 말 그대로의 성聖의 세계가 되고 성스러움의 내용이 되기 때문이다. 강조하거니와, 『논어』의 이 구절, 즉 '칠십이종심소욕불유구七十而從心所欲不踰矩'에는 이처럼 심心이라는 주체와 구矩라는 객체가 이루는 관계를 중심으로 하는 성聖의 내용 혹은 성스러움의 경지가 들어있다.

주지하다시피 '칠십이종심소욕불유구七十而從心所欲不踰矩'에서 주체인 심心은 욕망의 존재인 공자의 자아를 가리킨다. 그리고 '칠십이종심소욕불유구七十而從心所欲不踰矩'에서 객체인 구矩는 타자로서의 '모서리', 나아가 네모를 뜻한다. 구矩는 본래 구규矩規, 곧 외적인 척도를 가리킨다. 이 외적 척도의 의미가 변형되어 구矩는 점차 상법常法, 법도法度 등의 내포를 갖게 된다. 나아가 옛날에는 땅이 네모져 있다고 생각했기 때문에 구矩는 땅, 즉 대지, 자연을 뜻하기도 한다. 구矩는 주객일치主客一致라고 할 때의 객, 물심일여物心一如라고 할 때의 물物 전체를 요약하고 상징하는 셈이다. 요즘 식의 언어로 말하면 구矩는 타자나 세계라고도 할 수 있다.

그렇다면 이제 '종심소욕불유구從心所欲不踰矩'의 경지나 내용은 좀 더 분명해진다. 나이 70이 되어서야 심心으로 대표되는 주체와 구矩로 대표되는 객체 사이에 갈등이나 대립이 없어졌다는 것이 '칠십이종심소욕불유구七十而從心所欲不踰矩'의 정신 경지나 내용이기 때문이다. 그렇다면 성聖스러움의 경지나 성聖의 내용은 자못 분명해진다. 그것이 주체와 객체 사이에, 나와 남 사이에 아무런 거리낌도 존재하지 않는 대자유가 실현되는 경지를 가리킨다는 것을 모르는 사람은 이제 없다.

이로 미루어 보면 공자님도 나이 70이 되어서야 성인의 경지, 성스러움의 경지에 이르게 되었다는 것이 된다. 어찌 보면 그것이 실제로 내포하는 것은 주체 혹은 자아라는 에너지가 약화나 절약, 무화無化나 멸화滅化와 무관하지 않아 보이기도 한다. 부처님이 『아함경』에서 무자기無自己나 무자성無自性을 거듭 강조하는 것도 이와 다르지 않다고 생각된다. 보통 사람의 경우라면 생노병生老病의 연기를 거쳐 사死의 연기에 가까워질 때라야 성인聖人의 경지, 성스러움의 경지에 이르게 된다고 해도 좋다.

이러한 논의는 무엇보다 '종심소욕불유구從心所欲不踰矩'의 경지나 내용, 곧 성스러움이나 성인의 경지나 내용이 실제로는 주객일치나 물심일여의 경지나 내용과 다르지 않다는 것을 알게 해준다. 물론 이러한 경지는 불교에서 말하는 '일체유심조一切唯心造'의 경지나 내용과 다르지 않다. 일체一

切라는 객체가 유심唯心이라는 주체에 의해 이루어진다는 경지도 궁극적으로는 일체와 유심의 합일과 일체를 강조하고 있는 것이기 때문이다.

하지만 정작의 성인이나 성스러움의 내포가 주체와 객체의 단순한 합일, 소박한 하나됨을 가리키는 것은 아니다. 정작의 성스러움이나 성인의 내포는 주체와 객체가 상호 화이부동和而不同하는 합일, 즉 불이不二하는 합일의 경지를 가리키기 때문이다.

이때의 불이의 관계는 앞에서도 말했듯이 『반야심경般若心經』에서 말하는 '색즉시공色卽是空, 공즉시색空卽是色'의 색色과 공空의 관계에서 비롯되었다고 해야 옳다. 이는 곧 색과 공이, 공과 색이 불이의 관계에 있다는 것이다. 색은 가시적인 오감의 물질계를 가리키고, 공은 비가시적인 법法이나 의意의 정신계를 가리키거니와, 이들이 순환하는 불이의 관계에 있다는 것은 덧붙여 길게 설명할 필요가 없다.

불이의 관계에 있는 합일, 곧 하나됨은 성스러움이나 성인聖人의 경지일 뿐만 아니라 선禪의 경지이기도 하다. 禪(선)이라는 한자말을 파자하면 示(시)+單(단)이거니와, 示(시)+單(단)은 '하나로 본다' '하나로 보인다' 등의 뜻을 갖는다. 이때의 하나 역시 하나이면서 둘이고, 둘이면서 하나일 것은 불문가지이다. 이로 미루어 보더라도 선禪의 경지와 성聖의 경지가 다르지 않다는 것을 알 수 있는데, 이 둘의 경지가 좋은 시의 경지와 함께하리라는 것은 자명하다. 좋은 시는 본래 시선일치詩禪一致의 경지를 갖기 때문이다.

좋은 시가 갖는 경지, 곧 시선일치詩禪一致의 경지가 선승禪僧들의 선시禪詩에 의해서만 구현되고 실현되는 것은 아니다. 당나라 때의 이백이나 두보, 왕유나 소동파 등의 시에 의해서도 구현되고 실현되었던 것이 시선일치詩禪一致의 경지이다. 대한민국 시인들의 좋은 시, 곧 정지용이나 이육사, 영랑이나 백석, 오장환, 이용악, 김현승 등의 좋은 시에서도 넉넉히 찾아볼 수 있는 것이 시선일치詩禪一致의 경지, 곧 성스러움의 경지라고 할 수 있다. 정지용의 시 한 편을 읽으며 이 글을 매조지하는 단계로 넘어가기로 하자.

골짝에는 흔히
유성이 묻힌다.

황혼에
누리가 소란히 쌓이기도 하고,

꽃도
귀양 사는 곳,

절터드랬는데
바람도 모이지 않고

산 그림자도 설핏하면
사슴이 일어나 등을 넘어간다.

—정지용, 「구성동九城洞」 전문

3. 인간과 자연의 품격 있는 재통합

적어도 내가 생각하기에는 시에서의 성聖스러움은 신神이 갖고 있는 외재적 가치로서의 신성神聖보다 인간이나 자연, 곧 만물이 갖고 있는 내재적 가치로서의 성聖이나 성聖스러움이 진정한 깊이와 높이, 넓이를 이룬다. 시가 갖고 있는 성이나 성스러움의 내용과 가치는 이처럼 인간과 자연, 곧 만물의 안에서 내재적으로 그것을 움직이는 근본으로서의 이기理氣에 가깝다. 물론 이理와 기氣는 공空과 색色처럼 순환하는 불이不二의 관계로 존재하는 가운데 인간과 자연, 곧 만물의 안에서 유한하면서도 무한하게 그것을 움직이는 근본으로 존재한다. 만물을 움직이는 근본이라는 말은 만물이 저 스스로 운동하는 근본을 가리킨다. 만물이 저 스스로 운동하는 근본은 언제나 분리와 통합을 반복하며 이기理氣로서의 생명의 에너지를 만든다.

여기서 말하는 생명의 에너지는 시의 에너지에서도 마찬가지로 작용한다. 흔히 시는 통합을 기반으로 하는 언어예술 양식이고, 드라마는 갈등을 기반으로 하는 언어예술 양식이라고 한다. 하지만 시의 안에 통합의 자질만 있는 것은 아니고, 드라마의 안에 갈등의 자질만 있는 것은 아니다. 시의 안에도 더러는 갈등하는 것이 있고, 드라마의 안에도 더러는 통합하는 것이 있다는 뜻이다.

만물이 저 스스로 운동하는 근본과 관련해 옥타비오 파스(1914–1998)는 『활과 리라』에서 "시는 자연과 인간의 재통합을 지향하는 문학 양식이고 여기에는 두 개의 방향이 있다"고 말한다. 이때의 두 개의 방향에 대해 옥타비오 파스는 "하나는 과거적이고 다른 하나는 미래적이다"[4]라고 덧붙인다. 옥타비오 파스가 말하는 "과거적"이라는 것은 과거에 상실된 파라다이스에의 의지에 닿아있다는 뜻이고, "미래적"이라는 것은 미래에 건설해야 할 유토피아에의 의지에 닿아있다는 뜻이다. 이들 과거적 파라다이스나 미래적 유토피아는 공空과 색色이 불이不二의 하나이고, 유有와 무無가 불이不二의 하나이듯 하나이다. 구태여 과거에 미래가 들어있다는 헬레나 노르베리 호지Helena Norberg Hodge의 '오래된 미래'라는 개념을 떠올리지 않아도 이는 자명하다.

"자연과 인간의 재통합"을 추구하는 것이 시라는 옥타비오 파스의 주장은 김준오 교수가 시를 가리켜 '동일성의 양식'이라고 말한 것과도 다르지 않다. 이때의 동일성의 세계는 조동일 교수가 서정 양식이 '이성과 감성이 미분화되어 있는 세계'를 추구하는 장르적 속성을 갖고 있다고 말하는 것과도 같다. 이러한 논의에 따르면 본래 시(서정시)는 자연을 포함한 세계와의 재

---

4 위 책, 위 논문 94쪽에서 재인용.

통합, 새로운 하나됨, 곧 새로운 순환하는 불이의 경지를 추구하는 언어예술 양식이라고 해야 마땅하다. 물론 시가 그러한 세계를 추구하는 것은 오늘의 인간과 자연이, 곧 만물이 서로 분리된 채, 서로 소외된 채, 서로 대립하고 갈등하며 고통과 상처 속에서 허우적거리고 있기 때문이다.

이때의 새로운 재통합, 새로운 하나됨, 곧 새로운 순환하는 불이의 경지가 곧 성聖이나 성聖스러움의 경지이고 내용이라는 것에 대해서는 공자의 '종심從心'을 말하면서 이미 상세하게 강조한 바 있다. 방민호 교수는 스피노자의 신관神觀을 받아들여 성聖이나 성聖스러움이라는 말보다는 신성神聖이나 신성스러움이라는 용어를 쓰고 있어 나와 얼마간 견해를 달리하지만 말이다.

이러한 논의가 사실이라면 서정시의 구체적인 실제에서는 성이나 성스러움을 추구하지 않는 것이 별로 없다고 해도 과언이 아니다. 김준오가 자신의 『시론』에서 주장하고 있듯이 정도나 방법의 차이가 있기는 하더라도 제대로 된 서정시라면 공히 서정적 조화의 정서, 곧 시적 합일의 정서, 순환하는 합일의 경지를 추구하기 마련이다. 이러한 점에서도 따져보면 제대로 된 서정시는 모두 성聖이나 성聖스러움을 바탕으로 할 수밖에 없다.

동화의 방법이든 투사의 방법이든 합일의 정서, 일치의 정서를 추구하는 것이 제대로 된 서정시의 장르적 특징이라는 것은 불문가지이다. 김준오 교수의 동일성同一性, 죤 듀이의 통전統全, 에밀 슈타이거의 회감回感의 이론을 빌리지 않더라도 서정시가 하나의 세계, 둘이면서 하나인 세계를 추구한다는 것은 이미 보편화되고 정당화된 이론이다.

더러는 서정적 일치, 곧 합일의 정서를 바탕으로 하지 않고 극적 갈등의 정서, 곧 파토스적 대립의 정서를 바탕으로 하는 시도 창작되기는 한다. 지난 1980년대 군사독재 시절의 저항시, 혁명적 낭만시 등이 그 구체적인 예이다. 하지만 근본적으로는 분리나 분열에 따른 갈등과 대립, 길항의 세계를 넘어 참된 평화, 참된 공동체, 곧 화합과 일치, 합일과 통전統全, 즉 주객일치의 세계, 물심일여의 세계를 진실하게 추구하는 것이 서정시의 본질인 것은 사실이다.

서정시는 파라다이스에 기초한 시원의 과거 세계에 뿌리를 두고 있을 수도 있고, 유토피아에 기초한 문명의 미래 세계에 뿌리를 두고 있을 수도 있다. 하지만 그것들이 지향하는 세계는 근본적으로 다를 바 없는 의식의 지향을 함유하고 있다. 파라다이스와 유토피아의 관계 역시 무無와 유有의 관계, 공空과 색色의 관계, 곧 불이不二의 관계를 갖고 있기 때문이다.

그렇기는 하더라도 사람에게 품성이라는 것이 존재하듯이 시에게 품성이라는 것이 존재하는 것은 사실이다. 사람의 품성에 깊이와 높이와 넓이가 있는 만큼 그것을 반영한 시의 품성에도 깊이와 높이와 넓이가 있는 것은 분명하다. 이러한 논의는 기본적으로 성聖스러움을 추구하는 것이 서정시라고 하더라도 그것의 정도나 질, 품위나 기품 등에 있어서는 일정한 정도 차이가 있을 수밖에 없다는 것이 되기도 한다. 바로 이러한 지점에 존재하는 깊이와 높이와 넓이, 곧 성스러움이 좋은 시가 갖고 있는 운기運氣, 곧 호연지기浩然之氣를 만든다는 것을 알 필요가 있다. 더불어 그것은 시인의 정신이 갖고 있는 깊이와 높이와 넓이, 곧 성스러움을 반영하다는 것을 잊어서는 안 된다.(2018)

민주화 시대의 시 의식 혹은 시정신

1.

의회민주주의라는 정치체제와 자본주의라는 경제체제는 1945년 8월 15일 일제로부터 해방된 이후 대한민국이 남북분단의 슬픔과 아픔까지 각오하며 선택한 것이다. 그러니만큼 1948년 정부수립 당시 의회민주주의라는 정치체제와 자본주의라는 경제체제를 선택하면서 대한민국의 사람들이라면 누구라도 얼마간은 면구스럽고 민망한 마음을 가졌을 것이 분명하다. 하나의 정치체제와 경제체제를 선택한다는 것은 다른 하나의 정치체제와 경제체제를 포기한다는 것이기도 하기 때문이다. 그들이 대한민국이 선택한 의회민주주의라는 정치체제와 자본주의라는 경제체제가 당대를 사는 인간의 자유, 평등, 사랑, 평화를 보장하는 데 유일무이한 것은 아니었을 수도 있다는 것을 잘 알고 있었을 것 아닌가.

주지하다시피 대한민국의 사람들이 조금은 면구스럽고 민망한 마음으로 선택한 의회민주주의라는 정치체제와 자본주의라는 경제체제가 1948년 정부수립 후 곧바로 실속 있게 성취되었고 실현되었던 것은 아니다. 지속적으로 장기 집권을 시도해 온 이승만 독재 정부는 대다수 국민들에 의해 치열한 저항에 부딪쳤거니와, 급기야는 4 · 19 혁명에 의해 일거에 퇴출되고 만다. 4 · 19 혁명에 의해 새롭게 태어난 대한민국의 민주 정부도 곧이어 군사쿠데타를 일으켜 순식간에 정권을 잡은 박정희의 5 · 16 정권에 의해 처절하게 짓밟히게 된다. 박정희 군사독재가 출현하면서 1945년 일제로부터 해방된 대한민국이 남북분단의 슬픔과 아픔을 각오하면서까지 선택한 의회민주주의라는 정치체제와 자본주의라는 경제체제는 제대로 실현되기가 아예 요원해진다.

박정희의 비극적인 죽음까지 끌어안으면서 이 나라 국민들에 의해 강력하게 추진해 온 의회민주주의라는 정치체제와 자본주의라는 경제체제는 그러한 일이 있고 난 이후에도 아주 오랫동안 제대로 실현되지 못해 온 바 있다. 전두환, 노태우라는 괴물 군인이 나타나 느닷없이 형식적인 의회민주주의라는 정치체제와 자본주의라는 경제체제나마 함부로 짓밟아 버렸기 때문이다. 이들 군부독재 정권을 어렵게 퇴출시킨 후 태어난 몇몇 보수 정권의 경우 김영삼 대통령 시대를 제외하고는 형편없이 역사를 후퇴시키고 인권과 물권을 마구 파괴해 왔다는 것은 주지하는 바이다. 이명박 대통령으로부터 박근혜 대통령에 이르기까지 이들 수구 정권이 보여 준 비민주적이고 반민주적인 천박함과 무능함은 이 나라 모든 국민들이 혀를 내두르지 않을 수 없었을 정도이다. 오죽하면 최순실의 국정 농단에 대한 공분에서 비롯된 촛불혁명에 의해 박근혜 대통령이 권좌에서 쫓겨났을 뿐만 아니라 투옥이 되고 말았겠는가. 대다수의 국민들에 의해 탄핵을 당한 박근혜 대통령을 비호하고 옹호해 온 세력들이 아직도 대한민국 국회의 상당수를 차지하고 있다는 점을 생각하면 참으로 부끄럽다고 하지 않을 수 없다. 실정법의 차원에서도 온갖 부정부패의 원흉으로 밝혀져 징역을 살고 있는 이명박 대통령에 대해서는 더 말할 나위가 없다.

1945년 일제로부터 해방된 이후 대한민국이 제대로 된 민주화를 실현한 것은 1990년대 말에 이르러서이다. 김대중 대통령과 노무현 대통령이 대한민국의 정부를 맡았던 때가 그 시기이거니와, 본고에서는 그 시기를 제1차 민주화 실천 시기라고 부른다. 제1차 민주화 실천 시기에 극단적인 수구세력들과 함께 나라를 이끌어온 대한민국의 중도적인 진보 정치세력들이 겪은 치욕에 대해서는 여기서 따로 강조할 필요가 없다. 권력의 노예가 되어 부나비처럼 퍼덕이는 극단적인 수구세력들의 거듭되는 비인간적인 공격에 의해 노무현 대통령이 저 스스로 이승을 마감하던 날의 고통과 슬픔은 뜻있는 사람들 모두가 공감하는 바이다.

2.

뜨거운 분노와 성숙한 절제로 이루어진 촛불혁명을 통해 박근혜 대통령이 탄핵되면서 태어난 것이 문재인 대통령 중심의 제2차 민주화 실천 시기이다. 지금도 여전히 진행 중인 만큼 제2차 민주화 실천 시기는 각종 임무를 매우 조심스러운 행보로 이끌어가고 있다. 제1차 민주화 실천 시기의 오류와 오해를 제대로 극복하고 지양하기 위해 발걸음이 매우 무거운 것이 지금 문재인 대통령 중심의 제2차 민주화 실천 시기라는 것이다.

제2차 민주화 실천 시기도 역사의 한 시기인 만큼 대한민국 구성원들의 지난한 노력에 의해 그것의 성공 여부가 결정될 것으로 생각된다. 하지만 제2차 민주화 실천 시기에 대한민국의 역사적 현실을 이끌어가야 할 사람들은 아무래도 정치인이거나 정치권에 가까운 사람들일 수밖에 없다. 문화 예술인들이 대한민국 정치 현실의 중심에 서서 그것의 역사를 운용해 가는 것은 아무래도 불가능하다. 그렇다. 정치와 사회 등 각각의 부분에 부여된 역사적인 임무는 그것을 담당하는 사람들에게 맡기는 수밖에 없다. 따라서 문화 예술인, 그중에서도 시인들이 해야 할 역할은 마땅히 따로 있어야 할 것이다. 그것은 무엇보다 대한민국의 시문학사 전체를 업그레이드시킬 수 있는 수월한 작품, 뛰어난 작품을 쓰는 일이다. 그렇다면 대한민국의 시문학사에 뚜렷하고 명확한 획을 그을 수 있는 작품을 쓰기 위해 제2차 민주화 실천 시기에 이르러 시인들이 해야 할 일은 무엇인가.

서정을 바탕으로 하는 것이 오늘의 시, 곧 오늘의 서정시이거니와, 이때의 서정은 말할 것도 없이 당대를 살아가는 시인의 개인의식을 바탕으로 할 수밖에 없다. 근대에 들어 서정시가 모든 문학 장르의 중심으로 부상한 것도 그것이 동시대의 개인의식, 곧 개인적인 서정을 가장 적합하게 반영하는 언어예술 형식이었기 때문이다. 개인의식, 곧 개인적인 서정이 오늘날 예술성, 곧 심미성을 구현하는 가장 핵심적인 근거인 개성을 만든다는 것은 불문가지이다. 따라서 우선은 진정한 개인의식의 획득이 심미적인 개성을 낳는다는 생각을 바탕으로 독특하면서도 보편성이 있는 개인적인 서정을 획득하는 일이 무엇보다 중요하다. 물론 여기서 말하는 개인의식이 한갓 이기주의를 뜻하지 않는다는 것은 불문가지이다.

독특하면서도 보편성이 있는 개인적인 서정은 표현의 자유를 바탕으로 하는 다양성이 보장되지 않고서는 획득이 불가능하다. 표현의 자유를 바탕으로 하는 다양성이 보장될 때 시인들이 자신의 내부를 짓누르는 각종 검열로부터 자유로워지는 가운데 자기에게 주어진 심미적인 욕구를 올바르게 구현할 수 있기 때문이다. 따라서 제2차 민주화 실천 시기에 시를 비롯한 문학예술에게 가장 먼저 보장되어야 할 것은 표현의 자유를 바탕으로 하는 다양성이라고 하지 않을 수 없다. 다양성을 보장하는 일은 무엇보다 시인들 각자가 다른 가치를 추구하고 실현할 수 있는 자유를 십분 수용하는 데서 비롯된다.

시인들이 추구하는 심미적인 욕구가 다양해지면 그것을 일목요연하게 정리해 강조하기가 쉽지 않다. 시인들의 심미적인 욕구가 다양해질 경우 필연적으로 그것이 전위적이고 실험적인 욕구와 결합되기 때문이다. 다양성에 기초한 전위적이고 실험적인 욕구의 행방 역시 실제로는 일정한 질서를 갖기 어렵다. 그렇기는 하더라도 시인에게 주어진 심미적인 욕구를 역사, 사회적인 공동체와 관련해 전망할 수 있기는 하지만 말이다.

따라서 첫째, 제2차 민주화 실천 시기의 시 의식, 시정신은 자기 자신에게 주어진 심미적인 욕구를 역사, 사회적인 차원의 공동체와 관련해 새로운 모색을 할 수 있다. 이러한 전망과 함께하는 시의 경향은 여전히 역사와 사회의 정의를 바로 세우는 일과 관련해 참여의 길을 선택하기 쉽다. 근대적인 가치의 핵심으로 논의되어 온 자유, 평등, 사랑, 평화의 정신을 바탕으로 하는 정의의 길 말이다. 이들 시의 경향은 다른 무엇보다 제2기 민주화 실천 시기의 문재인 정부가 개혁에 성공하고 역사의 미래를 앞당기는 일에 기여하려 할 것으로 보인다. 따라서 이들 시의 경향은 여전히 당대의 현실에 눈길을 모으는 가운데 반성과 성찰의 언어를 누그러뜨리지 않을 것으로 생각된다. 그러한 노력을 계속하는 가운데 이들 시의 경향은 새로운 차원의 진보적 내용을 담는 민중시, 노동시, 농민시 운동으로 분화될 가능성이 크다. 이러한 종류의 시 의식, 시정신도 여전히 앞으로 필요하고 의미가 있으리라는 것은 이론의 여지가 없다.

둘째, 제2기 민주화 실천 시기의 시 의식, 시정신은 무엇보다 실험 의식, 실험 정신과 함께할 가능성이 높다. 새로운 시기, 곧 제2기 민주화 실천 시기의 시 의식, 시정신이 각종 실험 의식과 관련되어 있을 것이라고 판단되더라도 그것이 얼마간 분리되고 분화된 상태로 진행되리라는 것은 자명하다. 우선은 제2기 민주화 실천 시기의 시 의식, 시정신 또한 언어 그 자체에 집착해 새로운 실험을 시도할 가능성이 있다. 언어의 자질 중에서 의미나 이미지를 제거하고 소리만을 남겨 새로운 무의미한 음악시를 만들려 하는 것 등이 그것인데, 물론 이러한 실험은 제1기 민주화 운동 시기의 시 의식, 시정신에서도 시도된 바 있다. 이른바 미래파의 몇몇 시인들이 바로 그러한 실험에 참여했거니와, 김춘수의 실험을 반복한 이들의 실험의 경우 심미적으로 크게 성공한 것으로 보이지는 않는다. 그렇다고는 하더라도 이들의 그러한 시도가 시사적으로 일정한 의미를 갖고 있는 것은 사실이다. 이와 관련해 정작 주목해야 할 것은 예의 실험이 지니고 있는 성공 여부와 관계없이 그것의 불씨가 지금 아주 꺼진 것은 아니라는 점이다.

언어의 다양한 요소 중에서 몇몇은 제거하고 몇몇은 강화해 새로운 시를 실험했던 것은 물론 어제오늘의 일이 아니다. 시의 기본 질료가 언어이고 보면, 나아가 언어에 대한 자각으로부터 대부분 시인들이 시를 시작하는 것이 보통이고 보면 언어의 각종 요소들에 기대어 시의 진보를 꿈꾸는 일은 충분히 있을 수 있는 일이다. 따라서 시의 언어에 집착해 새로운 실험을 하고자 하는 경향은 앞으로도 한층 더 심화된 상태로 저 자신을 업그레이드시켜 갈 것으로 보인다. 젊은 시인들에게는 여전히 새롭고 신비한 것이 시의 기본 질료인 언어 그 자체이기 때문이다. 물론 그것은 언어에 대한 이해가 별로 깊지 않기 때문에 빚어지는 일일 수도 있지만 말이다.

셋째, 제2기 민주화 실천 시기의 시 의식, 시정신은 역사의 고비마다 시를 혁신시켜 온 이른바 신서정 운동과 함께할 가능성도 있다. 역사의 한 시기는 언제나 그 시기에 합당한 서정을 생산하기 마련이다. 역사를 살펴보면 언제나 그 시대에 맞게 새롭게 태어나는 것이 감정, 정서이고, 그 시대의 감정, 정서를 십분 반영하는 것이 시에서의 서정이기 때문이다. 그러한 점을 생각하면 제2기 민주화 실천 시기의 시 의식, 시정신이 신서정 운동을 통해 시의 진보를 꿈꾸는 일은 충분히 있을 수 있는 일이다.

신서정이든 구서정이든 본래는 감정, 곧 정서를 바탕으로 하는 것이 서정이다. 따라서 당대에 어울리는, 당대에 새로 태어나는 감정, 곧 정서가 지금 이곳의 삶에 합당한 신서정 운동을 불러일으키리라는 전망은 그럴싸하다. 물론 이때의 신서정 운동은 지금 이곳의 삶에 합당한 감정, 합당한 정서를 바탕으로 할 수밖에 없다. 지금 이곳의 정작의 현실로부터, 제대로 된 일상으로부터 불거져 나와야 마땅한 것이 신서정 운동이라는 것이다. 여기서 말하는 신서정 운동 또한 그 나름의 심미적인 예술성을 십분 확보할 수 있을 때 당대의 독자들과 넉넉한 교감을 할 수 있을 것이지만 말이다.

넷째, 제2기 민주화 실천 시기의 시 의식, 시정신의 경우 이 나라의 새로운 문화적인 재부를 창출하기 위해 탐미적 예술성을 추구하는 일에 집중할 가능성이 있다. 한국 현대시사에서 제대로 된 탐미적인 예술성을 진정으로 추구했던 경험은 많지 않다. 언제나 위기에 처해 있던 이 나라의 역사적 현실이 당대의 시인들에게 예술지상주의적인 발상을 금지해 왔거니와, 이제는 그러한 고리가 풀려도 크게 문제될 것 없는 시기에 이르고 있다. 마침내 시인들이 당대의 역사를 진전시키기 위해 필요 이상으로 심혈을 기울이지 않아도 될 수 있는 시대에 도달해 있기 때문이다.

시를 통해 극단적인 예술성, 탐미성을 추구할 때 시의 언어를 매개로 시인이 할 수 있는 일차적인 실험은 순수하게 음악성이나 회화성을 추구해 시의 현존을 새롭게 만드는 일이다. 시에서 의미를 제거해 새로운 무의미 시를 추구하는 일이 그것인데, 언어에 집착하는 이러한 실험은 과거에도 몇 차례 시도된 적이 있어 얼마간 식상하게 느껴지기는 한다. 물론 언어 차원의 이러한 실험에 대해서는 앞에서도 잠시 논의한 바가 있다. 회화성을 강화해 새로운 시를 쓰려는 노력도 실제로는 이미지즘 등의 차원에서 여러 차례 시도된 적이 있어 새로운 실험은 아니다.

시를 통해 극단적인 예술성, 탐미성을 추구할 때 시의 언어를 매개로 할 수 있는 이차적인 일은 독특하고 개성 있는 정서를 산출해 시의 분위기를 일신하는 일이다. 물론 독특하고 개성 있는 정서를 산출한다는 것은 멜랑콜리하고 그로테스크한 정서 등을 산출해 병적인 분위기나 죽음 의식 등을 유포하는 일과 무관하지 않다. 멜랑콜리하고 그로테스크한 정서가 근대적 정서를 대표한다는 점에서 이러한 실험을 추구하는 시 의식, 시정신의 경우 상투성을 극복하기가 쉽지는 않겠지만 말이다.

다섯째, 제2차 민주화 실천 시기에 민주주의라는 대한민국의 정체성이 좀 더 편안하게 실현된다면 현대시가 드높은 정신 경지를 추구할 가능성도 있다. 이때의 드높은 정신 경지는 선禪의 경지나 성聖의 경지를 가리키거니와, 이러한 정신 경지를 갖는 시적 자산도 십분 필요한 것이 지금 이곳 대한민국의 시단이다. 시를 포함한 이 나라의 문화적 유산, 곧 문화적 재부는 다양하고 풍부하면 할수록 좋지 않겠는가.

아무리 다양하고 풍부하다고 하더라도 시를 포함한 이 나라의 문화적 유산, 곧 문화적 재부는 일정한 계보와 경향성을 지닐 수밖에 없다. 하지만 아직까지는 우리 시의 정신 차원에서 선禪의 경지나 성聖의 경지를 추구 해

온 계보를 찾기는 쉽지 않다. 불가佛家의 시 경향이 아니라 민가民家의 시 경향에서는 1990년대에 최동호, 황봉구 시인 등에 의해 시도된 바 있는 정신주의 시 운동이 있을 뿐이다. 따라서 기존의 이러한 노력을 되살리면서도 좀 더 드높은 정신의 경지를 추구하는 시 운동이 전개될 가능성은 충분하다. 2000년대 들어 새롭게 변신한 최동호 등의 극서정주의 운동도 그러한 예의 하나라고 할 수 있다. 은둔에 기초하면서도 드높은 정신 경지를 탐구해 온 시를 비롯한 예술의 경향은 한중일 삼국의 차원에서 보면 그다지 낯선 것이라고 하기 어렵다.

제2차 민주화 실천 시기에 이루어질 시의 개혁과 갱신, 이른바 시의 진보가 이상에서 기술한 차원에서만 전개될 것으로 보이지는 않는다. 따라서 좀 더 구체적인 차원에서, 나아가 좀 더 체계적인 차원에서 기존의 시가 어떻게 저 자신 갱신시켜 왔는가를 살펴볼 필요가 있다.

3.

제2기 민주화 실천 시기의 시 의식, 시정신이라고 하여 새로운 시적 진보, 시적 변이가 저절로 이루어지는 것은 아니다. 과거의 예에서도 확인할 수 있듯이 시적 진보, 시적 변이가 일어나는 데는 일정한 형식이 있기 마련이다. 따라서 '진보의 시대' '시적 진보'라는 명제에서 살펴보더라도 새로운 시의 출현이 기존의 시의 역사에서 줄곧 보아왔던 일정한 체계나 틀을 완전히 벗어나 존재하지는 않으리라고 생각된다.

생산력과 생산관계를 중심으로 하는 물질적인 토대가 변하면 그것을 반영하는 의식의 제 형태도 변하기 마련이다. 의식의 제 형태 중의 하나인 시 의식, 시정신도 물질적 토대의 변화와 함께하면서 저 자신의 구체적인 모습을 진화, 변이시켜 가리라는 것은 불문가지이다. 물론 그 역으로 의식의 제 형태 중의 하나인 시 의식, 시정신의 변화가 물질적 토대의 진화, 변이를 이

끌어낼 수도 있기는 하겠지만 말이다. 제대로 된 의회민주주의 정치체제가 제대로 된 자본주의 경제체제를 선도하게 되면 그에 알맞는 시 의식, 시정신이 출현할 수도 있으리라는 것이다. 그렇다고는 하더라도 예의 토대와 상부구조 중에서 상대적으로 선행하는 것은 토대, 곧 물질적 조건이지만 말이다. 어쨌거나 새로운 시대의 전개와 함께 새로운 시 의식, 시정신이 출현해 이 나라 전체의 언어예술을 이끌어가리라는 것은 의심할 바 없는 사실이다.

하지만 시의 역사가 이루어지는 현장에서 보면 이처럼 거대 담론의 차원에서만 시의 진화나 변이가 일어나는 것은 아니라는 것을 알 수 있다. 이와 관련해 우선 주목이 되는 것은 문학 안에서 기본 질료를 이합, 집산시키는 가운데 새로운 시, 새로운 서정을 탐구해 온 예이다. 문학의 다른 장르가 갖고 있는 서사성이나 극성을 받아들여 (서정)시를 갱신, 혁신시켜 온 예 말이다. 그렇다. 서정시의 역사에서 보면 기존의 서정적 장르의 특징이 서사 장르나 극 장르의 특징을 받아들여 저 자신을 갱신해 온 예를 찾아보기는 어렵지 않다. 서정(적 정서) 중심의 서정시가 서사(이야기)의 특징을 받아들여 현실 적응력을 높여 온 것이 그것의 대표적인 예이거니와, 이는 기존의 문학사에서 '이야기시'라는 이름으로 자주 목격해 온 것이기도 하다. 이에서도 알 수 있듯이 (서정)시의 역사에서 다른 장르와의 교감이나 통합, 영향 수수 등을 통해 장르를 확장하는 방식으로 (서정)시의 진보를 꾀해 온 예는 매우 많다.

서정(적 정서) 중심의 서정시에 희곡(대화)의 특징을 받아들여 저 자신을 갱신해 온 예도 확인할 수 있다. 대화의 기법을 받아들여 서정시의 언어를 전개하는 방식으로 서정시를 혁신시켜 온 것도 그중의 하나이다. 아예 지문과 대화의 형식으로 시를 구성한 시도 있다. 시극의 형식으로 창작된 서정시에 대해서는 더 말할 필요가 없다.

때로는 서정시가 저 자신의 장르적 특징을 극단적으로 강화시켜 순수 서정이라는 새로운 진보를 꾀한 적도 있다. 리듬이나 이미지를 강화시켜 서정 장르 고유의 절대성을 실험했던 시 말이다. 음악시라든지, 이미지 시가 그 대표적인 예라고 할 수 있다. 이미지 시 중에는 의미를 소멸시킨 이미지를 추구하는 무의미한 이미지 시도 있었던 것이 사실이다.

서정시가 타 장르의 특성을 수용해 저 자신을 갱신시키는 일이 문학의 장르 안에서만 일어나는 것은 아니다. 시의 역사에서는 문학 밖의 굿의 형식과 결합한다든지, 창唱의 형식과 결합한다든지, 전기傳記의 형식과 결합한다든지, 수기手記의 형식과 결합한다든지, 철학의 형식과 결합한다든지 하는 일이 부지기수로 일어난 바 있다.

지난 시대 미래파의 말기에는 논문의 형식을 받아들여 행이나 연의 말미에 각주가 달리는 시도 창작된 바 있다. 본래 중심 예술은 늘 변두리 형식, 곧 주변의 형식을 끌어들여 저 자신을 갱신해 왔다는 것을 기억할 필요가 있다. 모든 중심 문화는 저 자신의 힘만으로는 자기 갱신을, 자기 혁신을 하지 못한다는 것을 잊어서는 안 된다.

제2기 민주화 실천 시기의 시 의식, 시정신도 시적 진보 혹은 시적 변이를 꾀하기 위해 위에서 말한 방식을 나름대로 변형시켜 새로운 시를 실험할 가능성이 있다. 물론 이러한 노력들은 시에 새롭게 참여하는 젊은 세대의 심미적 호응과 함께할 때 그 나름의 형식과 내용을 갖추며 새로운 시의 면면을 만들어갈 것이다.

언제나 한 세대는 한 세대의 새로운 감수성을 새롭게 갖고 태어나 자기 시대의 시를 비롯한 문화예술을 갱신해 나가기 마련이다. 시를 비롯한 문화 일반의 정책에 정부 기관이나 정책 기관의 과도한 간섭이나 개입이 필요치 않은 까닭이 바로 여기에 있다. 제2기 민주화 실천 시기의 정부에서도 시를 비롯한 문화 일반이 지니고 있는 이러한 현실을 소중하게 받아들여 물질적이고도 정신적인 지원은 하되, 불필요한 간섭이나 개입은 하지 않는 방향으로 정책을 입안하기 바란다. 시를 비롯한 문화예술은 근본적으로 다양한 자유를 먹고 크는 생명나무라는 것을 잊지 말아야 한다. (2018)

시, 무엇을 쓸 것인가
—동학사상을 생각한다

시든 소설이든 무엇을 좀 쓰려면 쓸 내용이 요구되기 마련이다. 물론 이때의 '내용'은 글의 소재 혹은 주제를 가리킨다. 글을 쓰는 데 소재나 주제만큼 중요한 것은 없다. 소재도 중요하지만 주제는 더더욱 중요하다. 그렇다. 어떤 글이든 좋은 글을 쓰려면 주제만큼 중요한 것이 없다.

기본적으로 주제는 창작자의 세계관과 깊이 관련이 되어있다. 창작자의 세계관을 깊이 반영하는 것이 다름 아닌 글의 주제이기 때문이다. 주제와 관련된 이러한 면은 시의 경우에도 마찬가지이다. 이 글에서는 시를 전제로 하고 주제에 대해 논의하기로 한다.

강조하거니와, 시의 주제는 시인의 세계관에 의해 결정된다. 그렇기는 하지만 시의 내용을 세계관과 관련시켜 이해하려면 주제라는 말보다 의미, 가치, 의도, 의식이라는 말이 좀 더 적당할는지도 모른다. 시가 지니고 있는 의미, 가치, 의도, 의식이 실제로는 시의 주제를 결정하는 주요 자질이기 때문이다. 이로 미루어 보더라도 시인의 세계관이 개별 시가 지니고 있는 의미, 가치, 의도, 의식 등을 결정하는 핵심을 벼리는 것은 불문가지이다.

세계관은 말 그대로 '세계를 보는 관점'을 가리킨다. '세계를 보는 관점'을 결정하는 것은 물론 시인의 사상이나 철학 등이다. 사상이나 철학의 본

바탕을 이루는 것은 인식론이다. 여기서 말하는 인식론은 주체가 세계를 인식하는 방법, 방식 등을 가리킨다. 주체가 세계를 인식하는 방법, 방식, 즉 세계관은 주체의 성격, 욕망, 취향, 기호嗜好, 의식 지향, 가치관, 역사 인식, 계급의식과 무관하지 않다. 그렇다고는 하더라도 주체의 세계관은 주체의 의지를 바탕으로 하는 자각, 수행, 수신과 깊이 관련되어 있다. 좀 더 구체적으로 말하면 주체의 마음공부와도 깊이 연관되어 있는 것이 세계관이라는 것이다.

주체의 의지를 바탕으로 하는 자각, 수행, 수신을 실천하기 위한 마음공부를 돕는 데는 많은 협력물들이 있을 수 있다. 기존의 철학, 사상, 종교 등이 그 대표적인 예이다. 동학사상도 그중의 하나일 것은 자명하다.

동학사상을 이해하고 체화하는 데는 다양한 길 곧 방법과 방식이 있을 수 있다. 여기서는 동학의 주문呪文을 상세하게 고찰하는 것을 통해 주체의 의지를 바탕으로 하는 자각, 수행, 수신을 실천할 수 있는 시인의 마음공부를 돕기로 한다. 물론 이것은 시인의 세계관을 단련시키는 일이기도 할 것이다. 세계관을 단련시키는 일이 시인의 시정신, 곧 주제 의식을 강화시키는 일이 되기도 하리라는 것은 자명하다.

동학사상은 '시천주侍天主'라는 말에서부터 출발한다. '시천주侍天主'라는 말로부터 심화, 확장되어 간 것이 동학사상이라는 것이다, '시천주侍天主'라는 말은 '천주, 즉 하느님을 모신다'는 뜻을 갖고 있다. 이러한 뜻을 갖고 있는 '시천주侍天主'라는 말은 무엇보다 동학의 주문 속에 잘 드러나 있어 주목이 된다. 다음의 예가 동학의 주문 21자이다.

至氣今至 願爲大降 侍天主 造化定 永世不忘 萬事知

지기금지 원위대강 시천주 조화정 영세불망 만사지

동학의 주문 21자 속에는 동학사상의 핵심이 거의 대부분 들어있다. 주문이니만큼 이 21자는 자꾸 외우고 불러야 마땅하다. 자꾸 외우고 불러야 할 만큼 중요한 것이 이 주문의 의미를 바르게 새겨보는 일이다. 다음은 한문으로 되어있는 동학東學의 이 주문呪文 **"至氣今至 願爲大降 侍天主 造化定 永世不忘 萬事知"**의 뜻을 한글로 풀어 새겨본 것이다.

> **"지극한 기운이 지금 이르고 있나이다. 원컨대 크게 강림하시기를 바라나이다[至氣今至 願爲大降]. 내 안에 하느님을 모시고 있으니[侍天主] 그렇게 되면 만물의 조화가 안정安定되리다[造化定]. 영원토록 잊지 않고 정성을 다하면 만사를 환히 깨달아 알게 될 지이다[永世不忘 萬事知]."**

위는 동학의 주문을 조금은 고풍한 우리말로 풀어 새겨본 것이다. 이제부터는 이 주문이 내포하고 있는 의미를 좀 더 자세히 살펴보기로 하자. 가장 먼저 주목해야 할 것은 이 주문의 핵심인 동시에 동학사상의 핵심인 '시천주侍天主'의 의미이다. 시천주侍天主는 하느님을 모시고 있다는 뜻이거니와, 이때 시천주侍天主의 주체는 물론 '나'이다. 따라서 시천주侍天主는 자연스럽게 오지시천주야吾之侍天主也가 된다. 오지시천주야吾之侍天主也는 마땅히 '나는 하느님을 모시고 있다'는 뜻이다.

'나는 하느님을 모시고 있다'는 것은 내 안에 하느님이 들어있다는 것이기도 하다. 내 안에 하느님이 들어있다는 것은 내가 곧 하느님이라는 것이 된다. 내가 하느님이라는 것은 내가 하느님만큼 높고 귀하고 소중하다는 뜻이다. 내가 하느님만큼 높고 귀하고 소중하다는 것은 네가 하느님만큼 높고 귀하고 소중하다는 것이다. 그렇다. 나는 곧 너이다. 수운水雲 최제우崔濟愚의 깨달음에 따르면 오심즉여심吾心卽汝心, 곧 내 마음이 곧 네 마음이다. 내가 하느님을 모시고 있다는 것이 네가 하느님을 모시고 있다는 것이 되는 까닭이 바로 여기에 있다.

나와 너는 우리이고, 우리는 보편적인 사람 모두를 가리킨다. 따라서 오지시천주야吾之侍天主也는 인간지시천주야人間之侍天主也로 된다. 내가 하느님을 모시고 있다는 것은 곧 사람들 모두가 하느님을 모시고 있다는 뜻이다. 물론 이러한 논의는 내가 높고 귀하고 소중한 만큼 사람들 모두가 높고 귀하고 소중하다는 것을 가리킨다.

이러한 얘기는 '나는 사람이다, 사람은 다 하느님을 모시고 있다, 그러므로 사람은 곧 하느님이다'라는 뜻이 된다. 이들 논리를 한문으로 표현하면 '시천주侍天主 → 오지시천주야吾之侍天主也 → 오지인간야吾之人間也 → 인간지시천주야人間之侍天主也 → 인간즉천주야人間卽天主也'가 된다. 이들 논리에서 다시금 주목해야 할 것은 인즉천人卽天, 사람이 곧 하느님이라는 것이다. 물론 이는 사람이 하느님만큼 높고 귀하고 소중하다는 뜻이 된다.

인즉천人卽天을 동학에서는 흔히 인내천人乃天이라고 말한다. 인내천人乃天은 '사람이 마침내 하느님'이라는 뜻이다. '사람이 마침내 하느님'이라면 '사람 섬기기를 하느님처럼 하라'는 사인여천事人如天의 정신은 너무도 자명하게 받아들여진다. 사람이 하느님인 만큼 사람 섬기기를 하느님처럼 하라는 것이 사인여천事人如天의 정신인 것이다.

사람이 하느님이라는 인내천人乃天의 사상은 해월海月 최시형崔時亨에 이르면서 좀 더 심화되고 확장된다. 해월海月 최시형崔時亨의 사상에 이르게 되면 사람만이 하느님이 아니라 사람과 함께하는 모든 것이 하느님이 되기 때문이다. 여기서 사람과 함께하는 모든 것은 사람이 행하는 모든 일과 사람이 만나는 모든 사물을 가리킨다. 해월海月 최시형崔時亨은 이를 인인천人人天, 물물천物物天, 사사천事事天의 개념을 통해 설명한다. 그의 주장에 따르면 사람사람이 하느님이고, 사물사물이 하느님이고, 일일이 하느님인 것이다. 이러한 주장은 곧 모든 존재에는 다 하느님이 들어있다는 것이 된다. 그렇다. 사람 섬기기를 하느님같이 해야 할 뿐만 아니라 사물 섬기는 것도, 일 섬기는 것도 하느님 섬기는 것같이 해야 한다.

이들 사상을 나날의 삶에서 구체적으로 실천하기는 물론 쉽지 않다. 그렇다고는 하더라도 이제 왜 사람 섬기기를, 사물 섬기기를, 일 섬기기를 하느님 섬기기처럼 해야 하는지는 충분히 알 수 있다. 새삼스러운 얘기이지만 모든 존재는 다 영靈을 가지고 있다. 영靈을 가지고 있다는 것은 사람마다, 사물마다, 일마다 제 안에 다 하느님을 모시고 있다는 것이 된다. 사람마다, 사물마다, 일마다 제 안에 다 하느님을 모시고 있다면 어떻게 그것들을 함부로 취급하고, 함부로 파괴할 수 있겠는가.

동학에서는 이때의 섬길 사事 자字 대신 공경할 경敬 자字를 사용해 지금까지 말한 정신을 좀 더 생생하게 표현한다. 하느님을 공경하고, 사람을 공경하고, 사물을 공경해야 한다는 삼경사상三敬思想이 그것이다. 마땅히 삼경사상三敬思想에서 삼경은 경천敬天, 경인敬人, 경물敬物을 가리킨다. 그렇다면 천즉인天卽人, 인즉물人卽物, 물즉천物卽天이니만큼 하느님을 공경하는 일은 사람을 공경하는 일이 되고, 사람을 공경하는 일은 사물을 공경하는 일이 되고, 사물을 공경하는 일은 하느님을 공경하는 일이 된다. 동학에서는 이처럼 하느님과 사람과 사물을 동일한 존재, 같은 생명으로 받아들인다. 이에 따르면 경천이 곧 경인이고, 경인이 곧 경물이며, 경물이 곧 경천인 셈이다.

동학에서는 공경한다는 뜻의 경敬이라는 한자말보다 모신다는 뜻의 시侍라는 한자말을 선호한다. 경敬이라는 한자말에는 얼마간 유학, 곧 성리학의 아우라가 묻어있기 때문일까. 아직은 그 이유를 정확히 알지는 못한다.

그러나 받든다는 뜻의 경敬은 모신다는 뜻의 시侍와 그 내포가 크게 다르지 않다. 따라서 이를 한자말로 표현하면 경즉시敬卽侍가 된다. 이들 논의에 따르면 경천敬天, 경인敬人, 경물敬物의 삼경사상三敬思想은 곧바로 시천侍天, 시인侍人, 시물侍物의 삼시사상三侍思想이 된다.

나날의 삶에서 남을 공경한다는 것은 남을 모신다는 것과 다르지 않다. 하느님을 모신다는 것은 사람을 모신다는 것이고, 사람을 모신다는 것은 사물을 모신다는 것이다. 사물을 모신다는 것은 하느님을 모신다는 것이다. 하느님은 곧 사람이고, 곧 사물이다[天卽人→天卽物]. 사람은 곧 사물이고, 곧 하느님이다[人卽物→人卽天]. 사물은 곧 하느님이고, 곧 사람이다[物

卽天一物卽人].

이에서도 알 수 있듯이 하느님과 사람과 사물은 겉은 달라 보이지만 속은 다르지 않다. 공히 동일한 존재이고, 영혼이고, 생명이다. 겉으로는 각기 다른 둘이지만 속으로는 각기 같은 하나인 것이 하느님과 사람과 사물이다.

하느님과 사람과 사물이 서로 다르지 않다면, 그것들 모두가 서로 하나라면 각기 서로를 파괴하거나 유린할 리 만무하다. 그렇다. 이른바 삼경사상이 내화되고 육화되면 오늘의 이 세상에서 생태환경의 문제가 발생할 리 없다. 생태환경의 문제는 사람과 사물과 자연(하늘, 天)이 각기 서로를 무시하고, 하대하고, 천대할 때 발생하기 마련이다. 사람과 사물과 자연(하늘, 天)이 서로를 높고, 귀하고, 소중하게 여기면 생태환경의 문제가 발생하지 않으리라는 것은 자명하다. 이렇게 살게 되면 생태환경의 문제만이 아니라 계급 문제 및 민족 문제도 야기되지 않으리라는 것은 이론異論의 여지가 없다.

동학의 주문에서 **'시천주侍天主'**라는 말 다음으로 중요한 말은 **'조화정造化定'**이다. '조화정造化定'이라는 말의 의미는 '시천주侍天主'라는 말의 의미와 결코 무관하지 않다. 앞에서도 말했듯이 '조화정造化定'이라는 말은 세상의 만물이 다 잘 조화가 이루어지리라는 것을 뜻한다. 그렇다. '조화정造化定'이라는 말은 시천주侍天主, 곧 인내천人乃天, 나아가 경천敬天, 경인敬人, 경물敬物의 삼경사상三敬思想이 실천되면 세상의 만물이 서로 잘 조화를 이루어가리라는 것을 뜻한다.

그럼에도 불구하고 나날의 일상에서 경천敬天, 경인敬人, 경물敬物의 삼경사상三敬思想을 제대로 실천하기는 쉽지 않다. 물론 아는 것과 실천하는 것이 일치하지 않는 것은 어제오늘의 일이 아니다. 영원토록 잊지 않고 '시천주侍天主', 곧 인내천人乃天의 정신에 정성을 다 바쳐야 만사萬事를 환히 깨달아 알 수 있게 된다는 것을 염두에 둘 필요가 있다[영세부망 만사지永世不忘 萬事知]. 아는 것과 실천하는 것이 일치하지 않는다고 하더라도 일단은 먼저 알고 볼 것이 아닌가? 경천敬天, 경인敬人, 경물敬物을 위해 매사에 최선을 다하는 마음부터 가져야 할 필요가 바로 여기에 있다.

이상에서 논의한 동학의 주문과 관련된 몇몇 사상은 그 자체로 인류 역사의 바른 방향이고, 그 실제의 내용이라고 할 수 있다. 그러니만큼 이와 동시에 이들 동학의 정신은 그 자체로 시의 내용이 되고 주제가 되고 의미가 되고 세계관이 되어도 무방할 것이다. 자연(天)과 인간과 사물과 일(事)에 대해 지극한 마음으로 정성을 바치는 것만큼, 곧 최선을 다해 모시는 것만큼 시의 마음에 가까이 다가가는 것은 없다.

무엇을 쓸 것인가. 글을 매조지하며 강조하거니와, 시의 주제를 이루는 것 중에 시천주侍天主, 인내천人乃天의 정신에서 비롯되는 경천敬天, 경인敬人, 경물敬物의 삼경사상三敬思想만큼 높고 귀하고 소중한 것은 없다. 여러분은 그렇지 않은가.(2017)

김현승의 시와 고독의 세 층위

1. 머리말

김현승을 두고 흔히 '고독의 시인'이라고 하거니와, 그의 시의 핵심 주제가 '고독'이라는 것은 이미 잘 알려져 있는 바이다. 따라서 지금 이곳에서 김현승 시의 '고독'에 대해 논의하는 것은 다소 낡아 보일 수도 있다. 하지만 자본주의가 고도로 발달해 있는 지금 이곳에서야말로 오히려 '고독'에 대해 좀 더 깊이 있게 논의해야 할는지도 모른다. 근대의 한복판을 지나고 있는 지금 이곳이야말로 김현승 시에 대해서는 말할 것도 없고, 현대인의 감정 일반과 관련해서도 고독에 대해 심각하게 되물어 보아야 할 때가 되었다는 뜻이다. 본래 '고독'이라는 것이 자본주의적 근대를 살아가는 사람들의 대표적인 감정의 하나이기 때문이다. 자본주의적 근대의 한복판을 살아가고 있는 지금 이곳이야말로 인간을 더욱 깊이 사로잡는 중심 감정이 '고독'이라는 것이다.

이러한 논의로 미루어 보더라도 '고독'이 현대를 살아가는 인간의 핵심 감정 중의 하나인 것만은 분명하다. '고독'이 오늘을 살아가는 인간의 핵심 감정 중의 하나라는 것은 그것의 사전적인 의미를 통해서도 잘 알 수 있다.

국어사전에 따르면 '고독'은 "쓸쓸하고 외로움"[1] "혼자서 외로운 것"[2] "세상에 홀로 떨어져 있는 듯이 매우 외롭고 쓸쓸함"[3] 등의 언표로 설명되어 있다. 물론 김현승의 시에서 '고독'이 있는 그대로의 쓸쓸함이나 외로움 등만으로 드러나 있는 것은 아니다. 그 나름의 독특한 내포를 갖고 있는 이미지로, 존재로, 관념으로 상징화되어 있는 것이 그의 시에서의 '고독'이다. 따라서 그의 시와 함께하는 '고독'은 평범한 일상에서 느끼는 막연한 쓸쓸함이나 외로움과는 다소 거리를 갖는다. 출발은 비록 이들 감정과 함께한다고 하더라도 그의 시에 특화되어 있는 '고독'은 점차 관념화되어 일종의 철학으로까지, 사상으로까지 발전해 있는 것이 사실이다.

이처럼 그는 애초부터 깊이 고뇌하는 자아를 갖고 있었던 것으로 보인다. 말하자면 본래부터 매우 복잡하고 적층적인 감정을 지니고 있었던 것이 김현승 시인이라는 뜻이다. 그렇다. "양심을 노래한 휴머니스트요, 도덕적 시인으로 고뇌하는 인간의 지상 세계를 순례하기에 분주했"[4]던 것이 그라고 할 수 있다.

등단 초기의 처녀작과 관련해 그는 자신의 시풍이 "수월찮이 낭만조浪漫調와 감상조感傷調에 기울어지고 있었다"[5]고 말한 적이 있다. 등단 초기의 시풍이 그 "자신이 생각할 때 민족적 로맨티시즘이 아니면 민족적 센티멘털리즘"[6]과 관련되어 있었다고 말하고 있는 것도 동일한 예이다. 물론 그의 시가 "이러한 경향을 띠게 된 이면에는 일본 제국주의 식민 통치하에 있었던 우리의 민족적 울분이 크게 작용했기 때문이며 젊은 혈기에도 맞았기

1 민중서림, 『엣센스 국어사전』 제5판, 2004, 198쪽.
2 금성출판사, 『금성판 국어대사전』, 1991, 197쪽.
3 다음위키백과사전, http://enc.daum.net/dic100/contents.do?query1=10XX398583.
4 이운룡, 「지상에서의 마지막 고독」, 『김현승 평전』, 문학세계사, 1984. 141쪽.
5 김현승, 「시인으로서의 '나'에 대하여」, 『고독과 시』, 지식산업사, 1977, 218쪽.
6 김현승, 「굽이쳐가는 물굽이와 같이」, 위의 책, 228쪽.

때문"[7]으로 보인다.

따라서 겉으로 드러나는 것과는 달리 아주 역동적인 감정을 지니고 있었던 것이 김현승 시인이라고 할 수 있다. 이와 관련해 기억해야 할 것은 인간의 감정이라는 것이 본래 끊임없이 변화하고 움직이는 에너지 자체라는 점이다. 이와 더불어 한 개인의 감정 역시 시대와 역사에 따라 끊임없이 변화하고 운동하기 마련이라는 것도 잊어서는 안 된다. 그렇다면 다소 건조하고 견고해 보이는 그의 시의 이미지들도 실제로는 부단히 저 자신의 감정을 절제하고 정제해 온 결과라고 해야 마땅하다. 물론 여기서 이러한 얘기를 하는 것은 그의 시의 '고독'도 본래는 저 자신의 풍부한 감정을 절제하고 정제하는 가운데 도달한 마음의 일부라고 생각되기 때문이다.

이처럼 낭만이나 감상이 그렇듯이 '고독'도 자본주의적 근대라는 역사의 한 시기에 이르러 불거진 감정의 하나라고 보아야 옳다. 특히 근대 이후에 구체화된 실존주의의 철학, 키에르케고르의 철학과 관련해 사람들 사이에 더욱 주목된 감정이 고독이라고 할 수 있다. 물론 키에르케고르가 추구한 고독과 그가 추구한 고독이 같지는 않다. 김현승의 경우와는 달리 키에르케고르의 경우에는 "고독을 벗어나기 위하여 팔을 벌리고 그리스도를 붙잡으려" 했기 때문이다. "키에르케고르의 고독은 궁극적으로는 구원에 이르기 위한 수단으로서의 고독이었다"[8]는 것이다.

그렇다고는 하더라도 자본주의적 근대에 이르러 사람들에게 구체화된 '고독'은 생명의 감정, 곧 플러스 감정이라기보다는 죽음의 감정, 곧 마이너스 감정이라고 해야 옳다. 소외, 상실, 환멸, 염증, 피곤, 절망, 불안, 초조, 공포, 설움, 우울, 침통, 싫증, 짜증, 권태, 나태 등의 감정과 함께 '고독'은 긍정의 감정, 곧 충족의 감정이라기보다는 부정의 감정, 곧 결핍의 감정이라는 얘기이다. 따라서 고독은 생명과 함께하는 화합과 통합의 감정

7 이운룡, 앞의 글, 앞의 책, 151쪽.

8 김현승, 「고독과 시」, 앞의 책, 209쪽 참조.

이라기보다는 죽음과 함께하는 분리와 소외의 감정이라고 해야 마땅하다.[9]

그러한 가운데에도 김현승의 시에서 분리나 소외와 함께하는 죽음의 감정 중에 하나인 '고독'은 매우 독특한 의미로 구체화되어 있다. 구체적인 이미지(사물)로 드러나 있기도 하고, 생생한 인물로 드러나 있기도 하며, 막연한 관념으로 드러나 있기도 한 것이 그의 시에서의 고독이라는 것이다. 이처럼 심지어는 그 나름의 철학 및 사상으로까지 고양되어 있는 것이 김현승 시에서의 고독이다.

본고에서는 바로 이러한 모습의 '고독'이 이루고 있는 세 가지 층위[10]에 대해 살펴보려 한다. 1) 정당한 가치 실현에 따른 고독, 2) 신 혹은 신앙 상실에 따른 고독, 3) 원죄 혹은 에덴 상실에 따른 고독이 다름 아닌 그것이다. 어디에도 정의가 존재하지 않는 시대, 곧 물질을 신으로 숭배하는 지금의 이 시대에 그의 시와 관련해 '고독'의 깊이와 높이를 따져보는 일은 그 자체만으로도 매우 의미 있는 일이라고 하지 않을 수 없다.

2. 정당한 가치 실현에 따른 고독

생전에 그는 "문단에서" 종종 "이상주의자라는 말을" 듣는다. 물론 이 말은 그가 편협한 사람이었다는 뜻으로 이해되기도 한다. 편협한 사람이라는 것은 그가 "대세에 따라 흐르지 않"은 사람이라는 것이다. "대세대로 사는 것이 아니고 어떻게 사는 것이 그르고 옳은가에 비평을 가함으로써 보다 보

---

9 이은봉, 「죽음의 정서들 밖으로 내는 쬐그만 창」, 『시와인식』(2008년 여름호), 18쪽~28쪽 참조.

10 여기서 층위라는 개념을 사용하는 것은 김현승의 시와 함께하고 있는 고독의 정신 차원이 명확한 시간 전개를 보여 주고 있지 않기 때문이다. 인간의 정신 차원 자체가 본래 그렇듯이 그의 시에 드러나 있는 고독의 정신 차원도 진동과 반동을 거듭하는 가운데 깊이와 높이를 얻고 있다는 것을 주목할 필요가 있다.

람 있는 가치를 추구"[11]하려 했던 것이 그이다. 뿐만 아니라 그는 "사회 정의를 강조하고 실현코자 하는 정열적인 기질도 다분히 지니고 있"[12]었던 사람이다. 시를 통해 "인간성을 유린하고 억압하는 사회의 부조리와 불의 · 부패를 비판하면서 인간 자유의 실현과 사회 정의의 의지를" "적극적으로 형상화"[13]했던 것이 김현승 시인이라는 얘기이다. 자신의 시 「옹호자의 노래」에서 4 · 19 혁명을 적극적으로 옹호하고 있는 것이 그 구체적인 예이다.

이처럼 그는 자신의 시를 통해 정당한 가치의 실현, 곧 정의의 실현에 남다른 반응을 보여 준 바 있다. 심지어는 "인간의 존엄성을 비리와 압제로부터 옹호하려는 예술보다 더 순수한 예술"은 없다고 주장하며, "인간의 존엄성을 지킨다는 것은 인간의 인간다운 순수성을 지키는" 것 이외의 "다른 것이 아니"[14]라고까지 말한다. 이러한 시정신을 가지고 있는 그가 나날의 일상의 삶에서 남다른 쓸쓸함이나 외로움을 느꼈을 것은 자명하다. 사회적 정의를 실현하려다 보면 온갖 속물들과 일정한 거리를 갖지 않을 수 없기 때문이다. 저 스스로도 말하고 있듯이 바로 이러한 이유에서 그는 "사회적으로 문단적으로 고독할 수밖에 없"었던 것이 사실이다. "거짓을 모"르면 "부끄러움을" 몰라 "싸움의 한복판에서" "떨리는" "주먹"(「고독한 싸움」)을 쓸 수밖에 없게 되고, 그렇게 되면 누구라도 고독에 빠지기 마련이다.

자신이 느끼는 "고독의 현실적 이유"[15]가 바로 여기에 있다는 것을 그는 이미 알고 있었던 듯하다. 이때의 고독은 "사회적 고독이라고 할 만"하거니와, 물론 이는 "청교도적 윤리 의식이 그 원인이 되"었을 것으로 보인다. 이때의 고독은 세상의 "오탁이 그를 사회에서 차단시키는"[16] 데서 비롯된, 곧

---

11 김현승, 「나의 고독과 나의 시」, 앞의 책, 204쪽.

12 김현승, 「고요한 면을 지닌 「눈물」」, 위의 책, 192쪽.

13 조태일, 『김현승 시정신 연구』, 태학사, 69쪽.

14 김현승, 「왜 쓰는가」, 『지성』(1972년 2월호), 175쪽.

15 김현승, 「나의 고독과 나의 시」, 앞의 책, 204쪽.

16 곽광수, 숭실어문학회 편, 「김현승 시의 고독」, 『다형 김현승 연구』, 보고사, 1996. 74쪽.

사회 정의를 실현하고자 하는 데서 비롯된 것이라고 해야 마땅하다.

떠날 것인가
남을 것인가.

나아가 화목할 것인가
쫓김을 당할 것인가.

어떻게 할 것인가
나는 네게로 흐르는가
너를 거슬러 내게로 오르는가.

두 손에 고삐를 잡을 것인가
품 안에 안길 것인가.

허물을 지고 갈 것인가
허물을 물을 것인가

어떻게 할 것인가
눈이 밝을 것인가
마음이 착할 것인가.

어떻게 할 것인가
알아야 할 것인가
살고 볼 것인가.

필 것인가

빛을 뿌릴 것인가.

간직할 것인가
바람을 일으킬 것인가.

하나인가
그중의 하나인가.

어떻게 할 것인가
뛰어들 것인가
뛰어넘을 것인가

파도가 될 것인가
가라앉은 진주의 눈이 될 것인가

어떻게 할 것인가,
끝장을 볼 것인가
죽을 때 죽을 것인가

무덤에 들 것인가
무덤 밖에서 뒹굴 것인가

—「제목」 전문

이 시에서 시인 김현승은 끊임없이 양자택일적인 질문을 던지며 저 자신과 함께 독자를 고문한다. 이러한 질문에 처하게 될 때 느끼는 심리적 상태는 누구나 동일할 수밖에 없다. 누구나 뼈저린 고독을 체험하지 않을 수 없게 된다는 뜻이다. 더구나 이러한 질문이 정의냐 불의냐, 양심이냐 비양심이냐 하는 근원적 가치의 선택과 관련되어 있을 때 처하게 될 심리적인 고통은 뻔하다. 정의를 선택하면 떠날 수밖에 없고, 불의를 선택하면 남을 수 있기 때문이다. 정의를 선택하면 "쫓김을 당할 것"이 분명하고, 불의를 선택하면 "화목할 것"이 분명하다는 뜻이다. 이러한 현실에서 그가 느낄 수 있는 감정이 고독일 수밖에 없는 것은 당연하다.

정당한 가치를 실천하기 위해 그가 선택할 수 있는 정신적 현존은 이처럼 고독일 수밖에 없다. 물론 이러한 정신적 현존을 선택하기 전에도 그가 홀로 내던져져 있는 외로운 사물이나 존재, 인간 등을 견고한 이미지로 형상화해 온 것은 사실이다. "호올로 되어 외로울 제" "같이 걸었던 플라타너스"(「플라타너스」)라든지, "마른 나뭇가지 위에 다다른 까마귀"(「가을의 기도」) 등이 그 구체적인 예이다.[17] 이들 이미지를 통해 그는 고독을 거듭 객관화하는데, 이는 그의 시에 자주 등장하는 보석이나 마른 나뭇가지 이미지도 마찬가지이다. 이들 이미지가 온갖 현상적인 것들을 다 떨쳐 내고 핵심과 본질만 남기고 있는 견고한 것들이기 때문이다.[18]

다음의 예는 그런 뜻에서 "죽어서도 무덤 밖에 있"을 "독신자"(「독신자」)가 되고자 하는 그의 의지를 담은 시이다.

> 나는 죽어서도
> 무덤 밖에 있을 것이다.
>
> 누구의 품 안에도 고이지 않은
> 나는 지금도 알뜰한 제 몸 하나 없다.

---

17 김인섭, 「김현승 시의 의식세계」, 『숭실어문』 제12집, 1995, 366쪽.

18 유성호, 「한국현대시에 나타난 종교적 상상력의 의미—윤동주와 김현승의 경우를 중심으로」, 『근대시의 모더니티와 종교적 상상력』, 소명출판사, 2008, 153쪽, 참조.

나의 그림자마저
내게서 가르자.
그리하여 뉘우쳐 머리 숙인 한 그루 나무와 같이
나의 문밖에 세워두자.

제단祭壇은 쌓지 말자
무형無形한 것들은 나에게는 자유롭고 더욱 선연한 것……

크리스마스와
새해가 오면,

나의 친구는 먼 하늘의 물 머금은 별들……
이단異端을 향하여 기류 밖에 흐릿한 보석을 번지우고,

첫눈이 나리면
순결한 살엔 듯
나의 볼을 부비자!

—「독신자」 전문

이 시는 "누구의 품 안에도 고이지 않은" 채 "알뜰한 제 몸 하나 없"이 살아가고자 하는 고독에의 의지를 담고 있다. "나의 그림자마저" 저 자신에게서 떼어내고자 하는 그의 고독에의 의지가 실현되어 있는 것이 이 시이다. "나의 그림자마저/ 내게서 가르자"라는 구절이 이를 잘 말해 주는데, 여기서 꼭 기억해야 할 것은 그가 의도적으로 저 자신을 세계와 분리시키고 있다는 점이다. 그리하여 그는 "크리스마스와/ 새해가 오면" "먼 하늘의 물 머금은 별들"과 친구가 되고자 하는데, 이 시에서 그의 이러한 의지는 "문밖에 세워"둔 "머리 숙인 한 그루 나무"가 되고자 하는 것으로 변용되어 드러나기까지 한다.

그가 이처럼 견고하기는 하지만 고독한 존재로 저 자신을 위치시키는 것은 "밝음의 이쪽보다" "어둠의 저쪽에다/ 귀를 기울"(「전환」)이면서부터라고 생각된다. 물론 "어둠의 저쪽에다/ 귀를 기울"이는 일은 그것이 본래 밝음을 생성시키는 것이라는 점에서 상대적으로 미래적이라고 할 수 있다.[19] 이때의 어둠이 지금은 형편없고 보잘것없는 것이지만 앞으로는 정의로운 미래의 것이 되리라는 것은 불문가지이다.

이처럼 일단은 "사회적인 이유"[20]에서 형성된 것이 그의 시에서의 고독이라고 할 수 있다. 하지만 이렇게 출발한 그의 시에서의 고독은 점차 발전해 이내 얼마간의 추상적인 의미를 획득하게 된다. 그런데 그는 자신의 시에 등장하는 고독에 대해 우선은 "고독을 위한 고독, 절망을 위한 절망이고자 한다"라고 피력하고 있다. "이 따위 …(중략)… 모순이 어디 있느냐고 누가 대들어도 내게는 또한 대답할 말이 없다"[21]라고까지 말하고 있는 것이 그이다. 하지만 그의 시에 드러나 있는 고독에 대한 이러한 진술을 있는 그대로 받아들일 사람은 없다. 그의 시와 함께하는 고독의 경우 이미 일정한 추상성과 관념성, 곧 깊이와 높이를 획득한 지 오래이기 때문이다.

3. 신 혹은 신앙의 상실에 따른 고독

저 자신도 말하고 있듯이 중기까지는 "청교도적 입장"에서 시를 썼던 것이 김현승 시인이다. 그때까지는 그가 "원죄의식을 바탕으로" 한 "반성과

---

19 최하림, 숭실어문학회 편, 「시와 고독-김현승의 시와 인간」, 『다형 김현승 연구』, 보고사, 1996. 272쪽-273쪽 참조.

20 김현승, 「나의 고독과 나의 시」, 앞의 책, 209쪽.

21 김현승, 「굽이쳐가는 물굽이와 같이」, 위의 책, 240쪽.

참회懺悔"의 "정서와 의지를 노래"했다는 것이다. 이렇게 노래하는 과정에 "때로는 신앙과 순수와 정의에 입각한 사회적 관심을 표명하기도" 했던 것이 그이다. 적어도 중기까지는 "신앙과 이상에 대한 긍정적 입장에서" 시를 썼던 것이 그라는 얘기이다. 하지만 50대에 이르면서 그동안 그가 갖고 있던 "긍정적인 청교도 사상"은 커다란 변화를 맞게 된다. "부모에게 전습한 신앙에 대"해 "50을 넘어서야 회의를 일으키게 되고, 점점 부정적인 데로 기울어져 갔"기 때문이다. "흔히는 30대쯤에서 만나는 정신적인 폭풍을" 그는 "때늦게 50대에 와서야 맞게"[22] 된 것이다.

급기야 그는 "거의 일생을 믿어온 신과 기독교에 대하여 회의를 일으키게 된"[23]다. 물론 그가 자신의 글에서 "기독교에 대하여 회의를 일으키게 된" 이유를 상세히 밝히고 있는 것은 아니다. 그렇다고는 하더라도 그것이 하느님이 "유일신이 아닌 것 같다"[24]는 의심에서 비롯된 것만은 사실이다. 이때의 그의 의심은 비교적 단순하다. 하나님이 "유일신이라면 어찌하여 이 세상에 다른 신을 믿는 유력한 종교가" 있는가, "십계명에 어찌하여 '나 이외에는 다른 신을 공경하지 말라'"[25]고 하는가 등이 그것이기 때문이다. 이처럼 그는 "신과 기독교에 대하여 회의를 일으키면서" "점차 인간에 대한 이해와 동정으로 기울어"[26]져 간다. 그러다 보니 그의 "관심은 점점 천국에서 지상으로, 신에서 인간으로"[27] 내려오게 된다. 여기서 "천국에서 지상으로, 신에서 인간으로" 내려온다는 것은 결국 신앙에서 고독으로 내려온다는 것을 뜻한다.

이러한 정신 상황이 지속되면서 그는 이제 명확하게 "새로운 고독에 직

---

22 김현승, 「나의 고독과 나의 시」, 위의 책, 206쪽.
23 김현승, 위의 글, 위의 책, 206쪽.
24 김현승, 위의 글, 위의 책, 206쪽.
25 김현승, 위의 글, 위의 책, 205쪽.
26 김현승, 위의 글, 위의 책, 207-208쪽.
27 김현승, 위의 글, 위의 책, 207-208쪽.

면"하게 된다. "그것은 한마디로 말해 신을 잃은 고독"이라고 할 수 있다. 그가 "지금까지 의지해 왔던 거대한 믿음이 무너졌을 때 허공에서 느끼는 고독"[28] 말이다. 물론 그는 "고독을 표현하는 것"이 "나에게는 가장 즐거운 시예술詩藝術의 활동이며 윤리적인 차원에서는 참되고 굳세고자 함이 된다" 고 말하기도 한다. "고독孤獨 속에서 나의 참된 본질을 알게 되고 나를 거쳐 일반을 알게 되고 그럼으로써 나의 대사회적對社會的 임무까지도 깨달아 알게 된다"[29]라고까지 말하고 있는 것이 그이다. 그렇다고는 하더라도 그의 내면에 자리해 있는 "고독은 무엇보다 기독교와 밀접한 관련이 있"[30]는 것이 사실이다. 그에게서는 고독이 교회나 교인, 신앙심이나 신으로부터 분리되고 소외되는 데서 오는 것이기 때문이다. 다음의 시에 드러나 있는 고독은 그가 "모든 신들의 거대한 정의"를 "가느다란 창끝으로 거슬"린 뒤에 선택한 것이라 더욱 주목이 된다.

껍질을 더 벗길 수도 없이
단단하게 마른
흰 얼굴

그늘에 빛지지 않고
어느 햇볕에도 기대지 않는
단 하나의 손발

모든 신들의 거대한 정의 앞엔
이 가느다란 창끝으로 거슬리고,

28 김현승, 위의 글, 209쪽.
29 김현승, 「서문」, 『절대 고독』, 성문각, 1970.
30 김현승, 「나의 고독과 나의 시」, 앞의 책, 207쪽.

생각하던 사람들 굶주려 돌아오면
이 마른 떡을 하룻밤
네 살과 같이 떼어 주며,

결정된 빛의 눈물
그 이슬과 사랑에도 녹슬지 않는
견고한 칼날—발 딛지 않는
피와 살.

뜨거운 햇빛 오랜 시간의 회유에도
더 휘지 않는
마를 대로 마른 목관악기의 가을
그 높은 언덕에 떨어지는,
굳은 열매

쌉쓸한 자양滋養
에 스며 드는
에 스며 드는
네 생명의 마지막 남은 맛!

—「견고堅固한 고독」 전문

이 시에도 역시 고독의 객관상관물이라고 할 수 있는 몇몇 이미지들이 등장한다. "단단하게 마른/ 흰 얼굴" "이 마른 떡" "결정된 빛의 눈물" "마를 대로 마른 목관악기" "녹슬지 않는/ 견고한 칼날" "높은 언덕에 떨어지는,/ 굳은 열매" 등이 그 구체적인 예이다. 이들 이미지로 살기 위해, 아니 이들 이미지를 지키기 위해 그는 "모든 신들의 거대한 정의 앞"에 "가느다란 창끝으로 거슬리"고자 한다. 뿐만 아니라 "뜨거운 햇빛 오랜 시간의 회유에도" 더는 "휘지 않"으려 한다.

이와 관련해 주목해야 할 것은 이 시에서 그가 거슬리려 하는 것이 유일신 여호와의 정의가 아니라 '모든 신들의 정의'라는 것이다. 이는 무엇보다 그가 유일신 여호와의 정의만이 아니라 '모든 신들의 정의'로부터도 저 자신을 소외시키고 있다는 것이 된다. 결국 이는 그가 유일신 여호와는 말할 것도 없고 '모든 신들의 정의'로부터도 저 자신을 분리시켜 완전한 고독에 이르겠다는 뜻이 된다.

그가 이러한 정신 차원을 추구하는 것은 가장 아름다운 것이 가장 진실한 것이고, 가장 진실한 것이 가장 선한 것이라는 플라톤적 가치관도 한몫을 한 것으로 보인다.[31] 돌이켜 보면 그 역시 시인인 만큼 시를 통해 삶의 아름다움을 탐구하는 것은 충분히 있을 수 있는 일이다. 따라서 그가 이 과정에서 만나게 되는 새로운 가치관 또한 그를 변화시키는 데 큰 역할을 했을 것이 뻔하다. 자신의 시에서 그가 "참으로 아름다운 것과/ 호올로 남는 것은/ 가까워질 수도 있는" 것이라고 노래하고 있다는 것을 잊어서는 안 된다. 심미적인 "언어는 본래/ 침묵으로부터 고귀하게 탄생"(「겨울 까마귀」)하는 것이라는 자각을 보여 주고 있는 것이 김현승 시인이라는 것을 기억할 필요가 있다.

하지만 그가 여전히 고독에 깊이 사로잡혀 있는 것은, 그래서 즐겨 홀로 있기를 선택하는 것은 유일신 여호와로부터 완전히 분리되어 있지 못했기 때문일 수도 있다. 비록 열정적인 신앙은 잃었을지라도, 그리하여 몹시 고독하다고 하더라도 예수라는 사나이는 끝내 잊지 못하고 있는 것이 그라는 것이다.

참나무가 탈 때

---

31 그가 진, 선, 미를 함께 이해하고 있는 것은 자신의 산문을 통해서도 확인이 된다(김현승, 「겨울의 예지」, 『김현승 전집 2 산문』, 시인사, 1985, 404쪽 참조).

그 불꽃 깨끗하게 튄다.
보석들이 깨어지는 소리를 내며
그 단단한 불꽃들이 튄다.

참나무가 탈 때,
그 남은 재 깨끗하게 고인다.
참새들의 작은 깃털인 양 따스하게 남은 재,
부드럽고 빤질하게 고인다.

까아만 유리 너머
소리 없이 눈송이가 내리는 밤.
호올로 참나무를 태우며
물끄러미 한 사람의 그림자를 바라본다

짧은 목숨의 한 세상
그 헐벗은 불꽃 속에
언제나 단단하고 깨끗하게 타기를 좋아하던,
지금은 마음의 파여 풀레스 안에
아직도 깨끗하고 따스하게 고여 있는
어리석은 한 사람의 남은 재를 생각한다.

—「참나무가 탈 때」 전문

이 시에서 화자인 시인 김현승은 "까아만 유리 너머/ 소리 없이 눈송이가 내리는 밤"에 "호올로 참나무를 태우며/ 물끄러미 한 사람의 그림자를 바라"보고 있다. 물론 "호올로 참나무를 태"운다는 것은 고독하게 참나무를 태운다는 것이다. 그는 그렇게 이 시에서 "참나무를 태우며/ 물끄러미 한사람의 그림자를 바라"보고 있다. "짧은 목숨의 한 세상/ 그 헐벗은 불꽃 속에/ 언제나 단단하고 깨끗하게 타기를 좋아하던" 사람을 말이다. 다른 많은 유추가 가능하겠지만 아무래도 여기서는 이 사람을 예수라고 해야 옳을 듯하다. 물론 이때의 예수에는 그 자신의 자아와 정신지향이 깊이 투영되어 있지만 말이다.

이 시에도 견고하고 단단한 이미지, 즉 고독의 이미지들은 적잖이 등장한다. "보석들이 깨어지는 소리" "단단한 불꽃" "깨끗하게 고"이는 재, "참새들의 작은 깃털" 등이 그 대표적인 예이다. 이들 이미지와 함께하는 그가 당대의 삶에서 충만한 행복을 누렸을 것으로 보이지는 않는다. 한때는 "바람에 불 일던" 것이 그였지만 "지금은 창문 앞 잔디처럼/ 깎이"어 "스틱을 휘청이며" "종점 부근"을 걷는 것이 그라는 것을 간과해서는 안 된다. "씀바귀 마른 잎에/ 바람이 스치는"(「영혼과 중년」) 것 같은 영혼을 지니고 있었던 것이 당시의 그라는 것이다.

그가 이처럼 고독에 빠져있는 것은 당연히 자신의 영혼에서 신 혹은 신앙을 분리해 낸 데서 비롯된다. 신 혹은 신앙을 분리해 냈다는 것은 물론 구원을 포기하고 고독을 선택했다는 것이 된다. 이처럼 신의 존재에 대해 의문을 제기하고 신으로부터의 구원을 포기하면서 획득하는 고독이 그가 추구해 온 고독의 또 하나의 층위이다.[32] 자신의 시에서 그가 '너'로 호명되는 신 혹은 신앙과 관련해 "너를 잃은 것도/ 나를 얻은 것도 아니다.// 네 눈물로 나를 씻어주지도 않았고/ 네 웃음이 내 품에서 장미처럼 피지도 않았다"라고 노래하는 것은 바로 이 때문이다. 하지만 그는 곧이어 "너를 잃은 것을/ 너는 모른다/ 그것은 나와 내 안의 잃음"(「고독」)일 뿐이라고 노래한다. 여기서도 알 수 있듯이 그는 너라고 호명되는 신 혹은 신앙으로부터 분리되고 소외면서도 고독의 정수에 이르게 된다. 한때는 "신神도 없는 한 세상/ 믿음도 떠나,/ 내 고독을 순금처럼 지니고 살아왔"(「고독의 순금」)던 것이 그이다.

32 이운룡, 「지상의 마지막 고독」, 앞의 책, 198쪽 참조.

4. 원죄 혹은 에덴 상실에 따른 고독

인간은 본래 인간이라는 조건 그 자체로 고독할 수밖에 없는 존재이다. 이 시간과 이 공간에 기투된 외롭고 불안한 존재가 인간이라는 실존주의적 인식론을 떠올리지 않더라도 그것은 마찬가지이다. 에덴에서 일탈되는 과정, 곧 원죄의 과정을 통해 본래적으로 신의 품을 떠나온 것이 인간이라는 점을 잊어서는 안 된다. 이에서도 알 수 있듯이 근원적으로 인간은 신이라는 정신 대상(시간 대상)에서든, 에덴이라는 물질 대상(공간 대상)에서든 이들 이상 세계, 곧 에덴으로부터 일탈된 존재이기도 하고 버려진 존재이기도 하다. 파라다이스, 곧 어머니 대지라고도 형용되는 근원적 객체(대상)로부터 분리되고 상실되면서 갖게 되는 온갖 고통을 딛고 주체로 성장해 온 것이 인간이라는 얘기이다. 따라서 인간은 자신의 정신 영역 안에 근원적 결여와 소외를 지닐 수밖에 없는 존재, 그리고 이 근원적인 결여와 소외를 충족시키기 위해 근원적인 욕망을 지닐 수밖에 없는 존재라고 해야 마땅하다.[33]

물론 이 근원적인 욕망은 인간이라는 존재가 근원적으로 고독할 수밖에 없는 이유가 되기도 한다. 근원적인 결여와 소외를 지니고 있는 존재, 충족 불가능한 욕망을 지니고 있는 존재가 지금의 인간이기 때문이다. 이미 분리된 지 오래된 어머니 대지 혹은 에덴에 대한 욕망, 곧 근원적 객체에 대한 욕망을 끝내 포기하지 못하고 있는 존재가 인간이라는 것이다. 따라서 인간은 원천적으로 고독이라는 심성을 타고난 존재라고 해야 마땅하다. 실존주의적 발상에서만이 아니라 인간이라는 존재가 지니고 있는 근본적인 조건이 고독이라는 것이다. 모든 종교적 노력, 철학적 노력이 실제로는 이러한 인간 조건, 곧 고독을 극복하는 데 초점을 두고 있는 것도 바로 이에서 연유한다.

---

33 조태일, 앞의 책, 96쪽 참조.

물론 시인 김현승이 인간이 지니고 있는 이러한 근본적인 조건, 곧 숙명적인 조건을 몰랐을 리 만무하다. 일찍부터 "청교도적 입장에서" "원죄 의식을 바탕으로" "반성과 참회"[34]의 시를 써온 것이 그라는 점을 유의할 필요가 있다. 결국 이는 그가 그동안 원죄 의식을 바탕으로 인간이 지니고 있는 원천적인 고독을 극복하기 위해 다양한 노력을 해왔다는 뜻이 되기도 한다. 이렇게 살아온 그가 급기야 적극적으로 고독을 추구하고 있으니 아이러니컬한 일이라고 하지 않을 수 없다.

그가 이러한 차원에서의 고독을 추구하는 것은 당연히 신의 섭리를 거스르는 일이라고 하지 않을 수 없다. 이에 대해서는 이미 시인 김현승 자신도 잘 알고 있었던 듯하다. "박수의 날개들은 메추라기와 같이/ 빈 공중으로 흩어질 때./ 나는 이처럼 고독에 악惡하다"(「고독의 풍속風俗」)와 같은 그의 시의 구절들이 이를 징험해 준다. 적어도 내게는 "고독에 악惡하다"라는 구절이 신앙을 택하는 것이 아니라 고독을 택하는 것으로 악을 실현하고 있다는 뜻으로 읽히기 때문이다. 자신의 시에서 그가 "인간은 고독하다"라고 선언하고 있는 것도 실제로는 이러한 맥락에서 이해되어야 옳을 것으로 보인다.

우리들의 꿈과 사랑과
모든 광채 있는 것들의 열량熱量을 흡수하여 버리는
최후의 언어여
인간은 고독하다

슬픔을 지나
공포를 넘어
내 마음의 출렁이는 파도 깊이 가라앉은

---

34 김현승 자신도 인간이 원죄로 하여 인간성을 지니게 되었다는 것을 잘 알고 있었던 듯하다(김현승, 「고독과 시」, 『고독과 시』, 205쪽 참조).

아지 못할 깨어진 중량의 침묵이여,
인간은 고독하다!

이상理想이란 무엇인가
실존實存이란 무엇인가
그것들의 현대화現代化란 또 무엇인가,
인간은 고독하다!

…(중략)…

가장 아름답던 꿈들의
마지막 책장을 넘기며
우리는 깨어진 보석들의 남은 광체를 쓸고 있는
너의 검은 그림자를 바라본다
그리하여 모든 편력遍歷에서 돌아오는 날
우리에게 남은 진리는
저녁 일곱 시의 저무는 육체와
원죄를 끌고 가는 영혼의 우마차牛馬車,
인간은 고독하다

신앙을 가리켜 그러나 고독에 나리는 축복이라면
깊은 신앙은 우리를 더욱 고독으로 이끌 뿐,
내 사랑의 뜨거운 피로도 너의 전체를 녹일 수는 없구나

—「인간은 고독하다」 부분

이 시에서 시인 김현승은 목소리를 높여 "인간은 고독하다"고 선언한다. 그러나 그것의 원인에 대해서는 구체적으로 노래하지 않는다. 행간을 통해

짐작을 할 수는 있는데, 그렇게 하려면 우선 먼저 “깨어진 보석들의 남은 광체를 쓸고 있는” “검은 그림자”가 저 자신을 가리키고 있다는 것을 알아야 한다. 이를테면 이 시에 노래되어 있는 “검은 그림자”가 죽은 뒤에 남겨진 저 자신의 영혼이라는 것이다. 그럴 때 “모든 편력遍歷에서 돌아오는 날” 저 자신에게 “남은 진리”가 “저녁 일곱 시의 저무는 육체와/ 원죄를 끌고 가는 영혼의 우마차牛馬車”일 뿐이라는 그의 말도 이해가 된다.

그가 보기에는 결국 신앙도 “고독에 나리는 축복” 이상이 아니다. 이미 그가 “깊은 신앙”일수록 저 자신을 “더욱 고독으로 이끌 뿐”이라는 점을 잘 알고 있다는 것을 염두에 둘 필요가 있다. 이 시의 이어지는 구절에서 그가 “우리를 고독케 하는 것은 무엇인가?”라고 묻고는 “인간은 만들어졌다!/ 무엇 하나 이 우리들의 의지意志 아닌” 것으로 라고 대답하고 있는 것을 간과해서는 안 된다. 여기서 말하는 “우리들의 의지意志 아닌” 것이 신의 의지라는 것은 불문가지이다.

이러한 인식에 도달해 있다고 해서 그에게 주어진 고독이 해결되는 것은 아니다. 앞에서 말한 것처럼 고독은 인간이 어머니 대지로부터 분리되고 소외되면서 갖게 되는 기본 조건이기 때문이다. 교회에 나가 세례를 받고 예수를 믿어 원죄를 대속을 받는다고 하더라도 에덴에서 일탈된 이래 갖게 되는 인간의 근원적인 결여와 소외가 제대로 다 해결될 리 만무하다.

따라서 인간이 근원적인 결여와 소외를 갖고 있다는 것은 근원적인 분리, 곧 근원적인 고독을 갖고 있다는 뜻이 된다. 이처럼 고독은 에덴에서 일탈되면서, 어머니 대지로부터 벗어나면서 인성과 더불어 인간이 갖게 되는 근원적인 숙명이다. 자신의 시에서 그가 “많으면 많을수록/ 적어지는”, 마침내는 “사그러지고 마는” 저 자신과 관련해 “군중 속의 고독”(「군중 속의 고독」)을 노래하고 있는 것도 바로 이 때문이다. 그래서 그는 “군중 속에 갇히지 않고/ 군중의 술을 마시지 않”(「고독한 이유」)으려 한 것이다.[35]

---

35 김현승, 「고독과 시」, 위의 책, 204쪽.

고독에 철저하게 되면 누구라도 "신을 만들지 않"을 뿐만 아니라 신으로부터 자유를 획득하게 된다. 신으로부터의 독립은 자유이면서 동시에 고독이니만큼 "고독은 마침내 목적이"(「고독한 이유」)라고 말해도 지나치지 않다. 다른 시에서 그가 "나는 이제야 내가 생각하던/ 영원의 먼 끝을 만지게 되었다"라고 노래하는 것도 다름 아닌 이러한 연유에서이다. 이어지는 구절에 그는 이내 영원의 "그 끝에서 나는 눈을 비비고/ 비로소 나의 오랜 잠을 깬다"고 노래하고 있다. 하지만 그는 이미 이때의 "아름다운 영원"이 "내게서 끝나"고 마는 것이라는 것을 잘 알고 있었던 듯하다. 같은 시에서 그가 "내게서 끝나는/ 나의 영원"(「절대 고독」)이라고 노래하고 있기 때문이다. 따라서 그의 정신 차원이 '절대 고독'에 이르렀다는 것은 '고독의 끝'에 이르렀다는 것을 가리킬 수밖에 없게 된다. 그것이 사실이라면 '고독의 끝'이라고 명명되는 정신 차원에 이르러 그가 할 수 있는 일은 무엇인가.

거기서
나는
옷을 벗는다.

모든 황혼이 다시는
나를 물들이지 않는
곳에서.

나는 끝나면서
나의 처음까지도 알게 된다.

신神은 무한히 넘치어
내 작은 눈에는 들일 수도 없고
나는 너무 잘아서

신의 눈엔 끝내 보이지 않았다.

무덤에 잠깐 들렀다가,

내게 숨 막혀
바람도 따르지 않는
곳으로 떠나면서 떠나면서,

내가 할 일은
거기서 영혼의 옷마저 벗어 버린다.

—「고독의 끝」 전문

이 시의 서두에서 그는 "고독의 끝"에 이르러 "옷을 벗는다"고 노래한다. 여기서 "옷을 벗는다"라는 것은 물론 육체의 "옷을 벗는다"라는 것을 뜻한다. 따라서 "모든 황혼이 다시는/ 나를 물들이지 않는/ 곳"이 상징하는 것은 삶이 끝나는 곳이지 않을 수 없다. 삶이 끝나는 곳이면서 시작하는 곳, 곧 죽음의 공간이 이 시에서의 그곳인 것이다. 따져보면 고독의 끝이 생명의 끝인 까닭이 바로 여기에 있다. 급기야 그의 정신 차원이 죽음을 불사하면서까지 고독을 견지하는 단계에까지 도달한 셈이다. 이처럼 드높은 고독에 이르렀을 때 그가 "신神은 무한히 넘치어/ 내 작은 눈에는 들일 수도 없고/ 나는 너무 잘아서/ 신의 눈엔 끝내 보이지 않"는다고 노래하는 것은 짐짓 자연스러운 일이다. 이미 그가 "숨 막혀/ 바람도 따르지 않는/ 곳으로 떠나"고 있는 중이기 때문이다. 마침내 그는 이곳에서 자신이 "할 일"이 "영혼의 옷마저 벗어버"리는 일이라고 노래한다.

따라서 그는 이제 자신이 죽은 뒤에 "천국에서도 또 지옥에서도", 그리고 "내가 묻힌 흙에서"도 "한 줄기 마른 갈대가/ 바람에 불리며/ 언젠가는" "돋아날 것"이라고 기대한다. "그 갈대를 꺾어/ 목마른 피리를 만들어" "불어 주는 사람이 있다면" "그는 내게서" "태어난, 내 영원의 까마득한 새순筍일" (「어리석은 갈대」) 것이라고 생각한다. 물론 여기에 노래되고 있는 생사관은 기독교의 생사관과는 다소 멀다. 적어도 이 시를 쓰는 동안만은 그가 기독교적 생사관으로부터 벗어나 있었다고 해야 옳다.

절대적 존재인 신 혹은 에덴을 상실했을 때, 아니 신으로부터 독립했을 때 그가 도달할 수 있는 정신세계는 이처럼 고독의 끝, 곧 허무일 따름이다. "마른 뺨으로 어루만지는" "빈 손바닥"(「빈 손바닥」)의 세계, 곧 공수래공수거空手來空手去의 세계가 그를 기다리는 마지막 세계라는 것이다. 물론 이 때의 고독, 곧 허무가 저 자신으로부터 떨어져 나간 근원적인 그리움의 대상, 곧 근원적인 객체와 명확하게 분리되어 있고 독립되어 있는 정신 차원이라는 것은 불문가지이다. 그가 자신의 시에서 "나는 끝내 어디에 있는가/ 나는 한 줌의 재로 뿌려지는/ 푸른 강가 흐린 물속"에 있는가 하고 되물을 수 있는 것도 바로 이 때문이다. 아마도 그는 사후에 "흐르는 강물을/ 한 개의 별빛이 되어 물끄러미" "바라볼"(「부재」)는지도 모른다.

5. 맺음말

이상의 논의에서도 알 수 있듯이 시인 김현승은 자신의 시에서 끝내 신을 잃고 독립된 주체가 되어 절대 고독, 곧 고독의 끝을 만나게 된다. 물론 그가 신을 포기하고 독립된 주체가 되어 고독을 자초한 것은 인간의 본질이 원래 에덴에서 분리되면서, 곧 어머니 대지로부터 소외되면서 비롯되었다는 것을 잘 알고 있었기 때문이다. 따라서 시를 통해 그가 추구해 온 고독은 저 자신으로부터 떨어져 나간 근원적인 그리움의 대상, 곧 근원적인 객체인 신으로부터 명확하게 분리된 자율적인 정신 차원이라고 해야 마땅하다.

하지만 그가 이처럼 드높은 고독의 정신 차원을 신과 분리된 저편에서 끝까지 견뎌낸 것으로 보이지는 않는다. 절대자인 신을 당신이라고 부르며 틈나는 대로 투정을 부려왔던 것이 그라는 것을 기억하지 않으면 안 된다. "나의 살결을 사랑할 뿐/ 당신은 나의 뼈를 사랑하지 않는다./ 당신은 잿속에서 나의 뼈를 추리지만/ 당신은 그 속에서 내 속삭임을 추릴 수는 없다"고 노래해 온 것이 그이다. "당신의 사랑이 그리워 오늘도 당신의/ 집 앞을 지나고 있"(「당신마저도」)는 것이 그이고 보면 그가 완전히 신이나 신앙을 포기했다고 하기는 어렵다. 끝내는 그가 다시 신의 품으로 돌아가게 된다는 것인데, 이는 그가 죽기 직전인 1974년과 1975에 쓴 일련의 산문들을 보더라도 잘 알 수 있다. 「하나님께 감사를 드리며」「성경교육」「사표師表로서의 예수」「종교적 사명」[36] 등이 그 실제의 예이다. 특히 작고하던 해인 1975년에 쓴 산문 「사표師表로서의 예수」에서 그는 "사랑과 믿음은 뗄 수 없는 관계에 있다. 신앙이 없이 우리가 어찌 하나님의 사랑을 받을 수 있겠는가? 현대에서 믿음을 지키기란 산과 들에서 금의 광맥을 얻어 만나기보다 더 힘든 일이다. 그러므로 우리는 이미 획득한 우리의 금과 같은 믿음을 지켜야 한다. 지키되 굳게 지켜야 한다"[37]라고까지 말하고 있다.

이로 미루어 보더라도 말년에는 그가 고독의 끝을 겪고는 고독을 포기한 뒤 다시 하나님의 품으로 귀환한 것이 분명하다. 1974년에 쓴 산문 「하나님께 감사를 드리며」에서 그는 "새해에는 나의 신앙생활을" "회개와 자복과 실천으로 더욱 힘써" "나아가겠다. 끊임없는 하나님의 돌보심과 축복 속에 나의 영혼과 육체의 건강이 더욱더욱 튼튼하여지도록 무릎을 꿇고 엎드려 빌고 힘써야 하겠다"[38]고 다짐한다. 그가 고독을 포기하고 이처럼 완전히 신앙을 회복하게 된 것은 1973년 둘째 아들 결혼식 날에 고혈압으로 쓰러졌다가 건강을 회복하고 나서부터라고 생각된다. 자신이 고혈압으로 쓰러진 것을 "나의 신앙적 배반을 오래 참고 보시다가 나를 주관하시는 하나님 아버

---

36 김현승, 『김현승 전집 2 산문』, 시인사, 1985, 392-434쪽 참조.

37 김현승, 「사표師表로서의 예수」, 위의 책, 429쪽.

38 김현승, 「하나님께 감사를 보내며」, 위의 책 396쪽.

지께서 나를 치신 것이"라고 이해하고 있는 것이 그이다. 이어지는 글에서는 "나는 고혈압 증세를 앓기 전보다 신앙을 회복하고 나 자신의 죄과를 깨닫고 신앙에 전진하려 지금은 노력하고 있다"고 말한다.

그의 시집 『절대絕對 고독』에 수록되어 있는 시 「절대 신앙絕對 信仰」은 다름 아닌 이러한 맥락에서 읽기에 좋은 작품이다. "당신의 불꽃 속으로/ 나의 눈송이가/ 뛰어듭니다// 당신의 불꽃은/ 나의 눈송이를/ 자취도 없이 품어줍니다"(「절대 신앙絕對 信仰」)라고 노래하며 당신, 곧 여호와 하나님을 찬양하고 있는 것이 이 시이기 때문이다. 그렇다면 적어도 이 시기에는 한편으로는 고독을 노래하면서 다른 한편으로는 신앙을 노래한 것이 그라고도 할 수 있다. 하지만 운명을 달리하던 무렵의 그의 시에서는 고독의 자취를 찾아보기가 거의 어렵다. 신의 품에 안겨 말 그대로 범사에 감사하는 기독교인의 생활 태도, 곧 세계와 통합되어 있는 데서 오는 기쁨과 즐거움을 노래하고 있는 것이 이 무렵의 그의 시이다. "내게 행복이 온다면/ 나는 그에게 감사하고,/ 내게 불행이 와도/ 나는 또 그에게 감사한다 …(중략)… 내가 행복할 때/ 나는 오늘의 햇빛을 따스히 사랑하고/ 내가 불행할 때/ 나는 내일의 별들을 사랑하다"(「지각知覺—행복幸福의 얼굴」)라고 노래하고 있는 것이 그라는 것을 알아야 한다. 그렇다. 김현승의 이들 시를 통해서는 고독의 그림자조차 찾아보기 힘든 것이 사실이다.(2010)

깨어있는 시민 계급, 품위 있는 삶

1. 깨어있는 시민 계급과 시조

한때는 시조를 늙고 낡은 언어예술 형식이라고 생각한 적이 있다. 시조가 민주화된 오늘의 자본주의 사회에서도 생존할 수 있을까. 시조는 이미 저 자신의 사회경제적 토대를 잃어버린 지 오래이지 않은가. 조선시대 사대부 계급의 가치를 반영하고 있는 언어예술이니만큼 이들 계급의 가치가 해체되고 소멸된 지금은 시조도 해체되고 소멸되어야 마땅하다고 이해했던 것이다.

하지만 지난 1980년대를 거치면서 그러한 내 생각은 수정되지 않을 수 없었다. 1980년대 이후 우리 사회의 구성 형식에 대해 내가 좀 더 진전된 인식을 갖게 되었기 때문이다. 오늘의 시민 계급과 조선시대의 사대부 계급에 대한 새로운 이해를 갖게 된 것이다. 따져보면 시민 계급을 기반으로 하는 오늘의 민주화된 현대 사회와 사대부 계급을 기반으로 하는 과거의 봉건 사회가 겹쳐지는 부분을 전혀 갖고 있지 않은 것은 아니다. 사회경제적 측면에서 보면 내가 보기에 오늘의 민주화된 현대 사회와 과거의 봉건적 사대부 사회가 상호 겹쳐지는 부분을 많이 갖고 있다는 것이다.

새삼스러운 얘기이지만 오늘의 깨어있는 시민 계급과 과거의 깨어있는 사대부 계급은 정서적으로도 유사한 특징을 공유하고 있는 것이 사실이다. 여러 면에서 오늘의 민주화된 현대 사회의 시민 계급과 과거의 봉건적 사대부 계급은 유사한 의식 지향을 갖고 있다. 이는 더 나은 세상을 만들려는 비판 의식의 면에서 더욱 그러하다. 상황이 이러하니만큼 심미 의식의 면에서도 오늘의 시민 사회는 과거의 사대부 사회와 충분히 접점을 갖고 있다고 할 수 있다.

깨어있는 주체로서 언어예술에 대한 깊은 이해와 의지를 지닐 수 있는 사람은 어차피 몇몇 특별한 개인일 수밖에 없다. 바로 이러한 점에서도 시조는 오늘의 깨어있는 시민 사회와 관련해 여전히 유효한 영역을 갖는다. 시조라는 언어예술 형식이 지니고 있는 서정적 심미의식을 생산하고 향유할 수 있는 사람은 아무래도 특별한 능력을 지닌 몇몇 소수일 수밖에 없기 때문이다. 바로 그러한 점에서도 시조와 자유시의 창작 주체 및 향유 주체는 상호 공존할 수밖에 없다. 요컨대 시조라는 언어예술 양식이 오늘의 깨어있는 시민 사회에서도 여전히 유효한 서정 양식의 하나로 기능하고 있다는 것이다.

2. 품위 있는 삶과 시조의 형식

자유시는 매 편마다 자기 형식을 창출해야 하지만 시조는 그렇지 않다. 일정한 형식, 기본적인 체계를 지니고 있는 것이 시조이다. 이른바 '3장 6구 12음보'라는 기본 형식이 바로 그것이다. 많은 사람들이 시조를 두고 '정형시'라고 부르는 것도 다름 아닌 이 때문이다.

한 행이 4음보인 시조의 기본 형식은 한 행이 3음보인 4구체 향가의 기본 형식을 떠올린다. 4구체 향가의 기본 형식은 원시 민요의 기본 형식과 유사하다. 4구체 향가의 기본 형식은 한 행이 3음보인 '4장 6구 12음보'라고 요약할 수 있다. 원시 민요의 기본 형식도 마찬가지이다. 한 행이 3음보 형식인 4구체 향가와 한 행이 4음보 형식인 시조는 장과 행의 구조가 뒤집혀져 있을 따름이다. 시조의 형식이 4구체 향가의 형식, 원시 민요의 형식이 변용된 것일 수도 있다는 것이다.

시조의 전통적인 리듬 형식, 리듬 체계를 있는 그대로 창작에 구현하는 시인은 많지 않다. 시인들 자신도 시조의 기본 형식을 있는 그대로 창작에 구현하는 것에 대해서는 마땅치 않아 한다. 주어진 시조의 기본 형식을 바탕으로 끊임없이 새롭게 하기, 이른바 '낯설게 하기'를 시도하고 있는 것이 시조의 현실이다. '3장 6구 12음보'라는 기본 형식을 기꺼이 수용하면서도 즐겁게 새로운 변화와 변주를 시도하고 있어 시조의 형식은 주목을 받는다.

물론 주어진 형식 안에서 실현하는 변화와 변주의 경우 어느 면에서는 다소 어눌해 보이기도 하고 답답해 보이기도 한다. 그럼에도 불구하고 나는 주어진 형식 안에서 새로운 행이나 연의 처리로 새로운 리듬을 이루려는 탐구를 즐기고 있다.

장章을 단위로 시조의 행을 나누는 것이 기본 형식이지만 매번 그렇게 행을 나누는 것은 읽는 맛과 보는 맛을 고루하게 만든다. 남들처럼 나도 장을 지니고 있으면서 장을 초월하는 행, 나아가 구, 음보, 음절을 단위로 다양하게 행이나 연을 나누어 읽는 맛과 보는 맛을 배가시키려 노력한다. 물론 이렇게 행이나 연을 새롭게 분할하는 것은 시조를 새롭게 만들기, 곧 낯설게 만들기 위해서이다. 이때의 낯설게 만들기는 마땅히 읽고 보는 즐거움을 십분 향상시키기 위해서이다. 행이나 연을 이처럼 낯설게 분할하는 가운데 가락을 밀고, 당기고, 끊고, 맺고, 꺾고, 젖히는 것은 시조를 창작하는 또 다른 기쁨 중의 하나이다.

주어진 틀 안에서의 자유, 곧 틀 안에서의 이런저런 자잘한 실험은 시민적 가치의 실천, 곧 살아있는 민주주의의 실천에 대응하기도 한다. 따로 강조하지 않아도 '민주주의'라는 틀 안에서 나날의 삶이 지니고 있는 형식을 새롭게 발견하고 개혁하는 일은 중요하다. 어떤 삶에도 형식은 있기 마련이거니와, 이때의 형식을 바로 깨닫고 바로 실천하는 일은 삶의 품위를 높이는 일이기도 하다.

시조의 기본 형식을 새롭게 발견하고 변화, 변주하는 일은 오늘의 삶이 지니고 있는 기본 형식을 발견하고 변화, 변주하는 일과 무관하지 않다. 아니, 오늘의 삶이 지니고 있는 기본 형식을 발견하고 변화, 변주하는 일은 시조의 기본 형식을 발견하고 변화, 변주하는 일과 무관하지 않다. 내용에 못지않게 형식도 중요한 것이 나날의 삶이다. 전통 형식의 이월 가치를 십분 되살리고 있는 오늘의 시조가 주목되어야 할 까닭은 여기에도 있다.

형식을 갖출 때 나날의 삶은 품위를 얻기 마련이다. 형식을 갖추지 않고 품위 있는 나날의 삶을 얻기는 힘들다(『좋은 시조』, 2016년 봄호)

감성의 시정신, 그 토대와 변용

—『대전현역시인선집』을 중심으로

1. 서정성抒情性의 토대

언어를 매개로 하여 정신 작용을 하는 존재라는 점에서 인간은 여타의 생명체와 변별된다. 이때의 정신 작용은 보통 세 개의 영역을 갖는다. 본성과 감성과 이성이 그것이다. 이들 정신 작용은 기본적으로 인간의 몸에서 비롯된다. 인간의 몸 가운데 본성은 하단전에 토대를 두고 있고, 감성은 중단전에 토대를 두고 있고, 이성은 상단전에 토대를 두고 있다.

이러한 논의는 무엇보다 본성이니 감성이니 이성이니 하는 정신 작용의 토대가 인간의 몸을 떠나서는 가능하지 않다는 것을 말해 준다. 그렇다. 인간의 마음과 몸, 정신과 육체는 별개로 독립된 존재가 아니다. 좀 더 직접적으로 말하면 육체에서 불거져 나온 것이 정신이라고 해야 옳다. 여기서 육체라고 하는 것은 물론 사람의 온몸을 가리킨다. 온몸이 시작詩作을 이루는 정신 작용의 토대지만 그것이 구체화되다 보니 하단전, 중단전, 하단전이라는 세 개의 영역을 갖는 것이다. 하지만 이때의 세 개의 정신 영역과, 그에 따라 실현되는 세 개의 정신 작용, 본성, 감성, 이성이 매번 명확하고 분명한 형태로 구획되어 현현되는 것은 아니다. 실제로는 각각의 정신 작용이 실현되는 경계가 모호하고, 따라서 다소간은 상호 착종되어 드러나는 것이 예의 정신 작용이라는 것이다.

인간의 정신 작용, 즉 이성과 감성과 본성이 이처럼 상호 착종되어 드러나는 이유는 단순하다. 그것이 비록 세 가지 명칭의 영역을 갖고 있다고 하더라도 근본적으로는 하나의 뿌리에서 성장해 나온 것에 지나지 않기 때문이다. 여기서 말하는 하나의 뿌리는 식욕과 성욕을 바탕으로 하는 본성을 가리킨다. 물론 본성은 인간의 육체가 갖는 본능과 깊이 관련되어 있다. 겉으로 현현되는 욕망은 다기多技하지만 그것의 근저에는 식욕과 성욕이 자리해 있기 때문이다. 프로이드의 정신분석학을 빌리지 않더라도 이러한 견해는 자명하다. 기본적으로는 프로이드가 말하는 리비도libido에 상응하는 것이 식욕과 성욕에 기초하는 인간의 정신 작용, 즉 본성이다. 따라서 리비도의 억압과 승화가 예술적 심리를 형성하는 데 관여하는 것처럼 본성(본능)의 억압과 승화도 예술적 심리를 형성하는 데 관여한다고 해야 옳다.

인간의 본성을 이루는 식욕과 성욕이 언제나 동일한 내포를 갖거나 동일한 방향으로 활동하는 것은 아니다. 성욕과는 달리 식욕은 완전한 억압이 불가능하다는 점에서 십분 개별성을 지닌다. 성욕을 억압했을 때와는 달리 식욕을 억압했을 때는 생명 자체가 지속될 수 없게 된다는 점을 잊어서는 안 된다. 상대적으로 좀 더 원초적이고 근본적인 것이 식욕이라는 것이다. 식욕을 제대로 성취하지 못하는 체험, 즉 가난에 따르는 굶주림의 체험이 인간의 삶을 얼마나 고통스럽게 만드는가를 알면 이는 좀 더 분명해진다.

일종의 기질지성이라고 할 수 있는 본성은 개개의 존재마다 크기와 형태가 다르기 마련이다. 크기와 형태가 다른 만큼 억압을 느끼는 정도며 억압에 대한 반응도 다를 수밖에 없다. 본성이 갖는 이러한 개별성이야말로 삶을 결정하는 가장 중요한 자질이라고 해야 마땅하다. 실제로는 본성으로부터 불거져 나오는 것이 감성이기 때문이다. 물론 감성은 본성으로부터 불거져 나오는 과정에 다양한 자극을 경험하는 것이 보통이다. 이때의 다양한 자극이 실제로는 본성이 감성으로 정화되는 과정에 겪는 다양한 '억압'의 하나이지만 말이다. 특히 유년 시절에 식욕을 포함한 성욕의 억압, 곧 본성의 억압이 감성의 형성에 매우 큰 영향을 끼친다는 것은 불문가지이다.

어떤 본성의 억압은 독특하면서도 기이한 감성, 즉 심미적 감성을 탄생시키는 계기로 존재한다는 점에서 상대적인 관심을 끈다. 물론 여기서 말하는 심미적 감성은 예술적 정서를 뜻한다. 시적 심리와 관련해 심미적 감성에 좀 더 주목하지 않을 수 없는 까닭이 바로 여기에 있다.

본성에서 불거져 나오는 것이 감성이라는 것은 감성이 본성에 뿌리를 두고 있다는 것을 가리킨다. 이는 중단전에 토대를 두고 있는 감성이 하단전에 토대를 두고 있는 본성에서 분리되어 나온 것이라는 점을 의미하기도 한다. 말하자면 저 스스로 독립적으로 존재하는 것이 아니라 언제나 본성과 착종되는 가운데 존재하는 것이 감성이라는 것이다.

감성과는 달리 식욕과 성욕으로서의 본성은 모든 생명체가 지니고 있는 보편적인 특징이다. 하지만 실제로 구현되고 있는 감성은 온혈 동물이나 인간 등 얼마간은 고급한 생명체들이 지니고 있는 정신 능력이라고 해야 옳다. 감성을 지니게 되면 언어를 매개로 하지는 못하더라도 기본적인 정신 작용을 할 수 있고, 저급한 형태로나마 그것을 구현할 수 있다. 구체적으로 드러낼 수 있는 감성을 지니고 있는 생명체는 그렇지 못한 생명체보다 별로 많지 않지만 말이다.

인간은 본성으로부터 분리해 낸 감성을 언어나 이미지 등을 통해 다양한 형태로 구현할 수 있다는 점에서도 여타의 생명체와 변별된다. 이때의 감성은 당연히 이성이 분화되기 이전의 본원적인 형태로서의 감성을 가리킨다. 물론 이성이 분화되기 이전의 감성은 언어나 이미지 등을 통해 구현된다고 하더라도 그것이 과학적이고 수리적인 엄밀성을 갖지 못할 것은 자명하다. 아직 이성과 본성이 혼재되어 있는 만큼 이때의 감성은 다소간 불명확할 수밖에 없는 정신 작용으로 존재하기 쉽기 때문이다.

온혈 동물 등 다소간은 고급한 여타의 생명체와 변별되는 것도 실제로는 인간이 이러한 능력을 갖는 것과 무관하지 않다. 기본적으로는 정신 작용의 하나로서 '이성을 함유하고 있는 감성'도 인식 능력의 하나라고 해야 마땅하다. 이성이 이미 분리되어 있는 감성도 인식 능력의 하나이지만 이성이 아직 미분화되어 있는 감성도 인식 능력의 하나라는 것이다. 그것은 본성이 뒤섞여 있는 감성, 본성으로부터 완전히 분화되지 못한 감성의 경우도 마찬가지이다.

이성이 미분화되어 있는 감성은 서정적인 특징을 지닌다는 점에서 좀 더 주의를 요한다. 서정적인 특징을 지닌다는 것은 이때의 감성이 세계와의 통합을 꿈꾸는 일치의 정서로 존재한다는 것을 가리킨다. 여기서 말하는 일치의 정서가 시적 정서, 곧 예술적 정서를 가리킨다는 것은 의심할 바 없는 사실이다. 이성이 미분화되어 있는 감성이라는 말이 객체가 미분화되어 있는 주체라는 말과 다르지 않다는 것을 기억할 필요가 있다.

보통의 인간은 이성이 분리되어 있지 않은 감성보다 이성이 분리되어 있는 감성을 바탕으로 살아가기 마련이다. 본성으로부터 분리된 감성에서 다시 이성이 분리된 조금은 복잡한 정신작용을 매개로 살아가는 것이 대다수의 사람들이다. 본성에서 분리된 감성, 감성에서 분리된 이성, 이것들이 이루는 상호 정신 작용 속에서 살아가는 것이 보통의 인간이라는 것이다,

감성으로부터 분리된 이성을 갖고 있는 존재는 지구상에서 오직 인간뿐이다. 인간이 이성을 매개로 하여 지금의 문화와 문명을 만들어왔다는 것은 강조할 것이 못 된다. 이러한 특징을 갖는 정신 작용, 곧 지적 활동은 근대에 이르러 과학이나 학술의 형태로 정리되어 축적되고 있다. 물론 과학이나 학술의 형태의 정신 작용, 이성에 다른 정신 작용이 인간의 정신 작용을 대표하는 것은 아니다.

잘 알다시피 인간의 정신 작용은 순수한 이성의 차원에서만 이루어지는 것이 아니다. 앞에서도 말했듯이 이성이 미분화되어 있는 감성 또한 정신 작용의 중요한 토대가 되고 있기 때문이다. 감성이 활동하며 형성하는 정신 작용은 대부분 예술이나 기술의 형태로 정리되어 축적되고 있다. 이성이 미분화된 감성이야말로 예술이나 기술을 이루는 정신 작용의 토대인 것이다. 예술이나 기술 또한 인간의 정신 작용을 이루는 중요한 영역이라는

것은 덧붙여 강조할 필요가 없다.

예술의 토대를 이루는 감성은 심미적으로 잘 가공된 정서라는 점에서 일상에서 경험하는 평범한 감정과는 구분된다. 이때의 심미적 감정도 식욕과 성욕을 바탕으로 하는 본성으로부터 불거져 나온 것이라는 점은 분명하다. 식욕과 성욕으로서의 본성에 대한 억압은 잘 승화될 경우 아름답게 가공된 심미적 감정을 현현시킬 수 있다는 점에서 의의를 갖는다. 그렇다면 성장기에 다양한 형태로 식욕과 성욕으로서의 본성을 억압당한 사람이 오히려 독특하고 개별적인 예술적 감수성을 지닌다고 할 수도 있다. 아무튼 식욕과 성욕으로서의 본성에 대한, 어떤 형태로든 억압을 체험하게 될 때 그에 상응해 좀 더 심미적 감성을 밀어 올린다는 것을 부인하기는 어렵다. 억압은 결핍을 뜻하거니와, 성장기에 식욕과 성욕으로서의 본성이 심각하게 결핍될 때 주체의 인지 영역 안에 개별적이고 특수한 감성이 형성된다는 것은 일상의 체험으로 보더라도 명확하다.

따라서 시적이거나 예술적인 심리를 산출시키는 정신 작용은 순수이성이거나 순수 감성이기보다는 이성이 함유되어 있는 감성, 즉 다소간은 불순한 감성이라고 해야 옳다. 이처럼 불순한 감성이 시적이고 예술적인 심리를 낳는다고 하더라도 그것을 형성하는 이성과 감성의 조합에는 사람마다 편차가 있을 수밖에 없다. 이성이 강화되어 있는 서정적 심리도 있을 수 있고, 본성이 강화되어 있는 서정적 심리도 있을 수 있다는 뜻이다. 감성 자체가 강화되어 있는 서정적 심리도 있을 수 있지만 말이다.

이와 관련해 정작 주목해야 할 것은 인간의 모든 정신 작용이 구체적인 외적 대상의 자극을 통해 발현된다는 점이다. 이때의 외적 대상은 서정적 심리의 주체를 둘러싸고 있는 현실의 세계를 가리킨다. 현실의 세계가 주는 자극이 없이 활동하고 운기運氣하는 정신 작용은 없다고 해도 과언이 아니다. 주지하다시피 인간의 모든 행위는 현실의 세계에서 비롯된 자극과 반응의 결과로 이루어지기 마련이다. 이때의 자극과 반응을 행사하는 주체는 인간 저 자신일 수도 있지만 말이다.

시인의 서정적 심리를 활동시키고 운기運氣시키는 현실의 세계는 자연으로 존재하기도 하고, 생활로 존재하기도 하고, 관념으로 존재하기도 한다. 시인을 둘러싸고 있는 현실의 세계가 본래 이것들을 바탕으로 하고 있기 때문이다. 시인의 서정적 심리를 탄생시키는 자질 가운데 현실의 세계가 가장 중요한 역할을 하는 까닭이 여기에 있다. 따라서 시인의 서정적 심리를 운동시키고, 그것을 시라는 언어예술로 드러나게 하는 정신 작용, 즉 '이성이 미분화된 감성'은 본성과 감성과 이성과 현실의 세계가 상호 작용하는 가운데 구체화되지 않을 수 없다. 말하자면 본성이 좀 더 강화되어 있는 감성, 감성이 좀 더 강화되어 있는 감성, 이성이 좀 더 강화되어 있는 감성, 현실의 세계가 좀 더 강화되어 있는 감성으로 분류될 수 있다는 것이다

이러한 분류는 오늘의 시에도 그대로 적용이 될 수 있어 더욱 관심을 끈다. 말하자면 오늘의 시가 지니고 있는 정서의 특징에 따라 1) 본성을 십분 받아들이고 있는 감성, 2) 감성을 위주로 하는 감성, 3) 이성을 충분히 포괄하고 있는 감성, 4) 생활과 현실을 위주로 하는 감성을 기준으로 기존의 시가 지니고 있는 갈래를 나눌 수도 있다는 것이다. 오늘의 시가 지니고 있는 이러한 면은 본고에서 살펴보려 하는『대전현역시인선집』에서도 확인이 된다. 여기서는 다름 아닌 이 네 가지 기준을 통해『대전현역시인선집』에 수록되어 있는 작품을 검토하려 한다는 뜻이다.

이들 기준을 매개로 각각의 시가 지니고 있는 특징을 점검하는 일이 그간의 논의에서 이루어온 갈래 체계를 완전히 파괴하거나 무시하는 것은 아니다. 기존에 형성된 갈래 체계 또한 시를 구성하는 다양한 자질을 토대로 구체화된 것이라는 점을 기억할 필요가 있다. 그렇다고는 하더라도 본고에서의 시에 대한 접근 방식이 조금은 새로운 시각을 갖는 갈래 체계를 기준으로 하고 있는 것은 사실이다.

2. 순간 혹은 직관의 절대정신

'본성을 받아들이고 있는 감성'은 본래의 본능이 그러한 것처럼 직접적이고 순간적인 활기를 바탕으로 한다. 주체의 인지 영역을 치고 들어오는 촌철살인의 직관과 영감이 정서의 근저를 이루고 있는 것이 이러한 정신 작용의 시가 갖고 있는 특징이다. 따라서 이러한 시에는 세속적인 차원에서 말하는 의미나 주제가 존재할 겨를이 없다. 그것이 존재한다고 하더라도 이때의 시에서는 별다른 가치를 갖지 못한다. 활기 있게 움직이는 언어 자체가 뿜어내는 심미적 아우라를 무엇보다 중요시하는 것이 이러한 시가 지니고 있는 특징이다.

폭발하는 언어의 운기運氣를 바탕으로 하는 이러한 시는 기본적으로 식욕과 성욕을 토대로 하는 본성의 순간성에 상응한다. 따라서 본성과 맞닿아 있는 감성을 바탕으로 하는 이러한 시는 식욕과 성욕으로 상징되는 본능의 즉물성卽物性과 맥을 함께하기 마련이다. 이들 시가 더러는 음식의 이미지나 성애의 이미지를 동반하는 것도 그러한 특징과 무관하지 않다.

따라서 직관이나 영감의 차원에서 이루어지는 이러한 시의 정서는 영적 활기靈的 活氣를 목표로 하지 않을 수 없다. 궁극적으로는 절대정신에 가 닿고자 하는 것이 이들 시가 지니고 있는 언어의 운기運氣라고 할 수 있다. 독특한 리듬과 어조를 통해 이루어지는 절대정신의 시로부터 세속적인 차원에서의 의미나 주제를 찾는 것은 그 자체로 어리석은 일이라고 해야 마땅하다.

저문 날
설핏설핏
눈이 내린다. 이맘때면
고향집 사립문을 밀치고
들어서던 어둠.

찬바람이 개울 건너 잠들면
눈이 내린다.
떠난 모든 것들이
돌아와 내린다.

—강신용, 「첫눈」 전문

이 시에서 이성의 정신 작용에 따른 의미나 주제를 발견하기는 쉽지 않다. "저문 날" "눈이 내"리는 "고향집 사립문"과 사립문 밖의 '개울가'의 풍광만이 모호하게 그려져 있는 것이 이 시이다. 이 시에는 이처럼 심미적 본성이 작동하여 만드는 의미 밖의 서정적 울림만이 절대적 형상으로 드러나 있을 따름이다. 물론 이때의 절대적 형상은 미래지향적이기보다는 과거지향적이다. 따라서 이 시는 의미 밖의 전통적 서정의 모습으로 독자들의 가슴을 심미적으로 자극하고 있다고 해야 마땅하다.

이 시에 비해 다음의 시는 이미지의 전개가 훨씬 더 비현실이라는 점에서 특징을 갖는다. 비현실적이라는 것은 비의적祕意的이고 환상적幻想的이라는 것을 가리킨다. 따라서 좀 더 현대적인 감수성을 토대로 하고 있는 것이 이 시라고도 할 수 있다.

어머니가 미역을 빤다
생일 미역을 빤다
잔잔한 수면에 파도가 일고
바다가 범람한다
해일도 고래도 상어 떼도
조랭이에 건져내는
어머니의 바다
어머니는 바다를 조물락댄다
파도에 밀리는 날치의 은빛 비늘

갯마을 저 멀리
휘늘어지는 미역
가닥 사이로 멀어져 가는
똑딱선 하나

—변재열, 「바다의 꿈」 부분

이 시는 유추의 기법을 통해 이미지를 전개하고 있어 좀 더 주목이 된다. 유추의 기법은 이미지의 전개 방식을 비약과 생략을 통해 이루고 있어 간혹 독자들을 당황하게 한다. 당황하게 한다는 것은 낯설게 한다는 것인 만큼 곧바로 새롭게 한다는 것과도 통한다. 그렇다고는 하더라도 이 시를 통해 생성되는 새로움이 특별한 의미나 주제를 형성하는 것은 아니다. 지속적으로 비약되고 생략되는 가운데 드러나는 현란한 이미지만이 독특한 시적 분위기, 곧 서정적 아우라를 만들어낼 뿐이기 때문이다.

물론 이 시에 함유되어 있는 정서적 분위기는 다분히 전통적인 소재에서 비롯되고 있다. 어머니라든가 미역 등 전통적 소재로부터 즉물적으로 반응하는 가운데 펼쳐지는 것이 이 시의 중심 이미지이다. 이처럼 전통적인 소재로부터 비롯되는 이미지를 바탕으로 하고 있으면서도 결코 낡아 보이지 않는 것이 변재열의 이 시가 지니고 있는 장점이다.

이들 전통적 이미지의 전개 과정에 어떤 이성적인 운산運算이 작용하고 있는 것으로 보이지는 않는다. 다분히 본능적인 무의식이 작용하여 예의 이미지들을 전개시키고 있는 것이 이 시라는 뜻이다. 따라서 예의 이미지의 전개과정에 작용하고 있는 무의식과, 그것이 함유하고 있는 의미가 이 시를 이 시답게 만든다고 주장하기는 어렵다. 이 시를 이 시답게 만드는 핵심 요소는 예의 이미지가 전개되는 과정에 드러나는 개성적인 분위기 그 자체이기 때문이다.

순간적인 유추를 통해 전개되는 이 시의 이미지는 바로 그러한 점에서 무의미한 절대정신에 가 닿는다. 다음의 시 '나무못'은 절대정신을 바탕으로 하고 있으면서도 얼마간 상징성을 지니고 있어 더욱 주목된다. 상징성을 지니고 있다는 것은 물론 얼마간 의미를 거느리고 있다는 것을 가리킨다.

> 나무못은 녹슬지 않는
> 부드럽고 견고한 침이다
> 이 땅 위에
> 벌어지지 않는 가슴과 가슴
> 어디 있다든가
> 틈을 찾아 따뜻하게 박힌
> 절집의 나무못
> 볼수록 다정하다
> 사람의 벌어진 가슴을
> 채울 수 있는
> 나무못
> 또 어디 없는가
> 반짝이지 않아도 좋을,
>
> —박명용, 「나무못」 전문

이 시에서 나무못은 사물이면서도 존재이다. 사물이라는 것은 그것이 가시적인 현상이라는 얘기이고, 존재라는 것은 그것이 본질을 거느리고 있는 상징이라는 얘기이다. 이 시에서는 나무못이라는 현상이 저 자신의 내부에 어떤 본질, 어떤 의미를 거느리는 일종의 상징으로 존재하고 있다는 것이다.

이미지를 거느리는 모든 현상은 언제나 일정한 의미를 갖기 마련이다. 이 시에서도 나무못의 이미지는 그에 합당한 의미를 갖는다. "벌어지지 않는 가슴과 가슴" "틈을 찾아 따뜻하게 박"히는 기능과 연결되며 일정한 의미를 갖는 것이 이 시에서 나무못의 이미지이다. "절집의 나무못"처럼 "사람의 벌어진 가슴을/ 채울 수 있는" 존재 일반을 가리키는 것이 나무못이라는 것이다.

따라서 앞의 시들과는 달리 이 시는 무의미의 바깥에서 궁극적인 가치를 찾고 있다고 할 수 있다. 여기서 말하는 궁극적 가치는 절대적인 것이면서 동시에 구체적인 사람살이의 지혜에 맞닿아 있는 어떤 것을 가리킨다. 순간적인 직관으로 꿰뚫는 "나무못"이라는 사물의 본질이 사람살이의 근원적 지혜를 가리킨다고 해야 옳은 까닭이 바로 여기에 있다. 이 시에서는 다름 아닌 그것이 절대정신으로 존재한다. 그만큼 높은 정신 차원을 함유하고 있는 것이 이 시라는 얘기이다.

3. 순수 감성 또는 전통서정

이성이나 감성에 비해 본성은 좀 더 자발적이면서도 자율적인 정신기제이다. 따라서 본성은 완벽하게 통제되거나 차단되는 것이 불가능하다. 그 자체로 이미 생명의 활동을 이루고 있기 때문이다. 이러한 본성의 활동에 비해 감성의 활동은 훨씬 걸러지고 다듬어진 정신 작용이라고 할 수 있다. 그렇기는 하지만 감성이 이성에 비해 본성에 훨씬 더 가까운 것은 사실이다. 본성에서 맨 처음 불거져 나온 것이 감성이라는 점을 잊어서는 안 된다. 이성에 비해서는 다소 거칠고 투박하지만 본성에 비해서는 훨씬 정제된 것이 감성이라는 점을 기억할 필요가 있다.

낭만주의 이후 감성은 그 자체로 인식 능력의 하나로 받아들여져 온 바 있다. 이성이 인식 능력의 하나로 받아들여져 온 것처럼 말이다. 물론 감성은 과학이나 학술보다 문학이나 예술의 영역에 속하는 인식 능력이다. 감성은 상상력이나 형상 사유라는 이름으로 개념화되면서 근래에 이를수록 좀 더 많은 가치를 부여받고 있다. 이해력이나 개념 사유라고도 불리는 이성과 상호 부조하는 가운데 마음의 장애물을 극복하는 일에 매우 중요한 역할을 해온 것이 감성이라는 정신기제이기 때문이다.

감성은 문학이나 예술, 특히 서정시의 창작이나 향유 과정에 좀 더 근본적으로 작용하는 인식 능력이다. 하지만 퓨전과 함께하지 않는 순수 감성의 인식 능력이 작용되는 예는 서정시의 경우에도 별로 많지 않다. 앞에서 '본성을 받아들이고 있는 감성'의 입장으로 논의를 마련했던 것도 바로 이 때문이다. 물론 서정시의 실제에서 순수 감성 자체에 기초하거나 순수 감성 자체를 추구하는 예가 전혀 없는 것은 아니다. 따져보면 순수 감성에 기초한 심미적 세계를 탐구하고 표현하는 것이야말로 서정시 본래의 영역이라고 해도 과언이 아니다.

한국의 현대시사에서 이러한 순수 감성은 일찍이 전통 서정이라는 이름으로 저 자신의 영역을 개척해 온 바 있다. 고향이나 자연의 공간을 배경으로 하고 있는 이들 순수 감성의 시는 새롭고 참신한 이미지나 정서보다는 낡고 진부한 이미지나 정서를 고집하는 것으로 개별성을 추구하는 적도 없지 않다. 이 또한 귀중하고 소중하다고 하지 않을 수 없지만 말이다.

가파른 천둥지기에도
누렇게 벼는 읽어가리.
외롭다 말라
산골 햇볕은
얼마나 찬찬한가.
작은 창자 채우려
몰려온 참새 떼
오히려 무료를 달래주고 있지 않느냐.
하늘만 쳐다보다가
지금은 벼가 익고 있다.
남루함이여
시름은 털어버려라.

황금빛 저 익어가는 것
그것 바라보는 것만으로도
넉넉한 일 아닌가.

—임강빈, 「허수아비」 전문

자족한 마음으로 고향에서의 삶을 살아가고 있는 시인의 자연 친화적인 정서를 잘 담아내고 있는 것이 이 시이다. 이 시에서 가장 먼저 읽을 수 있는 것은 외롭지도 무료하지도 남루하지도 않은 시인의 감성이 불러일으키는 너그럽고 넉넉한 마음이다. 분별이나 갈등이 없이 자연과 통합되어 있는 시인의 본연지성이 불러일으키는 초연하고 초탈한 정서를 향유할 수 있는 것이 이 시인 것이다.

아직은 자연을 상실하지 않고 있는 임강빈의 이 시로부터 느낄 수 있는 것은 순수 감성이 산출하는 소박하고 담백한 전통의 정서이다. 따라서 이들 정서와 함께하고 있는 이 시의 내용으로부터 어떤 특별한 의미나 주제를 발견하기는 어려울 수밖에 없다. 의미나 주제보다는 전통적 서정 자체를 산출하는 데 목표를 두고 있는 것이 이 시이기 때문이다. 이렇게 산출되고 있는 전통적 서정은 다음의 시를 통해서도 확인이 된다.

이슬을 행주질하고
봄보리랑 눈 정情 나눈
햇살이 내울 건너
열리는 마을

산 66번지 바람에
밀리고 밀리는 둑새풀이여
참새들은 풀 파도를 타고

달구지 길 따라
산사山寺의 염불 내리고
씻김굿 무녀巫女인 양
춤추고 학鶴 두루미

학鶴춤에 고부라졌던 해가
소나무에 걸려
노을 가루가 날린다

—정진석, 「용산리」 부분

이 시는 "이슬을 행주질하고/ 봄보리랑 눈 정情 나눈/ 햇살이 내울 건너/ 열리는 마을"의 풍광에서 묻어 나오는 서정을 드러내는 데 초점이 있다. 물론 이때의 풍광은 용산리라는 농촌 마을을 공간으로 하고 있고, 둑새풀이 바람에 밀리는 봄날을 시간으로 하고 있다. 이들 시공간이 만드는 풍광은 달구지, 산사, 무녀, 학, 해, 소나무, 노을, 들녘, 어스름, 청솔, 바람, 달빛 등의 사물에 의해 좀 더 즉물적인 서정으로 전이된다.

이들 사물과 함께하는 즉물적인 서정은 그야말로 전통적이다. 여기서 전통적이라는 것은 상실된 지 이미 오래인 고향을 정서의 기반으로 하고 있다는 것을 뜻한다. 고향의 정서, 곧 향수는 언제나 '그리움의 정서'를 거느리는 가운데 발현되기 마련이다. '기다림의 정서'와 더불어 낭만적 정서의 토대를 이루고 있는 것이 그리움의 정서이다. 낭만적 정서는 본래 이곳이 아닌 저곳을, 현재가 아닌 과거나 미래를 그리워하고 기다리는 정신작용에 뿌리를 두고 있다. 고향의 정서, 곧 향수도 이곳이 아닌 저곳, 현재가 아닌 과거를 그리워하고 기다리는 정신작용의 하나라고 할 수 있다.

다음의 시에서도 알 수 있듯이 고향에 대한 그리움, 곧 향수는 고향을 완벽한 세계, 즉 이상의 공간으로 회억하기 일쑤이다.

내 고향의 바람 속에는
나무 잎새들이 흔들리는 시냇물 소리
은빛의 물결 타고 흐르는 세월이 있다

내 고향의 바람 속에는
풋고추 익어가는 빛깔 알싸한
고추잠자리 나래 가지런히 하늘이 있다

—박상일, 「청양」 부분

이 시에서 고향은 "나무 잎새들이 흔들리는 시냇물 소리"와 "은빛의 물결 타고 흐르는 세월이 있"는 공간으로 그려져 있다. "풋고추 익어가는 빛깔 알싸한" 곳, "고추잠자리 나래 가지런히 하늘이 있"는 곳이 이 시에서의 고향인 것이다. 고향에 대한 그리움, 곧 향수의 심리에는 이처럼 완벽한 세계에 대한 동경이 자리해 있다.

한 개인의 역사에서 가장 완벽한 세계는 누구에게나 유년의 공간을 통해 유추되기 마련이다. 유년의 공간은 주체가 타자와 분리되기 이전의 온전한 모습으로 존재하는 곳이기 때문이다. 타자와 분리되기 이전의 주체에게, 타자를 함유하고 있는 주체에게 가장 행복한 공간, 곧 완벽한 세계는 유년의 시기 중에서도 언어를 습득하기 이전의 세계, 곧 상상계라는 것이 라캉의 주장이다. 이러한 논리에 따르면 개인사와 관련해 상정할 수 있는 좀 더 완벽한 세계는 태중의 어머니로부터 분리되기 이전의 세계, 어머니 자궁 속의 세계라고도 해야 마땅하다.

이처럼 미분화된 세계는 어머니와 함께하던 세계, 곧 자연과 함께하던 세계이기도 하다. 자연을 가리켜 어머니 대지라고 하거니와, 모든 존재는 다 자신의 생명을 마치면 자연으로 돌아가지 않을 수 없기 마련이다. 따라서 자연은 생명을 지닌 모든 존재의 근원적 고향이라고 해도 지나치지 않다. 하지만 자연으로 돌아가는 것이 모든 인간의 숙명이라고 하더라도 막상 자연으로 돌아가게 되면 누구나 회한에 빠지지 않을 수 없다. 이렇게 해서 태어나는 회한 또한 특별한 의미나 주제를 갖지 않는 전통적 정서의 하나라고 해야 마땅하다.

노송老松 우거진 기슭에
어머니를 묻고
산을 내려왔다
산새가 이따금 푸득거리고
꽃의 향기가 하얗게 날렸다
짙게 그늘이 깔린 길
노송은
등 굽은 자세로 내려다보고 있을 뿐
아무 말이 없었다

—이장희, 「황토 길」 부분

이 시에는 "노송老松 우거진 기슭에/ 어머니를 묻고/ 산을 내려"오면서 느끼는 시인의 막막한 회한이 담겨 있다. 산으로, 자연으로 돌아가는 것이 인간의 본질이라는 것을 모를 리 없건만 어머니를 묻고 산을 내려오면서 어쩔 수 없이 느끼는 시인의 쓸쓸함이 잘 드러나 있는 것이 이 시이다. 이러한 시인의 마음은 3행 이하의 구절에서 그가 조금은 낯설고 어색한 대로 산새, 꽃의 향기, 노송 등의 이미지를 늘어놓고 있는 것을 보더라도 확인이 된다.

하지만 이 시에 느낄 수 있는 정서가 크게 새롭거나 신선하게 받아들여지지는 않는다. 이 시에 드러나 있는 쓸쓸하고 불투명한 정서 역시 전통적 정서에 깊이 닿아있기 때문이다. 그러한 점에서 보면 이 시 역시 전통적 서정 그 자체를 위주로 하는 순수 감성을 갖고 있다고 할 수 있다.

청록파의 시들로부터 맥을 이어온 전통적 서정의 시들, 즉 순수 감성 자체의 심미적 아우라를 추구하고 있는 시들이 남긴 문학사적 의의는 크다.

시적 서정이 어떻게 심미적 감동을 산출할 수 있는가를 실천적으로 보여 준 것이 이들 시이기 때문이다. 그럼에도 불구하고 이들 시는 자칫 낡고 진부하게 받아들여지기 쉽다. 좀 더 독특하고 기발한 서정적 아우리를 창출하기 위해 이들 시에게도 끊임없이 새로운 모색과 실험이 요구되는 까닭이 바로 여기에 있다. 자기 갱신에 게으르고 새로운 진전에 이르기는 쉽지 않다.

4. 인생과 자연의 리얼리티

인간의 정신 작용은 오직 무구하고 깨끗한 감성 자체만으로 이루어지는 것이 아니다. 심미적으로 발현되는 감성의 본원적 형태인 서정적 정서의 경우에도 실제로는 이성의 개입 속에서 좀 더 높은 경지에 이르는 것이 보통이다. 구체적으로 창작되는 당시에는 순수 감성에 의지해 있다고 하더라도 퇴고의 과정에 끊임없이 작품에 개입해 완성도를 높이는 것은 이성이다. 퇴고의 과정에 정작 시의 완성도를 높이는 것은 이성의 작용일 수도 있다는 것이다.

구체적으로 창작되는 과정에 이루어지는 시적 심리는 순수 감성 그 자체에 의지해 있는 경우만큼이나 이성이 혼재되어 있는 퓨전 감성에 의지해 있는 경우가 많다. 오늘의 현대시에서는 감성을 중심으로 하되 충분히 이성을 받아들이는 퓨전 심리로부터 발상되는 시들이 중심을 이루고 있는지도 모른다. 어떤 형태의 것이든 실제로는 이성이 혼재되어 있는 감성이 시적 심리의 토대를 이룬다는 것을 잊지 말아야 한다.

이성을 받아들이는 감성은 이성에 의해 감성이 끊임없이 단련되고 정련될 수밖에 없다는 점에서 성찰이나 반성의 정서를 낳기도 하지만 초월이나 초연의 정서를 낳기도 한다. 초월의 정서를 함유할 때는 그것이 앞에서 말한 절대정신으로 전이되는 예가 적잖다. 하지만 초월의 정서에서 비롯되는 절대정신은 인생과 자연의 본질에서 비켜서기 일쑤라는 점에서 감동을 잃기 쉽다. 시인의 도드라진 정신만이 세계로부터 유리된 채 우뚝 서있는 경우가 상당한 것이 이들 시이다. 나날의 삶으로부터 유리된 이들 도드라진 정신의 시가 대중들에게 깊은 감흥을 주기는 어렵다.

상대적으로 초연의 정서를 추구할 때는 훨씬 더 인생과 자연의 본질에 가깝게 다가갈 수 있다. 절대정신에까지는 이르지 않더라도 인생과 자연의 본질에서 비롯되는 '외롭고 높고 쓸쓸한' 가치 및 정서와 함께하면서 감동을 만들어가기 때문이다. 이때의 가치와 정서가 시적 주체의 이성에 의해 철저하게 절제되고 통제되리라는 것은 불문가지이다. 여기서 말하는 '인생과 자연의 본질'이 객관적 대상으로서의 현실의 세계 자체를 가리키는 것은 아니다. 그보다는 합리적이고 이성적인 사유에 의해 파악되고 터득되는 인생과 자연이 함유하는 내적 진실을 뜻한다고 해야 옳다. 이렇게 하여 발견된 내적 진실에는 시적 주체가 체험하는 깊은 고난과, 그에 따른 독특한 정서가 배어있을 수밖에 없다.

이렇게 생산된 시의 정서는 설움을 바탕으로 하고 있기는 하지만 마냥 어둡고 시리지만은 않은 특징을 갖기도 한다. 어둡고 시리면서도 밝고 따듯한 설움을 함축하고 있는 것이 이들 시의 정서인 것이다.

예순쯤 살아온 강물은
조용 조용히 흐른다
가슴으로 뜨겁지도 않고
입술 파랗게 질리지도 않는다

오직 하나밖에 모르는 강물
낮은 곳을 향해 흘러갈 뿐
단순한 기쁨 얼굴에 넘치고
강물은 밤낮을 잊어버리고 산다

거슬러 올라갈 생각 없이
아래로 아래로 오직 한 길
바다를 경건히 바라보며
단순한 강물은 그냥 넉넉하다

물새 따라와 외롭지 않고
물고기 함께 살아 가난하지 않다
바다의 마음 그리워하는
단순한 강물 도도하게 살아간다.

—신협, 「단순한 강물」 전문

이 시에서 "예순쯤 살아온 강물은" 말할 것도 없이 신협 시인 자신의 삶을 가리킨다. 이때의 신협 시인 자신의 삶은 "조용 조용히 흐"르는 시간과 함께한다는 점에서 한층 주목이 된다. 세상의 일상으로부터 "가슴 뜨겁지도 않고/ 입술 파랗게 질리지도 않게" 초연히 살아가는 것이 시인 자신의 삶이라는 내포를 담고 있기 때문이다. 이어지는 구절에서 그는 자신의 삶이 "바다를 경건히 바라보며" "그냥 넉넉하"게 흐르는 "단순한 강물"로 이루어져 있다고도 말한다. 그러나 시인의 이러한 말 속에는 이루지 못한 꿈이 만드는 알싸한 회한이 담겨있다. 그는 "물새 따라와 외롭지 않고/ 물고기 함께 살아 가난하지 않다"고 말하고 있지만 그의 말 그대로 믿겨지지는 않는다. 차라리 그보다는 "바다의 마음 그리워하는/ 단순한 강물"로 "도도하게 살아"가고자 하는 의지가 담겨있다고 해야 옳다.

이처럼 이 시에 함유되어 있는 회한의 정서에는 이성의 정신 작용이 만드는 반어적 의미가 감추어져 있다. 그가 자신의 이 시에 이러한 내적 진실을 담게 되는 데는 아마도 저 자신의 희망과는 무관하게 살아온 지난 세월이 가장 크게 작용했을 것으로 보인다. 짐승의 삶을 방불케 할 정도로 세속적 욕망이 들끓는 오늘의 현실에서는 최소한의 인격조차 지키기가 극히 힘든 것이 사실이다. 따라서 시인으로서는 이렇게 각축하는 삶의 현실로부터 멀찍이 한 발을 빼고 살고 싶었을 수도 있었으리라.

하지만 모든 시인이 다 이처럼 반어적 이성을 움직여 인생과 자연에 대응하는 것은 아니다. 훨씬 더 객관적으로 인생과 자연이 지니고 있는 내적 진실을 포착하고 있는 시인들도 없지 않기 때문이다. 자연의 질서를 깨닫고 있는 다음의 시들은 바로 그러한 맥락에서 확인할 수 있는 좋은 예이다.

봄비에 젖지 않는 것들은 영원히 잠 깨지 못하리
사통팔달 바람의 묵언 들판을 가로지르고
허물벗이 배암 초록눈박이 사슴 은행목 잔가지도
펄럭이는 책장 소리에 눈뜨고 귀 기울인다
지금 세례 받는 목숨들은 생의 내력을 더듬으며
동동거리는 종종걸음으로 성급히 내달는다
보았는가, 푸른 물 혈관 타고 기어오르던 시간 이래로
우리 몸속 피를 덥히는 태양과 바람의 쉼 없는 노동,
빛과 어둠이 굴리는 수레바퀴 틈에 끼어
달아나도 털어낼 수 없는 꽃 피고 싶은 마음
그 죄의 일곱 빛깔 무지개를 기다리며 봄비를 맞는다

—주용일, 「입춘 그 이후 1」 부분

목련이 돋아나고
산수유가 피어나고
벚꽃이 불을 터뜨리기 시작해서

갑자기 봄이 무서워졌다
겨울이 히말라야 만년설처럼 녹지 않는 마음인 줄 알았더니
눈물을 흘리는 눈사람처럼

시간이 저절로 녹아서 나무들의 뿌리와 줄기로 흘러가더니
희고 노랗고 붉은 횃불을 든
이 모든 꽃들의 혁명이 무서워졌다

그 미묘한 신호와 암시에 중독된 검은 운명의 인생보다도
정말로 무서웠던 것은

겨울이면서 봄이면서 여름이면서 가을인 당신
나무이면서 꽃이면서 잎이면서 열매인 당신
꽃들의 환한 시간 속에서 내 얼굴을 들여다보는 당신

—김백겸, 「횃불」 전문

이 두 편의 시는 모두 순환하는 자연의 섭리로부터 비롯되는 봄의 경이감을 노래하고 있다. 특히 앞의 시는 자연의 만상을 일깨우는 봄비에 초점을 두고 있어 좀 더 관심을 끈다. 이 시에서 봄비는 "뿌리며 마음의 생장점에 발화 재촉하며/ 마른 겨울잠 씻어내" "허물벗이 배암 초록눈박이 사슴 은행목 잔가지도" "푸른 물 혈관 타고 기어오르"게 하는 '기운'으로 인식되고 있다. 이때의 시인에게 기운은 "몸속 피를 덥히는 태양과 바람의 쉼 없는 노동"이 만드는 결과인 것이다. 이처럼 이 시에서 시인은 순환하는 자연의 질서를 일깨우는 봄비의 내적 진실을 추적하고 있다.

뒤의 시는 목련이며 산수유, 벚꽃 등이 피어오르는 순간의 경이감을 포착하고 있어 구체적인 공간감을 갖게 한다. 꽃망울이 터지는 모습을 횃불이 타오르는 모습으로 전이시키고 있는 이 시의 은유 구조도 그러한 공간감을 갖게 하는 데 일조한다. 이 시에서 더욱 주목이 되는 것은 자연의 순환 원리를 발견하는 데서 오는 경이감을 무서움의 차원으로 고양시키고 있다는 점이다. 물론 이때의 무서움은 경외감을 가리킨다. 이 시에 따르면 그가 지금 경외감을 갖는 것은 "희고 노랗고 붉은 횃불을 든" "꽃들의 혁명" 때문

이다. 하지만 그가 정말 무서워하는 것은 "겨울이면서 봄이면서 여름이면서 가을인 당신"이다. 여기서의 당신, 곧 "나무이면서 꽃이면서 잎이면서 열매인 당신/ 꽃들의 환한 시간 속에서 내 얼굴을 들여다보는 당신"이 뜻하는 것은 말할 것도 없이 조물주인 신神이다. 조물주인 신의 섭리에 주목하고 있는 것이 이 시라는 것이다.

다음의 시에서는 조물주인 신이 "바람 한 자락"으로, "빛을 닮은 커다란 손"으로 상징화되어 있어 좀 더 관심을 끈다.

손 저으면
마악 밑뿌리를 흔들며 가는
바람 한 자락이여.

빛을 닮은 커다란 손 하나가
또다시 서녘 한 페이지를 넘길 때
말하라. 우리의 혼돈이
얼마나 건강한 눈물을 키워왔는가를

이것은
통찰의 거울에 번지는 피
그대 등 뒤로 튕겨오르는
허망의 파도다.
영원의 기슭에서 밀려와
영원의 기슭으로 멀어지는 소리.

―손종호, 「안개」 부분

이 시가 관심을 끄는 것이 "빛을 닮은 커다란 손", 곧 조물주인 신을 깨닫고 있는 데만 있는 것은 아니다. 안개로 상징되어 있는 혼돈의 인간도 또한 깊이 있게 깨닫고 있는 것이 이 시이기 때문이다. 신神의 질서와는 달리 "건강한 눈물을 키"우는 것이 인간의 혼돈이거니와, 그것도 결국은 "허망의 파도"일 따름이다. 그가 생각하기에는 "영원의 기슭에서 밀려와/ 영원의 기슭으로 멀어지는 소리"로 방황할 수밖에 없는 것이 혼돈의 존재로서 인간인 것이다.

이 시에서 시인이 인간을 이렇게 이해하는 데는 아무래도 기독교적 인식론이 깊이 자리해 있는 것으로 보인다. 이 시를 통해 그가 질서와 혼돈, 신과 인간, 선과 악 등 기독교적 이분법으로 자연을 파악하고 있기 때문이다. 이처럼 그의 시적 정서에는 이성의 정신 작용이 깊이 개입해 있다. 시와 함께하는 그의 인지 영역에서는 순수 감성보다 이성이 미분화되어 있는 감성, 곧 이성을 포괄하는 감성이 좀 더 적극적으로 활동하고 있는 셈이다.

그렇다고는 하더라도 시인들의 시에서 이성을 포괄하고 있는 감성이 모두 동일한 모습으로 구현되는 것은 아니다. 다음의 시에서도 알 수 있는 것처럼 자연에 대한 태도가 훨씬 포괄적인 경우도 적잖은 것이 사실이다. 자연에 대한 태도가 포괄적이라는 것은 이분법적이거나 양자택일적이지 않고 다의적이거나 양가적이라는 뜻이다.

뻐꾹새 한 마리가
쓰러진 산을 일으켜 깨울 때가 있다
억수장마에 검게 타버린 솔숲
둥치 부러진 오리목,
칡덩굴 황토에 쓸리고
계곡 물 바위에 뒤엉킬 때

산길 끊겨 오가는 이 하나 없는
저 가파른 비탈길 쓰러지며 넘어와
온 산을 휘감았다 풀고

풀었다 다시 휘감는 뻐꾹새 울음

낭지하게 파헤쳐진 산의 심장에
생피를 토해 내며
한 마리 젖은 뻐꾹새가
무너진 산을 추슬러
바로 세울 때가 있다

—김완하, 「뻐꾹새 한 마리 산을 깨울 때」 부분

이 시의 씨앗은 "뻐꾹새 한 마리가/ 쓰러진 산을 일으켜 깨울 때가 있다"라는 구절이다. 나머지 구절은 이 구절이 부연되고 확장되고 매조지된 결과라고 해도 지나치지 않다.

이 시의 씨앗에 함유되어 있는 내적 진실은 부분과 전체에 대한 자각에 초점이 있다. 부분으로서의 '뻐꾹새'와 전체로서의 '산'이 이루는 관계를 새롭게 인식하고 있는 것이 이 시에 함유되어 있는 내적 진실이라는 뜻이다. 부분이 곧 전체이고 전체가 곧 부분이라는 자각이 다름 아닌 그것이다. 시인은 그것을 '뻐꾹새'와 '산'이 이루는 관계를 통해 구체적인 형상으로 드러내고 있다. 그의 이러한 자각에는 무엇보다 한 사람의 의인에 의해 소돔과 고모라의 운명이 결정될 수 있다는 기독교적 인식론이 자리해 있다. 하지만 이러한 인식론이 일반화되는 데는 선불교의 논리, 곧 일즉다一卽多의 논리가 크게 기여하고 있는 것도 사실이다.

따라서 이 시로부터 직관의 절대정신이라든지 전통적 서정 등을 감지하기는 어렵다. 이성을 포괄하고 있는 감성의 정신 작용을 통해 인생과 자연의 배후에 자리해 있는 내적 진실을 깨닫고 발견하는 데 초점이 있는 시이기 때문이다. 그러한 점은 이 시뿐만이 아니라 이 장에서 거론하고 있는 모든 시들에게 적용되는 특징이기도 하다. 이들 시가 목표로 하는 것은 시적 정서 자체가 아니라 시적 정서가 포획하는 인생이나 자연의 리얼리티라는 것을 간과해서는 안 된다.

5. 생활과 현실의 발견

시의 정서적 특징이 오직 창작 주체의 정신 작용을 이루는 세 가지 토대가 현현되는 가운데 이루어지는 것만은 아니다. 본성과 감성과 이성의 정신 작용을 촉발시키는 외적 생활과 현실 또한 서정적 정서를 산출시키는 중요한 요소로 존재하기 때문이다. 본래 인간의 정신 작용은 본성과 감성과 이성의 어느 것에 토대를 두던 외적 자극으로부터 주체가 느끼는 반응의 한 형태로 발현하기 마련이다. 물론 주체가 능동적으로 세계에 접촉하여 외적 자극을 유도하는 경우도 없지는 않다. 따라서 세계에 의해 접촉되든, 주체에 의해 접촉되든 시적 정서를 형성하는 데는 외적 대상으로서의 생활과 현실도 일정하게 작용하고 있다고 해야 마땅하다.

생활과 현실은 시적 형상의 자질을 이루는 이미지의 원자재로 기능한다는 점에서 우선 주목이 된다. 시인 중에는 시적 대상이 없는 시, 곧 시적 상황이 존재하지 않는 시를 추구하는 사람도 없지는 않지만 말이다. 추상화된 의식의 흐름을 추구하거나 무의식의 혼돈을 추구하는 시가 그러한 예에 속한다.

하지만 본고의 대상인 『대전현역시인선』에서 그러한 시를 찾기는 어렵다. 그러한 시보다는 생활과 현실의 풍경을 좀 더 직접적으로 묘사하고 있는 시를 찾기가 좀 더 쉽다고 할 수 있다. 이들 시는 시적 주체의 정신 작용에 의한 정서적 변용보다는 생활과 현실이 이루는 풍경을 묘사하는 것 자체를 심미적 전략으로 삼는다. 따라서 이들 시는 생활과 현실의 내적 진실을 담고 있는 체험을 형상화하는 일에 주력한다. 체험을 형상화하는 일에 주력하는 만큼 이들 시의 입장에서는 풍경의 선택이 곧 세계관의 선택이 될 수밖에 없다. 주체의 정신 작용을 과도하게 개입해 너절한 감상을 만들기보다는 객관적이고 사실적인 체험을 섬세하고 치밀한 화폭으로 그려내는 것이 이들 시이다.

그러니만큼 이들 시는 실질적이고 합리적인 정신 작용에 좀 더 의지한다. 감성 자체가 만드는 심미적 정서보다는 감성 밖의 생활이나 현실이 만드는 심미적 정서에 보다 주력하는 것이 이들 시이다. 그렇다. 이들 시는 주관적 감정에 과도하게 개입해 너스레를 떨기보다는 시인 자신의 체험을 포함하는 객관적인 풍경을 진실하게 그려내면서 보편성을 획득하는 방법을 취한다.

> 두 시간 십오 분 동안 소설 한 권을 다 읽고
> 붉은 입술을 동백처럼 벌려 긴 하품을 하던
> 가늘고 긴 손가락으로 책장에 책을 꽂아놓던
> 자주색 백에서 Anycall 폴더를 꺼내 시간을 확인하던
> 서점의 무거운 공기를 살랑살랑 흔들며
> 문밖을 나가던
> 그
> 여자
>
> 두 시간 십오 분 동안 그 여자만 지켜보았던
> 소설의 주인공이 되어
> 열 번도 더 그 여자와 연애하고 헤어졌던
> 저쪽 구석의
> 그 남자

—윤종영, 「그 남자」 부분

이 시에는 "두 시간 십오 분 동안 소설 한 권을 다 읽고" 서점을 나가는 여자와, 동일한 시간 동안 그 여자를 지켜본 남자가 객관적으로 묘사되어 있

다. 이처럼 타자화되어 있는 객관적인 인물과 인물을 둘러싸고 있는 배경에 대한 묘사를 통해 시인이 말하려는 것은 명확하지 않다. 현대인의 무료하고 권태스러운 삶의 풍속을 드러내려는 면이 없지 않아 보이지만 그것이 강렬한 의미로 다가오지는 않는다. 어쩌면 시인은 사물화되어 있는 현대인의 삶을 객관적인 이미지로 묘사하는 것 자체에서 의미를 찾고 있는지도 모른다.

이와 관련해 정작 따져보아야 할 것은 시인의 자아가 거의 개입되어 있지 않은 것이 이 시라는 점이다. 이러한 특징은 이 시가 활기 있는 리듬과 어조에서 비롯되는 잘 정제된 주관적 서정과는 무관하게 발상되고 있다는 것을 말해 준다. 그 여자와 그 여자를 지켜보는 그 남자, 그리고 이들을 둘러싸고 있는 객관적 상황이 아주 치밀하게 묘사되어 있는 것이 이 시라는 것을 주목하지 않으면 안 된다.

다음의 시들은 체험의 밀도가 좀 더 강화되어 있다는 점에서 상대적인 변별성을 갖는다.

오솔길 가운데 낯선 거미줄
아침 이슬 반짝하니 거기 있음을 알겠다
허리 굽혀 갔다, 되짚어 오다 고추잠자리
망에 걸려 파닥이는 걸 보았다
작은 삶 하나, 거미줄로 숲 전체를 흔들고 있다
함께 흔들리며 거미는 자신의 때를 엿보고 있다
순간 땀 식은 등 아프도록 시리다.

—이면우, 「거미」 부분

회의 시간에
옆자리에 앉아있는 미스 김이
자꾸만 자꾸만
다리를 떤다

규칙적으로
과장이 주절주절거리면
15회가량
자신이 발언을 할 때는 쉼 없이
세우고 싶다
멈추고 싶다

—정덕재, 「여운」 부분

앞의 시에는 '거미'와 관련된 체험이 그려져 있고, 뒤의 시에는 '미스 김'과 관련된 체험이 그려져 있다. 이들 두 편의 시는 시인의 체험이 서술되는 전반부와, 그에 대한 정서적인 반응이 서술되는 후반부로 구성되어 있다는 점에서 일단 공통점을 갖는다. 전통적인 한시의 구성 방식인 선경후정의 원리를 십분 응용하고 있는 것이 이들 시라는 것이다.

물론 앞의 시는 체험이 좀 더 직접적으로 기술되어 있다는 점에서 뒤의 시와 변별되기도 한다. 뒤의 시에 담겨 있는 체험이 앞의 시에 담겨 있는 체험보다 훨씬 관찰자적 태도를 갖고 있다는 것이다. 이러한 주장은 앞의 시에 드러나 있는 체험이 더욱 허구화되어 있다는 것을 뜻하기도 한다. 하지만 이들 두 편의 시의 후반부에 드러나 있는 '정서적 반응'은 뒤의 시가 앞의 시에 비해 좀 더 능동적인 감성에 의지해 있다는 것을 알게 해준다. 특히 "세우고 싶다/ 멈추고 싶다" 등의 구절에는 본능에 가까운 심리적 반응이 담겨 있다고 해도 지나치지 않아 보인다.

이들 시에 드러나 있는 체험은 나날의 생활과 현실에서 비롯된 것들로 매우 사실적이라는 특징을 갖는다. 그러한 특징은 관찰자적 체험이 좀 더 직접적으로 드러나 있는 다음의 시들에서도 확인이 된다.

미금 농협 앞에서 버스를 내려
작은 육교를 건너면

직업병으로 시달리다가 공원도 공장주도 던져버린 흉물 공장
창마다 검게 구멍이 뚫린 원진 레이온 건물이 나올 것이다
그 앞에서 마을버스를 타고
젊은 버스 기사와 야한 차림의 10대 아가씨의
푹 익은 대화를 들으며
종점까지 시골길 골목을 가야 한다
거기서 내려 세 집을 건너가면
옛날엔 대갓집이었다는 낡은 한옥이 나오고
문간에서 팔순이 된 이모가 반겨줄 것이다
—양애경, 「이모에게 가는 길」 부분

붉은 대야 가득 새벽을 이고 오신 엄니는
시장 한 모서리
소화전 옆에 앉아 하루해를 팔고, 난
언제부턴지 그런 엄니의 모습을 피해
등하교하는 버릇이 들었지
간혹, 눈길이라도 마주치는 날이면
불에라도 덴 듯
그 자리를 벗어나곤 했지
흐르는 세월 속으로
엄니의 붉은 대야는 무거워만 가고
다섯 식구의 목숨을 강물에 지고 평생을 사신 아비는
오늘도 새벽처럼 강가에 배를 띄우고
그 삶을 머리에 이고 떠난 엄니는
강물이 되어 돌아올 줄 모르는 지금
—이태관, 「강」 부분

앞의 시는 성년의 체험을 서술하고 있고, 뒤의 시는 유년의 체험을 서술하고 있다. 앞의 시가 오늘의 경험을 바탕으로 하고 있다면 뒤의 시는 과거의 경험을 바탕으로 하고 있다. 시인 자신의 체험이 직접적으로 서술되어 있다는 점과 관련해 생각해 보면 이들 시가 완벽하게 객관적이지는 않다. 시인의 감성이 좀 더 적극적으로 개입되면서도 이성의 통제를 받는 가운데 창작되는 것이 이들 시이기 때문이다.

앞의 시에서 시인은 경기도 미금에 살고 있는 늙은 이모를 찾아가고 있다. 그 과정에 만나는 풍경들, 풍경들과 관련된 정서적 반응이 혼재되는 가운데 서술되고 있는 것이 이 시이다. 엄마의 자매이기도 하고 어린 시절 함께 살았던 적도 있는 늙은 이모는 무엇보다 육친의 정을 느끼도록 한다. 체험 자체가 지니고 있는 이러한 특징 때문에 이 시에는 완전히 객관적인 외적 현실이 반영되지 못한다.

이러한 점은 뒤의 시의 경우에도 마찬가지이다. 뒤의 시에서 시인은 "시장 한 모서리/ 소화전 옆에 앉아" 생선을 팔고 있는 엄마를 만나면서 겪은 체험을 그리고 있다. 그 과정에 만나는 풍경들, 풍경들과 관련된 정서적 반응이 뒤섞이는 가운데 전개되고 있는 것이 뒤의 시이다. 어린 시절 생선 장수인 엄마를 만나면서 겪은 왜곡된 심리며, 왜곡된 심리에 대한 반성적 성찰을 바탕으로 하고 있기 때문에 이 시 역시 완전히 객관적인 외적 현실을 반영하지는 못한다.

이처럼 이들 시는 객관적 체험과 주관적 정서가 상호 착종되면서 서술된다. 생활과 현실에 대한 주 · 객관적인 반응은 다음의 시에 의해서도 여실하게 확인된다.

어데서 날아왔는지
매끈한 장판 위
날으려 애쓰는 풍뎅이 한 마리

잠시 쉬었다
다시 날개를 푸득인다
헛바퀴를 돌 뿐

내가 조금만 거들어줄까 보다
조금만 거들어주면
하늘로 날아갈 수 있을 텐데

아 그러나 나도 풍뎅이처럼
제자리에 앉아
힘겹게 힘겹게 비잉비잉 돌 뿐이다.

—최원규, 「풍뎅이」 부분

이 시는 "매끈한 장판" 위에 누워 "날개를 푸득"이는 풍뎅이를 소재로 삼고 있다. 이때의 풍뎅이는 일상의 생활과 현실에서 흔히 발견할 수 있는 제재라는 점만으로도 보편성을 띤다. 물론 이 시에서의 풍뎅이는 자연의 사물을 뜻하기도 하지만 그와 유사한 사람을 뜻하기도 한다. 따라서 이 시에서는 풍뎅이가 일종의 객관상관물로 기능하고 있다고 할 수 있다. 일종의 알레고리 상징인 셈이다.

시인은 이러한 풍뎅이에 대해 "내가 조금만 거들어줄까 보다/ 조금만 거들어주면/ 하늘로 날아갈 수 있을 텐데" 하고 연민을 갖는다. 하지만 그러한 연민은 구체적으로 실천되기 직전에 시인 자신에게로 되돌려지고 만다. 자기 자신도 풍뎅이와 마찬가지로 "제자리에 앉아/ 힘겹게 힘겹게 비잉비잉 돌 뿐이"라는 사실을 발견하고 있기 때문이다.

이 시는 풍뎅이에 대한 객관적인 묘사와 그에 대한 주관적인 반응이 교차되면서 서술되는 특징을 갖기도 한다. 다음의 시는 이성적 관찰과 감성적 반응이 훨씬 더 구체적으로 활동活動하고 있어 관심을 끈다.

나는 아내와 함께 텔레비전을 보면서
가끔은 감격하고 가끔은 울기도 한다
그것은 모두 우리 인생의 슬프고
아름다운 이야기들 때문이다. 그러나
눈물 흘리는 쪽은 언제나 아내일 뿐
나는 마음과는 달리 눈물 흘릴 수 없다
그런 나를 보고 아내는 삭막한 사람이라 한다
굶주리다 못해 제 새끼를 삼켜버린 후에
뉘우치고 마음 아파해도 울 수 없었다는
늙은 악어처럼, 왠지 나도 눈물 흘릴 수 없다

—도한호, 「눈물」 부분

이 시는 시인의 내면이 좀 더 직접적으로 고백되고 있는 점에서 앞의 시들과 변별된다. "아내와 함께 텔레비전"을 보면서 느끼는 정서를 가감 없이 토로하고 있는 것이 이 시이다. 이처럼 외적 대상을 간접적으로 묘사하기보다는 내적 의식을 직접적으로 고백하고 있는 것이 이 시이다. 따라서 이 시는 시인의 자아가 좀 더 섬세하고 치밀하게 운용되는 특징을 갖는다. 물론 이때의 자아는 감성적이면서도 이성적일 수밖에 없다. 독특하고 특별한 감성이 작동되면서도 철저한 이성이 작동되는 것이 이러한 시라고 할 수 있다.

따라서 초심자가 이러한 방식의 시작詩作을 선택했을 경우 완성도를 높이기가 쉽지 않다. 초심자에게는 시적 대상으로 선택하는 자신의 내면 의식을 완전하게 제어하기가 어렵기 때문이다. 시인의 내면을 고백하는 시는 본래 고도로 발달된 감성과 이성이 동시에 작용될 때 활달한 언어의 운기와 함께 개성 있는 정서를 갖는 법이다.

이러한 특징을 갖는 시도 생활과 현실의 체험을 수용하고 있기는 마찬가지다. 그럼에도 불구하고 그것을 드러내는 방식은 여타의 시들에 비해 적잖은 차별성을 보여 준다. 체험 자체를 객관적으로 묘사하기보다는 체험에서 비롯된 감성을 이성으로 조정하는 가운데 진술되고 있는 것이 이들 시이기 때문이다. 그러한 점에서도 고백적 정서를 담는 시의 경우 좀 더 지성이 요구될 수밖에 없다.

6. 현대시의 개혁을 위해

지금까지 줄곧 논의해 온 것처럼 서정적 심리를 탄생시키고 그것을 시라는 깨어있는 언어예술로 드러내는 정신 작용은 '이성이 미분화된 감성'이라고 할 수 있다. 물론 이때의 '이성이 미분화된 감성'은 본성과 감성과 이성과 현실의 세계가 상호 길항하는 가운데 서정의 형식으로 태어나기 마련이다. 따라서 그것은 본성이 강화되어 있는 감성, 감성이 강화되어 있는 감성, 이성이 감화되어 있는 감성, 현실 세계가 강화되어 있는 감성으로 분류될 수 있다

이러한 분류는 기존의 시에도 그대로 적용될 수 있어 더욱 주목이 된다. 기존의 시도 그것이 지니고 있는 정서의 특징에 따라 1) 본성을 받아들이고 있는 감성, 2) 감성 위주의 감성, 3) 이성을 포괄하고 있는 감성, 4) 생활과 현실 위주의 감성을 기준으로 갈래를 세울 수 있다는 뜻이다.

지금까지 본고에서는 위의 네 가지 기준에 따라 『대전현역시인선집』이 갖는 특징을 검토해 온 바 있다. 돌이켜 보면 오늘의 현대시 전체를 대상으로 하지 못한 만큼 서두의 가설에 비해 실제로 검토된 작품은 다소간 기준에 미치지 못하는 점도 없지 않다. 물론 이러한 결과가 산출되는 것은 예의 가설이 완전한 정합성을 갖지 못하기 때문일 수도 있다. 하지만 그와 더불어 『대전현역시인선집』에 담겨 있는 정신 작용이 지나치게 단조롭고 평이한 데서 그 원인을 찾을 수도 있다.

물론 이러한 갈래 기준이 『대전현역시인선집』의 구체적인 작품들에 적용

되면서 특별한 파탄을 보여 주고 있는 것은 아니다. 일정한 정도에서는 충분한 의미를 갖고 검토되어 온 바 있기 때문이다. 하지만 그것이 크게 자랑하거나 기뻐할 수 있는 것은 못된다. 이는 동시에『대전현역시인선집』의 시들이 이러한 분류 기준으로서는 온전히 포섭될 수 없는 정신 작용을 담아내고 있다는 뜻도 되기 때문이다.

절대정신이며 전통 서정, 인생과 자연의 리얼리티며 생활과 현실의 발견도 중요하지만 시가 웅덩이에 갇혀있는 물이 아니라는 점도 중요하다. 웅덩이에 갇혀있는 물이 낡거나 썩는 것처럼 웅덩이에 갇혀있는 시도 낡거나 썩는 법이다. 젊고 새로운 시인의 젊고 새로운 시가 요구된 까닭이 바로 여기에 있다. 젊고 새로운 시인의 젊고 새로운 시만이 기존의 시인과 기존의 시가 지니고 있는 고루하고 진부한 세계를 개혁해 나갈 수 있다.

따라서 새로운 시인이라면 당연히 새로운 시가 태어나는 방법과 내용에 대한 치열한 고뇌와 고민이 필요하지 않을 수 없다. 뼈를 깎는 번민과 고통 없이 새로운 시인과 새로운 시의 길은 보이지 않는다. 그 길이 기존의 시 밖에 따로 떨어져 있는 것은 아니지만 말이다. 모든 새로운 시인과 새로운 시는 기존의 시인과 기존의 시가 지니고 있는 다양한 자질 중의 일부를 특화시키는 가운데 태어난다는 점을 기억하지 않으면 안 된다. 기존의 시인과 기존의 시 안에는 그때그때마다 시대와 역사가 요구하는 중요한 자질이 자리해 있거니와, 새로운 시를 쓰기 위해 고뇌하고 고민하는 시인이라면 그것을 깨닫지 못할 리 만무하다.

기존의 시인과 기존의 시를 개혁할 수 있는 새로운 시인과 새로운 시는 미숙과 파탄을 두려워하지 않는 열정을 바탕으로 할 수밖에 없다. 본래 모든 열정은 수난과 핍박을 거느리기 마련이거니와, 수난과 핍박을 통과하지 않고서는 어떤 경우에도 기존의 시인과 기존의 시를 개혁할 수 없다는 점을 잊어서는 안 된다. 자본이 모든 가치의 중심이 되는 오늘의 이 시대에 시인의 길을 선택했다는 것은 그 자체만으로도 대단한 용기인 것이 사실이다. 하지만 그러한 정도의 용기만으로 한국 시의 미래를 새롭게 건설할 수는 없다.

상징주의 시인 랭보는 일찍이 자신의 모국어인 프랑스어의 모음에 "A 검정, E 하양, I 빨강, O 파랑, U 초록" 등의 색깔을 부여한 적이 있다. 뿐만 아니라 그는 "각각의 자음의 형태들과 그것들의 운동을 터득하기까지 했고, 본능적인 리듬을 통해 언젠가는 모든 감각이 도달할 수 있는 언어를 창조하리라고 기대하기"까지 했다. 랭보에게서도 알 수 있듯이 자신의 모국어에 대한 섬세하고 치밀한 탐구 없이 좋은 시를 쓰려 하는 것은 연목구어緣木求魚에 불과하다. 한글 자모 24자에 대한 시인 나름의 치열하면서도 독특한 감각을 익히지 않고서는 관습적으로 존재해 온 시인과 시를 개혁하기가 요원하다.

이번『대전현역시인선집』에 수록되어 있는 작품들을 읽으며 가장 안타까웠던 것은 바로 이러한 탐구가 별로 보이지 않는다는 점이다. 제대로 된 시인이라면 익숙하게 보아왔던 소재를 익숙하게 처리하고 있는 평이하고 안일한 시로부터 자유로워지려는 열정과 고뇌를 두려워해서는 안 된다. 언제 다시 간행될는지 모르지만 다음의『대전현역시인선집』에서는 무엇보다 이러한 노력부터 만나고 싶다.(2005)

문학의 위기, 무엇이 문제인가

많은 사람들이 문학의 위기 운운하고 있다. 생각해 보면 문학의 위기 운운하는 말을 들은 지가 꽤 오래되었다. 꽤 오랜 동안 문학의 위기는 극복되었는가. 내가 보기에는 별로 그렇지 않은 것 같다. 오히려 좀 더 심화된 것이 문학의 위기가 아닌가 싶기도 하다. 내가 생각하는 '문학', 이른바 본격문학의 경우에는 특히 그렇다. 따져보면 이 글은 '문학이 위기, 극복되었는가'라는 질문에 일단 부정적인 답부터 하고 있는 셈이다.

문학이 언제 위기가 아닌 적이 있었나. 이른바 시의 시대라고 하는 1980년대에도 시가 그다지 흥행에 성공한 것으로 생각되지는 않는다. 이해인의 『민들레의 영토』, 서정윤의 『홀로서기』, 도종환의 『접시꽃 당신』 등의 시집이 제법 많이 팔린 것으로 알려져 있기는 하다. 그러나 이들 시인이 예의 시집을 팔아 크게 재산을 축적했다는 소식은 들리지 않는다. 흥행으로 말하면 영화나 TV 드라마와는 도무지 경쟁이 되지 않는 것이 문학이다.

어떤 영화는 천만 관중이 관람을 했다는 보도를 접한 적도 있다. 하지만 문학의 경우에는 상대적으로 독자들의 반응이 빠르고 좋은 소설의 경우에도 백만 독자가 읽었다는 소식을 들은 적이 없다. TV 드라마와 비교하면 더 말할 나위가 없는 것이 시와 소설 등 문학 일반이다.

이처럼 문학이라는 언어예술은 대중적 흥행과 상대적으로 거리가 있다.

문학작품의 독서라는 것은 기본적으로 글을 읽을 줄 알아야 하는 등 일정한 교양을 필요로 한다. 뿐만 아니라 문학의 독서라고 하는 것은 일정한 정도의 시간이 요구될 수밖에 없다. 일정한 정도의 시간이 요구된다는 것은 일정한 정도의 인내가 필요하다는 것이 되기도 한다. 지금 시나 소설을 읽으며 많은 시간을 인내할 사람이 얼마나 되겠는가.

이러한 논의 중 지금 이 시대의 삶과 관련해 여기서 좀 더 중요하게 취급해야 할 것은 '시간'이다. 사람들은 자본주의 시대, 곧 근대 사회의 특징을 흔히 '시간의 공간화'라는 말로 요약한다. 시간은 분화되고 공간은 응축되는 것이 지금 이 시대, 곧 근대 사회가 가지고 있는 가장 중요한 특징이라는 것이다. 시간이 분화된다는 것은 나날의 사람살이가 분 단위 및 초 단위로 쪼개진다는 것이고, 공간이 응축된다는 것은 나날의 사람살이가 좀 더 많은 공간과 함께하게 된다는 것이다.

좀 더 많은 공간과 함께하게 된다는 것은 좀 더 많은 공간을 체험하게 된다는 것이다. 좀 더 많은 공간을 체험하기 위해서는 누구라도 바쁘게 살 수밖에 없다. 바쁘게 산다는 것은 나날의 삶이 초고속으로 이루어진다는 뜻이다. 많은 사람들이 오늘의 이 시대, 이른바 후기 산업 시대, 후기 자본주의시대, 곧 현대를 두고 '속도의 시대'라고 부른다. 바쁘게 움직이는 동영상의 삶을 살아야 나날의 사람살이가 가능해질 뿐만 아니라 사람들의 주목을 받을 수 있는 것이 지금의 이 시대이다. 그렇다. 지금 이 시대를 살아가는 사람들은 늘 바쁘고 분주하다.

이는 중요한 독서 고객인 학생들의 경우라고 해도 예외가 아니다. 상대적으로 시간의 여유를 가질 수 있는 것이 학생들이라고 하지만 그들 또한 학교에서 강제로 주입하는 공부 이외에는 제대로 독서를 할 시간을 갖기 어려운 것이 사실이다. 그들을 위해 청소년 문학이라는 새로운 장르까지 태어나 성장하고 있지만 이들 작품을 제대로 즐기고 향유하고 있는 청소년들이 그렇게 많아 보이지 않는다.

청소년들이 자신들의 체험과 사유를 다루고 있다는 청소년 문학의 고루한 세계를 정말로 좋아할까. 내 생각에는 별로 그렇지 않은 듯싶다. 학교 도서관이 증가하고, 그에 따라 예산도 증가해 비치 도서로 구입해 놓는 예는 늘었겠지만 청소년들이 청소년 문학을 과연 많이 읽고 있는지는 잘 알기 어렵다. 『학원』 『여고시대』 『소년중앙』 『우리시대』 등 과거에는 있었던 청소년 잡지들이 지금은 사라지고 없다는 것을 잊어서는 안 된다. 이들 청소년 잡지가 사라진 것은 결국 그것이 상업적으로 성공을 하지 못했기 때문이다. 내 경우에는 한때 『얄개전』 등 청소년 소설을 읽기도 했지만 정작은 청소년 시절부터 아예 본격 문학 작품, 곧 본격 시와 본격 소설을 읽었기 때문이다.

주지하다시피 갈수록 바쁘고 분주한 것이 현대 사회이다. 이처럼 바쁘고 분주한 현대 사회이더라도 소설책 한 권을 제대로 통독하는 데는 이틀이나 사흘 정도의 시간이 걸린다. 오늘의 현대 사회에서 소설책 한 권을 다 읽기 위해 그처럼 긴 시간을 쓸 수 있는 사람이 얼마나 될까. 따라서 2시간이면 한 편을 감상할 수 있는 영화와는 흥행의 면에서 원천적으로 경쟁이 안 되는 것이 문학이라고 하지 않을 수 없다. 이는 다른 장르에 비해 상대적으로 좀 더 경쟁력을 갖고 있다고 하는 소설의 경우에도 마찬가지이다.

시의 경우는 어떠한가. 시는 상대적으로 짧은 형식이니만큼 형편이 좀 나은가. 시라고 다를 리 있겠는가. 한국의 현대시는 2,000년대 들어 조금은 엉뚱하게 이른바 '미래파'라는 파동을 겪은 바 있다. 물론 미래파의 시에 대한 논의는 지금까지도 분분하다. 분분하게 논의되어 온 미래파 시의 특징은 무엇인가. 여러 가지 예를 들 수는 있겠으나 기본적으로는 난해하다는 것이다. 난해하다는 것은 어렵다는 것이고, 어렵다는 것은 소통이 안 된다는 것이고, 소통이 안 된다는 것은 읽는 사람이 없다는 것이다. 읽는 사람이 없다면 그런 시가 계속해 발표될 가치가 있겠는가. 미래파 시가 지속되지 못하고 이내 소멸해 간 까닭을 되물어 볼 필요가 있다.

시도 역시 소설이나 영화, TV 드라마처럼 대중적인 예술인 것만은 분명하다. 시도 또한 대중과 호흡할 때 제 기능을 다하는 예술이라는 것이다. 이는 무엇보다 시가 독서의 주체인 대중의 심미적 정서를 길러주고, 닦아주고, 높여 주고, 넓혀 주는 것이기 때문이다. 대중의 심미적 정서를 고양시켜 주는 역할을 포기하면서도 시가 더 이상 존재할 의미가 있겠는가. 많이 읽히고 널리 읽히는 것만이 시가 해야 할 궁극적인 역할인지는 잘 모르겠지만 말이다.

시가 많이 읽히고 널리 읽힌다는 것은 시가 많이 팔리고 널리 팔린다는 것이 된다. 시가 많이 팔리고 널리 팔린다는 것은 시가 돈이 되고, 자본이 된다는 것이 된다. 시가 돈이 되고 자본이 되어도 괜찮은 것인가. 이처럼 한편으로는 시가 돈이 되고, 자본이 되는 것이 꼭 옳은 것인가라는 질문을 할 수도 있다. 자본을 축적하려, 돈을 벌려고 시인이 시를 쓰는 것은 아닐 것이기 때문이다.

그렇다고는 하더라도 시가 독자들에게 외면을 당하는 것은, 독자와의 소통을 포기하는 것은 문제이다. 근본적으로 대중적인 예술 형식인 시가 자기 자신에게 주어진 역할을 포기하는 것이기 때문이다. 시가 자기 자신에게 주어진 역할을 포기한다는 것은 저 스스로 소멸의 길을 택한다는 것이 된다. 정작의 시인이라면 시가 저 스스로 소멸의 길을 택하도록 내버려 두어서는 안 된다. 영향력은 비록 약해졌다고 하더라도 정작의 시인이라면 적극적으로 자신의 시를 갱신하고 쇄신하는 일에 나서야 한다. 변화하고 바뀐 대중의 취향과 함께하면서도 변화하고 바뀐 대중의 취향을 바르고 옳게 견인하는 가운데 저 자신이 변화하고 바뀐 시를 쓸 수 있도록 저 자신을 끊임없이 갱신하고 쇄신해야 하는 것이 오늘을 사는 시인의 임무라는 것이다.

대중성의 측면에서나 소통성의 측면에서만 생각하면 시는 언제나 소설이나 영화에 비해 한 수 뒤쳐질 수밖에 없다. 대중성의 측면이나 소통성의 측면이 실제로는 '재미'를 전제로 한다는 것을 알아야 한다. 대중성의 측면이나 소통성의 측면을 얘기할 때 그것의 핵심에 '재미'의 문제가 도사려 있다는 것은 불문가지이다. 기본적으로 '재미'라는 것은 표피적인 감각에 기초한 일차적인 상상력을 바탕으로 할 수밖에 없다. 인간의 영혼이 만드는 정신의 엑기스를 담는 시가 너무나 뻔한 표피적인 재미만을 추구하기는 어렵다.

물론 어떤 문학이든 재미만큼 중요한 것은 없다. 재미가 없는 문학을 읽으려 하는 사람은 없다. 하지만 오직 재미에만 함몰되어 있는 문학의 경우 이른바 걸작의 범주에 들어가기는 어렵다. 재미 이상의 것, 자기 시대의 본질에 닿아있으면서도 영원히 공유될 수 있는 어떤 정신의 본질을 담는 것이 참다운 문학이라는 것을 염두에 두지 않으면 안 된다.

오늘의 문학의 경우 사람들은 그것이 시이든 소설이든 종이책이라는 제시 형식을 통해 받아들인다. 지금의 대부분 사람들에게는 시이든 소설이든 종이책이라는 제시 형식을 제외하고서는 따로 문학이 존재하지 않는다. 기존의 사람들에게는 종이책의 형식으로 문학이 제시되는 것이 보통이라는 것이다.

문학의 위기는 다름 아닌 바로 이러한 측면에서도 살펴보아야 마땅하다. 문학의 위기라고 할 때의 위기는 종이책에 인쇄된 시와 소설의 위기를 뜻하기 때문이다. 문학의 위기라는 것이 실제로는 구텐베르크 이후 보편화된 종이책에 인쇄된 시나 소설의 위기이기 쉽다는 것이다. 종이책으로 인쇄되기 이전에는 시나 소설 등 문학이 구전의 형식으로 독자들, 아니 청자들에게 제시되었다는 것을 잊지 말아야 한다.

종이책에 인쇄되기 시작한 이후 시나 소설 등 문학은 매우 다양한 방식으로 독자들에게 제시된 바 있다. 첫째는 서점이나 대형 슈퍼마켓에서 일반 상품처럼 시나 소설 등의 종이책이 제시되는 방식이 있을 수 있다. 시나 소설 등 문학이 가장 흔히 독자들에게 제시되는 방식이 이것이다. 한때는 대본소에서 만화나 비디오와 함께 시나 소설 등의 종이책이 제시되는 방식이 성행한 적도 있다. 이것이 두 번째의 제시 형식이다. 지금은 이러한 방식으로 시나 소설 등 문학이 독자들에게 제시되는 방식은 사라지고 없지만 말이다. 세 번째는 사립이나 국공립 도서관을 통해 시나 소설 등의 종이책인 문학이 독자들에게 제시되는 방식이다. 최근 들어서는 이러한 방식으로 시나 소설 등의 문학이 독자들에게 제시되는 경우가 부쩍 많아진 듯싶다.

두 번째의 제시 형식, 즉 만화나 비디오와 함께 대본소를 통해 독자들에게 시나 소설 등 종이책의 제시 형식이 사라진 것은 많은 생각을 하게 한다. 대본소에서 만화나 비디오 등과 함께 제시되어 온 시나 소설 등의 종이책이 상대적으로 좀 더 대중적이었으리라는 것은 자명하다. 대본소를 통해 독자들에게 제시되었던 시나 소설 등의 종이책의 경우 대부분 키치kitsch적이고 통속적인 것이었다는 것을 유의해야 한다.

대본소가 사라진 것은 인터넷 매체의 등장과 깊이 관련이 있다. 대본소의 역할을 인터넷 매체가 대신하기 시작했기 때문이다. 그렇다. 대본소는 사라졌지만 대본소를 통해 유통되던 키치적이고 통속적인 문학까지 사라진 것은 아니다. 인터넷 시대를 맞아 키치적이고 통속적인 문학이 다소 모습을 달리해, 즉 제시 매체와 제시 방식을 바꿔 유통되고 있을 따름이라는 것이다. 대본소 대신 컴퓨터 인터넷을 매개로 하는 모니터의 형태로 키치적이고 통속적인 문학이 제시되고 있다는 점을 잊어서는 안 된다.

제시 공간을 바꾼 것은 키치 시나 통속소설 등 대중문학만이 아니다. 만화나 비디오 등도 모두 자신들의 제시 공간을 인터넷 공간으로 옮겨온 바 있다. 인터넷 공간에서는 이들 대중통속문학의 경우 완전히 상품으로 기능한다. 소액이지만 돈을 주고 구입하지 않으면 애초부터 접근할 수 없는 것이 인터넷 공간에서의 이들 통속소설 등 대중문학이다. 자본을 비판하는 기능을 잃고 자본에 앞장서는 역할을 하는 것이 이들 문학이다.

오늘의 현실이 이미 후기 자본주의 시대, 곧 인터넷 사이트와 인공지능의 시대에 이르러 있다는 것은 덧붙여 강조할 필요가 없다. 주지하다시피 종이책은 종이책대로 일정한 기능을 하겠지만 전자책이 그 역할을 점차 넓혀 가고 있는 시대에 이르러 있다. 인터넷 공간을 중심으로 하는 대중 통속문학은 어느덧 그 나름의 독립된 영역을 잘 갖춰 나가기 시작한 것으로 보인다. 이제는 어느 누구도 인터넷 공간에서 창작되고 향유되는 문학을 대중 통속문학이라는 이름으로 부르지 않는다. 이른바 '장르문학'이라는 이름으로 충분히 대접을 해주고, 충분히 대접을 받고 있는 것이 이들 문학이다. 지금 네이버나 다음, 기타 인터넷 사이트를 통해 유통되고 있는 이른바 '장르문학'의 상업적 가치는 대단하다. 이를 두고 통칭 장르문학이라고 부르지만 세부의 면면은 매우 다양하다. 언뜻 떠오르는 이름만 해도 무협 소설, 판타지 소설, 로맨스 소설, 포르노 소설 등등이 있기 때문이다.

인기 있는 판타지 소설이나 로맨스 소설은 하루에도 수십만 건씩 유료 독자의 접속이 이루어진다고 한다. 인터넷 사이트에서 연재를 하는 이들 장르문학 작가 가운데 인기 있는 작품을 쓰는 사람은 월수입이 1억을 훨씬 상회할 때가 있다고 한다. 그것이 사실이라면 이들 장르문학 작품의 생산과 소비는 가히 중소기업의 생산이나 소비에 버금간다고 해야 할 듯싶다. 그렇다면 이때의 장르문학 작품은 명실공히 상품이라고 하지 않을 수 없다. 문학의 위기라는 것이 혹시라도 이들 장르문학 때문에 기인한 것은 아닌가.

네이버나 다음카카오 등의 사이트에 소설을 연재해 일정한 수입을 올리고 있는 것은 오직 장르문학 작가들만이 아니다. 일부의 인기 있는 본격 문학 작가들도 이들 인터넷 사이트에 소설을 연재해 상당한 수입을 올린 예가 있다. 이문열, 박범신, 공지영, 김영하, 이기호 등이 그들인데, 인터넷 공간에서는 아무래도 시보다 소설이 대세를 이루고 있는 듯하다. 대표적인 인터넷 사이트로는 네이버웹소설, 카카오페이지, 이노블타운, 조아라, 인터넷소설닷컴, 인터넷소설왕국 등이 있다. 이로 미루어 보면 문학의 위기를 말하고 있는 지금, 다른 문학, 곧 문학의 다른 부문에서는 이처럼 뜻밖의 호황을 누리고 있는 것을 알 수 있다.

문학 본연의 입장에서는, 곧 본격 문학의 입장에서는 이들 장르문학의 융성을 있는 그대로 수용하기가 쉽지 않으리라. 이들 장르문학의 경우 단지 재미만을 추구한다는 점에서 이른바 근대문학, 근대의 본격 문학이 추구해 온 보편적 가치와는 좀 비켜서 있는 것이 사실이다. 근대의 본격문학에게는 대중성이나 소통성의 면에서는 다소간 소외되어 있었다고 하더라도 역사와 함께하면서 역사의 진전을 위해 굳건하게 실천해 온 것이 있다. 근대 사회의 보편적인 가치인 자유, 평등, 사랑, 평화의 정신을 선양하고 실천하기 위해 최선을 다해 노력해 온 것이 본격 문학이라는 것을 간과해서는 안 된다. 장르문학이 아무리 독자들의 사랑을 받는다고 하더라도 본격 문학은 지금까지 지켜온 저 자신이 지니고 있는 본래의 길이 있기 마련이다. 아무리 위기라고 하더라도 본격 문학이 그것까지 포기해서는 안 된다.

본격 문학인 시나 소설은 기초 예술로서의 속성도 지니고 있다는 것을 명심해야 한다. 여기서 말하는 기초 예술로서의 특징이라는 것은 그것이 충분히 응용 예술이나 산업 예술의 밑거름이 될 수 있다는 것을 가리킨다. 영화의 저본으로도, 게임 시나리오의 저본으로도, TV 드라마의 저본으로도 가공될 수 있는 것이 이들 본격 문학이라는 것이다. 서정시 한 편에서도 응용 예술이나 산업 예술의 씨앗을 얻을 수 있다는 것을 잊어서는 안 된다.

기초 예술이 튼튼하지 않고서는 응용 예술이나 산업 예술도 튼튼하기가 어렵다. 정부가 기초 과학을 육성하듯이 기초 예술인 본격 문학을 육성해야 할 필요가 바로 여기에 있다. 정부가 한류의 예로 드라마나 영화, K팝 등을 자랑하지만 그것이 본래 기초 예술인 본격 문학을 저본으로 하고 있다는 것을 간과해서는 안 된다.

어떤 분야의 예술도 본격적인 것은 근원적인 것이고, 근원적인 것은 고독한 것일 수밖에 없다. 따라서 고독한 본격 문학이 지금은 위기로 인식되더라도 쉽게 부화뇌동해서는 안 된다. 문학의 위기라고 할 때의 문학이 본격 문학을 가리키는 것은 자명하거니와, 본격 문학이 근대문학사에서 흥행에 크게 성공한 예는 별로 많지 않다. 더불어 국민 문학으로서의 본격 문학이 언제나 국민 교양의 증진은 물론 역사의 선진화를 위해 중요한 역할을 해왔다는 것도 기억해야 한다.

본격 문학은 개별 인간의 성장 과정을 통해 역사 · 사회 전체의 성장 과정을 담기 마련이다. 개인이나 역사 · 사회가 성장하거나 진보하는 과정을 함유할 수밖에 없는 것이 본격 문학이라는 얘기이다. 그렇다. 성장하거나 진보하는 과정에서 개별 인간이 겪는 불안하고 초조한 마음에 심리적 안전감을 줄 뿐만 아니라 그가 나날의 삶을 제대로 영위해 나갈 수 있도록 지표나 가치를 주는 것이 본격 문학이다. 성장 과정에는 누구라도 본격 문학을 읽고 향유해야 할 까닭이 바로 여기에도 있다. 비록 재미는 적더라도 인간의 영혼이 성숙하는 데 꼭 필요한 영양분을 듬뿍 지니고 있는 것이 본격 문학이라는 것을 소홀히 여겨서는 안 된다.(『문파문학』, 2017년 가을호)

상처 혹은 결핍의 시학

인간은 원천적으로 결핍을 지니고 있는 존재이다. 모든 결핍은 충족을 지향하기 마련인데, 그것은 인간의 경우에도 마찬가지이다. 인간이 결핍을 지니게 된 것은, 신화적으로 말하면, 에덴에서 일탈하면서부터라고 할 수 있다. 에덴은 근원적 모성의 세계이다. 근원적 모성의 세계는 어머니 대지의 세계이고, 어머니 대지의 세계는 결국 자연의 세계이다. 물론 자연의 세계는 사물의 세계, 물물의 세계이다. 하지만 이미 인간은 어머니 대지, 곧 자연으로부터 일탈된 지 오래인 존재이다. 이는 이미 인간이 사물의 세계, 곧 물물의 세계, 나아가 동물, 식물, 광물의 세계로부터 벗어난 존재라는 뜻이기도 하다. 인간이 원천적인 결핍을 지니게 되는 것도 실제로는 이 때문이다. 여기서 말하는 원천적인 결핍을 원천적인 욕망이라고 부른들 어떠랴.

자연이라는 말에는 두 가지 뜻이 들어있다. 하나의 뜻은 유기체가 지니는 생명 충동과 본능이라고 할 수 있고, 다른 하나의 뜻은 순환적 질서로서의 진리와 원리라고 할 수 있다. 따라서 자연으로부터 일탈되어 있다는 것은 유기체가 지니는 생명 충동과 본능으로부터 일탈되어 있다는 것을 가리키는 한편 순환적 질서로서의 진리와 원리로부터 일탈되어 있다는 것을 가리킨다.

자연을 이해하는 이 두 가지 관점은 역사 속에서 수없이 교차되는 가운데 확장되고 심화되어 온 바 있다. 요약해서 말하면 전자는 낭만주의적 자연관이라고 할 수 있고, 후자는 고전주의적 자연관이라고 할 수 있다. 전자는 자연을 원초적인 생명 충동으로 파악하는 셈이고, 후자는 자연을 일종의 운동 법칙으로, 곧 체계와 틀로 파악하는 셈이다. 따라서 전자는 카오스라고도 할 수 있고, 후자는 코스모스라고도 할 수 있다. 카오스는 무無라고 이해해도 좋고, 코스모스는 유有라고 이해해도 좋다. 카오스로서의 자연과 코스모스로서의 자연이 상호 순환하는 것처럼 무無로서의 자연과 유有로서의 자연도 상호 순환하기 마련이다. 물론 생명 충동이나 본능으로서의 자연과, 진리나 원리로서의 자연(질서로서의 자연)도 상호 순환한다. 아니, 이것들은 공히 순환하는 관계에 있다.

결국 전자로서의 자연은 인간의 자아에 내재해 있는 본성과 감성의 영역이 되고, 후자로서의 자연은 인간의 자아에 내재해 있는 감성과 이성의 영역이 된다. 따라서 전자로서 자연으로부터의 일탈은 감성과 이성의 세계로 나아가는 것을 뜻하고, 후자로서 자연으로부터의 일탈은 감성과 본성의 세계로 나아가는 것을 뜻한다. 이런 까닭에 자연은 본성으로서의 속성과 이성으로서의 속성을 동시에 지니고 있다고 해야 마땅하다. 그것들 사이에는 감성이 자리해 있지만 말이다.

자연에 관한 이들 두 가지 관점 중에서 정작 관심을 가져야 할 것은 전자이다. 말하자면 이 글에서는 본성과 감성으로서의 자연, 즉 생명 충동이나 본능으로서의 자연에 대해 먼저 관심을 갖는다는 것이다. 그렇다. 여기서는 이러한 측면에서의 자연, 곧 어머니 대지로부터의 일탈부터 의미심장하게 받아들이려 한다. 이는 주체가 본성과 감성의 세계, 곧 생명 충동이나 본능의 세계를 벗어나 감성과 이성의 세계로, 나아가 진리나 원리로서의 세계로 진입하는 것을 뜻하기 때문이다. 이때의 자연(물물, 어머니 대지)이 상징적인 내포에서의 에덴이라고 하더라도 그것은 마찬가지이다. 기독교에서는 원죄라고 강조하는 에덴에서의 일탈이 실제로는 인간이 지니고 있는 자연의 내포 가운데 감성과 이성을 지각하고 실천하는 것일 수도 있기 때문이다.

이러한 맥락에서 보면 인간이 에덴에서 일탈되었다는 것은 자연의 세계, 곧 본성과 감성을 극복하고 감성과 이성을 갖게 되었다는 것을 가리키기도 한다. 이를테면 인간이 감성과 이성을 지니게 되면서 본성과 감성만을 지니고 있던 물물의 세계, 곧 자연의 세계를 극복할 수 있게 되었다는 것이다. 하지만 인간이 본성과 감성의 세계를 극복하고 감성과 이성의 세계에 도달하게 된 것이 축복받은 일만은 아니다. 본성과 감성의 세계에서 감성과 이성의 세계로 이행하게 된 것을 기독교에서 구태여 원죄라고 부르는 까닭을 알 필요가 있다. 에덴으로부터 일탈하면서, 곧 본성과 감성의 세계를 벗어나 감성과 이성의 세계에 이르면서 인간이 근원적인 결핍감을 갖게 되었다는 것을 기억하지 않으면 안 된다. 인간도 하나의 생명체라는 입장에서 보면 감성과 이성의 세계에서 사는 것보다는 본성과 감성의 세계에서 사는 것이 오히려 행복할 수도 있기 때문이다. 인간이 자신의 무의식으로부터의 일탈을, 곧 본성과 감성의 세계로부터의 일탈을 낙원으로부터의 일탈로 받아들이고 있다는 점을 숙고할 필요가 있다.

감성과 이성의 세계가 분리의 세계, 분열의 세계라면 본성과 감성의 세계는 통합의 세계, 일치의 세계라고 할 수 있다. 분리와 분열의 세계는 고통과 슬픔을 만들기 마련이고, 통합과 일치의 세계는 행복과 기쁨을 만들기 마련이다. 고통과 슬픔은 결핍의 정신과 함께하는 법이고, 행복과 기쁨의 정신은 충족의 정신과 함께하는 법이다.

본성과 감성의 세계에서 감성과 이성의 세계로 이행하게 되면서 갖는 결핍감은 인간이 지니고 있는 원초적인 무의식이라고 해야 마땅하다. 본래 인간의 무의식은 의식의 자극을 통해 불거질 수밖에 없다. 동시에 이는 인간의 결핍 의식이 구체적인 현실의 체험과 함께하는 가운데 발현될 수밖에 없다는 것을 뜻한다. 그렇다. 인간의 내면화된 결핍 의식은 구체적인 현실 속에서 구체적인 현실을 매개로 발현되기 마련이다. 상실 의식이라고 불러도 무방한 이 결핍 의식, 근원적인 욕망이 실제로 발현되는 것은 구체적인 삶의 체험을 통해서라는 뜻이다.

하지만 그것이 시로 드러날 때는 사실적인 체험을 매개로 구상적으로 묘사될 수도 있고, 관념적인 사유를 매개로 추상적으로 진술될 수도 있다. 물론 구상적이면서도 추상적으로, 추상적이면서도 구상적으로, 곧 반구상적半具象的이거나 반추상적半抽象的으로 묘사되거나 진술될 수도 있다. 요컨대 시의 언어로 현현될 때 인간이 지니고 있는 결핍 의식은 대강 구상적으로, 추상적으로, 반추상적半抽象的(반구상적半具象的)으로 묘사되거나 진술될 수 있다는 것이다.

삶의 현실에서 야기되는 결핍 의식, 곧 상처나 고통의 표현은 근대 이후의 시가 지니고 있는 보편적 특징이라고 해도 지나치지 않다. 그렇게 표현되는 까닭은 기본적으로 이것이 근대 이후에 인간이 지니게 된 보편적 정서(심리)와 다를 바 없기 때문이다. 여기서 검토하려 하는 시들도 물론 그러한 뜻에서의 근대적 정서(심리)를 반영하고 있다고 해야 마땅하다.

다음은 박수자의 시 「푸른곰팡이」(『문학미디어』 2006년 가을호)의 전문이다.

사람 그리워 열어둔 창 두어 개
삐금 내다보다 스스로 문 닫는 저녁이면
선잠과 같이 푸른 멍이 생겨났다.

탱탱한 기다림들 포자로 날리고
떠나지 못한 미지근한 사랑을 줍는 시간이면
푸른 무늬가 피어났다

세상을 향해 매어달린 끈들이 한 가닥씩
휘청거릴 때 멍들은 잔뿌리를 심장에 박는다.

울지 않고 돌아설 때마다
소리 지르지 않고 침묵할 때마다
내 몸엔 멍들이 피고 진다, 푸른곰팡이처럼.

—박수자, 「푸른곰팡이」 전문

이 시는 너무 "사람이 그리워" 두어 차례 자신의 마음을 열었다가 받은 상처와, 상처로부터 비롯된 고통을 정서의 바탕으로 하고 있다. "삐금 내다보다 스스로" 마음의 문을 닫은 정도에 불과하지만 "푸른 멍이 생"길 정도로 상처를 받은 것이 이 시에서의 시인이다.

이 시에서 시인은 사람에 대한 그리움과 기다림의 주체로 존재한다. 이는 그가 그만큼 풍부한 정서를 갖고 있다는 것을 가리킨다. 하지만 그는 자신이 지금 "떠나지 못한 미지근한 사랑을 줍"고 있다고 말하고 있을 따름이다. 그로서는 "사람이 그리워" 두어 차례 자신의 마음을 연 것을 이렇게 표현하고 있는 것이다. "떠나지 못한 미지근한 사랑을 줍"는 것만으로도 온몸에 "푸른 멍이" 들 정도라면 그의 마음이 얼마나 여리고 섬세한가를 알 수 있다.

심지어 그는 세상과의 인연이 "휘청거릴 때"마다 "멍들은 잔뿌리를 심장에 박는다"라고 표현하고 있다. "소리 지르지 않고 침묵할 때마다" 몸에 "멍들이 피고 진다"고 노래하고 있는 것이 시인이라는 것이다. 이는 무엇보다 그가 매우 여리고 무구한 자아를 지니고 있는 존재라는 것을 점을 말해 준다.

하지만 이 시에서 시인이 느끼는 고통, 곧 결핍감이나 상실감은 다소간 추상화되어 있는 것이 사실이다. 말하자면 반추상의 모습으로 진술되어 있는 것이 이 시에서 시인이 느끼는 고통, 곧 결핍감이나 상실감이라는 것이다. 결핍감이나 상실감이 반추상으로 진술되어 있는 것은 김운향의 다음의 시 「복기復棋」(『문학미디어』 2006년 가을호)의 경우도 마찬가지이다. 물론 이 시는 앞의 시에 비해 좀 더 구체적인 체험이 담겨있기는 하지만 말이다.

한밤에 누워도 잠이 안 와 바라보니
천장에 바둑판이 펼쳐져 사방에 화점花點을 찍고
낮의 실착失着을 되새겨 보네
너는 백白을 나는 흑黑을 쥐고 수담手談하며
땅거미가 질 때까지 너를 반상의 들판을 가꾸었지

하늘에는 흰 구름 두둥실 떠오르고
한쪽 땅은 차츰 백자 항아리로 빚어졌건만
어쩌다 그 속에 검은 포도송이를 빠뜨리고 말았구나
기어이 무를 수 없는 악수惡手여
내가 포도 농사를 지은 게 죄지
왜 그런 땅에 어울리는 늪지나 호수를 만들지 못했을까
더러는 은비늘 파닥이는 비단잉어도 낚였을 텐데

아는 만큼 세상은 보이기에
넓고 빠르게 정석대로 나아가며 운을 극복하고 벽도 잘 넘겼건만
백로의 심안心眼 없음을 탓한들 무엇 하리
반짝이는 사금파리 조각이나 주워내는
어눌한 솜씨라도 기뻐하며 살아야지
내일은 햇살 속에 솟구치는 줄기세포를 가다듬어
한 고랑 한 고랑 북을 돋우어야겠네.

—김운향, 「복기復棋」 전문

이 시에서 시인은 "잠이 안 와" 천장을 바라보고 있다. "천장에 바둑판이 펼쳐"져 있는 것처럼 보여 바둑을 복기하듯 낮 동안에 있었던 "실착失着을 되새겨 보"고 있는 것이 시인이다. 여기서 말하는 실착失着은 일단 패배한 바둑에서의 실착을 뜻한다. 하지만 그것은 이내 "들판을 가꾸"는 일과 겹쳐

지고 있어 주목이 된다. 물론 "들판을 가꾼"는 일은 포도 농사를 짓는 일을 가리킨다. 이 시에서는 포도 농사를 짓는 일이 바둑을 두는 일과 착종되어 드러나고 있는 것이다.

전후 문맥에 따르면 시인의 포도 농사는 실패한 것으로 보인다. 그가 자신의 포도 농사를 바둑의 "무를 수 없는 악수惡手"로 비유하고 있기 때문이다. "내가 포도 농사를 지은 게 죄지"와 같은 구절에 드러나 있는 자책이 무엇보다 이를 잘 말해준다. 심지어는 "왜 그런 땅에 어울리는 늪지나 호수를 만들지 못했을까/ 더러는 은비늘 파닥이는 비단잉어도 낚였을 텐데"라고 후회까지 하고 있는 것이 그이다.

그가 포도 농사를 후회하고 있는 것은 그것이 큰돈이 되지 못했기 때문으로 보인다. "정석대로 나아가며 운을 극복하고 벽도 잘 넘겼건만" 그의 포도 농사는 실패를 하고 만 것이다. 이때의 실패가 만든 상처와 그에 따른 고통, 고통에 따른 결핍감과 상실감이 이 시를 쓰지 않을 수 없도록 했겠지만 말이다. 하지만 시인은 이 시의 말미에서 예의 결핍감과 상실감에 굴복하지 않고 "사금파리 조각이나 주워내는/ 어눌한 솜씨라도 기뻐하며 살아야지" 하고 각오를 새롭게 하고 있다. "내일은 햇살 속에"서라도 "한 고랑 한 고랑 북을 돋우어야겠"다며 다짐을 하고 있는 것이 시인이라는 것이다.

실패가 만든 상처와, 그에 따른 고통, 고통이 만드는 결핍감과 상실감은 시인으로 하여금 시를 쓰지 않을 수 없도록 하는 보편적인 심리인지도 모른다. 결핍감과 상실감은 이별의 정서와 다를 바 없거니와, 이별의 정서는 분리나 분열의 정서라는 점에서 시적 정서의 원천으로 작용하기 때문이다. 다음은 이별의 정서(심리)를 좀 더 직접적으로 담아내고 있는 박경희의 시 「살구꽃 목탁 소리」(『시와상상』 2006년 가을호)의 전문이다

> 살구나무로 만든 목탁을 두드릴 때마다
> 살구꽃 톡톡, 폈다
> 마디마디 쟁여놓은 염불들이

나이테를 뚫고 피어올랐다
어느 곳을 두드려도 피는 살구꽃처럼
석모도 앞바다 점점 섬들은
작아 작아 더 작아질 수 없는
그늘을 만들었다
그와 헤어지고 온 날부터
내 몸은 두드려도 꽃이 피지 않았다
염불은 뚝뚝 떨어지고
나이테만 들어갔다
서른 살, 보문사 앞마당에 놓고 온 그리움
봄볕에 눈 시려 고개를 젖힐 때마다
살구꽃 목탁 소리
톡톡, 터진 곳마다
석모도 앞 작은 섬들이
눈물샘으로 남았다

—박경희, 「살구꽃 목탁 소리」 전문

이 시는 "그와 헤어지고 온 날부터" 나타난 몸의 변화를 담고 있다. 여기서의 '그'는 대강 두 가지의 의미를 갖는다. 하나는 "더 작아질 수 없는/ 그늘을 만들"던 "석모도 앞바다 점점 섬들"이고, 다른 하나는 그곳에서 자신과 함께 "살구나무로 만든 목탁을 두드"리며 "살구꽃"을 피우던 사람이다. 물론 시인에 의해 '그'로 호칭되는 존재는 이들 두 가지 의미를 동시에 지닐 수도 있다. 석모도 주변의 섬들과 관련된 이런저런 사랑을 시의 대상으로 삼고 있을 수도 있겠기 때문이다.

하지만 그곳에서 시인과 헤어진 대상이 구체적으로 누구이고 무엇인지를 아는 것은 별로 중요하지 않다. 정작 중요한 것은 시인이 '그'와의 이별을 통해 특별한 결핍감과 상실감을 갖게 되었다는 점이다. 시인은 여기서 예의 존재와 헤어진 고통과, 고통에 따른 결핍감과 상실감을 "내 몸은 두드려도 꽃이 피지 않았다"고, "나이테만 들어갔다"고 진술하고 있다. 그리고 이어 그는 "보문사 앞마당에 놓고 온 그리움"을 떠올리며 "석모도 앞 작은 섬들이/ 눈물샘으로 남았다"고 덧붙인다.

시인으로 하여금 "석모도 앞 작은 섬들"을 "눈물샘으로 남"도록 한 것은 무엇인가. 말할 것도 없이 그것은 이별에서 비롯된 고통과, 고통에 따른 결핍감과 상실감이라고 해야 마땅하다. 이처럼 그는 이 시를 통해 자신의 내면에 도사려 있는 결핍감과 상실 의식을 표현하고 있다. 미처 충족되지 못한 마음을 절제된 어조로 노래하고 있는 것이 이 시라는 것이다.

일정한 시간이 지나면 모든 결핍감과 상실감은 충족감을 기대하는 심리로 전환되기 마련이다. 언젠가는 "불현듯 열릴 것이"라는 기대를 품을 수밖에 없는 것이 결핍감이나 상실감이 갖고 있는 근원적인 속성이라는 뜻이다. 이는 윤은경의 시 「배롱나무 꽃그늘」(『불교문예』 2006년 가을호)의 전문을 통해서도 확인이 된다.

> 불현듯 열릴 것이네
>
> 석 달 열흘 기다려 아주 잠깐 열렸던, 다시는 열고 들어갈 길 없는 문, 그늘은 아무런 말이 없지만, 어쩌나 염천의 푸른 하늘 열꽃 툭툭 터지듯 내 피돌기는 더욱 빨라지는데, 여기 섰던 당신, 이글이글 타오르는 물길, 불길 지나쳐버렸네
>
> 이 나무 아래서 오래 벌서듯
> 다시 수없는 석 달 열흘을 기다린다면
> 수없는 허공이 생겨나고, 수없는 문들이 피어나고, 거기 눈 맞춘 내 어느 하루, 선연히 꽃빛 물든 당신, 붉디붉은 향기의 오라에 묶인다면

새끼손톱만 한,

내 일생일대의 두근거림은, 다시

—윤은경, 「배롱나무 꽃그늘」 전문

이 시에서는 "아주 잠깐" 만났다가 헤어진 "당신"이 "아주 잠깐 열렸"다가 닫힌 문으로 비유되고 있다. 물론 시인은 "잠깐 열렸"다가 닫힌 문이 다시 열릴 것이라고 확실히 믿고 있다. "다시는 열고 들어갈 길 없는 문"이라고 생각하면서도 그 문이 언젠가는 "불현듯 열릴 것이"라는 기대를 포기하지 않고 있는 것이 그이다.

"당신"이 "더욱 빨라지는" "내 피돌기"를 그냥 "지나쳐버"린 것은 사실이다. 하지만 시인은 "당신"과의 해후를 여전히 "두근거"리는 가슴으로 기다리고 있다. 머지않아 "꽃빛 물든 당신"이 내 "붉디붉은 향기의 오라에 묶"일 날이 있으리라고 단단히 믿고 있는 것이다.

이 시의 시인이 "당신"을 향해 이처럼 간절한 그리움과 기다림을 보여 주는 것은 그만큼 결핍감과 상실감이 깊고 크다는 뜻이 된다. 당신과의 이별이 만든 상처와, 그에 따른 고통, 고통에 따른 결핍감과 상실감이 역으로 이 시에서와 같은 열정을 갖게 했으리라는 것이다. 시인에게는 "일생일대의 두근거림"으로 꾸는 꿈이 닫혀 있는 문이 다시 열리는 일이라는 것을 염두에 둘 필요가 있다.

물론 이 시에서의 결핍감과 상실감은 낭만적 정서의 산물이라고 할 수 있다. 낭만적 정서의 산물이라는 것은 그것이 유기체로서의 시인이 저 자신의 생명 충동이나 본능을 제대로 실현하지 못하는 데서 오는 좌절감을 토대로 하고 있다는 뜻이다. 말하자면 이 시에서 시인이 느끼는 결핍감과 상실감은 본성과 감성이 바르게 실현되지 못하는 데서 오는 심리적 현상의 하나일 수도 있다는 것이다.

하지만 결핍감과 상실감이 언제나 사랑에서 비롯된 본성과 감성이 제대로 실현되지 못하는 데서 일어나는 것은 아니다. 성선경의 다음의 시 「쭈글쭈글한 길」(『불교문예』 2006년 가을호)에서도 알 수 있듯이 일용할 양식과 관련해서도 일어날 수 있는 것이 결핍감과 상실감이기 때문이다.

봉급날 라면 한 상자 샀다.
갑자기 부자다.
배고픈 사자같이 생긴 상자를 북
찢는데 상자 골판지가 쭈글쭈글 주름졌다.
늙은 살같이 주름진 것은 다 고달프다.

골판지는
쭈글쭈글한 할머니 손으로 모은
신문지 등 폐지로 만든다는데
생의 끝도 주름졌다. 파란만장
현생이 주름지면 다음 생도 주름질까?

냄비에 물을 올려놓고
라면 한 봉지를 척 끓이는데
꼬불꼬불 주름졌다.
나는 후루룩후루룩 주름살을 마셨다.
아마 내 살도 이미 주름으로 채워졌으리라.
마흔일곱이 벌써 고달프다.

—성선경, 「쭈글쭈글한 길」 전문

이 시에서의 결핍감과 상실감은 라면 상자 골판지의 주름살이 만드는 이미지에서 발현되고 있다. 물론 예의 주름살이 만드는 이미지는 삶의 고달픔을 상징한다. 결핍 의식과 상실 의식에 뿌리를 두고 있는 이때의 고달픔은 이 시의 정서적 특징을 쓸쓸하고 외롭게 펼쳐내는 원천이 되고 있다. 따라서 이 시는 시인의 본성과 감성, 즉 생명 충동과 본능 중에서 일용할 양식과 관련된 코드가 제대로 실현되지 못하는 데서 오는 결핍감과 상실감을 토대로 하고 있는 셈이다.

"마흔일곱"의 나이에 "라면 한 봉지를 척 끓이는" 시인의 마음이 "꼬불꼬불 주름"이 지리라는 것은 당연하다. "후루룩후루룩 주름살을 마"시고 있는 시인이 자신의 몸과 마음이 "주름으로 채워졌으리라"고 상상하는 것도 바로 그 때문이다. "현생이 주름지면 다음 생도 주름질까"라고 반문하고 있는 것이 이 시에서의 시인이라는 점을 기억할 필요가 있다.

정상적인 독자라면 누구라도 시인이 처해 있는 이러한 형편에 연민의 마음을 보내지 않을 수 없으리라. 형편이 이러한 시인에게 연민의 마음을 보내며 자신이 처해 있는 상황을 저 스스로 극복해 가는 것이 이 시를 읽는 독자의 일반적인 심리이다. 결핍감과 상실감을 정서적 토대로 하고 있는 이 시는 바로 이러한 점에서 대사회적 의의를 지닌다.

근년에 발표되고 있는 시들에서는 이러한 뜻에서의 결핍감과 상실감이 별로 수용되고 있지 않은 것으로 보인다. 결핍감과 상실감을 바탕으로 하고 있기는 하지만 그것에 대응하는 정서의 방식이 많이 달라진 듯하다. 시인들에게 자리해 있는 결핍감과 상실감이 기존의 방식과는 사뭇 다르게 표현되고 있다는 것인데, 기본적으로는 억압되고 왜곡되는 본성과 감성을 이해하는 그들의 태도가 많이 달라졌기 때문으로 보인다.

문명이 발달되고 인지가 성숙되면서 인간의 정신 영역에도 적잖은 변화가 일어나고 있다. 이는 우선 저 자신의 생명 충동이나 본능이 제대로 실현되지 못하는 데 대한 반응 양상을 통해 확인이 된다. 그렇다. 자본주의적 근대가 심화되고 확장되면서 본성이나 감성이 억압되거나 왜곡되더라도 특별히 시끄러운 반응을 보여 주지 않는 것은 사실이다. 적어도 시의 표면에는 그것이 요란하게 드러나고 있지 않다는 것이다.

오늘의 시인들의 경우 자신의 생명 충동이나 본능, 곧 근원적인 욕망이 억압되고 왜곡되더라도 별다른 상처를 받지 않기 때문일까. 상처를 받더라도 고통이 크지 않기 때문일까. 고통은 크더라도 결핍감과 상실감은 크지 않기 때문일까. 아마도 그렇지는 않을 것이다. 오늘의 시인들이 억압되고 왜곡되는 자신의 생명 충동이나 본능, 곧 근원적인 욕망을 지금까지와는 다른 방식으로 표현하고 있지 않느냐는 것이다. 그에 대해서는 원고를 달리하여 논의할 수밖에 없을 듯하다. (2006)

제2부

시의 깊이와 정신의 깊이

변화하는 매체 환경과 글쓰기의 새로운 형태

1. 불변하는 서정적 욕구

모든 인간의 정신 내면에는 근원적이면서도 본능적인 '서정적 욕구'가 자리해 있다. 이때의 '서정적 욕구'는 인간이 지니는 정신기제의 하나인 '정서'를 토대로 한다. 정서는 정화되고 정제된 '감정(feeling)'을 가리킨다. 감정은 인간의 정신기제를 이성, 감성, 본성으로 나눌 때의 '감성'이 실현된 형태의 한 마음이다. 감정은 '정서(emotion)'라고도 불리는데, 주지하다시피 정서는 잘 닦여지고 걸러진 감정을 가리킨다. 특히 시에서는 작품 안에 들어와 있는 감정, 실감이 유리되고 보수된 감정을 정서라고 부른다.

감정은 이성과는 달리 변하고, 바뀌고, 움직이는 특성, 즉 운동성을 갖고 있다. 감정이 갖고 있는 운동성은 대강 두 가지의 지향성을 갖는다. 하나는 통합 및 일치의 경향이고, 다른 하나는 분열 및 분리의 경향이다. 통합 및 일치의 경향은 하나가 되려는 경향으로 사랑(愛)의 감정이 그 대표이고, 분열 및 분리의 경향은 둘이 되려는 경향으로 미움(惡)의 감정이 그 대표이다.

맹자는 인간의 마음을 먼저 이理와 기氣로 나눈다. 그런 뒤 그는 다시 이理를 사단四端, 즉 인의예지仁義禮智로 나누고, 다시 기氣를 칠정七情, 곧 희노애락애오욕喜怒哀樂愛惡欲으로 나눈다. 그런데 이들 7개의 기氣, 즉 칠정七情은 크게 통합 및 일치의 감정과 분열 및 분리의 감정으로 나누어진다. 희喜, 애愛, 락樂이 통합 및 일치의 정서이고, 노怒, 애哀, 오惡가 분열 및 분리의 정서이다. 이들 두 감정 사이에 걸쳐있는 것으로 욕欲이라는 감정이 있거니와, 욕欲은 전자의 감정도 아니고, 후자의 감정도 아니다. 욕이라는 감정은 통합 및 일치의 감정과 분열 및 분리의 감정을 모두 아우르고 있는 것이기 때문이다. 그렇다. 희喜(기쁨), 애愛(사랑), 락樂(즐거움)을 실현하고자 하는 욕欲(욕망)이 있을 수 있고, 노怒(분노), 애哀(슬픔), 오惡(미움)를 실현코자 하는 욕欲(욕망)이 있을 수 있다. 이러한 이유로 욕欲은 중도의 감정이라고 할 수 있다.

통합 및 일치의 감정인 희喜, 애愛, 락樂은 긍정의 감정이기도 하고, 분열 및 분리의 감정인 노怒, 애哀, 오惡는 부정의 감정이기도 하다. 뿐만 아니라 희喜, 애愛, 락樂은 생명의 감정, 노怒, 애哀, 오惡는 죽음의 감정이라고 불러도 좋다. 희喜, 애愛, 락樂은 통합 및 일치, 나아가 화합 및 생산에 기여하고, 노怒, 애哀, 오惡는 분열 및 분리, 나아가 대립 및 갈등에 기여하기 때문이다.

앞에서도 말했듯이 모든 인간은 본원적으로 '서정적 욕구'를 지니고 있다. 이때의 '서정적 욕구'는 말할 것도 없이 통합 및 일치를 추구하는 정서, 즉 희喜, 애愛, 락樂을 토대로 한다. 하나됨의 정서, 화합의 정서, 합일의 정서가 다름 아닌 서정적 욕구의 실재이다. 물론 분열 및 분리에 기여하는 감정, 즉 노怒, 애哀, 오惡도 서정시의 정서를 형성하는 일에 깊이 참여한다. 분노, 슬픔, 미움의 정서 말이다. 서정시의 정서에 오직 희喜, 애愛, 락樂의 정서, 즉 생명의 정서만 참여하는 것은 아니라는 것이다. 구체적인 서정시에서는 노怒, 애哀, 오惡의 정서, 곧 죽음의 정서도 적극적으로 참여한다.

그렇다고는 하더라도 서정시에 참여하는 노怒, 애哀, 오惡의 정서, 곧 죽음의 정서는 생명의 정서, 곧 사랑의 정서를 회복하기 위해 실현되는 어긋난 정서라고 해야 마땅하다. 서정시에서는 합일과 일치, 하나됨이 이루어지지 않는 데서 기인하는 마이너스 정서, 결핍의 정서가 노怒, 애哀, 오惡의 정서, 곧 죽음의 정서이다. 노怒, 애哀, 오惡의 정서가 저항시에 주로 많이 보이는 것도 이와 무관하지 않다.

사람들 사이에서 노怒, 애哀, 오惡의 감정은 흔히 대립과 갈등을 만든다. 대립과 갈등은 서정적 정서가 아니라 극적 정서이다. 대립과 갈등의 정서, 곧 극적 정서는 훨씬 더 쉽게, 훨씬 더 흥미진진하게, 훨씬 더 오래 사람들을 사로잡는다. 이들 정서야말로 정작 카타르시스의 기능을 하기 때문이다. 하지만 구경하고 관찰하는 삶이 아니라 실천하고 실행하는 삶에서는 너무 많은 고통을 주는 것이 노怒, 애哀, 오惡의 감정, 즉 대립과 갈등의 정서이다. 직접 겪게 되면 참으로 견디기 힘든 것이 이들 감정이다.

희喜, 애愛, 락樂의 정서, 즉 생명의 정서는 조화와 균형의 정서이기도 하다. 이들 서정적 정서는 나날의 사람살이에서 조화와 균형, 화해와 화합의 역할을 하기도 한다. 이때의 조화와 균형의 정서, 화해와 화합의 정서는 평화의 정서이기도 하다. 서정시의 창작 과정에 평화를 위한 관조적 거리, 미적 거리를 중요하게 여겨지는 까닭이 바로 여기에 있다.

오늘을 살아가는 지금의 이 사회, 자본주의 사회는 생명의 정서로 충만한 조화와 균형의 사회가 아니라 죽음의 정서로 충만한 대립과 갈등의 사회이다. 오늘의 자본주의 사회가 대립과 갈등으로 충만한 죽음의 사회라는 말은 서정 중심의 사회가 아니라 극劇이나 서사敍事 중심의 사회라는 뜻이기도 하다.

오늘의 현대사회는 이처럼 극적인 정서로, 즉 분열되고, 분리되고, 파괴되고, 해체된 죽음의 정서로 가득 차있다. 바로 그러한 연유에서 오히려 현대인들에게 서정적인 정서가 절실하게 요구되고 있는지도 모른다. 현대사회가 분열되고, 분리되고, 파괴되고, 해체되어 있기 때문에 더욱 절실하게 요구되는 것이 서정적 정서라는 것이다. 그렇다. 이처럼 여전히 '불변하는 서정적 욕구'를 갖고 있는 것이 오늘의 이 자본주의 시대를 살아가는 현대인들이다.

강조하거니와, 서정적인 욕구는 서로의 생명을 살리는 가운데 일치하고,

합일하고, 하나가 되고, 화해하고, 화합하고자 하는 욕구, 다시 말해 조화와 균형을 취하고자 하는 욕구이다. 물론 이러한 서정적 욕구를 충족하는 길이 언어 미학의 결정체인 서정시만을 통해 이루어지는 것은 아니다. 일상의 아름다운 풍경을 통해서도, 사람살이의 칭찬과 격려를 통해서도, 서로를 감싸는 따듯한 사랑을 통해서도 충족될 수 있는 것이 서정적 욕구이다. 그뿐만 아니라 서정적 욕구는 영화를 통해서도, TV를 통해서도, 인터넷 등의 매체를 통해서도 충족될 수 있다. 서정적 욕구가 오직 서정시를 통해서만 실현되는 것은 아니라는 뜻이다. 따라서 페이스북, 트위터, 카카오(카톡, 카카오스토리) 등 SNS의 매체를 통해서도 넉넉히 충족될 수 있는 것이 서정적 욕구라고 할 수 있다.

2. 급변하는 제시 형식과 하이퍼텍스트

서정적 욕구 중에는 당연히 서정시적 욕구라는 것이 있을 수 있다. 서정시적 욕구는 서정적 언어, 곧 서정시를 통해 실현되는 욕구를 가리킨다. 심미적 언어(말)를 통해 실현되는 서정시적 욕구는 처음 노래의 형태로 구현된 바 있다. 이는 곧바로 서정시적 욕구가 사람들에게 노래의 형태로 제시되었다는 것을 뜻한다.

서정시(抒情詩, lyric)가 사람들에게 노래의 형식으로 제시되었다는 것은 서정시抒情詩라는 용어가 라이어lyre라는 현악기에서 유래되었다는 어원적 의미에서도 알 수 있다. 이로 미루어 보더라도 서정시가 처음부터 음악과 무관하지 않다는 사실, 곧 노래로 불리어졌다는 사실은 명확하다. 청중들 앞에서 낭송된 것이 서사시이고, 종이책에 인쇄되어 개인에 의해 읽힌 것이 소설이며, 무대에서 공연된 것이 희곡이다. 따라서 근대 이전의 서정시가 노래로 불리어졌다는 것은 불문가지이다.

물론 이렇게 노래로 불리어졌던 서정시의 제시 형식은 근대에 이르면서 여러 차례의 굴절을 겪는다. 「처용가」의 경우 신라의 향가 때는 노래로 제시되고, 고려의 가요(속요) 때는 공연(춤과 노래, 기악 연주 등)으로 제시된다. 변화하는 역사의 과정에 이처럼 장르는 물론 제시 형식이 바뀐 것이 「처용가」이다.

한국문학사에서 서정시는 적어도 개화기 때의 창가까지는 서양의 곡조에 맞추어 노래로 제시된다. 이렇게 노래로 제시되던 서정시는 개화기에 이르러 신체시나 개화기 시조, 새로운 자유시 등으로 양식이 바뀌면서 종이에 인쇄되어 제시되기 시작한다. **'귀로 듣는 시'**에서 **'눈으로 보는 시'**로 제시 형식이 바뀐 것이다.

서정시의 역사에서 종이에 인쇄되어 **'눈으로 보는 시'**로 제시 형식이 바뀐 것은 매우 엄청난 변화이다. 서정시의 역사에서, 말하자면 서정시적 욕구가 존재하고 실현되는 역사에서 이는 놀랍고도 대단한 혁명이다. 마침내 우리나라에서도 잡지와 시집의 종이에 활자로 인쇄된 형태를 통해 심미적으로 잘 정제된 서정시가 생산되고 소비되게 된 것이다.

종이에 활자로 인쇄된 형식의 서정시는 자본주의적 근대의 출현에 따른 개인의 성장과 아주 밀접하게 연관되어 있다. **'듣는 시'**라는 제시 형식은 집단이나 공동체라는 봉건적 주체를 전제로 할 수밖에 없는 데 비해 **'보는 시'**라는 제시 형식은 개인이나 개체라는 자본주의적 주체를 전제로 할 수밖에 없기 때문이다. 중세가 상대적으로 '청각' 중심의 시대라면 근대가 상대적으로 '시각' 중심의 시대라는 점을 염두에 둘 필요가 있다. 그와 동시에 **'보는 시'**가 근대의 대표적인 문명 기제인 인쇄술의 발달과 깊이 연결되어 있다는 점도 고려되어야 한다.

하지만 이제 근대의 후기, 곧 후기 근대에 이른 지도 오래이다. 후기 근대에 이르러서는 '보는 시'라는 제시 형식에서는 동일하지만 보는 대상의 형식, 곧 매체의 형식이 엄청나게 바뀌고 변했다는 점을 잊어서는 안 된다. 후기근대에 이르러서는 종이책에 인쇄되는 활자(언어)나 이미지보다 컴퓨터의 '전자 매체'에 투사되는 활자(언어)나 이미지가 창작과 독서의 대상이 되는 경우가 훨씬 더 많아졌기 때문이다.

이때의 전자 매체를 흔히 하이퍼텍스트라고 부른다. 하지만 이 하이퍼텍스트라는 것도 엄청나게 분화되고 변화되어 있다. 불과 3~4년 전만 해도 인터넷 홈피의 일종으로 엄청난 각광을 받던 '카페(다음)'나, '블로그(네이버)' '사이월드' 등의 하이퍼텍스트는 벌써 낡은 매체 형식이 된 지 오래이다. 최근 몇 년 사이에 SNS의 중심 형식이 바뀌고 변했기 때문이다. 페이스북, 인스타그램, 틱톡 등 새롭고 참신한 형식의 SNS가 빠르게 생산, 보급되고 있기 때문이다. 이를 요약해서 한마디로 말하면 **'클릭에서 터치로'** 라고 할 수 있다.

3. 새로운 SNS의 등장과 활용

데스크탑이나 노트북에 이어 넷북의 등장은 인터넷 매체 환경을 급속히 변화시킨 바 있다. 넷북에 이어 등장한 아이패드나 갤럭시패드, 스마트폰은 인터넷 매체 환경의 변화를 여기에서 그치지 않게 하고 있다. 아이패드나 갤럭시패드, 스마트폰은 어디서나 아무 때나 인터넷 네트워크에 접속을 가능하게 하기 때문이다. 그러한 이유로 이제는 SNS를 통한 개인들 간의 상호 접촉이 더욱 빈번해지고 있다. 특히 스마트폰의 대중화가 SNS의 패러다임 자체를 훨씬 더 크게 바꾼 것이다.

SNS는 Social Network Service의 약자이다. 소셜 네트워크 서비스Social Network Service의 약자인 SNS는 사교적인 연결망을 제공하는 사회적 서비스 일체를 가리킨다. 앞에서 말한 카페(다음), 블로그(네이버), 싸이월드 등도 넓은 범주에서는 SNS에 속한다. 하지만 최근에 들어 바람이 불고 있는 SNS는 좀 더 새로운 형태의 것이다. 이처럼 지금은 기존의 SNS와는 다른 SNS, 즉 패러다임이 바뀐 SNS가 대세를 이루고 있다.

그렇다면 패러다임이 어떻게 바뀌었다는 것인가. 기존의 카페나 블로그,

싸이월드는 내가 글을 올리면 다른 사람이 그곳에 찾아와야 소통이 되는 형식을 취하고 있다. 이들 카페나 블로그, 싸이월드에게 방명록이 필수인 것은 바로 이 때문이다.

기존의 SNS인 이들 카페나 블로그, 싸이월드는 주로 장문의 글이나 여러 장의 사진을 기록하고 보관하는 형식을 취하고 있다. 하지만 오늘날 주목을 받고 있는 새로운 SNS, 즉 페이스북이나 트위터, 카카오(카카오스토리, 카톡)나 텔레그램, 인스타그램, 밴드, 틱톡 등은 기록하고 보관하는 일보다 주체와 객체가 서로 마음을 담은 글과 영상을 공유하는 형식을 취하고 있다.

새로운 형태의 이들 SNS에서는 주체나 객체가 따로 정해져 있지 않다. SNS에 참여하는 모든 사람이 주체가 되고, 객체가 되는 형식의 SNS가 지금은 유행하고 있다. 글과 영상을 공유하기 때문에 남의 홈에 방문하지 않고도 내 홈에서 친구의 글이나 영상을 볼 수 있는 것이 이들 새로운 SNS이다. 이들 새로운 SNS는 주로 현재의 상태를 단문으로 기록하는 형태를 취하고 있다. 뿐만 아니라 글보다는 사진이나 영상 등 멀티미디어를 활용하는 경우가 훨씬 더 커지고 있다.

기존의 SNS에서는 콘텐츠를 주로 데스크탑 컴퓨터에서 생산하고 보급한다. 하지만 새로운 SNS는 콘텐츠를 주로 스마트폰에서 생산하고 보급한다. 데스크탑 컴퓨터에서도 콘텐츠의 생산과 보급이 가능하지만 스마트폰이 없으면 콘텐츠의 생산과 보급에 아주 불편한 것이 이들 새로운 SNS이다. 새로운 SNS와 관련해 **'클릭에서 터치'**로라는 슬로건이 가능한 것은 바로 이 때문이다.

이들 새로운 SNS의 콘텐츠, 곧 글과 영상은 대부분 스마트폰의 화면(모니터)에서 실현된다. 따라서 이들 새로운 SNS의 글과 영상은 언제나 좀 더 실감 있는 기동성과 현장성을 갖는다. SNS를 이용하는 사람들이 그때그때의 필요에 따라 기동성 있고, 현장성 있게 자신이 처한 위치에서 글과 영상을 서비스할 수 있게 된 것이다.

여기서 말하는 새로운 SNS로는 외국의 페이스북facebook, 트위터twitter,

마이스페이스myspace, 텔레그램, 인스타그램, 틱톡에서부터 국내의 미투데이me2day, 카카오(카카오스토리, 카톡), 밴드 등이 있다. 이들 SNS 중에서 가장 영향력이 있고 잘 알려져 있는 것은 페이스북facebook이다. 핸드폰이든 데스크탑이든 컴퓨터에서 실현되는 페이스북은 기존의 카페나 블로그와 유사한 모습을 갖고 있다. 이미지나 동영상도 올릴 수 있고 글도 올릴 수 있는 것이 페이스북이다. 기존의 SNS와 다른 점은 방문의 개념보다 공유의 개념이 커 친구의 페이스북을 방문하지 않고도 내 페이스북에서 친구의 글이나 영상을 읽을 수 있다는 점이다.

다음으로는 트위터를 예로 들 수 있다. '팔로우' '알티' 같은 용어를 대중화시킨 것이 이 트위터이다. 주로 단문 형태의 메시지를 친구와 공유하는 것이 트위터인데, 이는 메신저의 느낌이 강하다. 트위터는 원래 글만 게재할 수 있었는데, 어플을 이용하면 요즘에는 매시업 서비스를 통해 그림이나 영상도 올릴 수 있다. 매시업은 트위터를 더 유용하게 쓸 수 있도록 트위터와 연결이 되어있는 독립된 프로그램이다.[1]

카카오라는 국내 회사에서 운영하는 '카카오스토리'는 페이스북을 좀 더 진화시킨 형태인데, 의외의 마니아들을 거느리고 있다. '카카오스토리'에도 많은 참여자들이 글과 이미지를 올려 자신의 심리적 현존을 공유하고 있다. 카카오에서는 '카톡'이라는 문자 메시지를 주고받는 시스템도 운영해 각광을 받고 있다. '카톡'은 특히 소규모 소통 그룹인 카톡방을 운영할 수 있어 더욱 주목이 된다. 카톡방은 학급이나 가족, 계, 소모임 등 소규모 공동체의 소통 공간으로 자주 활용되고 있다. 또한 카카오에서는 '보이스톡'

---

1 원래 '매시업Mashup'은 서로 다른 곡을 조합해 새로운 곡을 만들어내는 것을 의미하는 음악 용어이다. 하지만 IT(정보기술) 분야에서는 웹상에서 웹 서비스 업체들이 제공하는 다양한 정보(콘텐츠)와 서비스를 혼합해 새로운 서비스를 개발하는 것을 가리킨다. 그러니까 서로 다른 웹사이트의 콘텐츠를 조합해 새로운 차원의 콘텐츠와 서비스를 창출하는 것을 말한다.

이라는 영상 전화 시스템도 개발해 많은 사람들이 국제전화 등을 할 때 애용하고 있다.

밴드는 중규모의 공동체 모임에서 주로 이용되고 있다. 밴드는 제법 규모가 있는 각종 단체나 동창회 등에서 이용하는 경향이 있다는 뜻이다. 2012년 및 2013년에 한참 주목을 받았는데, 최근에는 페이스북 때문에 주춤하는 듯도 싶다.

SNS의 활용은 두 가지 효과를 갖고 있는데, 하나는 기존 오프라인에서 알고 있었던 이들과의 관계를 강화시키는 일이고, 다른 하나는 온라인을 통해 새로운 인맥을 쌓는 일이다. 공히 인터넷상에서 개인의 정보를 공유할 수 있게 하고, 의사소통을 도와주게 하는 것이 이들 SNS이다.

페이스북 등의 SNS는 소셜 미디어social media, 1인 커뮤니티라고도 불린다. 인맥 형성 및 상호 소통 이외에도 다양하게 활용될 수 있는 것이 페이스북 등의 SNS이다. 그것이 시(소설)나 그림, 사진이나 영상 등 예술 작품의 생산 및 보급은 물론 상품이나 의견 등을 홍보, 선전할 수도 있기 때문이다. 개인의 차원을 떠나 공공 부분에서도 충분히 활용할 수 있는 것이 페이스북 등의 SNS이다. 각 지자체가 이를 통해 지자체의 업무를 소개, 홍보하고 있고, 각 정치인들이 이를 통해 자신의 활동을 소개, 홍보하고 있기 때문이다. 나는 전자의 예로는 대전시, 충남도, 세종시 등과 교류하고 있고, 후자의 예로는 문재인, 박범계, 최교진(세종시 교육감), 조국 등과 교류하고 있다. 그 밖에 《한겨레신문》《경향신문》《오마이뉴스》《조선일보》『창작과 비평』『문학동네』『현대시문학』 등의 언론 매체 및 문학 매체 들도 그때그때의 정보를 페이스북 등의 SNS에 올려 소통을 시도하고 있다. 산업 분야에서의 신제품 마케팅은 물론 기타 지식 판매, 게임 판매 등에서도 이용될 수 있는 것이 페이스북 등의 SNS이다.

물론 페이스북 등의 SNS의 역할은 이에서 그치지 않는다. 각각의 주체들이 개인을 표현하고자 하는 욕구가 늘어나면서 그들 사이에 사회적 관계를 맺게 하고, 친분 관계를 유지하게 하는 데도 SNS는 큰 역할을 하고 있다.

4. SNS의 대표적인 논객들 및 시인들
—페이스북을 중심으로

앞에서 말한 것처럼 SNS의 종류에는 여러 가지가 있다. 하지만 여기서는 주로 페이스북을 중심으로 그에 게재되는 문학 활동을 소개하려 한다. 물론 페이스북에 게재되는 모든 예술적인 글이나 영상이 모두 인간의 서정적 욕구와 관련되어 있거나 서정적 욕구를 충족시켜 주는 것은 아니다. 페이스북에는 서사적 욕구, 극적 욕구 등 산문적 욕구와 관련되어 있거나, 그것들을 충족시켜 주는 글이나 영상도 얼마든지 실려있다. 페이스북의 수용능력은 그러한 정도만이 아니다. 오늘을 살아가는 사람들의 정치적 욕구, 사회적 욕구, 종교적 욕구, 이념적 욕구 등도 거칠 것 없이 받아들이고 있는 것이 페이스북이다.

페이스북에 수용되고 있는 글이나 영상은 어찌 보면 원시적이고 초보적이라고 할 만큼 충동적이고 즉흥적이다. 그때그때의 이슈에 따라 분출되는 감정을 별 가감 없이 쏟아내는 것이 페이스북의 글이나 영상이다. 지나치게 감정이 드러나 있어 상대를 자극하는 글을 올릴 경우에는 더러 삭제되기도 하지만 말이다. 페이스북의 글이나 영상은 스트레스를 해소하는 데는 도움이 되지만 아무래도 깊이 있는 사색이나 공부를 하는 데는 부족해 보이기도 한다. 이러한 언급이 가능한 것은 페이스북에서 절제되지 않은 감정을 있는 그대로 토로하고 있는 글이나 영상들을 찾아보기가 어렵지 않기 때문이다. 페이스북에 발표되는 글이나 영상은 문학적이라고 하더라도 조금은 덜 정제되고 덜 절제된 채로 발표되는 것이 대부분이다.

여기서는 아무래도 영상보다 글을 중심으로 논의를 이끌어가지 않을 수 없다. 이 글이 글을 쓰는 사람들, 즉 시인이나 작가의 페이스북 등 SNS 참여 실태를 대상으로 하고 있기 때문이다. 따라서 이제부터는 페이스북에 글을 쓰는 시인이나 작가, 나아가 그곳에 수록되고 있는 글을 중심으로 논의를 해보기로 하자.

글이나 영상을 발표하는 매체가 종이책에서 하이퍼텍스트로, 특히 스마트폰의 페이스북으로 이동했다고 하더라도 아직 글의 장르 자체까지 변한 것으로 생각되지는 않는다. 여전히 기존의 형식을 바탕으로 쓴 글이 게재되고 있는 것이 페이스북이라는 것이다. 기존의 형식을 바탕으로 쓴 글이라고 하더라도 그 형식이 특별히 잘 완성된 채 페이스북에 수록되는 예는 많지 않은 것 같다. 페이스북에 수록되는 글의 경우 시인이나 작가의 것이라고 하더라도 소설이나 서정시 등이 완성된 장르의 것이라고 하기보다는 짧은 의견이나 짧은 코멘트 등 잡글인 경우가 많다는 뜻이다. 그렇다. 페이스북에 올려지는 글은 그때그때의 정치적 사안에 따라 즉흥적으로 작성되는 의견이나 코멘트 등 잡글인 경우가 대부분이다. 따라서 페이스북에서는 당시의 정치적 이슈를 중심으로 수많은 의견이나 코멘트 등의 잡글이 발표되어 여론을 형성하는 경우가 많다. 이 글을 쓰고 있는 지금은 세월호 침몰 사건을 바탕에 둔 진보적인 여론이 페이스북의 주요 내용을 이루고 있는 듯 싶다. 특히 세월호 희생자인 김유민의 아빠 김영오 씨의 단식 관련 뉴스가 페이스북의 중심 내용을 이루고 있는 것으로 보인다.

물론 페이스북의 필자 중에는 개별적 주체의 서정적 욕구를 실현하고 있는 사람도 적잖다. 이들 중에는 아마추어 시인들, 습작기에 있는 사람들도 상당하다. 하지만 정식으로 등단을 하고 몇 권씩 시집을 낸 다수의 중진이나 원로 시인들도 자신의 시를 매개로 페이스북에 참여하고 있다. 원로로는 강민, 한상수, 임헌영, 염무웅, 임보, 홍해리, 이건청, 이시영, 임상모 등의 시인이 참여하고 있고, 중진 및 중견 시인으로는 나종영, 고광헌, 나해철, 박몽구, 강형철, 김창규, 이재무, 서홍관, 정우영, 공광규, 박상률, 나희덕, 노혜경, 임동확, 정원도, 김주대, 한혜영, 황규관, 강병철, 정세훈, 이영광, 임영봉, 권혁소, 김인호 등의 시인이 참여하고 있다. 페이스북에서 이름을 확인할 수 있는 기타의 시인들로는 손세실리라, 김명순, 정동용, 한경용, 나병춘, 이애정, 우원호, 김근, 김정원, 문창길, 김이듬, 손채은, 박일환, 김명지, 이안, 안현미, 김혜수, 나금숙, 이희정, 최광임,

최진희, 김명순, 박재웅, 박광배, 김은경, 김이하, 박경분, 전민, 권순진, 윤성택, 최창균, 조길성, 김명기, 김민휴, 김완, 오성인, 박경희, 이재연, 김경애 등을 들 수 있다. 기타 비평가로는 구모룡, 임우기, 김명인, 김영호, 오민석, 권성우, 황정산, 김응교, 이성혁, 이명원, 이민호, 김대성 등이 페이스북에 글을 쓰고 있고, 소설가로는 서성란, 김남일, 전성태 등이 활동하고 있는 것으로 알고 있다. 일반인들의 가입을 엄격하게 제한하지만 백낙청 교수도 페이스북 계정을 갖고 있기는 하다.

이들이 다 장르로서의 문학 작품을 페이스북에 올리는 것은 아니다. 대부분 시인들은 그때그때의 사안에 다른 의견이나 논설, 잡감雜感 등 이런 저런 코멘트를 올리는 예가 많다. 황규관. 박몽구, 이재무, 박상률, 박광배 시인 등이 그 대표적인 예이다. 물론 오직 시만을 고집해 페이스북에 올리는 사람도 있다. 임보, 홍해리, 이건청, 나해철, 이애정 등의 시인이 그러한 예이다.

페이스북에 참여하는 시인들 중에는 자신의 글이나 영상을 올리기보다는 남의 글이나 영상을 훔쳐보는 사람들도 많다. 앞에서 언급한 강형철, 김영호, 강태형, 나희덕, 강병철, 이은식, 김사인 등의 시인이나 작가 등이 그들인데, 이들 역시 페이스북이 매우 중요한 소통 공간인 것은 잘 알고 있기 때문이다. 그들에게는 아직 어색하고 낯선 하이퍼텍스트가 페이스북이라고도 할 수 있다. 지금은 조금 두려워하고 멋쩍어하지만 페이스북에 익숙해진 새로운 세대의 등장과 함께 이들도 마침내는 적응이 될 것이다. 실제로는 나도 6개월 이상 탐색 기간을 가진 뒤에 처음으로 글을 올렸기 때문이다.

혹자 중에는 남의 시를 페이스북에 올리고 해설을 덧붙이는 사람도 있다. 권순진, 우원호 등의 시인이 대표적인 예이다. 권순진 시인은 자신이 직접 만드는 소문예지 『시와시와』에 수록했던 시와 해설을 올리는 듯도 싶다. 우원호 시인도 자신이 운영하는 웹진 『시인광장』과 페이스북을 연결시켜 소임을 실천하고 있다.

나는 아직 어색함과 두려움을 다 털어내지 못해 페이스북에 정치적인 의

견이나 그때그때의 상념을 자주 올리지는 못한다. 일주일에 한두 차례 시나 기타 수상 등을 사진과 함께 올리고 있을 정도이다. 그것도 페이스북보다는 카카오스토리인 경우가 아직은 더 많다. 페이스북의 글보다는 훨씬 밋밋하고 재미없는 것이 카카오스토리의 글이다. 물론 카카오스토리의 글이 페이스북보다 훨씬 점잖고 세련된 점은 있다. 카카오스토리에서는 글보다 사진이 좀 더 주류를 이루고 있는 듯하다. 카카오스토리에 비해 페이스북의 글은 좀 더 다이내믹하고 격렬해 중독성이 더 많다.

페이스북에서 아직은 아주 좋은 작품, 아주 뛰어난 걸작이 생산되거나 유통되지는 않은 듯싶다. 많은 시인들이 페이스북에 시를 올리지만 대부분의 경우에는 초고 상태의 원고를 올려 '좋아요'나 댓글을 통해 검증을 받은 뒤 개작하고 퇴고해 문예지에 발표한 뒤 시집에 수록하고 있다. 내가 알기로는 페이스북의 황제라고 알려져 있는 이재무 시인, 김주대 시인 등이 그러한 과정을 거쳐 시를 완성하는 대표적인 시인이다. 김주대 시인은 시화 형식의 그림과, 그때그때의 현실에 대한 발언을 함께 올려 많은 사람들의 호응을 받고 있다. 이재무 시인도 특유의 순발력 있는 언어로 그때그때의 현실에 대한 풍자와 야유를 담은 글을 올리고 있어 많은 사람들의 관심을 끌고 있다.

페이스북은 카카오스토리와 달리 수정의 기능이 있어 일단 글을 발표한 뒤 퇴고를 거듭해 완성도를 높일 수 있다. 물론 아직은 토막이 난 사유를 단편적으로 토해 내는 하이퍼텍스트가 페이스북이다. 하지만 시간이 지나면 완성도가 높은 새로운 장르의 글이 생산되고 향유되는 공간으로 발전할 수도 있다. 계속되는 시도와 실험의 끝에 페이스북 등의 SNS를 통해 독특하고도 새로운 문학 장르가 태어나기를 바란다.

다음은 이재무 시인이 지난 2014년 8월 21일 페이스북에 올린 글이다. 다소간은 사람들의 서정적 욕구를 충족시켜 주고 있는 글이라고 생각되어 여기에 옮겨본다.

> 오늘 같은 날 저녁엔 장맛비로 눅눅해진 방을 말리기 위해 구겨진 보릿대를 잘 펴서 아궁이 속에 밀어 넣으며 군불을 지폈으면 좋겠다. 아궁이 앞에 쪼그리고 앉아 타닥타닥 타들어 가는 보릿대와 어둑신한 부엌 부뚜막을 환하게 물 들이는 화염을 골똘히 응시하면서 적막의 속살을 만지고 싶다. 그러면 젖어 축축해진 내 영혼도 시나브로 말라가서 종국엔 만질 때마다 뽀송뽀송 소리를 내겠지.

페이스북에는 지금의 심리 상태를 기록하는 '타임라인' 이외에도 '노트'라는 기록 공간이 있다. 나는 주로 '노트'라는 기록 공간에 1986년 실천문학사에서 간행했던, 지금은 찾아보기 힘든 첫 시집『좋은 세상』에 실려있는 시들을 올린 적이 있다. 물론 부지런하게 매일매일 그 작업을 하고 있는 것은 아니다. 마음 내키는 대로 1주일에 한 번이나 2주일에 한 번 정도 기존의 시를 올려 페이스북의 독자들에게 소개하는데, 보통 '좋아요'가 100번 넘게 터치되고 있다. 이제 그러한 방식으로 최근에 페이스북에 올린 내 첫 시집『좋은 세상』의 시 한 편을 소개하며 글을 맺는다.(2014)

> 남새를 갈아보려는 것이다
> 장독대 옆 두어 평 남짓
> 그것도 땅뙈기라고 흙을 고르다 보면
> 연탄재만 풀풀 날려 다니고
> 그저 콘크리트 비닐조각들
>
> 그래도 그냥 말 수야 있겠냐며
> 뭣이라도 좀 심어보자는 것이다
> 하기는 요만치의 농사라도
> 이 산 번지에서나 지을 수 있는 일

누이와 뒷방 아줌마와 함께
치닫는 가슴 자꾸 옥죄며
되지 않게 감히 지금 나는
둑을 치고 이랑을 돋워 보는 것이다

아직은 건강한 지구의 뒤켠
오래오래 지켜나가야 하지 않겠냐며
도시의 한쪽 끝, 버티고 서서
한바탕 신명을 돋궈 보는 것이다.

—이은봉, 「남새갈기」, 『좋은 세상』(실천문학사, 1986) 전문

오늘의 한국 현대시, 그 성찰과 전망

남들이 나를 부르는 이름은 많다. 그중에는 '시인'이라는 이름도 있다. 직접 시를 써서 발표하기도 하고, 남이 쓴 시에 대해 이런저런 평도 하고, 그것들을 학생들에게 가르치기도 하니 내가 시인인 것만은 확실하다. 시인이 확실한 만큼 나는 이 글에서 한국 현대시의 현황과 문제점에 대해 내 나름의 생각을 시인 특유의 비논리적이면서도 논리적으로, 구체적이면서도 일반적으로, 단순하면서도 복잡하게, 편하면서도 불편하게, 쉬우면서도 어렵게 중언부언 지껄여 보려 한다.

그렇게 하기 위해 우선은 소박한 대로 초보적인 질문부터 해보려 한다. 시인은 누구인가, 시인은 어떤 존재인가. 시인을 두고 무책임한 '개인'이라고 생각하는 사람은 없다. 시인은 본래 책임 있는 사회적 주체일 수밖에 없다. 책임 있는 사회적 주체인 만큼 시인이 정작 지향하는 세계는 저 자신만의 것이 아니다. 시라는 것이 본래 저 자신을 포함해 타자에 대한 관심과 흥미로부터, 그런 타자에 대한 연민과 사랑, 경험과 상상으로부터 비롯된다는 것을 잊어서는 안 된다. 물론 이러한 논의의 배후에는 타자에 대한 깊은 발견과 깨달음, 관심과 배려가 전제되어 있다. 이때의 타자에는 객관화된 저 자신, 곧 시인 자신도 포함되어 있지만 말이다.

많은 사람들이 시정신의 핵심을 사무사思無邪, 지공무사至公無私의 정신에서 찾는다. 사무사의 정신, 지공무사의 정신은 시인 저 자신을 포함한 지극히 객관적인 세계, 공변된 세계로의 지향을 담고 있다. 제대로 된 시인이라면 누구라도 저 자신이 구체적인 개인이기는 하지만 언제나 공공의 정신을 바탕으로 시를 쓰게 되는 까닭이 바로 여기에 있다. 시가 본래 구체적이고 사사로운 것들을 바탕으로 일반적이고도 보편적인 것을 추구하는 것이라는 점을 잊어서는 안 된다.

사무사나 지공무사의 정신에는 아무래도 '나'라고 불리는, 곧 자기 자신이라는 이기적 주체가 자리하기 어렵다. 사무사나 지공무사의 경지에 이르면 이미 '나'는 남이, 곧 타자가 되기 때문이다. 물론 완벽하게 무자기無自己, 무자성無自性의 정신 차원에 이르게 되면 시인의 경지를 이탈하고 말는지도 모른다. 이때의 시인은 시인이라고 하기보다 성자라고 해야 옳을 수도 있다. 따라서 바른 뜻에서의 시인은 성자가 되기를 꿈꾸는 존재, 성자의 경지에 이르지는 못했더라도 끊임없이 자기 자신을 갈고 닦고 기르는 존재라고 할 수 있다.

자기 자신을 갈고 닦고 기르는 존재라고 할 때의 자기 자신은 말할 것도 없이 시인 자신의 '마음'을 가리킨다. 끊임없이 자기 자신의 마음을 절차탁마하는 존재가 시인이라는 것인데, 자기 자신의 마음이라고 할 때의 마음을 사람들은 흔히 이성과 감성(감정)으로 나누어 생각한다.

돌이켜 보면 이성도 갈고 닦고 기르는 것이기는 하다. 하지만 시와 관련해 정작 바르게 갈고 닦고 길러야 할 것은 감성의 구체적인 발현태인 감정(정서)이라고 해야 마땅하다. 이와 관련해서는 일단 먼저 시, 특히 서정시를 가리켜 흔히 "주관적인 감정을 토로하는 언어예술 양식"이라고 정의한다는 점을 기억할 필요가 있다. 물론 이때의 감정(주관)은 이성(객관)이 미분화되어 있는 마음이기 때문에 감정을 갈고 닦고 기르는 것은 이성을 갈고 닦고 기르는 것이 되기도 한다,

물론 이성은 불변의 정신기제, 곧 상수常數의 마음이므로 변화의 정신기제, 곧 변수變數의 마음인 감정(정서)만큼 삶의 일상에 적극적으로 관여하지

못한다. 구체적인 삶에 작용하는 밀도는 감정에 비해 얼마간 떨어지는 것이 이성이라는 것이다. 감정에 비해 삶에 작용하는 밀도가 떨어지는 것이 이성이라고는 하더라도 그것들이 각기 냉정하게 분리되어 나날의 삶에 작용하는 것은 아니다. 언제나 다소간 혼재되어 드러날 수밖에 없는 것이 이성과 감성(감정)이라는 정신기제라는 뜻이다.

예술, 곧 서정시는 표면적으로는 변수, 곧 감정에 기대어 내면적으로는 상수, 곧 이성의 정신기제를 담아내는 심미적인 언어예술의 형식이라고 할 수 있다. 따라서 인간의 마음, 특히 감정의 영역 안에서 일어나는 이러한 정신 작용, 이러한 정신 변화와 관련해 논의되고 있는 "감각의 재분배" 등등의 말에 크게 놀랄 필요가 없다. 마음의 중요한 내용을 이루는 감정이라는 말을 그것의 좀 더 일차적인 모습인 '감각'이라는 말로 바꾸어 명명하더라도 이것이 크게 달라지지는 않는다.

따라서 시인은 저 자신의 시(서정시)를 통해 독서 주체가 갖는 감정(이성이 미분화된)의 단계와 위상을 얼마간 바꾸고 이동시킬 수 있다는 자각을 가져도 좋다. 물론 이때의 감정(이성이 포함된)은 오늘의 인류가 처해 있는 역사의 진행 방향과 충분히 긍정적으로 화해할 수 있어야 하리라. 지금의 인류가 도달해 있는 역사적 현재에 플러스로 기여하는 감정(이성이 미분화된)일 수 있어야 한다는 뜻이다. 시에 수용되어 있는 예의 플러스로 기여하는 감정(정서)이 잘 절차탁마된 매우 높은 정신 차원을 담지하고 있을 것은 불문가지이다. 말하자면 무자기無自己, 무자성無自性의 경지에 이르는 잘 갈고, 잘 닦고, 잘 기른 감정(이성이 미분화된)을 담고 있는 시가 제대로 된 감염력을 행사할 것이라는 뜻이다.

여기서 이러한 주장을 하는 까닭은 간단하다. 오늘의 젊은 시인들이 이러한 자각을 별로 갖고 있지 않은 것으로 생각되기 때문이다. 실제로 2000년대에 들어 문명文名을 얻은 시인들의 시에서 이러한 자각과 함께하는 사회적인 책임을 발견하기는 쉽지 않다. 그렇다. 적어도 내게는 이른바 '미래파'라고 하는 정치적이고 전위적인 이름을 얻은 시인들의 시에서도 이러한 논의와 관련해 긍정적인 마음을 갖기는 어렵다. 이른바 미래파의 시에서 더러 그러한 자각과 함께하는 사회적인 책임을 발견할 수는 있다고 하더라도 그것이 충만한 감염력을 지닌 예술적 완미성을 갖추고 있는 예를 찾아보기는 힘들다. 이들 시인에게는 일단 먼저 시가 심미적 언어예술이라는 자각부터 필요할는지도 모른다.

시가 심미적 언어예술이라는 자각의 결여와 관련해 가장 먼저 따져보아야 할 것은 언제나 구체성 혹은 사물성과 함께하기 마련인 완미성의 상실이다. 시에서 완미성의 상실은 말할 것도 없이 종합성 혹은 전체성의 상실을 뜻한다. 종합성 혹은 전체성의 상실은 마땅히 초점의 상실, 곧 중심의 상실을 가리킨다. 시에 초점, 곧 중심이 구현되지 못하면 독서의 과정에 갈피를 잃기 쉽다. 그렇게 되면 온전한 독서, 곧 온전한 인식이 불가능해지게 된다. 이러한 시가 감동이나 재미를 줄 리 있겠는가.

더불어 강조할 것은 시에서 종합성 혹은 전체성이 결여되면 시간과 공간이 제대로 표현되지 못한다는 점이다. 시에서 시간은 역사와 연결되고 공간은 장소와 연결된다. 시간과 공간이 그렇듯이 역사와 장소는 상호 맞물려 있기 마련이다. 역사는 항상 장소와 함께하는 법이고, 장소는 항상 역사와 함께하는 법이다.

따라서 시간과 공간이 제대로 표현되지 못한 시를 읽는 독자가 자신의 인지 영역 안에 제대로 상상력을 펼쳐내지 못하는 것은 당연하다. 시에서 시간은 이야기(서사)를 만들고, 공간은 이미지(장면)를 만들기 마련이다. 시에서 시간과 공간이 상실되면 초점이 상실된 시, 중심이 상실된 시가 되기 쉬운 까닭이 바로 여기에 있다.

시에서 종합의 상실은 전체의 상실을 낳고, 전체의 상실은 구성의 상실을 낳기 마련이다. 시에서 구성이 상실되면 형식적 압축성, 그리고 그와 함께하는 완미성을 구현하기가 어렵다. 완미성이 제대로 구현되지 못한 시에는 초점이 제대로 구현되지 못한다. 시는 시에 구현되는 초점과 관련해 종합의 능력을 기르게 하는, 곧 전체를 조감하는 능력을 키우게 하는 예술 형식이다. 전체를 조감하는 능력은 오늘과 내일의 삶을 전망하는 능력과 깊이 관련되어 있다. 따라서 이들 능력이 없이 미래를 제대로 준비하기는 쉽지 않다.

이상의 논의에서도 알 수 있듯이 몇몇 젊은 시인들의 시와 관련해 특별히 위험하게 생각되는 것은 공간 지각 능력의 결여이다. 공간 지각 능력이 결여되어 있는 시인은 시에서 풍경을 소멸시켜 버리기 일쑤이다. 오늘의 한국 현대시에 횡행하고 있는 파편적 관념과 혼란한 의식도 시에서 풍경이 소멸되는 것과 무관하지 않다.

풍경이 소멸된 시는 이미지를 갖지 못한다. 이미지를 갖지 못하면 의미도 갖지 못한다. 찢겨지고 일그러진 관념(개념)의 파편과 빠른 리듬만으로 좋은 시가 되기는 어렵다. 파괴되고 쪼개진 관념(개념)과 빠른 리듬만으로는 그것이 아무리 근대성의 하나라고 하더라도 올바른 심미 의식을 담아내기가 힘들기 때문이다. 오늘의 한국 현대시에 정작의 심미 의식과 무관한 엉뚱한 소란이 횡행하고 있는 것도 실제로는 이에서 비롯된다.

이와 관련해 문제로 삼아야 할 것은 과도한 세대 의식, 곧 지나친 또래 의식일는지도 모른다. 최근에 들어 몇몇 젊은 시인들의 경우 오늘의 한국 현대시를 제대로 개혁하려는 진지한 문학운동과는 무관한 채 자기 세대의 이익에 갇혀 무의미한 상찬을 주고받고 있는 것을 확인할 수 있다. 이처럼 사익이 충만한 풍토를 무비판적으로 수용할 때 한국 현대시사에 미래가 있을 리 만무하다. 깨어있는 시인들이 끊임없이 새로운 미의식을 찾아 새로운 의미를 부여해야 할 까닭이 다름 아닌 여기에도 있다.

물론 지금 이 시대의 몇몇 젊은 시인들의 시에 근대성 혹은 현대성의 대표적인 특징인 '새로움'에 대한 집착까지 드러나 있지 않은 것은 아니다. 이들 시인 역시 '새로움'이라는 근대성 혹은 현대성의 대표적인 특징을 담아내기 위해 온갖 노력을 기울이고 있는 것은 사실이다. 그런데 이들의 시에 함유되어 있는 새로움이라는 근대성 혹은 현대성은 무엇보다 자기 시대의 감수성에 충실한 데서 비롯되고 있다. 내게는 그것이 발전하고 성장하는 오늘의 자본주의 사회가 지니고 있는 감수성을 아무런 성찰이나 반성 없이 있는 그대로 반영하는 데서 비롯되는 것으로 보이기도 한다.

그러한 연유에서일까. 이들의 시에 드러나 있는 새로움에는 시라는 언어의 집적물이 지니고 있는 보편적 특징, 곧 과학의 개념성에 대립해 존재하는 예술의 형상성 자체가 배제되어 있는 경우가 적잖다. 모든 예술의 심미적 특징인 형상성(이미지, 이야기, 정서)이 본래 유의미성을 함유하는 가운데 성립되기 마련이라는 자각조차 가지고 있지 못한 시인들에 의해 창작되는 새로운 시가 많다는 것이다.

여기서 되물어 보아야 할 것은 새로운 것은 다 좋은 것인가라는 질문이다. 적어도 내가 보기에는 낡은 것이 다 나쁜 것이 아니듯이 새로운 것도 다 좋은 것은 아니다. 이는 과거의 것이 다 나쁜 것이 아니고 미래의 것이 다 좋은 것이 아닌 것과도 마찬가지이다. 빠르게 유동하는 시간과, 시간의 집적물인 역사로 하여 과거의 것 가운데 인류의 오늘과 내일에 큰 도움이 될 만한 훌륭한 것들, 바르고 옳은 것들을 버리고 온 예가 얼마나 많은가.

새로운 것이 좋은 것이려면 무엇보다 그것이 인간의 좀 더 나은 미래에 옳게 기여할 수 있는 것이어야 한다. 오늘의 인간과, 인간의 삶을 갈고, 닦고, 기를 수 있는 것이 아니라면, 다시 말해 오늘의 인간과, 인간의 삶을 앞으로 진전시켜 나갈 수 있는 것이 아니라면 새롭다는 것만으로 좋은 것이 되기는 어렵다.

역사와 함께하는 오늘의 삶에서는 낡은 것으로 새로운 것을 각성시키거나 반성시키는 경우도 많다. 그렇다. 낡은 것이 어설프게 새로운 것보다 훨씬 더 새로운 예는 얼마든지 있다. 역사성과 사회성의 현존에 대한 아무런 자각도 없이 지성을 담고 싶다는 욕망 때문에 서툰 개념이나 추상을 함부로 드러내고 있는 시와 시인이야말로 큰 문제이다. 자신이 처해 있는 역사적이고 사회적인 현존에 대한 철저한 자각이 없이 시에 올바른 지성이 함축되기는 어렵다. 지성과 함께하는 시는 시인 자신과 함께하는 역사적이고 사회적인 현존에 대한 피나는 반성과 성찰, 고통과 좌절, 자각과 각성 속에서

나 가능해지기 마련이다.

본래 언어는 기표와 기의의 결합체로 존재한다. 물론 기의를 포괄하지 않는 언어, 곧 기표만으로 이루어진 언어도 존재할 수는 있다. 하지만 이때의 언어는 무의미한 소리의 연쇄이거나 무의미한 이미지의 연쇄이기 쉽다. 무의미한 소리의 연쇄나 이미지의 연쇄를 바탕으로 하는 시를 만들려는 노력도 있었기는 하다. 순수한 음악이나 순수한 영상을 추구해 온 무의미의 시가 다름 아닌 그것이다. 하지만 무의미의 시는 이제 더 이상 새로운 실험이나 전위로 존재하기 어렵다. 실험으로, 전위로 존재할 때도 빤한 것이기는 했지만 이미 무의미의 시는 낡은 것이 되어버린 지 오래이다.

따라서 언어 자체가 기표와 기의의 결합으로 존재할 수밖에 없듯이 언어를 질료로 하는 시 역시 기표와 기의의 결합으로 존재할 수밖에 없다. 시의 언어가 기표와 기의의 결합으로 존재할 수밖에 없다는 것은 시의 언어가 형식과 내용의 결합으로 존재할 수밖에 없다는 뜻이기도 하다. 그렇다고는 하더라도 시의 시다움, 곧 시의 자율성에 좀 더 작용하는 것은 기의이기보다는 기표이다. 기표로부터 비롯되는 형식적 자질이 시의 시다움, 곧 시의 자율성을 창출하는 데 좀 더 능동적으로 기여한다는 것이다. 그렇기는 하더라도 새로운 기의의 참여 없이 새로운 기표가 만들어지기는 힘들다.

언어의 기의는 작품의 내용을 만들고, 언어의 기표는 작품의 형식을 만든다. 따라서 작품의 기의는 주제나 사상을 만들기 마련이고, 작품의 기표는 리듬이나 구조를 만들기 마련이다. 시의 자율성, 즉 시의 고유성을 십분 인정한다고 하더라도 오늘의 한국 현대시에 기의의 확장되고 심화된 모습, 곧 새로운 사상이나 철학이 좀 더 적극적으로 요구되는 까닭은 바로 여기에 있다. 따라서 지성의 심화와 확장은 시의 자율성, 곧 시의 고유성이 제 역할을 새롭게 하기 위해서라도 매우 필요하다.

물론 시도 예술인 만큼 절대 순수의 경지를 동경하는 것은 분명하다. 그럴 때 시인들에 의해 흔히 선택되는 것은 기표를 극대화하는 일이다. 시의 경우 기표를 극대화하는 것은 결국 소리, 곧 리듬을 극대화하는 것일 수밖에 없다. 따라서 소리를 극대화하다가 보면 음악의 영역으로 넘어가 시의 영역을 포기하지 않을 수 없게 된다. 소리 예술은 음악 예술이지 언어예술, 곧 시가 아니기 때문이다.

심미 의식의 성장이 지난 시대에 시를 소리 예술로, 음악 예술로 끌고 갔던 예는 수없이 많다. 하지만 그러한 종류의 실험과 전위는 이제 얼마간 낡아 보인다. 아직도 여전히 내용에서 형식으로 시의 저울추가 기울고 있다면 시대착오적이라고 할 수밖에 없다. 기표 놀이로서의 허무시는 전 시대의 한국 현대시에서만도 얼마든지 찾아볼 수 있다. 1930년대의 이상, 1950년대의 후반기 동인들, 1960년대의 현대시 동인들, 2000년대의 미래파의 시들에서도 그러한 예를 찾아볼 수 있기 때문이다. 김춘수 이승훈 등이 추구했던 무의미시의 실험성과 전위성도 이제는 제 역할을 다했다고 해야 마땅하다. 의미를 버린 언어는 그냥 소리일 뿐이지 언어가 아니라는 것을 잊어서는 안 된다. 자음과 모음으로 분절될 뿐 아니라 의미를 포섭할 수 있을 때 소리는 언어로 기능하고 존재하는 법이다.

시에서의 의미는 창작자의 정신 능력 가운데 감성의 작용보다는 이성의 작용과 관련해 태어난다. 그렇다. 창작자의 이성은 시에 지성을 비롯해 추상, 관념 등을 만드는 정신기제로 존재한다. 물론 시에 존재하는 지성과 추상과 관념은 각기 의미와 역할이 다르다. 지성이 세계를 제대로 바르게 파악하고 이해하는 데 작용한다면, 추상은 대상을 간단하고 단순하게 요약하고 압축하는 데 작용한다. 그에 비해 관념은 타자를 옳게 파악하고 이해하지 못할 뿐더러 제대로 요약하고 압축하지 못하는 데서 태어나는 무정형의 일그러진 사유를 가리킨다.

이러한 논의와 관련해 생각해 보면 한국 현대시에서 지성은 좀 더 많이 요구되어도 무방하다. 세계와 대상의 본질을 꿰뚫는 혜안 없이 좋은 시를 쓰기란 불가능하기 때문이다. 하지만 과도하게 강화되어 있는 추상이나 지나치게 토로되어 있는 관념은 더 이상 요구되지 않는다. 실제로는 추상이나 관념이 시인의 인식 능력의 미숙뿐만 아니라 언어 능력의 미숙에서 비롯되는 경우가 상당하기 때문이다. 인식 능력이 미숙하고 언어 능력이 미숙한 시인이 좋은 시를 쓰기는 어렵다.

오늘의 한국 현대시에 추상과 관념이 지나칠 정도로 과잉 토로되어 있는 것은 이러한 형편과도 무관하지 않다. 특히 1990년에 이어 2000년대 배출된 시인의 시에서 흔히 살펴볼 수 있는 요령부득은 그가 대상을 옳게 파악하고 이해하는 능력이 있는지조차 의심이 들도록 한다. 이들의 시가 보여 주는 요령부득은 창작자의 사유와 언어가 갈등하고 대립하는 데서 비롯되는 아포리아aporia와는 근본적으로 다르다. 그들의 시가 보여 주는 추상과 관념은 시적 대상에 대한 형상 사유의 자포자기가 야기시키는 의식의 파탄과 파괴에 지나지 않아 보이는 경우가 많다.

오늘의 한국 현대시에는 파탄되고 파괴된 의식이, 아무렇게나 흩뿌려진 추상과 관념이 너무도 많이 횡행하고 있는 것이 사실이다. 이들 시는 원초적인 감각의 기제인 인간의 몸을 전혀 통과하지 못한, 그리하여 제대로 된 의식으로 성장하지 못한, 머릿속에서만 들끓는 정신의 불순물들, 허섭스레기들만 투사하고 있을 따름이다. 그러니 이러한 시가 감동을 주거나 기쁨을 주거나 재미를 줄 리 있겠는가. 파탄되고 파괴된 의식의 분비물들은 독자들의 가슴을 어지럽고 혼란스럽게만 할 따름이다.

시는 본래 이성의 것이기보다는 감성의 것, 즉 좀 더 초보적인 계제인 정감의 것, 감각의 것이라고 해야 옳다. 기본적으로 시는 시인이나 독자의 감성, 곧 정감이나 감각을 파고들어가 그것을 바꾸고 변화시켜 의식까지 바꾸고 변화시키는 예술이라는 것을 알 필요가 있다. 모든 예술이 다 그렇듯이 독자들의 감정(정서)을 바꾸고 변화시켜 세계를 바꾸고 변화시키는 것이 시라는 것이다.

감정(정서)도 거듭해 단련하고 수련하면 독특하면서도 고도한 정신 차원을 형성하기 마련이다. 시에 투영되어 있는 감정(정서)에 그윽하면서도 아득한 것, 이른바 유현한 것이 구현되는 것도 이와 무관하지 않다. 물론 이성과는 달리 감정(정서)은 끊임없이 움직이고 변화한다. 앞에서도 말했듯이 이성이 상수常數라면 감정(정서)은 변수變數이다. 그런데 정작 중요한 것은 감각의 실제인 감정(정서)이 거듭 단련되고 수련되면서 의지와 뒤섞여 의식까지 바꾸고 변화한다는 점이다.

의식과 의지는 감각이나 감정(정서)에 비해 상대적으로 객관적인 정신 자질이다. 비록 그렇다고는 하더라도 상대적으로 주관적인 감각이나 감정(정서)이 변화하면 상대적으로 객관적인 의식이나 의지도 변화하기 마련이다. 감정(정서)이 내화되면서 형성되는 것이 의식과 의지인 만큼 그것의 변화에 상응하여 의식과 의지도 변화하기 마련이라는 뜻이다. 주객이 하나인 만큼 상대적으로 주관적인 정신 자질이 변화하면 상대적으로 객관적인 정신 자질도 변화하는 법이다. 특히 시가 변화하는 삶의 진실을 포착해 그것을 구체적이고 생생한 형상의 언어로 드러내는 예술이라는 것을 유의하지 않으면 안 된다.

그렇다면 변화하는 오늘의 삶의 진실, 다시 말해 변화하는 현실의 삶이 지니고 있는 문제를 심도 있게 진단하는 한편, 진단에 따른 치유의 길을 구도자적 자세로 탐구하는 것이 시라고도 할 수 있다. 시가 나날의 삶이 꿈꾸는 진실을 탐구하는 심미적 예술 형식인 동시에 구도의 형식인 까닭이 바로 여기에 있다. 시라는 언어예술이 때로는 수행의 형식, 곧 수도의 형식으로 존재하는 까닭도 이와 다르지 않다.

물론 시를 매개로 추구하는 수행, 즉 수도가 인간이라는 존재 바깥에 따로 길을 내는 어떤 것은 아니다. 시라는 것이 자신의 내부에 신의 영역이라든지 정령의 영역까지 만들 필요는 없다는 뜻이다. 그보다는 오히려 내면 깊은 곳에 도사려 있는 인간 본연의 특징과, 그것들이 이루는 사회적 관계 및 원초적 생명력을 탐구하는 것이 시의 일차적인 과제, 나아가 바른 과제일는지도 모른다. 그럴 때 오히려 시에 신성하면서도 그윽한 기운이 배태될 수도 있기 때문이다.

한편으로는 오늘의 몇몇 한국 현대시의 경우 지나칠 정도로 사소한 것들에, 의미 없는 것들에 집착하고 있는 것으로 보이기도 한다. 무엇보다 이는 문제의식의 상실에서 비롯되는 것으로 생각되는데, 이와 관련해 정작 주목해야 할 것은 그것이 끊임없이 시의 상실을 재촉하고 있다는 점이다. 문제의식의 상실은 가치의 상실을 만들고, 가치의 상실은 의미의 상실, 철학의 상실, 사상의 상실을 만든다는 점을 염두에 두어야 한다. 가치의 위기가 의미의 위기, 철학의 위기, 사상의 위기를 만들고, 나아가 시의 위기를 만든다는 것인데, 이는 자본주의가 더욱 심화되고 있는 지금의 형편이나 상황과 관련시켜 보더라도 잘 알 수 있다.

자본주의 현실은 본래 정작의 신 대신 두 개의 물신을 섬긴다. 아니 자본주의 현실은 두 개의 권력을 기반으로 성립된다. 하나는 정치권력이고, 다른 하나는 경제권력이다. 물론 이것들은 늘 상호 기생하며 뒤얽혀 존재한다. 자본주의라는 용어는 어떤 경제체제에 대한 명명이기도 하지만 어떤 시대에 대한 명명이기도 하다. 여기서 말하는 어떤 시대는 이른바 근대를 가리킨다.

자본주의와 함께하는 근대는 그에 순행하는 정신과, 그에 역행하는 정신을 두루 포괄한다. 자본주의에 순행하는 근대, 곧 자본의 근대, 산업의 근대(성장의 근대)가 있는가 하면 자본주의에 역행하는 근대, 곧 미적 근대, 예술의 근대(시의 근대)가 있다. 그런데 미적 근대, 곧 예술의 근대는 자본주의에 순행하는 근대, 곧 자본의 근대, 산업의 근대(성장의 근대)를 비판하고 조정하는 데 그 초점이 있고 운명이 있다.

자본주의에 순행하는 근대, 곧 자본의 근대, 산업의 근대(성장의 근대)는 기본적으로 정치권력의 축과 경제권력의 축을 바탕으로 운행된다. 정치권력의 축과 경제권력의 축은 너무 오랫동안 인간과 함께해 와 아예 그것들이 인간의 유전자 구조에 깊이 새겨져 있는 것처럼 보이기도 한다. 사회적 존재로서 인간은 그렇게까지 보일 만큼 이들 두 권력과 본능적으로 뒤얽혀 있는 것처럼 이해되기도 한다.

일단은 나날의 삶이 지니고 있는 진실(본질)을 포착하는 특징을 지니고 있는 시도 이와 깊이 연결되어 있는 것이 사실이다. 시 역시 어느 면에서는 정치권력의 축과 경제권력의 축으로 존재하기 위해 안간힘을 쓰고 있는 것처럼 보인다는 것이다. 정치권력의 축과 경제권력의 축으로 존재하기 위해 시가 보여 주는 포즈 중에서 가장 낯간지러운 것은 당대 사회의 절실한 요구와 관계없이 아무렇게나 횡행하고 있는 유행에 휩쓸리는 일이다. 제대로 된 시인이라면 누구라도 자기 시대의 유행하는 가치, 유행하는 평가로부터 자유롭지 못할 때 당대의 정당한 문화적 요구에 올바르게 대응하기가 어렵다는 것을 알아야 한다.

나날의 삶에서 좀 더 쉽게, 좀 더 빠르게 당대의 유행하는 가치, 유행하는 평가에 휩쓸리는 것은 대부분 속류 비평가들이다. 제대로 된 젊은 시인이나 비평가라면 오늘날 속류 비평가들이 문예지의 특집란에서 너무 자주 인용하고 있는 너무 빤한 시의 빤한 상투성에 더 이상 속지 않아야 한다. 아무런 반성이나 성찰 없이 위 세대 비평가들이 지금까지 보여 준 시안詩眼을 맹목적으로 추종하는 속류 비평가의 비자율성을 경멸하지 않고서는 좋은 시를 쓰기도 어렵고, 좋은 비평을 하기도 어렵다. 창비나 문지, 문동, 실천, 민음, 세계 등의 시선집이 조작해 내는 정보나 의식을 깊이 숙지하기는 하되, 그로부터 십분 자유롭지 않고서는 창조적인 비평이나 창작이 쉽지 않으리라는 것이다. 이러한 논의를 두고 기존의 시선집들이 이룩해 놓은 시에 대한 낡은 안목을 마음껏 비웃을 줄 아는 용기가 필요하다고 해도 좋다.

무엇보다 남이 좋다고 하는 시가 좋은 시가 아니라 내가 좋은 시가 좋은 시라는 호연지기浩然之氣가 필요하다. 좋은 시의 기준이 나 밖에 따로 존재하는 것이 아니라 나 안에 함께 존재한다는 것이다. 내게 감동을 주는 시, 내게 기쁨을 주는 시, 내게 재미를 주는 시가 정작 좋은 시이기 때문이다. 요컨대 나 자신에게 한 소식을 주는 시, 나 자신에게 한 깨달음을 주는 시가 좋은 시라는 것이다. 그렇게 하려면 무엇보다 먼저 시장 중심의 사고로부터 자유로워져야 한다. 시도 직접 먹어보고 사는 음식과 다르지 않다는 것을 염두에 두어야 한다는 것이다. 직접 먹어 보고 맛이 없는 시라고 생각되면 맛이 없는 시라는 것이다.

여기서 더불어 생각해야 할 것은 원래 시가 전문의 형식이 아니라 대중의 형식이라는 점이다. 시는 그 분야의 전문가들이나 읽을 수 있는 논리적이고도 개념적인 언어로 이루어지는 논설이나 논문 등 과학적인 글이 아니다. 이미지나 이야기나 정서, 즉 형상의 자질을 바탕으로 하는 심미적인 언어예술이 시라는 것이다. 말하자면 통전의 체험을 바탕으로 깊고도 아름다운 아우라를 발생시키는 것이 제대로 된 언어예술로서의 시라는 것이다.

오늘날 몇몇 젊은 시인들은 삶의 일상에서도 시를 해석이나 연구의 대상으로 받아들이는 듯하다. 삶의 일상에서도 시를 해석이나 연구의 대상으로 받아들인다는 것은 시를 작품이 아니라 텍스트로 받아들인다는 뜻이다. 해석이나 연구의 대상인 텍스트로 이해하게 되면 시는 필연적으로 난해해지기 마련이다. 불가해한 아포리아로 가득 차있는 텍스트로 받아들이면 시라는 언어예술은 당연히 비평가나 연구자들만을 위해 존재하기 마련이다.

시의 세계사에서 그것을 작품이 아니라 텍스트로 취급했던 적이 아주 없지는 않다. 그때도 마찬가지였지만 시가 텍스트로 받아들여지게 되면 독자 일반의 몫은 사라지게 된다. 그렇게 되면 시는 점차 멸종의 위기를 맞은 동식물의 처지로 전락할 수밖에 없다. 직업적으로 시를 읽고 해석하는 사람들, 곧 연구자나 비평가가 아닌 일반 독자가 아무런 감동도, 기쁨도, 재미도 주지 않는 시를, 난해하기 짝이 없는 시를 지속적으로 읽을 리 만무하다.

오늘의 시가 예술 작품이 아니라 텍스트로 존재하게 된 까닭은 무엇인가. 아마도 이는 최근 들어 시인이 시를 구체적인 경험이나 생생한 사실에 기초해 발상하는 것이 아니라 잡다한 독서에서 비롯되는 추상이나 관념에 기초해 발상하기 때문으로 보인다. 이렇게 발상하는 시가 독자 일반에게 보편적인 감동이나, 기쁨이나, 재미를 줄 것으로 보이지 않는다.

시에서 경험이나 사실의 부재는 언제나 실재, 곧 리얼리티의 부재를 낳기 마련이다. 따라서 이렇게 태어나는 시는 상상이나 환상(공상)과 함께하는 이미지보다는 파편적 추상이나 관념을 질료로 하는 것이 보통이다. 이때의 파편적 추상이나 관념이 나날의 삶이나 생활보다는 전문적인 개념이나 지식에 좀 더 관련되어 있다는 것은 불문가지이다. 이들 개념이나 지식은 그것이 전문적인 것인 만큼 일반 독자들의 감성이나 정감과 함께하기가 어렵다. 본래 시는 생생한 삶, 구체적인 생활과 함께할 때 깨어있는 감흥을 산출하는 법이다.

몇몇 젊은 시인들에 의해 생산되는 오늘의 한국 현대시는 다름 아닌 바로 이러한 점을 간과하고 있는 듯하다. 나날의 현실과는 무관한 사변적 관념의 파편들만 횡행하고 있는 것이 최근의 몇몇 한국 현대시가 아닌가 싶다. 구체적인 생활과 함께하는 체험이 없이 방구석에 처박혀 그동안 읽은 관념적인 책에서 비롯되는 막연하고 막막한 비현실적인 개념들을 두서없이 늘어놓고 있는 것이 이들의 시라는 뜻이다.

시에서 새로운 언어의 실현과, 그와 함께하는 새로운 인식의 실현만큼 중요한 것은 없다. 새로운 언어의 실현과, 그와 발맞추는 새로운 인식의 실현을 모더니즘이나 포스트모더니즘의 전유물로만 받아들여서는 안 된다. 시가 지니고 있는 이러한 면은 말로는 쉽게 표현되지 않는 그윽한 것, 유현한 것을 드러내려는 노력 속에서도 태어난다.

시인은 일반 독자들도 느끼기는 하지만 말로는 표현하지 못하는 것을 말로 표현하는 존재이기도 하다. 이러한 노력과 더불어 태어나는 시가 남달리 새로운 언어를 구현하고, 그에 따라 새로운 인식을 구현하리라는 것은 자명하다. 이렇게 태어나는 시는 우선 시인 자신을 변화시키고 나아가 독자 일반을 변화시킨다.

많은 사람들이 이 시대를 가리켜 문학의 쇠퇴기, 특히 시의 쇠퇴기라고 말한다. 하지만 그러한 주장은 아직 보편적인 설득력을 주지 못한다. 문학, 특히 시, 나아가 '시적인 것'이 없이 인간의 생존은 가능하지 않기 때문이다. 물론 '시적인 것', 곧 서정적인 것에 대한 인간의 본원적 욕구가 오직 서정시에 의해서만 충족되는 것은 아니다. 인간이 만드는 문화 중에는 반드시 시가 아니더라도 '시적인 것'을 많이 찾아볼 수 있다. 우선은 TV나 영화로 대표되는 영상들의 순간들로부터 어렵지 않게 확인할 수 있는 것이 '시적인 것'이다. 뿐만 아니라 '시적인 것'은 문학의 다른 장르들, 곧 소설이나 희곡의 적잖은 장면들로부터도 충족될 수 있다. '시적인 것'은 내가 세계에 동의를 하거나 세계가 내게 동의를 하는 순간의 통전적 심리 체험을 뜻한다는 것을 기억할 필요가 있다.

이로 미루어 보더라도 인간의 생존이 지속되는 한 '시적인 것'은 계속적으로 향유될 수밖에 없다. 하지만 '시적인 것'이 향유되는 데는 시만 한 것이 없다. 시가 지속적으로 생산될 수밖에 없는 까닭은 다름 아닌 여기에도 있다. 따라서 정작 중요한 것은 그것이 인간의 삶 혹은 역사와 관련해 어떤 시이냐 하는 것이다. 말하자면 제대로 된 시는 인간의 삶 혹은 역사를 플러스의 방향으로 밀고 갈 수 있는 것이어야 한다는 뜻이다. 삶 혹은 역사의 어느 굽이에서든 수시로 몸을 바꿔 인간의 삶 혹은 역사를 향해 새롭게 도전하고 새롭게 응전하는 것이 시라는 것을 잊어서는 안 된다.

이 나라의 삶과 역사에서 지금만큼 문명과 문화의 산물들이 풍성했던 적은 없다. 이마트나 롯데마트나 홈플러스나 홈마트, 그 밖의 재래시장 등에 가보면 온갖 물산들로 넘쳐 나고 있는 것이 이 나라의 현실이다. 물론 아직은 그것들이 이 땅에서 살아가는 사람들의 삶의 질을 한꺼번에 드높이는 문화적 기제로 작동하고 있지는 못하지만 말이다. 일찍이 하이데거는 오늘의 이 시대를 가리켜 물질이 신의 역할을 대신하고 있는 시대라고 말한 바 있다. 그러한 이유만으로도 오늘 이 나라의 시인들은 더욱 잘 각성된 눈으로 온갖 물질들로 충만해 있는 이 시대의 정신적 위기, 문화적 위기를 직시할 필요가 있다. 그러한 다음 오늘의 시인들이 해야 할 일은 지금 이 시대의 예의 위기를 극복해 낼 수 있는 저 자신의 철학과 사상을 바르게 가꾸고 키워 시라는 아름답고 신선한 문화적 재부를 거듭 생산해 내는 일이리라.(2011)

김현승 시의 형이상形而上에 대한 일고찰

김현승은 토착적인 기독교 시인으로 알려져 있다. 하지만 그의 시와 함께하는 기독교 정신은 신앙의 홍보나 선교와는 무관해 보인다. 그가 자신의 시를 통해 일찍부터 신 혹은 정신의 문제에 대해 전면적인 탐구를 해온 것은 사실이지만 말이다. 이미 1950년대부터 "합치되지 않는 신의 의지와 인간의 이성 사이의 모순"[1]에 대해 깊이 고민해 온 것이 그라는 것이다. "신의 의지와 인간의 이성 사이의 모순"이라고 했지만 이는 결국 신의 섭리와 인간의 욕망 사이의 모순을 가리킨다. 신의 섭리가 우주 자연과 함께하는 질서라면 인간의 욕망은 그것과 엇나가는 혼돈이라고도 할 수 있다. 기본적으로 이때의 신은 기독교에서 말하는 여호와를 가리키지만 반드시 그에 국한해 이해할 필요는 없다. 신神 가운데에는 인간의 정신精神도 포함되어 있기 때문이다. 새삼스러운 얘기이지만 인간의 정신에 뿌리를 두고 있지 않는 신은 존재하지 않는다. 시에서의 정신은 더욱 그러한데, 이에 관해서는 일찍이 시인 김현승 자신이 다음과 같이 말한 바가 있다.

1 김현승, 「시인으로서의 '나'에 대하여」, 『고독과 시』, 지식산업사, 1977, 221쪽.

"시詩에 있어 정신精神이라고 하면 대개는 구체적具體的인 어떤 정신精神, 즉 불교佛敎라든가 …(중략)… 무슨 주의에 입각한 정신精神—이런 것들을 말하게 되고 또 듣고자 할 것이다. 그러나 나는 인간人間의 정신精神을 기본적基本的인 일반정신一般精神과 구체적인 특수정신特殊精神의 두 가지로 나누고, 나의 시詩에서 있어서는 기본적基本的인 정신精神을 매우 가치價値 있는 것으로 믿고 그 바탕 위에서 나의 구체적具體的인 시정신詩精神을 건설하여 나아가고 있다.[2]

위 인용문에서 그가 말하는 인간의 "일반정신一般精神"은 인간의 인간다운 본질을 이루는 기초적인 가치, 즉 순수 가치를 가리킨다. 이때의 정신은 또한 근본적이고 떳떳하고 참되고 올바른 것에 대한 의지와도 무관하지 않다.[3] 이처럼 그가 생각하는 인간의 "일반정신一般精神"은 양심 있는 인간이 바르게 추구해야 할 정직하고 정의롭고 투명한 가치, 즉 보편적 가치를 가리킨다.

그렇다고는 하더라도 이때의 정신이 육체라고 불리는 물질의 대척점에 존재하는 것은 사실이다. 정신 자체도 그렇지만 물질 자체 역시 그것이 무엇인지 여기서 간단하게 규명하기는 불가능하다. 더구나 정신과 물질의 선후관계는 유심론과 유물론을 낳을 만큼 복잡한 내포를 갖고 있어 이것들이 이루는 관계 전체를 단정적으로 말하기는 어렵다. 하지만 정신精神이 하단전下丹田, 중단전中丹田, 상단전上丹田을 뜻하는 정기신精氣神의 약칭略稱인 것만은 분명하다. 어느 누구라도 정신이 육체라는 물질과 깊이 연결되어 있는 것을 부정하기 어려운 까닭이 바로 여기에 있다.

이러한 논의는 이내 정신이라는 것이 육체라고 하는 물질로부터 기인하

2 김현승, 「인간다운 기본정신」, 『현대문학』(1964년 9월호), 42쪽.

3 김인섭, 「김현승의 시적 체질과 초월적 상상력」, 김인섭 편, 『김현승 시전집』, 민음사, 2005, 624쪽 참조.

는 일종의 감각 현상에 토대를 두고 있다고까지 발전할 수 있다. 이는 시라는 언어예술과 함께하고 있는 정신의 경우에도 마찬가지이다. 시에 담겨있는 정신이 상대적으로 좀 더 높고 귀한 것은 분명하지만 말이다. 정신이 물질에 기초한다고는 하더라도 시인 일반은 물질보다는 정신에 좀 더 높은 무게를 두어온 것이 사실이다. 이러한 점은 시인 김현승의 경우에도 크게 다를 바 없다. 아니, 오히려 그는 아주 일찍부터 정신의 가치에 주목하고 있어 관심을 모은 바 있다.

이러한 논의는 무엇보다 그가 특별히 형이상形而上의 것들에 깊이 경도되어 있다는 것을 뜻한다. 형이상의 것들에 대해 경도되어 있다는 것은 그가 육체나 물질보다 의식이나 정신을 선행하는 가치로 이해하고 있다는 뜻이 된다. 그의 순수의지가 육체나 물질보다는 의식이나 정신이 선행하는 가치를 낳은 셈이다. 물론 이러한 생각은 이데아, 곧 절대정신을 모방한 것이 육체이자 물질이라는 플라톤의 사상에 뿌리를 두고 있다.

플라톤의 이데아 사상은 소크라테스, 아리스토텔레스로 이어지는 그리스 후기의 철학을 형성하는 데만 기여한 것이 아니다. 로마시대에 이르면 플라톤의 이데아 사상이 기독교 정신과 결합해 절대정신의 역할을 신이 대신하는 형태로 바꿔어 나타나기 때문이다. 말하자면 플라톤의 이데아 사상은 신을 모방한 것이 물질이고 육체라는 기독교 정신으로, 아니 신에 의해 창조된 것이 물질이고 육체라는 기독교 정신으로 전이되어 나타난다는 것이다.

따라서 기독교 정신에서는 인간이 신에 의해 만들어진, 나아가 창조된 존재일 수밖에 없다. 신에 의해 만들어진 존재가 아니라 창조된 존재라고 하더라도 인간이 비주체적이기는 마찬가지이다. 시인 김현승이 "인간人間은 만들어졌다!/ 무엇 하나 이 우리들의 의지"(「인간은 고독하다」)가 아니다, 라고 노래한 것도 실제로는 이러한 인식의 결과이다. 이처럼 기독교 정신에서는 신의 피조물인 인간이 주체로 존재하기가 어렵다. 그것에 의하면 언제나 비주체적인 존재, 그리하여 의지적인 존재일 수밖에 없는 것이 인간이라는 것이다.

아는 것은 신神
알려는 것은
인간人間이다.

마침내 알면
신神의 탄생 속에서
나는 죽어버린다

사랑은 신神
사랑하는 것은
인간人間이다.

인간人間은
명사名詞보다
동사動詞를 사랑한다.
나의 움직임이 끝날 때
나는 깊은 사림辭林 속에서
그러기에
핏기 없는 명사名詞가 되고 만다.

알려는 슬픔과
알아가는 기쁨 사이에서
나는 끝없는 길을 간다.
나의 길이 끝나는 곳은
나를 끝내고 만다.

—「인간人間의 의미意味」 전문

이 시에 따르면 인간은 "아는" 존재인 신과 달리 "알려는" 존재일 따름이다. 신은 절대적인 존재, 무한한 존재이고, 인간은 의지적인 존재, 유한한 존재라는 것이다. 따라서 "아는" 존재가 되면 인간은 "신의 탄생 속에서" 이내 "죽어버"릴 수밖에 없다. 신이 되는 동시에 '나'라는 개체로서의 인간성은 이내 소멸되기 때문이다. 이러한 인식은 곧바로 "명사名詞보다/ 동사動詞를 사랑"하는 것이 인간이라는 표현을 낳는다. 이때 명사는 신을, 동사는 인간을 상징한다. 신이 고정된 불변의 실재라면 인간은 움직이는 변화의 실재인 것이다. 신은 상수인데 비해 인간은 변수인 셈이다. "나의 움직임이 끝날 때/ 나는 깊은 사림辭林 속에서" "핏기 없는 명사名詞가 되고 만다"는 비유도 이에서 비롯된다. 나의 이성이 신의 섭리에 이르게 되면 인간은 인성을 잃고 신성을 갖기 마련이다. 이러한 인식은 "나의 길이 끝나는 곳은/ 나를 끝내고 만다"라는 구절로 바뀌어 표현되기도 한다. 그렇다. 시인 김현승이 보기에는 인간의 길을 초월하게 될 때 도달하게 되는 곳은 신의 길일 수밖에 없다.

핏기 있는 동사의 길, 곧 인간의 길과 "핏기 없는 명사名詞"의 길, 곧 신의 길은 다를 수밖에 없다. 이들 두 길, 곧 인간의 길과 신의 길이 다른 것은 어디에서 기인하는가. 인간의 길이 살의 길이고 피의 길, 곧 육체의 길이라면 신의 길은 뼈의 길이고 마른 나뭇가지의 길, 곧 영혼의 길이다. 인간의 길이 조직의 길이라면 신의 길은 구조의 길이라는 것인데, 신의 길, 곧 신의 섭리가 우주의 원리인 까닭도 이와 무관하지 않다.

정신과 육체(물질)가 이루는 관계에 대한 이러한 인식은 그의 시의 "저녁 일곱 시에 저무는 육체와/ 원죄原罪를 끌고 가는 영혼의 우마차牛馬車"(「인간은 고독하다」) 등의 구절에서도 찾아볼 수 있다. 이러한 인식은 그의 또 다른 시의 "한 해의 육체肉體를/ 우리는 팔월八月까지 다 써버리고,/ 이제는 영혼의 절반만이/ 우리에게 남아있다"(「가을이 아직은 오지 않았지만」)와 같은 구절에서도 확인할 수 있다. 이들 구절로 미루어 보면 그가 육체나 물질의 가치보다는 정신이나 영혼의 가치를 훨씬 더 소중하게 여기고 있다는 것을 잘 알게 된다. 여기서도 알 수 있듯이 시를 통해 형이하形而下의 가치보다는 형이상形而上의 가치를 훨씬 더 귀하게 여겨온 것이 시인 김현승이다. 산문에서 그가 "나의 형이상形而下의 생활은 이 냉혹한 현실에 부착되어 옴짝할 수 없으면서도 언제나 형이상形而上의 반신半身만은 무엇인가 미련을 놓지 못하고 공상과 같은 이미지를 잡으려 허우적거리고 있"[4]다고 말하는 것도 이와 무관하지 않다.

그의 시의 이러한 정신 지향은 "일반정신一般精神"을 바탕으로 하고 있든 "특수정신特殊精神"을 바탕으로 하고 있든 크게 다르지 않다. 물론 일반정신, 즉 양심 있는 인간이 지니고 있어야 할 정직하고 정의롭고 투명한 가치, 즉 보편적 가치를 추구하는 경우 그의 시에서 이러한 정신 지향은 좀 더 강화되어 드러난다. 보편적인 가치를 추구하고 있는 그의 시에서 정신이나 영혼은 물질이나 육체와 대립해 매우 독특한 이미지를 보여 주는 것이 사실이다. 예의 독특한 이미지를 따져보기 전에 여기서는 먼저 정신(영혼)과 물질(육체가)이 갖는 일반적인 특징부터 따져볼 필요가 있다.

정신은 보이지 않는 것, 비가시적인 것이고, 물질은 보이는 것, 가시적인 것이다. 정신은 본질적인 것, 근원적인 것이고 물질은 현상적인 것, 표면적인 것인 셈이다. 소크라테스가 자신의 정신을 지키기 위해 육체를 희생한 이후 서구의 역사는 최근에까지 정신을 우위優位에 두어온 바 있다. 플라톤의 이데아론을 받아들여 체계화한 기독교의 신관神觀 역시 지속적으로 정신 우위의 가치관을 전제로 하고 있다. 시인 김현승 역시 정신 우위優位의 세계관에 깊이 침윤되어 있다는 것은 불문가지이다. 따라서 그가 속으로 감추어져 있는 정신이나 영혼보다 겉으로 드러나 있는 물질이나 육체를 열등한 것으로 생각하는 것은 당연하다. 그가 보기에는 정신(영혼)은 선진적인 것이고, 물질(육체)은 후진적인 것이라는 것이다.

4 김현승, 「시인으로서의 '나'에 대하여」, 『고독과 시』, 지식산업서, 1977, 223쪽.

보이는 것, 가시적인 물질을 가리켜 흔히 형상形象이라고 한다. 이 형상이 하나의 존재로, 하나의 본질로 높여지고 기려지면 우상偶像이라고 한다. 따라서 형상과 우상은 동일한 기의를 갖는 상이한 기표라고 하지 않을 수 없다. 물론 기독교 성경에서는 형상, 곧 우상을 깊이 거부하고 있다. 여호와가 저 자신을 보이는 존재, 곧 형상이나 우상이 아니라고 강조하고 있기 때문이다. 빛이요 진리인 여호와가 시내산에서 모세에게 십계명 중의 하나로 '우상을 섬기지 말라'고 계시한 것을 잊어서는 안 된다.

형상, 곧 우상을 거부하고 보이지 않는 세계, 곧 빛이요 진리인 비물질의 여호와를 찾는 것이 기독교 정신의 핵심이다. 하지만 일반 사람들의 경우 보이는 세계, 곧 형상이나 우상을 통하지 않고서는 보이지 않는 세계, 곧 빛과 진리의 세계에 이르기가 쉽지 않다. 보통 사람들의 경우 보이는 것, 다시 말해 가시적인 것을 매개로 하지 않고서는 보이지 않는 세계, 곧 진리의 세계에 쉽게 이르지 못한다는 뜻이다.

여기서 말하는 가시적인 것으로서의 매개 중에는 언어도 포함된다. 언어조차 매개로 하지 않고 근원적인 정신, 곧 진리에 이르기는 거의 불가능하다. 그것이 사실이라면 이때의 언어에는 다소간 물질의 속성이 담겨 있다고 해야 옳다. 이러한 논의는 결국 얼마간은 물질의 속성을 함유하고 있는 것이 언어라는 논리를 낳는다. 정신과 마찬가지로 근본적으로는 언어도 물질(사물)에서 비롯되는 것이지만 말이다. 언어가 가지고 있는 사물성이 언어가 가지고 있는 감각성(이미지)과 무관하지 않다는 것은 불문가지이다.

이러한 연유로 아무리 추상화되더라도 언어는 물질(사물)의 속성을 완전히 벗어나지 못한다. 언어를 통과하지 못할 때 물질이 정신을 제대로 담기 어려운 까닭도 이에서 비롯된다. 시원의 시기에는 언어에 물질의 속성이 좀 더 많이 들어있었다는 것이 보편적인 견해이다. 심지어는 언어와 물질의 괴리가 없어 땅이 있으라 하면 땅이 있고, 하늘이 있으라 하면 하늘이 있던 시기도 있었다는 것을 기억하지 않으면 안 된다. "하느님께서 빛이 생겨라! 하시자 빛이 생겼다. 그 빛이 하느님이 보기에 좋았다"(창세기 1장 3절)와 같은 기독교 성경의 한 구절이 그 대표적인 예이다.

초기의 기독교 정신은 이처럼 언어에 대해 무한한 신뢰를 보여 주고 있다. 언어에 대한 무한한 신뢰는 "한 처음, 천지가 창조되기 전부터 말씀이 계셨다. 말씀은 하느님과 함께 계셨고 하느님과 똑같은 분이셨다"(요한복음 1장 1절)와 같은 기독교 성경 구절을 통해서도 확인이 된다. 기독교 정신의 이러한 면은 예배 형식을 통해서도 증명이 되는데, 충만하고 활기 있는 언어를 통해 이루어지는 것이 기독교의 예배 형식이기 때문이다.

이러한 논의는 결국 초기의 기독교 정신에서는 언어에 대해 별다른 의심을 하지 않았다는 뜻이 된다. 하지만 예수 시대에 이르러서까지 기독교 정신이 언어에 대해 아무런 의심을 보여 주지 않은 것은 아니다. 구약의 언어도 그렇지만 신약의 언어는 좀 더 일상의 언어, 곧 의미론적 기호로서의 언어를 포기하고 시의 언어, 곧 비유의 언어를 취하고 있기 때문이다. 비유의 언어가 태어난다는 것은 이미 언어와 사물(물질) 사이에 불화가 생겨 그것들이 상호 일치하지 않는 단계에 이르러 있다는 것을 가리킨다.

시의 언어, 곧 비유의 언어는 지성의 언어이기보다는 감각의 언어이다. 감각의 언어로서 시의 언어, 곧 비유의 언어는 추상보다 구체, 논리보다는 이미지를 매개로 해서 의미를 현현한다. 따라서 이미지의 언어가 추상의 언어보다 상대적으로 물질(사물)을 많이 포함하고 있으리라는 것은 불문가지이다.

물론 이때의 이미지의 언어는 상상력을 바탕으로 하고, 추상의 언어는 이해력을 바탕으로 한다. 상상력은 이미지를 단위로 하는 사유이고, 이해력은 논리를 단위로 하는 사유이다. 상상력을 바탕으로 하는 언어, 곧 이미지를 중심으로 하는 언어는 이해력을 바탕으로 하는 언어, 곧 논리를 바탕으로 하는 언어에 비해 좀 더 살과 피가 많을 수밖에 없다.

김현승의 시에서 좀 더 살이 많고, 피가 많은 언어, 곧 육체의 언어는 젊음의 언어이면서 여름의 언어이다. 촉촉한 여름의 언어는 메마른 가을의 언어보다 당연히 풍성한 감각과 화려한 이미지를 함유한다. 그의 시에서도 피와 살과 육체의 언어는 가을의 이미지보다 여름의 이미지와 연계되어 현란한 젊음의 내포를 갖는다. 이러한 내포를 갖는 시는 당연히 청춘과 사랑의 분위기를 현현하는 일에 기여한다.

너를 채우는
네 영혼의 자양滋養…….

네 육체의 맑은 글라스에
도취의 빛깔과
무르익은 산포도의 난만한 향기로

너는 그 풍성한 맛을 얻어
비로소 한 개의 잔이 된다.
네가 마시는 사랑의 잔이 된다.

그리하여 여름은 나의 피 속에서 뜨겁게 탄다
그 열매 속에 스며들던 태양으로…….

그리하여 그 그늘은 나의 눈에 가을을
가져 온다.
그 살의 열매를 기르던 맑은 바람으로……

—「산포도山葡萄」 전문

이 시에서 '너'는 산포도의 이미지와 함께하는 가운데 충만한 젊음의 내포를 갖는다. 그렇다. 산포도에서 비롯되는 이 시에서의 젊음의 이미지는 자못 현란한 형상을 보여 준다. "육체의 맑은 글라스에/ 도취의 빛깔과/ 무르익은 산포도의 난만한 향기" 등의 구절에서 여름으로 상징되는 젊음의 분위기를 연상하기는 어렵지 않다. 이 시에서 '너'는 산포도의 향기, "풍성한 맛을 얻어/ 비로소 한 개의 잔이" "사랑의 잔이" 되기까지 한다. 여름의 언어, 곧 젊음의 언어가 만드는 이러한 분위기는 다른 시의 "아, 여기 누가/ 가슴들을 뿌렸나./ 언어는 선박船舶처럼 출렁이면서/ 생각에 꿈틀거리는 배암의 잔등으로부터/ 영원히 잠들 수 없는,/ 아, 여기 누가 가슴을 뿌렸나"(「파도」)와 같은 구절을 통해서도 확인이 된다.

앞의 시 「산포도山葡萄」에 따르면 "나의 피 속에서 뜨겁게 탄" 여름은 "열매 속에 스며들던 태양"과 함께하고 있다. 그런데 그의 시에서 여름과 여름의 것들은 가을과 가을의 것들을 불러오는 데 의의가 있다. 이 시에서도 그는 여름의 숲그늘을 "나의 눈에 가을을/ 가져"오는 데 의의를 두고, "맑은 바람"을 "살의 열매를 기르"는 데 의의를 둔다. 가을에 대한, 나아가 열매에 대한 그의 이러한 정신 지향은 또 다른 시의 "꽃잎처럼 우릴 흩으심으로/ 열매 맺게 하실 줄이야"(「이별離別에게」) 등의 구절에 의해서도 잘 알 수 있다. 그의 시의 이러한 정신 지향은 대표작 「눈물」을 통해서도 확인이 된다.

더러는
옥토沃土에 떨어지는 작은 생명이고저……

흠도 티도,
금 가지 않은
나의 전체全體는 오직 이뿐!

더욱 값진 것으로
드리라 하올 제,

나의 가장 나아종 지닌 것도 오직 이뿐!

아름다운 나무의 꽃이 시듦을 보시고
열매를 맺게 하신 당신은,

나의 웃음을 만드신 후에
새로이 나의 눈물을 지어 주시다.

—「눈물」 전문

이 시에서는 '웃음'보다는 '눈물'이, '꽃'보다는 '열매'가 좀 더 가치가 있는 것으로 되어있다. 꽃과 짝을 이루는 웃음보다는 열매와 짝을 이루는 눈물이 상대적으로 소중하다는 것이다. 이는 "옥토沃土에 떨어지는 작은 생명" "흠도 티도,/ 금 가지 않은/ 나의 전체全體" "나의 가장 나아종 지닌 것" 등의 구절에 의해서도 증명이 된다. 기본적으로 이는 그가 그만큼 눈물이나 열매로 상징되는 건조하고 견고한 세계에 관한 정신 지향을 갖고 있다는 것이 된다. 눈물이나 열매 등의 이미지가 갖는 핵심 내포인 "작은 생명" "나의 전체全體" "가장 나아종 지닌 것" 등이 이를 잘 드러내준다.

여기서 확인할 수 있는 것은 그의 시가 좀 더 건조하고 견고한 것들, 강하고 영원한 것들에 대한 정신 지향을 갖고 있다는 사실이다. 이는 눈물이나 열매의 이미지가 김현승 시 특유의 마른 나뭇가지나 까마귀, 보석이나 무기(칼) 등의 이미지와 무관하지 않다는 얘기가 된다. 손상되기 쉬운 육체나 살의 유약성보다는 영원히 지속되는 정신이나 영혼의 견고성을 추구해 온 것이 그의 시정신이다. 여름의 풍성한 식물 이미지보다는 가을의 건조한 광물 이미지를 소중하게 여겨온 것이 그의 시정신이라는 것이다. 시를 통해 그가 살의 가치보다는 뼈의 가치에 주력해 왔다는 것도 동일한 맥락에서 이해가 되어야 마땅하다.

위에서 말해 온 눈물, 열매, 마른 나뭇가지, 까마귀, 보석, 무기(칼), 뼈 등의 이미지가 그가 추구해 온 영혼이나 정신의 가치와 맞물려 있다는 것은 이론異論의 여지가 없다. 또 다른 시에서 그가 "나의 영혼,/ 굽이치는 바다와/ 백합百合의 골짜기를 지나/ 마른 나뭇가지 위에 다다른 까마귀같이"(「가을의 기도」)라고 노래하고 있는 것도 그러한 까닭에서이다. 물론 그 자신을 상징하기도 하는 "마른 나뭇가지 위에 다다른 까마귀"의 이미지는 단단하고 딱딱한 것들, 부패하거나 타락하지 않는 것들의 내포를 갖는다. 건조하고 견고한 것들, 마르고 딱딱한 것들에 대한 그의 정신 지향은 다음의 시를 통해서도 잘 알 수 있다.

남은 것은—
마른 손등을 닦은
한두 방울 눈물
소금기 섞인 마른 눈물.

일생을 썼으나
한두 줄의 시
다문 입술보다
아름다운 결정을 놓친……

털을 뽑아 제 둥지에 찬바람을 막은
산짐승의 신음呻吟과 사랑

남은 것은……
창밖에
울고 가는 까마귀

—「낙엽후」 전문

이 시에서 시인이 "소금기 섞인 마른 눈물" "한두 줄의 시" "산짐승의 신음呻吟과 사랑" "울고 가는 까마귀" 등의 이미지를 통해 말하려는 것은 분명하다. 이는 마당히 살이나 피, 곧 육체가 갖는 뜨겁고 화려한 여름의 이미지보다는 차가운 뼈, 곧 시린 금속성이 갖는 가을의 이미지와 관련되어 있다. 단단하고 마른, 건조하고 견고한 정신을 내포하고 있는 것이 그의 시에 담긴 가을 이미지이다. 그의 시가 보여 주는 이러한 정신은 "꽃잎을 이겨/ 살을 빚던 봄과는 달리/ 별을 생각으로 깎고 다듬어/ 가을은/ 내 마음의 보석寶石을 만든다"(「가을」)와 같은 구절을 통해서도 확인이 된다. "껍질을 더 벗길 수도 없이/ 단단하게 마른/ 흰 얼굴" "마를 대로 마른 목관악기"(「견고한 고독」) 등의 구절도 그의 시에 함유되어 있는 가을의 이미지라고 할 수 있다. 따라서 담백한 영혼의 산물인 이들 이미지, 즉 건조하고 견고한 가을의 이미지가 그의 시 특유의 고독의 정신과 깊이 닿아있는 것은 당연하다.

많은 연구자들이 지적하고 있듯이 그의 시에서 고독의 정신은 신과 유리되면서 받아들여야 하는 인간의 숙명과 무관하지 않다. 신으로부터 떨어져 나와 신과 대등한 주체가 되려 할 때 감내해야 할 정신적 가치가 고독이기 때문이다. 이런 연유에서 그는 "신도 없는 한 세상/ 믿음도 떠나,/ 내 고독을 순금처럼 지니고 살아왔기에/ 흙 속에 묻힌 뒤에도 그 뒤에도/ 내 고독은 또한 순금처럼 썩지 않으련가"(「고독의 순금」)라고 노래하고 있는 것이리라. 이로 미루어 보면 "순금처럼 썩지 않"는 그의 고독이 궁극적으로는 신에 대한 믿음이 떠나면서 비롯되었다는 것을 잘 알 수 있다. 비록 그가 다른 시에서는 "깊은 신앙은 우리를 더욱 고독으로 이끌 뿐"(「인간은 고독하다」)이라고 말하고 있지만 말이다.

이러한 논의에서도 알 수 있듯이 고독의 정신이 그의 시에 드러나 있는 형이상形而上과 무관한 것은 결코 아니다. 하지만 그것을 탐구하는 것이 이 글의 주된 주제라고 할 수는 없다. 따라서 이 자리에서는 되도록 고독에 대한 논의는 삼가려 한다. 하지만 위의 시에서 '고독'이 순금의 이미지와 만나고 있는 것만은 주목을 하지 않을 수 없다. 그렇다. 여기서 정작 중요한 것은 순금이 고독의 '이미지'를 갖고 있다는 점이다. 신을 떠나게 될 때 주체적인 인간이 갖게 되는 것이 고독이거니와, 이 고독이라는 순수 정신 역시 순금이라는 이미지를 매개로 하지 않고서는 표현이 불가능하다는 것이 놀랍다. 어찌 보면 절대정신, 순수 정신에 이르고자 하는 시인 김현승이 자신의 시에서 형상의 주요 자질인 이미지를 배제하지 못하는 것은 난센스라고도 할 수 있다. 절대정신, 순수 정신이라는 것은 형상을 만드는 핵심 요소인 이미지나 이야기, 정서와 함께하게 되더라도 쉽게 언어로 표현될 것이 아니기 때문이다. 절대정신, 순수 정신이 그 자체로 비가시적이고 추상적인 어떤 무엇일 수밖에 없다는 것을 기억하지 않으면 안 된다. 따라서 절대정신, 순수 정신을 꿈꾸는 그가 자신의 시에서 무형한 것들에 대한 의지를 보여 주는 것은 매우 자연스러운 일이다. 무형한 것들, 형상 밖의 것들, 곧 추상적인 것들이 살이나 피로 대변되는 물질이나 육체 너머, 곧 구상적인 것들 너머에 존재하리라는 것은 자명하다.

그의 시에 따르면 "무형無形한 것들은" "자유롭고 더욱 선연한 것"(「독신자」)들이다. 뿐만 아니라 무형한 것들은 양심에 의해 "살에 박힌 파편처럼 쉬지 않고" 자신을 찌르는 "꿈과 사랑과" "비밀"(「양심의 금속성」) 같은 것이기도 하다. 따라서 시를 통해 그가 추구하는 무형한 것들은 영혼이나 정신과 관계된 것들, 이른바 신과 관계된 것들이라고 하지 않을 수 없다.

무형한 것들 중에는 하늘도 포함되어 있거니와, 이때의 하늘은 기본적으로 허공을 가리킨다. 다른 시에서 그가 "빛이 잠드는/ 따위에/ 라일락 우거질 때,/ 하늘엔 무엇이 피나, 아무것도 피지 않네"(「무형의 노래」)라고 할 때의 "아무것도 피지 않는" '하늘' 말이다. 물론 이때의 하늘의 이미지는 "라일락 우거질 때" 등 여름의 이미지와 십분 대조되어 있다. 하지만 여기서의 하늘의 이미지가 가을의 이미지가 갖는 허공이나 텅 빈 세계, 영혼이나 정신의 세계와 맥을 함께하고 있는 것은 분명하다. 가을의 내포와 함께하는 영혼이나 정신의 세계는 높고 귀한 것, 고귀한 것이라는 정신 지향을 갖는다. 그의 시에 흔히 고독의 표상으로 드러나 있는 까마귀도 이러한 내포와 부관하지 않다. 그의 시에서 까마귀의 이미지는 겨울의 이미지를 만나 한층 더 견고하고 단단한 정신 지향을 보여 주고 있지만 말이다.

아무리 아름답게 지저귀어도
아무리 구슬프게 울어 예어도
아침에서 저녁까지
모든 소리는 소리에서 끝나는데,

겨울 까마귀 찬 하늘에
너만을 말하고 울고 간다!

목에서 맺다
살에서 터지다
뼈에서 우려낸 말,
중에서도 재가 남은 말소리로
울고 간다.

저녁 하늘이 다 타버려도
내 사랑 하나 남김없이
너에게 고하지 못한
내 뼛속의 언어로 너는 울고 간다.

—「산까마귀 울음소리」 전문

이 시에 의하면 "목에서 맺다/ 살에서 터지다/ 뼈에서 우려낸 말,/ 중에서도 재가 남은 말소리로/ 울고" 가는 것이 겨울 까마귀이다. 까마귀가 본래 "서산西山에 깃들이는 황혼黃昏의 시인"(「까마귀」)을 상징한다면 그의 시와 함께하는 이 구절의 내포는 매우 의미심장하다. 지금의 그에게는 "뼈에서 우려낸 말,/ 중에서도 재가 남은 말"이 시의 언어로 자리해 있기 때문이다. "저녁 하늘이 다 타버려도" "뼛속의 언어로" 울고 가는 '너'라고 했을 때의 '너', 곧 겨울 까마귀가 시인 김현승 자신을 가리키는 것은 확실하다. "침묵으로부터 고귀하게 탄생"하는 것이 본래 겨울 까마귀의 언어, 곧 그의 시의 언어라는 것을 잊어서는 안 된다. 지금은 "나뭇가지에 호올로 앉아// 저무는 하늘이라도" "멀뚱거리다가" "까아욱—/ 깍—"(「겨울 까마귀」) 울고 있는 것이 겨울 까마귀이지만 말이다.

인생의 겨울에 도달한 그가 시에서 화려하고 찬란한 여름의 형상을 보여주는 것은 다소 낯설고 어색하다. 이미지의 언어를 끝내 제거하지는 못하더라도 그의 시에서는 좀 더 무형한 겨울의 언어를 추구하는 것이 옳아 보인다. 시에서 그가 "서릿발 치운 이 겨울/ 언어와 침묵의 가지 끝에는/ 피가 흐르지 않는다./ 허파의 더운 피가 미치지 않는다"(「시詩의 겨울」)라고 노래하고 있는 것도 이러한 생각을 드러낸 것이 분명하다. "저 별의 보석 하나로"(「겨울 보석寶石」) 사는 것이 이 겨울의 시인 김현승이라는 것을 잊어서는 안 된다. 물론 "저 별의 보석"은 신성한 것, 성스러운 것, 영원한 것을 상징한다.

마침내 인생의 겨울에 이른 그는 "나는 무엇보다 재로 남는다/ 바람만 불지 않으면 재로 남는다"(「사행시」)라고 노래한다. 뿐만 아니라 그는 "나는 나의 재로/ 나의 모든 허물을 덮는다"(「재」)라고 고백한다. 따라서 그가 "까마귀여/ 녹슨 칼의 소리로 울어다오/ 바람에 날리는 나의 재를/ 울어다오"(「재」)라고 노래하는 것은 자연스러운 일이다. 최후로 남는 물질인 재는 바람에 날리면 아득히 사라지는 존재이지만 말이다. 따져보면 "사라지는 것만이, 남을 만한 진리眞理"(「지상의 시」)인지도 모르지만 말이다. 물론 이러한 논의는 김현승 시의 형이상形而上이 도달해 있는 최후의 지점이 무엇이고 어디인지를 잘 말해 준다. 재처럼 그냥 소멸해 버리는 것이 가장 높고 귀한 형이상의 세계인지도 모르기 때문이다.

시인과 시를 기억하는 것은 시인과 시가 아니라 다음 세대의 가치와 필요라는 것을 알 필요가 있다. (2013)

이재복李在福 시의 정신 차원

—법열의 자아와 절대에의 의지

1. 머리말: 사색미와 대자유

아름다움의 체험, 심미적 체험은 감동의 체험, 나아가 회감回感의 체험을 뜻한다. 물론 이들 체험은 통전의 체험, 곧 일치의 체험을 가리킨다. 이들 체험이 이루어지는 방식에는 두 가지가 있는데, 세계의 자아화와 자아의 세계화가 그것이다. 세계의 자아화는 동화의 방식으로 구현되는 일치를 뜻하고, 자아의 세계화는 투사의 방식으로 구현되는 일치를 뜻한다. 동화의 방식이든 투사의 방식이든 일치는 공히 감동이 실현되는 가장 중요한 방식이라고 할 수 있다.[1]

감동이 실현되는 방식에는 감각이나 감정에 토대를 두고 있는 뜨거운 일치와, 지성이나 영성에 토대를 두고 있는 차가운 일치가 있을 수 있다. 전자는 본성에서 가까운 만큼 좀 더 주정적인 감동을 주고, 후자는 본성에서 먼 만큼 좀 더 주지적인 감동을 준다. 좀 더 주지적인 감동을 준다고 하는 것은 대상과의 관계가 그만큼 관조적인 거리를 갖고 있다는 것을 가리킨다.

1 김준오, 『시론(4판)』, 삼지원, 2003, 34~42쪽 참조.

나날의 삶에서 감동을 불러일으키는 형식은 매우 다양하다. 예술의 범주에 들 수 있는 것만 하더라도 감동의 형식은 아주 많다.[2] 하지만 시에서는 대상으로부터 비롯되는 관조적인 거리가 좀 더 많이 요구되는 것이 사실이다. 따라서 지성이나 영성에 기대고 있는 시에는 그만큼 인문학적 교양과 함께하는 질 높은 정신 차원이 요구될 수밖에 없다. 성숙한 자아를 기초로 하면서도 은은하고 담담한 사색의 정서를 드러내는 시가 그 구체적인 예이다.

이 글에서 살펴보려 하는 이재복의 시는 바로 그러한 점에서 더욱 관심을 끈다. 지성이나 영성에 기초한 차가운 관조를 통해 매우 독특한 심미적 특징을 담아내고 있는 것이 그의 시이기 때문이다. 물론 이는 그가 시를 통해 끊임없이 성스러운 가치, 영적인 가치를 추구해 온 데서 기인한다.

그의 시가 지니고 있는 이러한 가치는 높은 정신 차원을 바탕으로 하는 '사색미' 혹은 '명상미'를 보여 주고 있어 좀 더 주목이 된다.[3] 여기서 말하는 사색미 혹은 명상미는 무엇보다 깊이 있는 사유를 통해 주체와 사물의 진실을 탐구하는 데서 기인하는 아름다움을 가리킨다. 묵언정진의 고요, 곧 정사靜思와 함께하는 지적이고 영적인 아름다움이 다름 아닌 그것이다. 요컨대 "다분히 사색적이고 교훈적인 표현을 하고 있"[4]는 것이 이재복 시의 심미적 특징이라는 얘기이다. 이러한 심미적 특징을 지니고 있는 저 자신의 현존과 관련해 그는 자신의 시에서 다음과 같이 노래한다.

거미, 너 시인아. 어이 망각의 그늘에 잠재潛在하여 문득 돌아다보

---

2 김영석, 『도의 시학』, 민음사, 1999, 36~37쪽 참조, 125~146쪽 참조.

3 최동호의 견해에 따르면 "정신은 살아있는 실체이며 이념적인 자기 지향성을 갖는다". 그에 의하면 "인간의 삶과 역사의 전개과정을 통합시켜 파악할 수 있는 개념"이 정신이다. 그러한 점에서 "시는 정신의 표현이며, 시의 역사는 정신의 역사"라고 할 수 있다. 본고에서도 말하는 정신도 이와 유사한 내포를 갖는다. 최동호, 『현대시의 정신사』, 열음사, 1985, 9쪽.

4 송하섭, 「금당 이재복론」, 『대전문학』 4호, 한국문인협의회 대전지부, 1991, 132쪽.

면 거기 있는 듯 없는 듯 고운 무늬로 흔들리며 이미 인식認識의 허공에 투망하여 자리 잡는 그 집요執拗한 모색은 하나 흑점黑點처럼 외로움을 지켜 있는가.

—「정사록초靜思錄抄 6」 전문

겉으로 드러나 있는 이 시의 주요 대상은 시인 일반이다. 시인 일반이 거미로 비유되면서 전개되고 있는 것이 이 시이다. 하지만 이 시에서 거미라고 불리는 시인 일반은 이재복 자신의 객관상관물이라고 해야 마땅하다. 시인 자신을 "거기 있는 듯 없는 듯 고운 무늬로 흔들리며" 존재하는 거미로 비유하고 있는 것이 이 시라는 뜻이다.

따라서 "인식認識의 허공에 투망하여 자리 잡는" "집요執拗한 모색"의 주체도 그 자신일 수밖에 없다. 그렇다. "집요執拗한 모색은" 하지만 늘 "흑점黑點처럼 외로"울 수밖에 없는 것이 그이다. "흑점처럼 외로"운 존재이면서도 끊임없이 "인식認識의 허공에 투망"을 던지는 존재가 그인 것이다. 뿐만 아니라 "고독孤獨마저 은혜로워"(「매화」)하는 마음을 갖고 있는 것이 그라는 것을 간과해서는 안 된다. 시인이 자신의 자아 개념을 그렇게 설정하고 있다는 것인데, 이는 결국 그 자체로 그 자신의 정신 차원을 드러내주고 있다.

물론 "거기 있는 듯 없는 듯 고운 무늬로 흔들리"(「정사록초靜思錄抄 6」)는 존재인 그가 궁극적으로 지향하는 세계는 대자유이다. 이는 그의 다른 시에 "이웃과의/ 사랑을 갖기 위하여// 우리들은 이미/ 너 안에서 미래의 이름으로/ 오늘을 떠나야 한다"(「자유」)라고 노래되어 있는 것만 보더라도 알 수 있다. 자신이 처해 있는 곳이 "하늬바람 흔들리는/ 못 미더운 거리"이고, 그 거리에서 "불안不安은 차라리/ 자유로운 것"(「자유」)이라고 노래하고 있는 것이 그라는 점을 잊어서는 안 된다.

이처럼 그는 높고 깊은 사유를 통해 형이상학적 미의식을 탐구해 온 시인이다. 하지만 그가 이러한 형이상학적 미의식 자체를 탐구하는 것만으로 저 자신의 존재 이유를 밝혀 온 것은 아니다. 이미 그가 "생명生命의 있음보다 생명生命의 연소燃燒가 얼마나 더한 영광榮光"인가를 잘 알고 있기 때문이다.

> 한밤에 외로이 눈물 지우며 발돋움하고 스스로의 몸을 사르어 무거운 어둠을 밝히는 촛불을 보라. 이는 진실로 생명生命의 있음보다 생명生命의 연소燃燒가 얼마나 더한 영광榮光임을 증거證據함이니라.
>
> —「정사록초靜思錄抄 1」 전문

이 시에서도 "스스로의 몸을 사르어 무거운 어둠을 밝히는 촛불"은 시인 자신의 객관상관물이라고 해야 마땅하다. 예의 촛불의 이미지를 통해 저 자신의 가치와 이상을 드러내고 있는 것이 이 시에서의 그이기 때문이다. 물론 이때의 가치와 이상은 "생명生命의 있음보다 생명生命의 연소燃燒"를 영광으로 여기는 정신 차원을 가리킨다. "생명生命의 연소燃燒"는 이 시에 촛불이 스스로 "몸을 사르"는 것으로 비유되어 있다. 촛불이 스스로 "몸을 사르"는 것은 말할 것도 없이 당위적인 실천을 가리킨다. 따라서 "생명生命의 있음보다 생명生命의 연소燃燒"를 영광으로 여긴다는 것은 존재보다는 당위를, 진리보다는 실천을 좀 더 소중히 여긴다는 뜻이 된다.[5]

존재나 진리보다 당위나 실천을 좀 더 소중하게 여긴다는 것은 그 자체로 시인 이재복의 정신 덕목, 곧 그의 정신 지향이 어디에 있는가를 잘 드러내 준다. 그의 삶과 생애가 곧바로 이러한 정신 지향을 증험해 주고 있기 때문이다. 교육자로서, 태고종의 대종사로서 지속적으로 사회적 실천을 아끼지 않았던 것이 그의 생애라는 것을 주목하지 않으면 안 되는 까닭이 바로 여기

---

5 정과리, 「나선상螺旋狀 문자의 세계—이재복 문학 전집에 부쳐」, 『침묵 속의 끝없는 길이여—용봉 대종사 금당 이재복 선생 전집 7』, 용봉 대종사 금당 이재복 선생 전집 간행위원회 편, 2009, 575쪽.

에 있다. 다시 말하면 대학교수로서의 영광보다는 불교 종립고등학교를 설립하고, 교장을 맡아 학교를 이끌어가는 교육자적 실천의 길을 선택했던 것이 시인 이재복이라는 것이다. 그가 산중에서 깊이 수도하는 삶을 선택하기보다는 한국 불교 태고종 중앙종회 부회장, 종승 위원장 등을 역임하는 가운데 충남교육회장, 대한교육연합회 부회장 등의 직책을 맡아 교육 운동에 진력해 온 것도 실제로는 그의 이러한 정신 지향과 무관하지 않아 보인다.[6]

이처럼 그는 자신의 삶에서 촛불의 정신 차원, 즉 "생명生命의 있음보다 생명生命의 연소燃燒"를 실천해 온 바 있다. 그럼에도 불구하고 실제의 시를 살펴보면 그 역시 구체적인 일상에서는 갈등하고 고뇌하는 삶을 살아왔다는 것을 잘 알 수 있다. 해탈의 대자유를 꿈꾸어 온 그에게도 나날의 일상은 힘들고 아프게 존재해 온 것이 사실이다. 따라서 이 글에서는 그의 자아가 일그러지고 찌그러진 현실을 딛고 어떻게 대자유에 이르게 되는가를 구체적인 시를 통해 추적해 보려 한다. 초월과 해탈의 정신 차원에 이르는 과정을 낱낱의 작품을 통해 증험해 가는 데 이 글의 목적이 있다는 것이다.

2. 갈등과 고뇌

금당錦塘 이재복李在福 시인이 가장 왕성한 창작 활동을 보여 준 것은 1940년대 말에서부터 1960년대 말까지이다. 1958년에는 《대전일보》에 1년여에 걸쳐 주 1회씩 50여 차례나 「정사록초靜思錄抄」라는 이름의 연작시를 발표해 주목을 받은 바도 있다. 그러는 동안에도 그는 한국문학가협회 충남지부장(1955년), 예총충남지부장(1962~1965년), 한국문인협의회 충남지부장(1969년) 등을 역임한 바 있다. 뿐만 아니라 1957년에는 제1회 충남도문화상을 수상

6 한밭시인선 간행위원회, 「불교정신에 바탕을 둔 심원深遠한 명상의 시」, 이재복 시선집 『정사록초靜思錄抄』, 문경출판사, 1994, 5~6쪽 참조.

하는 등 지역 문화 발전에 세운 공을 크게 인정받은 적도 있다.[7]

이렇게 왕성하게 활동하던 그는 1970년대에 들어서면서 무슨 이유에서인지 갑자기 붓을 거둔다. 1972년 박정희를 중심으로 한 군사독재에 의해 10월 유신이 선포되는 등 시대가 점차 엄혹해지자 그로서는 시 쓰는 일 자체를 무의미하게 생각했는지도 모른다. 서정주나 조연현 등 지기들의 계속적인 권고에도 불구하고 작품의 완성도가 떨어진다는 핑계로 끝내 시집 출판을 고사한 것도, 그리하여 생전에 단 한 권의 시집도 남기지 않은 것도 이러한 시대 상황과 무관하지 않아 보인다.[8]

시인 이재복이 74세를 일기로 세상을 떠난 것은 1991년 4월 24일의 일이고,[9] 시선집 『정사록초靜思錄抄』이 간행된 것은 1994년 1월의 일이다. 작품의 수록 정도나 편집의 면 등에서는 부족한 점이 많지만 이 시선집 『정사록초靜思錄抄』가 간행된 것은 참으로 다행한 일이다.[10] 전집이 간행되기까지 아쉬운 대로 그의 시 세계 일반을 대강이나마 살펴볼 수 있었기 때문이다. 그러던 중 그가 작고한 지 18년 만인 2009년 5월 전집 중의 일부로 문학집

---

7 1945년 해방 직후에는 정훈丁薰, 박희선朴喜宣, 박용래朴龍來, 정해붕鄭海鵬, 원영한元暎漢, 이교탁李敎鐸, 최영자崔英子, 송석홍宋錫鴻, 하유상, 한진희 등과 함께 〈향토시가회〉 〈동백〉의 동인으로 활동한 바 있고, 공주사범대학 국문과國文科 교수로 재직하던 1949년 4월 6일부터 1954년 2월 29일까지는 이원구, 정한모, 김구용 등과 함께 〈시회〉의 동인으로 활동한 바 있다. 그리고 불교종립재단인 보문중고등학교를 건립, 교장으로 있던 1950년대에는 권선근, 임희재, 박용래, 송기영, 추식, 한성기, 손을조 등과 함께 〈호서문학〉 동인으로 참여해 창작 활동과 문단 활동을 겸한 바 있다. 송백헌, 「충남시단사」, 『진실과 허구』, 민음사, 1989, 398쪽, 참조. 최원규, 「금당錦塘의 시 세계—스승 금당의 문학 세계」, 이재복 시선집 『정사록초靜思錄抄』, 문경출판사, 1994, 147~149쪽 참조.

8 한밭시인선 간행위원회, 「불교정신에 바탕을 둔 심원深遠한 명상의 시」, 위 책, 6~7쪽 참조.

9 송하섭, 앞글. 127쪽 참조.

10 이재복, 『정사록초靜思錄抄』, 문경출판사, 1994. 이 시선집 『정사록초靜思錄抄』가 간행된 것은 그의 장남인 이동영 교수의 정성 어린 노력과, 충남대 최원규 교수의 주선 때문으로 알려져 있다.

『침묵 속의 끝없는 길이여』가 간행되었는데, 이는 그의 문학 세계 전체를 한 눈에 살펴볼 수 있다는 점에서 매우 뜻깊은 일이라고 하지 않을 수 없다.[11]

절필을 한 1970년대 초만이 아니라 한창 왕성하게 창작 활동을 한 1950년대와 1960년대에도 그가 인식하고 있는 현실은 매우 암담하고 우울했던 것이 사실이다. 그의 시에 드러나 있는 현실이 그로 하여금 늘 "쿠토가 치밀어 메스"(「진단」)껍게 했기 때문이다. 따라서 1950년대와 1960년대의 민족 현실에 대해 그가 깊이 갈등하고 고뇌하는 모습을 보여 주는 것은 자못 당연하다. 메스껍고 역겹던 당대의 현실과 관련해 다음과 같이 매우 구체적인 표현을 보여 주고 있는 것이 그의 시이기 때문이다.

> 꺼시렁 보리밭 같은
> 메마른 인정人情 위에
> 또 어쩌려고
> 가뭄이 탄다.
>
> 산山도 들도 냇바닥도
> 이웃들도
> 죄罪 있는 듯 죄罪 있는 듯
> 하늘만 바라는데
>
> 비야 오너라.
>
> 잦고 닳아

11 이재복, 『침묵 속의 끝없는 길이여-용봉 대종사 금당 이재복 선생 전집 7』, 용봉 대종사 금당 이재복 선생 추모사업회, 2009. 본고에서 인용하는 시는 모두 이 전집과 위의 시선집 『정사록초靜思錄抄』에 근거한다.

팍팍해 못 견디는
나의 세월을

우리 함께 젖어
다시 살고 싶은
어진 마음을

그런 가슴끼리
목마른 것 새로 추길
주룩주룩 한 만 리萬里쯤
비야 오너라.

—「정사록초靜思錄抄 26」전문

위의 시 「정사록초靜思錄抄 26」에 따르면 그가 겪고 있는 현실은 "꺼시렁 보리밭 같은/ 메마른 인정人情"의 날들, 곧 "가뭄이" 타는 "팍팍해 못 견디는" 날들이다. 물론 그가 이러한 날들을 아무런 대응 없이 있는 그대로 받아들이고 있는 것은 아니다. "비야 오너라"라는 말을 주문처럼 외우며 "목마른 것 새로 추"기기를 바라고 기대하고 있기 때문이다.

당대의 현실에 대한 그의 인식이 매우 부정적이라는 것은 다른 시 「제트기」를 살펴보더라도 알 수 있다. 이 시에서는 좀 더 구체적으로 "병든 나의 지도地圖"로, 나아가 "참극慘劇이 덮쌓"여 있는 곳으로 그려져 있는 것이 당대의 현실이다.

거대巨大한 죽지에서 튀기쳐 떨어지는 섬광閃光을 본다.
신형新型의 매사온 폭음爆音을 듣는다.
제트기여 병든 나의 지도地圖 위에 하늘을 찌르는 화염火焰을 올려다오.
고지高地에 하찮이 묻혀 있는 전사戰士의 주검 위에, 오늘보다 더한

참극慘劇이 덮쌓일지라도

원수와 은혜가 상극相剋되는 층운層雲을 헤치고

마지막 크나큰 소망所望의 결론結論을 기다려

초속력超速力에 매달려 내닫는 인류人類의 애원哀願이여!

그러나 돌아보라. 정확正確히 돌아가는 초침秒針 끝에 발디딤하고

너의 쓸모 있고 없음을 생각하는 자 있나니.

—「제트기」 전문

이 시에서 그는 제트기라는 전쟁의 이기利器를 통해 "전사戰士의 주검 위에" "참극慘劇이 덮쌓"이는 현실을 역설적으로 비판하고 있다. 이 시가 6 · 25 남북전쟁의 비극적 상황에서 발상된 것으로 판단되는 것은 바로 이 때문이다. 그가 보기에는 "초속력超速力에 매달려 내닫는 인류人類의 애원哀願"을 담고 있는 것이 제트기이다. 바로 이러한 이유에서 그는 "돌아가는 초침"에 따라 이 제트기의 "쓸모 있고 없음을 생각하는 자"가 나타나리라고 생각한다. 따라서 그가 제트기에 의해 "참극慘劇이 덮쌓"이는 당대의 현실을 병든 세월로 인식하는 것은 너무도 당연하다.

그의 시에 밤과 어둠의 이미지가 중첩되어 드러나 있는 것도 실제로는 이러한 현실 인식과 무관하지 않다. 당대의 현실을 "깊은 오뇌와 절망의 어둠이 사무치는 밤"(「정사록초靜思錄抄 23」)으로, "어둔 골짜기"(「정사록초靜思錄抄 50」)로 인식하는 것이 시인이라는 점을 잊어서는 안 된다. 그가 오늘의 현실을 "세균들"이 "치열熾熱한 화염을 일으키"는 "무거운 어둠"(「뇌염」)으로 이해하고 있는 것도 기본적으로는 이에서 기인한다. 그가 거듭 갈등과 고뇌에 빠지게 되는 것도, 작아지는 느낌을 갖는 것도 밤과 어둠으로 상징되는 당대의 현실 때문이라고 해야 마땅하다.

이 밤도 우거진

번뇌의 숲,

찌이 찌 지르르
설움의 무늬를 짜는

나도
한낱 작은 귀뚜라미,

바람에 야위는
추야장秋夜長
어인
절절함이
이같이 사무치느뇨.

—「정사록초靜思錄抄 36」 부분

이 시에서 시인은 저 자신을 “번뇌의 숲”에서 “찌이 찌 지르르” 울며 “설움의 무늬를 짜는” “한낱 작은 귀뚜라미”로 인식한다. 당대의 현실을 어두운 밤으로, “우거진/ 번뇌의 숲”으로 인식하고 있는 것이 이 시에서의 그인 것이다. “바람에 야위는/ 추야장秋夜長/ 어인/ 절절함이/ 이같이 사무치느뇨”라는 그의 독백이 자연스럽게 받아들여지는 것은 바로 이 때문이다. 물론 그가 여기서 “절절함”에 “사무”치는 “추야장秋夜長”을 아무런 반문 없이 있는 그대로 받아들이고 있는 것은 아니다. 그 역시 “캄캄한 밤하늘”(「별」)로 상징되는 오늘의 현실을 어떤 기대나 희망 없이 수용하고 있지는 않다는 뜻이다. 이는 우선 그가 “캄캄한 밤하늘”에 떠오르는 별들을 “외로운 영혼이 다스려가는 꽃밭”(「별」)으로 받아들이고 있는 것에서도 확인이 된다.

본래 꽃밭은 봄의 산물이다. 따라서 이 시에 드러나 있는 꽃밭 역시 봄, 곧 희망의 내일을 뜻한다고 할 수 있다. “오뇌와 절망의 어둠이 사무치는 밤”이 계속되더라도 끝내 희망의 내일을 잃지 않고 있는 것이 그라는 얘기이다. 이러한 점은 봄의 이미지를 통해 희망의 내일을 강조하고 있는 다음의 시를 통해서도 증명이 된다.

앞 강물
얼음이
풀리면

끊어진 다리
너머로도
봄은 오리라.

노루 꼬리만큼이나
햇볕이
길면
수의囚衣로 그늘진
창살에 도로 끼여
봄은 오리라.

무덤은
뾰조록히
초록 눈 뜨고
오솔길
흔들리며
꽃가마 가고

어둔 골짜기
녹아
내리면

꽝꽝한
너와 나 저승만 한 사이로도
봄은 오리라.

—「정사록초靜思錄抄 50」 전문

이 시에 따르면 시인은 "앞 강물/ 얼음이/ 풀리면// 끊어진 다리/ 너머로도/ 봄은 오리라"고 믿는 존재이다. "어둔 골짜기/ 녹아/ 내리면" "무덤"조차 "뾰조록히/ 초록 눈 뜨"리라고 믿는 사람이 시인이라는 것이다. 이처럼 그는 오늘의 삶이 아무리 "어둔 골짜기"에 처해 있다고 하더라도 "끊어진 다리"가 언젠가는 이어지리라고 믿고 있다. 말할 것도 없이 이때의 "끊어진 다리"가 상징하는 것은 분단된 조국이다. 그의 시에서 분단된 조국은 "끊어진 다리"만이 아니라 "파괴破壞된 위대偉大"(「금강교」)의 이미지로 표현되기도 한다. "끊어진 다리"로 표현되어 있든, "파괴破壞된 위대偉大"로 표현되어 있든 그가 생각하는 당대의 현실이 끊어져 있고, 파괴되어 있는 것은 분명하다. 물론 그가 "끊어진 다리", 곧 "파괴破壞된 위대偉大"로 상징되는 분단된 조국을 아무런 의심 없이 있는 그대로 수락하고 있는 것은 아니다. 자신의 시에서 "너의 파괴破壞된 위대偉大 앞에 가장 서글픈 원시적原始的 목선木船을 타고 나는 또 강물을 건너야 한다"(「금강교」)라고 강조하고 있는 것이 그라는 점을 염두에 두지 않으면 안 된다.

분단된 조국의 현실을 극복하려는 의지가 담겨 있는 그의 시로는 「분열分裂의 윤리倫理—지렁이 임종곡臨終曲」 「꽃밭」 등을 더 예로 들 수 있다. 이들 중 앞의 시는 "두 동강이로 끊기고" 만 지렁이의 이미지를 통해 분단된 조국의 현실을 강조하고 있어 상대적으로 주목이 된다. "어느 것이 주둥이고 꼬리인지 짐짓 분간"하기 어려운 "두 개의 단절斷切"과 관련해 그는 이 시에서 "한번 잘리운 것이매, 어찌 구차히 마주 붙고자 원"하겠느냐고 반문한다. 이어 그는 이들 "두 개의 단절斷切"이 지금 "뜻하지 않은 재앙에 부딪혀 서로 피 흘리다 자진해 죽어버릴 아픔"으로 "뒤집혀 곤두박질"치고 있다고 노래한다. 그로서는 분단된 조국의 미래를 토막 난 지렁이에 빗대어 부정적으로 예측하고 있는 셈이다.

3. 반성과 성찰

분열되고 파괴된 현실과 마주해 있는 자아가 온전하고 편안한 자아를 갖기는 힘들다. 뒤엉켜 있는 무질서한 현실을 살아가고 있는 그가 갈등하고 번뇌하는 자아를 갖는 것은 자연스러운 일이다. 갈등하고 번뇌하는 자아를 갖는다는 것은 절망하고 좌절하는 자아를 갖는다는 것이기도 하다. 자신의 시에서 그가 "허물어진 묘혈墓穴 밖으로 반쯤 드러난 유해遺骸여/ 그 마지막 절망絶望의 날 관棺 속에 들어/ 이 무덤 속에 안식安息의 자리를 잡더니/ 무너지는 세월은 그토록/ 단편斷片들마저 가려줄 수 없구나"(「두개골頭蓋骨」)라고 노래하고 있는 것도 이러한 정신 차원을 반영한다. 그로서는 무덤 속에서조차 온전히 안식하지 못하는 유해와 같은 삶을 사는 것이 당대의 현실이라고 생각한 것이다.

당대의 현실을 살아가면서 때로는 그도 이처럼 절망과 좌절에 빠져있었던 것이 사실이다. 하지만 그가 자신의 절망과 좌절을 있는 그대로 수용하고 있지 않은 것은 분명하다. "텅 비인/ 절망에다/ 가늘한 보람을/ 날려" "고운 무늬로/ 자리 잡"(「가늘한 보람」)으려 애써 온 것이 그이기 때문이다. "허무에로 돌아"(「두개골頭蓋骨」)가면서도 "둥글게 익"(「정사록초靜思錄抄 31」)는 분노를 지니고 산 것이 그라는 것이다. 그가 줄곧 "말씀만으론" "괴롬을/ 달랠 수 없"고, "생각만으론" "목마름을/ 구할 수 없"(「정사록초靜思錄抄 25」)다고 노래했다는 것을 간과해서는 안 된다. 끊임없이 갈등하고 고뇌하는 사람이기에 그가 "어디쯤을/ 걸어가고 있는 것일까// 치열熾熱한/ 도심都心은/ 목이 타는데"(「목척교」)라고 하며 저 자신을 반성하고 성찰했으리라.

인간은 본래 지속적으로 저 자신을 고쳐나가는 존재이다. 쉬지 않고 활동하는 가운데 저 자신을 좀 더 나은 방향으로 변화시켜 나가는 존재가 인간이다. 이는 시인 이재복의 경우에도 마찬가지이다. 끊임없이 활동하는 가운데 저 자신의 자아를 좀 더 수월한 차원으로 변화시켜 온 것이 그라는 얘기이다. 그의 자아가 보여 주는 이러한 변화는 인간의 보편적인 자아가 고정된 실체를 갖고 있지 않은 것과도 무관하지 않다. 하지만 그의 자아가 갖고 있는 이러한 변화는 그 나름의 끈질긴 의지와도 깊이 연결되어 있다. 물론 이때의 끈질긴 의지는 진여眞如의 세계에 이르기 위한 거듭되는 반성과 성찰을 핵심 내용으로 한다. 반성과 성찰의 자아를 갖고 있다는 것은 절차탁마하는 자아, 곧 수행하고 수도하는 자아를 갖고 있다는 것을 가리킨다. 이를테면 "불립문자不立文字/ 막막한 이 골목에/ 오직 하나/ 활로活路를 위하여// 푸른 눈시울로" "벽을 향해/마주 서 있"(「정사록초靜思錄抄 26」)는 존재가 그라는 것이다.

그가 수행하고 수도하는 의지를 잃지 않으려 하는 것은 사바세계의 고통에서 벗어나 일상의 평상심으로 돌아가기 위해서라고 할 수 있다. 자칫하면 그도 역시 일그러지고 찌그러진 자아를 갖게 되어 "무서운 극단을 모색"(「정사록초靜思錄抄 31」)할 수도 있기 때문이다. 따라서 그가 수행하고 수도하는 자아, 곧 반성하고 성찰하는 자아를 갖는 것은 너무도 당연하다.

그의 시에 드러나 있는 자아는 개인적이기도 하지만 집단적이기도 하다. 집단적이라는 것은 사적이지 않고 공적이라는 것이다. 공적이라는 것은 소승적이지 않고 대승적이라는 것이다. 공적이고 대승적이라는 것은 그의 자아가 공동체적인 민족 현실에 깊이 맞닿아 있다는 것이다. 이처럼 저 자신의 해탈과 성불을 꿈꾸면서도 끊임없이 민족 공동체의 오늘과 내일에 대해 걱정을 내려놓지 않은 것이 그이다. 그의 시와 함께하고 있는 이러한 정신은 민족 구성원 전체가 겪는 고통을 바탕으로 하고 있는 다음의 시에 의해서도 확인이 된다.

겨울의 그 살벌殺伐한 의미意味 안에 이미 사월四月의 꽃 피는 아침

이 약속約束되어 있음을 믿거니 오늘의 이 살을 에이는 냉혹이란들 내 어찌 꿈꾸는 만상萬象의 동면冬眠과 함께 견디지 않으랴.

—「정사록초靜思錄抄 2」 전문

위 시에서 "겨울"은 밤이나 어둠처럼 이 시가 창작되던 당시의 엄혹한 현실을 가리킨다. 하지만 "겨울의 그 살벌殺伐한 의미意味 안에 이미 사월四月의 꽃 피는 아침이 약속約束되어 있"다고 믿는 것이 그이다. 따라서 이들 구절은 당대의 고통을 딛고 전개될 민족사의 미래에 대한 무한한 신뢰를 내포하고 있다고 해야 마땅하다. 살벌한 겨울 속에는 찬란한 봄이 들어있는 만큼 어찌 "살을 에이는 냉혹"쯤이야 "꿈꾸는 만상萬象의 동면冬眠과 함께 견디지" 못하겠느냐는 것이다. 이 구절에서 "꿈꾸는 만상萬象의 동면冬眠"이 가리키는 것은 분명하다. 비록 지금은 잠들어 있지만 만상萬象이 꿈을 잃고 있는 것은 아니라는 내용을 담고 있기 때문이다. 그로서는 잠들어 있는 만상萬象의 꿈, 즉 민족 공동체의 꿈인 "사월四月의 꽃 피는 아침"을 굳게 믿고 있는 셈이다.

이처럼 그는 시의 도처에서 민족 공동체의 성숙과 발전에 대해 깊은 신뢰를 보여 주고 있다. 물론 저 자신을 "아픈 아우성"의 세월을 살고 있는 존재로 묘사하고 있는 것이 그이기는 하다. 민족 공동체에 대해서는 성숙과 발전에 대한 믿음을 잃지 않고 있지만 저 자신에 대해서는 늘 "가슴속"에 "고난苦難의 물결"이 가득 차있다고 믿는 것이 그라는 것이다.

내 가슴속에는
고난苦難의 물결,
세월이 아픈 아우성으로
굽이굽이
금강錦江이 흐르네.

내 가슴속에는
가파른 낭떠러지,
낙화암落花岩 으스러지는
소쩍새 울음이
들리네.

—「내 가슴속에는」 부분

1연에서 그는 “내 가슴속에는/ 고난苦難의 물결”이 가득 차있다고 인식하고 있고, 2연에서 그는 “내 가슴속에는 가파른 낭떠러지”로 가득 차있다고 인식하고 있다. 이 시에서 그가 자신의 심리적 현존을 이렇게 인식하고 있는 것은 당연하다. 1연에서 “내 가슴속에는” “세월이 아픈 아우성으로” 흐른다고 생각하는 그가 2연에서 “내 가슴속에는” “으스러지는/ 소쩍새 울음이/ 들”린다고 생각하는 것도 마찬가지이다. 당대 현실의 모순을 잘 알고 있었던 것이 그이기 때문이다.

그렇다고는 하더라도 그 역시 사람인 만큼 외로울 때가 있고, 그리울 때가 있기 마련이다. 이는 “삼대독신三代獨身”이었던 그가 “강보에 싸여 있”을 때 “아버지의 꽃상여”가 “떠났다는”(「사향思鄕」) 점을 생각하면 더욱 분명해진다. “마음이” “괴로울 때면” 그에게도 “그리운 사람이” 떠오를 수밖에 없었으리라. 누구나 마찬가지이겠지만 자기가 그리워하는 사람 역시 자기를 그리워하리라고 생각하는 것이 그이다.

물론 그는 이 사람이 자기를 영영 “생각지 않고 있는지도 모른다”(「눈 오는 밤」)고 걱정을 하기도 한다. 그가 이처럼 괴로움과 외로움, 그리움 등에 빠져 지내는 것은 나날의 일상에서 “지극히 미운 사람”을 지워버리지 못했기 때문으로 보인다. 이 “지극히 미운 사람”을 “다시 돌아보”지 않을 수 없을 때, “더욱이 그” “미운 사람”이 자신과 “함께 고난을 겪었다고 생각할 때”, 그로서는 “아무래도 슬”프지 않을 수 없었으리라. 따라서 그가 이 사람과 “너그러운 선線이/ 그어”(「선線」)지기를 바라는 것은 당연하다.

이처럼 복잡한 자아를 지닌 채 일상의 나날을 살아온 것이 그이다. 따라서 그가 늘 반성하고 성찰하는 자세를 잃지 않는 것은 충분히 있을 수 있는 일이다. "얻은 것은 무엇인가" "또한 잃은 것은/ 무엇인가"(「가을 1」)라고 되물으며 끊임없이 저 자신을 성찰하고 반성해 온 것이 그라는 것을 기억해야 한다. 이는 그의 시의 "거울을 본다/ 눈을 보면 눈, 코를 보면 코, 입술을 보면 입술, 매만지는 머리칼 하나하나 나를 이룬다"(「정사록초靜思錄抄 7」)와 같은 구절을 통해서도 알 수 있다. 거울에 저 자신을 비추어 본다는 것은 곧바로 저 자신의 현존을 반성하고 성찰한다는 것을 가리키기 때문이다. 이를 통해 그가 반성과 성찰의 자세를 보여 주는 것은 다음의 시에 의해서도 확인이 된다.

> 한 번이라도 티 없이 맑은 마음과 마주하고 싶다.
>
> 구슬의 영롱함이 또한 옆의 구슬에 사무치듯 서로가 속속들이 비추이는 그 길을 따라가면 안과 밖은 하나로 트인 그대로의 무한無限일레.
>
> 실은 빛이라 모양이라 할 뉘 있던가. 그건 나의 인과因果, 나의 알음알이, 나의 이름이 아닐런가.
>
> 사랑이라거니 미움이라거니 얻음도 잃음도 아닌 비인 자리인데,
>
> 처음이 있고 끝이 있기 마련이라면 하늘은 하늘대로 열리고, 강물은 강물대로 출렁이고, 더러는 창 너머 수풀 새로 별다이 꽃다이 뇌이는 생각들과 더불어 나는 나대로 이냥 웃으며 살아가는 것이 아니랴.
>
> —「정사록초靜思錄抄 13」 전문

이 시 역시 거울을 소재로 하고 있다. 이는 우선 "한 번이라도 티 없이 맑은 마음과 마주하고 싶다"라거나, "서로가 속속들이 비추이는 그 길을 따

라가"고 싶다거나 하는 표현을 통해 징험이 된다. "티 없이 맑은 마음"과 "속속들이 비추이는 그 길"의 일차적인 내포가 거울이기 때문이다. 거울과 마주하고 앉아 반성적이고 성찰적인 저 자신의 자아를 탐구하고 있는 것이 이 시라는 얘기이다.

이러한 탐구의 결과 그는 반성과 성찰의 "길을 따라가면 안과 밖"이 "하나로 트인 그대로의 무한無限"에 이르게 된다는 것을 깨닫는다. 이 무한無限, 곧 영원의 세계에서는 어떠한 존재도 "빛이라 모양이라 할" 것이 없다는 점이, 단지 "그건 나의 인과因果, 나의 알음알이, 나의 이름"일 뿐이라는 것이 그 뒤를 잇는 그의 깨달음이다. 그의 이러한 깨달음은 무한無限, 곧 영원의 세계에서는 빛(파동)과 모양(입자)과 에너지(힘)가 다르지 않다는 점에서 아인슈타인의 상대성원리를 연상시킨다.[12] 아인슈타인의 상대성원리는 모든 존재와 생명이 지니고 있는 생성 원리이기도 하거니와, 바로 그러한 점에서 아인슈타인의 상대성원리는 부처님의 연기설緣起說과 십분 맞닿아 있다. 그것이 빛(파동)과 모양(입자)과 에너지(힘)가 불이不二라는 내포를 갖고 있기 때문이다. 여기서 불이라는 것은 빛(파동)과 모양(입자)과 에너지(힘)가 단지 하나의 인과因果, 하나의 알음알이(지식), 하나의 이름(命名)일 따름이라는 것이다.

이어지는 구절에서 그가 "사랑이라거니 미움이라거니" 하는 것이 "얻음도 잃음도 아닌 비인 자리", 곧 공空일 뿐이라고 하는 것도 이러한 맥락에 따를 때 좀 더 바르게 이해가 된다. "얻음도 잃음도 아닌 비인 자리", 곧 공空은 무無이거니와, 무無에서 유有가, 나아가 색성향미촉법(色聲香未觸法, 眼耳鼻舌身意)이 연기緣起하기 때문이다.[13] 그가 사랑이나 미움, 얻음이나 잃음 등 육식六識의 것들이 무無, 즉 공空에서 연기緣起하고 인과因果한 것임을

12 프리초프 카프라, 「새로운 물리학」, 『현대 물리학과 동양사상』, 범양사, 2006, 89쪽~113쪽 참조.

13 송취현 강론, 『반야심경 강론』, 경서원, 2004, 237~255쪽 참조.

깨닫고 있는 점도 이와 무관하지 않다. 이러한 까닭에 그가 "하늘은 하늘대로" "강물은 강물대로" "나는 나대로 이냥 웃으며 살아가"려는 것으로 보인다. 그로서는 이렇게 살아가는 것이 인과因果, 곧 연기緣起의 법칙과 함께 하는 가운데 영적인 삶, 곧 성스러운 삶을 살아가는 것이라고 믿는 것이다.

따라서 시인 이재복에게는 반성과 성찰이 그 자체로 수행과 수도의 핵심 내용이라고 해야 마땅하다. 이를테면 "나는 나대로 이냥 웃으며 살아가"는 것을 깨닫는 것 자체가 그에게는 반성과 성찰의 실제라는 것이다. 하지만 반성과 성찰의 실제를 깨닫는 것이 결코 쉬운 일은 아니다. '무자성無自性'이나 '무자기無自己'라는 화두를 떠올리지 않더라도 '나'는 본래 있으면서도 없는 존재에 지나지 않기 때문이다. 다음의 시는 '나'라는 존재의 있으면서도 없는 점, 말하자면 '나'라는 존재의 양가성을 노래하고 있는 대표적인 예이다.

꽃샘에 며칠을 앓아누운 자리에서
나는 비로소 나 있음을 깨닫는다.

꽃샘에 며칠을 앓아누운 자리에서
나는 비로소 남들과 함께 있음을 깨닫는다.

꽃샘에 며칠을 앓아누운 자리에서
나는 비로소 나 아닌 것과의 스스로운 화해를 깨닫는다.

꽃샘에 며칠을 앓아누운 자리에서
나는 비로소 세상의 모든 것, 이를테면 미운 것, 싫은 것, 괴로운 것
마저도 모두가 내게는 절실한 것임을 깨닫는다.

―「경칩전후」 전문

꽃샘추위로 "며칠을 앓아누운 자리에서" 창작된 이 시는 모두 4연으로 이루어져 있다. 1연에서 "나는 비로소 나 있음을 깨닫"고, 2연에서 "나는 비로소 남들과 함께 있음을 깨닫는다". 따라서 2연에서는 내가 "남들과 함께 있"을 때 "비로소" 존재한다는 것을 깨닫는 셈이다. 3연에 이르면 "나 아닌 것과의 스스로운 화해를 깨닫는" 것이 나이다. 이어지는 4연에서 나는 "세상의 모든 것"이 내게 아주 "절실한 것임을 깨닫는"다.

이러한 나, 곧 "미운 것, 싫은 것, 괴로운 것마저도 모두가 내게는 절실한 것임을 깨"달은 나는 이미 과거의 나라고 하기 어렵다. "세상의 모든 것"이 내게 아주 "절실한 것임을 깨"달았다는 것은 내가 "세상의 모든 것"에게로 전이되었다는 것을 뜻하기 때문이다. "이를테면 미운 것, 싫은 것, 괴로운 것"에 뒤섞여 있는 것이 "앓아누운" 이후의 '나'라는 것이다.

이때의 나는 '없는 나', 즉 '무자기無自己'라고 할 수밖에 없다. 이러한 '나'는 무심無心하고 무념無念한 나, 곧 무아無我이다. 무아無我는 곧 무상無相이거니와, 무상無相을 깨닫는 일은 공空을 깨닫는 일이기도 하다. 무상즉실상無相卽實相이 공즉색空卽色과 다르지 않은 만큼 무상無相을 깨닫는 일이 공空을 깨닫는 일과 다르지 않은 것은 자명하다.

이러한 연유로도 공空을 깨닫는 일은 적寂을 깨닫는 일이 되고, 적寂을 깨닫는 일은 허虛를 깨닫는 일이 된다. 따라서 무아無我를 깨달은 그의 자아는 일 년 "삼백육십오 일"이 내내 "부질없는 어제일"(「제야」) 수밖에 없다. 허무虛無를 자각한 채 살아온 것이 시인 이재복이라는 뜻이다.

4. 초월과 해탈

무아無我를 자각하고 있는 불제자로서 그가 도달하려 한 정신의 경지는 당연히 성불成佛의 세계, 곧 열반涅槃의 세계일 수밖에 없다. 물론 여기서 말하는 열반의 세계는 초월과 해탈의 세계를 가리킨다. 초월과 해탈의 세계에 이르기 위해 첫 번째로 거쳐야 할 단계는 앞에서도 말한 바 있는 "삼백육십오 일"이 내내 "부질없는 어제일" 따름이라는 것을, 곧 공空을 깨닫는 일이다. 물론 이는 모든 존재와 생명이 허무虛無, 곧 공空에서 나와 공空으로 돌아간다는 것을 자각하는 일이기도 하다.

그로서는 당연히 자신의 시를 통해 이러한 정신 경지를 드러내려 한다. 그러나 이를 추상적인 논리나 설명으로 표현하면 시가 되지 않는다는 것을 그가 모를 리 만무하다. 어떠한 깨달음도 이미지, 이야기, 정서라는 형상의 자질을 통해 구체적으로 표현해 온 것이 게송을 포함한 모든 시의 보편적인 전통이기 때문이다.

이러한 논의와 관련해 그의 시에서 가장 먼저 떠오르는 관습적 이미지는 별과 창이다. 별과 창의 관습적 이미지는 희망, 꿈, 진실(道), 존재(본질) 등의 의미를 갖는다. 별과 창의 이미지에 이들 의미를 담아내는 것은 그가 꿈을 꾸는 존재라는 것을 가리킨다. 꿈을 꾸는 존재라는 것은 그가 좀 더 높고 귀한 세계에 이르려는 깊은 열망을 지니고 있다는 것을 뜻한다. 물론 여기서 말하는 좀 더 높고 귀한 세계는 성불의 세계, 열반의 세계, 곧 초월과 해탈의 세계를 의미한다.

좀 더 높고 귀한 세계, 곧 초월과 해탈의 세계는 그의 시에서 "이글이글 무서운 것", 곧 아주 "눈부신 것"으로 상징되어 드러난다. 다음의 시는 이 "이글이글 무서운 것", 곧 아주 "눈부신 것을 닮아가고 있"는 그 자신을 '해바라기'라는 객관상관물을 통해 형상화하고 있어 주목이 된다.

해바라기는 어느새
금빛 크고 두터운 자랑으로

이글이글 무서운 것을 따라
조용히 돌고 있다.

차츰
눈부신 것을 닮아가고 있다.

해바라기는
울 너머로 타오르는
나의 마음

가을
파아란 하늘이
아니라면

종일을 저렇게도
우러러보고 싶은 것일까.

어느 날
아 사랑을 위해 떨어져 가는
어느 날

해바라기는
십자가十字架 위에서처럼

그 환한 얼굴을 돌리고
죽는 것이라 생각해 두자.

—「정사록초靜思錄抄 34」 전문

이 시에서 해바라기는 "금빛 크고 두터운 자랑"으로 명명되어 있다. 여기서 이러한 내포를 갖고 있는 해바라기는 태양을 뜻하는 "이글이글 무서운 것", 곧 아주 "눈부신 것"을 따라 "조용히 돌고 있다". "이글이글 무서운 것", 곧 아주 "눈부신 것"이 상징하는 바는 따로 설명할 필요가 없다. 앞에서도 말한 것처럼 좀 더 높고 귀한 세계, 곧 초월과 해탈의 세계를 의미하기 때문이다. 이는 "눈부신 것"을 따라 도는 "해바라기"를 그가 "울 너머로 타오르는/ 나의 마음"이라고 노래하고 있는 것을 보더라도 잘 알 수 있다. 이러한 맥락에서 그는 그것이 "가을/ 파아란 하늘이/ 아니라면", 즉 초월과 해탈의 세계가 "아니라면// 종일을 저렇게도/ 우러러 보"지 않았으리라고 노래한다. "가을/ 파아란 하늘", 곧 초월과 해탈의 세계를 우러러보다가, "사랑을 위해 떨어져 가"다가 어느 날 "환한 얼굴을 돌리고/ 죽는 것이" 해바라기, 말하자면 저 자신의 운명이라고 생각하는 것이 그이다.

초월과 해탈의 세계를 우러르며 "환한 얼굴을 돌리고/ 죽는" 해바라기로 상징되어 있는 그의 현실은 아직 정토淨土가 아니다. 여기서 정토가 아니라는 것은 그와 함께하고 있는 현실이 여전히 어둡고 캄캄한 밤으로 인식되어 있다는 것을 뜻한다. 어둡고 캄캄한 밤과 다르지 않은 현실에서 그가 초월과 해탈의 세계를 꿈꾸는 일은 먼 하늘의 별을 우러르는 일, 곧 세상 밖으로 창을 내는 일이기도 하다. 물론 그가 초월과 해탈의 세계를 꿈꾸는 것은 자신이 처해 있는 세상을 아직도 어둡고 캄캄한 밤으로 생각하고 있기 때문이다. 그 역시 나날의 삶을 어둡고 캄캄한 밤이라고 생각하고 있기 때문에 별, 곧 초월과 해탈의 세계를 꿈꾸고 그리워한다는 것이다. 본래 어둠이 없으면 밝음을 상징하는 별도 없는 법이다. 다음의 시에서 그가 "별은 노상 어둠 속에 있다"라고 노래하는 것도 이러한 깨달음의 결과라고 할 수 있다.

> 별은 노상 어둠 속에 있다. 별은 무거운 가슴에 승천하는 날개를 달아준다. 별은 그리움만으로도 나를 살게 한다. 새까만 밤하늘을 난만히 피우는 별은 늘 외로운 영혼이 다스려가는 꽃밭이다.
>
> 산마루에서 도란거리던 별은 한밤이면 마을 우물 속에 들어와 잔

다. 스미어 초랑초랑 맑게 고인 깊게 잠기인 별을 새이른 아침부터 집집 아낙네가 길어 나른다. 이웃 아이들은 별을 마시면서 자라는 줄을 더도 모른다.

—「정사록초靜思錄抄 4」 부분

이 시에서 별은 그의 "무거운 가슴에 승천하는 날개를 달아"주는 존재로 드러나 있다. "무거운 가슴"의 주체가 그 자신이니만큼 "승천하는 날개"는 그가 하늘에 가 닿을 수 있는 심리적 원천이라고 할 수 있다. 따라서 이때의 하늘은 별 자체와 다를 바 없다고 해야 옳다. 별이 "그리움만으로도 나를 살게" 하는 것은 바로 이 때문이다. 그러한 연유에서 여기서의 별의 이미지는 희망, 꿈, 진실(도), 존재(본질) 등의 의미를 갖는다. 물론 시인 이재복에게 희망, 꿈, 진실(도), 존재(본질) 등은 초월과 해탈의 세계를 가리킨다. 별의 이미지를 통해 자기 자신의 시에 자기 자신이 꿈꾸어 온 초월과 해탈에 대한 열망을 담아내려 했다는 것이다.

이 시에 따르면 "한밤이면 마을 우물 속에 들어와" 자느니만큼 "아침"이면 "아낙네"마다 물처럼 "길어 나"르는 것이 별이다. 따라서 시인 자신만이 아니라 이웃 아이들까지도 "별을 마시면서 자"라지 않을 수 없게 된다. 이는 이웃 아이들 또한 자기 자신과 마찬가지로 희망, 꿈, 진실(도), 존재(본질) 등과 함께 살아가고 있다는 것을 가리킨다. 돌이켜보면 하늘의 별을 우러르며 사는 일은 세상 밖으로 창을 내며 사는 일이기도 하다. 창을 내는 일과, 별을 우러르는 일은 좀 더 다른 세계에 이르려는 의지를 내포하고 있다. 물론 좀 더 다른 세계에 이르려는 의지는 좀 더 높고 깊은 세계에 이르려는 의지와 다르지 않다. 이때의 높고 깊은 세계가 초월과 해탈의 세계를 가리킨다는 것은 불문가지이다. 다음의 시는 바로 이러한 뜻에서 창의 이미지를 보여 주고 있는 예이다.

창窓은 미지未知에의 전망을 위한 아름다운 눈이다. 투명한 마음의 슬기로운 구도構圖이다.

신선한 시야視野를 갖고 싶은 그 테두리에는 아침저녁으로 나의 초조로운 지문指紋들이 어지럽게 찍혀지고 있다.

창은 민감敏感한 눈짓을 반짝이면서 구름처럼 나무처럼 한 줄기 피어오르는 사상思想을 늘 가슴 앞에 펼쳐준다.

창은 어둠과 밝음을 번갈아 다스려가는 숙명宿命을 지닌 채 외롭고 아쉬운 위치에서 스스로 침묵沈黙을 어루만지고 있다.

허무의 심연深淵과 같은 밤하늘을 바라보는 사유의 눈에는 수많은 푸른 별들이 영원永遠과 무한無限의 의미를 아로새겨 준다.

거기 먼 훗날 또 다른 창 곁에 기대어 서있는 외로운 나의 그림자가 아득히 내다보인다.

—「정사록초靜思錄抄 5」 전문

이 시에서 창은 "미지未知에의 전망을 위한 아름다운 눈"으로 비유된다. 이어 "아름다운 눈"인 창의 이미지는 "투명한 마음의 슬기로운 구도構圖"로 확장된다. 따라서 "슬기로운 구도構圖"는 창의 확장 은유라고 해야 옳다. 나아가 예의 확장 은유는 "신선한 시야" "민감敏感한 눈짓" 등의 이미지를 거쳐 "한 줄기 피어오르는 사상思想을 늘 가슴 앞에 펼쳐"놓는다.

물론 이때의 사상思想은 "허무의 심연深淵과 같은 밤하늘을 바라보는 사유의 눈에" 비친 "수많은 푸른 별들이" 보여 주는 "영원永遠과 무한無限의 의미"를 갖는다. 따라서 "밤하늘"이 공空을 상징한다면 "수많은 푸른 별들"은 색色을, 즉 색성향미촉법色聲香未觸法(안이비설신의眼耳鼻舌身意)을 상징한다고 할 수 있다. 말하자면 공즉시색空卽是色, 무즉유無卽有의 진리를 구체적인 이미지로 현현하고 있는 것이 이 구절이라는 것이다. 이 시에서 말하고 있는 '사상思想'이 이미 「정사록초靜思錄抄 13」과 관련해 앞에서 말한 적이 있는 생명론, 곧 반야심경에서 말하고 있는 생로병사의 연기과정을 의미하는 까닭이 바로 여기에 있다. 생명의 연기과정을 통해 참된 무한無限,

곧 참된 영원을 찾으려는 것이 이 시에서의 창의 이미지가 갖는 궁극적인 내포라는 얘기이다.

생명의 연기과정을 깨달았다고 해서 곧바로 그가 원만구족圓滿具足한 삶을 살아갈 수 있는 것은 아니다. 그에게는 늘 “먼 훗날 또 다른 창 곁에 기대어 서있는 외로운” 저 자신의 “그림자가 아득히 내다보”이기 때문이다. “또 다른 창”도 창이지만 먼 훗날 거기 “기대어 서있는 외로운” 저 자신의 그림자, 즉 저 자신의 또 다른 모습을 내다보고 있는 것이 시인이라는 것이다.[14] 물론 여기서 말하는 저 자신의 또 다른 모습은 그의 자아가 지니고 있는 어두운 모습, 즐겁지 않은 모습을 뜻한다. 이는 한편으로 그의 깨달음이 돈오보다는 점수에 기반하고 있다는 것을 가리키기도 한다.

이들 논의에서도 알 수 있듯이 그는 화두를 들고 “벽을 향해/ 마주 서있”(「정사록초靜思錄抄 25」)는 존재, 곧 끊임없이 반성하고 성찰하는 존재이기도 하다. 좀 “괴로운 듯도 한 좀 즐거운 듯도 한 차츰 환해지는 아침”(「정사록초靜思錄抄 3」)을 살고 있는 것이 그라는 것이다. “차츰 환해지는 아침”의 내포는 당연히 차츰 밝아지는 반야(지혜)를 가리킨다. 물론 이를 통해 그가 도달하려는 세계는 원만구족圓滿具足한 삶이다. 원만구족한 삶은 마땅히 구체적인 생활 속에서 실현되는 초월과 해탈의 세계를 뜻한다.

그의 시에서 이러한 정신 차원은 종종 달의 이미지를 통해 표현이 된다. 달을 가리켜 “하나의 모습으로 원만히 떠오르는 님의 얼굴이”(「정사록초靜思錄抄 23」)라고 명명하고 있는 것이 그 실제의 예이다. 달의 이미지를 통해 원만구족한 삶을 표현하고 있는 예는 여타의 그의 시에 의해서도 확인이 된

---

14 융은 인간의 정신구조 안에서 세 가지의 원형을 발견한다. 그림자(shadow), 영혼(soul), 탈(persona)이 그것이다. 물론 이는 인간의 자아를 구성하는 세 가지 요소이기도 하다. 이 시에 드러나 있는 “외로운 나의 그림자”가 시인의 또 다른 모습, 즉 어두운 모습, 즐겁지 않은 모습으로 해석될 수 있는 까닭이 바로 여기에 있다. 김준오, 위 책, 221쪽 참조.

다. “절로 익은 젖가슴들끼리/ 가웅 강 술래야 둥글게/ 도는// 몇만 년萬年을 두고/ 뜨는/ 보름달인가”(「정사록초靜思錄抄 37」)와 같은 구절이 그 구체적인 예이다.

원만구족한 삶은 대긍정의 자아와 세계를 지니고 있을 때 가능해진다. 저 자신은 물론 세계 일반에 대해서도 대긍정을 할 수 있을 때 원만구족한 삶이 실현된다는 뜻이다. 그의 시에서 이러한 대긍정의 면면은 고향의 존재 및 사물들과 관련해 우선 먼저 형상화된다. 고향의 존재 및 사물들에 대한 대긍정을 통해 저 자신에 대한 대긍정에 이르고 있는 것이 시인 이재복이라는 것이다.

눈시울에 젖어드는
내 고향, 말끝이 느리디 느린 사투리를
너는
웃는다만

그늘진 구석의
질그릇 요강에 고인 찌부러진 이 가난을
너는
웃는다만

아, 어느 날엔가
약동하는 선율처럼
나부끼는 깃발처럼

그 모든 것들이
바람이 되어 흔들어주면
좋은 바람이 되어 와서

흔들어 주면

능수야 버들은
흥
제 멋에 겨워서
휘늘어질 테지.

—「능수야 버들은」 부분

이 시에 드러나 있는 능수버들은 충청도 사람 일반을 상징하는 객관상관물이다. 하지만 능수버들이 실제로 지시하는 것은 그 자신이라고 해야 옳다. 이 시에 강조되어 있는 "느린 사투리" "찌부러진 이 가난"의 주체가 실제로는 시인 저 자신을 가리키기 때문이다. 따라서 "너는/ 웃는다만"이라고 할 때 너와 대립해 있는 나도 실제로는 저 자신이라고 해야 마땅하다. "모든 것들이/ 바람이 되어" 나를 "흔들어 주"기만 하면 나 자신, 곧 능수버들은 자연스럽게 "제 멋에 겨워서/ 휘늘어"지리라는 대긍정을 담고 있는 것이 이 시라는 뜻이다.

이 시에서 대긍정의 정신은 참된 고요와 평화를 발견하는 것과도 무관하지 않다. 본래 참된 평화는 고요를 사랑하는 데서 비롯되거니와, 고요를 사랑하는 일은 언제나 착하게 사는 삶에서 구현되기 마련이다. 그의 시에서는 착하게 사는 삶이 늘 고향의 존재들 및 사물들과 깊이 연관되어 있다는 점을 간과해서는 안 된다. 서산의 마애삼존불과 관련해 그가 "착하디 착한 마음씨의 그 얼굴은/ 늘 백제의 미소를 머금고 있느니"(「백제의 미소」)라고 노래하고 있는 것도 하나의 예이다. 물론 "나지막한 지붕 위로/ 흰 구름장이/ 할 일 없이/ 넘어가고/ 넘어오는" 삶, 곧 "잃을 것도/ 바랄 것도 없는"(「산가」) 삶도 정작의 고요와 평화의 정신, 곧 대긍정의 정신을 토대로 하고 있는 것은 분명하다.

대긍정의 정신이 보편화되면 "아무렇게나 하"(「정사록초靜思錄抄 30」)더라도 세상의 질서로부터 어긋나지 않는 법이다. 세상의 질서로부터 어긋나지 않는 삶이야말로 성스러운 삶이라고 할 수 있는데, 이는 또한 법열의 삶이라고 해도 지나치지 않다. 물론 그는 자신의 시에서 법열의 삶을 늘 비유적으로 표현하고 있다. 포근히 쌓인 눈 더미, 즉 "천지에 넘치는 맑고 환한"(「정사록초靜思錄抄 11」) 눈 더미에서 법열을 찾고 있는 것이 그이기 때문이다. 한편으로는 빛나는 별에서 법열을 찾는 것이 그이기도 하지만 말이다. 그의 시의 "아, 삼천대천세계三千大天世界의/ 별은 법열의 영원한 교향악交響樂이다"(「별」)라는 표현이 그 구체적인 예이다.

법열은 "눈부신 즐거움"이다. "서로가 바라보며 향기론/ 웃음의 이웃을 이"(「정사록초靜思錄抄 21」)루는 것이 법열이다. 물론 그는 더러 힘"겨운 보람"(「꽃밭」)에서 법열을 찾기도 한다. 물론 이때의 법열은 일상의 삶으로부터 초월과 해탈을 실천하는 일과 무관하지 않다.

5. 맺음말—죽음과 생명

일상의 삶에서 초월하고 해탈하는 일은 성자의 삶을 사는 것과 다르지 않다. 성자의 삶을 살기 위해서는 무엇보다 죽음의 정서를 벗어나 생명의 정서를 사는 일이 중요하다. 생명의 정서는 플러스 정서이고, 죽음의 정서는 마이너스 정서이다. 플러스 정서는 사람살이의 화합과 조화에 기여하고, 마이너스 정서는 사람살이의 분열과 파괴에 기여한다.[15]

인간의 정서는 흔히 칠정七情, 곧 희로애락애오욕喜怒哀樂愛惡欲으로 요약된다. 맹자가 말하는 사단칠정四端七情의 칠정七情이 바로 그것이다. 마땅히 이때의 칠정 역시 플러스 정서와 마이너스 정서, 곧 생명의 정서와 죽

15 이은봉, 「죽음의 정서들 밖으로 내는 쬐그만 창」, 『시와인식』 통권 제7호(2008년 여름호), 문경출판사, 18~52쪽 참조.

음의 정서로 나누어진다. 물론 중도의 정서도 있을 수는 있다. 중도의 정서는 생명의 정서, 즉 플러스 정서와 죽음의 정서, 즉 마이너스 정서가 착종되어 있는 경우를 가리킨다.

예의 칠정 중에는 희락애喜樂愛가 생명의 정서이고, 노애오怒哀惡가 죽음의 정서이다. 나머지 욕欲은 중도의 정서이다. 중도의 정서인 욕欲은 예의 두 정서가 착종되어 있는 만큼 상황과 조건에 따라 생명의 정서, 곧 플러스 정서로도 발현될 수 있고, 죽음의 정서, 곧 마이너스 정서로도 발현될 수 있다. 욕欲이 생명의 정서, 즉 밝은 마음에 바탕을 두고 있을 때 희락애喜樂愛는 좀 더 활기를 얻는다.

구체적인 삶에서 생명의 정서를 살기 위해서는 노애오怒哀惡의 정서가 아니라 희락애喜樂愛의 정서와 함께해야 한다. 희락애의 정서와 함께하는 일은 "꽃도 웃고 사람도 웃고/ 하늘도 웃는"(「꽃밭」) 삶을 살 수 있을 때 가능해진다. 그의 시에 따르면 "차라리/ 웃을 수밖에" 없는 것이 "선심禪心"(「정사록초靜思錄抄 46」)이라는 것을 잊어서는 안 된다.

죽음의 정서를 극복하고 생명의 정서를 살기 위해서는 우선 죽음의 의미부터 바르게 깨달아야 한다. 그의 시에 따르면 죽음은 "능금나무 가지에서 한 알의 능금이 눈 감고 떨어지는 고요한 거리距離"(「정사록초靜思錄抄 6」)에 지나지 않는다. 물론 "눈 감고 떨어지는 고요한 거리距離"라는 공간적 개념에는 "눈 감고 떨어지는 고요한" '사이'라는 시간적 개념이 포함되어 있다. 이 짧은 거리와 사이가 지나면 한 알의 능금은 이내 땅에 떨어져 또 다른 생명으로 윤회하고 환생하는 연기의 과정을 겪게 된다. 이처럼 죽음에 이르는 과정, 즉 "한 알의 능금이 눈 감고 떨어지는" 과정은 그것이 또 다른 생명으로 전이되기까지의 휴지에 지나지 않는다. 이러한 연유에서 낙엽과 관련해 그가 저 자신의 존재를 "차라리/ 노을빛/ 어리어/ 황홀하게/ 지리라"(「낙엽 1」)라고 말하는 것이리라.

이로 미루어 보면 그에게는 이미 생사生死가 불이不二라는 것을 알 수 있다. 색공色空이 불이不二라는 것을 알면 생사가 불이라는 것을 모를 리 만무하다. "더러움을 위해 피는/ 꽃"인 더없이 깨끗한 "연蓮"과 관련해 그가 "나고/ 죽음이야/ 바람에 밀리는/ 물살"(「정사록초靜思錄抄 22」)에 지나지 않는다고 노래하고 있는 것을 유의할 필요가 있다. 물론 "나고/ 죽음이야/ 바람에 밀리는/ 물살"에 지나지 않는다는 생사불이生死不二의 정신은 색공불이色空不二의 정신에 뿌리를 내리고 있다. 생사불이生死不二의 근원인 색공불이色空不二의 정신, 즉 색공불이(色空不二, 色卽是空)의 정신은 구체적인 생활에서는 성속불이(聖俗不二, 聖俗一如)의 정신으로 구현될 때 실질적인 의미를 갖는다.

성속불이聖俗不二의 정신을 구현하기 위해서는 비록 세속의 삶을 살더라도 끊임없이 성스러운 삶을 향해 보시하고, 헌신하고, 실천할 수 있어야 한다. 이러한 삶의 대표적인 상징인 '촛불'의 이미지에 그가 깊이 천착해 있는 것도 실제로는 이 때문이다. "몸째로 불을 켜들고 그믐밤을 지"(「촛불」)키고 있는 촛불을 저 자신의 객관상관물로 받아들이고 있는 것이 시인 이재복이라는 점을 기억할 필요가 있다.

흔히 촛불은 기도하는 삶을 상징한다. 본래 기도하는 삶은 절대자를 가슴에 품고 있을 때 가능해진다. 그에게 절대자는 말할 것도 없이 부처님이다. 따라서 절대자인 부처님께 올리는 그의 기도는 간절한 염원과 소원, 곧 간곡한 기원의 산물일 수밖에 없다. 기도를 통해 그가 올리는 이러한 기원은 어둠을 딛고 밝음에 이르려는 추상적 희망을 담는다. "어둠 속 어디인 듯/ 솟아나는 염원은/ 눈물처럼 아름다운/ 섣달/ 그믐"(「제야」)과 같은 구절, "불멸을 필적하는 그/ 슬기로움을/ 나에게 주십시오"(「정사록초靜思錄抄 27」)와 같은 구절이 바로 그 예이다.

이로 미루어 보더라도 그는 좀 더 나은 삶, 나아가 좀 더 성스러운 삶을 위해 끊임없이 기도하는 시간을 살아왔다고 해야 마땅하다. "두 팔로 만월을 그려 한 아름 합장하고/ 조아려 비는 마음"(「염원」)으로 하루하루를 영위했던 것이 그라는 것이다. 그의 삶이 늘 이처럼 "먼 하늘 우러러 허허허 흐느끼는/ 한 그루 기다림으로 서있"(「살구나무에 부치는 노래」)으려 했다는 것을 알 필요가 있다. "저 어린 것들"이 "얼음장 속의 숨었던 찬란한 꿈을 믿게 하소서"(「기도」)라고 하며 보살님과 부처님께 끊임없이 기도해 온 것이 시인 이재복이라는 것이다. (2009)

수행하는 삶 혹은 고요에의 의지

—박수완 시집 『지리산에는 바다가 있다』

박수완 시인은 경남 산청의 정취암에서 주석하며 저 스스로를 수행하는 스님이다. 스님의 존재 방식은 전통적으로 매우 다양한데, 그의 경우에는 이른바 시승의 길을 택하고 있다. 이는 그가 벌써 20여 년 가까이 현대불교문인협의회를 이끌며 계간 『불교문예』의 발행에 앞장서고 있는 것만 보더라도 잘 알 수 있다.

주지하다시피 한국불교의 주된 흐름은 선불교禪佛敎이다. 선불교의 스님 중에 이른바 시승만이 시를 쓰는 것은 아니다. 어떤 곡절을 겪다가 끝내는 시를 남기지 않을 수 없는 것이 선불교의 스님들이기 때문이다. 이와 관련해 기억해야 할 것은 달마의 화두인 "불립문자 교외별전 직지인심 견성성불不立文字 教外別傳 直旨人心 見性成佛"에서 비롯된 것이 선불교라는 점이다. 불립문자 교외별전不立文字 教外別傳 운운의 세계가 언어를 거부하고 마음으로 직접 부딪쳐 진리를 획득하고자 하는 인식론에 기초하고 있다는 것은 분명하다. 물론 이렇게 획득된 진리를 공유하기 위해서는 언어로 되돌아오지 않을 수 없는 것 또한 사실이다. 이때의 언어를 흔히 불리문자不離文字 혹은 불외문자不外文字라고 하거니와, 그것이 시의 언어와 크게 다르지 않다는 것은 잘 알려져 있는 사실이다. 화두를 매개로 정진해 깨달음을 얻은 선승의 게송偈頌이 온갖 비유와 상징으로 이루어져 있다는 것을 잊어서는 안 된다.

보통 게송偈頌은 선리禪理를 담고 있는 선시禪詩를 가리킨다. 하지만 시를 쓰는 승려, 곧 시승이 매번 선리를 담고 있는 선시(게송)를 쓸 수 있는 것은 아니다. 시승詩僧이 쓰는 시라고 하더라도 매 편의 시가 선리禪理를 담고 있는 선시禪詩가 되기는 어렵다. 시승의 생애에서 선리를 담고 있는 선시는 오도송悟道頌이나 임종게臨終偈 정도로 충분할는지도 모른다. 시승의 시가 대부분 선취禪趣나 선정禪情을 담고 있는 것도 이와 무관하지 않아 보인다. 시승의 시가 지니고 있는 이러한 면은 박수완 스님의 경우에도 마찬가지이다. 그의 시 역시 산문山門의 안에서 느끼는 이런저런 선취와 선정을 바탕으로 하고 있는 경우가 없지 않기 때문이다. 물론 이러한 지적을 그의 시가 선리에 대한 탐구를 보여 주지 않는다는 뜻으로 받아들여서는 안 된다. 그의 시 중에도 상당한 정신의 경지를 보여 주는 선리시禪理詩가 적잖기 때문이다.

한국 불교의 중심은 선불교이고, 선불교의 인식론은 간화선, 즉 화두선이다. 화두를 매개로 깨달음을 참구하는 것이 간화선이거니와, 간화선은 화두를 실마리로 하고 있다는 점에서 상징주의의 인식론을 연상시키기도 한다. 화두라는 상징을 직관의 방식으로 한꺼번에 갑자기 퍼뜩 풀기 위해 참선의 고행을 마다 않는 것이 간화선이라는 인식론이다. 직관의 방식으로 화두라는 상징을 한꺼번에 퍼뜩 갑자기 푸는 일 자체가 성불의 과정이므로 산문山門 안의 세계는 세속의 중생에게 늘 그리움의 대상이면서 두려움의 대상일 수밖에 없다. 물론 이때의 두려움은 외경의 내포를 갖는다.

이처럼 세속의 중생에게는 그리움과 외경의 대상으로 존재하는 것이 산문山門 안의 삶이다. 하지만 산문山門 안의 삶 역시 삶인 만큼 그곳에도 인간이 갖는 이런저런 감정의 파동이 존재하지 않을 수 없다. 선취禪趣와 선리(禪情)을 바탕으로 하고 있기는 하더라도 바로 그렇기 때문에 산문 안에서도 시는 창작되고 읽혀지는 것이리라. 산문 안에도 생활이 있고, 생활에서 시가 불거져 나오는 것은 시승인 박수완의 경우에도 다를 바 없다는 것이다. "어느덧 썩어 흙밥 되"어가는 인생을 "애처로"워하고 있는 시 「죽잠竹簪을 깎으며」라든가, "발정 난 암캐를 차지하려" 싸우다가 남의 집 수캐를 물어 죽인 우리 절 개를 안쓰러워하고 있는 시 「상사화」 등이 그 예이다.

물론 그가 택한 산문 안의 삶이 위의 시들에 드러나 있는 것처럼 매번 시끄럽고 요란한 것은 아니다. 구태여 그가 산문 안의 생활을 택한 것은 좀 더 고요하고 한가한 삶을 찾기 위해서라고 해야 마땅하다. 자연 속의 삶과는 달리 늘 바쁘고, 분주하고, 어지러운 것이 도시 속의 삶이다. 그렇다. 그가 생각하기에는 정작의 여유나 진실이 존재하지 않는 것이 도시 속의 삶이다. 다음의 시야말로 자연 속의 삶과 도시 속의 삶에 대한 그의 이러한 생각을 잘 드러내 주고 있는 예라고 할 수 있다

바람이 불고
잎 진 나뭇가지 새로
아스라이 걸린 하늘은
늘 그 자리
그 모습인데
한 해를 보내고
또 다른 한 해를 맞는
인간의 하늘은
지난날의 반성과
새로운 날의 각오로
번幡처럼 분주하다

사랑하는 이여
바람의 하늘처럼 한가하소서

—「바람의 하늘」 전문

이 시에는 "잎 진 나뭇가지 새로/ 아스라이 걸린" 자연의 하늘과, "지난날의 반성과/ 새로운 날의 각오로/ 번幡처럼 분주"한 "인간의 하늘"이 극명

하게 비교, 대조되고 있다. 그가 여기서 이처럼 두 하늘을 비교, 대조하고 있는 까닭은 비교적 단순하다. "한 해를 보내고/ 또 다른 한 해를 맞는" 너무도 분주한 "인간의 하늘"이 자연의 하늘처럼 한가해지기를 바라고 있기 때문이다. 이는 무엇보다 그가 번잡하고 시끄러운 도시의 현실보다 고요하고 한가한 산사의 현실을 훨씬 더 소중히 여기고 있다는 것을 뜻한다.

물론 그가 모든 자연의 사물들로부터 오직 고요하고 한가한 이미지만을 발견하고 있는 것은 아니다. "신새벽/ 빨간 꽃잎 되어 떠오르는" 일출을 "밤새/ 님이 펼친 번뇌"(「일출」)로 연상하는 것이 그이기도 하기 때문이다. 하지만 그가 자연의 이미지들로부터 산문山門 안의 청아한 삶을 좀 더 많이 발견하고 있는 것은 사실이다. 자족하고 편안한 산사의 생활에 대한 긍정적인 그의 마음은 새해 아침에 느끼는 밝은 정회를 노래하고 있는 다음의 시에 의해서도 확인이 된다.

퍼드득 홰를 치며 우는
닭 울음소리에
화들짝 놀라 깨어나는 먼동
새벽 예불을 마치고
밖으로 나오면
장밋빛 손가락으로
여릿여릿 하늘을 열어가는
효애曉靄의 빛
어린아이 볼딱지처럼 곱다

붉은빛 사이로 물그림자 같은
하늘이 둥둥 떠오르고
나풀나풀 꽃잎 되어 흩날리는 눈송이

이 겨울의 극락

—「새해 첫눈 내리는 아침」 전문

이 시에서 시인은 "새해 첫눈 내리는 아침"에 예불을 마치고 밖으로 나오며 느끼는 충만한 감흥을 노래하고 있다. 너무도 충만해 이때의 감흥에는 아무런 결핍도 존재하지 않는 듯싶다. "퍼드득 홰를 치며 우는/ 닭 울음소리에/ 화들짝 놀라 깨어나는 먼동"의 시간 속에 존재하는 것이 여기서의 그이다. 그는 지금 이러한 시간에 "새벽 예불을 마치고/ 밖으로 나오"며 만나는 "여릿여릿 하늘을 열어가는/ 효애曉靄의 빛"과 "나풀나풀 꽃잎 되어 흩날리는 눈송이"로 하여 "극락"을 체험하고 있는 것이다. 따라서 이 시에는 시인이 처한 현실과 욕망 사이에 아무런 간극도 존재하지 않는다. 타고난 본연지성이 있는 그대로 실현되고 있는 것이 이 시에서의 그이다.

이 시에서와 같은 극락의 세계에 대한 그의 의지는 매우 깊고 크다. 고요하고 한가한 가운데 십분 충족이 이루어지는 예의 세계에 대한 그의 의지는 다른 시의 "내가 꿈꾸어 온 고요는/ 저 나부끼는 것들과/ 저 소리치는 것들과/ 저 멈추어선 것들이/ 제각기의 모습으로 산색이 되고 물색이 된다"(「내가 꿈꾸어 온 고요는」)라는 구절에 의해서도 확인이 된다.

이처럼 무욕한 세계를 살고 있는 것이 시승 박수완이거니와, 때로 그는 자신이 주석하고 있는 산사에서 좀 더 가까이 있는 것들을 노래하기도 하고, 좀 더 멀리 있는 것들을 노래하기도 한다. 본연지성의 공간인 산문 안에서 관찰하는 것들을 대상으로 하되, 조금은 가까이 있는 것들을 그리기도 하고, 조금은 멀리 있는 것들을 그리기도 한다는 것이다. 산사에서 조금은 가까이 있는 것들을 그리고 있는 예는 그의 시의 "연초록/ 귓불을 적시며/ 속살거리는/ 봄비"(「봄비」) 등의 구절에 의해서도 알 수 있다. 물론 산사에서 좀 더 가까이 있는 것들을 노래하고 있는 그의 시에는 훨씬 더 고요하고 한가한 본연지성이 함유되어 있어 주목이 된다. 주체와 객체가 근원적으로 잘 통합되어 있는 세계를 노래하고 있는 것이 이들 시라는 것이다.

라흐마니노프의 피아노 협주곡처럼 음울한 하늘
잎 진 은행나무 가지 사이로 성긴 눈발이 내린다
질긴 인연의 끈을 붙들고
빈 가지에 매달려 있는 은행 몇 알
수유를 끝낸 어머니의 까만 젖꼭지같이
쪼글쪼글 메말라 있다
발아래 수북이 쌓인 은행잎
롱샷으로 정지된 풍경
하늘 다 탐하고도 흔적도 남기지 않은 나뭇가지에
까치가 날아와 깍깍 소리를 매단다

뒹구는 은행잎을 쓸어 모아 해우소에 쌓아두고
근심을 풀고 간 퇴적물을 덮는다

—「풍경」 전문

이 시는 그가 주석하고 있는 경남 산청의 정취암에서 체험하는 일상을 바탕으로 하고 있다. "성긴 눈발이 내"리는 날, "뒹구는 은행잎을 쓸어 모아 해우소에 쌓아두고/ 근심을 풀고 간 퇴적물을 덮는" 일을 하면서 느끼는 심회를 시로 그려내고 있기 때문이다. 산사의 안에서나 산사의 주변에서 그가 체험하는 현실에는 이처럼 한가하고 고요한 정신의 경지가 함유되어 있다. 하지만 그가 주석하고 있는 정취암의 특성으로 보면 가까운 것들을 형상화하기보다는 먼 것들을 형상화하기가 쉬울 수밖에 없다. 가까이 들여다보는 풍경을 노래하기보다는 멀리 내려다보는 풍경을 노래하기가 쉬운 것이 정취암이기 때문이다.

그렇다고 해서 그가 매번 자신의 시에 멀리 내려다보는 풍경만 담고 있는 것은 아니다. 그의 시 중에는 "돌미륵 닮은 표정으로/ 물빛 하늘을 되새김질하며/ 졸고 있는 황소"(「비 개인 날」)처럼 가까이 있는 것을 담고 있는 시도 적잖기 때문이다. 이때의 황소는 물론 "물빛 하늘을 되새김질하며/ 졸고 있"다는 점에서 그가 바라고 꿈꾸는 고요하고 한가한 삶을 상징한다.

불교에서는 흔히 황소를 진리의 상징으로 응용하고 있다. 하지만 이 시에서의 황소를 곧바로 진리의 상징이라고 말하기는 어렵다. 그보다는 한가하고 고요한 가치 일반을 상징하고 있다고 해야 옳다. 물론 이때의 황소가 시인이 주석하고 있는 산사에서 멀리 떨어져 있는 것은 아니다. 산사의 자장으로부터 가까이 자리해 있는 것이 황소라는 뜻이다. 따라서 산사로부터 멀리 떨어져 있는 것일수록 고요하고 한가한 가치로부터도 멀리 떨어져 있는 것을 알 수 있다. 아무래도 산사로부터의 자장이 덜 작용하기 때문이리라.

설국에서 온 기러기 떼가
다음 행선지의 대기표를 끊어놓고
낯선 외로움이 배어있는
들판을 서성인다
붉은 해를 보고 화들짝 놀라
진저리치며 깃털을 세운다
물빛 그리움이 무서리 되어 내리는
이곳은 항상 낯선 외지다

—「무서리 내린 아침」 부분

이 시의 중심 대상은 "설국에서 온 기러기 떼"이다. 이 시에서 기러기 떼는 "외로움이 배어있는/ 들판을 서성"이고 있는 존재로 그려져 있다. 따라서 근경이 아니라 원경으로 포착되고 있는 것이 이 시에서의 기러기 떼라고 할 수 있다. 여기서도 알 수 있듯이 그의 시에서 원경으로 포착되고 있는 것들은 고요하고 한가한 가치를 제대로 구현해 내지 못한다. 산사로부터 멀리 떨어져 있는 것일수록 본연지성의 가치를 제대로 구현해 내지 못하는 것이 그의 시라는 것이다. 기러기 떼가 "붉은 해를 보고 화들짝 놀라" "깃털을 세"우며 그곳을 "항상 낯선 외지"로 인식하고 있는 것이 이 시라는 것을 잊어서는 안 된다. 고요하고 한가한 가치와는 전혀 무관한 것이 이 시에서의 기러기 떼라는 뜻이다.

이처럼 그의 시에는 산문山門에서 멀리 떨어져 존재하는 것들이 대부분 속세의 것들로 인식되어 있다. 여기서 말하는 속세의 것들은 기억이나 추억의 이름으로 불러내기 쉬운 그리움의 공간과 함께한다. 다음은 그리움의 공간과 함께하고 있는 속세의 것들을 노래하고 있는 그의 시의 한 예이다.

어릴 적 고향의 밤바다를
지리산에서 본다
산 아래 마을은
바다를 유영하는 주낙배
집어등 밝히고
황금벌레처럼 굼실거리는 비닐하우스
어느 날엔 오징어, 명태잡이 배였다가
어느 날엔 홍어잡이 배가 되기도 한다
산안개 사이로 부침하는
저 물색 좋은 봉마이 아재
뱃노래 가락
오색기에 감길 듯 들려온다

질기디질긴 삶을
뿌리내릴 수밖에 없는 고향
그 고향의 밤바다는
철없이 보채는 어린아이다
거기 사랑이 있고 미움이 있고
그리움이 있다

지리산에는 바다가 있다
허리에 산안개 유유히 두르고
넓은 품으로 보채는 어린아이
보듬어 안는 바다가 있다

—「지리산에는 바다가 있다」 전문

이 시의 시인이 처해 있는 공간은 지리산이고, 시간은 밤이다. 시인은 지금 자신이 주석하고 있는 정취암의 어딘가에서 안개 낀 지리산 아래의 마을을 내려다보고 있다. 그러면서 그는 지리산 아래의 안개 낀 마을이 "어릴 적 고향 밤바다"와 다르지 않다고 생각한다. "바다를 유영하는 주낙배"라고 "산 아래 마을"을 인식하고 있는 것이 그 증거이다. 이어 그는 그곳의 "비닐하우스"를 "집어등 밝히고" 있는 오징어잡이 배라고 생각한다. 그가 보기에 지리산 아랫마을의 비닐하우스는 어느 날엔 "명태잡이 배였다가/ 또 어느 날엔 홍어잡이 배가 되기도 한다". 이곳에서 그는 "오색기에 감길 듯 들려"오는 "봉마이 아재"의 "뱃노래 가락"을 듣는다. 이처럼 그에게 고향은 "질기디질긴 삶을/ 뿌리내릴 수밖에 없는" 공간이다.

그의 시에 드러나 있는 산문山門 밖의 먼 곳은 이처럼 속세의 기쁨이나 고통이 상존하는 곳이다. 그의 시에서는 산문 안이나 산문에서 가까운 곳과는 달리 언제나 감정의 질곡이 상존하는 곳이 산문 밖의 먼 곳, 곧 속세이다. 물론 속세에 상존하는 감정의 질곡은 사람들 사이에서 만들어진다. 사람들과 관계하며 만드는 상처가 늘 감정의 질곡으로 불거지기 때문이다. 따라서 감정의 질곡은 사람들 사이에서만 태어나기 마련이라고 생각하기 쉽다.

하지만 감정의 질곡은 사람들 사이에서만 태어나는 것이 아니다. 자족한 존재로만 여겨온 자연과의 관계에서 태어나는 감정의 질곡도 충분히 있을 수 있다. 더러는 무지막지한 폭력으로 존재할 수도 있는 것이 자연이라는 것을 간과해서는 안 된다. 이는 무엇보다 그의 시의 "빠른 바람이/ 천지를 가른다/ 매미 소리에/ 휘청거리는 고목나무/ 수백 년 견뎌온/ 고막 찢기는 소리/ 풀잎 누운 자리마다/ 널브러진 넝마 조각"(「태풍 매미」)과 같은 구절이 잘 말해 준다.

하지만 그의 시에 좀 더 자주 등장하는 것은 감정의 질곡이 함유되어 있는 자연이 아니라 산사에서 참선하며 정진하는 자아의 현존이다. 참선의 과정에 깨닫는 자잘한 진리를 형상화하는 데 좀 더 초점을 두고 있는 것이 그의 시라는 뜻이다. 다음의 예는 바로 그러한 점에서의 깨달음을 담고 있는 시라고 할 수 있다.

해맑은 아침
연꽃 한 송이 들어
우주의 문을 두드린다

나를 향해 앉은 낯선 시간
꼴깍!
침 삼키는 소리
천둥소리보다 크다

손끝으로 전한 생명의 경이가
입가에 스치는 미소되어
우주의 문을 연다

고래 떼가
푸른 바다의 물살을 가른다

—「염화미소拈花微笑」 전문

이 시는 석가모니가 대중 앞에서 들어 올린 연꽃의 내포를 오직 가섭만이 알아차렸다는 '염화미소拈花微笑'의 고사를 바탕으로 하고 있다. 선가禪家의 전통적인 화두인 '염화미소'는 가섭이 부처님으로부터 깨달은 선리禪理를 함유하고 있어 주목이 된다. 물론 이때의 선리禪理를 함유하고 있는 상징, 곧 화두는 '연꽃'이다. 따라서 위의 시에 드러나 있는 연꽃의 상징, 곧 연꽃의 화두도 선리를 함유하고 있는 것은 당연하다. 그렇다. 위의 시에서도 연꽃 한 송이를 드는 행위, 즉 "연꽃 한 송이 들어/ 우주의 문을 두드"리는 행위를 통해 시인이 선리를 드러내고 있는 것을 염두에 두지 않으면 안 된다.

물론 이때 "우주의 문을 두드"리는 행위는 "손끝으로 전한 생명의 경이가/ 입가에 스치는 미소되어/ 우주의 문을" 여는 것과 다르지 않다. 그가 보기에는 '연꽃'이라는 상징, 곧 '연꽃'이라는 '화두'가 어떻게든 열고 들어가야 할 '우주의 문'을 뜻하기 때문이다. 따라서 '염화미소'라는 화두를 매개로 참구하는 일은 우주의 문을 열고 들어가는 것이 되지 않을 수 없다. 연꽃의 상징을 푸는 것이, 곧 '염화미소'의 화두를 깨치는 것이 우주의 문을 열고 들어가는 것이 되는 까닭이 바로 여기에 있다.

이때의 우주의 문은 당연히 진리의 세계로 나가는 문이라고 해야 옳다. 그의 시의 다른 구절을 빌려 말하면 이는 "이슬방울에 비친 우주"(「행선行禪」)를 읽는 일이기도 하다. 물론 "이슬방울에 비친 우주"를 읽은 일은 일즉다一卽多의 원리를 배우는 일, 즉 하나를 통해 열, 스물, 서른을 깨달아 아는 일을 가리킨다. 따라서 이는 바늘구멍을 통해 우주 전체를 들여다보는 일이라고도 해도 지나치지 않다. 다른 시에서 그는 이를 "자궁 속 적정삼매에서/ 배어 나와/ 바람처럼 순일하게/ 세상 사람들의 걸음걸이로/ 걷는 것"(「행선行禪」)이라고 표현하기도 한다.

그의 시에 함유되어 있는 화두는 이처럼 벽암록 수준의 높고 깊은 경지에 이르러 있는 경우가 대부분이다. 근본적으로는 나와 세계, 길(도, 진리)과 시간이 다를 바 없다는 깨달음을 담고 있는 다음의 시가 그 대표적인 예이다.

> 물이 흐르는 곳에 길이 있고
> 길이 있는 곳으로 시간이 흐른다

시간을 먹고 사는 것들은
시간과 함께 소멸해 가고
시간 속에서 길을 가는 이들은
자신의 안으로 흐르는 강물이 된다

내 안에 길이 되어 흐르는 강물이 있다
그곳에는 산과 들과 바람과 구름이 떠가고
아이들 뛰노는 소리 물굽이 치며 흐른다

—「길이 되어 흐르는 강」 전문

물은 본래 길을 따라 흐르기 마련이다. 아니 "물이 흐르"면 그 흐름을 따라 길(도, 진리)이 생기는 법이다. 실제로는 "길(도, 진리)이 있는 곳으로 시간이 흐른다". 모든 길이 시간과 정비례하는 가운데 존재하는 까닭이 바로 여기에 있다. 그렇다. 시간 밖에 따로 존재하는 길은 있지 않다. 하지만 대부분 사람들은 시간 안에 존재하는 길은 길이 아니라고 생각한다. 시간 안에 존재하는 길은 영원한 길, 영원히 존재하는 길이 아니기 때문이다. 따라서 그들은 정작의 길은 시간 밖의 길이라고 믿는다. 이때의 정작의 길을 찾는 것이 초월이라는 이름으로 반복되는 시작행위詩作行爲이지만 말이다.

하지만 여기서 말하는 정작의 길은 주관적으로나, 좀 더 구체적으로 말해 주체의 의식으로나 존재할 따름이다. 이를테면 깨달음의 형태로나 존재하는 것이 정작의 길(도, 진리)이라는 것이다. 이는 게송이나 선시에 획득되어 있는 이른바 선리禪理라고 하는 길도 마찬가지이다. 벽암록의 화두이기도 한 '부모미생전父母未生前의 나'를 소재로 하고 있는 그의 시 「성산포에서 그리운 것」에 함유되어 있는 선리도 실제로는 주관적으로나 존재할 따름이다.

그렇다면 도대체 '주관적이라는 것'은 무엇인가. '주관적이라는 것'은 곧 '객관적이라는 것'이다. 이를 압축해 표현한 것이 물심일여物心一如 혹은 일체개유심조一切皆唯心造라는 경구이다. 물심일여物心一如라는 경구도 마찬가지이지만 일체개심조一切皆唯心造라는 경구의 경우 마음(가장 주관적인)에 의해 일체의 것(가장 객관적인)이 결정된다는 의미를 담고 있기 때문이다. 일찍이 무자기無自己, 무자성無自性을 강조했던 것이 부처님이거니와, 위의 시에서 그가 "내 안에 길이 되어 흐르는 강물이 있다"고 노래하고 있는 것도 실제로는 이와 무관하지 않다. "내 안에 길이 되어 흐르는 강물"이라는 구절이야말로 가장 주관적인 것이 가장 객관적인 것이라는 내포를 갖고 있기 때문이다. 내 안에는 "산과 들과 바람과 구름이 떠가고/ 아이들 뛰노는 소리 물굽이 치며 흐른다"라고 노래하고 있는 것이 그라는 것을 잊어서는 안 된다.

한편으로는 정취암에 앉아 무리지어 오가는 것들에게서 얻는 비판적인 소식을 노래하기도 하는 것이 그이다. "바람처럼 행성처럼 무리지어" 오가는 사람들로 하여 "새소리, 바람 소리, 개구리 소리, 소리, 소리 그치지 않는"(「물그림자로 잠긴 꿈」) 상황을 비판적으로 성찰하기도 하는 것이 그라는 것이다. 하지만 수행자로서 그가 시를 통해 정작 추구하고 있는 것은 탈속의 분위기와 함께하는 성불의 정신 차원이라고 해야 옳다. 그의 시에 의하면 성불의 정신 차원은 "찻잎 하나 따서/ 입에 머금으면 해탈의 향이/ 온몸으로 스며"드는 세계, 곧 일즉다一卽多의 세계를 가리킨다. "물론 해탈의 향이/ 온몸으로 스며"드는 세계는 "우주와 하나가"(「입정入定」) 되는 세계를 가리킨다. 시승 박수완은 여기서 "우주와 하나가" 되는 세계를 입정入定이라고 명명한다. 물론 입정入定은 진정한 참선을 통해 선정禪定에 드는 것을 가리킨다.

그의 시에 드러나 있는 것처럼 "순일하게/ 세상 사람들의 걸음걸이로 걷는 것"(「행선行禪」)이 행선行禪이라면 행선은 말 그대로 선정禪定에 드는 것, 곧 입정入定이 된다. 그렇다고는 하더라도 행선은 이슬방울처럼 작은 것을 통해 우주 전체를 한꺼번에 깨달아 아는 것을 의미한다. 결국 이는 밖과 안이, 다의적 현상과 일의적 본질이, 세계와 자아가 하나라는 것을 깨달아 알고, 그것을 바로 실천하는 것이라고 할 수 있다.

이처럼 저 자신은 물론 다른 많은 사람들의 본질적 열망과 고뇌까지 반영하고 있는 것이 시승 박수완의 시이다. 선정禪定이든 입정入定이든 행성行禪이든 자신이 처한 형편에 주목하여 깊이 있고 그윽한 시를 쓰고 있는 것이 그라는 것이다. 물론 그가 자신의 시에서 매번 벽암록 수준의 높고 깊은 화두만을 참구하고 있는 것은 아니다. 일상에서 획득하는 자잘한 소식을 담고 있는 시를 쓰는 경우도 상당하기 때문이다. 그가 산문山門 밖 어느 곳에 처하더라도 저 자신이 추구하는 고요하고 한가한 가치를 십분 실천할 수 있게 되기를 빌며 여기서 서둘러 글을 맺는다.(2009)

갈망과 자족, 무구와 대자유
—임효림의 시 세계

1. 머리말—자아의 행로

임효림은 2000년대에 들어 두 권의 시집『흔들리는 나무』(책만드는집, 2003)와『꽃향기에 취하여』(바보새, 2006)를 상재한 시를 쓰는 승려, 곧 시승이다. 그는 또한 단순한 시인만이 아니라 투철한 정치개혁 및 사회개혁 운동가인 동시에 실천불교의 운동가이기도 하다. 여기서 구태여 이러한 점을 강조하는 까닭은 단순하다. 그의 시에 자신의 삶과 관련된 가치와 인식이 고스란히 드러나 있기 때문이다. 그의 시에 드러나 있는 가치와 인식은 오늘의 현실과 저 자신의 자아에 대한 끊임없는 진단과 처방, 비판과 대안으로 이루어져 있어 더욱 관심을 끈다. 이는 동시에 그의 시 세계가 오늘의 현실에 대한 저 자신의 고뇌에 찬 기록으로 이루어져 있다는 뜻이 되기도 한다. 요컨대 그의 시 세계 역시 다른 많은 시인의 시 세계와 마찬가지로 오늘 이곳의 현실에 대한 그 나름의 고통스러운 이해와 탐구를 바탕으로 하고 있다는 것이다.

주지하다시피 그는 승려 시인이다. 따라서 오늘 이곳의 현실에 대한 그 자신의 고통스러운 이해와 탐구가 궁극적으로 목표로 하는 것은 흔히 대자유라고 명명되는 해탈과 열반의 세계, 곧 성불의 세계라고 하지 않을 수 없다. 성불하는 길, 부처를 이루는 길은 그의 경우라고 해도 크게 다르지 않다. 그에게도 성불하는 길, 부처를 이루는 길은 힘들고 어렵고 고단하고 험난할 수밖에 없다. 하지만 그의 궁극적인 정신 지향이 성불을 하는 데 있다는 것은 불문가지이다. 이는 우선 다음의 시를 통해서도 확인이 된다.

아무 준비 없이
아이는 산으로 가
산이 되었다

그리고 산은
부처님이 되고

그리고 다시
부처님은 아이가 되었다

—「산으로 간 아이」 전문

이 시의 서정적 주인공은 '아이'이다. 하지만 그 아이를 시인 자신의 객관 상관물이라고만 한정해 이해할 필요는 없다. 그보다는 시인 자신을 비롯한 출가자 일반의 알레고리라고 보는 것이 훨씬 설득력을 준다. 과거시제의 서술어로 기술되어 있지만 이 시에 압축되어 있는 서사에는 시인 자신을 비롯한 승려 일반의 서원과 깨달음이 담겨 있다. 그것이 서원이라고 할 수 있는 까닭은 아이가 부처님이 되는 데서도 확인이 되고, 깨달음이라고 할 수 있는 까닭은 부처님이 아이가 되는 데서도 확인이 된다. 부처님이 되는 것은 출가자 모두의 기본적인 서원이거니와, 그것의 구체적인 실재가 아이라고 하는 것은 매우 소중한 깨달음이다. 부처님의 정신 경지가 어린아이의 순수하고 무구한 정신 차원과 다를 바 없다는 것을 잘 보여 주기 때문이다.

하지만 아이가 아무런 갈등 없이 "산으로 가/ 산이 되었다"는 점, 산이 아무런 고뇌 없이 "부처님이 되"었다는 점 등은 얼마간 의문이 남는다. 따라서 이를 스님 임효림 자신의 구체적인 삶과 관련시켜 이해할 수는 없다. 1968년 18세의 어린 나이로 출가한 이래 그가 끝내 포기하지 않고 부처님이 되려 했으리라는 것은 자명하다. 그렇다고는 하더라도 그 과정이 아이가 산이 되고, 산이 부처님이 되고, 부처님이 아이가 되는 식의 단순하고 소박한 공돌이空道理는 아니었으리라. 스승인 정영 선사(1925~1995)의 경책을 좇아 토굴에 갇혀 수행하기보다는 사회 및 역사에 저 자신을 열어놓고, 움직이는 현실과 더불어 수행해 온 것이 시승 임효림의 삶이라는 것을 잊어서는 안 된다(공광규, 「친민중, 사회변혁, 구도일상의 시」 참조). 산으로 상징되는 자연의 질서나 원리로부터 성불의 내포를 찾기보다는 억압받고 핍박받는 민중들 속에서 고뇌와 고통, 비판과 분노 등의 정서와 함께하는 가운데 성불의 내포를 찾아온 것이 그라는 것이다.

그의 시에 드러나 있는 나날의 삶이 언제나 구체적인 역사가 지니고 있는 온갖 고통과 함께하고 있는 것도 이와 무관하지 않아 보인다. 구체적인 역사가 지니고 있는 온갖 고통이라고는 했지만 그것의 실제는 나날의 삶을 살아가는 시인 임효림의 자아가 겪는 다양한 풍상 이상을 뜻하지는 않는다. 인생을 가리켜 "준비된 나침반도 없이/ 돛도 없는 한 척의 배를 띄"우는 것, "칠흑같이 어두운 밤을 항해하는 것"(「비 오는 밤 산중 우거에서」)이라고 말하고 있는 사람이 그이기 때문이다. 따라서 그의 시 세계 역시 승려로서, 시인으로서, 정치개혁 및 사회개혁 운동가로서, 그리고 실천불교 운동가로서 그 자신의 자아가 보여 주는 다양한 궤적을 추적하는 것을 통해 해명이 되리라고 믿는다. 본고가 그의 시에 나타나 있는 다양한 자아의 행로를 추적해 그의 시 세계 일반이 지니고 있는 보편적인 특징을 구명하려 하는 것도 다름 아닌 이러한 이유에서이다.

2. 갈등하고 방황하는 자아

대부분 사람들이 수행에 매달리는 것은 자신의 내부에 걷잡을 수 없는 자아를 지니고 있기 때문이다. 걷잡을 수 없는 자아를 지니고 있다는 것은 갈등하고 방황하는 자아를 지니고 있다는 것을 뜻한다. 물론 이는 자아의 내부에 들끓는 욕망을 지니고 있다는 것과도 다르지 않다. 들끓는 욕망은 흔히 들끓는 감정으로 표출되거니와, 이는 임효림의 시에서도 마찬가지이다. "삭정이가 다 된 분노로 다시 불을 지펴/ 부글부글 피를 끓여/ 따로 도는 탁한 피를 걸러내어"(「팔월 한가위」)와 같은 표현이 그 구체적인 예이다.

출가자임에도 불구하고 그가 이처럼 들끓는 감정을 지니고 있는 것은 아마도 저 자신이 지금 "오욕의 세상을 지나"(「눈이 내리는 날은」)가고 있다고 생각하기 때문인 듯하다. "엎어지고 넘어지며 달아나지만" "오늘도 탐욕의 그림자에 쫓기고 있다"(「꿈속에서」)고 생각하는 것이 그라는 것이다. 그가 "내 삶은 방황과 갈등/ 그리고 나머지 반은 고뇌"(「잠 못 드는 밤」)라고 노래하고 있는 것도 얼마간은 이에서 비롯되는 것으로 보인다.

하지만 그가 보여 주는 이러한 방황과 갈등, 그리고 고뇌를 부정적으로만 볼 필요는 없다. "고뇌와 갈등은 오히려 수행자의 재산"(「만정 선화자에게」)일 수도 있기 때문이다. 본래 "나무는 흔들리면서 꽃이 피고/ 흔들리면서 열매가 익"(「흔들리는 나무」)기 마련이다. 그렇다. "오래된 나무는 상처가 많은 법이"다. "천년 나이테를 가진 거대한 고목"일수록 "가지는 꺾어지고/ 몸통은 썩"(「고목—설악산 큰 스님의 법문을 듣고」)어있지 않는가. 물론 여기서 말하는 나무는 보편적인 인간 모두의 객관상관물이라고 해야 마땅하다.

이처럼 방황과 갈등, 고뇌를 보여 주는 것은 무엇보다 그가 매우 풍성한 감성을 갖고 있다는 것을 말해 준다. "곡절 없이 바람이라도 불어와/ 방문을 잡아 흔드는 날이면" 자주 슬픔에 빠지기도 하는 것이 그이다. "자다가 일어나면 눈물이 나고/ 울다가는 다시"(「정화」) 자기도 하는 것이 그라는 것을 알 필요가 있다. 저 자신의 심리적 현존과 관련해 그가 "해 지는 언덕에

서서/ 짐승처럼 울기는 왜 우노/ 슬픈 일이 있기로/ 무에 슬퍼서"(「슬픈 일이 있기로」)라고 노래하고 있다는 것을 잊어서는 안 된다. 때로 "이 억울한 심사가/ 풀릴 수만 있다면" "우황 든 소처럼/ 울고만 싶"(「한풀이」)은 것이 시승 임효림이라는 것이다. 이별의 고통을 노래하고 있는 시 「간단 말도 없이」의 "저리 간단 말인가// 남은 내는 어이하라고/ 애달픈 내는 어이하라고"와 같은 구절이며, 「떠나가는 배같이」의 "사르르 미끄러져 가는 배같이/ 그냥 그렇게/ 조용히 가버릴 일이다" "가고는 다시 돌아오지 말아야 할 일이다"(「떠나가는 배같이」)와 같은 구절도 그가 매우 풍성한 감성을 지니고 있다는 것을 말해 준다.

이처럼 감성이 풍부한 만큼 그가 기다림과 그리움의 정서를 시의 대상으로 삼는 것은 당연하다. 자신의 시를 통해 "나의 기다림은 오시지를 않네"(「기다림」), "기다리다 이제는 지쳤노라"(「겨울비」)라고 노래하고 있는 것이 그이다. 그런가 하면 "씻어도/ 씻어도/ 물로는 씻어지지 않는/ 그리움이 있네"(「그리움」), "내가 그를 그리워하듯이/ 그도 또한 나를 그리워할까"(「짝사랑」)라고 노래하고 있는 것이 그이다. 이처럼 한때는 기다림과 그리움의 정서에 깊이 빠져있었던 것이 그이다.

기다림과 그리움은 서정시의 가장 원초적인 정서이다. 그의 자아가 보여주는 이러한 면은 무엇보다 그가 승려이기 이전에 시인이라는 것을 말해 준다. 만해의 시에서처럼 아직도 "찬란한 빛으로 오실 님"(「아직도 기다리는 님」)을 그리워하고 기다리는 것이 그라는 사실을 간과해서는 안 된다.

다음의 시는 그리움의 정서가 특히 잘 드러나 있는 예이다.

홀로 가는 산길에서
우연히 본 도라지꽃

여름날 소낙비에
놀라 핀 듯 청초하다

정을 끊고 두고 온 분도

저 꽃 같이 고왔었다.

—「도라지꽃」 전문

화자인 시인은 홀로 산길을 가다가 "우연히 본 도라지꽃"에서 속세에 "정을 끊고 두고 온 분"을 떠올리고 있다. "여름날 소낙비에/ 놀라 핀 듯 청초"한 도라지꽃, 곧 "정을 끊고" 속세에 "두고 온 분"에 대한 감정을 가리켜 그리움이 아니라고 하기에는 곤란하다. 출가를 하고 승려가 된 사람도 속세에 "정을 끊고 두고 온 분"에 대한 그리움을 가질 수 있다. 그도 인간이기 때문이다. 따져보면 그렇기 때문에 오히려 현존의 정신 지향에 충실할 수 있을는지도 모르지만 말이다.

뿐만 아니라 그의 시에는 사랑의 감정조차 아무런 거리낌이 없이 드러나 있어 관심을 증폭시킨다. 승려의 소작所作이라고는 보기 어려울 만큼 이런 저런 사랑의 감정이 직접적으로 노출되어 있어 한층 더 주목이 되는 것이 그의 시이다. "지워지지 않는 사랑/ 아직도 따스한 그 온기 남았어라"(「세월이 지나도」), "자꾸 그대의 마음이 내 안에서 자란다"(「옆자리」) 등이 그 구체적인 예이다. 그의 시에 드러나 있는 사랑의 정서는 어린 시절의 이성 친구를 만난 느낌을 노래하고 있는 "순이야/ 머리 꽁지를 팔랑이며/ 저만치 자꾸 달아나기만 하던/ 순이야/ 이제 너도 귀밑머리 희어졌구나"(「순이야」)라는 구절을 통해서도 확인이 된다.

이로 미루어 보면 그가 사람들 사이의 사랑이 자유롭게 실현되는 세상을 불국정토로 이해하고 있는 듯싶기도 하다. 이러한 가정은 특히 총각의 황진이에 대한 사랑과, 황진이의 총각에 대한 사랑을 노래한 시 「황진이와 총각」를 통해서도 확인이 된다. "제발 아씨의 그 섬섬옥수/ 고운 손길에 마음을 담아/ 내 명치끝을 아래로, 아래로/ 쓸어내려 주셔요"와 같은 에로틱한 표현도 불사하고 있는 것이 그의 이 시이다.

하지만 그의 시에 드러나 있는 사랑이 이처럼 이성과의 관계로만 존재하는 것은 아니다. 그가 정작 사랑하는 것이 저 자신의 연인만은 아니라는 얘기이다. 일단은 「사랑의 중독」이라는 시의 부제로 드러나 있는 "내 지독한 사랑은 여전히 민중"이라는 구절부터 귀를 기울일 필요가 있다. 이는 무엇보다 그의 사랑이 "배가 고파 서러운 사람의 편에"(「불온한 사상」) 서있다는 것을 드러내준다. 이러한 면은 그의 시의 "부자는 더 부자가 되고 가난한 자는 더 가난해져서/ 둘 사이는 점점 멀어져서/ 더 이상 같은 나라 백성이라고 할 수도 없게 되어서는 안 된다"(「이웃」)와 같은 구절을 통해서도 확인이 된다.

3. 자족하고 무욕한 마음

주지하다시피 그의 시의 자아가 들끓는 욕망과, 그로 인한 상처에서 비롯된 갈등과 방황만으로 존재하는 것은 아니다. 한때는 그의 자아 역시 그것들로 인해 깊은 고통과 번뇌에 빠져있었던 것은 사실이지만 말이다. 하지만 그의 시의 자아가 바라고 원하는 것도 궁극적으로는 자족하고 무욕한 세계라는 것을 알지 않으면 안 된다. 그의 자아 역시 끊임없이 무한한 존재이기를 꿈꾸고 있는 것이다.

인간은 본래 유한한 존재이다. 인간이 지니고 있는 온갖 유한성을 제대로 자각하지 않고 무한성에 이르기는 불가능하다. 이러한 자각은 그의 시에서도 자주 발견되고 있거니와, "귀를 가졌다고 어찌/ 저 많은 새소리 다 들을 수 있으랴/ 눈을 가졌다고 어찌/ 저 많은 꽃들을 다 볼 수 있으랴"(「무제」)와 같은 구절이 그 대표적인 예이다. 이러한 자각을 지니고 있기에 삶의 도처에서 그가 "이제 바라는 것이 없다"(「수구암」)고 선언적으로 말할 수 있었으리라.

그가 이처럼 자신을 비울 수 있는 데는 무엇보다 승려로서의 자아가 크게 작용했을 것으로 보인다. 끊임없는 수행의 길에서 그가 "이제/ 스스로 내가 나를 지우고/ 홀연히 눈 뜨고 보니/ 이승도/ 저승도/ 또 그렇게 가야 할 길조차도/ 사라지고 없네"(「어느 날」)라는 정신 차원에 이르게 되었으리라는 것이다. 그렇다. 수행하는 자아를 토대로 그의 정신 차원은 "가다— 가다/ 머리털이 희어지고 내 힘 다하면/ 양지바른 두렁 밑이라도 앉아/ 내 마지막 종을 울려야지"(「운수객」)라고 하는 정신 차원에까지 이르게 되었으리라.

하지만 그가 이러한 정신 차원에 이르게 되기까지 개인적으로 저 자신을 덜어내고 깎아내 세상에 보태온 것은 참으로 크고 많다고 하지 않을 수 없다. 아무런 사심 없이 "양지바른 두렁 밑이라도 앉아/ 내 마지막 종을 울려야"겠다는 그의 마음에는 너무도 많은 정신의 여정이 숨겨져 있는 것이 사실이다. 이러한 정신의 여정과 관련해 가장 먼저 염두에 두어야 할 것은 이른바 '하심下心'이다. 불교에서 더없이 강조해 온 하심下心의 세계는 더 낮은 세계로 향하려는 끊임없는 열정을 가리킨다. 더 낮은 세계의, 더 낮은 세계에 의한, 더 낮은 세계를 위한 실천과 행동이 하심의 세계를 이루는 핵심 내용이기 때문이다.

여기서 말하는 '더 낮은 세계'는 말할 것도 없이 소외받는 것들의 세계, 사라져가는 것들의 세계, 핍박받는 것들의 세계를 가리킨다. 그가 끊임없이 '더 낮은 세계', 곧 하심의 세계를 지향하는 것은 이들 세계 안에 정작의 아름다움과 향기가 존재한다고 믿기 때문이다. "발밑에 밟히는 풀이라고/ 어찌 꽃을 피우지 않으랴/ 몸을 낮출수록/ 아름답게 피어나리니"(「하심 1」) 라고 노래하고 있는 것이 그라는 것을 잊어서는 안 된다. 그가 저 자신의 시에서 "눈썹이 다 빠져 없어지고/ 코도 뭉개져 내려앉아야/ 비로소 조금 사람"(「문둥이」)이라고 깨닫고 있는 것도 이와 무관하지 않다. '더 낮은 세계', 곧 하심의 세계에 대한 그의 의지는 다음의 시에 의해 좀 더 구체적으로 확인이 된다.

새로워지기 위해서는
얼마나 더 처절해져야 하느냐

아직도 추락할 것이 있다면
절망도 끝난 것은 아니다

더 깊이 낮아져 보아라
발아래 깔려 봐야
새로운 희망을 말할 수 있다.

—「부활」 전문

이 시에서 시인은 "아직도 추락할 것이 있다면/ 절망도 끝난 것은 아니" 라고 말한다. "더 깊이 낮아져" 봐야, "발아래 깔려 봐야/ 새로운 희망을 말할 수 있다"고 생각하는 것이 이 시에서의 그이다. 이러한 정신 지향을 보여 주는 그가 "땅보다 더 낮게 흐르는 물보다/ 제 몸을 낮게만 한다면/ 누군들 아름답고 향기롭게 피어나지 못하랴"(「하심 3」)라고 노래하는 것은 너무도 당연하다.

이처럼 더 낮은 세계의, 더 낮은 세계에 의한, 더 낮은 세계를 위한 실천과 행동, 즉 하심을 이루는 일은 아름다움과 향기를 갖는 일이다. 뿐만 아니라 하심을 이루는 일은 "생긴 대로 노는 자유인"(「잡돌이 되어—자화상」)이 되는 일이기도 하다. 그가 생각하기에 자유인이 되는 일은 "시심詩心 하나 품에 안고/ 잡돌이 되"(「잡돌이 되어—자화상」)는 일이지만 말이다.

잡돌이 되는 것은 그 자체로 하심을 이루는 것, 자유인이 되는 것이라고 하지 않을 수 없다. 자유인이 되는 것이 부처님이 되는 것이라고 생각하면 하심을 이루는 것의 영역은 더욱 확장될 수밖에 없다. 이러한 맥락에서 그는 하심을 이루는 일이 신이 되는 일이라고까지 말한다. 그러한 생각이 설득력을 갖기 위해서는 무엇보다 신의 영역과 부처님의 영역이 상호 통합되어 있다는 인식이 필요하다. 그의 시에 드러난 예로는 "가장 위대하고 가장 거룩한 신은 바로 그대들 자신이니, 다만 그대들이 거룩한 신이 되기 위해서는 짓밟히면서도 향기로운 꽃을 피우는 풀이 되라"(「하심 2」)라는 구절을 들 수 있지만 말이다.

하심을 이루는 것에서 비롯된 대자유에로의 길, 곧 부처님과 신에로의 길은 누가 뭐라고 해도 거룩한 존재로서의 길이다. 거룩한 존재로서의 길은 "더욱 겸손하고 더 많이 어질고 보다 철저한 진실을 가져야"(「하심 2」) 하는 길이다. 그렇다. "거짓되고, 교만한 신"(「하심 2」)의 길, 그리고 부처님의 길은 어디에도 없다. 따라서 하심이 실천되는 세계, 곧 대자유가 구현되는 세계는 그윽하고 무구한 세계, 순수하고 깨끗한 세계일 수밖에 없다.

4. 무구하고 고독한 자아

이상의 논의로 미루어 보면 '더 낮은 세계', 곧 하심의 세계는 더 높은 세계, 곧 성불의 세계라고 해야 마땅하다. 따라서 상구보리 하화중생上求菩提 下化衆生이라고 할 때의 상구上求와 하화下化도 때로는 하구下求와 상화上化가 될 수 있다는 것을 기억해야 한다. 불교에서의 진실의 표현이 그렇듯이 그의 시에서의 진실의 표현도 자주 역설의 형식을 취하고 있다는 것을 염두에 둘 필요가 있다. 여기서도 알 수 있듯이 방책이야 어떻든 정작 중요한 것은 대자유를 이루는 것, 곧 부처님을 이루는 것이라고 하지 않을 수 없다.

그의 시에 드러나 있는 대자유의 이미지, 부처님의 이미지는 다양하고 복잡하다. 그중에는 학의 이미지, 곧 "눈같이 흰/ 한 마리 새"(「학 같은 스님이 있어」)의 이미지도 중요하게 취급되고 있어 눈길을 끈다. "눈같이 흰/ 한 마리 새"의 이미지에서 가장 먼저 떠올리는 것은 그윽하고 무구한 것들, 순수하고 깨끗한 것들이다. 또한 이는 거리낌 없는 것들, 벌거벗은 것들, "엄동에 제 알몸을 다 내놓고"(「산은」) 있는 것들이기도 하다. 또 다른 표현을 빌리면 "뜨거운 태양 아래" "제 몸 달구고 있"는 "큰 바윗돌이"(「헌시—무산 화상께」) 뿜어내는 향내 같은 것이라고도 할 수 있다.

대자유의 세계, 부처님의 세계는 주체와 객체 사이에 분열과 괴리가 없는 세계이기도 하다. 분열과 괴리가 없는 세계는 하나로 통합되어 있는 세계를 가리킨다. 그러나 이때 하나의 세계가 단지 있는 그대로의 하나의 세계를 뜻하는 것은 아니다. 그것이 본래는 하나의 세계이면서 둘의 세계이고, 둘의 세계이면서 하나의 세계, 곧 불이不二의 세계를 의미하기 때문이다. 따라서 이 불이의 세계를 사는 것이 대자유의 세계, 부처의 세계를 사는 것이라고 하지 않을 수 없다.

시승 임효림은 이처럼 주체와 객체가 하나로 통합되어 있는 세계를 "나는 그대에게 취하고/ 그대는 나에게 취하여// 이 밤이 지새도록/ 나는 그대를 마시고/ 그대는 또 나를 마시고"(「그대에게 취하여」) 등의 구절을 통해 노래한다. 하지만 구체적인 삶의 일상에서는 그 역시 분리되고 분열된 자아를 지니고 살아가고 있는 것이 분명하다. "사방을 둘러보아도 오직 나 하나/ 누구와 더불어 이야기를 나누랴"(「선인장」)라고 한탄하고 있는 것이 그이기 때문이다. 이는 또 다른 그의 시의 "어찌 이다지도 적막한가/ 몰려오는 외로움 견딜 수가 없네"(「까치집」)와 같은 구절을 통해서도 확인이 된다.

이들 분리되고 분열된 자아로부터 비롯되는 감정의 일차적인 계제는 외로움, 즉 고독일 수밖에 없다. 물론 고독은 분리되고 분열된 자아로부터 비롯되는 다양한 감정, 이른바 '죽음의 감정' 중의 하나이다. 하지만 '죽음의 감정' 중의 하나인 이 고독은 회피하거나 도망치는 것만으로는 극복되지 않는다. 고독과 맞서 고독을 뚫고 일어설 때 참다운 통전, 참다운 불이는 이루어지기 때문이다. 그가 "고독해야 할 때가 오거든/ 망설이지 말고 고독하라"고 노래하고 있는 것도 이에서 기인한다. 그가 생각하기에는 "뼈마디가 다 녹아내리는/ 처절한 고독이 있고서야/ 새로운 사람 하나 태어나"(「고독」)기 때문이다. 이를테면 "고독이 사무치면 되려 빛이 되는 법"(「지금은 고독할 때」)이므로 "아직은 고독을 그만둘 때가 아니"라는 것이다. 그가 형벌과 고독과 자유를 동일시해 "형벌처럼 고독한 자유를 택했습니다"(「월궁으로 간 항아」)라고 노래하고 있는 것도 이러한 인식의 결과라고 할 수 있다. 형벌과 같은 고독의 끝에 대자유가 실현된다는 것을, 부처님이 이루어진다는 것을 그도 이미 잘 알고 있는 셈이다. 이는 다음의 시에 드러나 있는 호연지기浩然之氣의 기상을 통해서도 확인이 된다.

내가 수천 미터 상공을 외롭게 나는 것은
어찌 한 마리 먹이를 사냥하기 위해서겠느냐?

나는 고독한 자
만년설 산정에 둥지를 틀고
칼바람 부는 바위에 앉아 쉬지만

영하 수십 도
그 청쾌한 하늘에서
나는 한 번도 따듯한 온기를 그리워하지 않았다.

—「비상」 전문

이 시에서 시인은 독수리의 이미지를 통해 자기 자신을 "수천 미터 상공을 외롭게 나는" "고독한 자"라고 명명한다. 동시에 그는 이 고독한 자를 "만년설 산정에 둥지를 틀고/ 칼바람 부는 바위에 앉아 쉬지만// 영하 수십 도/ 그 청쾌한 하늘에서"도 단 한 번 "따듯한 온기를 그리워하지 않"는 대장부로 설정한다. 그 자체로 엄청난 호연지기를 드러내고 있는 셈인데, 이를 통해 그가 강조하려는 것은 말할 것도 없이 대자유의 기상, 곧 성불의 이미지이다.

대장부의 엄청난 호연지기를 통해 대자유, 성불의 이미지를 드러내고 있는 것은 그의 또 다른 시에 의해서도 확인이 된다. "기침만 해도/ 초목이 벌벌 떨고// 손사래만 쳐도/ 허공의 뼈다귀 무너져 내리고// 눈을 흘기면/ 태산이 돌아앉는다"(「대장부가 하면」)와 같은 구절이 그 예이다. 그로서는 참다운 대자유, 곧 성불의 세계가 이처럼 아무런 걸림이 없는 무애의 기상과 무관하지 않다는 것을 강조하고 싶은 것이다. 그로서는 저 자신이 도달한, 아니 도달하는 대자유의 경지, 곧 성불의 경지를 이들 호연지기를 통해 표현하고 있는 것이다.

5. 맺음말—대자유 혹은 해방의 정서

호연지기로 표현되는 무애의 정신, 곧 아무런 걸림이 없는 자아는 말할 것도 없이 가슴에서 우러나오는 '진실한 마음'을 바탕으로 한다. '진실한 마음'이라고 할 때의 '마음'은 '진실하다'라는 형용사의 수식을 받고 있는 만큼 이성의 것이기보다는 감성의 것이라고 해야 옳다. 진리와 달리 진실은 '-하다'라는 어미를 붙여 형용사로 기능할 수 있다는 점에서 상대적으로 주관적이다. 따라서 이러한 점에서도 호연지기로 드러나는 무애의 정신, 곧 대자유의 정신은 이성의 것이 아니라 감성의 것이라고 할 수 있다.

대자유의 정신이 이성의 것이 아니라 감성의 것이라는 말은 성불의 세계도 궁극적으로는 이성의 것이 아니라 감성의 것이라는 것을 뜻한다. 일체개유심조一切皆唯心造라고 할 때의 심心이 이성보다는 감성에 가깝다고 하는 것을 알면 이는 더욱 자명해진다. 무애의 정신, 곧 걸림이 없는 마음이 온갖 억압적 정서로부터의 해방을 바탕으로 할 수밖에 없는 것도 이와 무관하지 않다. 그렇다면 나날의 삶에서 해방의 정서를 사는 일이야말로 대자유를 실현하는 일, 곧 무애를 실현하는 일이라고 하지 않을 수 없다. 선가禪家에서 흔히 진리나 화두를 상징하는 관습적 이미지로 차용해 온 '소'를 그가 구속과 속박의 이미지로 치환해 받아들이고 있는 것도 이에서 연유한다.

고삐를 잘라 버리고
고삐를 잘라 버리고

달아나거라
달아나거라

푸른 광야로
자유를 찾아

순종의 미덕을 버리고
달아나거라

—「소」 전문

이 시에서 화자는 소를 향해 "고삐를 잘라 버리고" "푸른 광야로/ 자유를 찾아" "달아나"라고 외치고 있다. 그가 보기에는 자유를 실현하는 일이야말로 호연지기를 실현하는 일이고, 무애를 실현하는 일이고, 부처를 이루는 일이기 때문이다. 그가 자신의 또 다른 시에서 "해발 수천 미터 산정에 서면/ 나는 자꾸 사나운 영웅이 된다// 풀도 없고 나무도 없는 이곳에/ 무슨 날짐승 산짐승이 둥지를 틀었겠느냐// 아무도 침범한 이 없는 이곳에/ 나는 사나운 영웅이 되어/ 순백한 내 세계를 지키노라"(「사자후」)라고 하며 호연지기浩然之氣를 자랑하는 것도 이러한 인식의 결과이다.

이처럼 대자유를 갖기 위해서는, 곧 해방의 정서를 실현하기 위해서는 무엇보다 생로병사生老病死의 연기과정으로부터 초월해야 한다. 생로병사의 연기과정은 영혼을 얻은 물질의 자연스러운 순환 과정이거니와, 그렇게 존재하는 물질이 다름 아닌 생명이라는 것을 알면 예의 연기과정을 초월하지 못할 것도 없을 것으로 보인다. 생명이라는 것이 지니고 있는 이러한 특징으로 미루어 볼 때 생로병사의 연기과정에서 가장 주목되는 것은 사死라고 하지 않을 수 없다. 생명 있는 모든 존재는 사死의 과정, 즉 죽음의 과정을 통해 영혼이 있는 물질에서 영혼이 없는 물질로 전이되기 마련이다.

따라서 나날의 삶에서 참된 해탈의 정서, 곧 해방의 정서를 실현하기 위해서는 생로병사의 연기 중에서도 사死, 즉 죽음을 극복하는 일이 중요하다. 죽음으로부터 자유로울 때 영혼이 있는 물질인 인간이라는 생명은 비로소 호연지기로 가득 찬 열반의 정서, 무애의 정서를 실현할 수 있기 때문이다. 성불과 관련된 이러한 인식은 시승 임효림의 경우라고 해도 크게 다르지 않다. 그렇기 때문에 그가 자신의 시에서 "이별할 시간이 되면/ 밤배를 타고 바다로 나가야겠다" "돌을 넣은 바랑을 지고/ 심해 속으로 빠져들어/ 물고기 밥이나 되어야겠다"(「조용한 죽음」)고 노래하는 것이리라.

죽음과 관련해 그는 "이승에서 저승으로 가는 그 길은/ 홀연히 삶과 죽음에 눈이 열려/ 저녁밥 먹고 마실 가듯이/ 고렇게 가야만 할 길(「저승으로 가는 길」)이라고 노래한 바 있다. 이 구절에 드러나 있는 그의 정신 차원에도 역시 기본적으로는 죽음으로부터 자유로워지고 싶어 하는 의지가 담겨 있다. 죽음으로부터 자유로워질 때 사적인 경우든 공적인 경우든 그가 자신의 삶에서 참된 부처님의 마음을 실현하리라는 것은 자명하다. 공적인 차원에서 그가 다음과 같은 서사를 시로 수용하고 있는 것도 얼마간은 이에서 연유하는 것으로 보인다. 역사적 시각을 잃지 않고 있으면서도 무애의 정서, 곧 해방의 정서, 해탈의 정서를 담아내고 있는 그의 좋은 시 한 편을 여기에 인용하며 서둘러 글을 맺는다.(2009)

> 장 서방 입에서는
> 항상 구린내가 난다.
>
> 사람들은 홍어탕과 막걸리를
> 너무 많이 먹은 탓이라고 한다,
>
> 하지만 내가 알기로는
> 오랫동안 내장이 썩은 탓이다

인공 난리 때 그의 아버지는
생매장을 당했다.

—「장 서방」 전문

시와 정신 층위
―박명용의 시 세계

1. 머리말

시란 무엇인가라는 질문에 대한 대답은 다양하다. 그렇다고는 하더라도 시가 언어의 집적물인 것만은 분명하다. 시가 언어의 집적물이라는 것은 시 역시 다양한 언어형식 중의 하나라는 것을 뜻한다. 이러한 논의는 결국 시도 인식의 한 형식일 수밖에 없다는 것을 가리킨다. 물론 이때의 시의 인식이 목표로 하는 것은 다른 언어형식의 그것과 마찬가지로 삶의 진실(진리)이거나 지혜이다. 시 또한 진실(진리)이나 지혜를 인식하는 다양한 언어형식 중의 하나라는 것이다.[1]

시라는 언어형식이 인식하는 진실(진리)이나 지혜는 아무래도 주관적일 수밖에 없다. 본래 시인의 주관적인 정서를 토대로 하는 언어예술 형식이 시이기 때문이다. 그렇기는 하지만 시가 추구하는 진실(진리)이나 지혜 또한 객관적인 현실을 대상으로 삼을 수밖에 없다.[2] 객관적인 현실에서 비롯되는 시의 대상이 손쉽게 심미적인 언어로 치환될 수 있는 것은 아니지만

1 김영철, 『현대시론』, 건국대학교 출판부, 1993. 55쪽~57쪽 참조.

2 루카치 외, 이춘길 편역, 『리얼리즘 미학의 기초이론』, 한길사, 1985, 24쪽~29쪽 참조.

말이다. 다름 아닌 이러한 점에서도 시인이 마주하는 현실은 가늠하기 힘든 불투명한 대상으로 존재하는지 모른다.[3]

그렇다고는 하더라도 시인은 이처럼 불투명한 현실을 향해 끊임없이 정신작용을 수행할 수밖에 없다. 정신작용을 수행한다는 것은 불투명한 현실에 대해 지속적으로 의미를 부여한다는 것을 뜻한다. 의미를 부여한다는 것은 이들 불투명한 현실이 함유하고 있는 정신작용을 좀 더 명확한 언어로 파악한다는 것과 다르지 않다.[4] 언어에 의해 파악되면서 훨씬 더 생생해지는 의식 활동의 살아있는 실제인 정신작용은 언제나 인간이 영위하는 나날의 삶을 구체적으로 형성하기 마련이다.

일단 형성된 정신작용은 의식 활동의 기저를 형성하는 동시에 일정한 지향성을 갖는다. 일정한 지향성을 갖는 정신작용은 또한 저 자신을 축적시켜 일정한 이념을 낳는 것이 보통이다. 이러한 점에서 "시의 역사는 정신의 표현이며, 시의 역사는 정신의 역사"[5]라고 하지 않을 수 없다.

하지만 시인이 마주하고 있는 현실에 대한 시를 통한 의미 부여, 곧 정신작용이 매번 일관된 체계나 질서를 형성하는 것은 아니다. 일관된 체계나 질서보다는 다양하고 복잡한 층위를 형상하면서 시에 수용되는 것이 시인의 일반적인 정신작용이다. 다양하고 복잡한 층위를 형성한다는 것은 시인의 정신작용이 일련의 기본 코드를 중심으로 변화되고 변주되는 가운데 적층적이면서도 다기한 세계를 이루어간다는 것을 의미한다. 박명용의 시 세계를 탐구하기 위해 정신 층위라는 개념을 사용하는 것도 다름 아닌 이 때문이다. 요컨대 그의 시 세계는 일관된 체계나 질서를 형성하기보다 일련

3 한국문화예술위원회 엮음, 『100년의 문학용어사전』, 도서출판 아시아, 2009, 452~453쪽 참조.

4 이동면伊東勉 지음, 이현석 옮김, 『리얼리즘이란 무엇인가』, 도서출판 세계, 1987, 20쪽.

5 최동호, 『현대시의 정신사』, 열음사, 1985, 9쪽 참조.

의 기본 코드를 중심으로 변화되고 변주되는 가운데 다양하고 복잡한 정신 층위, 적층적이면서도 다기한 정신세계를 이루어간다는 것이다. 본고는 다름 아닌 이러한 맥락에서 박명용의 시의 의미 층위, 곧 정신 층위를 탐구하려는 데 목표를 둔다.

시에서의 의미 층위, 곧 정신 층위는 기본적으로 주관적인 차원에서 형성될 수밖에 없다.[6] 하지만 나날의 객관적인 현실을 대상으로 하는 가운데 형성되는 것이 시의 의미 층위, 곧 정신 층위라는 것을 간과해서는 안 된다.[7] 시인에게 시의 일차적인 대상은 누가 뭐라고 해도 객관적인 현실 그 자체라고 해야 마땅하다. 물론 여기서 말하는 대상은 소재로서의 대상과 의미로서의 대상 모두를 포괄한다. 소재로서의 대상은 언제나 의미로서의 대상을 거느리기 마련이다. 본고는 바로 그러한 뜻에서 박명용의 시가 함유하고 있는 의미 층위, 곧 정신 층위를 구명究明하는 데 초점을 둔다.

2. 미로 혹은 안개 지대에서 길 찾기

박명용의 시에서 가장 먼저 확인할 수 있는 것은 그의 시에 반영되어 있는 당대의 현실이 보여 주는 불투명성 혹은 불명확성이다. 시를 통해 그가 받아들이고 있는 당대의 현실은 기본적으로 가늠하기 어려운 혼돈과 혼란의 모습을 취하고 있다.[8] 그의 시에 수용되고 있는 현실이 대부분 '미로나 안개 지대'의 모습을 취하고 있다는 것이다. 기본적으로 이는 초기의 그의 시가 당대의 현실을 "흐린 의식이 띄엄띄엄 솟아나는"(「안개지역 1」) 안개 지역으

---

6 김영석, 『도의 시학』, 민음사, 1999, 125~146쪽 참조.

7 '정신에 대한 일반적인 개념은 필자에 의해 정리된 다음의 논고를 참조할 필요가 있다. 이은봉, 「시의 정신치유 능력, 그 실제와 전망」, 『시로여는세상』(2011년 가을호), 19쪽~29쪽 참조.

로 파악하고 있는 데서 기인한다. 당대의 현실이 이처럼 안개 지역으로 파악되고 있는 것은 다른 무엇보다 그가 겪은 나날의 현실이 험하고, 힘들고, 고달팠기 때문으로 보인다. 당대의 삶을 "숨 헉헉거리며 어렵게 기어오르"(「사람의 길」)는 험한 길로 인식하고 있는 것이 그이다.

길이 험하네
연초록 잡풀이나 어린 나무
한 그루 잡지 못하면
발자국도 떼지 못하는 길
나, 참 힘들게 오르네
왜 길은 편한 등성이 놓아두고
깎아지른 절벽으로만 나있는가

---

8 시인 박명용은 1940년 12월 10일 충북 영동에서 출생해 2008년 4월 27일 대전에서 폐암으로 별세했다. 건국대 경제학과 졸업하고, 홍익대 대학원 국문과에서 석사학위와 박사학위를 받은 그는 1976년 『현대문학』에 「안개지역」「햇살」「모발지대」 등이 한성기 선생에 추천되어 시인으로 등단했다. 『알몸 서곡』(활문사, 1979), 『강물은 말하지 않아도』(대명출판사, 1981), 『안개밭 속의 말들』(혜진서관, 1985), 『꿈꾸는 바다』(홍익출판사, 1987), 『날마다 눈을 닦으며』(아름다운 세상, 1992), 『나는 마침표를 찍고 싶지 않다』(글벗사, 1995), 『바람과 날개』(새미, 1997), 『뒤돌아보기 강江』(새미, 1998), 『강물에 손을 담그다가』(푸른사상, 2001), 『낯선 만년필로 글을 쓰다가』(모아드림, 2004), 『어진 것들의 탈옥』(고요아침, 2006) 등의 시집, 『존재의 끈』(푸른사상사, 2000), 『어머니는 지금도 뜨거우셨다』(시문학사, 2010) 등의 시선집이 있고, 『한국 프롤레타리아 문학연구』(글벗사, 1992), 『한국시의 구도와 비평』(국학자료원, 1999), 『상상의 언어와 질서』(푸른사상, 2001), 『현대시 창작법』(푸른사상, 2003) 등의 비평서(연구서)가 있다. 시인, 기자(《동아일보》), 학자(대전대학교 문창과), 칼럼니스트(《대전일보》), 지역문예운동가(대전), 문예지(『시와상상』) 편집인 등의 삶을 살다가 이승을 떠난 그가 이 땅에 남긴 족적은 크다. 대전문인협회 회장과 대전시인협회 회장 등을 역임하기도 한 그는 『대전문학선집』『대전문학사』『대전시문학사』 등의 저서를 발간하는 등 지역문학의 위상을 정립하기 위한 일에서도 남다른 노력한 바 있다. 이를 토대로 그는 동포東圃문학상, 한성기 문학상, 충남도문학상, 천상병시문학상 등 다수의 문학상을 수상한 바 있다.

불쑥 돋아난 돌부리나
연한 풀잎에 의지하여
숨 헉헉거리며 어렵게 기어오르네
오를수록 바위와 산이
한사코 나를 잡아
몸속의 길 끈질기게 시험하네
사방에서 길 트는 소리 들리네
질펀한 땀, 몸과 나무와
심지어 바위 모서리에도
별이 되어 반짝이네
이제야 험한 계곡의 길이
사람의 길임을 알 것 같네
나, 오늘 험한 길 오르네
풋풋하게 돋은 소금꽃 보네

—「사람의 길」 전문

이 시에서 시인은 '사람의 길'을 "참 힘들게 오르"는 길, "깎아지른 절벽으로만 나있는" 길로 이해하고 있다. "연초록 잡풀이나 어린 나무/ 한 그루"라도 잡지 않으면 한 "발자국도 떼지 못하는 길"이 그가 받아들이고 있는 '사람의 길'이다. 자신의 시에서 이처럼 그는 사람의 길을 거칠고 험한 길로 인식하고 있다. 말하자면 "험한 계곡의 길이/ 사람의 길"이라는 것인데, 정작 주목해야 할 것은 그가 이처럼 "험한 길"을 오르면서 "풋풋하게 돋은 소금꽃 보"고 있다는 점이다.

물론 이는 그가 아직 삶 일반에 대한 꿈과 희망을 깊이 간직하고 있다는 것을 가리킨다. 하지만 그가 당대의 현실을 일단 혼돈으로, 곧 미지의 어둠으로 파악하고 있는 것은 사실이다. 여전히 그의 시에는 당대의 현실이 "기억되지 않는/ 혼란한 꿈"으로, "들리지 않는 소리를/ 마구 질러대"는 "악

몽”(「물을 마시다가, 문득」)으로 파악되고 있기 때문이다. 이러한 현실과 관련해 그의 시에 구현되어 있는 진실(진리)이나 지혜를 살펴보기 위해서는 따라서 일단 먼저 그 자신의 정신 자세부터 주목하지 않을 수 없다.

당대의 현실을 그가 이처럼 혼란스럽고 혼돈스럽게 받아들이는 것은 기본적으로 당대의 현실 그 자체가 그렇게 되어있기 때문이다. 유신헌법을 기초로 한 강력한 독재 정부가 긴급조치를 남발하던 무렵에 시인으로서의 첫발을 내딛었던 것이 그다. 따라서 당대의 현실이 혼란스럽고 어지러웠던 만큼 그 자신의 자아 역시 혼란스럽고 어지러웠을 것은 자명하다. 시인으로 등단을 한 1976년 무렵에는 그 역시 단일하지 않은 자아, 곧 다극적인 자아를 지닌 채 매사에 암중모색하지 않을 수 없었으리라는 것이다. 그의 자아가 지니고 있는 이러한 다극성은 다음의 시에 의해서도 확인이 된다.

모기향을 피우고
방충망을 쳐도
악착같이 나타나는 놈들
이제는 없어져야 좋겠지만
할 일 없는 사람
심심풀이 위해서는
몇 마리쯤 남겨 두면 어떨까,
생각도 해보지만
새끼 쳐 넘친다면
아름다운 우리 강산
물고 뜯겨 피강산 되겠지
가을바람 서늘한데
아직도 판을 치는 모기 세상
어느새 내 가슴에

하얀 눈이 내린다

—「모기 이야기」 전문

이 시에서는 모기들과 관련한 시인의 다양한 상념이 드러나 있다. 이러한 점은 무엇보다 그의 자아가 매우 다극적이라는 것을 말해 준다. 당연히 이는 그가 지속적인 반전을 통해 모기라는 존재에 대한 이런저런 반응을 불투명하게 표현하고 있는 데서 비롯된다. 초기의 그의 시에 내포되어 있는 혼란스럽고 혼돈스러운 현실이 이처럼 저 자신의 다극적인 자아를 통해 구체화되고 있는 것이다.

물론 그의 시에 당대의 현실이 변함없이 언제나 혼란과 혼돈의 모습으로만 드러나 있는 것은 아니다. 한편으로는 "심상치 않"은 이상기온을 통해 "지구의 반란"(「이상 기온 1」)을 냉정하게 예측하고 있는 것이 그이기도 하기 때문이다. 시작의 초기에 그가 보여 주는 이러한 인식은「환절기」「해빙기」 등의 작품에 의해서도 알 수 있다. 이들 시를 통해 바뀌고 변하게 될 미래에 대한 강열한 설렘과 기대를 보여 주고 있는 것이 그이다.

겨울과 하늘 사이
쌓인 눈더미 속에서
터질 듯
피어오르는
하얀 소망을 보았다

날개 끝에 매달려
가도 가도
미소로 번지는
이 공간
어디쯤일까

소망이 반사된 창가에
가득한 정적
그 틈 사이로 보이는
절름발이의 세계

겨울은 분명 겨울인데
전신이 녹는 소리
우주가 녹는 소리

우리들의 귀착점은
거기 있었다

—「해빙기」 전문

이 시에서 그는 "겨울은 분명 겨울인데" "전신이 녹는 소리/ 우주가 녹는 소리"를 듣는다. 물론 이때의 겨울은 1970년대의 시가 지니고 있는 보편적 상징에서 크게 벗어나지 않는다. 뿐만 아니라 '해빙기', 즉 얼음이 녹는 시기가 가리키는 것도 당대의 보편적인 의미와 별로 다르지 않다. 그가 "겨울과 하늘 사이/ 쌓인 눈더미 속에서/ 터질 듯/ 피어오르는/ 하얀 소망을 보"고 있기 때문이다. "눈도/ 귀도/ 코도/ 잊어버린 환절기에/ 황량한 벌판을" 걷고 있지만 끊임없이 "어린 봄바람"(「환절기」)을 불러들이고 있는 것이다.

당대의 현실을 혼돈과 어둠으로 인식하면서도 그가 이처럼 참된 진실을 찾기 위한 의지를 멈추지 않는 까닭은 무엇인가. 무엇보다 이는 저 자신이 지니고 있는 순수하고 개결한 열정으로부터 비롯되는 듯싶다. 이러한 판단이 가능한 것은 그가 자신의 시를 통해 끊임없이 자유의지를 담아내려 해왔기 때문이다. 물론 이때의 자유의지가 다소간 불안해 보이고 위험해 보이는 것은 사실이다. 아마도 이는 그가 당대의 삶을 온갖 수난을 거느리기 마련인 자유의지라고 하는 내적 충동에 쫓기는 가운데 살아온 데서 기인하는 듯하다.

자유의지라고 하는 내적 충동이 실현된다고 하더라도 그가 매번 즐거움과 기쁨을 누린 것으로 보이지는 않는다. 실제로는 저 자신도 모르는 사이에 자주 깊은 비애에 빠지도록 하는 것이 자유의지라는 내적 충동임을 잊어서는 안 된다. 그렇다. 내적 충동을 실현하는 주체에게는 항상 죽음의 감정이 뒤따르기 마련이다. "잊었던 고통이/ 목을 헤치고 나"(「단단한 돌」)오도록 하는 것이 자유의지라고 하는 내적 충동이라는 얘기이다. 자유의지라고 하는 내적 충동이 실현되었을 때 나타나는 보편적 심리 중의 하나가 불안과 초조라는 점 또한 기억하지 않으면 안 된다.

본래 미지의 현실은 변화무쌍한 모습으로 존재하기 마련이다. 따라서 그가 이처럼 심상치 않은 당대의 현실을 "생生과 사死가/ 엇갈리는 현실"(「운명」)로 받아들이는 것은 당연하다. 고속으로 뒤바뀌는 현실에서 생존하기 위해 늘 세상을 "더듬"으며 산 것이 그라는 점을 잊지 말아야 한다. 그가 늘 자신이 처한 공간을 "한 치 옆도/ 가늠할 수 없"는 "시계마저 멈춘 시간"으로, 나아가 "질주할 수도/ 정지할 수도 없는/ 엉거주춤한 위치"(「고속도로를 가면서」)로 인식해 온 것은 사실이다.

물론 고속으로 뒤바뀌는 오늘의 현실이 보여 주는 이러한 특징은 항상 자본주의적 근대의 삶이 함유하고 있는 다양한 특징들과 함께한다. 농업사회에서 상업사회로, 상업사회에서 산업사회로, 산업사회에서 정보사회로 숨가쁘게 이행되어 온 것이 근현대사의 실제라는 점을 깊이 유의할 필요가 있다. 이로 미루어 보면 정보사회로 이행된 오늘의 현실이 지나치게 빠른 속도에 대한 역작용으로 불안과 초조라는 신경증적 병세를 보여 주는 것은 당연하다. 자본의 중심이 농업에서 상업, 상업에서 산업, 산업에서 정보로 바뀌면서 시인 박명용 또한 다른 사람들처럼 다극화된 자아를 지닌 채 살 수밖에 없었기 때문이다.

이러한 자아를 지니고 살아온 그가 자신의 현실과 관련해 "달도 보이지 않는다/ 강물도 보이지 않는다/ 눈에 보이는 건 어둠뿐이다"(「풀벌레 소리」)

라고 노래하는 것은 특별한 일이 아니다. 정작 중요한 것은 그가 “어둠뿐”인 이러한 현실을 자신의 내면에까지 받아들이지는 않는다는 점이다. 궁극적으로는 “어디선가/ 들려오는 가냘픈 소리”, 즉 풀벌레 소리가 끝내 “어둠을 깬다”(「풀벌레 소리」)라고 노래하고 있는 것이 시인 박명용이라는 것을 잊어서는 안 된다.

3. 자연 혹은 사물의 의미망

당대의 현실이 부여하는 혼란과 어둠을 떨쳐내면서 시인 박명용이 가장 중요하게 수용한 시적 대상은 자연이다. 이때의 자연은 구체적인 물질이나 사물의 모습을 취하고 있는 경우가 대부분이다. 이는 무엇보다 그의 시에 드러나 있는 자연이 비유적 이미지로 기능하는 경우가 많다는 것을 가리킨다. 말하자면 시적 대상이 함유하고 있는 진실(진리)이나 지혜를 자연의 질서에 비유해 표현하고 있는 것이 그의 시의 또 하나의 정신 층위라는 뜻이다. 이는 또한 자연의 질서에 비유되어 태어나는 진실(진리)이나 지혜가 그의 시에 생생하고 구체적인 물질이나 사물의 이미지로 노래되어 있다는 것이기도 하다.

이러한 점에서 보더라도 그의 시에 수용되는 자연은 동양적이다. 자연이 지니고 있는 지수 이미지, 곧 지수화풍地水火風의 이미지를 바탕으로 삶의 진실(진리)이나 지혜를 강조해 온 것이 동양의 정신사라는 점을 기억할 필요가 있다. 물론 여기서 말하는 동양의 정신사는 유불선의 모든 가치를 포괄한다. 이는 상선약수上善若水니 곡신불사谷神不死니 하는 노자적 상상력의 경우도 마찬가지이다. 그의 시에 함유되어 있는 이러한 동양적 자연관은 다음의 시에 의해서도 확인이 된다.

몸을 잔뜩 낮추고

아래로만 흐른다 강은
언제나 일어서지 않고
위로 흐르지 않는다 강은
가볍게 몸을 내리고
아래만 내려다보는 강은
언제나 넉넉하게
물로만 흐르다가
안개를 피워 올려
산자락까지 사랑한다
그렇게 굽히다가 마지막엔
높낮이 없는 바다에 이르러
드디어 썩지 않는 생살로
영원을 산다

—「속성」 전문

이 시에서 "몸을 잔뜩 낮추고" 있는 강은 사람과 다름없이 진술되어 있다. 무엇보다 이는 이 시에 의인관적 세계관이 구현되어 있다는 뜻이 된다. 의인관적 세계관은 자연의 모든 사물과 물질에 인성을 부여하는 의식 지향을 가리킨다.[9] 이러한 세계관을 바탕으로 "아래로만 흐"르는 강의 속성, 곧 자연의 질서를 삶의 진실(진리)이나 지혜로 드러내고 있는 것이 이 시라고 할 수 있다. 그로서는 "넉넉하게/ 물로만 흐르다가/ 안개를 피워 올려/ 산자락까지 사랑"하는 강을 배우고 싶은 셈이다. 그렇다면 강이 지니고 있는 하향성을 통해 삶의 참된 도리를 깨닫고 있는 것이 이 시의 내용이 된다. 하향성에 대해서는 그가 따로 "머리를 낮게 쓰다듬는/ 이 세상 어머니의 손

9 김준오, 『시론』, 삼지원, 2003, 193쪽 참조.

길이 그러하듯/ 끝까지 아래로만 흐르는/ 한 길 집념"(「하향성」)이라고 노래한 적도 있다.

그의 시에서는 '지수 이미지'라고 해도 좋을 만큼 자주 등장하는 것이 '강'이다. '강'이 이렇게 자주 등장하는 것은 그가 강을 자신의 시적 화두로까지 삼아왔기 때문이다. 그의 시에서는 강이 세상을 읽고 이해하는 창의 역할까지 해왔다는 것이다. 이는 그가 강을 "이 땅의 풀잎을/ 숨 쉬게 하고// 사람들을 넉넉하게/ 일구어 주는/ 싱싱한 생명이"(「금강」)라고 노래하는 것에서도 확인이 된다.

강을 노래하는 것은 물을 노래하는 것과 다르지 않다. 강의 속성과 물의 속성이 같기 때문이다. 그렇다. 그의 시에서도 자주 강의 이미지와 물의 이미지는 상호 혼재되어 드러나고 있다. 더러는 아예 '강물'이라는 복합적인 이미지로 등장하는 경우도 없지 않다. 이렇게 등장하는 '강물'의 이미지가 그의 시에서 특별한 내포를 갖지는 않지만 말이다.

강물에 손을 담그다가
물의 입을 본다
물의 텅 빈 내장을 본다
삶의 못된 것, 미련 없고
단단한 돌만을 꼭 잡아
맛을 보는 물의 혀, 핥고 핥으며
그러다가 돌의 전신을
이리저리 굴리면서
돌의 뼈까지 깎는 물의 이빨
빛난다, 빛나고 있다
야금야금 돌을 갉아 먹은
물의 위장, 튼튼한 물
어찌 이리도 다정할 수가 있는가

부드러움이 강한 것을 이긴다?
격언의 의미, 물의 정신
또다시 깨달으며
강물의 형체를 살핀다, 그리고
살며시 입을 대본다

—「강물에 손을 담그다가」 전문

이 시에서도 강물, 곧 물은 구체적인 생물로, 살아있는 존재로 그려져 있다. 입이 있고, 이빨이 있고, "텅 빈 내장"이 있는 물이라는 생물은 "단단한 돌만을 잡아/ 맛을" 보기까지 한다. 심지어는 물이 "돌의 전신을/ 이리저리 굴리면서/ 돌의 뼈까지 깎"아 먹는 생물로 등장하기까지 한다. 하지만 이 시는 물과 돌이 이루는 사랑의 관계를 조명하는 데 정작의 초점이 있다. 물론 돌보다는 물이 좀 더 적극적인 위치를 확보하고 있지만 말이다.

물과 돌이 이루는 관계를 이렇게 상상할 수 있는 것은 시인 박명용이 의인관적 세계관을 지니고 있기 때문이다. 의인관적 세계관은 인간과 함께하는 모든 사물을 인간과 동등하게 받아들이거나 인간보다 우의優位의 존재로 받아들이는 정신에 기초한다.[10] 이는 그가 저 자신과 함께하는 모든 존재를 저 자신과 동등한 자격과 가치를 갖고 있는 존재로 받아들이거나, 저 자신보다 우위의 존재로 받아들이고 있다는 뜻이기도 하다. 이러한 세계관을 지니고 있으면 세상의 모든 존재를 저 자신처럼 존귀하게 모시고 받들 수밖에 없다. 다름 아닌 이러한 점이 자연의 질서를 통해 그가 깨닫고 있는 삶의 진실이나 지혜를 이루는 정수이다.

따라서 그가 자신의 시에 부여한 '물'의 의미를 발견하기는 별로 어렵지 않다. "아프도록" "벼랑을" 치는 "파도"를 매개로 해 결코 "깨지지 않는 힘"

10 이은봉, 『시와 생태적 상상력』, 소명출판사, 2000, 57쪽 참조.

(「파도」)을 노래하고 있기 때문이다. 이는 "바위에 부딪치고/ 돌바닥에 엎어지면서"도 "아래로만 흐르는 맑은 물소리"(「입춘立春」)로부터 자연의 원리를 깨닫고 있는 시에서도 마찬가지이다. 물에 대한 그의 이러한 의미 부여는 다음의 시 「황톳물」에서도 쉽게 찾아볼 수 있다. 계곡의 황톳물과 바다의 푸른 물이 만나 "혼융의 세계"를 이루는 모습을 그리고 있는 것이 이 시이다.

> 계곡 황톳물
> 푸른 바다로 뛰어들고 있다
> 일시에 점령하려는 듯
> 사정없이 침범하여
> 순식간에 꽤 넓은 바다를
> 누렇게 만든다
> 그러나 어디쯤에서
> 한 발도 나가지 못하고
> 한동안 몸부림치는 황톳물,
> 결국 바다의 가슴에
> 왈칵 뛰어들어 몸 섞고,
> 비로소 하나가 되는
> 저 바다의 푸른 창
> 얼마나 아름다운가
> 앞만 보고 달리다가 불현듯
> 만나는 혼융의 세계
> 넋 놓고 바라보는,
>
> —「황톳물」 전문

이 시에서 "푸른 바다로 뛰어"드는 "계곡 황톳물"은 "순식간에 꽤 넓은 바다를/ 누렇게 만든다". "그러나 어디쯤에서" 황톳물은 "한 발도 나가지 못하고/ 한동안 몸부림치"다가 "바다의 가슴에/ 왈칵 뛰어들어" "하나가" 되고 만다. 이처럼 이 시는 "앞만 보고 달리다가 불현듯/ 만나는 혼융의 세계"가 보여주는 아름다움을 강조하려는 데 초점이 있다. 물론 이때의 "혼융의 세계"는 황톳물이라는 개성이 상실된다는 점에서 주체의 소멸을 뜻하기도 한다. 그러한 점에서는 주체의 소멸에 대한 깨달음을 담아내고 있는 것이 이 시라고도 할 수 있다. 몸을 바꾸면서 보여 주는 물의 속성에 대한 깨달음은 다음의 시에 의해서도 확인이 된다.

눈이 부시도록 얼었다
감각이 실종되도록 단단하게 얼었다
소한 대한 거치면서 꽁꽁 언 몸
바람의 손길도 미끄럽게 흘러 보내고
사람의 발길도 정중히 사양하고 있다
생生을 주시하고 있는 것들
더 멀리 뛰기 위해 몸을 움츠린다고 했던가
냉기로 위장한 물의 따뜻한 결의
볼수록 차게 빛나고 있다
아니, 벌써 펄펄 끓고 있다

—「겨울 폭포」 전문

이 시는 얼어붙은 물(폭포)의 이미지를 통해 존재의 의미를 새롭게 곱씹어 보는 데 초점이 있다. 따라서 물이 얼어붙는 것은 물이 숨을 거두는 것이 아니라 "생生을 주시하"는 가운데 "더 멀리 뛰기 위해 몸을 움츠"리는 것이 된다. 겨울 폭포가 "단단하게 얼"어붙는 것이 "냉기로 위장한 물의 따뜻한 결의"라고 해도 과언이 아닌 까닭이 바로 여기에 있다. 그가 보기에는 겨울 폭포가 "차게 빛나고 있"는 것도 이에서 연유한다.

인간이 자연의 사물들로부터 삶의 진실(진리)이나 지혜를 깨달아온 것은 어제오늘의 일이 아니다. 이는 동양의 고전이 지니고 있는 일반적이고 보편적인 특징 중의 하나이다. 특히 『노자』나 『장자』는 자연의 사물들과 함께하는 사람살이의 진실(진리)이나 지혜를 담고 있는 보고라고 해도 지나치지 않다. 자연의 사물들과 함께하는 사람살이의 진실(진리)이나 지혜는 유교 경전 및 불교 경전에도 잘 드러나 있다. 뿐만 아니라 기독교 경전에서도 쉽게 찾아볼 수 있는 것이 자연의 사물들과 함께하는 삶의 진실(진리)이나 지혜이다. 그렇다면 자연의 사물들로부터 삶의 진실(진리)이나 지혜를 발견하려는 그의 노력은 성자적인 의지에까지 닿아있다고도 할 수 있다.

4. 작고 보잘것없는 것들의 세계

박명용 시의 주요 대상은 기본적으로 '작고 보잘것없는 것들'이다. 물론 여기서 말하는 작고 보잘것없는 것들은 소외되고 버려진 존재들을 가리킨다. 이들 존재에 대한 관심을 통해 저 자신의 열정을 구현하고 있는 것이 그의 시의 또 하나의 특징이다. 따라서 박명용 시의 세 번째의 정신 층위는 작고 보잘것없는 것들이 갖는 이런저런 의미를 재발견하는 데 있다고 해도 무방하다.

이때의 소외되고 버려진 존재들의 범주는 자연의 사물들에게만 국한되어 있는 것이 아니다. 사람살이 일반은 말할 것도 없고 저 자신의 심리적 현존까지 끌어안고 있는 것이 다름 아닌 그것이다. 그렇다. 그의 시는 심리 내면의 작고 조그만 정서적 충격들까지 소중한 제재로 수용되고 있다.

물론 좀 더 강화되어 있는 그의 시의 대상은 소소하고 미미한 자연의 사물들이다. 이들 존재에 대한 깊은 관심과 연민을 통해 인간의 마음이 무엇을 향해 어떻게 움직이고 있는가를 그 나름으로 깨닫고 있는 것이 그의 시의 한 정신 층위이다. "키 작은 들꽃/ 몇 송이"에 주목해 삶의 진실(진리)과 지혜를 깨닫고 있는 것이 그의 시의 또 다른 의미 영역이라는 것이다.

키 작은 들꽃
몇 송이
풀 속에 숨다
낮출 대로 낮춘
달팽이 하나
제 몸에 숨다
보석보다 더 소중한
수줍음
빗속에 빛나다

—「빗속에 빛나다」 전문

이 시는 제 몸을 숨기는 가운데 빛을 발하는 존재들, 곧 스스로 은폐되어 있는 가운데 자신을 드러내는 존재들을 조명하는 데 초점이 있다. "키 작은 들꽃/ 몇 송이" "낮출 대로 낮춘/ 달팽이 하나"가 그 구체적인 예이다. 작고 보잘것없는 이들 존재는 "보석보다 더 소중한/ 수줍음"을 지니고 있어 좀 더 주목이 된다. 이처럼 그는 자신의 시에서 작고 보잘것없는 것들, 소외되고 버려지는 것들을 부각시키는 일을 통해 정작의 진실(진리) 혹은 지혜를 탐구한다.

그의 시에서 이처럼 소소하고 미미한 자연의 사물들을 통해 삶의 진실을 드러내고 있는 예를 찾기는 그다지 어렵지 않다. 손쉽게 숯에서 "마지막 생명을 불살라/ 차거운 세상/ 뜨겁게 달구"(「숯 2」)는 희생의 가치를 깨닫고 있는 시나, 돌에서 "시간의 고독/ 씹으며"(「돌 속에도」) 온갖 고통을 감내하는 의미를 깨닫고 있는 시를 발견할 수 있기 때문이다. 그의 시의 이러한 특징, 즉 작고 보잘것없는 자연의 사물들을 통해 삶의 진실(진리)이나 지혜를 깨닫고 있는 것은 다음의 시에 의해서도 확인이 된다.

가느다란 봄비에

아무 일 없듯 배꽃 떨어진다
배꼽 툭 떨어진다
세상에 떨어지지 않고 맺는 것
어디 있는가
겨울을 이겨낸 저 생생한 꽃들
떨어지고 남은 자리에
여무는 꿈 바라보며
하얀 피 화려하게 떨어진다
미련 없이 떨어진다
떨어져 맺으려는 저 우아한 배꽃 무더기
배꼽 떨어져 얻으려는
저 여린 하얀 생명의 빛들
누가, 떨어져 생이별이라고 말하는가

떨어짐이 아름다운 봄날의
환한 사랑

—「배꽃 떨어진다」 전문

흔히 꽃을 가리켜 식물의 생식기라고 한다. 벌이나 나비의 작용을 통해 꽃에서 열매가 맺히기 때문이다. 따라서 꽃이 피고 꽃이 떨어지는 과정을 겪지 않고서는 열매가 맺히기 어렵다. 이 시에서 시인인 그가 떨어지는 배꽃을 떨어지는 배꼽으로 유추해 내고 있는 것도 다름 아닌 그러한 이유에서이다. "가느다란 봄비에" "배꽃"이 떨어지는 것을 "배꼽"이 떨어지고 있는 것으로 전이시켜 받아들이고 있는 것이 이 시에서의 그라는 얘기이다. 배꼽이 인간에게도 어머니와 분리되는 과정을 상징하는 증표라는 점을 유의할 필요가 있다.

이처럼 작고 보잘것없는 것들이 이루는 상호 관계에서도 '떨어진다는 것'

은 매우 중요한 질서와 원리를 갖는다. 물론 이때의 질서와 원리는 분리와 이별이라는 과정을 통해 이루어지거니와, 실제로는 이 또한 구체적인 사람 살이의 질서와 원리를 상징한다.

그의 시에서 작고 보잘것없는 것들에 대한 의지가 자연의 사물들을 매개로 해서만 구현되는 것은 아니다. 소외되고 버려진 것들에 대한 그의 관심은 구체적인 삶의 현실, 곧 낱낱의 인물 형상을 통해서도 익히 드러나고 있다. 이와 관련해 구체화되어 있는 인물 형상은 갈 곳 없는 노인이지만 말이다.

역 광장
몇 그루 나무 밑에
하얀 노인들
무료를 삼키고 있다
시간을 향해 떠나는
사람들
광장을 가로질러
튼튼한 발길을 옮기고
한 귀퉁이에서는
빠른 시간들을 헤쳐온
무리들
잠시 주춤하더니
제각기 갈 길을
재촉한다
가볍게 부는 바람에
떠밀린 휴지 한 장
노인의 지팡이에
툭툭 채이자

은유의 몸짓으로
그리움을 나폴댄다
후두둑 떨어지는 빗방울
금방
하늘이 무너질 것만 같다

—「시간 소묘」 전문

이 시의 중심 대상은 "역 광장"의 "나무 밑에"서 온종일 "무료를 삼키고 있"는 "하얀 노인들"이다. 이 시에서 "하얀 노인들"은 "제각기 갈 길을" "재촉"하는 바쁜 "무리들"과 대조되어 있다. 무엇보다 이는 "하얀 노인들"이 소외되고 버려진 존재라는 것을 말해 준다.

이 시는 "하얀 노인들"이 갖고 있는 바로 그러한 점을 부각시키려는 데 초점이 있다. 그가 보기에는 "바람에/ 떠밀린 휴지 한 장"과 다를 바 없는 것이 이들이다. 물론 이들 노인의 일상과 관련해 그가 보여 주는 심리적 현존은 측은지심이다. 이들 노인에 대한 지극한 연민, 즉 차마 어찌하지 못하는 마음을 보여 주고 있는 것이 이 시에서의 그이다.

소소하고 미미한 이들 노인에 대한 지극한 연민은 그의 또 다른 시「서툰 손길」에도 잘 드러나 있다. "검은 손으로 구석구석 매만지며" 닦고 있는 구두에 "정성을 다하는" "노인"에 대해 충만한 애정을 보여 주고 있는 것이 이 시에서의 그이다. 작고 보잘것없는 이들 존재들에 대해 그가 이처럼 진지한 연민을 드러내고 있는 까닭은 간단하다. 저 자신이 처해 있는 현존을 성찰적으로 발견할 수 있는 것이 그들이기 때문이다.

저 자신에 대한 연민은 본래 타자에 대한 연민으로, 타자에 대한 연민은 저 자신에 대한 연민으로 심화, 확장되기 마련이다. 다른 시에서 그가 "나이가 들자" "어릴 때 몸속의 울음소리"가 "자주 들린다"(「흉터」)고 노래하고 있는 것이 그 구체적인 예이다. 저 자신에 대한 연민이 없이 "밤중 들녘에서" 깻잎들의 "신음 소리를" 듣기는 거의 어렵다.

밤중 들녘에서
아픈 신음 소리를 듣는다
대낮처럼 밝힌 전등 빛에
밤새 고문당하며
억지로 푸르름을 키워내고 있는
착한 깻잎들,
날마다 꽃 꿈만 꿀 뿐
자궁 한 번 열지 못하고
몸만 뜨겁게 앓는다
새벽이면 별을 바라보며
세상으로 실려 나가는 생애,
향내 나는 풀잎이 아니라
석녀石女들의 맺힌 혈흔이다
나는 이런 줄도 모르고
오늘 아침에도 하얀 밥 위에
깻잎을 한 장씩 얹어
맛나게 먹지 않았던가
무참한 고통의 맛
언제나 간사한 혀에 들이대며
죗값을 치르기라도 하듯
밥상 위에 입맛만 늘어놓는
우리는 정녕
이 시대의 외계인인가
밤중에 추부 들녘에 나가 보면
나는 듣는다
생生의 살갗 터지는 소리를

—「신음소리」 전문

이 시에 드러나 있는 시인의 연민이 지향하는 중심 대상은 깻잎이다. 물론 이러한 논의가 깻잎을 그의 감정이 이입된 객관상관물로 받아들이자는 것은 아니다. 여기서의 깻잎은 여리고 약한 것, 조그맣고 사소한 것을 가리키는 일상적이고 보편적인 자연물일 따름이다. 따라서 이 시에서의 깻잎은 인간이 자신의 욕망을 충족시키기 위해 함부로 훼손시켜 온 자연 일반을 상징한다고 해야 옳다. 이 시가 시인의 생태 의식이 깊이 반영되어 있는 작품인 까닭이 바로 여기에 있다. "대낮처럼 밝힌 전등 빛에/ 밤새 고문당하며/ 억지로 푸르름을 키워내고 있는/ 착한 깻잎들"에 대한 그의 지극한 연민이 이 시의 기본 정조를 이루고 있기 때문이다.

이 시에서 "깻잎"은 "날마다 꽃 꿈만 꿀 뿐/ 자궁 한 번 열지 못하고/ 몸만 뜨겁게 앓는" 존재로 묘사되어 있다. 이 시가 돋보이는 것은 이러한 깻잎을 "하얀 밥 위에" "한 장씩 얹어" "맛나게 먹"고 있는 시인 자신의 반성과 성찰이 담겨 있기 때문이다. "죗값을 치르기라도 하듯/ 밥상 위에 입맛만 늘어놓는" 자신을 외계인에 빗대어 반성하고 성찰하는 것이 이 시에서의 그이다.

깻잎처럼 소소하고 미미한 것들에 대해 그가 보여 주는 차마 어찌하지 못하는 마음은 그 외의 시에서도 두루 찾아볼 수 있다. 다른 시에서는 "어린 묘목들"을 "낯선 땅에 뿌리박기" "겁이 나는지/ 훈훈한 봄바람에도/ 파란 입술 달달 떨고 있"(「묘목시장에서」)는 존재로 표현하고 있기 때문이다. "바둥거리는 몸"으로 "저보다 덩치가 큰 먹이를 끌고 가"는 "개미 한 마리"(「땅이 젖네」)에도 "애틋"한 눈길을 보내고 있는 것이 그라는 것을 잊어서는 안 된다.

그의 시가 지니고 있는 이러한 정서적 특질은 그의 마음이 무엇보다 서정시 일반의 정서적 특질에 깊이 닿아있기 때문이다. 지공무사의 마음, 사무사의 마음, 다시 말해 연민의 마음이야말로 서정시의 기본 정서라는 것을 기억해야 한다. 차마 어찌하지 못하는 마음, 다시 말해 측은지심이 이들 마음과 다르지 않다는 것은 덧붙여 설명할 필요가 없다.

5. 대자유 혹은 초월에의 의지

시인 박명용이 소외되고 버려진 것들에 대해 갖는 연민은 저 자신에 대해 갖는 연민과도 무관하지 않다. 실제로는 평생을 저 자신에 대한 연민을 간직한 채 살아온 것이 그이다. 물론 저 자신에 대한 연민, 곧 자기 연민은 현대인이라면 누구나 지니고 있는 심리 기제 중의 하나이다. 오늘의 현실에서는 자기 연민이야말로 한 개인의 자아개념을 형성하는 가장 중요한 심리 기제라고 할 수 있기 때문이다.

자아 개념은 본래 사춘기 이래 끊임없이 계속되어 온 '나란 누구이고, 무엇인가'라는 질문과 대답 속에서 형성되기 마련이다. 따라서 자아개념을 형성하는 나란 누구이고, 무엇인가라는 질문과 대답은 모든 인간이 지니고 있는 보편적인 문제의식이라고 해도 과언이 아니다. 정상적인 사람이라면 누구라도 저 자신에 대한 정체성을 잃지 않기 위해 안간힘을 쓰며 살아가고 있기 때문이다.[11] 시인에게는 저 자신에 대한 정체성을 탐구하는 것만큼 중요한 것이 없다. 정체성을 탐구하는 일은 그 자체로 시의 내용을 만드는 일이기도 하다.

시라고 하는 언어예술 양식은 본래 시인의 자아가 지니고 있는 독특한 정서를 바탕으로 형성될 수밖에 없다. 이때의 독특한 정서와 관련해 그의 시에서 가장 먼저 살펴볼 수 있는 특징은 '막막한 외로움'이다. 그의 시에서도 외로움의 정서는 개별적인 아우라와 함께하는 정서적 특징을 만드는 데 크게 기여하고 있다.

> 물새는
> 몸짓으로 된

11 유안진, 『아동 발달의 이해』, 문음사, 2001, 391~397쪽 참조.

외로움이다

물새는
이슬방울로 된
생명이다

물새는
그리움으로 된
눈물방울이다

물새는
바위로 된
자갈이다

—「어떤 물새 강江」 전문

이 시는 '물새'라는 자연의 존재에 대한 이런저런 명명으로 이루어져 있다. 그에 따르면 '물새'는 "몸짓으로 된/ 외로움이"고, "이슬방울로 된/ 생명이"고, "그리움으로 된/ 눈물방울이"고, "바위로 된/ 자갈이"다. 이들 외로움, 생명, 눈물방울, 자갈의 이미지가 병치되면서 불러일으키는 일차적인 정서는 분리감이거니와, 이 분리감을 대표하는 정서는 그리움과 기다림이다. 그리움과 기다림이야말로 주체가 객체로부터 느끼는 가장 대표적인 분리감이다.

이때의 분리감, 즉 그리움과 기다림은 나날의 삶에서 흔히 고독과 소외의 모습을 취한다. 고독과 소외의 좀 더 실질적인 이름은 외로움이다. 외로움에서 야기되는 그리움과 기다림은 삶의 일상에서 부끄러움과 쑥스러움으로 전이되고는 한다. 부끄러움과 쑥스러움은 성찰적 외로움을 기저로 하는 경우가 대부분이다. 일상의 삶에서는 부끄러움과 쑥스러움과 함께하기 쉬운 것이 성찰적 외로움이다. 성찰적 외로움과 함께하는 부끄러움과 쑥스러움은 다음의 그의 시에 의해서도 확인이 된다.

물이건, 술이건
한 방울도 남김없이
다 비우고도
선비처럼 꼿꼿하게 서있는
빈 병,
살아오면서 채우기에만 급급했던
내가 부끄럽네
지금 돌아보니
그동안 채운 것도 없이
무겁게 비틀거린 몸
이제
빈 병이 되어
세상을 바라보아야겠네

—「빈 병」 전문

이 시에서 '빈 병'은 인생을 마무리하며 그가 느끼는 허虛, 공空, 무無를 상징한다. "물이건, 술이건/ 한 방울도 남김없이/ 다 비우고도/ 선비처럼 꼿꼿하게 서있는/ 빈 병"을 그 자신의 객관상관물이라고도 할 수 있는 까닭이 바로 여기에 있다. 자신의 객관상관물인 '빈 병'을 바라보면서 오직 "채우기에만 급급했던" 삶을 성찰, 반성하고 있는 것이 이 시이다. 돌이켜보면 특별히 "채운 것도 없이/ 무겁게 비틀거"려 온 것이 자신의 삶이지만, 바로 그렇기 때문에 그는 여기서 "부끄럽"다고 고백하고 있는 것이다.

이러한 성찰과 반성은 "욕망을 벗어버린" "늦가을 계곡을" 바라보며 "비로소 나를 알겠다"(「이유」)고 고백하는 그의 시에서도 확인이 된다. 이는 "두려운 마음으로" 펼쳐보는 "누런 봉투 속에서" 나온 "고등학교 생활기록부"를 통해 "부끄러움"(「대차대조표」)을 드러내고 있는 시에 의해서도 증명이 된다. 다음의 시 또한 그의 외로움에서 비롯된 부끄러움과 쑥스러움, 나아가 성찰과 반성을 알 수 있게 해주는 중요한 예이다.

태풍 루사가 지나간 강변에
남루한 양복 상의 하나
볼썽사납게 축 늘어져 있었다
무심코 집어 들어
모래를 훌훌 털며
이리저리 훑어보는데
단추에 묻었던 햇살 한 줄기
사정없이 내 눈을 찔렀다
순간, 정신 번쩍 들어
그 자리에 급히 놓았다
저 옷 입었던 사람은 누구였을까
지금은 무엇을 하고 있을까
궁금해하다가
문득, 내 옷일지도 모른다는 생각에
다시 집어 들어 보았다
아, 그것은 양복이 아니라
이른 새벽 깨어나 두렵게 만져보던
내 몸의 일부였다

—「몸」 전문

"태풍 루사가 지나간 강변에" "축 늘어져 있"는 "남루한 양복 상의"를 조명하는 데 초점이 있는 시이다. 이 시는 "남루한 양복 상의"를 "무심코 집어

들어/ 모래를 훌훌 털며/ 이리저리 훑어보는데/ 단추에 묻었던 햇살 한 줄기”가 그의 “눈을” 찌르는 부분에서 대전환이 일어난다. “순간, 정신 번쩍 들어/ 그 자리에 급히” “남루한 양복 상의”를 내려놓으며 “저 옷 입었던 사람은 누구였을까/ 지금은 무엇을 하고 있을까/ 궁금해하다가/ 문득, 내 옷일지도 모른다는 생각에/ 다시 집어 들어 보”기 때문이다. 이윽고 그는 그것이 “양복이 아니라/ 이른 새벽 깨어나 두렵게 만져보던/ 내 몸의 일부”라는 것을 깨닫는다.

따라서 이 시의 중심 대상은 “남루한 양복 상의”라고 해야 마땅하다. 하지만 이 시의 초점이 “남루한 양복 상의”를 객관적으로 묘사하는 것에 있는 것은 아니다. 그보다는 오히려 “남루한 양복 상의”를 통해 시인 자신의 몸이 처해 있는 현실을 자각하는 데 초점이 있다고 해야 옳다. 저 자신의 몸을 그가 태풍 루사에 의해 떠밀려 가다 강변에 걸려 “축 늘어져 있”는 “남루한 양복 상의”로 비유하고 있기 때문이다. 자신의 몸을 이렇게 허접한 물건으로 비유하고 있는 것은 그가 그동안 자신의 몸을 혹사해 온 것에 대해 성찰하고 반성하는 것으로부터 기인한다. 물론 이에는 부끄러움과 쑥스러움에서 비롯된 성찰과 반성도 큰 몫을 한다.

이러한 정서는 “헌책방”의 “책 더미에서 나온/ 몇십 년 전”(「젊은이를 만나다」)의 사진을 보고 느끼는 심리를 그리고 있는 시에 의해서도 확인이 된다. “칼날에 잘려지고 남은” 정육점의 식육에서 “신발 찾듯 기웃거”(「정육에 별 떨어지다」)리는 영혼을 유추하고 있는 시에 의해서도 그것은 증명이 되지만 말이다. 그렇다. “흔적처럼 못 박”혀 있는 사무실 벽의 “구멍들”(「구멍」)을 통해 지난날의 잘못을 반성하고 성찰하고 있는 시에 의해서도 예의 부끄러움과 쑥스러움을 발견하기는 어렵지 않다.

그가 이들 부끄러움과 쑥스러움에서 비롯된 반성과 성찰을 통해 도달하려는 정신 차원은 대자유이다. 해탈이나 열반이라는 말로도 대체될 수 있는 대자유는 우선 “오랜만에 열린 수문水門/ 언제 닫힐까 두려워/ 몸 가리지 않고 죽기로 뛰어내리는” “착한 탈옥수들”(「착한 탈옥수」)로 구체화되어 있다. 수문 아래로 쏟아져 내리는 물로부터 대자유를 실천하고 있는 "어진 탈옥수들"을 깨닫고 있는 것이 이 시에서의 그이다.[12]

후기의 그의 시는 또 다른 정신 층위에서 이러한 깨달음에 기초한 이미지를 전개시키기도 한다. "늦가을 소리"를 "새소리처럼 가볍고/ 물소리보다 더 진지"하다고 명명하는 동시에 "독경讀經 소리"(「늦가을 소리」)로 치환하고 있는 것이 그 예라고 할 수 있다. "환한 대낮"에 "헤어졌던 순한 것들"이 밤이 되면 "모여들어/ 비로소 몸도 영혼도 그림자도 하나가 되"(「어둠의 빛」)는 가치를 깨닫고 있는 시도 이러한 정신 차원에서 읽을 수 있는 예이다. 이 시는 낮이 아니라 밤이 키우고 가꾸는 것들에 초점을 두고 있어 더욱 관심을 끈다.

이러한 점은 "보이지 않은 것"들, 즉 "푸른 나무 속에 흐르는 물기" "땅속에서 단단히 여무는 열매"(「눈에 보이지 않을 때」)를 노래하고 있는 그의 시에서도 드러난다. "툭, 하며/ 떨어지는 사과"(「과수원집 상가에서」)에서 생명이 지니고 있는 실재를 발견하고 있는 것이 그이다. 물론 그가 이들 자연의 사물들로부터 죽음의 이미지만을 발견하고 있는 것은 아니다. 죽음의 이미지보다는 "물끼 내린 가을에도 숲과 나무는 임신을 하나 보다/ 저 요란한 월경"(「가을」) 등의 표현을 통해 생명의 이미지를 발견하고 있는 것이 그이다.

그의 시가 지니고 있는 생명의 이미지는 항용 꿈, 희망, 초월 등을 상징하는 창, 새, 꽃, 별 등의 이미지로 치환되어 드러난다. 「창窓」「새」「진달래꽃」「별」 등의 시가 그 중요한 예이다. 이들 중에서도 "은사시나무 잎에 내려와/ 무더기로 반짝"이는 별로부터 "눈부신 그리움"(「별」)을 깨닫고 있는 시는 더욱 주목이 된다. "영혼처럼 가벼운" 별이 "세상 구석구석에 꽂히는 탄

12 자연의 질서와 함께한다는 뜻에서의 대자유는 공자가 말하는 '칠십이종심소욕불유구七十而從心所欲不愉矩'의 경지와도 통한다. 공자가 말하는 예의 경지는 물심일여物心一如의 경지와도 다를 바 없는데, 이는 곧 성聖의 경지를 가리키기도 한다. 이은봉, 「죽음의 정서들 밖으로 내는 쬐그만 창」, 『시와인식』(2008년 여름호), 15쪽 참조.

환"인 동시에 "사랑"으로 표현되어 있기 때문이다. 그것은 "생의 끈 쥐고 있는/ 자연의 순리 앞에 영원이란 없"다는 깨달음을 노래하고 있는 시(「봄날」)를 통해서도 확인이 된다. 세상에 존재하는 것들 사이의 상호 관계를 "부드럽고 견고한"(「나무못」) 나무못의 이미지로 형상화하고 있는 시에도 이는 잘 드러나 있다.

6. 맺음말

본고에서 지금까지 논의해 온 것들을 간단히 요약, 정리하면 다음과 같다. 박명용의 시 세계는 모두 4개의 정신 층위를 형성하며 저 자신의 특징을 구현한다.

첫 번째 정신 층위는 '미로 혹은 안개 지대에서 길 찾기'로, 이는 그가 나날의 현실을 명확히 가늠하기 어려운 흐린 의식으로 받아들이는 데서 기인한다. 자신의 시에서 그가 당대의 현실을 이처럼 혼돈과 미지로 받아들이는 것은 당대의 현실 자체가 그렇게 되어있기 때문이다. 당대의 현실을 이처럼 혼란과 어둠으로 받아들이면서도 그는 참된 진실을 찾기 위한 의지를 멈추지 않는다. 기본적으로 이는 저 자신이 지니고 있는 순수하고 개결한 열정에서 비롯된다. 이러한 판단이 가능한 것은 그가 자신의 시를 통해 끊임없이 자유의지를 구현하고 있기 때문이다.

그의 시에 드러나 있는 두 번째 정신 층위는 '자연이나 사물의 의미망'이다. 그의 시와 함께하고 있는 자연이나 사물은 대부분 동양적 정신과 함께하고 있어 좀 더 관심을 끈다. 이때의 동양적 정신은 의인관적 세계관을 토대로 한다. 그의 시에 드러나 있는 이들 자연이나 사물 가운데 가장 주목이 되는 것은 '강'이다. 그의 시에 드러나 있는 '강'은 삶의 진실(진리)이나 지혜를 깨닫는 화두로까지 기능한다.

박명용 시에 함유되어 있는 세 번째 정신 층위는 '작고 보잘것없는 것들의 세계'이다. 작고 보잘것없는 것들은 소외되고 버려진 것들을 뜻하는데, 이들 존재가 포괄하는 범주는 자연이나 사물에만 국한되지 않는다. 그것이 사람살이 일반은 물론 저 자신의 심리적 현존까지 끌어안고 있기 때문이다. 이들에 대한 관심과 연민을 통해 인간의 마음이 무엇을 향해 어떻게 움직이고 있는가를, 나아가 생의 질서나 원리까지 깨닫고 있는 것이 그의 시이다.

서정시 일반의 정서적 특징과 관련해 그의 시에서 가장 중요하게 살펴볼 수 있는 것은 외로움이다. 외로움은 분리감에서 기인하거니와, 분리감을 대표하는 정서는 그리움과 기다림이다. 그의 시에서도 그리움이나 기다림은 대부분 고독이나 소외의 모습을 하고 있다. 고독이나 소외는 항용 부끄러움이나 쑥스러움으로 전이되는데, 그의 시에서 부끄러움이나 쑥스러움은 늘 반성이나 성찰과 연결되어 있다. 반성이나 성찰을 통해 그가 도달하려는 궁극적인 정신 층위는 '대자유 혹은 초월에의 의지'이다. 그의 시의 또 다른 정신 층위인 '대자유 혹은 초월에의 의지'는 무엇보다 죽음의 극복, 곧 생명 혹은 사랑의 실천을 전제로 하고 있다.(2011)

탈식민주의 문학이론과 양가성

—남기택의 평론 「신동엽 시의 저항과 현실」과 관련해

'탈식민주의 문학이론'에서 일단 나는 제3세계의 근대화 과정을 이른바 '(신)식민지적 관점'으로 바라보려는 눈길부터 감지한다. (신)식민지라는 말을 쓰고 보니 문득 1980년대로 되돌아가는 듯한 마음이 들기도 한다. 이러한 마음이 드는 것은 (신)식민지라는 용어 대신 식민지라는 용어를 쓰더라도 마찬가지이다. 새삼스러운 얘기이지만 한국의 국민들은 지금 1980년대로부터 무려 20년이나 벗어난(?) 시간을 살고 있다. 아무리 '팍스 아메리카나'라는 미국의 기획이 노골화되고 있다고 하더라도 이 점만은 분명히 해둘 필요가 있다.

(신)식민지 본국(?)으로서 미국 문화의 자장과 영향으로부터 한국의 문화가 자유롭지 못한 것은 여전히 사실이다. 하지만 한국 문화의 현실이 이미 완숙한 자본주의의 단계에 도달해 있는 것까지 부인할 수는 없다. 미국의 자본주의 현실로부터 일정한 정도 종속된 면을 지니고 있다고 하더라도 한국의 자본주의 단계가 부분적으로는 이미 성숙할 대로 성숙해 있다는 뜻이다. 따라서 이제는 근대(자본주의)에 적응하거나 근대(자본주의)를 완성하는 일보다 근대(자본주의)를 극복하는 일이 상대적으로 좀 더 비중 있는 과제가 되고 있는 것이 사실이다. 팍스 아메리카나라는 미국의 세계 전략으로부터 완전한 자유를 획득하는 것이 근대를 극복하는 일차적인 과제일 수

도 있겠지만 말이다.

탈식민지 문학이론이 서구 혹은 미국 문학과의 상관관계를 식민지 혹은 (신)식민적 관점으로 인식하는 데 중심이 있다는 것까지 의심할 필요는 없다. 하지만 그것이 한국문학의 오늘과 내일을 위해 현실적이고 실질적인 것인지 어쩐지, 다시 말해 실사구시의 원칙에 맞는 것인지 어쩐지 지금의 나로서는 판단이 잘 서지 않는다. 오랫동안 백인들의 지배를 받아오다가 불과 10여 년 전에 자유를 획득한 남아프리카공화국 등과는 기본적인 조건이 다른 것이 대한민국의 현실이기 때문이다. 영어로 소설을 써오다가 올해에 노벨 문학상을 받은 남아프리카공화국의 존 쿳시와는 전혀 환경이 다른 곳에서 살고 있는 것이 한국의 작가이고 시인들이라는 것이다. 더구나 한국문학은 영어가 아니라 여전히 고유의 우리글인 한글로 쓰고 있지 않은가.

구체적인 생활은 철저하게 서구적 근대에 젖어있으면서도 논문이나 평론을 쓸 때마다 '탈식민지' 운운하는 것이 한편으로는 우스꽝스러워 보이기도 한다. 현실의 실질적인 삶과는 동떨어진 논리를 사변적으로 강제하고 있는 것이 바람직해 보이지는 않는다는 뜻이다. 물론 이러한 지적이 미국을 중심으로 한 서구의 문화가 일방적으로 세계의 문화를 관통하고 있는 지금의 현실을 긍정적으로 받아들이자는 뜻은 아니다. 문화의 종다양성이 생물의 종다양성처럼 인간의 미래 문화를 풍부하게 하는 원동력으로 작용하리라는 것은 불문가지이다.

'탈식민지 문학이론'은 영국의 식민지를 체험한 나라들이 생산해 온 영어로 쓰인 작품들과 관련되어 체계화된 연구 방법론이다. 그러한 점에서 일단은 '탈식민지 문학이론' 자체가 서구이든 아니든 남의 나라에서 생산된 것이라는 점을 주목할 필요가 있다. 말하자면 '탈식민지 문학이론'을 매개로 오늘의 한국문학을 점검하는 것 자체가 식민지 혹은 (신)식민지적 세계 전략의 산물일 수도 있다는 뜻이다. 탈식민지 문학이론 자체가 서구에서 생산된 현실 해석의 방법론이라면 그러한 방법론을 수입해서 쓰는 것 자체가 종속적이고 (신)식민지적이라는 점을 감안해야 한다는 것이다.

'탈식민지 문학이론'은 '민족' 혹은 '국가'라는 개념을 전제로 했을 때 성립이 가능해진다. 하지만 '민족' 혹은 '국가'라는 개념은 본래 근대의 것이다. 민족 혹은 국가라는 개념 자체가 인간이 근대라는 역사의 한 시기에 이룩한 의식의 한 형태라는 것을 염두에 두지 않으면 안 된다. 국가라는 단어 앞에 항상 '근대'라는 수식어를 붙이는 까닭을 반드시 기억해야 한다는 것이다. 무엇보다 이는 지금과 같은 형태의 국가가 형성되게 된 것이 근대 이후의 일이라는 것을 잘 말해 주고 있다.

이와 더불어 국가를 구성하는 전 구성원이 국가 의식, 곧 애국심을 갖게 된 것도 근대 이후라는 점을 기억할 필요가 있다. 일부의 지도층을 제외한 대부분 국민들의 경우 근대 이전에는 국가 의식, 이른바 애국심으로부터 소외되어 있었던 것이 사실이다. 그렇다. 1970년대 초까지만 해도 한국의 대부분 서민들은 국가 의식, 즉 애국심과 무관한 채 나날의 삶을 영위해 온 바 있다. 대개의 무의식 서민들의 경우 그때까지만 해도 이른바 '왜정시대가 좋았다'라는 말을 입버릇처럼 되뇌며 살아왔다는 점을 유의할 필요가 있다. 그들에게는 국가라든지 민족이라는 개념보다는 정치의 주체와 관련해 통치(혹은 통치자)라는 개념이 앞서 있었던 것이 사실이다. 일제로부터의 해방을 일단은 정치의 주체, 곧 통치 세력의 교체로 받아들였던 것이 그들이라는 얘기이다.

하지만 최근에 이르러서는 오히려 국가의 지도층이라고 할 수 있는 상류층들이 국가 의식, 즉 애국심으로부터 자신을 소외시키고 있는 형편이다. 이는 우선 군軍을 기피하기 위해 온갖 편법을 동원하고 있는 사람들이, 나아가 미국에서 원정 출산하고 있는 사람들이 대부분 상류층의 국민들이라는 점을 통해 확인이 된다. 오늘에 이르러 이들 상류층은 자신의 구체적인 삶과 관련해 국가가 아무런 의미도 주지 않는다고 생각하고 있는 것이다.

풍부한 자본을 매개로 세계를 살아가는 이들에게는 국가라는 공동체가 더 이상 아무것도 얻을 것이 없는 낡아빠진 퇴물 기계에 지나지 않는다고 생각할 수도 있다. 그렇다. 거액의 세금만 빼앗아 갈 뿐 얻을 것이 없다고 생각하는 이들에게 국가는 더 이상 충성을 바칠 대상이 되지 못한다. 따라서 이들에게는 '탈식민지 문학이론'이 아무런 흥미를 주지 못할 것이 뻔하다. 자신들의 구체적인 삶에 아무런 도움도 되지 않는 것이 국가인 만큼 국가의 형편이 식민지이든 (신)식민지이든 상관이 없을 수밖에 없는 것이 이들이다. 이들에게 주어진 국가 역시 '민족국가'인 것은 사실이지만 말이다.

'민족'국가라고 하더라도 시큰둥하게 생각하기는 마찬가지이다. 국가를 선뜻 받아들이지 못하는 이들로서는 당연히 민족도 받아들이지 못하기 때문이다. 철저하게 개별화되어 있는 이들에게 국가나 민족이라는 공동체는 한갓 피곤하고 거추장스러운 억압 기제일 따름이다. 따라서 이들에게는 민족이나 국가의 개념을 전제로 하고 있는 탈식민지 문학이론이 귀에 들어올리 만무하다.

국경의 밖에 서있는 일부 계층의 이러한 사고와 삶은 기본적으로 자본의 논리에 예속되면서 비롯된 것으로 생각된다. 실제로는 자본주의 경제체제를 받아들이는 것 자체가 민족 공동체는커녕 아예 타자 자체를 고려하지 않는 극도의 이기주의와 함께하는 사고와 삶의 출현을 예고하지 않을 수 없었으리라. 자본주의적 삶의 구체적인 일상에서 가장 먼저 국가의 강역疆域을 넘어서는 것이 자본이라는 점을 주목하지 않으면 안 된다. 따라서 유동하는 자본의 행방만을 추적하는 사람들에게는 국가나 민족이라는 개념이 존재하기가 어려울 수밖에 없다. 자본 자체는 이미 국가의 강역疆域을 초월한지 너무도 오래이지 않은가.

그렇기는 하지만 한국의 현대사에서 민족의식이나 국가 의식이 범국민적으로 부상하게 되는 데는 민족이나 국가 자체가 지니고 있는 위기감이 크게 작용한 바 있다. 분단과 외세의 개입, 군사독재 체제의 성립에 따라 민족국가로서의 면모를 갖추기도 전에 그것의 존재 기반 자체가 상실될 위기에 처하게 되었거니와, 그것이 민족의식이나 국가 의식을 상승시키는 데 큰 몫을 했다는 뜻이다.

이른바 민족문학이라는 개념도 이러한 위기의식이 충만해지면서 보편화된 개념이라고 할 수 있다. 그렇다. 민족문학의 개념에는 당시 국가와 민족이 처한 위기를 극복하기 위한 수성적守城的 의미가 알게 모르게 스며들어 있다. 이러한 점은 1974년에 쓴 백낙청의 고전적인 평론「민족문학 개념 정립을 위하여」에서부터 이미 지적된 바 있다. 일찍이 백낙청은 이 소론에서 민족문학이 "민족의 주체적 생존과 그 대다수 구성원의 복지가 심각한 위험에 직면해 있다는 위기의식의 소산이"라고 말한 바 있다. 민족적 위기에 임하는 올바른 자세가 문학 자체의 건강한 발전을 결정적으로 좌우하는 요인이 될 수밖에 없다는 것이다.

따라서 분단 시대의 반외세, 반독재 정신을 기반으로 할 수밖에 없는 민족문학이라는 개념은 한시적일 수밖에 없다. 백낙청의 표현을 빌리면 "철저히 역사적인 성격을 띨" 수밖에 없는 것이 민족문학의 개념이다. 결국 민족문학의 개념은 "어디까지나 그 개념에 내실을 부여하는 역사적 상황이 존재하는 한에서 의의 있는 개념이고, 상황이 변하는 경우 그것은 부정되거나 보다 차원 높은 개념 속에 흡수될 운명에 놓여 있는 것이다".

민족문학이라는 개념이 한시적이라는 것은 궁극적으로 민족이라는 개념도 한시적이라는 것을 뜻한다. 인류의 긴 역사로 보면 한국이 처한 위기상황과 관련해 수성적守城的 자세로 지켜 가고 있는 민족이라는 개념도 항구적인 것이 아니라는 것을 알 수 있다. 인류의 긴 역사에 견주어 보면 사람들이 민족이라는 공동체를 통해 삶을 영위해 온 것이 근대 이후 수백 년의 일에 지나지 않기 때문이다. 뿐만 아니라 제2차 세계대전 당시 히틀러 등에 의해 민족이라는 이름으로 행해진 온갖 학살을 생각하면 민족이라는 개념이 갖는 한계를 좀 더 명확히 의식하지 않을 수 없다. 제2차 세계대전이 종결된 이후 라오스, 캄보디아 등 동아시아에서 저질러온 온갖 학살도 그 배후에는 민족 개념이 도사려 있다는 것을 소홀히 여겨서는 안 된다.

남기택의 평론「신동엽 시의 저항과 현실」이 주목되는 것도 무엇보다 그것이 이러한 맥락 위에 서있기 때문이다. 이 글에서 남기택은 신동엽이 '민족시인'이라고 불리는 것이 이제는 무조건적인 상찬이 될 수만은 없는 시대에 이르렀다고 말하고 있다. 그의 이러한 말은 앞에서 지금까지 논의해 온 필자의 논리와 맥을 함께할 때 비로소 의미를 갖는다. 민족이나 민족문학이라는 개념이 항구적인 상찬의 대상이 아니라면 '민족시인'이라는 개념도 항구적인 상찬의 대상이 될 수 없기 때문이다.

오늘날에 이르러서는 '민족'이라는 담론보다 오히려 '근대'라는 담론이 지식인들의 관심을 끌고 있다. 근대 적응, 근대 완성, 근대 극복 등의 개념이 현대를 살아가는 깨어있는 사람들의 화두로 떠오르고 있는 것이다. 물론 이러한 개념들이 화두로 떠오르게 된 것은 오늘의 한국의 현실이 전기 자본주의사회, 중기 자본주의사회, 후기 자본주의사회 등 다면적인 특징을 지닌 채 착종되어 있기 때문이다. 그럼에도 불구하고 이들 개념 중에서는 특히 근대 극복이 가장 첨예한 관심사로 부각되어 있는 것이 오늘의 현실이다. (아직은 통일된 민족국가가 주어지지 못했다는 점에서 근대 완성이 정작의 관심사가 될 수도 있지만 말이다). 물론 근대 극복에 대한 논의에는 온갖 고통을 내재하고 있는 나날의 자본주의 현실을 돌파해 좀 더 인간다운 삶, 즉 인간 해방에 가까운 세상을 만들고자 하는 의지와 노력이 담겨 있다.

이러한 맥락에서 근대 극복이라는 관점을 확대하다 보면 일단 먼저 일국적 시각으로부터 벗어나는 것이 정작의 과제이지 않을 수 없다. 기본적으로 일국적 시각은 민족의 개념과 연결될 수밖에 없다. 민족이나 국가라는 개념이 근대적 개념, 즉 자본주의 이후의 개념이라는 점을 기억하면 이러한 논리는 좀 더 명확해진다. 민족이나 국가 개념을 하위개념으로 거느리고 있는 것이 근대라는 개념이라는 점을 주목하지 않으면 안 된다. 따라서 근대 극복을 논의한다는 것은 자연스럽게 민족 극복, 국가 극복을 논의한다는 것이 되지 않을 수 없게 된다. 근대와 관련해 보면 민족이나 국가의 경우 적응의 대상이기도 하고 완성의 대상이기도 하지만 극복의 대상이기도 하다는 것이다. 물론 지금의 단계에서는 극복의 대상으로서 국가나 민족의 경우 그것이 국수주의나 국가주의 형태로 왜곡되었을 때를 전제로 할 수밖에 없다. 항용 약소민족이나 약소국가를 짓밟는 제국주의 형태로 왜곡되기 쉬운 것이 국수주의나 국가주의이기 때문이다. 미국의 자국 우월주의, 즉 팍스 아메리카나 전략에 결코 동의하지 못하는 까닭도 바로 여기에도 있다.

이러한 현실에 비추어 보면 민족이나 국가라는 '부분적인 공동체'의 가치는 상대적으로 폄하될 수밖에 없다. 이들 부분적인 공동체의 가치보다는 전체적인 공동체의 가치, 특히 생태공동체의 가치가 상대적으로 우월한 가치로 평가될 수밖에 없다는 뜻이다. 생태공동체에 대한 논의는 당연히 지구나 세계라는 좀 더 높은 차원의 공동체를 전제로 할 수밖에 없다. 민족이나 국가의 개념을 벗어난 지점에서 논의될 수밖에 없는 것이 생태공동체라는 개념임을 감안하지 않으면 안 된다. 근대에 적응하고, 근대를 완성하고, 그와 동시에 근대를 극복해 나가야 하는 오늘의 현실에서 정작 관심을 가져야 할 것은 지구라는 생태공동체 자체일지도 모른다. 지구라는 생태공동체야말로 공해로 찌든 나날의 삶에서 구체적인 의미와 가치를 지니고 있는 정작의 관심의 대상이라는 뜻이다.

미국의 경우이든 한국의 경우이든 이른바 생태주의자들이 국가주의나 민족주의 자체에 대하여 과도할 정도로 부정과 비판의 자세를 견지하고 있는 까닭을 고려할 필요가 있다. 철저하게 이기적이고 개인적인 상류층의 무의식한 반국가 의식이나 반민족의식이 아니라 이러한 뜻에서의 민족 의식이나 국가 의식으로부터 벗어났을 때도 '민족시인'이라는 수식어는 별로 상찬이 되지 못한다. 뿐만 아니라 국가 자체를 거부하는 아나키즘적 시각으로 보더라도 '민족시인'이라는 수식어는 정작의 상찬이 되기 어렵다. 신동엽의 시가 항용 아나키즘적인 시각에서도 논의되고 있다는 점을 생각하면 이는 더욱 그렇다.

물론 이러한 지적이 여기에서 논의하려 하는 '탈식민지 문학이론' 자체를 폄하하거나 우회하려는 의도에서 비롯된 것은 아니다. 보편성이 있는 한 어떤 지식이나 이론도 피차 함께 나누고 교섭하는 데 의의가 있다는 것을 모르지 않기 때문이다. 하지만 지금까지의 모든 담론이 그렇듯이 이 또한 일종의 지적 패션, 다시 말해 하나의 패션 담론일 수도 있다는 것을 잊어서는 안 된다. 모든 담론이 그렇듯이 '탈식민지 문학이론' 역시 한 시기의 삶이 구축하고 있는 문화적 현존을 바르게 해석하고 이해한 뒤, 그것을 좀 더 바람직한 방향으로 진전시키기 위한 인류의 오랜 노력 이상은 아니라는 뜻이다. '탈식민지 문학이론' 역시 공부를 하는 사람들, 즉 연구자들의 인지 영역을 밝고 충만하게 해주기는 하지만 충분히 보편성을 갖는, 다시 말해 설득력을 갖는 한 시기의 문화적 척도이고 가치일 따름이라는 것이다. 더구나 '탈식민지 문학이론'이 식민지 체험을 갖고 있다고 하더라도 자국의 언어를 바탕으로 하지 않는 국가들의 문학, 특히 영어권이나 프랑스어권의 제3세계 문학을 탐구하기 위한 방법론이라는 점을 고려하지 않으면 안 된다.

나로서는 '탈식민지 문학이론'을 적용하고 있는 논문 일반에 대해 적잖은 의구심을 갖고 있는 것이 사실이다. 기본적인 전제와는 달리 실질적인 '탈식민지 문학이론'과는 전혀 무관하게 전개되고 있는 논문이 적잖다는 뜻이다. 이는 남기택의 평론이라고 해도 예외가 아니다. 그의 이 평론에서도 '탈식민지 문학이론'이 얼마나 적절히 구현되어 있는지 잘 모르겠다는 뜻이다. 문제를 제기하는 부분의 논리와는 달리 문제를 해결하는 부분에 이르러 탈식민지 문화이론의 실제를 찾아보기가 어렵기 때문이다. 심지어는 '탈식민지 문학이론'의 수용이 없이도 충분히 전개할 수 있는 논리를 담고 있는 것으로 받아들여지기까지 한다.

'탈식민지 문학이론'은 그것을 명시적으로 적용하지 않더라도 제3세계적 시각을 갖고 있는 국내의 많은 논문에 의해 이미 충분히 구현되고 있는 방법론이다. 이는 우선 카뮈의 소설 『이방인』을 이른바 오리엔탈리즘의 시각에서 분석하고 있는 백낙청의 논문에 의해 확인이 된다. 뿐만 아니라 『안과 밖』 등의 학술지에 발표되고 있는 영미문학 논문에서도 이러한 시각의 적용은 적잖이 발견이 되고 있다. 요컨대 '탈식민지 문학이론'이라는 시각을 구태여 적시하지 않더라도 (신)식민지와 (신)식민지 본국의 관계를 양가적으로 고려하는 문학 연구의 결과가 얼마든지 생산되고 있다는 것이다.

에드워드 사이드의 명저 『오리엔탈리즘』이 간행된 이후 서양에 의한 동양의 왜곡과 관련해 영미 문학의 고전작품이 탈식민지적 관점에서 분석된 예는 상당하다. 서구의 제국주의 정신과 문학작품은 서로 견고하게 뒤얽혀 있어 어느 한쪽도 자율성이나 독립성을 유지하기 힘든 것이 사실이다. 따라서 (신)식민지 본국인 서양에 의해 부정적으로 조작된 동양의 이미지가 지니고 있는 허구성을 밝히는 작업은 매우 필요할 수밖에 없다. 그렇다고는 하더라도 문학작품이 지니고 있는 이러한 문제를 밝히기 위해 미처 제대로 소화도 안 된 '탈식민지 문학이론'을 막무가내로 들이밀 필요까지는 없지 않느냐는 것이다.

문학 연구가 흔히 보여 주고 있는 이러한 한계가 오직 남기택의 평론에만 드러나 있는 것은 아니다. 그것 역시 그동안 많은 연구자들이 항용 범해 온 오류 중의 하나에 지나지 않기 때문이다. 이론에 대한 학습과 그것의 적용이 따로 노는 데서 오는 오류는 공부하는 모든 사람들이 갖고 있는 보편적인 한계이기도 하다. 그러나 정작 중요한 것은 대상에 대한 연구자의 자기 논리이고 여타의 이론이나 방법론은 그것을 뒷받침하는 일종의 논거에 불과하다는 점이다.

따라서 남기택의 평론과 관련해서도 실질적으로 주목해야 할 것은 신동엽의 시를 보는 시각과 논리 자체라고 하지 않을 수 없다. 저 자신의 시각과 논리의 보편성을 증명받기 위해 이런저런 이론이나 방법론, 기타 예증을 끌어들이는 것이 연구자의 본래의 태도라는 점을 간과해서는 안 된다. 바로 그러한 점에서 한계가 없지는 않지만 이 글에서 신동엽의 시정신이 지니고 있는 한계를 돌파하려 노력하는 남기택의 시도는 매우 훌륭해 보인다. 1960년대까지 형성되었던 남한의 지적 토대와 정신의 풍토 위에서 자신의 창작 활동을 했던 것이 다름 아닌 신동엽이다. 신동엽 자신이 자기 시대의 시대정신에 투철하려고 무던히 노력한 사람이기도 하거니와, 바로 이러한 맥락에 의해서도 그의 한계는 추출될 수 있으리라는 것이다.

근대에 적응해 가는 한편 근대를 완성해 가는 과정에 사람들이 드러내 온 심리적인 태도의 저변에는 무엇보다 양자택일적인 사고, 즉 이분법적인 사고가 깊이 자리해 있다. 평면적이고 수평적인 입장에서 선과 악의 이분법으로 세계를 재단해 왔던 것이 근대 이후의 삶에 드러나 있는 보편적인 가치이다. 이러한 이분법적 세계관이 충만해진 데는 근대의 개막과 더불어 부르주아 계급을 중심으로 발견되기 시작한 '나', 즉 자아가 가장 큰 역할을 해온 것으로 짐작된다. 주체로서의 자아의 발견은 일단 자아 밖의 타자를 염두에 두고 이루어진 것이 분명하다. 비록 타자의 존재를 자율적이고 독립적인 존재로 인정하지 않았다고 하더라도 그것은 마찬가지이다.

그러고 보면 이분법적 세계관의 보편화는 기본적으로 서구의 주체 철학에서 비롯되었다고도 할 수 있다. 타자의 독립성과 자율성을 인정하지 않은 것이 주체 철학이거니와, 주체 철학에서는 나 아닌 모든 것을 내게로 동화, 수렴시키기 위해 끊임없이 투쟁을 일삼아 온 바 있다. 나에 의해 인지되고 포착되었을 때나, 그리하여 나에게 동화, 수렴되었을 때나 타자를 종속적으로 인정해 온 것이 주체 철학의 보편적인 모습이다. 좀 더 시적으로 말하면 "내가 그의 이름을 불러주었을 때/ 그는 나에게로 와서 꽃이 되"(김춘수, 「꽃」)는 관계로 타자를 받아들여 왔다는 것이다.

이러한 관점으로 세계를 수용하게 되면 자아 밖의 모든 존재는 자아와 대립하거나 갈등하는 관계를 맺을 수밖에 없다. 이는 자아 밖의 각기 다른 존재들이 이루고 있는 관계의 경우에도 마찬가지이다. 그것들이 지니고 있는 차별성을 인정한다고 하더라도 각각의 관계가 조화와 균형보다는 대립과 갈등의 관계로 기능하기 마련이다. 자아와 타자의 관계이거나 타자와 타자의 관계이거나 이들의 관계는 상호 조화와 순환을 택하기보다는 대립과 갈등을 택할 수밖에 없다는 것이다.

세계를 이처럼 이분법적으로, 다시 말해 양자택일적으로 사고하는 근저에는 기독교적 선악관도 깊이 자리해 있다. 양자택일적 사고가 선은 받아들이고 악은 징치하고자 하는 심리가 일상의 삶 속에 투영되어 있는 결과일 수도 있다는 것이다. 이는 작품의 의미를 분석하고 해석하는 연구자의 태도에서도 예외가 없는 것으로 보인다. 문학작품을 분석하고 해석하는 시각에도 정의와 불의, 진실과 허위 등 이분법적 양자택일의 관점이 자연스럽게 스며들어 있다는 것이다.

한국의 경우에는 이러한 양자택일적 의식이 군사독재를 몰아내고 민주정부를 수립하는 과정에 더욱 공고화된 것으로 생각된다. 언제나 민주와 반민주, 적과 동지로 삶의 구석구석을 기획하고 재단해 왔기 때문이다. 이들 양자택일적인 의식은 남북한의 분단체제에 의해 더욱 확실한 가치로 자리해 온 바 있다. 남과 북 가운데 어느 한쪽을 선택하지 않고서는 생존 자체가 불가능했던 것이 한국의 현대사라는 것을 기억할 필요가 있다.

구태여 이러한 면을 강조하지 않더라도 이분법적 세계관은 근대 의식 일반이 지니고 있는 매우 중요한 특징이라고 해야 옳다. 모든 존재가 지니고 있는 양가성을 포기하고 그것들 일반에 대해 이처럼 양자택일적으로 사고하는 것이야말로 근대 의식 일반이 지니고 있는 보편적인 모습이라는 것이다. 정의正義와 불의不義, 호好와 불호不好로 재단해 끊임없이 개별 존재를 핍박해 온 것이 지금까지의 삶이 지니고 있는 실질적이고도 구체적인 모습이라는 점을 간과해서는 안 된다.

이러한 맥락에서 생각하면 양자택일적 이분법을 극복하는 일이야말로 근대를 극복하는 첩경이라고 받아들여진다. 일찍이 도산 안창호 선생은 "모난 돌이나 둥근 돌이나 다 쓰이는 장처가 있다"고 했거니와, 좀 더 나은 세계로 진입하기 위해서는 무엇보다 먼저 상황의 변화에 따라 장점이 단점이 될 수 있고, 단점이 장점이 될 수 있는 순환론적 가치를 수용해야 한다. 물론 이러한 가치의 수용은 각각의 개별 존재뿐만 아니라 개별 가치 또한 변화하는 상황과 관련해 상호 순환하는 가운데 그때그때 한시적으로 그것의 의미(진리)가 결정된다는 것을 알아야 한다. 남기택의 예의 평론에 다음과 같은 언술이 보이는 것도 다름 아닌 신동엽 시가 지니고 있는 양자택일적 이분법의 세계관을 극복하고자 하는 노력의 하나라고 생각된다

"차수성 세계는 원수성 세계의 이상적 질서가 상실된 문명사회 전

반을 가리킨다. 이는 역사적 맥락이 사상된 신동엽 식의 조작된 근대 이해라 할 수 있다."

"피아를 단선적으로 구분하는 인간 이해는 근본적으로 근대적 이원론의 관점을 재생산한다는 점에서 또 다른 본원론적 시각이라 할 수 있다."

"이렇듯 이원론의 구조로써 인식된 신동엽의 고향 의식은 지역성의 정치적 입지를 확보하는 차원으로 나아가고 있다."

"신동엽의 시선이 지닌 이분법의 한계는 결코 한계로 그쳐서는 안 될 것이다."

이들 인용문에서 무엇보다 먼저 알 수 있는 것은 남기택이 신동엽의 세계관이 지니고 있는 이분법적 태도를 비판적인 눈으로 이해하고 있다는 점이다. 신동엽의 세계관에 대한 남기택의 이러한 비판적 접근은 매우 바람직해 보인다. 하지만 구체적으로 전개되는 실제의 글에서는 그의 이러한 입장이 매우 막연하게 피력되고 있다는 느낌이 들기도 한다. 구체적인 그의 글에 이르면 능동적이고 실질적인 논리가 결여되어 있어 설득력이 별로 크지 않다는 뜻이다.

신동엽이 세계관이 지니고 있는 이원론적 한계는 일단 먼저 근대적 세계관 전체의 한계와 관련시켜 고찰될 필요가 있다. '근대 이후'의 새로운 세계관에 입각해 본격적으로 논의될 때 설득력을 줄 수 있는 논리가 도출될 수 있으리라는 것이다. 물론 신동엽의 세계관이 지니고 있는 이원론적 한계는 신동엽이 살아있던 시대 전체의 한계이기도 하다. 이원론적 세계관이라는 것이 근본적으로 근대라는 역사의 한 시기가 지니고 있는 한계를 반영하고 있기 때문이다. 바르게 근대에 적응하는 동시에 바르게 근대를 완성해 가는 과정에 어쩔 수 없이 받아들이게 된 것이 신동엽의 양자택일적 이원론 혹은 이분법적 세계관일 수도 있으리라는 얘기이다.

앞에서도 말한 바 있듯이 이제는 바르게 근대를 극복하려는 노력이 좀 더 중요한 쟁점으로 부상하고 있는 시대에 도달한 지 오래이다. 이러한 현실과 관련해 신동엽 자신의 시를 통해 양자택일적이고도 이분법적인 한계를 뛰어넘으려는 노력, 즉 양가성의 확보를 통한 근대 극복의 징후를 찾아볼 수는 없는지 궁금하다. 이에 대한 명확한 논의가 이루어질 때 그의 시를 매개로 해 오늘의 인간이 지니고 있는 의식을 진전시켜 새로운 시대를 창출하는 데 도움을 받을 수 있을 것으로 생각되기 때문이다.

이러한 측면에서 앞의 논의를 좀 더 발전시켜 얘기를 해보도록 하자. 자신의 연구 대상을 끊임없이 몇 개의 시대로 구분해 온 것이 그동안의 역사학자들이다. 역사학자들이 역사의 과정을 몇 개의 시대로 구분해 이해해 온 까닭은 명확하다. 역사 전체를 과학의 대상으로 놓고 체계화, 질서화하려는 시도의 결과이기 때문이다. 물론 이러한 시도는 과학의 형식으로 역사를 이해하려 할 때 도달하는 필연적인 결과라고 할 수 있다.

시대를 구분할 때 가장 보편적으로 받아들여 온 것은 역사의 전 과정을 4등분하는 일이다. 고대, 중세, 근대, 현대가 다름 아닌 그것이다. 그 외에 마르크스에 의해 체계화된 원시 공산사회, 고대 노예제사회, 중세 봉건사회, 근대 자본주의사회, 사회주의사회, 문명 공산주의사회 등으로 6등분해온 시대 구분의 방식도 있는 것으로 알고 있다. 역사의 과정을 원수성의 세계와 차수성의 세계로 나누는 신동엽의 이분법적 역사관과 고대, 중세, 근대, 현대로 나누는 전통적인 역사학자들의 4분법적 역사관은 많은 차이를 갖고 있다. 하지만 이들 모두 역사의 과정을 좀 더 합리적이면서도 실증적으로, 곧 체계적으로 이해하기 위해, 그러니까 과학적으로 이해하기 위해 사용된 언어이고 개념인 것은 분명하다. 이 글에서도 수없이 얘기해 온 근대라는 개념도 실제로는 역사의 각 시대를 4등분하는 데서, 나아가 6등분하는 데서 비롯된 것이라고 할 수 있다. 근대라는 개념이 어떤 절대 불변의 이데올로기를 내포하고 있는 것은 결코 아니라는 것이다.

근대라는 한 시기, 즉 자본주의라는 한 시대의 삶이 지닌 한계와 관련해 수많은 작가와 시인들이 대안적 전망을 꿈꾸어 왔다는 것은 잘 알려져 있는 사실이다. 다름 아닌 이러한 측면에서도 신동엽의 이분법적 역사 인식, 곧 원수성과 차수성의 역사 인식이 갖는 의미를 되새겨 볼 필요가 있다. 차수성의 세계를 자본주의적 근대의 세계를 상징하는 것으로 받아들이면 원수성의 세계를 대안적 근대의 세계를 상징하는 것으로 받아들일 수도 있으리라는 뜻이다. 도시의 고층 빌딩을 갈아엎고 보리를 심고자 하는 신동엽의 시 「서울」이나 기타 장시 「이야기하는 쟁기꾼의 대지」의 경우 비록 상고적尙古的인 의식 지향을 담고 있기는 하더라도 일종의 대안적 근대에 대한 꿈을 담고 있는 것으로 이해할 수도 있으리라는 것이다.

이러한 맥락에서 생각하면 신동엽의 대안적 근대에 대한 꿈에는 짐짓 원시 공산사회에 대한 동경이 담겨 있다고도 할 수 있다. 구태여 원시 공산사회라고 명명하지 않더라도 그가 원수성의 세계라는 유토피아적 비전을 갖고 있는 것은 확실하고, 이러한 비전을 구체적인 형상으로 드러낸 것이 곧 예의 작품들이기 때문이다. 원시 공산사회에서 문명 공산사회로의 순환을 꿈꾼 것이 마르크스라면 근대 자본주의사회에서 원시 공산사회로의 순환을 꿈꾼 것이 신동엽이라고 할 수도 있다는 것이다. 그가 이들 두 사회 사이에 존재할 법한 중간 항을 과감하게 생략하고 있기는 하지만 말이다.

그럼에도 불구하고 신동엽이 자신의 시에서 '껍데기/알맹이' 식의 이분법에 과도하게 취해 있는 것은 비판받아 마땅하다. 실제의 일상의 삶에서는 껍데기와 알맹이가 상호 모순하고 대립하는 관계가 아니라 상호 보족하며 공존하는 관계라는 것을 잊어서는 안 된다. 신동엽으로서는 아직 그러면서도 그렇지 않은 기연불연其然不然의 세계관, 혼돈이면서도 질서인 카오스모스의 세계관, 하나이면서 둘[一而二], 둘이면서 하나[二而一]인 양가론적 세계관에까지 이르지는 못한 것이 사실이기 때문이다. 이정록이 자신의 시 「물소리를 꿈꾸다」에서 "버드나무 껍질에 세 들어 살고 싶다"라고 노래하고 있는 것도 이러한 맥락에서 비판적으로 이해할 수 있는 양가론적 태도의 반영이다.

이러한 점에서 생각할 때 가장 돋보이는 작품은 최근에 발표된 최두석의 시 「매화와 매실」이다. 다른 글(「순환하는 존재의 비의秘義」, 『현대시학』 2003년 8월호)에서도 자세히 분석한 바 있는 최두석의 이 시는 신동엽의 시 「껍데기는 가라」와는 달리 하나의 존재가 포유하고 있는 두 개의 현상이 이루는 관계, 혹은 두 개의 존재가 포유하고 있는 하나의 현상이 이루는 관계를 탐구하는 데 초점이 있다. 주체와 객체가, 자아와 세계, 나아가 매화와 매실의 관계가 상호 모순, 대립하는 관계가 아니라 변화하는 시간 속에서 조화, 순환하는 관계라는 것에서의 근원적인 관계론을 탐구하고 있는 것이 이 시이다. 그러한 점에서 최두석의 이 시는 언제나 타자를 동화, 수렴시키는 주체를 탐구하고 있는 기존의 상투적인 존재론적 시와는 궤를 달리한다.

예의 평론에서 남기택은 "모든 기억은 정치적이다. 내가 기억하고 싶은 기억, 자기의 추억으로 영토화된 기억만이 기억된다. 그러한 의미에서 기억은 항상 이미 욕망에 따른 재영토화의 영역이다"라는 들뢰즈(G. Deleuze)의 말을 인용하고 있다. 들뢰즈의 이 말은 그 자체로는 매우 설득력이 있다. 하지만 이와 관련해 도출하고 있는 "신동엽 시에서 인간적 정감이 넘치는 과거 공동체의 형상은 억압과 저항이라는 대항 담론의 생성적 맥락 속에서 기억된 상상의 형상이라 할 수 있다"라는 남기택의 주장은 얼마간 의구심을 갖게 한다.

문제의 초점은 신동엽 시에 나타나 있는 "인간적 정감이 넘치는 과거 공동체의 형상"을 단지 "기억된 상상의 형상"이라고 이해하고 있는 부분에 있다. 이 부분의 주장에 함유되어 있는 미래를 보는 남기택의 시각이 지나치게 단선적이라고 생각되기 때문이다. 미래를 단지 시간적으로 앞지른 시기로 파악하지 않는다면, 다시 말해 미래를 공동체적 이상이나 인간 해방의 내일로 파악할 수 있다면 이때의 미래는 불가불 인간의 오랜 유토피아 의식과 맞물려 있지 않을 수 없다.

유토피아 의식은 그것의 내포가 실제로 형성되는 과정과 관련해 보면 파라다이스 의식의 한 변형이지 않을 수 없다. 언제나 파라다이스 의식을 바탕으로 구체화될 수밖에 없는 것이 유토피아 의식이기 때문이다. 물론 파라다이스는 과거에 이미 상실된 낙원을 가리킨다. 바로 그러한 점에서 파라다이스는 앞으로 건설할 미래의 유토피아와 변별된다. 하지만 미래의 유토피아는 과거의 파라다이스를 바탕으로 하지 않고서는 상상 자체가 불가능하기 마련이다. 유토피아가 상상의 공간일 수밖에 없다면 상상의 근원적인 토대가 되는 과거의 체험, 곧 파라다이스의 체험이 없이는 그에 대한 상상 자체가 불가능해진다는 것이다. 미래의 유토피아가 언제나 과거의 파라다이스를 배경으로 해 탐구될 수밖에 없는 까닭이 바로 여기에 있다. 이러한 논리를 발전시키면 미래의 유토피아는 과거의 파라다이스 속에 존재한다고 생각해도 좋다.

미래의 유토피아는 「매트릭스」 등 수많은 SF 영화나 소설에 나오는 사이보그나 전자 인간 중심의 세계일 수도 있다. 하지만 그러한 세상이 오기를 진실로 기대하는 사람은 없는 듯싶다. 현실 세계와 환상 세계가 착종되어 있는 '매트릭스'식의 미래에서 정작의 유토피아를 찾기는 어렵기 때문이다. 그러한 측면에서의 미래보다는 근본생태학자들이 꿈꾸는 "인간적 정감이 넘치는 과거 공동체"로서의 미래, 다시 말해 과거 속에 오히려 미래가 있다는 발상이 훨씬 아름다울 수도 있다. 석유 에너지가 고갈되는 등으로 한순간에 자본주의적 삶의 방식이 해체되어 버리면 어쩔 수 없이 인간적 정감이 넘치는 마을 공공체의 시대가 되돌아올 수도 있지 않을까.

남기택의 예의 평론 중에는 "당대의 식민 담론에 응하는 신동엽 시의 형상은 많은 이들에게 민족문학의 전형으로서 기억된다. 그것은 이미 충분한 가치라 할 수 있다"라고 하는 구절이 나온다. 이는 무엇보다 신동엽의 시에 대한 깊은 애정을 담고 있는 표현이라고 받아들여진다. 그러한 점에서만 보면 이에는 매우 아름다운 태도가 투영되어 있다고 하지 않을 수 없다.

하지만 이제는 좀 더 섬세하고 구체적인 눈으로 지난 시대를 되돌아볼 때가 된 것도 사실이다. 신동엽을 '민족시인'으로 부각시켜 상찬해 온 데는 지난 1970년대와 1980년대의 역사적 과제, 다시 말해 반외세 민족 자주 및 반독재 민주화라는 역사적 과제를 해결하기 위한 전술적 측면도 없지 않다. 여기서 이러한 얘기를 하는 것은 남기택이 지금에 와서도 별다른 의심 없이 신동엽의 시를 "민족문학의 전형"이라고 부르는 데 손쉽게 동의하고 있기 때문이다.

전형이라는 말 속에는 모범이라는 뜻이 들어있다. 신동엽의 시정신이 갖는 각종 의의와는 상관없이 그의 모든 시가 미적인 면에서 일정한 성취를 갖고 있는 것은 아니라는 점을 알 필요가 있다. 적잖은 그의 시가 상당한 정도의 미적 성취를 보여 주는 것은 사실하지만 그의 모든 시가 다 탁월한 성취를 얻고 있지는 않다는 것이다. 단순한 선전 구절이 아니라면 작품이 담고 있는 내용과 상관없이 각각의 시에는 성취해야 할 미적 기준이 있기 마련이다.

여기서 이러한 얘기를 하는 까닭은 동시대와 관련된 문제의식과는 별도로 미학적인 측면에서는 상당한 한계가 산견되고 있는 것이 신동엽의 시이기 때문이다. 이러한 점에서 생각하면 그의 시 역시 맹목적인 우상으로 받아들여져서는 안 되리라는 것을 알 수 있다. 이러한 지적은 흔히 신동엽과 짝을 이루면서 논의되어 온 김수영의 시와 관련해서도 역시 필요하다. 김수영의 시 또한 미적 성취 여부와는 관계없이 작품의 내용이 지니고 있는 근대성 여부를 구명究明하기 위해 지나칠 정도로 호들갑을 떨어온 면이 없지 않기 때문이다.

한국의 현대시사에서 신동엽과 김수영은 극복되어야 할 선배들일 뿐이지 모범이나 전형일 수는 없다는 것이 내 생각이다. 많은 후배 시인들이 실제로도 이미 이들 두 시인의 한계를 풀쩍 뛰어넘고 있다는 자부심을 지니고 있다는 것을 첨기添記해 둔다.

'문학을 한다'라는 말은 적어도 세 가지 층위의 뜻을 지닌다. 첫째는 문학을 창작한다는 뜻이고, 둘째는 문학을 연구하거나 비평한다는 뜻이며, 셋째는 문학을 즐기고 향유한다(문학 외적 활동, 즉 문단 활동을 포함해)는 뜻이다. 이러한 시각에 따르면 평론을 쓰거나 논문을 쓰는 것 역시 '문학을 하는' 아주 중요한 일이라고 하지 않을 수 없다. 문학을 하는 일은 이들 세 가지 층위 중 어느 것이든 언어, 특히 모국어를 아름답게 다듬고 어루만지는 가운데 이루어질 수밖에 없다. 모국어를 제대로 쓰는 일은 연구나 비평에서도 더없이 중요하다. 물론 이는 논문 혹은 평론의 문장 일반이 좀 더 정확하고 진실하고 아름다웠으면 하는 뜻에서 하는 말이다. 여기서 언급하고 있는 '정확하고 진실하고 아름다운 문장'이라는 말에는 단어와 단어, 문과 문, 단락과 단락이 각기 섬세하고 친절한 유기적 질서, 즉 심미적 리듬과 정서를 토대로 하고 있어야 한다는 의미가 포함되어 있다. 너무도 당연한 얘기이지만 말의 이치인 논리와 말의 내용인 지식은 동일한 것이 아니라는 것을 강조하며 글을 맺는다. (2015)

순환하고 연기緣起하는 생로병사生老病死

—김지하 시집 『유목과 은둔』에 대해

많은 사람들이 오늘의 김지하 시인을 가리켜 우주생명학자라고 부르고 있다. 얼마 전에 발표된 에세이 「생명 평화 선언」(2004. 8. 24.)을 보면 최근의 김지하에게는 확실히 그러한 점이 없지 않다. 물론 김지하의 '우주생명학'은 기존의 생명론을 발전, 확장시킨 결과라고 파악된다. 하지만 이에 추진 로켓를 단 것은 연당蓮潭 이운규李運奎 선생의 시구 "영동천월심월影動天心月"이 아닌가 싶다. "그늘이 우주를 바꾼다"라고 번역, 탐구되고 있는 이 시구를 중심으로 우주 생명의 다양한 길을 모색하고 있는 것이 근래의 김지하인 것이다.

"그늘이 우주를 바꾼다"라고 했을 때의 '그늘'은 그동안 그가 줄곧 탐구해온 '흰 그늘'의 미학과 무관하지 않다. 흰 그늘이라고 할 때의 '그늘'은 양陽과 대비되는 음陰의 운기運氣로서 판소리 등 우리 민족의 전통 예술에서 흔히 논의해 온 한이나 설움, 슬픔이나 아픔 등의 의미를 망라한다. 따라서 '흰 그늘'의 내포는 빛나는 그늘, 밝은 어둠, 환한 우울, 기쁜 슬픔, 희망의 절망, 즐거운 아픔 등 모순과 역설의 의미를 거느리지 않을 수 없다. 이처럼 모순어법, 역설어법에 의해 저 자신의 고유한 의미망을 확산시켜 온 것이 김지하 시인이 강조해 온 '흰 그늘'의 미학이다. 말하자면 '흰 그늘'의 미학은 이 세상에 상존해 온 일종의 비주류적 운기運氣를 총체적으로 대표하고 있는 셈이다. 그의 시와 함께하고 있는 이러한 뜻에서의 '흰 그늘'의 미학은 이미 필자에 의해 상세히 고구考究된 바가 있다(「불연기연, 카오스모스, 흰 그늘」, 『시와사람』, 2004년 가을호).

물론 김지하의 이 시집 『유목과 은둔』이 이처럼 크고 거대한 문제만 노래하고 있는 것은 아니다. 크고 거대한 문제를 노래하고 있다고는 하더라도 구체적인 창작의 과정에는 그도 역시 아주 작고 사소한 계기에서 시적 발상을 얻기 마련이다. 이와 관련해 정작 중요하게 생각해야 할 것은 시인 김지하도 궁극적으로는 하나의 개인일 수밖에 없다는 점이다. 보통의 인간들과 마찬가지로 그도 또한 늙고, 병들고, 죽는, 그리하여 그것을 고뇌하고 두려워하며 나머지 생을 살아가는 소외된 존재라는 것이다. 물론 이때의 김지하가 좀 더 새로워지기 위해 끊임없이 성찰하고 반성하는 늘 깨어있는 존재이라는 것은 불문가지이다.

천지부모를 모신
나 또한
천지의 한 부모.

나로부터
사람들이 아직은
자유자연 지향이라 어설피 알고 있는

새,
풀잎과 나무,
구름과 물과 다람쥐들이

이제 새로이
태어나리라

아

푸르른 창조의 새벽

나 또한

다시 태어나리라

한 작가로,

꼭 자유자연만이 아닌

활동하는 무無,

흰 그늘로

—「재진화」 부분

이 시에서도 알 수 있듯이 시인 김지하는 늘 새로이 "뜻을 세"우고, 늘 "새로이/ 태어나리라"고 자기 다짐을 하고 있는 존재이다. 이처럼 항상 깨어있는 존재이기는 하지만 그도 개인인 이상 생로병사生老病死라는 유기체의 순환 과정으로부터 완전히 자유로울 수는 없다. 생로병사生老病死의 '생生'과 관련해 그는 그동안 매우 독특한 사상을 펼쳐온 바 있다. 이때의 독특한 사상, 즉 생명 사상은 모심, 곧 상생과 살림을 전제로 하고 있거니와, 상생과 살림은 또한 상극과 죽임을 전제로 하지 않고서는 올바른 의미를 갖기 어렵다. 따라서 각각의 개인이 갖는 운기運氣의 과정을 살펴보면 상생이나 살림, 그리고 상극이나 죽임에 못지않게 중요한 것이 노老와 병病이라고 하지 않을 수 없다.

생로병사生老病死는 석가모니 부처님이 출가 전에 가졌던 화두이다. 이 시집에 이르러서는 김지하 역시 그에 대한 깊은 탐구를 보여 주고 있어 관심을 끈다. 그가 자신의 화두를 생生뿐만이 아니라 '노병사老病死'에까지 확장시켜 받아들이고 있는 것은 그 자체로 매우 소중한 일이다. 자신의 시를 통해 그가 "나는 언제나/ 반역의 사람"(「바람이 가는 방향」)이라고 노래하고 있는 것은 다름 아닌 이러한 점에서도 주목이 된다. 이 시의 이어지는 구절에서 그는 "바람 없이는// 내 삶도 없다"라고까지 강조하고 있다. 물론 이때의 바람은 그가 추구하는 삶과 방향을 함께하지 않는다. 그와 함께하는 삶은 "바람과 같은 방향 아니"라 "바람에 맞부딪치는/ 역류의 길"이기 때문이다. '노병사老病死'에 대한 탐구와 함께하는 생生에 대한 탐구가 좀 더 진지한 의미를 갖는 것은 이러한 그의 삶의 방향, 곧 역류의 길과도 무관하지 않다. 그렇다. 죽임이 전제되지 않은 살림의 탐구가 그렇듯이 '노병사老病死'와 짝하지 않는 생生에 대한 탐구는 언제나 절름발이다.

생로병사生老病死 가운데 정작 짝을 이루며 상호 순환하는 것은 생生과 사死이고, 노老와 병病이다. 이들 중 처음과 끝을 이루며 맞물려 순환하는 것이 생生과 사死이고, 중심을 이루며 맞물려 순환하는 것이 노老와 병病이라는 뜻이다. 따라서 생生과 마주하고 있는 사死, 노老와 마주하고 있는 병病은 상호 마주하고 있는 동시에 서로 껴안고 있다고 해야 옳다. 구조적으로 보면 생生과 사死가 노老와 병病을 둘러싸고 있는 가운데 상호 순환하는 형국을 취하고 있는 셈이다. 생로병사生老病死가 언제나 상호 뒤얽혀 순환하는 관계로 존재할 수밖에 없는 것도 다름 아닌 이에서 연유한다.

그동안 김지하가 죽임에 반하는 모심, 즉 살림과 상생으로서의 생명을 주로 노래해 왔다는 것은 잘 알려져 있는 사실이다. 직접적으로 생명을 노래하고 있는 그의 시에 대해 여기서 논의를 피하려 하는 것도 바로 그 때문이다. 요컨대 이 글에서는 노병사老病死에 대한 사유와 의식을 드러내고 있는 시만을 중점적으로 살펴보겠다는 것이다.

이 시집 『유목과 은둔』에는 시인 김지하의 구체적인 삶의 면면들을 짐작할 수 있게 하는 구절들이 적잖이 등장한다. 시집을 읽다 보면 그가 이미 오래전부터 이런저런 병을 앓아왔다는 것부터 확인이 된다. 일단은 먼저 그가 "동대문/ 이대병원" "외래"(「전신두뇌설 근처에서」)에 다니며 "정신신경과"의 치료를 받고 있다는 것을 알 수 있다. 한편으로는 "좌골신경통"을 앓아 수시로 "중국 연길에서 사온/ 호랑이 고약 파스를 붙"(「ANA」)이기도 하는 것이 그이다. 이 좌골신경통을 치료하기 위해 거의 매일 그는 아내와 "함께 뜸

뜨러 여의도"(「선풍기 근처에」)에 나다니기도 한다. 병에 대한 언급은 이 밖의 시를 통해서도 확인이 되는데, 「명천鳴川」「생명 평화의 길」「아주까리 꽃그늘」「예순 넷」 등이 그 구체적인 예이다. 이처럼 온갖 병에 시달리면서 조금은 쓸쓸하고 허전한 삶을 살고 있는 것이 요즈음의 그인 것이다.

이제
어디라도
고즈넉한 곳에 가
깃들이리

비 맞은 새모냥 빗방울
털고 털면서
서있으리

남녘으로부터 불어오는
바람 한 오리 선뜻
내게 와

옛 연인의 지금 주름살
하나 둘
셋 넷
헤이는 소리 듣고 살으리

나
이제 아무것도 아니고
즐거워 사는 것도 아니매

꼭
이렇게 말하리

'삶은 그냥 오지 않고
허전함으로부터만 온다'고.

—「삶」 전문

이 시에서 그가 깨닫고 있는 가장 중요한 것은 "'삶은 그냥 오지 않고/ 허전함으로부터만 온다'"는 점이다. 물론 여기서 말하고 있는 '허전함'이라는 단어는 개념의 폭과 깊이가 충분하지 않은 일상의 평범한 용어라고 해야 옳다. 하지만 이 시에 함유되어 있는 허전함에 대한 자각은 곧바로 허무에 대한 자각을 가리킨다고 해도 지나치지 않아 보인다. 그러고 보면 오늘의 김지하는 허무에 대한 자각으로부터 낱낱의 시를 발상하고 있는 셈이다. 심지어 "내 영혼은/ 너무 오래되어/ 이제 깊이 잠들고// 되풀이 되풀이되는/ 잠이여"(「내 영혼은 오래되어」)라고까지 노래하고 있는 것이 김지하이다. 허무에 대한 이러한 자각은 또 다른 시의 "헛된 희망/ 덧없는 흐름 위에/ 마음을 띄워/ 하나/ 둘// 허무 속에서 끝나간다"(「2004년 여름 서울」)와 같은 구절에 의해서도 확인이 된다.

이러한 심리적 상황, 다시 말해 허무에 골몰해 있다는 것은 그가 이미 늙고, 병들고, 죽을 수밖에 없는 자아의 운기運氣에 깊이 처해 있다는 것을 말해 준다. 질병에 시달린다는 것은 늙어가는 것의 실질적인 증거일 수밖에 없다. 따라서 투병의 날들은 언제나 인간의 마음을 쓸쓸하게 하기 마련이다. 한때는 민주화운동과 예술운동의 사상적 거점으로 존재했던 그도 이제는 늙고 병들 수밖에 없는 나이에 이르게 된 것이다. 물론 그가 자신을 괴롭히는 이런저런 질병에 대해 전적으로 부정적인 태도를 보이는 것은 아니다. "나는/ 병원이 좋다/ 조금은" 하고 노래하는가 하면 "나는 역시/ '움직이는 종합병원이던가'"(「병원」) 하고 노래하고 있는 것이 그이기 때문이다.

이로 미루어 보더라도 그가 그동안 질병의 고통을 잘 감내해 왔다는 것을 알 수 있다. 하지만 아무리 질병과 친숙해 있다고 하더라도 그의 나날의 일상이 마냥 즐거웠을 리는 만무하다. 이제는 그도 이미 늙어가고 있다는 것을 실감하지 않을 수 없는, 이순耳順을 훨씬 넘긴 나이에 이르러 있다는 것을 잊어서는 안 된다. 비유적으로 말하면 지금 그는 "꽃잎으로부터는 아득히 멀고/ 꽃은 더욱 그러한"(「오늘」) 세월을 살고 있는 것이다. 그렇다. 그는 지금 "나이가 들면서 거꾸로 우아하고 건강하고 아름다운 것을 더 좋아하게 되었다"(「귀향」)라고 노래하고 있을 정도이다. 물론 그도 한스 아르프처럼 "젊었을 땐 추하고 병든 것을 지극히 사랑했"을 것이 분명하다. "방랑과 감옥과 행동의 날들// 증오와 격정과 비탄의 날들// 또/ 알코올과 색정의 그 숱한 밤들, 새벽들"을 보낸 것이 젊은 날의 김지하였다는 것을 잊어서는 안 된다. 하지만 그는 이제 "아무것도 없고/ 외로움밖에 없고// 후회할 일밖에 없으니// 참/ 개똥 같은 인생이다"(「김지하 옛 주소」)라고 노래하는 데서도 알 수 있듯이 매우 참혹한 심정으로 지난날의 자신의 삶을 되돌아보고 있는 것이다.

> 하이얀 외길/ 하이얀 하늘/ 예순다섯에 처음으로/ 이도백하二道白河로부터 끝도 없는/ 천지 가는 길
>
> —「천지 가는 길」 부분

> 예순넷/ 이 나이에/ 선뜻/ 고향에 못 가는 것은/ 기억 때문이다
>
> —「예순넷」 부분

예순을 넘긴 나이에 대한 그의 이러한 언급들은 점차 늙어가고 있는 자아의 현존과 관련한 반성적 성찰을 토대로 하고 있다. 이러한 마음을 지니고 있는 그가 지나온 삶과 관련해 이런저런 회한에 잠기는 것은 충분히 있을 수 있는 일이다. 그가 새벽에 "홀로 일어나 앉아/ 그동안 버려두었던 것/

일기를 쓰고// '잘못 살았다'// 한마디 말 쓰고"(「새벽 난초」)라고 노래하고 있는 것도 실제로는 이러한 회한 때문으로 보인다. 이러한 점에서 살펴보더라도 병病에서 비롯되는 허무만큼이나 노老에서 비롯되는 허무도 최근의 그의 마음을 사로잡고 있는 매우 중요한 화두라고 해야 마땅하다. 병病에 대한 반성적 성찰만큼이나 노老에 대한 반성적 성찰도 이 시집의 중요한 내용을 이루고 있다는 뜻이다.

물론 이 시집에 노老와 관련된 회한을 담고 있는 시들이 이러한 정도에 그쳐있는 것은 아니다. "아/ 늙는다는 것" 하고 탄식하고 있는 「위안」, "늙어서인가// 허나/ 여전히 모를 것은/ 나"라고 반추하고 있는 「솟대」 등의 시를 더 찾아볼 수 있기 때문이다. 노老에 따른 회한의 정서는 또 다른 시 「오늘」에도 드러나 있는데, "늙어가는 길/ 외로움과 회한이/ 가장 큰 병이라는데"와 같은 구절이 그 구체적인 예이다. 이에 따르면 무엇보다 먼저 그가 "늙어가는 길", 곧 "외로움과 회한"을 "큰 병"으로 여기고 있다는 것을 알게 된다. 그가 "내 나이 예순넷./ 이제 보니/ 환갑이 훨씬 지난 늙은이였구나./ '제길헐!/ 이제 막 시작인데……'"(「귀향」) 라고 탄식하고 있는 것도 기본적으로는 이 때문이다.

노老를 병病으로 받아들이고는 있지만 그가 언제나 외로움과 회한에 젖어 살아가는 것은 아니다. 아직은 미래를 향한 꿈을 포기하고 있지는 않다는 것인데, 이는 우선 그의 시의 "내일 들로 가리라" "빈 하늘 환영에게/ 꿈을 배우리라"(「2004년 여름 서울」)와 같은 구절에 의해 증명이 된다. 자조적인 면이 없지는 않지만 "내 삶/ 이제 늙었으나/ 낡지는 않았구나"(「관악산」) 라고 해 여전히 자기 다짐을 보여 주는 것이 김지하라는 것이다. 그렇다고 해서 그가 노老와 병病을 껴안고 사는 것이 죽음을 사는 것이라는 점을 인식하지 못하고 있는 것은 아니다. 유한성有限性이라는 원죄를 타고난 것이 인간이니만큼 언제나 사는 것은 죽는 것이 되기 마련이다. 죽음을 잉태하고 있는 것이 본래의 생명이거니와, 바로 그렇게 때문에 삶의 길은 죽음의 길이 되는 법이다.

가자
몸 성할 때 가자

가
조용히
엎드리자

엎드려 귀를 크게 열고
바람 소리 속에서 죽음을 기다리자

네 시간 일하고
열 시간 잠자고.

—「흙집」 부분

이 시에서 김지하는 "몸 성할 때 가자// 조용히/ 엎드"려 "바람 소리 속에서 죽음을 기다리자"라고 곱씹고 있다. 하지만 이를 빨리, 서둘러, 급하게 '죽음'으로 가자는 뜻으로 받아들일 필요는 없다. 궁극적으로 죽을 때까지 "귀를 크게 열고", 즉 세계와 큰 갈등 없이, 하루에 "네 시간 일하고/ 열 시간 잠자"는 가운데 천천히 게으르게 살자는 뜻을 담고 있는 것이 이 시이기 때문이다. 그렇다고는 하더라도 이 시의 내용이 죽음의 문제와 깊이 연결되어 있는 것은 사실이다. 그렇다면 이는 매우 의미심장한 일이라고 하지 않을 수 없다. 지난 1980년대 이후 "입만 열면/ 생명을 말"(「오늘」)해 온 것이 그라는 점을 간과해서는 안 된다.

물론 그의 시에 함유되어 있는 '죽음' 역시 '생명'과 맞물리는 가운데 상호 순환하는 불이不二의 관계를 보여 주는 것은 사실이다. 구체적으로 탐구되는 과정에서는 그것이 생生의 뒤를 이어 노老와 병病의 결과로 드러나는 소멸의 내포를 갖는 것이 대부분이기는 하지만 말이다. 이를테면 단지 죽음 그 자체에 대한 의문과 자각만이 아니라 노老와 병病을 포함하는 생生과 사死 일반에 대한 의문과 자각을 바탕으로 하고 있는 것이 그의 시에 내포되어 있는 죽음이라는 것이다. 그의 시에 내포되어 있는 죽음은 이처럼 막연하고 추상적인 관념으로부터 훌쩍 벗어나 있는 것이 사실이다. 이순耳順을 넘긴 나이의 그가 나날의 일상에서 부딪는 노老와 병病의 실제로부터 구체적으로 유추하고 있는 것이 예의 죽음이라는 것이다.

시 짓고
그림 그리고

가끔은
후배들 놀러와

고담준론도 질펀하게
아아
무엇이 아쉬우랴만

문득 깨닫는다

죽음의 날이 사뭇 가깝다는 것.

—「김지하 현주소」 전문

이 시에서도 알 수 있듯이 죽음에 대한 그의 의식과 사유는 기본적으로 나날의 삶을 소멸의 과정으로 파악하는 실존적 고뇌 및 두려움과 함께하고 있다. 그가 보기에는 일상의 나날이 죽음의 한 과정으로 존재하고 있는 셈이다. 항용 그가 실존적 고뇌와 두려움에 빠지게 되는 것도 다름 아닌 이 때문으로 보인다. 옥타비오 파스도 지적하고 있는 것처럼 "죽음은 삶 속에 현존"하는 것이고, 따라서 매 순간 "죽으면서 사는 것이" 인간의 역사라고 해야 마땅하다. 나날의 역사에서 "산다는 것이 죽는다는 것이" 되는 것도 어쩌면 이와 무관하지 않다. "죽어가는 매 순간을 살"아가는 것이 인간의 현존인 것이다(옥타비오 파스, 『활과 리라』, 솔 출판사, 194쪽~204쪽). 시인 김지하가 자신의 에세이 「생명 평화 선언」에서 "생명이 삶과 죽음을 다 포함하는 우주적 순환, 관계, 다양이"라고 말하고 있는 것도 기본적으로는 이러한 인식의 결과라고 할 수 있다.

죽음을 매개로 김지하의 시 세계를 이해하다 보면 김수영의 시 세계를 떠올리지 않을 수 없다. 본래 김수영의 시정신에 대한 강한 극복 의지로부터 출발한 것이 김지하의 시정신이라는 것을 염두에 둘 필요가 있다. 김수영의 시정신에 대한 그의 극복 의지는 널리 알려져 있는 에세이 「풍자냐 자살이냐」(『시인』, 1970년 6 · 7월)에서 가장 먼저 구체화된 바 있다. 이 에세이의 주요 내용은 김수영의 시 세계가 갖는 의미와 한계를 비판하고, 그 극복 의지를 가다듬는 데 바쳐지고 있다고 해도 과언이 아니다. 그렇다. 김지하의 다양한 사상적 모색에는 김수영의 시정신을 뛰어넘기 위한 은근한 노력이 숨어있는 것이 사실이다.

김지하가 김수영의 시 세계를 긍정적으로만 평가하지 못한 데는 그의 등단의 과정과도 관련되어 있는 듯싶다. 그의 시단 진출이 일차 좌절된 것은 김수영의 부정적인 평가와도 무관하지 않다는 것이 통설이다. 조동일에 의해 1966년 신인 투고 형식으로 『창작과비평』의 백낙청에게 건네진 「황톳길」 「육십령」 등 김지하의 시 6편이 검토를 맡은 김수영에 의해 '인민군 노래 같다'라는 이유로 반려된 바 있기 때문이다(강응식, 「'한'의 폭력에서 '흰 그늘'의 생성으로」, 『서정시학』, 2004년 가을호). 그렇기는 하지만 이들의 관계가 단지 이러한 사적인 차원에만 머물러있는 것으로 보이지는 않는다. 김지하가 그동안 추구해 온 시정신이 김수영의 그것에 비해 너무 많이 다르다는 것이 이를 잘 말해 준다.

김수영이 자신의 시를 통해 추구해 온 세계는 대강 근대 적응과 근대 완성에 있다고 판단된다. 탈근대적인 요소가 아주 없지는 않지만 김수영의 시정신은 이처럼 자본주의라고 하는 역사의 한 시기 안에 자리해 있는 것이 분명하다. 이는 김수영이 자신의 시를 통해 의식하고 사유해 온 근대 적응과 근대 완성이 서구적 의미에서의 자본주의 경제체제와 의회민주주의 정치체제를 골간으로 하고 있다는 뜻이 되기도 한다. 김수영이 자신의 시를 통해 추구해 온 유토피아가 그만큼 합리적이고 이성적인 범주의 안에 자리해 있다는 것인데, 또한 이는 그의 상상력이 그만큼 갇혀있다는 얘기가 되기도 한다.

김지하의 상상력은 김수영의 그것에 비해 애초부터 훨씬 더 크고 거대하다고 해야 옳다. 출발부터 그가 자신의 시정신의 목표를 근대 극복, 나아가 근대 밖의 세계에 새로운 피안을 건설하려는 데 두고 있었다는 점을 기억할 필요가 있다. 김지하가 시작詩作의 초기부터 민족 형식의 이월 가치를 재창조하는 동시에 민중적 정서와 열망을 담아내려 한 것도 이러한 시정신의 발현이라고 해야 마땅하다. 근대 극복과 관련해 줄기차게 탐구해 온 그의 이러한 노력은 궁극적으로 동도서기東道東器 혹은 동도동기同道同器로 상징되는 세계사적 비전과 함께하고 있다는 점에서도 주의를 요한다. 이를테면 한국사회가 처해 있는 현실을 서양의 새로운 정신(?)이 아니라 동양의 낡은 정신(?)을 통해 극복하려 노력해 온 것이 그라는 것이다. 물론 이때의 낡은 정신은 오늘날 너무도 새로운 정신, 즉 우주생태학에 이르러 있지만 말이다.

근대 적응 및 근대 완성과 관련해 김수영이 탐구해 온 시정신의 요체는 '죽음'이라고 할 수 있다. '죽음'이라는 통과 과정을 매개로 해 초월과 새로움, 자유와 사랑의 세계로 나가려 하는 것이 김수영의 시정신이 갖고 있는 핵심 내용이다(이은봉, 「김수영의 시와 죽음」, 『실사구시의 시학』, 1994). 따라서 김수영이 추구해 온 죽음의 화두를 명확히 알게 되면 자연스럽게 김지하가 추구해 온 생명의 화두도 명확히 알게 된다. 김지하의 생명 의식에는 김수영의 죽음 의식을 넘어서기 위한 그 나름의 뜨거운 열정이 잠재해 있기 때문이다.

이러한 점에서 보면 김지하가 이 시집에서 죽음이라는 화두를 들고 나온 것은 놀라운 일이라고 하지 않을 수 없다. 이때의 사死가 생生과 함께하는 노老와 병病의 과정을 거느리고 있다고 하더라도 그것은 마찬가지이다. 더욱 놀라운 것은 '죽음'이 김지하가 그처럼 극복하고자 애써 온 김수영의 화두이기도 하다는 점이다. 이처럼 여러 면에서 김지하가 자신의 시를 통해 죽음을 탐구하고 있는 것은 매우 의미심장한 일이라고 해야 마땅하다. 죽음과 짝을 이루지 않는 생명에 대한 탐구는 아무래도 반쪽일 수밖에 없다는 점을 잊어서는 안 된다.

물론 김지하가 자신의 시에서 죽음을 생명과 대립되는 가치로 노래하고 있는 것은 아니다. 그의 견해에 따르면 생명과 대립되는 가치는 죽음이 아니라 죽임이다. 정작 죽임과 대척되는 가치는 살림이거니와, 그렇다면 생명은 모심, 즉 살림이나 상생의 가치와 동궤同軌를 이루고 있는 것이라고 해야 옳다. 그렇다. 모심, 즉 살림이나 상생의 가치를 생명운동의 현장에서 구체적으로 실천하려고 한 것이 그이다. 그의 에세이 「생명 평화 선언」에 따르면 결코 "생명은 죽음과 대립하지 않는다". 활동하는 무無의 깨어 있는 실제로서 생과 사의 바른 순환을 꿈꾸고 있는 것이 그라는 얘기이다.

따라서 죽음은 일상의 도처에서 순간순간 마주칠 수밖에 없는 삶의 일부라고 하지 않을 수 없다. 자신의 시에서 김지하가 "죽음이 선풍기 근처에 와/ 빼꼼이 날 쳐다보고 있다"(「선풍기 근처에」)라고 노래하고 있는 것도 이러한 맥락에서의 깨달음이라고 파악된다. 이처럼 나날의 일상을 소멸의 과정으로 받아들이고 있는 것이 그의 시에 드러나 있는 죽음에 대한 의식 및 사유의 실제라고 할 수 있다. 김지하의 죽음에 대한 사유 및 의식은 이처럼 김수영의 그것이 지니고 있는 관념성으로부터 훌쩍 비켜서 있다는 점에서 더욱 주목이 된다.

죽음에 대한 그의 의식 및 사유는 인간의 유한성에 대한 자각을 바탕으로 하고 있어 좀 더 관심을 끈다. 주지하다시피 씨앗을 떨어뜨려 자식이라는 독립된 개체를 남기고 이승의 밖으로 떠나는 것이 모든 생명체의 존재

법칙이다. 하지만 이러한 점을 잘 알고 있다고 하더라도 어머니의 자궁으로부터 미끄러지면서부터 고아 의식이라는 근원적 결핍감을 지니지 않을 수 없는 것이 인간의 현존적 자아이기도 하다. 이러한 근원적 결핍감은 때로 신성神聖의 황홀恍惚이나 시의 백열白熱을 가능케 하는 원동력이 되기도 한다는 점에서 인간의 본질적인 조건으로 자리한다. 신성의 황홀이나 시의 백열은 그 안에 생명과 죽음이 상호 공존하고 있다는 점에서 유한한 존재로서 모든 인간이 겪게 되는 사랑의 체험과 다르지 않다(옥타비오 파스, 앞의 책, 194쪽~204쪽).

사랑의 체험은 그 자체로 생명의 체험일 수밖에 없다. 따라서 생명의 안에서는 언제나 상호 공존하는 것이 사랑과 죽음이기도 하다. 사랑과 죽음이 역설적 불이不二의 관계를 이루며 상호 순환하는 것이 생명의 세계라는 것이다. "작은 꽃 속에/ 큰 하늘이 피어있어/ 법法이라 한다/ 네 작은 담론 안에/ 우주가 요동하는 것/ 사랑이다// 깊은/ 죽음"(「화엄」)이라고 하여 그가 법과 사랑과 죽음이 상호 연기緣起하는 관계, 즉 일즉다一卽多의 관계에 있음을 밝히고 있는 것도 이러한 상상력의 결과라고 할 수 있다. 또 다른 시에서 그가 "단 하나/ 고리 속의 무궁"(「절두산 근처」)을 강조하고 있는 것도 동일한 세계관의 산물이라고 해야 옳다. 이는 그의 시의 "아파할 줄을/ 슬퍼할 줄을// 알아야만 한다는 것" "그것이 사랑이라는 것"(「사랑」) 등의 구절을 통해서도 확인이 된다.

이러한 논의가 십분 설득력을 갖고 있다고 하더라도 인간의 근원적인 결핍감은 때로 그 자체로 남게 되는 경우가 없지 않다. 그렇게 되면 인간의 근원적인 결핍감은 일상에서 실존적 고뇌나 두려움으로 현현되기 쉽다. 신성神聖의 황홀恍惚이나 시의 백열白熱로 태어나지 못할 때 인간의 근원적인 결핍감이 실존적 고뇌나 두려움의 차원에 머물게 되는 것은 당연하다. 이러한 이유에서 그가 다음의 시를 통해 일체의 것을 죽음과 함께하는 회한으로 받아들이고 있는 것인지도 모른다.

털털털 다 털고 나서
떠나도 되겠구나!
단 하나

막내 놈
그림 공부 밑천은 어떻게든
벌어놓고
그 뒤에

그 뒤에 전에 또 하나
어머님 모시고 난 그 뒤에 뒤에

아아
내 죽음에서
어느덧 피냄새 가셨구나

진리고 혁명이고 유토피아고

모두 다
허허허
강 건너 등불.

—「강 건너 등불」 부분

이 시에 드러나 있는 죽음에 대한 의식과 사유는 하나의 생명체로서 그가 이 땅에 떨어뜨린 씨앗에 대한 깊은 책임감과 함께하고 있다는 점에서 좀 더 주목이 된다. "털털털 다 털고" 이승을 떠난 뒤 인간이 정작 이승에 남기는 것이 무엇이겠는가. 이러한 질문과 함께할 때 "막내 놈/ 그림 공부 밑천은 어떻게든/ 벌어놓고"자 하는 그의 마음, 즉 죽음에 대한 그의 의식과 사유는 훨씬 더 잘 이해가 된다. 그가 남긴 예술과 사상이 아무리 크고 위대하더라도 대를 이어 이승을 살아갈 사람이 없다면, 곧 향유하고 배울 사람이 없다면 그 모든 것이 무용지물이 될 수밖에 없다는 점을 기억하지 않으면 안 된다. 예술과 사상을 낳고 기르는 것 못지않게 아들과 딸을 낳고 기르는 것이 크고 중요한 것은 이러한 점에서도 설득력을 갖는다.

이 시에서처럼 막내 놈의 이승(생명)을 위하여 저 자신의 저승(죽음)을 뒤로 미루고 있는 최근의 그이다. 이를 통해서도 상호 맞물려 존재할 수밖에 없는 것이 그의 시에 함유되어 있는 죽음과 생명의 실제라는 것은 증명이 된다. 그렇기는 하지만 이 시집에 이르러 그는 생명의 쪽에서 죽음의 쪽으로 다가가기보다는 죽음의 쪽에서 생명의 쪽으로 다가가고 있다고 해야 옳을 듯싶다. 이는 이 시집의 도처에서 '죽음'의 언표를 담고 있는 시들이 발견되고 있는 점으로도 확인이 된다. 「병원」「삼소굴 13」「죽음」「흙집」「부안」「일본에서」「사까이에서」「소건消健」 등의 시가 그 구체적인 예이다. 하지만 그의 시 세계 전체와 관련해 보면 죽음에 대한 탐구는 이제 막 발걸음을 떼고 있는 것으로 보인다. 죽음과 관련된 좀 더 진전된 인식이 그의 시를 통해 빛나는 형상으로 창출되기를 빌며 글을 맺는다.(2004)

'성스러움에 관해 다시 생각한다'에 대해 다시 생각한다

—방민호의 논문 「성스러움에 관해 다시 생각한다」에 대하여

방민호의 논문 「성스러움에 관해 다시 생각한다」를 읽고 많은 것을 배우고, 생각하고, 공부한 바 있다. 고맙지 않을 수 없다. 나는 올해 초에 출간한 책 『화두 또는 호기심』(작가, 2005)에서 "세속의 일상과 함께 허우적대면서도 끊임없이 성스러운 진리의 세계를 꿈꾸는 자만이 좋은 시를 얻을 수 있다. 좋은 시는 항상 성聖과 속俗의 사이에서 외줄을 타며 아슬아슬 곡예를 하기 마련이"라고 말한 적이 있다. 여기서 구태여 이런 사실을 거론하는 것은 그동안 나도 시의 '성스러움'에 관해 적잖은 관심을 갖고 있었다는 것을 강조하기 위해서이다. 따라서 나는 이 글을 통해서도 내가 시의 '성스러움'에 대해 좀 더 깊이 있는 이해가 함께하기를 기대하고 있다.

방민호의 논문에는 다음과 같은 구절이 나온다.

> 스피노자의 신은 기독교적인 신이 아니다. 우주 만물과 인간은 초월론적인 신에 의해 파생된 존재가 아니라 그들 자체가 곧 무한으로서 신을 구성한다. 그들의 유한성은 무한성이라는 대립자를 필요로 하지 않는다. 이렇게 표현하는 것이 타당한 것인지는 좀 더 생각해 볼 필요가 있겠으나 유한성은 곧 무한성의 또 다른 표현일 뿐인 것이다.

방민호의 위의 논리에 따르면 스피노자에게는 "우주 만물과 인간"이 그 자체로 "무한으로서 신을 구성"한다. 스피노자의 이러한 생각에 따르면 신이 "우주 만물과 인간"의 밖에 따로 있는 것이 아니라 "우주 만물과 인간" 자체가 "무한으로서 신을 구성"하는 질료라는 것을 뜻한다. 그렇다면 이러한 견해는 "우주 만물과 인간" 속에 이미 신이 들어있다는 것이 된다. 결국 이는 유한한 "우주 만물과 인간"은 무한한 신의 한 부분이면서도 전체라는 것을 가리킨다. 신과의 관계에서 "우주 만물과 인간"은 저 스스로 부분이면서 전체인 관계를 이루고 있다는 것이다. 논의를 이렇게 진전시키다 보면 "우주 만물과 인간"은 "우주 만물과 인간"이면서 동시에 신이라는 것이 된다. 이러한 논리에 따르면 신은 신이면서 동시에 우주 만물과 인간이라고 해야 마땅하다.

뿐만 아니라 스피노자에게 "우주 만물과 인간" 자체가 지니는 "유한성은 무한성이라는 대립자를 필요로 하지 않는다"고 말하고 있는 것이 방민호이다. 이 말은 "우주 만물과 인간"인 신에게는 유한성과 무한성이 대립되지 않는다는 뜻이 되기도 한다. 방민호의 표현을 빌리면 스피노자의 신에게, 곧 스피노자의 "우주 만물과 인간"에게 "유한성은 곧 무한성의 또 다른 표현일 뿐"이라는 것이다.

스피노자와 관련한 방민호의 이러한 주장으로부터 가장 먼저 떠오르는 것은 선불교의 존재론 혹은 인식론이다. 이때 선불교의 존재론 혹은 인식론은 일즉다 다즉일一則多 多則一의 역설에 기반한 불이론(不二論, 不一而不二論)을 가리킨다. 여기서의 불이론, 즉 하나는 여럿이고, 여럿은 하나라는 일즉다 다즉일一則多 多則一의 역설을 현대식으로 번역하면 부분은 전체이고 전체는 부분이라는, 개인은 사회(공동체)이고 사회(공동체)는 개인이라는 논리가 된다. 이를 스피노자의 논리에 대입하면 신神은 "우주 만물과 인간"이고, "우주 만물과 인간"은 신神이라는 주장이 된다.

물론 이때의 불이론不二論은 공즉시색空卽是色 색즉시공色卽是空으로 요약되는 반야심경의 세계관과 다르지 않다. 하나인 공空은 여러 개인 색色이고, 여러 개인 색色은 하나인 공空이라고도 할 수 있기 때문이다. 이러한 시각으로 보면 공空은 없는 것, 비가시적인 것이고 색色은 있는 것, 가시적인 것이라는 점에서는 무즉유 유즉무無則有 有則無의 역설과도 통한다. 무는 없는 것으로 하나이고, 유는 있는 것으로 여러 개이기 때문이다. 따라서 "우주 만물과 인간"은 신神이고, 신神은 "우주 만물과 인간"이라는 스피노자의 신관神觀은 결국 공空과 색色, 곧 본질과 현상이 불이不二라는 선불교적 역설에 닿아있다고 할 수 있다.

이러한 논리는 스피노자의 신에게 "유한성은 곧 무한성의 또 다른 표현일 뿐"이라는 방민호의 견해와 관련해 노자老子『도덕경道德經』의 모두冒頭에 실려 있는 역설을 떠오르게도 한다. 이를테면 그것은 "無名 天地之始 有名 萬物之母 此兩者 同出異名 同謂之玄(무명 천지지시 유명 만물지모 차양자 동출이명 동위지현)"에 보이는 무無와 유有의 상호 관계가 갖는 순환성을 연상시키기도 한다는 것이다. 노자가 거기에서 "무無와 유有는 한곳에서 나왔거니와, 명칭(기표)은 각기 다르더라도 그 내용이 현묘하기는 동일하다"고 말하고 있기 때문이다.

뿐만 아니라 방민호는 예의 논문 다른 부분에서 "스피노자의 무한 개념은 어떠한 초월성도 인간의 상상적 고안물로 간주하는 내재성의 옹호론에 다름 아니"라고 지적한 바가 있다. 이러한 맥락에서 생각하면 스피노자의 신관神觀은 기독교적인 입장, 즉 여호와의 시각에 서있다고 하기보다는 동양의 존재론 혹은 인식론의 입장에 서있다고 하는 것이 옳지 않은가 싶다. 동양의 존재론 혹은 인식론을 서구적 언어로 풀어 말한 것이 아닌가 싶기도 하다는 것이다.

이러한 선불교나 노장의 존재론 혹은 인식론과 관련해 한 걸음 더 들어가 보기로 하자. 방민호가 예로 들고 있는 강신애의 시「지옥의 환인幻人」의 2연에는 "산란 후 유년으로 회춘한다는" "누트리쿠라라는 해파리"에 대해 "어느 별의 쪼개진 돌멩이에서 태어나 바다의 신이 되었니?"라고 자문自問하는 내용이 나온다. 이 구절에서 정작 주목해야 할 것은 '돌멩이와 바다의 신'의 관계라고 생각된다. 시인이 여기서 "어느 별에서 쪼개진 돌멩이"를 "바다의 신"이 태어난 모태로 파악하고 있기 때문이다.

내게는 강신애 시인이 세계를 이렇게 인식하는 데 작용하는 철학적 기반도 노자의 만물지모萬物之母로서의 유명有名과 천지지시天地之始로서의 무명無名이 이루는 관계를 떠올리게 한다. 이를테면 이때의 '돌멩이와 신의 관계'도 서구적 신성관神聖觀보다는 노자의 유有와 무無가 이루는 관계를 연상시킨다는 뜻이다. 물론 이는 스피노자가 생각하는 우주 만물(인간을 포함한)과 신神이 이루는 관계에도 그대로 호응한다. 시의 역사에서는 '돌멩이와 신'의 관계에 대한 성찰이 크게 새로울 것도 없지만 말이다. 전통적으로 돌멩이나 바윗덩어리, 그것들이 부서져 이루는 흙을 신의 서식처로, 생명의 서식처로 여겨왔기 때문이다. 물론 이때의 신이 유일신 여호와는 아니지만 말이다.

방민호의 논문은 그 제목이 「성스러움에 관해 다시 생각한다」로 되어있다. 따라서 이 논문은 신성神聖에 대한 사색을 담고 있는 것이 아니라 '성스러움'에 대한 사색을 담고 있어야 할 것으로 판단된다. 여기서 구태여 이러한 논의를 꺼내는 까닭은 동양에서는, 특히 성리학 등 유교사상에서는 성聖이나 성聖스러움에 대한 인식은 보이지만 신성神聖이나 신성神聖스러움에 대한 인식은 보이지 않은 것으로 생각되기 때문이다.

우선은 지금 흔히 신神이라고 불리는 어떤 존재가 기독교의 유일신唯一神인 여호와를 번역하는 과정에 구체화되었다는 것을 잊어서는 안 된다. 이와 관련해 기억해야 할 것은 기독교의 하나님과 가톨릭의 하느님이 각기 조금은 다른 개념을 갖고 있다는 점이다. 무엇보다 전자가 유일신을 강조하고 있고, 후자가 천주天主 혹은 조물주를 강조하고 있기 때문이다. 그렇다고 하더라도 천주교든 개신교든 기독교의 신神이 기본적으로 외재적인 존재인 것만은 사실이다. 바로 그러한 이유에서도 성스러움이 본래 신과 닮으려는 데서 비롯된다고 하면 기독교적 성스러움은 밖에서 온다고 해야 마땅하다.

그에 비해 동양철학에서는 불교에서든 노장에서든 유교에서든 모든 성스러움이 안에서 비롯된다고 말해지고 있다. 특히 불교에서는 성스러움이 성불이나 해탈의 경지에 이르는 것을 가리킨다. 이때의 성불이나 해탈이 『아함경』에서 말하는 무자기無自己 혹은 무자성無自性을 실천하는 데서 가능해진다는 것은 불문가지이다. 이는 시에 구현되어 있는 성스러움의 경우에도 마찬가지이다. 이와 관련해 실천해야 할 무자기無自己 혹은 무자성無自性의 내포를 어렵게 생각할 필요는 없다. 불변하는 무자기, 곧 내가 없다는 것은 나와 타자, 유와 무, 색과 공, 생生과 사死가 불이不二의 관계에 있다는 것에 지나지 않기 때문이다.

성인聖人의 경지나 성聖스러움의 가치에 집착한 또 다른 동양의 위인은 『논어』에서의 공자인 듯싶다. 『논어』와 관련된 이러한 주장이 설득력이 준다면 일단 먼저 성聖이라는 한자의 내포부터 기억할 필요가 있다. 성聖이라는 한자를 파자破字하면 耳(귀) + 口(입) + 壬(크다, 맡기다)이 된다는 것부터 유념을 해야 한다. 귀와 입을 (세계에) 맡기는 것이 정작의 성聖스러운 것이라는 얘기이다. 성聖스러움의 의미를 이렇게 이해하고 보면 성聖이라는 한자의 내포가 공자가 『논어』에서 육십이이순六十而耳順이라고 할 때의 이순耳順이라는 한자의 내포와 다르지 않게 된다. 파자破字한 성聖이라는 한자漢字의 임(壬, 크다, 맡기다)이 이순(순順이라고 할 때의 순順)과 기본적으로는 같은 의미망을 갖고 있기 때문이다.

공자에게 성인聖人의 경지나 성聖스러움의 경지는 흔히 육십이이순六十而耳順에서 더 나아가 "칠십이종심소욕불유구七十而從心所欲不踰矩"(『논어論語』, 위정편爲政篇)의 경지를 가리키는 것으로 알려져 있다. 성인聖人이나 성聖스러움의 경지와 관련해 공자가 '나이 70이 되어서야 마음이 하고자 하는 대로 좇아도 법도로부터 어긋나지 않았다'고 하는 이 구절이 내포하고 있는 의미는 매우 크다.

『논어論語』의 이 구절에는 심心이라는 주체와 구矩라는 객체가 이루는 관계를 중심으로 성스러움의 경지 혹은 성스러움의 내용이 나온다. 이들 관계로 미루어 보면 심心이라는 주체는 마땅히 욕망의 존재인 공자 자신의 자아를 가리킨다. 그에 비해 구矩라는 객체에 대해서는 좀 더 복잡한 탐구가 필요하다. 우선은 구矩라는 객체의 자의字意가 '모서리를 그리는 자'를 뜻하거나, 모서리 자체, 나아가 네모를 뜻한다는 것을 알 필요가 있다. 그러한 연유로 구矩라는 한자漢字는 밖에서 주체에게 주어진 척도, 곧 외적인 척도를 가리키게 된다. 이때의 외적인 척도라는 의미가 변형되어 지금은 그것이 상법常法, 법도法度 등의 의미를 갖는다.

옛날에는 땅이 네모졌다고 생각했기 때문에 구矩를 땅, 즉 자연을 가리키는 말로 받아들이기도 했다고도 한다. 바로 이러한 맥락에서 지금은 구矩라는 글자가 주객일체主客一致라고 할 때의 객客, 물심일여物心一如라고 할 때의 물物 전체를 뜻한다. 요즘 식의 언어로 말하면 타자 일체를 가리키는 것이 구矩라는 글자인 것이다.

이러한 논리가 설득력이 있다면 종심소욕불유구從心所欲不踰矩의 내용이나 경지는 좀 더 분명해진다. 나이 70이 되어서야 주체와 객체 사이에 갈등이나 대립이 없어지고 주체와 객체가 하나로 지내게 되었다는 것을 뜻하기 때문이다. 결국은 주객일치主客一致나 물심일여物心一如의 경지를 실현하는 것이 곧 성스러움이나 성인의 경지를 실현하는 것이 된다.

물론 정작의 성聖스러움이나 성인聖人의 경지는 주체와 객체가 단순히 합일을 보여 주는 데 있는 것이 아니다. 정작의 성聖스러움이나 성인聖人의 경지는 주체와 객체가 상호 화이부동和而不同하는 합일, 나아가 불이不二하는 합일을 이룰 때 가능해지기 때문이다. 화이부동和而不同하는 합일, 나아가 불이不二하는 합일은 성스러움이나 성인의 경지일 뿐만 아니라 선禪의 경지이기도 하다는 것이 내 생각이다.

신성神聖이 아닌 성聖스러움이나 성인聖人의 경지나 그것의 실현에 대한 이러한 생각에 대한 방민호의 견해가 궁금하다. 성스러움이나 성인의 경지나 그것의 실현은 결국 이러한 정신의 경지나 그것의 실현을 가리키지 않을까. 따라서 신성神聖이 아닌 성인聖人이나 성聖스러움에 대한 의미를 이렇게 풀어가다 보면 방민호의 다음과 같은 평가에는 다소 문제가 있지 않은가 생각되기도 한다.

> 박용하나 조용미 같은 시인들에게 신성함은 자연과 '나'의 관계를 일신하는 것을 통하여 출현하고 수립된다. 그럼에도 이들의 시 작업은 분리된 자연과 인간의 새로운 통합을 추구해 나간다는 점에서 음미해 볼 만한 가치가 있다.
>
> 하나는 과거적이고 다른 하나는 미래적이다. 박용하나 조용미 같은 시인은 전자의 방향에서 잃어버린 근원적 합일성을 되찾으려는 시인들이다. 그리고 이것은 최근의 우리 시단이 보여 주는 신성 추구의 일반적인 방향이기도 하다. 두 시인은 이러한 경향 가운데 가장 빼어나고 아름다운 시를 쓰는 사람들이다.

이들 평가가 문제가 되는 것은 방민호가 옥타비오 파스(1914-1998)의 『활과 리라』를 인용해 지적하고 있듯이 "시는 자연과 인간의 재통합을 지향하는 문학 양식이고 여기에는 두 개의 방향이 있"기 때문이다. 이때의 두 개의 방향에 대해 옥타비오 파스는 "하나는 과거적이고 다른 하나는 미래적이다"이라고 말한다. 전자는 이미 상실된 과거의 파라다이스에 닿아있다는 뜻이고, 후자는 앞으로 미래에 건설해야 할 유토피아에 닿아있다는 뜻이다. 물론 이들 각각의 파라다이스와 유토피아는 유有와 무無가 하나이듯이 결국 하나이다. 과거에 상실한 파라다이스가 없이 미래에 건설할 유토피아는 존재하기도 상상하기도 어려울 것이기 때문이다. 이는 구태여 '오래된 미래'의 개념을 떠올리지 않아도 자명이다.

"자연과 인간의 재통합"을 추구하는 것이 시라는 문학 양식이라는 옥타비오 파스의 주장은 시를 가리켜 '동일성의 양식'이라고 말하는 김준오의 주장과도 다를 바 없다. 이는 또한 조동일이 서정 양식을 두고 '이성과 감성이 미분화되어 있는 세계'를 추구하는 장르적 속성을 갖고 있다고 하는 것과도 다를 바 없다.

이러한 논의에 따르면 박용하 시인이나 조용미 시인이 추구하는 성聖스러움(방민호는 '신성함'이라는 용어를 쓰고 있지만)의 경우 여타의 시인이 추구하는 그것에 비해 특별히 다를 것이 아니라고 여겨진다. 둘이면서 하나인 하나의 세계, 즉 불이하는 합일의 세계가 곧 성스러움의 경지나 내용이라는 것은 공자의 '종심從心'을 말하면서 이미 말한 적이 있다. 그렇다면 서정시의 구체적인 실제에서 그것을 추구하지 않는 경우는 별로 없다고 해도 지나치지 않다. 모든 서정시는 주체와 객체가 합일하는 성스러운 세계, 불이하는 선禪의 세계를 목표로 하고 있다는 것이다. 물物의 신神과 심心의 신神이 둘이 되면서 하나가 되는 세계 말이다.

김준오가 자신의 책『시론』에서 여러 차례 주장하고 있듯이 정도나 방법의 차이가 있기는 하지만 제대로 된 서정시는 기본적으로 서정적 정서, 곧 일치의 정서, 합일의 정서를 꿈꾸기 마련이다. 바로 그러한 점에서도 제대로 된 서정시는 성聖스러움을 바탕으로 할 수밖에 없다. 물론 성스러움의 정도나 질, 품위나 기품의 면에는 차별성이 있겠지만 말이다. 따라서 박용하, 조용미 이 "두 시인은 이러한 경향 가운데 가장 빼어나고 아름다운 시를 쓰는 사람들이다"라는 평가가 가능하려면 좀 더 설득력 있는 논거가 필요할 것으로 보인다. 시인의 품성이 아닌 좀 더 구체적인 시의 품성을 통해서 말이다.

기본적으로 서정시는 서정적 정서, 곧 합일의 정서를 바탕으로 하기 마련이다. 동화나 투사를 통해 합일의 정서(세계), 통전의 정서(세계)를 추구하는 것이 서정시라는 것은 김준오 교수나 죤 듀이, 그리고 슈타이거 등의 논리를 빌리지 않더라도 이미 보편화된 논리이다. 물론 서정적 정서, 곧 일치의 정서를 바탕으로 하지 않고 극적 정서, 곧 파토스적 정서를 바탕으로 하는 시도 있을 수는 있다. 그렇다고는 하더라도 근본적으로는 분리나 분열에 따른 갈등과 대립의 세계를 넘어 참된 평화의 세계, 참된 공동체의 세계, 곧 일치의 세계, 합일의 세계, 주객일치의 세계, 물심일여의 세계를 꿈꾸는 것이 서정시의 본질인 것은 사실이다. 그 세계가 파라다이스에 기반한 시원의 과거에 뿌리를 대고 있거나 유토피아에 기반한 문명의 미래에 뿌리를 대고 있거나 하는 것은 크게 다를 것이 없다. 파라다이스와 유토피아의 관계는 무無와 유有의 관계, 공空과 색色의 관계, 곧 불이不二의 관계에 있기 때문이다.

박용하나 조용미의 시가 개별적이고도 독특한 성스러움을 지니고 있는 것은 사실이다. 그러나 이들의 시가 지니고 있는 개별적이고 독특한 성스러움을 밝히려면 좀 더 섬세한 논리나 방식이 필요하지 않을까. 지금은 이런 정도에서 내가 생각해 온 '성스러움'에 대한 논의를 마칠까 한다.(2005)

제3부

시와 정신 차원

시, 시간, 변화와 순환

시간은 무엇인가. 시간은 있는 것이기도 하고, 없는 것이기도 하다. 시간은 보이는 것이기도 하고, 보이지 않는 것이기도 하다. 있기는 하지만 보이지 않는 것, 보이지 않기는 하지만 있는 것이 시간이다. 따라서 구체적인 제 모습을 갖고 있지 않은 것이 시간이라고 하지 않을 수 없다. 그렇다. 무한한 우주 속에서 유한한 사람만이 지각하는 것이 시간인지도 모른다. 그것도 순환하며 변화하는 것이, 구체적인 물상을 통해 드러나는 것이 시간이다.

시간은 어떻게 제 모습을 드러내는가. 보이지 않는 시간, 보이는 것을 통해서만 드러나는 시간, 오직 사람만이 있다고 믿으며 지각하는 시간, 다른 생명체는 있다고 믿으며 지각하지 못하는 시간. 세상의 생명체에게 시간은 이렇게 존재한다. 정말로 있는 시간, 바람처럼 보이는 것을 통해서만 알 수 있는 시간, 끊임없이 연기緣起하는 시간……, 따라서 시간을 아는 것은 진리를 아는 것이 된다.

끊임없이 순환하는 지구, 우주. 순환의 과정으로 보면 하나의 점에도 미치지 못하는 것이 사람의 시간이다. 순환하는 우주의 관점으로 보면 사람의 시간은 하나의 점에도 미치지 못한다.

이처럼 짧은 시간 속에서도 사람은 우세를 만들고, 우세로 다른 사람을, 다른 사물을 손에 쥐려고 한다, 부리려고 한다. 서로 돕고 부추기기에도,

서로 밀고 끌기에도 부족한 것이 사람의 시간인데도 말이다. 사람은 하나의 점조차 못 되는 시간을 살면서도 시간에 집착한다.

불과 한 조각의 시간 안에 갇혀 살면서도 사람을 포함한 세상은 변화한다. 변화하며 순환한다. 변화하며 순환하는 시간을 두고도 '성장'이라는 말을 사용할 수 있을까.

끝내는 흙이 되고 마는 생명, 끝내는 생명이 되고 마는 흙……, 사람에게는 이별이지만 밤송이에게는 이별이 아닌 것이 시간이다. 밤알에게는 그냥 바뀌고 변하는 것일 뿐, 떨어지는 것일 뿐. 땅에 떨어져야 시간과 함께 밤알은 썩어 흙이 되고, 밤나무가 되고, 밤송이가 되고 밤알이 된다.

때가 되면 헤어지고 때가 되면 만나는 것, 그것이 법이고 칙이다. 순환하는 법과 칙! 이때의 때는 물론 시간이다.

빼꼼히 문을 열고
바깥을 살피던 밤송이가
밤알들에게 가만히 속삭인다

얘들아
이제 세상에 나갈 때가 되었다

어미가 슬며시 제 몸을 열자
야호 야호!

철없는 것들 소리 질러대며
풀섶으로 와르르 뛰어내린다

텅 빈 속을 드러내며

구름처럼 하얗게 웃던 어미,
바람결에 흔들, 흔들리다

어느 순간, 풀썩 소리와 함께
어둠 속으로 텅빈 몸을 던진다
—류지남, 「떨어진다는 것」(『마실 가는 길』, 솔, 2019.) 전문

류지남의 이 시는 밤알과 밤송이가 이루는 관계를 다루고 있다. 때가 되면 밤알은 밤송이를 벌리고 땅에 떨어지기 마련이다. 시간이 되면 밤송이는 밤알을 위해 "제 몸을 열"기 마련이다. 가을이 되면 "빼꼼히 문을 열고/ 바깥을 살피"는 밤알……

이 시에서는 밤송이와 밤알이 주체를 교체하며 진술되고 있다. 그러한 과정에서 1연의 주체는 밤알보다는 밤송이라고 해야 옳다. 밤송이가 "밤알들에게 가만히 속삭"이기 위해 "빼꼼히 문을 열고/ 바깥을 살"피기 때문이다. 시인은 이때 밤송이가 밤알들에게 속삭이는 말을 "얘들아/ 이제 세상에 나갈 때가 되었다"라고 요약한다.

순환하는 시간에 따라 밤알들은 이렇게 밤송이를 떠나 땅으로 내려온다. 밤송이를 시인은 어미라고 부른다. 그것은 시인이 "어미가 슬며시 제 몸을 열자/ 야호 야호!// 철없는 것들 소리 질러대며/ 풀섶으로 와르르 뛰어내린다"고 표현하는 것을 통해 확인이 된다. 바로 여기에 이 시의 절정이 있다.

밤알들에게 '떨어진다는 것'은 무엇인가. 밤알들에게 '떨어진다는 것'은 시간에, 시간의 집합인 세월에 순응한다는 것이기도 하다. 따라서 밤알들에게 떨어진다는 것'은 계절에 순응하는 것이, 순환하는 시간에 순응하는 것이 된다. 무엇을 더 말할 수 있으랴. "텅 빈 속을 드러내며/ 구름처럼 하얗게 웃던 어미"인 밤송이도 "바람결에 흔들, 흔들리다"가 "어느 순간, 풀썩 소리와 함께/ 어둠 속으로 텅 빈 몸을 던"지는 것이 순환하는 자연의 질서이거늘!

이때의 “어둠 속”이 땅속이고, 흙 속이라는 것을 특별히 강조할 필요는 없다. 땅속이고, 흙 속인 “어둠 속”은 그윽한 곳, 함부로 가 닿을 수 없는 곳이기도 하다. 그렇게 신비로운 곳이지만 “어둠 속”은 항상 생명이 태어나는 곳이다. 밤송이는 썩어 흙이 되지만 밤알은 썩어 새싹이 되는 곳 말이다.

모든 생명은 그곳으로 돌아가기 위해 최선을 다해 오늘을 산다. 그곳, 그 신비한 곳은 죽음의 세계이기도 하지만 생명의 세계이기도 하다. 형편이 이러하니 생멸生滅이 불이不二이지 않을 수 없다. 생멸生滅이 불이라면 성속聖俗도 불이이게 마련이다. 이러한 눈으로 보면 진위眞僞 또한 다르지 않다. 무엇이 진실이고 무엇이 허위라는 말인가. 무명無名과 유명有名, 곧 이름 없음과 이름 있음도 마찬가지이다.

이름을 붙이지 말아다오
거추장스런 이름에 갇히기보다는
그냥 이렇게
맑은 바람 속에 잠시 머물다가
아무도 모르게 사라지는 즐거움

두꺼운 이름에 눌려
정말 내 모습이 일그러지기보다는
하늘의 한 모서리를
조금 차지하고 서있다가
흙으로 바스라져

내가 섰던 그 자리
다시 하늘이 채워지면
거기 한 모금의 향기로 날아다닐 테니

이름을 붙이지 말아다오
한 송이 '자유'로 서 있고 싶을 뿐

—문효치, 「공산성의 들꽃」(『문파』 2019년 가을호) 전문

무명無名과 유명有名이 불이라는 생각을 극단적으로 밀어붙이면 모든 것이 허虛하고, 무無하지 않을 수 없다. 이름을 얻은들 무엇하며 이름을 얻지 않은들 무엇하랴. 가장 떳떳한 생명은 아무도 모르게 살짝 이 세상에 왔다가 가는 것인지도 모른다. 그렇게 사는 것이 진정한 자유를 이행할 수 있게 하기 때문이다. 이 시의 시인에 따르면 이름 없는 "공산성의 들꽃"으로 살다가 간들 어떠랴는 것이다. 그가 이 시에서 "이름을 붙이지 말아다오/ 거추장스런 이름에 갇히기보다는/ 그냥 이렇게/ 맑은 바람 속에 잠시 머물다가/ 아무도 모르게 사라지는" 것이 참 기쁨이라고 생각하는 것은 바로 그 때문이다.

이름을 얻으면 주목을 받게 되고, 주목을 받으면 행동에 제약을 받기 마련이다. 이때 받는 행동의 제약이 다름 아닌 부자유이고, 억압이라는 것은 주지의 사실이다.

참자유, 대자유가 무엇인지에 대해서는 여기서 따로 설명할 필요가 없다. 시인은 이 시에서 그에 대해 "두꺼운 이름에 눌려/ 정말 내 모습이 일그러지기보다는/ 하늘의 한 모서리를/ 조금 차지하고 서있다가/ 흙으로 바스라"지는 것이 낫다고 말한다. 그로서는 이렇게 사는 것이 사람에게 주어진 유한한 시간, 하나의 점에 방불한 시간을 가장 잘 사는 길이라고 생각하고 있는 것이다.

이어 그는 다음과 같이 노래한다. "내가 섰던 그 자리/ 다시 하늘이 채워지면/ 거기 한 모금의 향기로 날아다닐 테니/ 이름을 붙이지 말아다오/ 한 송이 '자유'로 서있고 싶을 뿐"이라고 말이다. 따라서 김춘수 시인과는 전혀 다른 시각을 취하고 있는 것이 문효치 시인이라고 할 수 있다. 일찍이 김춘수 시인은 "내가 그의 이름을 불러준 것처럼/나의 이 빛깔과 향기香氣에 알

맞은/ 누가 나의 이름을 불러다오"(「꽃」)라고 노래한 바 있다. 문효치가 비존재로 바스라지기를 바라고 있다면 김춘수는 존재로 현현되기를 바라고 있는 셈이다. 이들 중 누가 참자유, 대자유를 사는 것인가. 문효치인가, 김춘수인가. 그저 세상의 가치를 바라보는 시각이 다를 뿐일 수도 있다.

어쩌면 현재의 존재를, 아니 현재의 존재자를 제대로 사는 것이 참자유, 대자유인지도 모른다. 물론 이때 제대로 사는 것은 오늘을, 지금을 즐겁고 흥겹게 사는 것을 가리킨다. 오늘을, 지금을 즐겁고 흥겹게 사는 것은 시간 밖을 사는 일이다. 시간 밖의 삶은 시간을 의식하지 않고 사는 것이기 때문이다. 사람들은 대부분 시간을 의식하지 않고 사는 삶을 그리워한다. 시간을 의식하지 않고 살면 무시간을 살 수 있기 때문이다.

하모니카가 불고 싶다
여름날 시원스레 러닝샤쓰 바람에
쪽마루에 걸터앉아
감싼 손 웅크렸다, 폈다, 웅크렸다 폈다 하며
신나는 반주를 넣으며
양 볼 가득 바람 넣었다 뺐다 하며
어린 날 내 꿈 실은 그 소리, 다시 내고 싶다

차가운 물 가득 품은 마당 우물 속
수박 한 통 그윽이 드리워놓고
지금은 세상에 없는 작은형이랑 앉아서
하모니카 음계 마냥
높아졌다가 이내 낮아지고 또 높아지는
그런 꿈

—윤석산, 「하모니카가 불고 싶다」(『세종시마루』, 2019년 상반기) 전문

현존재를 살고 있는 시인은 이 시에서 작은 소망 하나를 말한다. "하모니카가 불고 싶다"는 것이 그것이다. 하모니카를 불며 노는 일에는 "지금은 세상에 없는 작은 형이랑" 놀던 추억이 들어있다. 이때의 "작은 형이랑" 놀던 추억이 당시로서는 오늘을, 지금을 가장 즐겁고 흥겹게 사는 일이었으리라. 그때의 추억, 곧 시간 밖을 살던 추억이 지금 그에게 "하모니카가 불고 싶다"는 꿈을 갖게 했으리라. 그에게는 표면적 시간으로 보면 이미 과거의 것이지만 내면적 시간으로 보면 지금도 여전히 진행되고 있는 것이 "작은 형이랑" 하모니카를 불며 노는 일이다.

추억이든 기억이든 과거의 일이 오늘에 이르러 되살아나는 것은 그때 그것이 그만큼 절실했기 때문이다. 그때 그만큼 절실했다는 것은 그때 그만큼 주어진 시간에 충실했다는 것이 된다. 주어진 시간에 충실하지 않고서는 기억으로든 추억으로든 되살아나기가 어렵다. 우주의 눈으로 보면 어디에도 존재하지 않는 것이 시간이지만 지금의 눈으로 보면 어디에도 존재하는 것이 시간이다. 시간 속에서 되살아나는 추억을 통해 시인은 하모니카를 등장시킨다. 하모니카의 추억……

많은 사람들이 "여름날 시원스레 러닝샤쓰 바람에/ 쪽마루에 걸터앉아" 하모니카를 "감싼 손 웅크렸다, 폈다, 웅크렸다 폈다 하며/ 신나는 반주를 넣"었던 경험을 갖고 있다. 이 시에 드러나 있는 시인의 체험이 많은 사람들에게 보편적인 공감을 주는 것은 바로 이 때문이다. 그것이 있을 법한 일, 곧 개연성을 갖고 있기 때문이다. 바로 그러한 연유로 시인이 바라는 "양 볼 가득 바람 넣었다 뺐다 하며/ 어린 날 내 꿈 실은 그 소리, 다시 내고 싶다"는 것에 독자들이 공감하는 것이리라.

독자들이 공감을 한다는 것은 그 일이 시인의 시간 안에서 정지되어 있다는, 곧 멈춰있다는 것이 된다. 시인에게 시간이 그렇게 인식되는 것은 그 일이 미완의 꿈을 담고 있기 때문이다. "마당 우물 속/ 수박 한 통 그윽이 드리워놓고/ 지금은 세상에 없는 작은 형이랑" "하모니카 음계 마냥/ 높아졌다가 이내 낮아지고 또 높아지는/ 그런 꿈" 말이다.

이로 미루어 보면 미시적인 시간 인식의 과정에는 물리적이면서도 객관적인 시간과 경험적이면서도 주관적인 시간이 있다는 것을 알 수 있다. 전자는 사람들을 기다리지 않고 빠르게 흘러가지만 후자는 사람들의 인식 안에서 머물며 오래오래 살아있기 마련이다. 시인에게 선택되는 시간은 전자이기보다는 후자이기 쉽다. 거시적인 눈으로 보면 한낱 점에 불과한 것이 사람의 시간이지만 미시적인 눈으로 보면 길고도 지루한 것이 사람의 시간이기도 하다. 아무것도 하지 않게 되면 길고도 지루한 것이 사람의 시간이지만 무엇을 좀 하게 되면 턱없이 빠르고 급한 것이 사람의 시간이다. 시인이 지금 "하모니카 음계 마냥/ 높아졌다가 이내 낮아지고 또 높아지는/ 그런 꿈/ 다시 씽씽이며 불고 싶"은 것은 바로 이러한 연유에서이리라.(2019)

반전통의 시와 전통의 시

—송준영 시집 『습득』, 도서출판 황금알, 2008.

시집 『습득』에서 확인할 수 있는 송준영의 시 세계는 결코 단순하지 않다. 그의 이 시집의 경우 스펙트럼이 복잡하고 다양해 그 전모가 쉽게 파악되지 않기 때문이다. 막연한 상념에 기반한 의식이나 무의식의 흐름을 엿볼 수 있는 시도 없지 않고, 선적禪的 기지가 번뜩이는 반상합도反常合道의 역설을 엿볼 수 있는 시도 없지 않은 것이 그의 이 시집이다. 뿐만 아니라 이 시집에는 산문山門 안의 체험에 토대를 둔 승가僧家의 습속을 엿볼 수 있는 시도 없지 않고, 도시적 화자의 주지적 체취가 담긴 시도 없지 않다. 이처럼 복잡하고 다기한 내포를 담고 있는 것이 송준영의 새 시집 『습득』의 세계이다. 그렇다고는 하더라도 이 시집의 시들이 마냥 무잡蕪雜한 내용을 담고 있는 것은 아니다. 반전통의 시와 전통의 시로 크게 나누어 살펴볼 수도 있는 것이 이 시집이기 때문이다.

물론 이 시집의 주류를 형성하고 있는 시들은 '반전통의 시'라고 해야 마땅하다. 반전통의 시라고 명명할 수 있는 그의 시들은 쉽게 독해되지 않는다. 읽을 때마다 낯설고 껄끄럽고 버걱거리기는 것이 이들 경향의 시이다. 읽기에 불편한 것은 의미나 이미지 면에서만이 아니라 리듬의 면에서도 마찬가지이다. 아마도 이는 그가 자신의 시에서 시라고 하는 기존의 인습을 거부하고 있기 때문으로 보인다. 시라고 하는 인습을 거부한다는 것은 시라는 전통을 거부한다는 뜻이기도 하다. 따라서 그의 시가 지니고 있는 가장 중요한 특징은 반전통이라고 할 수 있다.

그의 시에서 반전통, 곧 전통의 거부라고 할 때 정작의 거부의 대상은 당대의 현실이나 역사가 아니라 언어이다. 시의 언어에 대한 기존의 인습, 즉 전통을 거부하는 데서 그의 시의 반전통은 출발한다. 따라서 그의 시의 반전통, 반인습에는 한계가 있을 수밖에 없다.

시인 송준영은 자신의 이러한 실험이 부분적으로는 서구 아방가르드의 정신에 뿌리를 두고 있다고 생각하는 듯싶다. 실제로도 그의 시에는 자동기술이니 의식의 흐름이니 하는 초현실주의로 대표되는 서구 아방가르드의 창작 기법이 응용되어 있는 것이 사실이다. 그럼에도 불구하고 그의 시에 함유되어 있는 이러한 실험은 서구의 그것에까지 미치지는 못하고 있는 것으로 보인다. 무엇보다 그의 시에 내포되어 있는 전위 의식에는 당대의 현실과 역사가 빠져있기 때문이다. 그의 시의 반전통이나 인습의 거부가 자본주의의 모순을 직접적으로 겨냥하고 있지는 못하다는 것이다. 서구의 아방가르드 시가 당대 자본주의 사회의 밖을, 곧 대안적 근대를 혁명적으로 모색하고 있었다는 것은 불문가지이다.

바로 이러한 점에서 그의 시에 담겨 있는 반전통이나 인습의 거부, 곧 저항은 상대적으로 온건하고 부드럽다고 하지 않을 수 없다. 따라서 혹자는 그의 시의 반전통이나 인습의 거부가 미처 충분한 내용을 담지하고 있지 못하다고도 비판할는지도 모른다. 물론 이러한 온건성은 그가 자신의 아방가르드의 시정신을 끊임없이 선불교禪佛敎의 반상합도反常合道의 정신에 연결시켜 받아들이고 있기 때문으로 보인다.

흰 구름이 떠돈다 물컹한
반죽 덩이 구름이
흐른다 흘러내리는
구름 머리카락의

구름 이마의
구름 입술의
구름의 둔부,
종아리의 발가락의 발톱의
발톱에
매달린 연분홍 반달
실핏줄 끄트머리에
대롱거리는 일 점의
불꽃 아아 나는
떠돈다 발갛게 달군
관자놀이 불이
떠돈다 불을
먹는다 불을
품는다 불은
안이 안 보인다 불은
밖만
보인다 불은 길이가
없고 불은 깊이가
없고 속절없는 불은

—「구름과 여자」 부분

이 시에는 구체적인 이미지도 촉촉한 서정도 없다. 개성 있는 정서의 결을 만드는 리듬이나 어조도 쉽게 감지되지 않는다. 빠르게 움직이는 의식의 흐름을 순식간에 자동기술하고 있는 것이 이 시이다. 초현실주의 시라고 해도 과언이 아닐 만큼 의도적으로 비시를 추구하고 있는 것이 이 시라고도 할 수 있다. 따라서 이 시는 기존의 전통시와는 달리 심미적 서정을 창출하는 데 초점이 있다고 하기보다는 시라고 하는 기존의 인습을 거부하는 데 초점이 있다고도 할 수 있다.

이처럼 그는 기존의 시에 대한 거부, 이른바 반시에서 자신이 추구하는 시정신의 실제를 찾고 있다. 따라서 그가 이 시를 통해 의도하는 것은 심미적 감동이 아니라 부정의 정신 그 자체라고 해야 옳다. 그가 이 시에서 탐구하는 것은 독자와의 심미적 교감도 아니고 저 자신이 경험하는 통전의 체험도 아니다. 그가 이 시를 통해 노리는 핵심 전략은 시라고 하는 기존의 인습에 충격을 주는 것일 따름이다. 이 시에서 매끄럽고 부드럽고 촉촉한 심미적 서정의 번짐을 기대하는 것이 매우 어리석은 일인 까닭도 실제로는 이와 무관하지 않다. 대부분의 그의 시가 껄끄럽고 버걱거리는 느낌을 주는 것도 얼마간은 이에서 연유하는 것으로 보인다.

물론 그의 시가 이러한 느낌을 주는 것은 시에 사용되고 있는 언어로부터 기인한다. 편하게 읽히지 않는 그의 시의 언어는 대부분 이미지를 만들거나 의미를 만들지 않는다. 이는 거개의 그의 시가 형상, 즉 시적 화폭을 거부하고 있다는 뜻이 되기도 한다. 그의 시의 이러한 특징은 이승훈의 식으로 말하면 비대상의 언어가 되고, 『반야심경』의 식으로 말하면 제법공상諸法空相의 언어가 된다. 풍경이나 형상을 갖지 않는다는 뜻의 비대상의 언어는 이미 잘 알려져 있는 개념이다. 따라서 정작 관심을 가져야 할 것은 제법공상諸法空相의 언어이다. 시의 언어가 제법공상諸法空相의 언어라는 주장, 즉 모든 법이 객관적인 형상形相을 갖지 않듯이 시의 언어도 객관적인 형상形相을 갖지 않는다는 주장은 충분히 설득력을 갖는다. 법을 담아내는 것이 시라고 하면 제법공상諸法空相의 언어도 충분히 그럴듯하기는 하다.

하지만 시라고 하는 언어예술 장르는 색色을 매개로 하여 공空을 드러내는 것이지 공空 자체를 곧바로 드러내는 것은 아니다. 불립문자不立文字를 기초로 하되 궁극적으로는 불리문자不離文字로 돌아오는 것이 시라는 것을 간과해서는 안 된다. 문文을 통해 간접적으로 질質을 담아내는 것이 시이지 직접적으로 질質 자체를 직접 담아내는 것이 시는 아니라는 것이다.

물론 질質, 즉 바탕이라고 하는 것은 본래 텅 비어있기 마련이다. 질質이 공空일 수밖에 없는 까닭이 바로 여기에 있다. 텅 비어있으되 질質이 공空인 만큼 질質은 끊임없이 순환하기 마련이다. 끊임없이 순환하는 질質인 공空, 따라서 이 공空에는 무슨 의미나 이미지가 있을 리 만무하다. 이 공空에서 무슨 의미나 이미지를 찾으려고 해서는 안 되는 까닭이 바로 여기에 있다. 『반야심경』에는 공중무색空中無色이라고 하거니와, 이때의 색色이 의미나 이미지를 뜻한다는 것을 알아야 한다.

시인 송준영이 우리 시대의 중요한 재가학승在家學僧인 동시에 선객禪客이라는 것은 익히 잘 알려져 있는 사실이다. 따라서 그의 시관詩觀에 불교의 공관空觀이 수용되어 있으리라는 것은 불문가지이다. 그의 많은 시가 구체적인 사물어를 질료로 하고 있으면서도 일정한 의미나 풍경을 보여 주지 않는 것도 다소간은 이에서 기인하는 것으로 보인다.

비가 부들부들 기러기 되어 가슴
쓸고 갈잎을
쓸고 가을을
쓸고 가을의 경계를
쓸고 빗물엔 얼비치는
갈빛 사내
맨발로
맨종아리로 가을을
밟고 가을을
헤집고 갈잎
불며 가슴속
기러기 되어
오는구나 해가
가고 달이
오고 해와 달 너머로 구름으로

오고 천둥소리
그치더니 아스팔트에
뒹구는 낙엽 위로
비, 빗소리 창을 통해
만져지는 목덜미에
흘러내리는

—「깃 없는 바바리」 전문

이 시에는 처음도 없고 끝도 없다. 불가佛家에서 말하는 무시무종無始無終의 진리를 염두에 두고 있는 것이 이 시인지도 모른다. 그렇다. 삶의 단면이 처음도 끝도 없이 아무렇게나 잘려진 채 투사되어 있는 것이 이 시이다. 하지만 이 시에서도 기표들이 아주 빠른 속도로 운동하고 있는 것은 사실이다. 물론 대상으로서의 주인공인 사내의 공간 이동이 잘 드러나 있어 시간의 흐름을 짐작할 수는 있다. 하지만 이 시에서 그 이상의 무엇은 찾아보기 힘들다. 기존의 시에 함유되어 있는 의미나 풍경을 발견하기는 거의 불가능한 것이 이 시이다.

그의 시가 지니고 있는 이러한 특징은 당연히 반전통, 즉 인습의 거부와 함께한다. 앞에서도 말했듯이 그의 시에서 반전통, 즉 인습의 거부가 목표로 하는 주요 대상은 언어이다. 따라서 그의 반전통의 시는 반전통의 언어, 반인습의 언어에 초점이 있다고도 할 수 있다. 물론 반전통, 반인습의 언어라고 할 때의 반언어에서 핵심을 이루는 자질은 의미나 이미지이다. 소리나 어조, 화자나 청자 등보다는 의미나 이미지를 제거하려는 데에 그의 반전통의 언어, 반인습의 언어가 갖는 초점이 있다는 뜻이다. 그의 시가 간혹 '무의미의 시'에 가깝다는 혐의를 받는 것도 실제로는 이에서 연유한다.

김춘수 이래 '무의미의 시'는 이제 반전통의 시가 축적해 온 하나의 전통이 되어있다. 그렇다. 현대시에서 반전통, 나아가 인습의 거부는 그 자체로 하나의 전통이 된 지 이미 오래이다. 그러고 보면 언어의 자질 가운데 의미나 이미지를 배제하려는 노력, 즉 무의미의 시를 추구하려는 노력은 별로 새로울 것이 없다. 하지만 언어의 자질 가운데 의미나 이미지를 거부하려는 노력, 즉 반전통의 시를 지향하려는 노력은 그 자체로 매우 중요한 실험이라고 하지 않을 수 없다. 이러한 노력 또한 일찍이 여러 선학들에 의해 시도되어 온 바 있는 전통의 일부라는 점에서도 그것은 더욱 그렇다.

하지만 시의 언어도 언어인 만큼 언어의 자질 가운데 기표까지 배제해 버리면 시라는 언어예술 자체가 성립되지 않는다는 점을 주목하지 않으면 안 된다. 의미나 이미지의 배제와는 달리 기표, 즉 소리의 배제는 시를 시 이전의 것으로 환원시키기 때문이다. 물론 의미와 이미지를 제거한 소리만의 언어, 즉 기표만의 언어로도 충분히 시가 될 수 있기는 하다. 소리의 모형화, 즉 기표의 체계적인 질서를 음악의 단계에까지 끌어올려 시적 감흥을 산출해 온 예는 얼마든지 있다.

하지만 이때의 시적 감흥을 반드시 인간의 언어와 관련시켜 이해할 필요는 없다. 자연의 소리들이 이루는 체계적인 질서만으로도 시적 감흥은 충분히 이루어질 수 있기 때문이다. 물론 언어의 자질 가운데 의미나 이미지를 제거한 순수한 소리, 즉 순수한 기표만으로 시라고 하는 심미적 예술을 만들기는 쉽지 않다. 자연의 소리, 즉 동물이나 식물, 광물의 소리와는 달리 인간의 언어는 기의를 획득하면서 비로소 성립된다는 것을 잊어서는 안 된다.

시라고 하는 것이 자연의 소리가 아니라 인간의 언어를 매개로 하는 예술이라는 것은 너무도 자명하다. 따라서 최소한의 의미나 이미지를 전제로 하지 않고서는 인간의 언어를 매개로 하는 시라고 하는 예술형식은 성립되지 않는다. 다음의 시가 주목되는 것도 실제로는 이와 무관하지 않다.

> 한 생각이 일어나니 넌 가을이고
> 한 생각이 스러지니 넌 봄이다
> 한 생각 일어나니 님의 바람이고

한 생각 스러지니 님에 대한
나의 강물이어라
바람 부는 네거리에 내가
서면 9층 전봇대 뒤로 해가
해가 날아가오 나도 절룩이며
마른하늘을 걸어 넘어가오
아무 생각 없는 글 한 줄
쓰고 돌아보니
이건 벽보도 낙서도 아니오
다만 구두란 제목은 별난
생각이 없어 달아본 것뿐이오
올 봄도 이렇게 지나갔소
올 가을도 굳바이

—「구두」 전문

이 시는 다소나마 시인 송준영의 주관주의 철학을 엿볼 수 있어 앞의 그의 시들과는 변별되는 점이 있다. 후반부에서는 의식의 흐름과 함께하는 무의미의 제스처가 엿보이기도 하지만 이 시는 그 나름의 인식론을 함유하고 있어 상대적으로 관심을 끈다. 이때의 인식론은 주체의 의식에 의해 대상의 현존이 결정된다는 주관주의 철학을 가리킨다. 나의 "한 생각"에 의해 네가 가을이 되고 "봄이" 된다는 인식을 전제로 하고 있는 것이 이 시의 핵심 내용이라는 점을 염두에 둘 필요가 있다.

주체의 의식에 의해 대상의 현존이 결정된다는 생각은 현상학적 인식론의 기초이다. 하지만 이는 불교에서 말하는 일체개유심조一切皆惟心造의 사상, 곧 '모든 것이 다 마음먹기에 달려 있다'는 사상을 반영하고 있기도 하다. 시인 송준영이 우리 시대의 중요한 재가학승在家學僧인 동시에 선객禪客이라는 것을 떠올리면 이 시가 보여 주는 이러한 내포는 충분히 관심을 끈다. 나로서는 그의 시가 추구하는 반전통이나 인습의 거부가 취해야 할 방향을 이러한 시들을 통해 발견한다. 승가僧家의 습속을 바탕으로 하고 있는 제2부의 시들 중에서도 「면목面目」「시인」「고요」「서옹법좌」「임제록」 등 선풍禪風이 엿보이는 시가 관심을 끄는 것도 이에서 연유한다.

청명한 한낮
쓸데없이 생사해탈이니 견성성불이니
요따위 것 가르치고 있나?
임제한테 와서 보화는 늘 이렇게 씨부렁거린다

임제에게 제자들이
보화가 도가 있는 중이냐 없는 소냐? 하는데,
보화가 미친놈처럼 나타난다
너가 성현이냐 범부냐? 임제가 묻자
그럼 너가 말해라 내가 성현이냐 범부냐?
임제가 할을 하니
보화가 제자들을 돌아보며
하나는 새 며느리요 하나는 할미군 하는
말끝, 임제가 도적놈! 하고 외치자
도적이라 도적이라 되받아 씨부렁거리며
나간다

보화가 사라진 책갈피엔 가을이 비치는
볕 따슨 한낮!

—「임제록」 전문

이 시는 『임제록』의 선화禪話를 적당히 가공해 제시한 뒤 시인이 처한 상황을 살짝 덧붙이는 형식을 취하고 있다. 앞의 두 연은 『임제록』의 선화禪話를 인유한 대목이고, 뒤의 한 연은 그와 관련한 시인의 심리적인 현존을 객관화한 대목이다. 따라서 시인이 정작 창작한 부분은 뒤의 한 연뿐이라고 해도 과언이 아니다. 포스트모더니즘에서 말하는 패스티시의 기법이 응용되어 있는 것이 이 시인 셈이다.

그럼에도 불구하고 이 시를 가리켜 무의미의 시라고 할 수는 없다. 이 시에 함유되어 있는 선화禪話가 오히려 깊이 있는 삶의 지혜를 드러내주고 있기 때문이다. 이와 관련해 정작 기억해야 할 것은 이 선화의 주인공들이다. 이 선화의 주인공인 임제와 보화는 누가 정작의 성인聖人이고 속인俗人인지는 모르지만 성인과 속인을 상징하는 대표적인 인물들이다.

물론 이 두 인물이 벌이는 논쟁과 그에 따른 이야기는 그 자체만으로도 매우 충만한 재미와 흥취를 준다. 하지만 이 두 인물과 관련한 논쟁과 이야기가 두루 관심을 끄는 데는 얼마간 다른 이유가 있다. 이들 인물, 즉 임제와 보화가 성聖과 속俗을 상징한다는 것은 곧바로 성속불이聖俗不二의 선리禪理를 드러내주는 것이기 때문이다.

이처럼 이 시는 성속불이聖俗不二, 곧 성속일여聖俗一如의 선리禪理를 우회적으로 보여 주는 데 초점이 있다. 성속불이, 곧 성속일여의 선리는 그의 다른 시 「서옹법좌」를 통해서도 익히 확인이 된다. 이 시는 "마른 똥자루 한 덩어리"와 성자인 서옹 스님이 상호 대비, 비교되고 있어 더욱 주목이 된다. "마른 똥자루 한 덩어리"와 성자인 서옹 스님이 불이不二의 관계로 파악되어 있는 것이 이 시이기 때문이다.

물론 여기서 말하는 불이의 관계는 은유의 관계로 치환해 불러도 좋다. 관계의 측면에서 생각하면 원관념과 보조관념이 동일하고 대등한 관계를 이루는 은유의 관계 또한 불이의 관계와 크게 다르지 않기 때문이다. 은유의 관계가 불이의 관계로 치환될 수 있는 까닭은 원관념과 보조관념이 늘 상호 착종된 채로 독자의 인지 영역에 수용되기 때문이기도 하다.

이들 시에서 반전통의 전통을 감지하기가 쉽지 않은 것도 다소간은 이에서 연유한다. 이들 시는 이미 전통의 영역으로 충분히 넘어와 있다고 해도 지나치지 않을 만큼 익숙하게 받아들여지고 있다는 것을 기억해야 한다. 이는 산문山門 안 승가僧家의 습속을 제재로 하고 있는 시에 이미 조오현, 오세영, 송수권 등의 전사前史, 즉 전통을 지니고 있는 데서 기인할 수도 있다. 이들 시가 반전통의 전통보다는 전통의 전통으로 다가오는 것도 이와 무관하지 않다.

물론 반전통의 전통도 전통이기는 하다. 전통을 거부하는 것이 반전통이기는 하지만 그것도 관성으로 작용하면 전통이 되기 마련이다. 이는 반대모방도 모방의 하나인 것과 마찬가지이다. 반대 모방의 시, 곧 반전통의 시와 관련해 가장 먼저 떠오르는 한국의 근대 시인은 이상李箱이다. 주지하다시피 이상의 시에 드러나 있는 부정 정신은 아직도 한국의 현대시에 커다란 활력으로 작용하고 있다. 바로 그러한 이유에서이겠지만 시인 송준영은 아직도 자신의 모범으로 이상의 시를 염두에 두고 있는 것으로 보인다. 이는 저 스스로 앞장서 〈이상 시문학상〉을 만들고, 그 첫 번째 수상자로 오랫동안 이상의 시를 천착해 온 시인 이승훈을 모신 것만 보더라도 잘 알 수 있다.

물론 시인 이상은 한국 현대시문학사에서 반전통, 반인습을 대표하는 시인이다. 하지만 이상의 시에서 비롯된 반전통과 반인습도 이제는 익숙한 전통과 인습이 되어있는 것이 분명하다. 이상 이외의 1930년대 모더니스트들, 예컨대 정지용, 김기림, 김광균, 오장환 등의 시에서 반전통으로 상징되는 근대성을 찾는 것은 이미 부질없는 일이 된 지 오래이다. 이들이 선취한 근대성이라는 것도 이제는 벌써 낡은 전통성이 되어있다는 뜻이다.

물론 이러한 낡은 전통성에 뿌리를 두고 있는 시의 경우 알싸한 페이소스와 함께 촉기 있는 감동을 주기도 하거니와, 그것은 송준영 시의 경우에도 마찬가지이다. 다소 낡아 보이기는 하지만 바로 그렇기 때문에 오히려 새로운 서정적 감흥을 주는 것이 그의 이들 시이다. 이 시집 『습득』에서는 「가을가각街角」「한계령 철없는 단풍」「시인」「200년 봄 강릉 산불은」「굿바이 루사」「버스 터미널」「내 자라던 곳은」 등이 그러한 맥락으로 살펴볼 수 있는 대표적인 시이다. 그중에서도 가장 정감 있는 감흥을 주는 시 한 편을 봉독하며 여기서 글을 맺기로 한다.(2008)

> 광장 후미진 모퉁이의 그을림 나무 하나 서있다 그 밑,
> 불빛이 수목화로 나른히 번지는 벤치에 크고 작은 보퉁이 두어 개 놓여 있다
>
> 다가가 보니 작은 보퉁이에서 손이 슬몃 나와 나를 보고 있다
> 한쪽에는 뜯다 만 알 라면이 큰 보퉁이 위에 그 무게보다 더 무겁게 놓여 있다
>
> 하차장에는 장거리를 달려온 지친 버스가 넘어간 해를 등에 업고 들어오고 있다
>
> 한 귀퉁이에는 이별해야 할 연인들이 아주 오오래 벽 속에서 나와 같이 갇혀있다
>
> —「버스 터미널」 전문

농경적 세계관 혹은 선적 직관

—이상국 시인의 시 세계

이상국 시인은 아주 일찍부터 필자와 이런저런 인연을 갖고 있다. 필자가 평론가로 활동을 하던 초기에 그의 두 번째 시집 『서울로 가는 소』(동광출판사, 1989)의 말미에 해설을 쓴 적도 있고, 한국작가회의에서 사무총장의 소임을 맡고 있을 때 그의 『불교문예』 작품상 시상식장에서 축사를 한 적도 있기 때문이다. 이 밖에도 많은 인연이 있지만 연간사화집인 『오늘의 좋은 시』(푸른사상사)를 편집하는 10년이 훨씬 넘는 동안에는 그의 시 「기러기 가족」「나는 퉁퉁 불은 라면이 좋다」「용대리에서 보낸 가을」「혜화역 4번 출구」「옥상의 가을」「어느 날 저녁」「뒤란의 노래」 등을 해설해 수록한 적이 있다. 여기서 이러한 얘기를 하는 것은 필자가 그의 시를 깊이 애호하고 선호하고 있다는 것을 강조하기 위해서이다. 지금 이 원고를 쓰고 있는 까닭도 실제로는 이런저런 인연과 무관하지 않다고 할 수 있다.

이상국의 시는 자신의 고향인 강원도 양양의 농경적 세계관을 바탕으로 하면서도 비약적 이미지와 함께하는 선적인 직관을 특징으로 한다. 특별히 꾸미지 않는 수수하면서도 소박한 언어를 매개로 하면서도 언제나 환상적인 리얼리티와 함께하는 것이 그의 시이다. 그렇다. 그의 시는 화려하거나 현란하지 않으면서도 자연스러운 삶의 지혜를 돌올하게 담아내고 있어 독자들의 관심을 끈다. 가족이 처해 있는 현존의 상황과 관련해 자신의 시에서 그가 다음과 같은 음계를 보여 주는 것이 대표적인 예이다.

—아버지 송지호에서 좀 쉬었다 가요.

—시베리아는 멀다.

—아버지 우리는 왜 이렇게 날아야 해요?

—그런 소리 말아라. 저 밑에는 날개도 없는 것들이 많단다.

—「기러기 가족」 전문

이 시는 아버지와 아들 기러기의 대화로 이루어져 있다. 시인은 이들 기러기 부자의 대화를 통해 저 자신을 포함한 인간이 처해 있는 삶의 현존을 상징적으로 노래하고 있다. 이 시에서 이들 기러기 부자는 지금 "시베리아"를 목표로 하는 삶의 여정 속에 처해 있다. 철이 없는 아들은 아버지에게 "송지호에 좀 쉬었다 가"자고 보채지만 지혜가 있는 아버지는 정작 생존의 터전인 "시베리아는 멀다"고 대답한다. 아들 기러기는 아버지 기러기에게 "왜 이렇게 날아야" 하느냐고 좀 더 근본적인 질문을 던진다. 하지만 아버지 기러기는 "저 밑"의 "날개도 없는 것들", 더 낮은 것들을 빌려 우회적으로 대답한다. 올려다보지 말고 내려다보며 살아야 마음의 평화를 얻을 수 있다는 지혜를 깨닫도록 하는 것이다. 극도의 축약과 비약 속에서 이루어지는 것이 이 시의 전문이지만 여기서 이상국 시인은 바로 이러한 깨달음을 시로 형상화한다.

그는 백석문학상, 민족예술상, 유심작품상, 정지용문학상, 『불교문예』 작품상, 현대불교문학상 등을 받은 적이 있는 대한민국 최고의 시인이다. 새삼스러운 얘기지만 그는 언제나 당대 민족의 현실이 처해 있는 슬픔과, 아픔과, 고뇌를 매우 따듯하면서도 아름다운 서정의 언어로 노래하고 있다. 그렇다. 흔히 말하는 민중적 서정 시인의 대표적인 주자가 다름 아닌 그이다. 그가 농경적 세계관을 바탕으로 하는 리얼리즘의 정신을 잃지 않으면서도 자신의 시에 순도 높은 정신의 깊이를 담아온 시인이라는 것을 잊어서는 안 된다. 다시 말해 대지적大地的 상상력을 기반으로 하면서도 깊이 있는 선적禪的 직관直觀과 더불어 선미禪味, 선취禪趣, 선리禪理 등을 담아온 것이 그의 시라는 얘기이다. 그의 시에 자주 보이는 초월적 비약의 이미지, 이른바 돌연하면서도 비의적인 상상력이 바로 이러한 견해를 뒷받침한다. 이를테면 마술적 리얼리즘의 속성을 십분 갖고 있는 것이 그의 시 세계라는 것이다.

『불교문예』 작품상을 받은 「옥상의 가을」에는 특히 이러한 경향이 잘 드러나 있다. 이 시의 초두初頭를 살펴보자

> 옥상에 올라 메밀 베갯속을 널었다
> 나의 잠들이 좋아라 하고
> 햇빛 속으로 달아난다
> 우리나라 붉은 메밀 대궁에는
> 흙의 피가 묻어있다
>
> —「옥상의 가을」 부분

바로 위와 같은 구절이 그 예이다. 이들 구절은 독자들이 자신의 인지 영역 안에서 느닷없이 솟구치는 이미지의 댄스를 경험하지 않을 수 없도록 한다. 베갯속의 이미지가 잠의 이미지로, 잠의 이미지가 햇빛의 이미지로, 그것이 다시 메밀 대궁의 이미지로, 흙의 이미지로, 피의 이미지로 비약, 변주되고 있기 때문이다.

이 시는 "여기서는 가을이 더 잘 보이고/ 나는 늘 높은 데가 좋다/ 어쨌든 세상의 모든 옥상은/ 아이들처럼 놀기 좋은 곳이다/ 이런 걸 누가 알기나 하는지/ 어머니 같았으면 벌써 달밤에/ 깨를 터는 가을이다"로 이어지

면서 끝난다. 이렇게 끝나는 이 시에는 전혀 연관이 없는 듯한 이미지들이 한바탕 춤을 추고 있거니와, 이는 위의 시에서 높은 곳의 이미지가 순수와 무구의 공간인 옥상으로, 어머니의 품으로 회귀하고 있는 것을 통해서도 확인이 된다.

이러한 가운데에도 그의 시는 구체적인 삶에서 발견하는 진실과 지혜를 쉽고 편안한 언어를 매개로 드러낸다. 또한 그것은 토착 음식과 함께하는 농사꾼의 상상력을 바탕으로 하고 있다는 점에서도 두루 주목이 된다. 여기서 말하는 토착 음식은 물론 '국수'를 가리킨다.

사는 일은
밥처럼 물리지 않는 것이라지만
때로는 허름한 식당에서
어머니 같은 여자가 끓여 주는
국수가 먹고 싶다.

삶의 모서리에 마음을 다치고
길거리에 나서면
고향 장거리 길로
소 팔고 돌아오듯
뒷모습이 허전한 사람들과
국수가 먹고 싶다.

—「국수」 부분

국수는 이탈리아의 마카로니, 일본의 우동, 중국의 자장면이나 탄탄면과는 전혀 다른 대한민국 고유의 전통 음식이다. 밀가루를 원재료로 하는 면 종류 가운데 칼국수나 잔치국수가 오랜 전통과 함께하는 대한민국 고유의 서민 음식이라는 것을 모르는 사람은 없다. 국수는 그것 자체로 우리 민족의 정체성을 상징하는 서민 음식이거니와, 이로 미루어 보면 이 시는 그의 의식 지향이 무엇에, 어디에 놓여 있는가를 십분 알 수 있게 해준다. 그러한 점과 더불어 "삶의 모서리에 마음을 다치고/ 길거리에 나서"게 될 때 그가 "소 팔고 돌아오듯/ 뒷모습이 허전한 사람들과" 먹고 싶은 것이 이 시에서의 국수라는 점도 기억해야 한다. 이처럼 그의 시는 농경적 세계관을 바탕으로 하면서도 일상적 생활의 언어를 매개로 하는 공동체적 정신, 곧 따듯하면서도 너그러운 정서를 십분 담아내고 있다. 이로 미루어 보더라도 그의 시는 여전히 공공의 가치를 향해 한참 개화 중이라고 해야 옳다.(2020)

내 안의 타자 찾기

—조용숙의 신작시에 대해

인간은 누구인가. 인간은 어떤 존재인가. 이러한 질문에 대한 정의는 수없이 많다. 수없이 많은 정의에 나는 지금 또 하나의 정의를 덧붙이려고 한다. '인간은 끊임없이 저 자신을 고쳐나가는 존재다'. 그렇다. 인간은 지속적으로 저 자신을 개선하고 개혁해 나가는 생명체이다.

본래 인간은 성찰하고 반성하는 존재이다. 물론 이때의 인간은 낱낱의 개인을 가리킨다. 오늘의 삶에서는 집단으로서의 인간보다는 개인으로서의 인간이 훨씬 중요한 가치를 갖는다. 개인이 곧 전체, 개인이 곧 우주인 것이 지금의 현실이다.

하지만 개인이, 즉 '나'라는 개체가 인간의 현실 속에 보편적으로 등장한 역사는 일천하다. 근대 이후에나 그것이 가능해졌기 때문이다. 물론 근대 이후라는 것은 산업화 이후, 곧 자본주의 이후를 뜻한다. 자본주의적 근대 이후에나 인간은 저 자신의 자아를 보편적으로 발견하게 되었다는 뜻이다. 모든 인간이 저 자신의 '자아'를 발견한 역사는 이처럼 짧다. 여성의 자아까지 보편적인 자아로 등장한 역사는 더 말할 것이 없다.

저 자신의 '자아'를 발견했다고 하더라도 그가 이를 모두 자각했다고 하기는 어렵다. '자아'의 안에는 무수히 많은 또 다른 '자아'가 존재해 있기 때문이다. 따라서 저 자신의 '자아'를 발견했다는 것은 저 자신의 '자아'가 남이 아니라 '나'라는 것을 발견했다는 것에 지나지 않는다. 내 안의 수많은 나, 자아 안의 수많은 자아를 모두 다 발견했다는 것은 아니라는 얘기이다. 이러한 이유로 내가 '나'라는 사실을 발견했다고 하더라도 정작의 '나'를 바르게 자각하기 위해서는 더 많은 방황과 수행이 요구되지 않을 수 없다.

정작의 '나'를 제대로 깨닫기 위해서는 숲으로서의 '나'만이 아니라 나무로서의 '나'까지도 알아야 한다. 내 안의 나, 곧 숲과 나무로서의 나를 바르게 알기 위해서는 어쩔 수 없이 내가 객관화되지 않을 수 없다. 물론 내가 객관화되지 않을 수 없다는 것은 내가 타자화되지 않을 수 없다는 것을 뜻한다. 타자가 되지 않고서는 내가 '나'라는 것을 제대로 알 수 없기 때문이다. 이때 타자화된다는 것은 물론 내가 대상화된다는 것을 포함한다.

따라서 내가 지금 자각하고 있는 '나'는 이미 '타자'화된 '나'라고 하지 않을 수 없다. 그렇다. 이미 나는 타자다. 내가 바르게 알고자 하는 '나'는 언제나 나 자신에게 타자로 존재하는 법이다. 내가 알고자 하는 세계처럼 내 안의 나도 '타자'로 존재할 때 정작의 앎의 대상이 되기 때문이다. 당연히 이때의 타자는 또 다른 수많은 타자, 곧 수많은 '나'와 교섭하면서 저 자신의 영역을 확장시킨다.

전모를 제대로 알기 어려운 이때의 타자, 곧 객체는 본래 '나'라고 하는 주체의 거울에 비추어지면서 구체화되는 것이 보통이다. 내가 '나'에게 이런 저런 객관적인 이름을 붙여 명명을 하는 것도 다름 아닌 그러한 이유에서이다. 이미 타자화된 나는 바로 그렇기 때문에 타자화되기 이전의 나와 능동적으로 통섭하면서 저 자신의 존재를 현현시킨다는 얘기이다. 비록 객관화되었다고는 하더라도 아직 객관화되기 이전의 자아와 끊임없이 관계하면서 이때의 자아는 저 자신의 영역을 확장해 나가기 마련이라는 것이다. 이 글에서 중점적으로 논의하려고 하는 조용숙의 시는 바로 이러한 형태의 시적 자아, 곧 '나'의 현존을 보여 주고 있어 두루 관심을 끈다.

가까이 다가오면

무엇이든 덥석덥석 삼켜버리는 나는
온몸이 입이라네
헛배만 불렀다 꺼지는 상상임신처럼
먹어도 배가 부르지 않다네
거침없이 입에 넣은 것들이
깊은 망각의 늪에 떨어질 때면
나는 먹은 만큼 더 허기가 진다네
먹이를 찾아 나설 발이 없어
늘 뱃가죽이 납작하게 붙어있는 나에겐
영양결핍에서 오는 폭식 습관이 있다네
늘 허겁지겁 삼켜봐도
먹을 수 있는 건 항상 생의 외피뿐이어서
깊이와 무게는 삼킬 수가 없다네
지독한 편식주의자인 나는
언젠가부터 만성 빈혈을 앓고 있다네

—「거울」 전문

이 시는 우선 독특하게 응용되어 있는 시점 때문에 주목이 된다. 그것은 무엇보다 이 시의 화자가 배역이라는 점과 깊이 관련되어 있다. 이 시의 화자가 시인 자신이 아니라 거울이라는 얘기이다. 그렇다. 거울이라는 배역이 거울의 목소리로 거울 자신에 대해 명명하고 있는 것이 이 시이다. 물론 이 시의 화자인 거울은 시인의 자아가 투영되어 있는 객관상관물이다. 시인이 거울에 침투해 거울의 탈을 쓰고 거울의 목소리로 저 자신에 대해 명명하고 있는 것이 이 시라는 것이다.

이 시를 제대로 읽고 즐기기 위해서는 '거울'의 눈을 잃지 않는 것이 중요하다. 물론 시종일관 '거울'의 눈만을 고집하며 이 시를 읽을 필요는 없다. 겉으로 드러난 화자는 거울이지만 안으로 감추어진 화자는 시인 자신이기 때문이다. 따라서 이 시의 화자는 거울인 동시에 시인 자신이라는 것을 알 수 있다. 화자가 거울이면서 시인이라는 동시적 존재로, 곧 양가적 존재로 구현되어 있는 것이 이 시라는 것이다.

이처럼 양가적 존재로 드러나있는 것이 이 시의 화자라는 점은 매우 의미심장하다. 화자인 시인의 의식 자체가 양가적으로 존재한다는 것을 뜻하기 때문이다. 화자가 거울인 동시에 시인으로, 곧 양가적 존재로 현현되는 것은 이 시의 시인이 그만큼 복잡하면서도 구체적인 존재라는 것을 가리킨다. 언제나 그러면서도 그렇지 않은[其然不然] 존재로, 곧 카오스모스의 존재로 자리해 있는 것이 시인이기 때문이다.

이에서도 알 수 있듯이 양가적 존재인 이 시의 화자는 스스로의 과잉 욕망을 반성하고 성찰하는 것으로 자신의 현존을 드러낸다. "가까이 다가오면/ 무엇이든 덥석덥석 삼켜버리는" "온몸이 입"인 존재로 저 자신을 인식하고 있는 것이 이 시의 화자이기 때문이다. 이는 그가 저 자신을 "먹어도 배가 부르지 않"는 존재, "먹은 만큼 더 허기가" 지는 존재로 규정하고 있는 것만 보더라도 잘 알 수 있다.

거울이든 시인이든 화자의 현존에 따르면 이 시는 "늘 뱃가죽이 납작하게 붙어있는 나", 곧 "지독한 편식주의자인 나"를 깨닫는 데 초점이 있다. 내 안에 존재하는 나답지 않은 나, 곧 내 안에 존재하는 타자를 비판적으로 살펴보는 데 초점이 있는 것이 이 시라는 것이다. 이러한 점에서도 이 시의 화자가 양가적이라는 것은 확인이 된다. 그렇다면 다의적 언술 행위를 통해 다소 복잡하면서도 신선한 내포를 보여 주는 것이 이 시의 양가적 화자라고도 할 수 있다. 이러한 언술 행위에 의해 내 안의 여러 모습의 내가 지니고 있는 타자성이 좀 더 효율적으로 드러나는 것은 사실이다. 물론 낱낱의 내가 타자화되면 이때의 타자는 여타의 타자, 나아가 세계 일반과 관계하면서 저 자신을 확장해 가지만 말이다. '타자'라는 객관적 존재로 전이되는 '나'라는 주관적 존재의 예는 다음의 시에 의해서도 확인이 된다.

내 사후에 누군가에게 나눠줄 수 있는 것이
각막뿐이라는 말에
안구 기증 서명을 하고 나오던 날
멀쩡하던 한쪽 눈이 붉은 등을 내겁니다.
이제부터라도 세상을 좀 멀리 보라고
가까이 보이는 세상만 쫓아다느라
분주하던 발길을 묶어버립니다
내가 잘못 본 세상이 바로 다른 사람에게
전염될 수 있다고 가르칩니다.
아무리 조심해도 가장 가까운 사람한테
먼저 옮겨 가는 법이라며
오늘 밤에 작은딸 눈에도
붉은 등불 하나 켜놓고 갑니다
그동안 잘못 본 세상 다 태울 때까지
안구 기증 서류에 사인한 잉크가 다 마를 때까지
저는 이 불씨를 소중히 켜놓겠습니다

—「눈병」 전문

앞의 시와는 달리 이 시의 화자는 시인 자신이다. 저 자신의 행위를 직접적으로 기술하는 일인칭 주인공의 시점을 취하고 있는 것이 이 시이다. 이 시의 화자가 이내 시적 자아, 즉 '나'일 수 있는 것도 다름 아닌 그에서 연유한다. 하지만 이때의 '나'가 이 시에서 시종일관 '나' 자체로 존재하는 것은 아니다. 점차 타자화되고 있는 '나' 자신의 자아를 비교적 담담하게 드러내고 있는 것이 이 시에서의 화자이기 때문이다.

물론 이 시에서의 화자, 즉 '나' 역시 타자로 확장되면서 저 자신의 의미를 좀 더 생생하게 드러낸다. 이는 "안구 기증 서명을 하고 나오던 날" 오히려 "멀쩡하던 한쪽 눈이 붉은 등을 내"건다는 등의 표현에 의해 확인이 된다.

"멀쩡하던 한쪽 눈이 붉은 등을 내"건다는 표현은 그 자체로 이미 내가 타자가 되었다는 것을 가리키기 때문이다. 특히 "이제부터라도 세상을 좀 멀리 보라"며 "분주하던 발길을 묶어버"리는 일이야말로 눈으로 대표되는 자아, 곧 나를 타자에게로 확장시키는 일이라고 하지 않을 수 없다. '나'를 타자에게로 확장시키는 일은 곧바로 '나' 자신을 객관적으로 발견하고 깨닫는 일을 가리킨다. '나'의 그릇된 인식이 곧바로 "다른 사람에게/ 전염될 수 있다"는 발견과 깨달음에 이르는 것이 그것의 구체적인 예이다.

이처럼 타자에게로 확장되는 '나'를 통해 참다운 '나'를 발견하고 깨닫는 것이 조용숙 시의 주요 내용이다. 그의 시가 지니고 있는 이러한 특징은 시인 자신은 물론 독자 일반에게도 '나'의 실재를 바르게 인식하도록 하는데 큰 도움을 준다. 다음의 시는 시인 자신의 자아가 나뭇잎으로, 나아가 나무로 확장되고 있어 더욱 관심을 끈다.

간밤에 나뭇잎 몇 장 내 몸에 돋았다
푸른 잎사귀들 떼어내 한 잎 집어 들고 달빛에 비춰본다
이리저리 엉켜 출구가 보이지 않는 그물맥을 빠져나온 거친 숨소리
깊은 잠에 빠져있는 아이들의 얼굴을 쓰다듬다
내 심장을 두드려댄다
벽을 향해 웅크려있던 살갗에 소름이 돋는다
문을 찾아 다시 돌아눕는 입에서 새소리가 신음처럼 흘러나온다
어린 시절 어머니와 함께 뒷동산에서 본 상수리나무를
세상을 스무 바퀴쯤 돌고 돌아 내 몸으로 다시 만나다니!
크리스마스트리를 만들다 잠이 든 아이들이
떡메를 맞고 서있는 상수리나무 내 품으로 파고든다
창틈으로 새어 들어온 달빛이 상처투성이가 되어 서있는
상수리나무 등걸의 흔적을 훔쳐 읽는다
가지에 앉아있던 새들 놀라 날아간 하늘은 물론 계곡물마저 모두 멍

빛인 산비탈에
만신창이가 되어 서있는 상수리나무인 내 몸,
몽고반점 매달고 나와 첫울음을 터뜨리는 순간부터
살아남기 위해 이 악물고 참아야 한다고 배운 내 몸,
여기저기서 묵은 수피들이 피딱지처럼 일어난다
수맥을 찾아 땅속 깊숙이 뿌리를 박아 넣고 있는 나는
멍을 키워 어떻게 숲을 울창하게 만드는지 보여 주려고
해마다 상수리를 몇 말씩이나 매달아놓고
미로 속을 헤매는 사람들을 제 품으로 불러들인다

—「멍」 전문

이 시에서 화자인 '나'는 "내 몸"이라는 물질적 이미지를 통해 현현된다. 예의 물질적 이미지를 통해 화자인 '나'의 현존적 상황과 의미를 따져보고 있는 것이 이 시이다. 물질적 이미지로 치환된 나, 곧 "내 몸"은 이내 "나뭇잎 몇 장"으로 확장된다. 이 시의 화자인 내가 물질적 이미지 중에서도 식물의 이미지로 변용된다는 것이다. "푸른 잎사귀들 떼어내 한 잎 집어 들고 달빛에 비춰"보는 등의 구절이 그 예이다. 이들 식물의 이미지, 즉 "내 몸에 돋"은 "나뭇잎 몇 장"은 곧이어 "어린 시절 어머니와 함께 뒷동산에서 본 상수리나무"의 이미지로 변용된다. 그리하여 화자인 나는 상수리나무가 되고 상수리나무는 화자인 내가 된다. 나와 자연, 나와 상수리나무가 완전히 하나가 되고 있는 셈이다.

상수리나무의 이미지는 이내 어머니의 이미지로 변용되면서 좀 더 깊이 있는 내포를 담는다. 물론 이때의 어머니는 "떡메를 맞고 서 있는 상수리나무"이니만큼 상처가 깊지 않을 수 없다. 그렇다고는 하더라도 모든 어머니는 어머니인 만큼 본능적인 모성을 갖지 않을 수 없다. 학습의 산물이라는 주장이 없지는 않지만 동물이나 식물의 현존을 살펴보면 아무래도 모성은 본능의 산물이라고 해야 할 듯싶다. 동물이나 식물의 차원, 즉 본성의 차원으로 자신의 존재로 전이시키지 않고서는 누구도 모성을 실현하기 어렵다는 점이 이를 잘 말해 준다. 따라서 화자 자신의 환유이기도 한 상수리나무를 어머니의 이미지로 전이시키면서 인간과 자연이 갖는 근원적인 의미를 되묻고 있는 것이 이 시라고 해야 옳다. "해마다 상수리를 몇 말씩이나 매달아놓고/ 미로 속을 헤매는 사람들을 제 품으로 불러들"이는 모성적 존재로 저 자신의 자아를 심화시키고 있는 것이 이 시라는 것이다. 이처럼 심화되고 있는 시적 자아의 내포는 그의 다른 시를 통해서도 확인이 된다.

오르막 산길에 까치발 딛고 서서
햇빛을 수혈받고 있는 한 그루 나무
쩍쩍 갈라진 몸피와 바짝바짝 타들어 가는
잎사귀 사이로 드러나는 가슴팍
무엇이 그토록 생에 대한 집착의 끈
놓지 못하게 했을까
새까맣게 썩은 그의 가슴팍에 주소를 옮기고
이삿짐을 부린 버섯과 벌레의 일가
제 안에 들어와 이젠 식솔이 되어버린 그들을
나무는 차마 내칠 수 없었던 것일까
다 함께 죽을 수도 없는 삶
이제 더 이상 혼자일 수 없는 그는
하늘에 한 발짝 더 가까이 다가서기 위해
쟁여두었던 뿌리의 체온을 끌어올려
식솔들을 감싸 안는다
이른 봄 성치도 않은 나무의 몸에 피가 돌듯
연푸른 잎사귀 돋는 것은
몸에 새긴 봄의 기억 때문만은 아니다
긴 시간의 물살을 온몸으로 견뎌온 자만이

저 아닌 다른 것을

제 생의 빈터에 받아들인다

—「가족」 전문

이 시는 앞의 시와는 달리 화자에 의해 선택된 대상을 간접적으로 서술하는 객관적 시점을 취하고 있다. 이를테면 "오르막 산길에 까치발 딛고 서서/ 햇빛을 수혈받고 있는 한 그루 나무"를 객관적으로 진술하고 있는 것이 이 시라는 것이다. 따라서 시종일관 관찰자적 위치를 잃지 않고 있는 것이 이 시에서의 화자라고 할 수 있다.

그럼에도 불구하고 이 시의 화자에 의해 선택되는 객관적 대상은 대상으로 선택되는 동시에 주관화된다고 해야 마땅하다. 대상의 선택이 곧 세계관의 선택이라는 점을 잊어서는 안 된다. 이 시의 중심 대상인 "한 그루 나무"의 경우 그 자체로 이미 시인의 감정이 이입된 객관상관물이라는 것이다. 그렇다면 이 시의 서술 대상인 "한 그루 나무"는 곧바로 시인 자신이라고 해도 지나치지 않다. "쩍쩍 갈라진 몸피와" "잎사귀 사이로 드러나는 가슴팍"이라고 할 때의 몸피와 가슴팍이 실제로는 시인 자신의 몸피와 가슴팍이라는 뜻이다. 이러한 연유로 "새까맣게 썩은" "가슴팍에 주소를 옮기고/ 이삿짐을 부린 버섯과 벌레"를 위해 "뿌리의 체온을 끌어올"리는 주체는 시인 자신이라고 해야 마땅하다. 화자인 시인이 "긴 시간의 물살을 온몸으로 견뎌온 자만이/ 저 아닌 다른 것을/ 제 생의 빈터에 받아들인다"라는 표현을 통해 나무의 내포를 심화시키고 있는 것도 바로 이 때문이다.

물론 여기서 나무의 내포를 심화시키고 있다는 것은 시인 자신의 자아를 심화시키고 있다는 것을 가리킨다. 저 자신의 자아를 심화시키고 있다는 것은 당연히 저 자신의 내포를 좀 더 깊이 있게 깨닫고 있다는 것이 된다. 시인 조용숙이 자신의 자아를 타자화시키는 방식을 통해 저 자신을 새롭게 깨닫고 있는 것은 그의 또 다른 시를 통해서도 충분히 징험이 된다.

저녁 식탁 위에 오른 고등어 한 마리
한 점 떼어 삼키려다 목에 걸린 가시 한 조각
성급히 뱉어내려 켁켁거리는 사이
어느덧 내 몸이 바다 한가운데에 가 닿는다

살이 발려 나가는 순간,
바다의 물고기는
떨어져 나간 제 생의 한 조각을 찾아
한 번 더 출렁였을지 모른다

날카로운 가시 가슴에 품고도
저 아닌 다른 것을 찔러본 적 없는 물고기
살이 다 발려지기까지
몸속 가시를 함부로 드러내지 않는다

가시를 향해
뭔가 찌르고 싶은 깊은 적의를 숨기고 살았을 거라
태연하게 말하는 사람들
몸속에 가시를 품고 사는 고통을
꿈에라도 짐작이나 해봤을까

어쩜 제 몸에 박힌 가시에서 벗어나기 위한
바다의 몸부림처럼
구름 끼고 날 궂은 날
파도가 그렇게 출렁였던 것은 아니었을까

—「가시를 말한다」 전문

이 시에는 앞의 시와는 달리 다소나마 화자의 주관이 개입되어 있다. 1연의 “목에 걸린 가시 한 조각/ 성급히 뱉어내려 켁켁거리는 사이/ 어느덧 내 몸이 바다 한가운데에 가 닿는다”와 같은 표현이 그 예이다. 하지만 이 시는 객관적 관찰자의 시점이 중심을 유지하고 있다고 해야 옳다. 화자인 내가 시의 내용에 개입하기는 하지만 단지 개입하는 정도에 그쳐있다는 것이다. 화자가 저 자신의 행위나 경험을 시종일관 직접적으로 진술하고 있지는 않다는 얘기이다. 그렇다. 객관적 대상으로 삼고 있는 “고등어 한 마리”를 통해 변주되는 시인의 자아를 꼼꼼히 추적해 가며 이런저런 의미를 부여하고 있는 것이 이 시이다. 화자가 이 시에서 “살이 발려 나가는 순간,/ 바다의 물고기는/ 떨어져 나간 제 생의 한 조각을 찾아/ 한 번 더 출렁였을지 모른다”라고 유추할 수 있는 것도 바로 그러한 이유에서이다. 이러한 표현 또한 지금까지 논의해 온 시인의 자아 찾기의 결과, 곧 확장된 자아의 결과라는 것이다. 변용되고 확장된 자아를 통해 저 자신을 발견하거나 깨닫는 예는 다음의 시를 통해서도 익히 증명이 된다.

소문만으로도 이미 마을은 들뜨기 시작했다 그가 입성하자 사람들은 환호성을 질렀다 양지뜸 음지뜸에 있는 집집마다 그에게 선을 대기 위해 돈을 끌어모았다 라디오, TV, 전기다리미, 세탁기 등이 그림자처럼 따라붙었다 사람들은 슬금슬금 그를 통해 이런저런 청탁을 넣기 시작했다 직원이 필요하다는 둥, 자취방이나 월세방을 내놓아야 한다는 둥, 심지어는 다방 여종업원 구하는 일까지 모두 그에게 위임했다 밤낮으로 그는 편한 잠을 청하는 날이 없었다 급기야는 너무 서있어서 발가락이 뒤틀렸더라느니 피가 몰려 하지정맥류가 왔더라느니 하는 말들이 흘러나왔다 따르는 무리들이 하나둘 늘면서 그는 선이 닿는 곳마다 영역을 확장해 가기 시작했다 마침내 윗선에 줄을 뻗친 그는 사람들의 회유에 밀려 정치에 출사표를 던졌다 환한 얼굴로 사거리에 나와 선 그는 유권자들에게 차가운 손을 내밀었다 그러나 점점 빛의 노예가 되어가는 사람들 사이에는 달빛이 사라지고 별빛마저 흐려지고 있다는 소문이 돌았다 어느 날인가부터 그의 얼굴은 껌과 침으로 얼룩져 갔다 나를 이렇게 푸대접하면 되는가? 내가 없으면 이 마을이 암흑천지가 된다는 사실을 왜 모르는가? 배신과 분노로 충혈된 그의 눈빛은 저를 외면하는 눈들을 다 태워버릴 듯이 쏘아보고 있었다

—「전봇대」 전문

이 시에는 '전봇대'라는 객관적인 대상이 '그'라는 3인칭 존재로 명명되어 있다. '그'라는 3인칭 존재로 명명되어 있다는 점에서 이 시에서의 전봇대는 의인관화되어 있다고 할 수 있다. 3인칭 존재로 명명되어 있는 어떤 인물과 상호 착종되어 있는 것이 이 시의 핵심 대상인 '전봇대'라는 것이다. 따라서 이 시에서의 '전봇대'는 양가적인 의미를 갖는다고 해야 마땅하다. 전봇대의 이미지와 인물의 이미지가 동시적으로 공존하고 있는 것이 이 시라는 뜻이다.

이들 이미지들이 이루는 양가성은 선불교의 불이不二라는 개념을 통해 좀 더 쉽게 설명이 된다. 불일이불이不一而不二의 줄임말인 불이不二는 하나이면서 둘이고, 둘이면서 하나인 관계를 뜻한다. 따라서 전봇대와 인물은 하나이면서 둘이고, 둘이면서 하나인 관계를 이루고 있다고 할 수 있다.

모든 존재가 지니고 있는 근원적 특징인 양가성, 곧 불이는 이내 중용의 내포를 갖는다. 그럼에도 불구하고 이 시에서 '전봇대'라는 인물은 끝내 중용을 잃고 만다. 자신의 가치와 의미를 알아주지 않는다고 하여 그가 불만을 토로하고 있기 때문이다. "나를 이렇게 푸대접하면 되는가? 내가 없으면 이 마을이 암흑천지가 된다는 사실을 왜 모르는가?" 등의 구절이 그 예이다. 이처럼 편벽된 성정을 보여 주는 인물인 '전봇대'에 대해 시인이 부정적인 태도를 보여 주는 것은 당연하다.

그러나 정작 중요한 것은 이 전봇대라는 인물이 시인 자신의 자아가 투영되어 있는 객관상관물일 수도 있다는 점이다. 이 전봇대라는 인물이 곧 시

인 자신일 수도 있다는 것이다. 그렇다면 이 시에서도 시인은 저 자신을 향해 성찰적 비판을 실현하는 것이 된다. 이처럼 조용숙의 시는 확장되고 심화된 자아, 곧 타자화된 자아를 통해 저 자신의 현존을 발견하는 동시에 깨닫는 특징을 보여 준다. 물론 저 자신의 현존을 발견하는 동시에 깨닫는 일은 저 자신의 현존을 반성하고 성찰하는 일이기도 하다.

인간은 누구인가. 인간은 어떤 존재인가. 인간은 본래 끊임없이 저 자신을 고쳐나가는 존재이다. 그렇다. 지속적으로 저 자신을 개선하고 개혁해 나가는 존재가 인간이다. 조용숙의 시에 등장하는 화자, 곧 시적 자아 또한 그것은 마찬가지이다. 끊임없이 저 자신을 고쳐나가는 존재라는 점에서 그의 시에 등장하는 시적 자아, 곧 '나'는 구체적이면서도 보편적인 특징을 갖는다.(2008)

꿈꾸는 자연 공동체

—김민휴 시집 『구리종이 있는 학교』, 천년의시작, 2010.

김민휴의 시에는 조용히 숨어 살며 시를 쓰는 은자隱者의 마음이 담겨 있다. 은자적 삶의 보편적 특징이 그렇듯이 그의 시에는 자연과 인간에 대한 그윽한 지혜와 진실이 들어있어 주목이 된다. 자연과 함께하는 그의 시에서의 지혜와 진실은 실로 놀라울 정도이다. 물론 그에게도 자연은 순환하는 질서로 존재한다. 이는 그의 이 시집이 자연의 원리에 따라 오방의 형식을 취하고 있는 것만 보더라도 잘 알 수 있다. 오방은 동서남북 및 중앙을 가리키거니와, 이 시집에서는 그것이 「봄」「여름」「시를 사랑한 자전거」「가을」「겨울」에 대응되어 있음을 알 수 있다. 동서남북 및 중앙을 뜻하는 오방은 흔히 동쪽의 청색, 남쪽은 적색, 서쪽은 흰색, 북쪽은 흑색, 중앙의 황색으로 상징되며, 순환하는 자연의 질서와 함께한다.

그가 자신의 시를 통해 순환하는 자연의 질서에 깊은 관심을 보여 준다는 것은 그의 시정신이 인간 중심의 세계관보다 자연 중심의 세계관에 뿌리내리고 있다는 것을 뜻한다. 물론 자연 중심의 세계관이라고 할 때의 자연이 인간과 다름이 없는 존재, 곧 의인관화된 존재라는 것은 불문가지이다. 그의 시에 등장하는 자연의 사물들이 적극적으로 인성을 부여받고 있는 것만 보더라도 이는 잘 알 수 있다. 따라서 그의 시에서는 자연이 곧 인간, 객체가 곧 주체라고 해야 옳다. 자연과 인간이 결코 분리되어 있지 않은 것이 그의 시라는 것이다.

그의 시에서 인간과 자연, 그리고 신神은 언어를 매개로 하여 각기 동등한 인격을 부여받는 가운데 상호 뒤얽혀 있어 좀 더 관심을 끈다. 물론 이때의 신神은 정신精神이나 관념觀念까지도 포함한다. 그의 시와 함께하는 모든 존재들이 언어를 통해 상호 교호하고 순환하는 가운데 시원적 공동체를 이루는 까닭이 바로 여기에 있다. 달도, 나비도, 봄바람도, 참새도, 떡갈나무도 인간의 언어로 말하며 인간과 다름없이 생각하고 행동하는 것이 그의 시라는 것이다. 뿐만 아니라 그 자신 역시 사물 일반과 동등하고 공정하게 뒤섞이는 가운데 상생하고 있는 것이 그의 시라고 할 수 있다.

> 나무들이 한꺼번에 우르르 목욕탕에서 나와 물기를 닦고 있네요
> 산죽나무 푸른 머리카락에서 물방울이 또르르 흘러내리네요
> 생강나무 겨드랑이에 난 노란 털은 촉촉하게 젖어있고요
> 산벚나무 온몸에 마구 돋은 꽃젖 끝에 맺힌 은방울들이 반짝여요
>
> 시간이 새벽 목욕을 하고 숲으로 나와 물기를 말리고 있어요
> 때죽나무들이 제 매끄러운 허벅지에 올리브유를 바르고 있고요
> 키 큰 떡갈나무 가지 사이 하늘 위에서 누군가 이 모습 훔쳐보고 있군요
> 바람이 나무들 탱글탱글한 맨몸 속으로 휘파람을 불며 걸어가요
>
> —「새벽 숲」 전문

이 시에서는 나무들이 행위의 주체로 등장해 형상을 만들고 있다. 산죽나무, 생강나무, 산벚나무, 때죽나무, 떡갈나무 등이 그 예이다. 물론 이 시에서 행위의 주체로 등장해 형상을 만드는 것은 나무들만이 아니다. 시간이라는 관념도, 바람이라는 사물도 나무들과 동등하게 행위의 주체로 등장해 형상을 만들고 있기 때문이다. 물론 의인관화된 나무들이 행위의 주체로 등장해 형상을 만드는 것은 그간의 시에서도 충분히 보아온 바 있다.

하지만 시간이나 바람 같은 관념이나 사물이 의인관화되어 행위의 주체로 참여해 시의 형상을 만들어온 예는 별로 많지 않다. 신神이나 정령精靈까지도 행위의 주체로 등장해 형상을 만들고 있는 것이 이 시이다. "큰 떡갈나무 가지 사이 하늘 위에서 누군가 이 모습 훔쳐보고 있"다는 등의 구절이 그 예라고 할 수 있다.

그의 시가 지니고 있는 이러한 특징은 무엇보다 그가 꿈꾸어 온 이상 세계, 곧 그 나름의 자연 공동체가 어떠한 곳인가를 짐작하게 해준다. 이와 관련해 일단 먼저 알 수 있는 것은 그가 꿈꾸어 온 자연 공동체가 일상의 시간을 훨씬 벗어난 곳에 자리해 있다는 점이다. 그의 시에 드러나 있는 자연 공동체의 경우 대부분 시간이 명확하게 구획되어 있지 않은 공간으로 존재해 있기 때문이다. 따라서 그의 시와 함께하고 있는 자연 공동체는 과거와 현재와 미래가 신화적으로 뒤얽혀 있는 세계라고 해야 마땅하다. 일상의 물리학적 시간과는 전혀 무관한 공간이 그가 꿈꾸어 온 자연 공동체라는 것이다.

수만리 고인돌 묘지엔
해마다 같은 날
벚꽃들이 한꺼번에 흰 불로 타오르네

수만리 멀고 먼 옛날
허리춤에 부싯돌 매달고 다니던,
마고할미의 품에 안겨
풀과 나무와 바람과 흙의 정령이 된
청동시대 청년들

처녀들 데리고 나와
벚나무 가지 끝마다 창문을 내네

창문에 나와
일제히 부싯돌의 불 켜네
반짝이네

곁에서 지켜보던 처녀들
흰 웃음소리 저렇게 시끄럽네

가지 끝마다 창문 열어 재낀 벚나무
부싯돌의 불,
흰 웃음소리
타오르다 벚꽃 구름 되네

수만리, 아주 오래된 청동시대 마을!

—「고인돌과 벚꽃」 전문

이 시는 "수만리"라고 하는 "오래된 청동시대 마을"을 배경으로 하고 있다. "수만리"에는 "먼 옛날" "마고할미의 품에 안겨/ 풀과 나무와 바람과 흙의 정령이 된/ 청동시대 청년들"이 살고 있다. "청동시대 청년들"은 지금 "처녀들"을 "데리고 나와/ 벚나무 가지 끝마다 창문을 내"고 "일제히 부싯돌"로 불을 켠다. "흰 웃음소리"를 통해 공감각화되고 있는 "부싯돌의 불"은 이내 "타오르다 벚꽃 구름"으로 전이된다. 벚나무들이 일제히 벚꽃을 피우는 것을 "청동시대 청년들"이 벚나무의 "창문에 나와/ 일제히 부싯돌 불 켜"는 것으로 상상하고 있는 것이 이 시이다. 따라서 이 시에서의 시간은 물리적인 제약 밖에 존재한다고 할 수 있다. 이 시에서 물리적인 제약 밖에 존재하는 것은 공간도 마찬가지이다.

하지만 이상 세계를 향한 그의 꿈이 미래의 문명 세계보다 과거의 시원 세계를 지향하고 있는 것은 사실이다. 이러한 점에서도 그의 의식 내면은 상고尙古적 가치를 지향하고 있다고 해야 옳다. 이는 결국 그의 의식 지향이 미래의 문명적 유토피아보다는 과거의 시원적 파라다이스에 기초하고 있다는 뜻이 된다. 따라서 그의 이상 세계에 국가라는 강역이 존재하지 않으리라는 것은 당연하다. 문명 세계에 기초한 미래의 유토피아도 마찬가지지만 시원 세계에 기초한 과거의 파라다이스도 국가라는 강역이 존재하지 않으리라는 것은 자명하다. 바로 이러한 점에서도 시간의 초월이 공간의 초월을 불러오리라는 것은 확실하다.

이러한 점에서 보더라도 시인 김민휴가 꿈꾸는 자연 공동체는 지나칠 정도로 근원적이고 근본적이다. 여기서 근원적이고 근본적이라고 하는 것은 그가 꿈꾸는 자연 공동체가 인간보다는 자연을 중심으로 하고 있다는 뜻이 된다. 그가 보기에는 인간이라는 존재가 자연이라는 존재보다 결코 우월하지 않기 때문이다. 그가 꿈꾸는 이상 세계에서는 인간보다 떡갈나무가 좀 더 영험할 수도 있다는 것이다. 변화하는 자연의 질서를 감지하는 데는 인간보다 훨씬 빠를 수 있는 것이 자연이기 때문이다.

떡갈나무가 봄이 왔다고 하면
이건 봄이 온 거다

구청장이 천구백팔십이 년에
삼백이십 살이라고 했으니
올해 삼백마흔일곱 살인 우리 동네 떡갈나무가
삼백마흔여섯 번이나
왔다 간 봄을 똑똑히 기억하는 떡갈나무가
봄이 왔다고 하면
이건 봄이 온 거다

비록 지금은 동서남북으로

남양아파트 삼성아파트 주공아파트에 둘러싸여
들판마을 한가운데 우람하게 떠억 버티고 서있던 때만 못하지만
구청장이 구나무로 지정하셨고
잘못 모시면 큰일 난다고 주의주셨고
우리 동네에서 가장 나이 많은
떡갈나무가 봄이 왔다고 하면
이건 진짜 봄이 온 거다

떡갈나무 가지 끝마다
대지의 젖물을 불려 유두모양 내밀어 놓은
저 연두빛 상형문자들을 읽어보라

봄봄봄 봄봄봄 봄!

—「떡갈나무의 봄」 전문

이 시의 중심 대상은 떡갈나무이다. 한때는 "들판마을 한가운데 우람하게 떠억 버티고 서있"었지만 지금은 온갖 "아파트에 둘러싸여" 있는 것이 떡갈나무이다. 따라서 이 시는 무분별한 개발과 그에 따른 산업화, 도시화에 대한 우회적인 비판 및 풍자를 담고 있다고도 할 수 있다. 그러나 정작 관심을 기울여야 할 것은 시인이 떡갈나무를 매우 영험한 존재로 받들고 있다는 점이다. 그가 보기에는 "삼백마흔여섯 번이나/ 왔다 간 봄을 똑똑히 기억하"고 있는 것이 떡갈나무이기 때문이다. 떡갈나무가 "봄이 왔다고 하면" "봄이 온" 것인 까닭이 바로 여기에 있다.

현대의 인간은 대부분 자연의 질서로부터 아주 멀리 떨어져 살고 있다. 바로 그렇기 때문에 오히려 그는 자연의 질서와 함께하는 삶에 좀 더 관심을 드러내고 있는지도 모른다. 그럼에도 불구하고 그가 자연을 인간보다 우위優位에 놓고 있는 것으로 보이지는 않는다. 그보다는 자연과 인간이 뒤

섞여 혼융하는 세계, 곧 상호 순환하며 공존하는 세계를 지향하고 있는 것이 그라고 해야 마땅하다.

언덕배기 마른 잔디밭에 목련 나무가 서있다
한 그루 하얀 꽃다발,
흰 구름으로 화르르 날아오른다

한 떼의 처녀 애들 몰려와
꽃 이파리 만지며 까르르 웃어댄다
목련꽃도 하얀 이 드러내며 웃어댄다

터질 듯한 엉덩이 잔디밭에 문지르며
김밥을 나누어 먹은 뒤
처녀 애들 사진을 찍는다, 따끈한 사진 속
흰 꽃다발과 해맑은 얼굴들 뒤범벅되어 웃어댄다

손수건을 개켜 들고 아가씨들 떠난 자리
키 작은 노란 민들레꽃들
도란도란 햇빛 알갱이 점심 먹고 있다

꽃샘바람 한 줄기 휘청 나뭇가지 위에 앉는다
파랑새처럼 날아간다
꽃 이파리 하나 수직으로 추락한다

깜짝 놀란 민들레꽃들, 조그만 얼굴로
목련꽃 이파리 곱게 받아준다, 상처 하나 없이!

—「낮은 꽃」 전문

이 시에 참여하고 있는 존재들 사이에는 아무런 차별이 없다. 목련 나무의 "하얀 꽃다발" "한 떼의 처녀 애들" "노란 민들레꽃들" "꽃샘바람 한 줄기"가 서로 뒤섞여 혼융을 이루고 있는 것이 이 시의 세계이다. 이렇게 혼융되어 있는 이 시의 세계에서 인간과 자연이 지니고 있는 맑고 깨끗한 본성을 발견하기는 별로 어렵지 않다. 인간과 자연이 지니고 있는 선한 본성이 있는 그대로 실현되고 있는 것이 이 시이기 때문이다. 이 시가 이처럼 무구하고 순수한 세계를 보여 주는 것은 그가 추구하고 있는 이러한 정신 지향과도 무관하지 않다.

물론 나날의 현실은 시를 통해 그가 추구하는 세상처럼 맑고 깨끗하지만은 않다. 나날의 현실이 그렇지 않기 때문에 어쩌면 그는 인간의 선한 본성이 있는 그대로 실현되는 세상을 꿈꾸고 있는지도 모른다. 약해 보이기만 하면 순식간에 상대방을 업신여기고 짓밟으려고 하는 것이 오늘의 인간이라는 것을 간과해서는 안 된다. 따라서 실제로는 속악한 주체로 살아가는 것이 지금의 인간인지도 모른다. 저 자신만 잘 살기 위해 때로는 아무런 성찰도 없이 "닥치는 대로 제초액을/ 민들레꽃 노란 얼굴에 마구 뿌"(「민들레 살리기」)려대는 것이 지금의 인간이라는 것이다.

이로 미루어 보더라도 자본주의적 근대사회는 수많은 사건들로 가득 차 있을 수밖에 없다. 물론 이때의 사건은 곧바로 이야기로 전환되기 마련이다. 그의 시가 인간을 포함한 자연 공동체의 무수한 이야기를 바탕으로 하고 있는 것도 이와 무관하지 않아 보인다. 본래 이야기에는 미담도 있고 험담도 있기 마련이다. 따라서 미담을 좋아하는 시인도 있을 수 있고 험담을 좋아하는 시인도 있을 수 있다. 시인 김민휴는 대체로 험담보다는 미담을 좋아하는 듯싶다. 그의 시에는 험담보다는 미담이 중심을 이루고 있기 때문이다. 비판적 자아가 가동되는 험담도 아주 없지는 않지만 말이다.

바다는 이제 이야기꾼으로 산다
아버지는 하루 종일 그물 깁는 사람

나는 먼바다에서 온 물결 세는 아이
조부가 슬그머니 사라져 못 온 곳
농어잡이 배 하면夏眠하는 포구에
푸르디푸른 땡볕 쏟아져 고이면
갯바위에 엎혀 있는 콩밭
콩잎이 시드는 팔월
어머니는 그곳 콩밭가 초록집 주인
아버지는 여름 내내 시간 깁는 사람
나는 끝내 철들기 싫은 아이
옥색 치마 걷어 올려 젖가슴에 동여맨
단골네 하루 종일 징 두드리며
산 닭 바닷물에 던져 혼을 불러 건지고
망망한 수평선 너머로
조부의 중선배 파랑새 따라간 곳
바다는 이제 이야기꾼이 되어있다

—「만호바다」 전문

이 시에서 "바다는 이야기꾼으로" 살고 있다. 하지만 정작 이야기꾼으로 살고 있는 것은 시인 자신이라고 해야 옳다. 이 시 자체가 이미 한 편의 이야기를 압축하고 있기 때문이다. 다른 시에서는 "내 마음의 뒤란 옛이야기 속에/ 깊은 강 하나 있네"(「들국화 강江」)라고 노래하기도 하는 것이 시인이라는 것을 잊어서는 안 된다. 물론 위의 시 「만호바다」에서의 이야기는 과거의 경험, 곧 추억을 재구성한 것이기도 하다. 따라서 이 시를 두고 구체적인 경험과 무관한 비현실적인 환상을 바탕으로 하고 있다고 할 수는 없다. 그럼에도 불구하고 이 시가 그 자신의 이상 세계, 곧 낙원 의식을 바탕으로 하고 있는 것만은 사실이다. 그것이 비록 과거 지향적 회귀 의식을 토대로 하고 있기는 하더라도 말이다. 이 시가 고향의 세계 혹은 유년의 세계에 기초해 있는 것도 실제로는 이와 무관하지 않아 보인다.

이야기는 늘 이미지의 뒷받침을 받으며 시의 형상을 이루기 마련이다. 이미지는 본래 꿈이나 의식의 질료일 때가 많다. 물론 주체의 희망이나 소망을 반영하는 것이 꿈이나 의식이기는 하다. 그런데 꿈이나 의식의 질료인 이미지는 비현실적인 특성을 갖는 경우가 대부분이다. 여기서 말하는 비현실적인 특성을 갖는 이미지는 당연히 환상적인 이미지를 가리킨다. 그의 시와 함께하고 있는 환상적 이미지는 이처럼 자연 공동체로서의 그의 꿈이나 이상을 반영한다. 그의 시에서 이들 환상적 이미지는 「생일파티」「빨간 티코의 집」「은행잎이 지고 별이 빛나는 밤」「구리종이 있는 학교」 등의 시에서도 알 수 있는 것처럼 신비적이고 신화적인 정서를 만든다. 물론 신비적이고 신화적인 정서라는 말에는 동화적이라는 뜻이 포함되어 있다.

신비적이고 신화적인 정서는 환상적 이미지에서만 오는 것이 아니다. 그의 시를 이루는 또 다른 질료인 비현실적 이야기도 신비적이고 신화적인 정서를 만드는 데 기여하고 있기 때문이다. 다음의 예에서도 알 수 있듯이 그의 시에 참여하고 있는 비현실적 이야기도 환상적 정서, 곧 동화적 정서를 만드는 데 일조하고 있다는 것이다.

한적한 숲길을 가다가
알록제비꽃들을 만났습니다

너희들 나 따라 광주 갈까?
우리 집에 갈까?

아저씨 집이 어딘데요?
광주가 어딘데요?
자주색 제비꽃 한 놈이 대꾸해 줍니다

우리 집은 도시야
차도 많고 빌딩도 많고 사람들도 많아
우리 가자
백화점에 가서 예쁜 화분도 사주고
아파트 발코니에 유리창이 커다란 너희들 방도 따로 줄게
나는 제비꽃들을 꼬드겨봅니다

그럼 아저씨가 사는 도시엔 솔바람도 있어요?
아침 이슬도 있어요?
같이 있던 놈들이 물어봅니다

에어컨도 있고 정수기도 있으니 걱정할 거 없어
발코니 창가에서
낮엔 햇볕을 쪼이고 밤엔 휘황한 야경을 봐
너무 좋아할걸?

그럼 아저씨 동네엔 깜깜한 밤은 없나요?
우린 깜깜한 밤엔 함께 얘기를 해요
달님하고 하기도 하고 별님하고 하기도 해요
별님들은 얘기하다 깜빡깜빡 졸기도 하지요

그런데 아저씬 왜 기침을 하셔요?
앙증맞게 생긴 놈이 걱정스레 묻습니다

으응, 감기가 조금 걸려서
너희들도 감기 걸릴 때 있잖아

—「제비꽃」 부분

동화적인 분위기를 물씬 풍기는 이 시는 다소간 소극笑劇의 느낌을 준다. 인간과 자연, 즉 화자와 알록제비꽃이라는 두 주인공이 상호 대조, 대비되는 가운데 전개되고 있는 것이 여기서 말하는 소극이다. 따라서 화자는 시인 자신으로 기능하기도 하지만 소극의 주인공으로 기능하기도 한다. 알록제비꽃의 경우에도 이는 마찬가지이다. 구체적인 개체로 기능하면서도 자연 일반으로 기능하는 것이 이 시에서의 알록제비꽃이라는 것이다.

물론 이 시에서 서로 대조, 대비되고 있는 화자와 알록제비꽃, 곧 인간과 자연은 매우 아이러니컬한 관계를 이루고 있지만 말이다. 아이러니컬하다는 것은 화자와 알록제비꽃이 이루는 관계의 겉과 속이 각기 다르다는 것이다. 이 시는 바로 그러한 점에서 극적 아이러니를 보여 준다고도 할 수 있다. 극적 아이러니는 흔히 낭만적 아이러니라고도 하거니와, 한국의 현대 시사에서는 쉽게 찾아보기 힘들다. 바로 이러한 점만으로도 이 시는 일정한 의미를 갖는다. 「청봉공원」「죽은 전남대사대부고 앞 나무들」「그 시간은 불안하다」「코딱지 풀」 등의 그의 시들도 낭만적 아이러니와 함께하고 있는 대표적인 예이다. 물론 이들 아이러니의 시들은 고도로 정제된 지성의 산물이라고 해야 마땅하다. 청자나 독자, 시적 대상 등에 대해 일정한 거리를 확보하지 않고서는 이를 수 없는 것이 고도로 정제된 지성의 경지이다. 자본주의적 근대의 비속하고 천박한 삶에 대해 비판적인 거리를 갖고 있지 않고서는 결코 도달할 수 없는 것이 예의 아이러니의 시이기 때문이다.

그의 시가 낭만적 정서를 담고 있다는 것은 이들 아이러니와 무관한 시들을 통해서도 확인이 된다. 특히 「장미 문양을 한 양산」「놓는다」「아몽, 꿈꾸다」「비둘기 집」 등의 시는 환유적 발상에 기초해 있는 낭만적 경향을 지니고 있어 좀 더 관심을 끈다. 이들 시가 지니고 있는 낭만적 경향은 워즈워스의 『서정담시집』에서 볼 수 있는 것처럼 매우 건강한 정서를 바탕으로 하고 있어 더욱 주목이 된다. 이와 관련해 생각하면 그의 시로부터 정작 연상되는 것은 프랑스의 농촌 시인 프랑시스 잠인지도 모른다. 평생 이베리아 반도의 피레네산맥 속 두메산골에서 살면서 파리에는 두어 번 나들이를 갔던 적밖에 없는 것이 프랑시스 잠이다. 프랑시스 잠의 시처럼 순수하고 무구한 느낌, 소박하면서도 순진한 신선감, 나아가 신화적 신비감을 불러일으키는 것이 김민휴의 시라는 뜻이다.

물론 그의 시는 프랑시스 잠의 시와는 많이 다르다. 이는 우선 적절한 지성을 토대로 하고 있으면서도 아이러니의 기법을 십분 활용하고 있다는 점에 의해서도 확인이 된다. 본래 아이러니는 겉과 속을 달리 말하며 상대방을 눙치는 화법, 곧 능청을 떠는 화법과 깊이 관련되어 있다. 능청을 전통적인 말로 바꾸면 내숭인데, 내숭이야말로 겉말과 속말을 달리 표현하는 화법이라는 것을 기억하지 않으면 안 된다. 위의 시는 화자의 말과 알록제비꽃의 말이 끊임없이 대조, 비교되면서도 묘하게 어긋나 있어 더욱 관심을 끈다. 순수하고 무구한 어린아이의 탈을 쓰고 있는 알록제비꽃의 말이 속말이라면, 온갖 질병과 함께하고 있는 어른의 탈을 쓰고 있는 화자의 말은 겉말이라고 할 수 있다. 시인 김민휴로서는 어린아이처럼 순수하고 무구한 알록제비꽃의 속말을 근대적 인간인 화자의 무심코 하는 겉말과 비교, 대조시키는 가운데 오늘의 문명이 지니고 있는 허구성을 폭로하고 있는 것이다.

능청이나 내숭은 아이러니로 기능하지 못할 때 일종의 해학으로 기능하기도 한다. 청자나 독자, 시적 대상에 대한 미적 거리를 전제로 하고 있다는 점에서 생각하면 능청이나 내숭이 일종의 해학으로 기능하는 것은 너무도 당연한 일이다. 「셋째 누님네 코끼리」「시를 사랑한 자전거 1」「면민 축구 대회」 등에서도 알 수 있듯이 그의 시에서 능청이나 내숭은 독자로 하여금 쿡, 하고 웃음이 나게 하는 것이 사실이다. 독자를 재미있게 한다는 것인데, 이는 기발한 발상에서 비롯되는 어이없음 혹은 엉뚱함과도 무관하지 않다.

그럼에도 불구하고 그의 시에 드러나 있는 자본주의적 근대에 대한 시각은 다분히 부정적이다. 아마도 이는 자본주의적 근대를 그가 늘 극복의 대상으로 생각하고 있기 때문으로 보인다. 물론 그가 이렇게 생각하는 것은 자본주의적 근대의 삶이 항상 자연의 질서를 형편없이 파괴하고 있는 데서 비롯된다. "목련꽃이 여름에 피지 않는 것은 제 분수를 알기 때문이"(「목련

있」)라고 생각하는 것이 그라는 것을 소홀히 여겨서는 안 된다. 자연의 질서와 함께하려면 시원의 삶을 사는 수밖에 없는지도 모른다. 시원의 삶은 신화적 삶을 뜻하고, 신화적 삶은 주술적 삶을 뜻하거니와, 이들 삶에서는 인간과 자연과 신이 언어를 통해 아무런 구별 없이 상호 혼융을 이루며 살아간다는 것을 잊어서는 안 된다. 「돌양지꽃」「앉은뱅이책상」 등의 그의 시에서도 알 수 있듯이 이들 삶에서는 다른 어떤 존재들과도 뒤섞여 살며 순환하고 교호하는 것이 인간이라는 것이다. 이른바 의인관적 세계관이 작동하는 이들 삶에서는 물도, 바람도, 꽃도, 책상도, 집도 사람과 똑같이 말하고 행동하며 자연 공동체에 참여하고 있다는 것을 유의할 필요가 있다.

그가 시를 통해 꿈꾸는 자연 공동체는 "예수님도 아직 안 와본, 교회도 없는 마을"이지만 충분히 고요하고 거룩한 곳이다. 새 생명이 태어나면 이때의 고요하고 거룩한 마을에서는 당연히 "중천을 구르던 달"(「시를 사랑한 자전거2—집들이」)님까지도 환하게 웃으며 축복을 해주기 마련이다. 그가 이러한 자연 공동체를 꿈꾸는 이유는 비교적 간단하다. 구체적으로 사랑을 현현할 수 있는 공간이 다름 아닌 그곳이기 때문이다. 물론 그가 실현하려고 하는 사랑은 복잡한 계산을 요구하지 않는다. 그것이 언제나 삶의 주변에서 쉽게 찾아볼 수 있는 작고 사소한 것이기 때문이다. 이를테면 이 작고 사소한 사랑이 질료가 되어 그의 시의 맑고 따듯한 서정을 만들고 있다는 것이다.

그의 시가 동화적이면서도 설화적인 분위기를 갖는 것도 얼마간은 이에서 비롯된다. "노란 달맞이꽃들이/ 볼에 물방울 점을 달고 피어"(「사소한 사랑」)있는 것이 그의 시라는 점을 알 필요가 있다. 충만한 서정에 기초해 있는 그의 시는 아직도 들로, 산으로, 숲으로, 자연으로 가고 있어 더욱 독자들의 관심을 끈다. 그의 시가 새로운 서정을 만드는 데 거듭 기여하고 있는 것도 기본적으로는 이와 무관하지 않다. 무엇보다 이는 시인 김민휴가 사랑이 넘치는 사람, 인정이 넘치는 사람이라는 것을 의미한다. 이를테면 "나이 들어간다고 사랑하지 말라는 법 있는가"라고 늘 반문하는 것이 그라는 것이다. "사랑하지 않기로 통음하고" 나서도 이내 "다시 사랑"(「사랑으로」)

을 시작하는 것이 그라는 것이다. 이처럼 풍부한 감정을 지니고 있는 그와 그의 시를 우리가 어찌 좋아하지 않을 수 있겠는가.(2010)

세기말, 절망하지 않는 서정의 모색들

—1999년 상반기의 시집들을 돌아보며

0. 군말

애초부터 내게는 이 계절에 쏟아져 나온 모든 시집을 제대로 헤아리고 살펴볼 능력이 없다. 민족작가회의 회원들의 시집으로 한정한다고 하더라도 그것은 마찬가지이다. 따라서 일부러 서점에 나가 시집을 사들이기도 했지만 더러는 친소를 중하게 여겨 우편으로 보내준 시집도 택해 읽는다. 이 자리에서 언급하지 못한 시집이 있다면 그것이 비록 내 의지와는 전혀 무관하다고 하더라도 미안하다는 말을 해둔다.

일부의 예외를 제외하면 최근에 간행된 그런대로 괜찮은(?) 시인들의 시집은 대부분 자연 혹은 생명에 천착하고 있다. 물론 그것은 작가회의 회원들의 시집이라고 해도 예외가 아니다. 역사나 민족, 민중은 차치하더라도 삶과 생활을 너무도 많이 잃어버려 어느새 우리 시가 또다시 중용을 상실하지 않았나 하는 생각이 들기도 한다.

1998년 하반기(1월 16일) 합평회 이후 그동안 내가 찾아 읽거나 확인한 작가회의 회원들이 간행한 시집은 황지우 「어느 흐린 날 나는 흐린 주점酒店에 앉아 있을 거다」, 천양희 『오래된 골목』(창작과비평사), 백무산 『길은 광야의 것이다』(창작과비평사), 강인한 『황홀한 물살』(창작과비평사), 장대송

『옛날 녹천으로 갔다』(창작과비평사), 이문재 『마음의 오지』(문학동네), 이영진 『아파트 사이로 수평선을 본다』(솔), 조재도 『그 나라』(세계사), 최승자 『연인들』(문학동네), 권경인 『변명은 슬프다』(창작과비평사), 김기택 『사무원』(창작과비평사), 박흥식 『아흐레 민박집』(창작과비평사), 안도현 『바닷가 우체국』(문학동네), 강영환 『눈물』(열린시), 조진태 『다시 새벽길』(모아드림), 곽재구 『꽃보다 먼저 마음을 주었네』(열림원), 이정록 『버드나무 껍질에 세 들어 살고 싶다』(문학과지성사) 등이다.

이들 시집들 가운데 15권을 골라 그에 대한 가벼운 독후감을 아래에 적는다. 간단한 인상을 기록한 것이니만큼 본격적인 서평이라고 할 수는 없다. 실제로는 민족문학작가회의 시 분과에서 주최한 서평 모임의 발제문이기도 하다. 예의 서평 모임에서 토론을 유도하기 위해 일종의 화두로 던져진 것이 이 글이기도 하다는 것이다.

1. 황지우 시집, 『어느 날 나는 흐린 주점酒店에 앉아 있을 거다』, 문학과지성사.

황지우 시집 『어느 날 나는 흐린 주점酒店에 앉아 있을 거다』의 경우 언뜻 보기에는 너무도 혼란스러운 세계를 담고 있다. 하지만 꼼꼼하게 읽어보면 알싸한 연민을 불러일으키는 것이 이 시집의 시들이기도 하다.

이 시집 이전에 제대로 된 시집으로 그가 간행한 시집은 『게눈 속의 연꽃』이다. 그 외에도 1995년에 간행된 12편의 시를 싣고 있는 조각 시집 『게눈 속의 연꽃』이 있기는 하다. 그러나 그것은 얼마간 개작되어 대부분 이 시집에 재수록되어 있다.

이번 시집에서 황지우는 이른바 해체시의 선봉장이라는 그간의 면모를 거의 보여 주고 있지 않다. 그렇다고 해서 그가 모더니스트로서의 면모까지 포기하고 있는 것은 아니다. 주지적이고 관념적인 시작 태도를 보여 주고 있다는 점에서 여전히 그는 모더니스트이다.

하지만 그도 이 시집에서는 주관적 감정 자체를 객관화하는 작품들을 상당히 선보이고 있다. 「어느 날 나는 흐린 주점에 앉아 있을 거다」「성聖 찰리 채플린」「비닐봉지 속의 금붕어」 등이 그 대표적인 작품이다. 이른바 회한의 정서라고 할 수 있는 것들이 뭉텅이로 드러나 있는 시들도 적잖다는 것인데, 아마도 이들 시는 그가 대학에서 자리를 잡기 이전의 것들이지 않나 싶다. 하지만 그는 이들 시에 드러나 있는 회한의 정서 자체에 몰입하거나 그것을 탐닉하지는 않는다. 「뼈아픈 후회」 등의 작품에서 볼 수 있듯이 그저 그는 적당한 엄살을 즐길 뿐인데, 그러한 점이 그의 시인다운 면모일 것이다. 그 스스로도 시를 통해 말하고 있듯이 "슬픔처럼 상스러운 것"(「어느 날 나는 흐린 주점에 앉아 있을 거다」)은 없을 것이기 때문이다.

그럼에도 불구하고 기본적으로 황지우는 주관 혹은 내면보다 객관 혹은 바깥에 좀 더 주의를 기울이려는 의지를 보여 준다. 물론 아직은 거개가 의지 자체일 뿐이지만 말이다. 많은 사람들이 지적하고 있듯이 그의 이번 시집에 가장 두드러지게 드러나 있는 시적 화두는 '바깥'이다. 물론 이때의 바깥은 다소 포괄적인 의미를 갖는다. 무엇보다 그가 바깥을 내면이나 자아, 개인의 의식이나 무의식의 대립 개념으로 상정하고 있기 때문이다. 따라서 바깥은 객체나 외면, 나아가 객관 세계 일반일 수도 있지만 더 나아가 공동체의 현실 전반일 수도 있다. 우선 그것은 이 시집의 모두冒頭에 실려있는 「아직은 바깥은 있다」라는 시에서 확인이 된다. 그가 여기서 "늙은 농부님"과 "묽은 논물"을 보고 "아직은 저기에 바깥은 있다"라고 노래하고 있기 때문이다. 그렇다고 해 그가 공동체의 현실 안에서 그것이 이루는 애환을 시적 제재로 삼고 있는 것은 아니다. 요컨대 그를 가리켜 공동체의 현실에 기초한 민중적 서정시인이라고 할 수는 없다는 것이다. 그는 사실 외롭고 고독한, 머리가 너무 무거운, 언제나 새롭고 참신한 표현과 발상에 목말라 있는, 정직한 지식인 시인일 따름이다.

그의 시에서 '바깥'은 대부분 객체로서의 세계 일반을 상징하고 있다. 그렇다면 이 시집의 주요 화두로서 '바깥'이 내포하는 의미는 그다지 복잡하지 않다. 안의 대립 개념으로서 밖, 그리고 그 중간의 세계, 이른바 간주객이라고도 할 수 있는 틈이며 경계의 세계에 대한 그의 천착을 익히 간파할 수 있기 때문이다.

그의 이번 시집에서 안과 바깥 사이의 틈이며 경계의 세계는 또 하나의 화두로서 막膜의 이미지로 구체화되어 있다. 그가 보기에는 그 막으로 해 안과 바깥이 단절되어 있기도 하고, 연결되어 있기도 하다. 따라서 틈과 경계로서 막은 사유의 대상으로 요즈음 들어 특히 각광을 받고 있는 몸이고, 육체이고, 바디일 수도 있다. 동시에 막膜이 한자로 고기 육肉 변을 쓰고 있다는 점을 주목할 필요가 있다. 그것들이 항상 자아와 세계 사이에, 정신과 물질 사이에 존재한다는 점을 잊어서는 안 된다.

막이라는 중간을 갖는 주체와 객체는, 내용과 형식은, 내면과 외면은, 안과 밝은 그가 보기에 하나이면서 둘이고, 둘이면서 하나이다. 이를 가리켜 참중용이라고 할 수는 없을까. 자아와 세계가 갖는 이러한 관계를 황지우는 막膜의 이미지로 구체화하고 있는 것이다. 물질로서의 이미지를 매개로 할 수밖에 없는 시인의 숙명에 황지우는 이처럼 능숙하게 순응하고 있는 것이다. 바로 이러한 점에서 황지우는 나와 다르다. 기껏 나는 주체와 객체가 이루는 이러한 관계를 뭍과 바다의 이미지를 이용하거나 좀 더 직접적인 묘사를 통해 드러내려 해왔기 때문이다.

어쨌거나 그의 이번 시집에는 화사한 비유에서 비롯된 발랄한 이미지들이 여기저기서 흥청대고 있다. 그것들과 더불어 과도하게 개성적인, 그래서 다소 작위적으로 생각되는 묘사들도 돋보인다. 주지하다시피 황지우는 지적 허영심이 매우 강한 시인이다. 물론 그 자신도 그것을 잘 알고 있다. 자신의 지적 허영심을 감추기 위해 그가 사용하는 위장 기술은 끊임없이 고향의 언어, 곧 전라도 사투리를 끌고 들어가는 일이다. 의도적으로 자신의 철학적, 미학적 사유와 전라도 사투리를 접합시키고 있는 그의 작업은 얼마간 대견스럽기도 하다. 어찌 보면 그의 이러한 작업은 저 자신의 근본을 잃지 않기 위한, 나아가 모든 중심의 문화(정신)에 대한, 더러는 경상도 사투리에 대한 저항 의식의 산물이기 때문이다. 저항 의식의 산물이 아니라면 이미 병적인 저 끈질기고 도저한 촌놈 근성의 산물이라고 해도 좋다. 결국 그것도 지식의, 사유의, 제반 정신의 중심에 대한, 나아가 세련되고 우아한 문화 일반에 대한 딴지 걸기의 하나이기 때문이다. 이제는 그 자신이 또 하나의 중심이 되어있기는 하지만 말이다.

이 시집에서는 연극적 혹은 희극적 장치를 이용하거나 그것의 효과를 노리고 있는 시들도 다수 찾아볼 수 있다. 「살찐 소파에 대한 일기」「석고 두개골」「모래 지평이 있는 유리상자」「모래 지평이 사라지는 유리상자」 등의 시가 그 예이다. 장르 간의 해체와 통합, 그로 인한 새로운 미적 효과를 염두에 두고 있는 시들이라고 할 것이다.

이 시집에서 정작 감동을 주는 시들은 시인 자신의 경험을 토대로 하고 있는 가족 간의 애증을 담고 있는 것들이다. 「태양제의太陽祭儀」「이 세상의 밥상」「안부 1」 등의 시가 그것으로, 아버지, 어머니, 형님, 아우 등의 삶과 생활을 반영하고 있는 작품들에서 애틋한 정서의 공유를 느끼는 것은 일종의 보편적인 법칙이리라.

앞에서 예로 들은 작품 외의 좋은 시로는 「여기서 더 머물고 가고 싶다」「유혹」「흑염소가 풀밭에서 운다」「가을 마을」「8월 16일」「거룩한 식사」「안부 1」「나무 숭배」「지하철역에 기대고 서 있는 석불」「노스텔지어」 등을 예로 들 수 있다.

2. 천양희 시집, 『오래된 골목』, 창작과비평사.

천양희의 이 시집은 1998년 10월 말에 간행되었고, 따라서 기본적으로는 본 논의의 범주에서 벗어날 수밖에 없다. 하지만 천양희의 시집에 대해 간략하게 언급을 해두는 것이 아래의 논의를 펼치는 데 다소 도움이 되겠기에 일부러 몇 마디 덧붙이기로 한다.

천양희! 이제 그녀는 확실히 저 자신만으로 충분하고 당당한 시인이 되었다. 저 스스로도 대견하리라.

그럼 헬레나의 『오래된 미래』로부터 발상을 했을 것으로 추측되는 그녀의 시집 『오래된 골목』(창작과비평사)을 읽어보자. '오래된 미래'라니! 이 말처럼 작년에 이어 올해까지 대한민국 시인들의 두뇌를 사로잡은 말도 없는 듯하다. 언뜻 떠오르는 시인들만 해도 천양희를 비롯해 이시영, 이문재, 나희덕 등의 시인이 있다. 나도 일찍이 이 말로부터 발상한 시를 쓴 적이 있다. 이로 미루어 보면 참으로 얄팍한 것이, 아니 유행에 민감한 것이 대한민국 시인들의 정신세계이기도 하다.

1994년에 간행한 『마음의 수수밭』과 비교해 보면 이 시집의 작품들은 제자리걸음을 하고 있다고 해도 과언이 아니다. 그가 이 시집 『마음의 수수밭』으로 보여 주었던 신선함이 벌써 가셔져 가고 있는 것이다. 그렇다. 이제 천양희에게는 생태학적 상상력이 이미 하나의 지배담론이 되어있다. 새로운 깨달음이 없이 반복되는 시적 발상은 작품의 분위기를 나른하게 만들기 마련이다.

물론 시인에게 안정된 기량과 지속적인 탐구의 자세는 매우 중요하다. 천양희에게는 이러한 면이 장점일 수도 있다. 나로서는 「물에게 길을 묻다」 「돌을 던지다」 「나는 강변에 있다」 「사람들」 「보리밭을 지나다」 「2월」 「눈」 「비 오는 날」 「소포리」 등의 시가 좋게 읽힌다.

하지만 그녀의 시정신은 육체의 나이에 비하면 아직 파랗고 생생하다. 나는 늘 늙지 않는 그의 마음에서라도 무언가 배워야 한다고 생각한다.

3. 백무산 시집, 『길은 광야의 것이다』, 창작과비평사

『길은 광야의 것이다』는 백무산이 생태학적인 문제로 관심을 돌린 이후

두 번째로 상재하는 시집이다. 그러한 시각으로 읽었기 때문일까, 내가 보기에는 이전의 시집 『인간의 시간』에 비해 전체적으로 긴장감이 떨어진다는 느낌이 든다.

'길은 광야의 것이다'라니! 도시의 거리나 골목의 것이 아니라 자연의 벌판이나 산야의 것이라는 뜻인가. 잘 알다시피 오히려 우리가 살고 있는 지금은 광야의 시대가 아니라 밀실의 시대이다. 그렇다. 지금의 인간은 모두 방의 시대에서 살고 있다. 만화방, 세탁방, 게임방, 노래방, 휴게방, 소주방, 피아노방, 전화방, 빨래방 등등등…… 이러한 방의 시대에 대해, 다시 말해 밀실의 시대에 대해 백무산이 딴지를 걸고 있는 것은 무슨 까닭인가. 그가 추구하는 이러한 의지는 '기술의 근대'에 대한 일종의 저항으로서 '해방의 근대'를 담고 있을 수도 있다.

백무산은 이번의 시집 『길은 광야의 것이다』는 이전의 시집 『인간의 시간』과 마찬가지로 불교생태학에 정신의 근거를 두고 있다. 물론 불교생태학도 자세히 알고 보면 크게 새로운 것이 아니다. 물론 불교생태학이라고 하는 것도 충분히 있을 수 있다. 이현주 목사 등의 글을 읽다 보면 기독교 생태학도 있지 않은가.

최근 들어 많은 시인들이 불교의 세계, 특히 선의 상상력으로 귀의하고 있다. 우선은 고형렬, 강인한 등등의 시에서 그러한 면모가 확인된다. 종교로서의 불교가 갖는 매력은 십분 인정할 수 있다. 그렇다고는 하더라도 정통 리얼리스트라고 알려진 시인들에게서 보이는 이러한 경향은 일종의 도피라고 비난받을 수도 있다.

도피라고 비난을 해서 어쩌자는 말인가. 물론 특별히 어쩌자는 것은 아니리라. 이 말은 내가 날더러 하는 것이다. 시인으로서 이은봉의 경우도 마찬가지이기 때문이다. 도피라도 하지 않고 어떻게 이 무미건조한 상실의 시대를, 이 지루한 하강의 나날들을 참고 견뎌내라는 것인가.

물질의 생산과 소비와 관련해 생각하면 참으로 보잘것없는 것이 시인들이다. 감당하기조차 어렵게 머리만 커다란 사람들이라니! 정신의 생산자로 기능하던 정통의 시인들은 이제 그 역할과 의미가 현저하게 줄어들 수밖에 없다. 오늘날과 같은 의장과 패션의 시대에, 이른바 대중문화(표피 문화)의 시대에 그것에 악착같이 저항할 수밖에 없는 시인의 목소리가 힘을 발휘하기 어렵게 되는 것은 너무나 당연하다. 그러나 달리 생각하면 이처럼 즐거운 일이 어디에 또 있다는 말인가.

백무산의 이번 시집에서는 「풀씨 하나」「그 쬐그만 것이」「에밀레」「거꾸로 비추는 거울」「촛불 시위」「듯」「찔레꽃」「문」「그녀가 사는 곳」「사랑은 어디서」「물빛」「이사」「젖어서 갈 길을」「내려다보는 산」「살아 있는 길」 등의 시가 좋게 읽힌다.

시집을 읽으면서 떠오른 잡념이 있다. 중이라도 되려나. 백무산은 아마 더 늦기 전에 출가를 결행하고 싶을는지도 모른다. 불가에서는 언제나 이러한 방법으로 인재를 충원해 온 바 있다. 불가에서는 그도 젊은 피일 수 있다.

그런데 노동해방문학의 조정환은 어디로 갔나. 이데올로기 이전으로 돌아가 그도 입산을 했나. 조정환의 행방이 궁금하다. 혁명에의 꿈도 궁금하고……

4. 강인한 시집, 『황홀한 물살』, 창작과비평사.

강인한 시집 『황홀한 물살』……, 곽재구의 시집 『참 맑은 물살』이라는 제목이 떠오른다.

강인한의 시집을 읽으며 먼저 떠올린 생각이 있다. 거개 시들의 형상이 명료하지 않다는 것…… 내게는 그의 많은 시들이 추상적으로, 관념적으로 다가온다. 과도하게 내면으로 파고들기 때문일 수도 있으리라. 그 다음으로 떠오른 것은 강인한 시인 역시 불교의 선禪 맛에 취해 있는 것이 아닌가 하는 생각이다. 제1부의 시들이 특히 그러했는데, 그렇기는 하더라도 나로서는 이 제1부의 시들이 설득력 있게 읽힌다.

부분적으로는 뛰어난 표현을 보여 주는 구절이 많다. 그러나 그 구절들이 더러는 나머지 구절들과 제대로 호응을 못해 한 구석에 널브러져 있는 것 아닌가 싶어 안타깝다. 과감히 군더더기를 덜어내면 좋은 시가 될 만한 것도 다수 눈에 띈다.

어쨌거나 강인한은 자기 나름의 표현 방식을 갖고 있는 시인이다. 그러나 그것의 운용 방식은 교과서의 차원을 크게 벗어나 있지 않아 보인다. 그의 시들이 별다른 개성과 특색을 보여 주지는 않는 것도 이로부터 연유하리라.

그런가 하면 그의 시의 정서적 아우라가 여전히 따듯하고 안온해 눈길을 끌기도 한다. 모르기는 해도 시인의 성품을 반영하고 있기 때문이리라. 그렇다고 하더라도 몇 편의 서정 위주의 단시는 수작이다.

시에 대한 시인이 인식이 그 시인의 시를 만든다. 이러한 점에서 보면 강인한의 시에 대한 인식은 다소 평범하다. 장르로서의 서정시 자체에 대한 사유도 그다지 새로워 보이지는 않는다. 시의 형식에 대해서도 마찬가지이다. 삶에 대한 문제의식도 새롭지 않고, 미의식도 새롭지 않다. 그러한 점에서의 새로움을 추구하기에는 그의 나이가 너무 많은지도 모르겠다.

주지하다시피 모든 단점은 장점을 포괄한다. 그의 시가 보여 주는 단아한 형식, 안정된 형식들의 경우 편안하기는 하다. 이러한 점에서만 보면 강인한 시인은 고전주의자라고 할 수 있다. 그렇다. 그가 무언가 새로운 실험을 시도할 수 있는 시기는 지난 듯도 싶다. 누구나 그렇듯이 그도 그동안 자신이 이룩한 자신의 형식 속에 안주하고 싶은 세월을 살고 있으리라.

그의 이번 시집 중에서 좋은 시, 실은 내게 좋게 보이는 시 위에 동그라미를 쳐본다. 하나, 둘, 셋……「보랏빛 남쪽」「애가」「적막」「선식禪食 이후」「황홀하게」「산수유꽃 피기 전」「지붕 아래」「어떤 흐린 날」「부재」「안녕한 풍경」「세한도歲寒圖」「별」「고정희 생각」「오월의 어머니」 등의 시 위에 동그라미가 올라가 있다.

5. 이문재 시집, 『마음의 오지』, 문학동네

이전에 간행된 이문재의 시집 『내 젖은 구두 벗어 해에게 보여 줄 때』와 『산책 시편』은 솔직히 말해 별로 신뢰가 가지 않는다. 이미지, 기이하고 참신한 이미지의 사냥꾼이라도 되는 양 이리 뛰고 저리 뛰며 무질서를 늘어놓는 것이 일종의 치기로만 보인다.

이번 시집 『마음의 오지』도 앞부분의 작품들을 읽을 때는 대강 그만그만해 보였다. 이러한 부정적 인상은 뒷부분으로 넘어가면서 가셔지기 시작했다. 마음보다 몸을 중심으로 생각하는 「봄밤 원효」는 어쩐지 요즈음의 무슨 유행을 보는 듯도 싶었지만 말이다. 하지만 몇 편의 시를 더 읽으면서 이내 그의 활기찬 행보를 눈치챌 수 있어 기분이 맑아졌다.

이문재의 이번 시집에는 김종철의 근본주의 생태학과 김지하의 동양적 생명사상, 더불어 오랜 전통의 노장적 자연관이 결합되어 표출되고 있다. 그런가 하면 생생한 비유(직유)들이 돋보이고, 문명에 대한 비판적 깊이가 눈길을 끌기도 한다. 특히 「농업박물관」 연작 등의 시에 이르면 제법 심도 있는 발견과 깨달음을 담기도 한다.

이러한 맥락에서 이 시집에 드러나 있는 이문재의 시정신을 요약하면 '농업 지향의 생태주의'라고 할 수 있다. 더불어 여기서 한마디 한다. 헬레나의 『오래된 미래』로부터 받은 영향은, 말미의 '시인이 쓰는 이야기'에도 자세히 언급되어 있지만, 이 시집의 주요 발상소라고 해도 과언이 아니다. 하지만 낙원 상실 의식으로부터 출발하는 이문재의 이상주의는 자칫 비현실적인 유토피아 의식으로 이월되고 말 우려가 없지 않다. 미래에 대해 고뇌하는 자세는 좋지만 그 미래가 단지 '과거 옮겨 놓기'로 가능하리라고 생각하는 것은 지극히 순진한, 그리하여 너무도 무너지기 쉬운, 어찌 보면 매우 안일한 생각이다. 하지만 그의 고뇌는, 비록 실천과는 유리된 몽상에 그치고 있을지라도, 매우 값진 것이 사실이다. 그 나름으로는 그것이 좀 더 나은 세상, 해방의 삶에 대한 열정에 다름 아니기 때문이다. 그것이 과도할 정도로 개인주의에 바탕하고 있다고 하더라도 말이다. 사실 그렇다. 그의 시 세계는 이른바 '그 나름'이라는 한계에 지나치게 경도되어 있다.

그의 시에 드러나 있는 생태학적 상상력은 다른 한편으로 그동안의 상투적인 선禪에 기대고 있지 않아 관심을 끌기도 한다. 상투적인 선禪이 있을 수 있는지 어쩐지 잘 모르지만 말이다. 아무튼 오늘날 불교의 선禪 맛이 시인들 사이에서 얼마나 광범위하게 왜곡되고 있는가를 되물을 필요는 있다. 무엇이 이들 시인을 자꾸 불교의 선禪의 세계로 불러들이는가.

이문재로서는 이 시집에 이르러 비로소 자기 세계를 갖기 시작했다고 해도 지나치지 않다. 얼마간은 자기 나름의 작의를 지닌, 조금은 새로운 시도를 담고 있는 것이 그의 이 시집이라고 생각되기 때문이다.

6. 이영진 시집, 『아파트 사이로 수평선을 본다』, 솔

나로서는 이영진 시집 『아파트 사이로 수평선을 본다』를 읽는 마음이 편치 않다. 아직도 그가 나와 마찬가지로 세상에 대한 의문을 잃지 않고 있기 때문이다. 끝없는 질문이 내면을 이루고 있는 것이 그의 이 시집이다. 돌이켜 보면 질문을 상실했을 때 이 세상은 그저 관성일 수밖에 없다. 관성화된 갈등, 혹은 아무런 대책 없는, 그리하여 긴장이 상실된 고요, 마침내 무갈등의 세계에 대한 두려움이 그의 시와, 그의 시의 불안을 낳고 있다. 불안, 초조를 낳는 고요의 세계, 적막의 세계도 이영진에게는 하나의 시적 대상이 되고 있는 것이다.

하지만 그렇게 인식하는 것은 그에게도 하나의 불행이다. 왜 그는 고요를 고요로 살지 못하는가. 고요를 고요로 살 수 있을 때, 아니 불안과 초조, 나아가 온갖 시끄러움과 소란까지도 고요로 살 수 있을 때 인간의 자아는 참되게 해방될 수 있지 않을까. 물론 이러한 생각을 생각 이상의 것으로 만들기는, 그리하여 삶에서 구체적으로 실천하기는 쉽지 않다. 누구에게나 이러한 일이 계속될 때 불가불 획득하지 않을 수 없는 것이 회한의 정서이다. 그가 이번 시집에서 독백적 어조를 통해 이르는 엷고 담백한 회한의 정서를 토대로 자기반성의 아우라를 뿜어내고 있는 것도 실제로는 이 때문이리라.

이영진의 첫 시집은 『6 · 25와 참외씨』이다. 이 시집이 지니고 있는 격렬한 감정은 지금 다 어디로 갔나. 저녁연기처럼 산언덕을 내려와 낮게 깔리는 이번 시집 『아파트 사이로 수평선을 본다』의 기본 정서가 만드는 배후에는 무엇이 자리해 있나. 끊임없이 부랑할 수밖에 없는 시인 이영진이라는 슬픈 중년이 자리해 있으리라. 세기말이 코앞에 다가와 있는 오늘까지도 뿌리 뽑힌 채 떠돌이로 살아갈 수밖에 없는 이 엄청난 후기 근대적 생존의 끈질김이라니!

어쨌거나 이번 시집에서 그의 시들이 나날의 현실로부터 얼마간 비켜서 있는 것은 분명하다. 불교적 선禪 맛도 없지 않아 이는 더욱 선연하게 드러나고 있다. 하지만 그가 미처 초월을 선택하고 있는 것은 아니다. 암자를 포착하고 있는 시들…… 청소년기의 한때 그는 암자의 주변에 자신의 젊음을 방황이라는 이름으로 퍼부어댄 적이 있다. 이들 시가 돋보이는 것도 그와 무관하지 않으리라.

그가 '속도'를 매개로 해 자본주의의 삶에 대해 비판하고 있는 것은 이번 시집에서도 여전하다. 그러나 휘청휘청 돌아가는 발길로 멈칫멈칫 걷어차는 것으로는 오늘의 자본주의가 별로 아프지 않다. 비명 소리 한마디 들리지 않는다. 비명 소리가 들린다고 해 어쩔 것인가, 하고 물으면 내게는 할 말이 없지만 말이다.

내가 보기에 이영진의 이번 시집에서는 「죽음이 사라지고 있었다」「아파트 사이로 수평선을 본다」「군집群集」「비 오는 날들의 신神들은」「동산방 화랑 1」「계화도界火島를 보았다 1」「계화도界火島를 보았다 3」「개암사開岩寺 2」「잡담」「가객」「봉원동 산山번지의 봄 1」「봉원동 산山번지 2」「봉원동 산山번지의 봄 3」「상암동上岩洞」「내 차에는 브레이크가 없다」「산 1」「산 2」「숙취」

「도솔암」「참당암」「지나간 기억은 내 모든 선택에 개입한다」 등의 시가 좋다.

7. 조재도 시집, 『그 나라』, 세계사

『민중교육』 필자들 중에서 가장 부지런한 시인은 조재도 시인이다. 그가 지난 1월 다섯 번째 시집을 냈다. 그의 이번 시집 『그 나라』(세계사)는 스스로의 의지에 의해 특별히 기획된 것으로 보인다. 하지만 그 기획은 별로 설득력이 있어 보이지 않는다. 너무도 의도가 드러나 보이기 때문이다.

이번의 『그 나라』는 무엇보다 백석풍風이 두드러진 시집이다. 그리고 더러는 박용래풍風도 섞여 있다. 그러한 점에서 보면 백석과 박용래는 얼마간 유사한 특징을 공유하고 있는……, 어쨌든 뛰어난 시인임에 분명하다.

결이 순하고 부드러운 정서를 취하고 있는 조재도의 이번 시집은 괜스레 뻔한 관념을 집어넣는 등 어렵게 제작한 시집들에 비하면 훨씬 살갑게 다가온다. 백석과 박용래로부터 배우고 있는 점만으로 보면 그도 나와 비슷하다. 하지만 나와 달리 조재도는 이들 시인에게 아직도 단단히 갇혀있다. 기법의 응용도 별로 없고, 시정신도 진전도 별로 없다. 시어며 시행도 그대로 복사하고 있는 것처럼 느껴지는 부분도 적잖다. 그것이 이 시집이 주는 중요한 의미이며 안타까움이다.

내가 그들로부터 배우고자 했던 것은 시어를 시어, 곧 시의 어휘 그 자체가 아니라 언어를 다루는 방법, 즉 언어의 행마법이다. 그것을 가리켜 단순하게 표현 기법이라고 해도 좋지만 물론 말 그대로의 표현 기법은 아니다.

물론 조재도에게는 이번 시집이 하나의 과정일 수도 있다. 이동순이나 안도현의 어떤 시집이 그러했던 것처럼 말이다. 그렇다고 하더라도 시적 대상이나 시정신까지 그대로 복사해서는 안 된다. 상상력도 그것이 내포하는 의미의 세계만 배우려 하면 단순한 모사에 그칠 염려가 없지 않다. 바로 이러한 점에서 조재도의 이 시집은 시를 쓰는 우리 모두에게 반성을 촉구한다.

한 시인이 어휘에 집착해 있다는 것은 그가 아직도 시를 부리는 데 초보라는 것을 뜻한다. 그렇다고 하더라도 시인 조재도가 이 시집에서 토속의 세계, 민속의 아기자기한 아름다움을 발견하는 마음은 정겹다. 더러는 그만의 독특한 언어들, 곧 의성어 의태어들도 싱싱하다. 백석이나 박용래의 냄새가 나지 않게 그만의 경험에 기초한 고향의 세계를 그릴 수는 없을까.

물론 조재도가 이토록 고향의 세계에 집착하는 까닭은 분명하다. 그가 이 시집에서 아무런 대립도 갈등도 없는 '그 나라', 아무런 분열도 파괴도 없는 '그 나라'의 공동체적 행복을 그려보는 것으로 미래의 이상 세계를 꿈꾸고 있기 때문이다. 원시의 세계, 신화의 세계, 유년의 세계, 농촌 공동체 사회…… 이미 잃어버린 이들 세계를 꿈꾸지 않을 수 없는 오늘 이 극단의 정보화 사회를 사는 시인은 슬프다. 그것은 다만 조재도 시인 한 사람만이 아니다.

8. 최승자 시집, 『연인들』, 문학동네.

최승자의 새 시집 『연인들』의 작품들은 표4에 실려있는 김정환의 몇 마디 코멘트가 무색했다. 내가 보기에는 읽을 만한 시들이 별로 손에 잡히지 않는다. 어쩌면 아직도 나는 그의 초기시가 보여 준 제멋대로 일그러지던 정신의 파편들을 기대하고 있었는지도 모른다. 피투성이로 분출하던 정신적 고투가 만들던 흔적 말이다. 그녀도 이제 벌써 마흔여덟의 나이가 아닌가. 진실을 찾기 위해 그녀가 계속해 세상과 싸움을 걸기를 기대하는 것은 무리이다. 이제는 그녀도 늙었다. 무엇으로, 무엇을 위해 이 세상과의 싸움질을 계속해 나갈 것인가. 통증으로 가득한 시만이 감동을 주는 것은 아니다. 무엇보다 이제는 그도 쉬어야 한다. 일상의 평범한 삶에 파묻힐 수 있어야 한다.

그래도 「심장론」「아득한 봄날」「흔들지 마」「이 시」「"그릇 똥값"」「좌우지간」「왕국」「?」「연인들 2」「연인들3」 등의 시는 한 소식을 담고 있다.

9. 권경인 시집, 『변명은 슬프다』, 창작과비평사.

권경인. 1957년생, 『변명은 슬프다』는 그녀의 고집스러운 첫, 시집이다. 그녀의 시집을 읽는 동안 좀 더 부지런하지 못한 내가 줄곧 짜증스럽다. 근면 성실, 얼마나 낡은 슬로건이냐! 그래도 나는 몸을 던져 이 낡은 세계로 가야 한다, 라고 수없이 다짐하고는 한다. 이 모든 것이 다 내 책임인가.

그녀의 시에 관한 몇 가지 느낌을 적어보자.

비대상非對象의 시詩…… 그의 시는 외적 대상이 없이 관념만으로 간신히 몇몇 이미지를 건져 올려 시를 유지시키고 있다. 그러니 묘사나 서사가 시에 살아있을 리 없다. 설명이 되거나 진술이라고 말할 수밖에 없는 언술 방식도 그의 시의 독서를 피곤하게 한다. 관념이라고 했지만 실은 관념 이전의 의식이라고 해야 옳을지도 모른다. 그것도 뿌옇게 침전해 있는, 아무런 형상도 갖지 못하는…… 이처럼 낡은 시, 한국 사람들의 보편적인 의식 내면과는, 전통적인 정신 형질과는 전혀 무관한 시를 새로운 의식을 담고 있다고 창비의 편집진들은 생각했으리라.

1960년대 아류 모더니즘을 보는 느낌이 든다면, 특히 시집 앞부분의 작품의 경우, 지나치게 과격한 말일까. 내가 보기에 그의 시는 적어도 그로부터 출발하고 있는 것이 사실이다. 초기 이승훈의 비대상의 시로부터 영향을 받았을까. 물론 어떤 특별한 소식, 나아가 깨침을 담고 있지도 않다, 특별히 새로운 세계의 발견도 없다. 그러나 시인 권경인이 너무도 아픈 자아를 갖고 있는 것은 분명하다. 정말 어디 아픈 데라도 있는가. 고통스러운 자아가 만드는 그로테스크한 분위기(아우라)는 근대시가 지니는 하나의 매력인가. 아무런 반문 없이 쉽게 수락되지는 않는다.

그의 시가 만드는 죽음의 정서는 일종의 지적 포즈일까. 그렇다면 그의 지적 포즈들이 그나마 좀 읽히는 까닭은 무엇일까. 그것이 지적 포즈라면 지난 1970년대 이후, 꼭 집어 말해 김수영 이후, 김수영 자신이 대단한 포즈에 취해 있었지만, 한국의 시단은 그것을 얼마나 혐오해 왔던가. 당시로서는 아마도 그것을 일종의 허위의식이라고 생각했으리라.

그런데 왜, 무엇이, 이곳으로, 이 엉뚱한 곳으로 한국의 현대시를 다시 되돌아오게 했을까. 1990년대의 탓일 수도 있다. 후기 근대 탓일 수도 있다. 세기말의 탓일 수도 있다. 일단은 모더니즘의 세계 인식이 새롭게 이해되고 있기 때문은 아닐까. 아니, 그보다는 비로소 모더니즘이, 그것의 정신과 방법이 자생할 수 있는 토대가 형성되었다고 해도 좋다.

이 세계는 연속되어 있나, 과연 종합되어 있나? 이 세계가 사람들이 실제로 체감하는 삶에서는 불연속되어 있다면? 사실 그렇다. 오늘날 대부분 사람들은 동일성이나 유사성보다는 차별성이나 차연성을 강조하며 살아가고 있다. 나를 만날 때마다 어느 여류 시인은 짜증이 날 정도로 자기가 남과 얼마나, 어떻게 다른가를 설명하느라고 늘 정신이 없다. 그것처럼 짜증나는 일도 없다.

하지만 우리가 알고 있는 대부분 좋은 시들은 일종의 유기적 총체로서 그것의 초점을 향해 집합되고 수렴되는 이미지들의 운동을 담고 있다. 뛰어난 경구, 훌륭한 에피그램은 언제나 소중하다. 그러나 전체의 이미지들로부터 엉뚱하게 불거져 있을 경우 그것만으로는 아무래도 좋은 시가 되기 어렵다. 물론 시에서 모든 질료들이 수렴되고 집합되는 이미지들의 운동을 보여 주지 않을 수도 있다. 병치되고 병렬되는 이미지들의 수직적, 수직적 나열만으로도 충분히 좋은 시가 될 수도 있다. 하지만 그것들도 실제로는 내면의 질서를 갖는 법이다.

권경인의 시에서도 좋은 시는 모두 이러한 특징 안에 자리해 있다. 하지만 불행하게도 내가 보기에는 그의 이번 시집에 이러한 뜻에서의 좋은 시는 그다지 많지 않다. 그의 시적 진실은 아프고, 슬프고, 아름답지만 그의 시어들은 아직 미숙하다.

물론 그가 진지하고 정성스러운, 진정한 마음을 갖고 있는 시인임에는 분명하다. 삶의, 그리고 자아의 현존을 온몸으로 끌어안으며 끙끙거리며 앓고 있는 것이 그이다. 따라서 불투명하고 혼란스럽기는 하지만 그의 시로부터 시적 진실을, 진실의 고통을 간파하기는 어렵지 않다. 문제는 그러한 시적 진실이 곧바로 시적 성취를 보장해 주지 않지만 말이다.

하지만 육체의 나이와는 달리 그녀는 아직 신인이다. 그녀의 시에는 그러한 만큼의 신선함이 아직 남아있다. 나는 이 시집의 「슬픈 힘」「킬리만자로의 표범」「변명은 슬프다」「원근법」「적막강산」「목어자木魚者」「회귀」「그리운 지평선」「김 선생」「어두운 곳에서 밝은 곳에 이르다」「나무」「K」「괴물 피카소에게」「기회주의자」「잃어버린 날들의 기록」「지리산, 지리산」 등의 시 위에 동그라미를 친다.

10. 김기택, 『사무원』, 창작과비평사

처음으로 김기택의 시를 꼼꼼히 점검해 본다. 첫 번째로 파악되는 것은 김기택 시의 화자가 일단은 관찰자라는 점이다. 그는 자신의 감정이나 정서를 드러내는 것으로 시의 내용을 만드는 낭만주의 시인이 아니다. 물론 그도 더러는 화자의 의지나 욕망을 표출한다. 그러나 전체적으로는 정서나 감정을 냉정하게 걸러낸 채 건조한 어조(목소리)로 대상을 객관화하는 것이 그의 시이다. 따라서 그의 시에서 자아는 객관적 대상을 선택해 섬세하게 묘사해 내는 카메라의 역할에 주력할 따름이다. 「발자국 1」「발자국 2」「우주인」 등과 같은 예외적인 시들도 눈에 띄기는 하지만 말이다. 이들 시에서 화자는 간주관 혹은 간객관으로서의 주객일치, 주객의 변증법을 추구하는 데 초점을 둔다.

이러한 화자의 설정이 그의 시에 얼마나 커다란 미적 성취를 주는지는 잘 알 수 없다. 그러나 그것이 얼마간 대상을 대하는 그의 뜨거운 정직성을 담보해 주는 것은 분명하다. 이러한 면에서 볼 때 그의 세계 인식은 끊임없이 중용을 탐구하고 있다고도 할 수 있다. 물론 그의 시에서 이 중용은 상대적으로 좀 더 객관 쪽에 중심축을 두고 있다. 어찌 보면 김기택 시의 이러한 특징은 최두석이나 곽재구 등 1980년대 시인들의 진보적 방법을 자기 나름으로 응용하고 있다고도 할 수 있다. 이는 그가 자신의 시에 끊임없이 이야기를 개입시키고 있는 점을 통해서도 확인할 수 있다.

두 번째로 알 수 있는 것은 그가 시적 대상의 선택 자체로 세계관을 드러내는 방식을 취하고 있다는 점이다. 풍경의 선택이 세계관의 선택이라고 하지 않는가. 소재의 선택 자체가 세계관의 선택이라는 점을 염두에 두고 생각하면 그의 세계관이 추구하는 진실성을 잘 알 수 있다. 소외된 것들, 버려진 것들, 변두리 혹은 하급의 것들이 주로 그의 카메라에 찍히는 피사체이기 때문이다. 그렇다. 그의 시의 피사체들은 정상 이하의, 평균 이하의 낮고 비천한 존재들인 경우가 대부분이다. 벌레, 파리 떼, 할머니, 노인, 아이, 장애자, 갈치, 낙지, 닭살 등이 그 구체적인 예이다. 물론 이러한 대상들이 이 세상 밖의 어떤 특별한 곳에 따로 존재하는 것들은 아니다. 눈을 바로 뜨고 보면 누구나 어디서나 쉽게 만날 수 있는 것들이 그것들이거니와, 그것들은 일상에서 너무도 자주 마주할 수 있는 것들이기도 하다. 이러한 면에서 보더라도 그의 관찰력은 매우 뛰어나고 섬세하다고 할 수 있다.

세 번째로 파악되는 것은 자신의 시에서 그가 이러한 것들에 대해 골똘히 사색하는 동시에 그것들을 손아귀에 넣고 오래오래 주물러 터뜨린다는 점이다. 물론 그는 가슴에서 솟구치는 영감이나 하늘에서 소낙비처럼 쏟아져 내리는 계시를 받아 작품을 기록하는 시인이 아니다. 바로 이러한 점에서는 그와 내가 조금은 다른 창작 방법을 선택하고 있는 셈이다. 기획하고 준비하며 거듭 매만지는 등 공을 들이는 작업을 통해 자신의 세련된 심미적 가공 기술을 작동시키고 있는 것이 그이다. 그의 시가 다소 건조하게 느껴지는 것은 바로 이 때문이다.

따라서 그의 시의 표현 방법은 내 경우보다는 상대적으로 최두석의 경우에 가깝다고 할 수 있다. 그렇다고 하더라도 그는 이미 충분히 시의 장인이라고 할 수 있다. 물론 여기서 말하는 장인은 모더니스트(기법 면으로서의)로서의 솜씨와 관련해서 하는 말이다. 그를 가리켜 이처럼 기법 면에서의 모더니스트라고 하는 것은 그의 시에 지적인 정서의 통제, 개성의 통제가 작동하고 있다는 뜻이기도 하다. 일인칭 화자가 등장하는 시 「꼬리는 있다」 등의 경우에는 풍자로서의 언어 운용, 곧 풍자적 어조가 보이기도 하는데, 이 또한 예의 논리를 잘 증명해 준다고 할 수 있다.

어쨌거나 김기택은 자기 나름의 문제의식을 지니고 있는, 주목할 만한 시인임에 분명하다. 나이와는 달리 그의 시에는 아직도 풋풋한 젊음이 남아있다는 것을 간과해서는 안 된다.

11. 박흥식 시집, 『아흐레 민박집』, 창작과비평사

박흥식의 첫 시집 『아흐레 민박집』을 읽는다. 읽고 난 독후감으로 '어머니와 소의 상상력 혹은 순결의 세계'라고 이 시집의 시 세계를 요약해 본다. 박흥식의 시들은 우선 이상국의 초기 작품들이 보여 준 바 있는 비의적 상상력 혹은 비약적 상상력을 연상시킨다. 과도한 생략이 만드는 이러한 비의적 세계는 고형렬의 초기 시에도 없지 않았던 것이다. 다소간은 그것이 모더니즘의 기법을 훈련하는 과정에 형성된 관습일 수도 있다.

그런데 박흥식의 시에서는 그것들이 왠지 조금쯤 성글다. 특히 시의 종합적으로 매듭짓는, 매조지를 하는 솜씨가 다소간 엉성해 보이는 느낌을 지울 수 없다. 아마도 박흥식의 가슴속에 너무도 커다란 동굴이 살고 있고, 그곳에서 너무도 엄청난 바람이 불어오기 때문이리라. 그러한 연유에서일까. 이 시집의 시들에서 화자는 얼마간 외롭고 쓸쓸해 보인다. 그런데 이때의 그 빛깔은 짙은 고동색이다.

결국 이 시집의 시인도 유년의 세계로 돌아가고 있다. 누구에게나 유년의 세계는 현세에서는 고향이거나 자연일 수밖에 없다. 박홍식의 경우도 마찬가지인데, 「장마굴」 같은 작품이 그 대표적인 예라고 할 수 있다. 하지만 그는 자신의 시를 통해 추상으로서의 자연을 택하지는 않는다. 차라리 어머니로서의 고향에 지친 몸을 눕히고 싶은 것이 그의 시에 드러나 있는 시인인 듯싶다. 소처럼 미련하게 고향을 지키고 있는 것이 어머니이거니와, 그 어머니를 부를 때 위안을 얻는 것이 그이기 때문이다.

이 시집의 시들은 대강 제2부에 이르러서야 성취를 얻기 시작한다. 나의 편향된 입맛으로 보면 제2부 이후의 시들이 훨씬 더 구체적인 형상을 보여준다. 이들 시의 상상 세계가 상대적으로 좀 더 작위적 어눌함을 극복하면서 그 나름의 깨침과 미의식을 담아가기 때문이다.

육친의 정情만큼 근원적인 것이 있을까. 이 시집에서도 그것은 으레 고향의 마음을 불러일으킨다. 어머니의 편지 혹은 목소리를 담고 있는 시들 「에밀세, 이 사람아」 「모서母書」 등의 시가 보여 주는 보편성은 이른바 X세대들에게는 미치지 못할지도 모르지만 내게는 아직 감동이다. 박홍식과 마찬가지로 나도 늙어빠진 고향으로부터, 부모로부터 도시로, 객지로 일탈해 온 감정 덩어리이기 때문이리라.

박홍식의 시는 그다지 쉽게 읽히지 않는다. 무엇보다 그의 시의 문장 때문으로 보인다. 그의 시의 문장은 복합적일 뿐만 아니라 어지럽게 뒤얽혀 있다. 그의 의식의 저변에 모든 언어가 농촌의 한가함이 만드는 복문과 혼문으로 자리해 있어서일까. 오늘날 원인과 결과의 고리로 이어지는 문장은 자칫 지루할 수도 있다. 이미지를 중첩시키는 대등적 병치문이 그에게까지 침투되기 위해서는 좀 더 시간이 필요한지도 모른다.

그러나 이러한 시 문장의 특성과 상관없이 그도 자신의 시어에서 과도한 정서를 삼가는 데는, 절제하는 데는 철저하다. 섣불리 자신의 감정을 노출시켜 센티멘털리스트가 되고 싶지는 않은 것이다. 이러한 객관적 작업이 그로 하여금 오늘의 자본주의 세계에 대한 비판적 안목을 길렀을 수도 있겠지만 말이다.

무슨 마음이 가슴에 도사려있어 그로 하여금 고색창연古色蒼然한 시적 분위기를 꿈꾸게 할까. 시어의 행마를 번번이 눌변으로 의도하는 배경에는 고풍古風의 정서에 대한 그의 집착이 자리해 있는 듯하다. 일부러 호흡을 껄끄럽게 가로막는 것도 그의 복고풍에의 의지와 맞물려 있어 시를 낯설게 하고 또 새롭게 한다. 그러나 아직은 새로운 시보다는 낯선 시가 많다. 낯선 시가 많다는 것은 문갑 닫는 소리가 들리지 않는 시가 많다는 뜻이기도 하다. 미처 완벽한 경지의 심미적 성취를 보여 주지 못하는 시들은 어느 누구의 시집에서나 흔히 찾아볼 수 있다.

12. 안도현 시집, 『바닷가 우체국』, 문학동네

『바닷가 우체국』(문학동네)을 서울발 광주행 고속버스 안에서 그야말로 겨우겨우 바쁘게 읽었다. 최근의 내 일상이 그만큼 동분서주하고 있다는 뜻이다. 독후감을 압축해 '원초적 자연 혹은 생명의 환희들'이라는 말로 정리해 본다. 이 시집에서 시인이 무엇보다 원형적 자연, 신화적 자연의 발견을 주된 세계로 펼쳐내고 있기 때문이다. 이 시집에서 자연의 세계는 어떠한 괴리도 틈입되어 있지 않은 원시적 공동체의 모습을 보여 준다. 따라서 이처럼 무갈등한 세계를 그리고 있는 이 시집은 일종의 유토피아 충동을 담아내고 있다고도 할 수 있다. 본래 유토피아가 미래의 세계를 뜻한다. 따라서 정확한 언어가 아니라고 하면 이미 잃어버린 낙원, 곧 파라다이스를 꿈꾸고 있다고 해도 좋다.

안도현이 꿈꾸고 있는 이러한 세계는 이미 김용택의 시집 『그 여자네 집』에서도 마찬가지로 추구된 바 있다. 김용택이 이 시집에서 그리고 있는 자연도 안도현이 『바닷가 우체국』에서 그리고 있는 자연과 마찬가지로 온전한 모습, 곧 원형적 형상을 보여 주고 있기 때문이다. 상대적으로 안도현 시에서의 자연이 좀 더 근원에 가깝거니와, 따라서 그만큼 생활의 체취體臭가 배제되어 있는 것으로 보이기는 한다. 그의 시에서 원형적 자연 공동체는 이미 아주 먼 시공의 거리 속에 위치해 있는, 당연히 현실에는 존재하지 않는, 단지 그리움의 대상으로만 존재하는 세계이다. 그럼에도 불구하고 그는 자신의 이 시집을 통해 아주 과감하게 시원의 자연 공동체를 이른바 후근대라고 하는 오늘의 아수라장 같은 삶 앞에 내던져 놓고 있는 것이다. 그렇다. 시인 안도현은 자신의 시를 통해 지금 이 엄청난 거리의 시공을 단숨에 무화시켜 버리고 있다. 그러고 보면 근대의 끝 위에 서서 근대의 끝과는 너무도 멀리 떨어져 있는, 이를테면 인간존재의 출발점이라고 할 수 있는 원시의 자연, 곧 인간과 자연이 혼연일치가 되어있던 세계를 문득 자신의 발밑에 내던져 놓고 있는 것이 그인 셈이다. 인간과 자연이 미분화되어 있는 세계가 당위의 세계여야 한다는 생각에서 그의 경우 오늘의 후근대라고 하는 현존의 세계 앞에 이 당위의 세계를 우격다짐으로 내놓고 있다고 해도 좋다.

이를 가리켜 근대에 대한 저항, 아니 좀 더 구체적으로 자본주의에 대한 저항이라고도 할 수 있을까. 아니, 더 나아가 이른바 '대안적 근대'를 추구하는 것이라고도 할 수 있을까. 그렇다면 이것이야말로 그의 시가 지니고 있는 모더니티라고도 말할 수도 있으리라. 물론 그의 이 시집의 시들만으로 그렇다고 단언하기는 어렵다. 그것이 표면적 의지로 드러나 있는 그의 글을 읽은 적이 아직은 한 번도 없으니까.

어찌 보면 그의 시가 보여 주는 이러한 특징은 세계와 착종된 자아가 갖는 비의적 인식의 한 결과일 수도 있다. 일종의 미몽 혹은 몽상적 자아가 일상을 지배하는 데서 비롯된 것일 수도 있다는 것인데, 그것은 한편 모든 서정적 자아의 원초적 모습이기도 하다. 판단 정지로서의 정직한 불투명성, 다시 말해 시인이 갖는 보편적 특징이기도 한 키츠가 말하는 '소극적 능력'이 그의 시를 이러한 세계로 이끌 수도 있었으리라는 것이다. 시인이 이번 시집에서 유년의 화자 혹은 유년의 시선을 많이 채택하고 있는 것도 마찬가지의 맥락에서 이해할 수 있으리라.

이러한 해석과 상관없이 혹자는 그의 이 시집의 시 세계가 지나치게 비현실적이라고 비판할 수도 있다. 물론 그의 이번 시집 『바닷가 우체국』에 공적인 영역이 과도할 정도로 축소되어 있는 것은 사실이다. 그뿐만이 아니다. 공적인 영역보다는 엷게 정제된 사적인 정조, 좀 더 구체적으로 말해 약간은 낭만적인, 얼마간은 감상적인, 정조가 주조를 이루면서 독자들의 사춘기적 심미 의식을 건드리고 있다고 비판할 수도 있다.

하지만 그러한 지적에 대해 시인으로서 안도현은 눈썹 하나조차 꿈쩍 안 할지도 모른다. 그 자신이 언제나 서정시의 본격성과 대중성이 이루는 아슬아슬한 경계를 밟으며 걸으려 해왔기 때문이다. 이러한 정도의 비판쯤이야 그로서는 침 한번 꿀꺽 삼키고 그냥 감내해 버리고 말는지도 모르리라는 것이다. 따라서 좀 더 깨어있는 독자라면 그러한 비판보다는 왜, 어째서 시인 안도현이 이처럼 자족적인 세계를 향해 저 자신의 자아를 움직여 가고 있을까, 라는 질문에 좀 더 주의를 기울여야 할 것으로 보인다.

전체적으로 이 시집의 시들이 이루는 정서들은 매우 낙천적이다. 무엇이 그의 시의 정서들을 이처럼 낙천적으로, 그리고 더 나아가 화사하고 밝게 만들까. 이것도 제대로 된 독자라면 되물어 보아야 할 질문이다. 이미 충분히 이룩한 시인으로서의 상가聲價 때문일까. 따라서 도무지 결핍감을 느끼지 못하기 때문일까. 어쩌면 이러한 연유보다는 대중들, 아니 민중과 함께 하려고 하는 마음에서 비롯된 그의 마음, 이미 마음을 비워 버린 마음, 아니 비워 버릴 마음조차 갖고 있지 않은 마음 때문인지도 모른다. 욕심이 너무 크면 작은 욕심의 눈으로는 그것이 보이지 않기 마련이다. 물고기의 눈에 물이 보이지 않듯이.

어쨌거나 안도현은 이 시집에 이르러 지난 몇 권의 시집이 지니고 있던 백석풍 혹은 백석 투라는 평가, 즉 아류라는 평가로부터 스스로를 곧추세운다. 물론 몇몇 작품에는 아직도 약간 그것의 흔적이 남아있기는 하지만 말이다.

이 시집에는 뛰어난 표현, 경이감 있는 발견, 그것들이 만드는 번뜩이는 이미지가 특별히 눈에 띄기도 한다. 나로서는 「모과나무」「꽃」「아주 작고 하찮은 것이」「숭어회 한 접시」「고래를 기다리며」 등의 시가 잘 읽힌다. 짧은 시들, 이른바 단시短詩들의 경우 크게 성공한 것으로 보이지는 않는다.

13. 곽재구 시집, 『꽃보다 먼저 마음을 주었네』, 열림원.

얼마 전 곽재구의 시집 『꽃보다 먼저 마음을 주었네』(열림원)를 우편으로 받았다. 지난 5월 27일에 발간된 새 시집의 앞머리에 그가 무언가 멋진 글을 몇 자 적어 보내는 마음이 아름답다. 나도 시인이니만큼 이것도 또한 그에게서 배울 일이다. 무슨 일이든 친절을 다하고 정성을 다하는 일은 중요하다. 친절을 다하고 정성을 다하는 일만큼 아름다운 일이 세상 어디에 있는가.

곽재구의 이번 시집에서는 먼저 김소월과 한용운의 정서와 어법이 느껴진다. 어법에 있어서는 만해, 정서에 있어서는 소월을 닮고 있다고 하면 지나친 말일까. 이 시집의 아우라가 전체적으로 새로워 보이지 않는 것은 바로 이 때문이리라. 왜, 무엇이 시인 곽재구로 하여금 1920년대 중반의 국민 시인들에게로 달려가게 했을까. 국민…… '대중'이라고도 할 수 있는 이 나라 국민들과 함께하고 싶은 그의 의지가 그렇게 시켰으리라. 곽재구라면 충분히 그러한 정도의 욕심쯤이야 부릴 수도 있겠지. 그가 시인으로서의 꿈을 잃지 않고 있다면 말이다. 그러나 국민들의 세계에 가 닿는 것과 국민 시인으로 우뚝 서는 것과는 다르다. 그렇다면 곽재구가 지금 시행착오를 하고 있다는 것인가. 나로서는 아직 알 수 없다.

이 시집에서는 제법 많은 시가 사랑의 세계를 추구하고 있다. 물론 그의 이들 사랑시가 모두 통속적인 연애 감정을 담고 있는 것은 아니다. 하지만 그것들이 추구하고 있는 '사랑'의 세계가 지고한 추상을 보여 주고 있는지는 의심스럽다. 그의 시에 드러나 있는 '사랑'의 의미가 그다지 폭넓은 관념을 펼쳐내고 있지는 못하다는 것이다.

이 시집에 담겨 있는 또 하나의 중심은 그가 집필 공간으로 마련한 '오막살이' 주변의 자연, 좀 더 구체적으로 말해 구례군 산동면 연화리의 자연이다. 물론 이때의 자연은 시인에 의해 가공되고 상상된 구족하고 원만한 화해의 공간, 즉 일치의 공간이다. 따라서 연화리와 그 주변의 풍물로부터 비롯된 세계가 그의 유토피아 충동이 만드는 환상의 모습을 하고 있는 것이 당연하다. 그것이 일종의 대안적 이상 세계이리라는 것은 당연하지만 말이다.

어쨌거나 그의 시의 기본 정조와 어법은 전통적이지만, 그만큼 낡았지만, 그것을 토대로 전개하는 시적 운산은 새로운 면이 없지 않다. 그가 그려내는 세계가 오늘의 현실, 곧 후기 근대적 현실이 이루는 불협화음에 대한 미적 저항일 수도 있기 때문이다. 이러한 지적이 사실이라고 하더라도 그는 그것이 세기말의 일상에 대한 일종의 도피 기제라고 비판을 받을 수도 있다는 것을 간과해서는 안 된다. 시인이 저 혼자서만 상상 속의 마을, 즉 이상 세계를 만들고 그곳에 신과 자연을 불러 모아 원시적 공동체를 이룬다고 해 세상의 문제, 근대 후기의 문제, 즉 자본주의적 후기 근대의 문제가 한꺼번에 해결되는 것은 아니기 때문이다. 물론 그의 이러한 몽상이 오늘의 문명에 대한 일종의 근원적 경종이고, 솔선수범일 수도 있다. 연화리라는 상상 공간을 실천하는 것 자체가 함부로 생태환경을 핍박하고 억압하는 오늘의 세계, 즉 자본주의적 근대 문명에 대한 우회적 비판일 수도 있다는 뜻이다.

정서는 다소 낡았지만 얼마간은 뛰어난 작품들을 품고 있는 것이 이 시집이다. 이미지보다는 어법이나 리듬에서 정서를 산출하는 낭만적 상상의 시들이 대부분인 가운데에도 「산수유나무 아래서」「수제비족」「그리운 폭포」「연꽃잎 우산」「칠석날」「산수유꽃 필 무렵」 등의 시는 압권이다.

김용택, 안도현, 곽재구의 시들에게서 보이는 자연을 중심으로 하는 유토피아적 충동은 어디에서 어떻게 기원하는가. 이들이 만드는 이상 세계에서 곽재구는 특별히 자연과 인간 이외에 신神을 포함시키고 있다. 아마도 이는 영성靈性에 대한 의지를 담아내고 있기 때문인 듯싶다. 물론 이것은 김용택이나 안도현의 시에 비해 곽재구 시가 갖는 상대적인 변별성이리라.

14. 이정록 시집, 『버드나무 껍질에 세 들어 살고 싶다』, 문학과지성사

시인 이정록은 이번 시집에서도 거듭해 거죽이며 껍질에 대해, 안(속)이 아니라 밖(겉)에 대해 관심을 기울이고 있다. 이를 두고 내용보다는 형식에, 정신보다는 육체에 눈길을 모으고 있다고 해도 좋다. 요즈음 식으로 말하면 몸에 대한 시, 바디에 대한 시를 쓰고 있는 셈이다. 첫 시집 『벌레의 집은 아늑하다』의 벌레의 집, 두 번째 시집 『풋사과의 주름살』의 주름살, 이번 시집 『버드나무 껍질에 세 들어 살고 싶다』의 버드나무 껍질이 모두 다 그러한 거죽의 세계이다. 그러고 보면 그는 이번 시집에서도 주제나 사상의 시적 형상화보다는 형상화 그 자체, 좀 더 구체적으로 말해 표현 기법으로서의 비유나 이미지 그 자체에 크게 천착하고 있는 셈이다. 비유와 이미지 등이야말로 시의 거죽이고 껍질, 나아가 육질이기 때문이다. 따라서 그의 시에 기발한 비유나 이미지들이 가득 차있는 것은 당연한 일일는지도 모른다. 그런데 중요한 것은 그것이 그의 시를 밝고 화사하게 만든다는 점이다. 하지만 그의 시에서 이들 비유와 이미지는 전체 형상들로부터 고립되어 파편적으로 존재할 때가 많다.

그의 시들 중에서는 예의 의지를 담고 있는 시들보다 절실한 삶의 순간들을 애절하면서도 꼼꼼한 마음으로 포착하는 작품들이 훨씬 돋보인다. 가족들 사이, 부모와 자식들 사이, 화자와 삼촌들 사이의 죽음을 초월하는 간절한, 애끊는 정들을 담고 있는 시들이 특히 그렇다. 「숟가락」「눈사람의 상처」「감나무」「어머니는 독이다」「형광등」 등의 시에서 그러한 예를 볼 수 있다.

이러한 갈망과 사랑의 애틋한 정서는 그의 사람됨에서 나온다. 건강하고 구김 없는 밝은 마음의 그에게는 가난 혹은 욕망으로 인해 어긋나 있는 자신의 과거의 가족사, 그리고 그로부터 비롯되는 사람들의 아픈 길이 안타깝고 안쓰럽다. 다정도 병이라고 하지만 아직은 그의 다정이 씩씩해서 좋다. 그가 저 자신의 모든 고통에 대해 객관적 관찰의 자세를 잃지 않고 있다는 것을 잊지 말아야 한다.

그의 시들은 또한 생활 속의 자잘한 깨달음을 담을 때 일정한 성취를 이룬다. 이때의 생활의 공간은 그가 자라난 농촌이거나 자연인 경우가 많다. 물론 그곳은 오늘의 그의 삶이 이루고 있는 구체적인 관계의 영역 안에 자리해 있고는 한다. 섣불리 기존의 문명 비판적 시선을 들이대고 있는 시들보다 생생한 삶의 현장에서 발견하는 자잘한 깨달음을 담고 있는 시들이 훨씬 높은 미적 성취를 보여 준다. 「파리」「피서」「밥상」「백살」「귤」「앗!」「숨쉬는 집」「진흙에서 찰흙으로」 등의 시가 그 대표적인 예이다. 이들 시에서 그는 대상으로부터 어떤 의식(인식) 혹은 깨달음을 얻고, 그것을 대상의 내부에 감추려 노력한다.

선험적 관념이나 주어진 문명의 안목으로 파악하는 세상을 대상으로 수용할 때 그의 시는 과도하게 추상화되거나 그것을 구성하는 이미지들이 질서를 잃는 예가 적잖다. 이러한 방식으로 태어난 시들을 읽으면 대부분 지리하거나 지겨울 수밖에 없다. 하지만 이와 반대로 구체적인 생활 혹은 삶의 현상으로부터 심미적 지혜를 얻고 있는 시들은 감칠맛 있게 독자의 감성을 파고 들어온다. 「청국장」「매미」「대동여지도」「가시연」 등의 시에서 특히 그러한 예를 볼 수 있다.

시인으로서 이정록은 아직 미완의 그릇이다. 미래가 촉망되는 청년 시인이라고 과감하게 말해도 좋다. 그의 시에 지나치게 말이 많은 것은 아마도 이 때문이리라.

15. 덧말

마지막으로 조진태의 시집『다시, 새벽길』(모아드림)에 대해 몇 마디 덧붙이고 말을 맺고자 한다. 그의 이번 시집은 (노동)운동과 관련된 다양한 상념을 담고 있다. 하지만 그 상념은 너무도 막연해 살아있는 감동으로 떨쳐 일어서지 못할 때가 많다. 현장성을 바탕으로 하는 구체성을 담고 있지 못하기 때문에 다만 빠르게 흐르는 물결(리듬)에 실려 순식간에 읽혀지기만 할 따름이다. 원인이 불분명한, 상세한 배경을 바탕으로 하지 않은 막연한 낭만적 정서는 상투적인 독서를 낳기 마련이다. 어찌 보면 조진태 시인은 후기 근대라는 이 기표의 시대, 기법의 시대를 향해 아직 출발조차 하지 않고 있는 셈이다. 요컨대 그의 시들은 1990년대라고 하는 자기 시대를 잃고 있는 것이다.

조진태의 이번 시집에는 그리움이니 기다림이니 하는 원초적 정서를 바탕으로 하고 있는 시들이 매우 공허하게 펼쳐져 있기도 하다. 이러한 감정이 획득되는 전후의 상황이나 배경에 대한 깨어있는 형상화가 없어 그의 시는 상투화되고 있는지도 모른다. 시에 대해서는 프로 의식이 없기 때문인지도 모르지만 그 자신의 삶의 무게에 비하면 그의 시의 이러한 면모는 안타까운 일이 아닐 수 없다. 10년을 넘게 (노동)운동에 봉사해 온 것이 그이지 않은가.

그러고 보면 이 급박하고 부박한 세월이 그와 그의 시를 철저하게 소외시켜 왔는지도 모른다. 아니, 어쩌면 그 스스로 이 천박한 1990년대로부터 저 자신을 비켜 세우려 했을 수도 있다. 오랫동안 (노동)운동에 주력해 온 그로서는 지금 그 자신의 시를 이 엄청난 퇴행적 개인주의 시대의 여기餘技로 받아들이고 있을 수도 있다. 그에게 정작 중요한 것은 언제나 (노동)운동이었을 것이기 때문이다.

나로서는 「희망에게」 「겨울 무등 산행」 「부재不在 1」 「소나기와 두통」 「눈물」 「그대를 보네」 등의 시가 좋았다. 이들 시에는 다소마나 시적 공간이 이루는 구체성이 자리해 있다.

자본주의 시대, 곧 근대는 시간의 시대이기보다 공간의 시대이다. 많은 사람들이 근대의 특징으로 시간의 단축과 공간의 확장을 들고 있다. 따라서 자본주의적 근대에 대한 비판도 당연히 공간적 배경을 취하는 가운데 시도할 수밖에 없다.

우리 시대의 시를 분류, 구분하여 이해하는 방식은 매우 다양하다. 모더니즘 이전의 시, 모더니즘에 걸쳐 있는 시, 모더니즘을 뚫고 나온 시로 나누는 것도 한 방법일 수 있다. 나는 현대의 시, 특히 정작의 리얼리즘 시라면 당연히 모더니즘을 뚫고 나올 때 일정한 미적 성취를 얻을 수 있을 것으로 생각한다.

예술 사조 혹은 예술 경향으로서 모더니즘은 일찍이 시에 풍미한 기법(형식)을 불러온 바 있다. 기법(형식)의 뒤에는 의미가 뒤따라오기 마련이지만 말이다. 따져 보면 예술 사조로서의 모더니즘 시대에는 시의 의미나 진실을 구현하기 위한 방법적 자각의 하나로 기법(형식)을 발달시켜 온 감도 없지 않다. 이때의 기법이 기법 놀이, 다시 말해 기표 놀이로 치달려 가는 것이 예술 사조로서의 포스트모더니즘의 특징이지만 말이다.

하지만 기표 놀이로서의 포스트모더니즘의 시는 아직 한국의 문학에 바람직하지 않다고 생각한다. 기표 놀이로서의 시가 아무런 반성도 없이 지금 이 시대를 풍미하게 되면 자본주의 자체와, 그것에 기생하는 상업적 대중문화를 도저히 견제, 비판할 수 없기 때문이다. 어떠한 경우에서든 미래의 한국시를 표피적이고 상업적인 대중문화로 떨어뜨려서는 안 되지 않은가. 물론 자신의 시를 상업적인 대중문화로 만들고 싶은 시인도 없지는 않으리라. 그렇게 하고 싶은 시인은 차라리 대중 가수가 되어 대중의 감성에 알맞은 노래를 부르는 것이 훨씬 나을 듯하다.(1999)

소인국; 나와 동물과 식물의 자연 공동체

—송찬호 시집 『고양이가 돌아오는 저녁』, 문학과지성사, 2009.

오늘의 이 시대를 가리켜 흔히 후기 자본주의사회라고 한다. 후기 자본주의사회 또한 자본주의사회인 만큼 자연을 변개하고 가공하는 가운데 성장해 온 것이 사실이다. 많은 사람들이 이렇게 성장해 온 후기 자본주의사회에 대해 이런저런 걱정을 하고 있다. 예의 걱정 속에는 후기 자본주의사회가 자연을 변개하고 가공하는 정도에 그쳐있는 것이 아니라 자연을 파괴하고 해체하는 가운데 성장하고 있다는 생각도 들어있다. 요컨대 자연에 대한 지속적인 파괴와 해체를 딛고 서있는 것이 오늘의 후기 자본주의사회라는 것이다.

이로 미루어 보면 오늘의 현실에서 인간에 의해 파괴되고 해체되는 자연에 대해 사유하고 성찰하는 것만큼 의미 있는 일은 없다고 할 수 있다. 뿐만 아니라 사유하고 성찰하는 주체가 시인이라면 평범한 인간의 차원을 넘어 좀 더 심원한 고구와 탐구가 필요하다고 하지 않을 수 없다. 그것은 지금의 현실, 곧 후기 자본주의사회를 살아가는 시인 송찬호에게도 마찬가지이다. 물론 여기서 이러한 얘기를 하는 것은 최근에 간행된 그의 시집 『고양이가 돌아오는 저녁』이 지금 이곳의 삶과 관련해 자연 일반에 대해 남다른 사유와 성찰을 보여 주고 있기 때문이다.

송찬호 개인의 입장만으로 보면 예의 남다른 사유와 성찰은 별다른 의미가 없을는지도 모른다. 그럼에도 불구하고 그는 자신의 시를 통해 지속적으로 인간과 자연이 맺는 근원적인 관계에 대한 깊이 있는 고구와 탐구를 보여 주고 있다. 무엇보다 이는 그가 단순한 개인이 아니라 시인이라는 근심하는 자, 걱정하는 자, 되묻는 자이기 때문으로 보인다. 따져 보면 그가 누구이든, 시인이든 아니든, 다소라도 깨어있는 사람이라면 지금 이곳의 삶과 관련해 자연이란 무엇인가에 대해 꼼꼼하게 되물을 때가 된 것이 사실이다. 시집『고양이가 돌아오는 저녁』에서 그가 인간과 자연의 관계에 대해 되묻는 일은 기본적으로 이러한 시각을 취하고 있어 더욱 관심을 끈다. 일상의 눈으로 바라보면 다소 비의적祕義的으로 보일 정도로 매우 낯설면서도 새로운 질문과 대답을 주고받는 것이 이 시집에서의 시인 송찬호라는 것을 잊어서는 안 된다.

이렇게 우회하여 말하지 않더라도 그의 이 시집에는 인간과 자연에 관한 무수한 질문이 내재해 있는 것이 분명하다. 인간과 자연에 대한 무수한 질문이 내재해 있다고 했지만 조금만 되물어 보면 그것의 중심이 시인 송찬호 자신에게만 머물러있지 않다는 것을 알 수 있다. 시인의 눈, 나아가 인간의 눈으로 바라보는 자연만이 아니라 자연의 눈으로 바라보는 자연, 자연의 눈으로 바라보는 인간 또한 적잖게 형상화되어 있는 것이 그의 시라는 것이다. 그렇기는 하더라도 실제로는 인간과 자연, 자연과 자연이 아무렇지도 않게 한데 어울려 있는 모습을 보여 주고 있는 것이 그의 시라고 할 수 있다.

그의 이들 시 세계에는 무엇보다 그의 이상理想이 담겨 있어 주의를 요한다. 그런데 이들 시를 통해 드러나는 그의 이상은 산업화로 대표되는 자본주의적 근대 밖의 세계를 향한 꿈과 무관하지 않아 보인다. 여기서 말하는 자본주의적 근대 밖의 세계는 아무래도 자본주의적 근대 안의 세계에 대해 부정적일 수밖에 없다. '부정적'이라는 말에는 당연히 비판적이라는 뜻과 저항적이라는 뜻이 들어있다. 그렇다면 부정적이라는 말이 그렇듯이 비판적, 저항적이라는 말도 보편적인 이성에 뿌리를 내리고 있다고 하기보다는 개별적인 감성에 뿌리를 내리고 있다고 해야 옳다. 개별적인 감성에 뿌리를 내리고 있다는 것은 원천적으로 그의 이상理想이 이해력보다는 상상력에 기대고 있다는 것이 된다.

그의 시와 함께하고 있는 이들 상상 세계는 무엇보다 동화적인 특징을 보여 준다. 동화적 특징을 보여 준다는 것은 그의 상상 세계가 유년의 세계에 닿아 있다는 것을 뜻한다. 개인사에서 유년의 세계는 인류사에서의 시원의 세계, 곧 신화의 세계에 대응한다. 시원의 세계, 곧 신화의 세계는 신과 인간과 자연이 뒤섞여 살던 비의의 세계, 곧 원시의 세계를 가리킨다. 그의 시에 드러나 있는 상상 세계가 갖는 동화적 특징은 이러한 내포를 갖고 있어 좀 더 유의할 필요가 있다. 이를테면 시원적이고 신화적인 공간, 즉 주술적인 공간을 바탕으로 하고 있는 것이 그의 시에 드러나 있는 동화적 이상 세계理想世界라는 것이다.

상상력에 의해 건설된 이러한 이상 세계를 그는 자신의 시 「채송화」에서 '소인국'이라고 명명한다. 따라서 그의 시집 『고양이가 돌아오는 저녁』의 주요 내용은 상징적으로 말해 "소인국 이야기"라고 해도 무방하다. 이때의 소인국은 자연과 인간이 혼연일체를 이루며 상호 존중되고 있다는 점에서 일종의 자연 공화국, 곧 자연 공동체라고 할 수 있다. 우선은 그가 자신의 시집이 이루는 내용을 "소인국 이야기"라고 명명하고 있는 작품부터 살펴보기로 하자.

이 책은 소인국 이야기이다

이 책을 읽을 땐 쪼그려 앉아야 한다

책 속 소인국으로 건너가는 배는 오로지 버려진 구두 한 짝

깨진 조각 거울이 그곳의 가장 큰 호수

고양이는 고양이 수염으로 알록달록 포도씨만 한 주석을 달고

비둘기는 비둘기 똥으로 헌사를 남겼다

물뿌리개 하나로 뜨락과 울타리

모두 적실 수 있는 작은 영토

나의 책에 채송화가 피어있다

—「채송화」 전문

이 시는 이 시집의 문을 열고 들어갈 수 있는 열쇠의 역할을 하고 있다. 열쇠를 열고 이 시집의 문 안으로 들어가면 이내 이 시집의 주요 내용이 "소인국 이야기"라는 것을 알게 된다. 소인국이 자연 공화국, 즉 자연 공동체를 뜻하니만큼 "소인국 이야기"는 결국 자연 공화국, 자연 공동체의 이야기라고도 해도 좋다. 물론 여기서 말하는 자연공동체의 이야기는 이 시집을 통해 그의 동화적 상상력이 펼쳐내고 있는 이상 세계에서의 삶을 가리킨다.

이 시에 따르면 예의 이상 세계로 "건너가는 배는 오로지 버려진 구두 한 짝"일 뿐이다. "구두 한 짝"을 타고 건너가야 도달할 수 있는 나라에서는 자연의 모든 존재들이 인간과 조금도 다를 바 없이 생각하고 행동한다. 황사가 "누우런 면사포로 얼굴을 가"(「황사」)린 신부로 살기도 하고, "산등성이 헛개나무들"이 "금연 구역을 슬금슬금 내려와 담배 한 대씩 태우고 돌아"(「봄」)가기도 하는 것이 여기서 말하는 자연 공동체이다.

이 자연 공동체에서는 자연의 모든 존재들, 즉 고양이나 종달새, 칸나나 오동나무나 등도 인간과 다름없이 일하고, 쉬고, 학교에 다니고, 공부하고 논다. 노래하는 칸나(「칸나」)가 있는가 하면 휘파람을 부는 깜부기(「깜부기 삼촌」)가 있고, 가슴을 두근거리는 콩새(「가을」)가 있는가 하면 발톱이나 깎으

며 뒹구는 곰(「늙은 산벚나무」)이 있는 곳이 이 자연 공동체이다. 이 나라에서는 당연히 인간과 자연의 사물 사이에 구분이 없다.

맨드라미 머리에 한 됫박 피를 들이붓는 계관鷄冠식 날이었다
폭풍우에 멀리 날아간 우산을 찾아 소년 무지개가 집을 떠나는 날이었다
앵두나무 그늘에 버려진 하모니카도 썩은 어금니로 환하게 웃는 날이었다

멀고 가까운 곳에서 맨드라미 동문들이 찾아와 축하를 해주는 날이었다
봉숭아 금잔화 천일홍 등으로 구성된 장독대 악단의 찬조 공연도 펼쳐진 날이었다
우리도 가만있을 순 없지, 일요회 소속 맨드라미파 화가들도 풍경화 몇 점 남긴 날이었다

이거 약소한데요, 인근 슈퍼에서 후원한 박카스도 한 병씩 돌리는 날이었다
오늘 참 이상한 날이네 웬 붉은 깍두기 머리들이 이리 많이 모였지?
땀 뻘뻘 흘리며 나비 검침원이 여기저기 찔러보고 날아다니는 긴긴 여름날이었다

—「맨드라미」 전문

이 시에 따르면 맨드라미도 "머리에 한 됫박 피를 들이붓는 계관鷄冠식"을 한다. 뿐만 아니라 "폭풍우에 멀리 날아간 우산을 찾아 소년 무지개가 집을 떠나"기도 한다. 나아가 "앵두나무 그늘에 버려진 하모니카가 썩은 어금니로 환하게 웃"고, "봉숭아 금잔화 천일홍 등으로 구성된 장독대 악단"이

"찬조 공연"을 펼친다. 그의 시에서 이들 맨드라미와 무지개와 하모니카와 봉숭아와 금잔화는 이처럼 인간과 조금도 다를 바 없이 나날의 삶을 살아간다. 인간과 조금도 다를 바 없이 사고하고 행동하며 세상을 살아가는 것이 이들 자연의 존재들이라는 것이다. 따라서 이들 자연의 존재들과 인간 사이에는 구분이 존재하지 않는다.

이들 자연의 존재들은 인간에 대한 비유나 상징의 보조관념으로 존재하는 경우조차 별로 없다. 인간을 비유하거나 상징하지도 않고, 인간에게 종속되거나 복속되지도 않는 것이 이들 자연의 존재들이다. 따라서 그 자체로 세계의 현실에 참여하고, 그 자체로 세계의 현실을 살아가고, 그 자체로 세계의 현실과 함께하는 것이 이들 자연의 존재라고 할 수 있다. 이를테면 그의 이상 세계를 구성하는 핵심 요소로 자리해 있는 것이 그의 시에 참여하고 있는 이들 자연의 존재라는 것이다.

물론 자연의 존재들이 이루는 이러한 세계는 시인 송찬호의 상상력 안에서나, 곧 마음 안에서나 가능하다. 그의 마음이 이루는 이러한 세계는 비현실적이고 비의적인 이미지를 질료로 하고 있다는 점에서 기본적으로 환상적이다. 이러한 마음을 바탕으로 하고 있기 때문에 그는 자신의 시를 통해 그 나름의 자연 공동체를 건설할 수 있을는지도 모른다. 그의 시에 등장하는 사람이 아닌 주체들, 즉 자연의 사물들이 사람들과 똑같이 학교에 다니고(「염소」), 은행을 개설하고(「진남교 벚꽃」), 번지점프를 하고(「토란잎」), 냉차를 마(「오동나무」)실 수 있는 것도 바로 이러한 마음에 의해 가능해진다. 이로 미루어 보더라도 그의 시에 등장하는 인간과 자연은 상호 착종된 채로 존재하고 있다고 해야 마땅하다.

> 담벼락 아래 옹기종기 모여 노는 대가리 부스럼투성이 백일홍들
> 공기놀이하는 백일홍 물구나무서기 하는 백일홍
> 양식 구하러 간 엄마 언제 오나 까치발 하여 멀리 동구 밖 내다보는 백일홍

놀다 허기지면 우물가에 내려가 한 바가지씩 물배를 채우고
오뉴월 땡볕 똥글똥글 궁굴려 가는 쇠똥구리 백일홍
다섯 살 막내 졸졸 따라다니며 누런 코 핥아 먹는 강아지 백일홍

이담에 크면 우리 여기다 커다란 꽃밭을 만들자
그다음 여기 꽃밭에다 뽐뿌를 박고
촐랑촐랑 여기서 퍼올린 물로
분홍물 다홍물 장사를 하자

그때 골목을 들어오시던 어머니,
일평생 그날 단 하루 신식 여성이셨던 우리 어머니
그날 친정 갔다 얻어 입고 온 허름한 비로드 양장 치마저고리
그때 처녀 적 수줍음처럼 어머니 가슴에서 반짝이던 빠알간 브로치!

—「백일홍」 전문

이 시에서도 인간과 자연이 상호 착종된 채로 존재하고 있기는 마찬가지이다. 공기놀이를 하기도 하고, 물구나무서기를 하기도 하는 것이 이 시에서의 백일홍이기 때문이다. 이처럼 인간과 조금도 다를 바 없이 사고하고 행동하는 것이 그의 시에 참여하고 있는 자연의 존재들이다. 자연의 존재들이 이와 같이 인간화되어 있는 것은 일단 그의 인지 영역이 그렇게 되어 있기 때문으로 보인다. 인간과 자연이 항상 착종되어 있는 채로 존재하는 것이 본래의 그의 인지 영역이라는 것이다.

그의 인지 영역 안에서는 이처럼 자연이 인간과 한데 뒤얽혀 있는 것이 오히려 자연스러울는지도 모른다. "담벼락 아래 옹기종기 모여 노는 대가리 부스럼투성이 백일홍들"이 "담벼락 아래 옹기종기 모여 노는 대가리 부스럼투성이" 아이들과 결코 다르지 않게 느껴진다는 것을 간과해서는 안 된다. 하지만 이러한 자연스러움이 시인 송찬호의 의도나 의지와 아주 무관한 것

으로 생각되지는 않는다. 실제로는 시인 송찬호의 의도나 의지가 좀 더 깊고 넓게 반영되어 있는 것이 그의 시에 드러나 있는 상상 세계, 곧 이상 세계라는 것이다. 그러니까 저 자신의 의지와 깊이 연대되어 있는 것이 그의 시에 함유되어 있는 자연 공화국, 곧 자연 공동체라는 얘기이다.

물론 그가 자신의 의지를 통해 새로운 상상 세계, 곧 자연 공동체를 건설하려고 하는 의도나 의지는 오늘의 사회 현실, 곧 자본주의적 근대의 삶에 대한 부정과 거부를 바탕으로 한다. 산업사회로 대표되는 오늘의 현실, 곧 후기 자본주의 사회의 바깥을 살기 위한 그 자신의 꿈과 이상에 기초하고 있는 것이 그가 자신의 시에서 건설하고 있는 자연 공동체라고 것이다. 그로서는 인간에 의해 끊임없이 이용후생의 대상이 되고 있는 자연 일반에 대한 그 나름의 애정을 이처럼 독특한 방식으로 드러내고 있는 셈이다. 그러니 그의 상상력과 함께하고 있는 이 자연 공동체에 대해 누구인들 주목하지 않을 수 있겠는가.(『내일을 여는 작가』, 2009년 가을호)

제4부
시 창작의 현장

걸어가며 느끼고 깨닫는 것들

—이성부 시집 『도둑 산길』, 책만드는집, 2010.

이성부의 아홉 번째 시집 『도둑 산길』에 수록되어 있는 시들은 '산의 시들'과 '삶의 시들'로 대별된다. '산의 시들'은 산길을 걸으며 느끼고 깨닫는 내용을 담고 있고, '삶의 시들'은 나날의 일상을 살면서 느끼고 깨닫는 내용을 담고 있다. 이 시집의 제1부와 제2부를 이루고 있는 시들이 '산의 시들'이라면, 이 시집의 제3부와 제4부를 이루고 있는 시들은 '삶의 시들'이라고 할 수 있다. 물론 제5부의 시들도 있기는 하다. 그러나 제5부의 시들은 대체로 행사시이거나 기념시라서 조금은 이 시집의 주류에서 벗어나 있다고 해야 옳다.

이들 경향의 시들 가운데 이 시집에서 좀 더 중심을 이루고 있는 것은 '산의 시들'이다. 이 시집에서는 산길을 걸으며, 곧 산행의 과정에 느끼고 깨닫는 내용을 담고 있는 시들이 좀 더 높은 비중을 이루고 있다는 것이다. 이러한 점에서 그의 이번 시집 『도둑 산길』은 이전의 그의 시집, 곧 『빈 산을 뒤에 두고』 『야간 산행』 『지리산』 『작은 산이 큰 산을 가린다』의 뒤를 잇고 있다고 할 수 있다. 따라서 이 글에서도 이른바 '산의 시들'을 중심으로 작은 논의를 만들어보려고 한다.

그의 이번 시집 『도둑 산길』에 실려있는 시들은 「시인의 말」에서 그가 말하고 있는 것처럼 산과 "교감하고 말하고 깨우치고, 담담하게 세상을 내려다보았다는 점에서, 전과는 달리 더 미시적이고 또 관심의 폭이 넓어"진 것이 사실이다. 같은 글에서 그가 "산이라는 것이 다니면 다닐수록 새로운 것처럼, 내가 쓰는 산시도 언제나 그 새로움을 기록하기 위해 천착한다"라고 말하고 있는 것도 바로 그러한 이유에서이리라. 그가 생각하기에는 "산에 오래 다니면 다닐수록 더 모르는 것이 많아지는 경지가 또한 산"인데, 이는 "시를 오래 쓸수록 시가 과연 무엇인지 잘 알지 못하는 세계와 비슷하다".

따라서 그가 산길을 가고, 산길을 걷는 것은 산을 좀 더 잘 알기 위해, 시를 좀 더 잘 알기 위해서라고 할 수 있다. 산을 좀 더 잘 알기 위해, 시를 좀 더 잘 알기 위해 산길을 가고, 산길을 걷는 것은 그가 저 자신을 알기 위해 산길을 가고, 산길을 걷는 것과 다르지 않다. 그가 자신의 시에서 산길을 가고, 산길을 걸으며 "무리를 잃어버린 짐승은 저 혼자서/ 끊임없이 저를 부서뜨"린다. "무너지고 쓰러지고 피 흘리고 버둥거리다가/ 고요히 죽어간다. 그 주검을 딛고/ 다른 외로운 것들이 간다"(「대관령 안개」)라고 말하고 있는 것은 바로 이 때문으로 보인다.

이로 미루어 보면 그의 이번 시집『도둑 산길』에서 가장 자주 등장하는 동사가 "가다"와 "걷다"라는 것을 알 수 있다. 물론 이들 동사는 그의 시에서 "흘러간다" "올라간다" "내려간다" "찾아가는" "걸어가는" "걸어오는" "걸어도" 등의 어형으로 변형되며 문법적인 기능을 한다. 예의 동사가 보여 주는 이러한 특징은 그의 이번 시집의 시들에 좀 더 자주 등장하는 명사가 "산"과 "길"인 것에 대응한다. 이번 시집의 그의 시들 가운데 상대적으로 좀 더 중심을 이루는 명사인 "산"과 "길"은 그의 시의 "길을 찾아 느리게 흘러간다"(「한강」), "산에 들어가는 일이 날마다/ 새로운 것처럼 새로운 길은 다음 사람들이 그 길을/ 더 많이 다녀야 비로소 길이다"(「비로소 길이다」)와 같은 구절을 통해서도 확인이 된다.

이러한 논의에서도 알 수 있듯이 그의 시에 등장하는 산은 삶의 다양한 모습을 있는 그대로 비추어주고 있다고 해도 과언이 아니다. 그가 "산길에 드러난 나무뿌리들이 등을 보이고 누워있"는 것에서 "상처를 감출 수 없는 사람들이 평생 그렇게/ 감내하며 살다 가는 것을"(「뿌리」) 깨닫고 있기 때문이다. 이처럼 산이 이루고 있는 다양한 모습에서 사람살이의 구체적인 모습을 발견하고 있는 것이 이 시집에서의 시인 이성부이다. 이들 시가 그럴 수 있는 것은 그가 기본적으로 산이 함유하고 있는 자연의 사물들을 인간과 조금도 다름없는 존재로 받아들이고 있기 때문이다. "깊은 산"을 그대라는 인격으로 받아들이고 있는 그의 시의 "그대 만나러 왔다 그대 만나서/ 거지처럼 또는 가출 소년처럼 눈 내리깔고 걷는다"(「깊은 산」)라는 구절이라든지, 태백산 고목 한 그루의 목소리로 말하고 있는 그의 시의 "내 몸집은 크지만 속이 비어 항상 가볍다/ 저 많은 슬픔들 담아두기에는 벅차다"(「태백산 고목 한 그루가 남긴 말」)라는 구절이 그 구체적인 예라고 할 수 있다.

이처럼 그의 시에 드러나 있는 다양한 산의 사물들은 사람살이의 다양한 모습들로 인간화되고 있다. 그의 시의 경우 인간화된 자연의 눈으로, 인간화된 산의 마음으로, 인간화된 사물의 목소리로 노래하는 것이 대부분이라는 것이다. 다음의 시는 마당바위의 눈으로, 마당바위의 마음으로, 마당바위의 목소리로 오늘을 살아가는 인간의 역사와 사회를 노래하고 있어 더욱 주목이 되고 있다.

나는 바위이므로 할 말이 너무 많아 입을 다물었다
벙어리의 길만 찾아 걷다가 여기까지 왔다
사람들의 속내를 다 보았으므로 눈 감고 귀 막아도
솔바람 소리에 얼핏 고개를 돌리는 그대 모습 잘 보인다
높은 데서 하늘을 마주 보며 혼자 누워있어도
저 아래쪽에서 올라오는 사람들이 나는 늘 마음에 걸린다
갑오년이던가 관군에 쫓기던 동학패가
산을 넘어 사라진 뒤
모두 잡혀 효수되었다는 소식을 소나기가 전해 주었다
내 몸도 천둥처럼 찢어질 듯 떨었다

저녁 무렵 혼자 서서 지는 해 바라보던 혁명가도
소년 병사도 토벌대도 나무꾼도 경배자도
지금은 모두 사라져 산에 보태는 흙이 되었다
나는 밤새도록 검은 울음을 참느라 가슴에 큰 응어리가 생기고
굳어질 대로 굳어져서 단단한 살결로 남았다
예나 지금이나 사람 사는 일 험하고 어렵지만
사람들은 퍼질러 앉아 쉬거나 노닥거릴 때 있느니
누군가는 웃고 떠들고 누군가는 한숨짓고 누군가는
울음을 터뜨려도 내려가면 모두 언제 그랬냐 싶게
부지런히 살며 또 희망을 걸며
조금씩 조금씩 죽음을 향해 다가가는 것을 알겠다
나는 모두 알아버렸으므로 나는 바위이므로
사람들이 남긴 숨결로 언제나 나를 가득 채운다
나는 예민해져서 인기척에 자주 놀라지만
끝내 그대를 노려보거나 각을 세우지는 않는다

—「마당바위」 전문

이 시에서는 세상을 "모두 알아버"린 마당바위가 화자로 등장해 "나는 바위이므로 할 말이 너무 많아 입을 다물었다"고 말하면서도 입을 열고 있다. 화자인 마당바위는 "사람들의 속내를 다 보았으므로 눈 감고 귀 막아도/ 솔바람 소리에 얼핏 고개를 돌리는 그대 모습 잘 보"이는 특별한 존재이다. 말하자면 마당바위는 "관군에 쫓기던 동학패가/ 산을 넘어 사라진 뒤/ 모두 잡혀 효수되었다는 소식을 소나기가 전해 주었"을 때 자신의 "몸도 천둥처럼 찢어질 듯 떨"렸던 존재이다. 마당바위가 보기에는 "부지런히 살며 또 희망을 걸며/ 조금씩 조금씩 죽음을 향해 다가가는 것"이 저 자신을 비롯한 모든 존재의 삶인 것이다.

이들 구절로 미루어 보면 이번 시집에 수록되어 있는 이성부의 시는 산

이 끌어안고 있는 자연의 사물들을 매개로 삶의 모습을 발견하고 깨닫는 일에 초점이 있다. "인수봉 벼랑 끝 독야청청 서있는 소나무 한 그루"를 "세상에 물들지 않은 그 어르신"(「바위타기」)으로 발상하고 있는 것이 그라는 것을 알 필요가 있다. "푸나무 한 그루 자라지 못하는 돌무더기 길 내려가면서" 그가 그 돌무더기 길을 "쓸모없이 널브러진 욕망들의 단단한 부스러기"(「너덜겅 내려가며」)로 인식하고 있는 것도 같은 맥락에서 살펴볼 수 있는 예이다. 이처럼 그의 시에 등장하는 모든 산은 길을 품고 있거니와, 이 길을 통해 진실을 되새기고 있는 것이 그라고 할 수 있다. 따라서 이 시집에 수록되어 있는 그의 시들은 이른바 '산 철학'과 '길 철학'을 바탕으로 하고 있다고 해도 과언이 아니다.

물론 이때의 '산 철학'과 '길 철학'은 산길을 걸으며 명상하는 과정에 느끼고 깨닫는 사람살이의 진실을 가리킨다. 하지만 좀 더 중요한 것은 그의 시에서 예의 사람살이의 진실이 언제나 성찰과 반성을 통해 현현되고 있다는 점이다. 따라서 그의 시와 함께하는 자아는 근본적으로 반성적이고 성찰적이라고 해도 과언이 아니다. 산길을 걸으며 그가 자신의 시에서 "내 정신이 나를 밀어 내 몸을 빠져나가게 한다"라고 노래하는 것이, "세상에 빠져 허우적거리고 있는 나를/ 내가 물끄러미 내려다본다"(「개구멍바위」)라고 노래하는 것이 그 구체적인 예이다. 다른 시에서 그가 "높게 올라갈수록 그만큼 나는 더 낮아져서/ 날뛰는 것들을 지그시 바라보거나/ 아무것도 아닌 나를 거듭 돌아보는 버릇에 잠긴다"(「산속에서라야」)라고 노래하고 있는 것도 마찬가지의 예이다. 반성적이고 성찰적인 자아를 바탕으로 하고 있는 이성부의 시 중에서는 다음의 시가 특히 주목이 된다.

> 많이도 왔다 조항산 정수리에서 돌아보니
> 내가 오르내린 산들 너무 많아 슬프다
> 걸어온 길 다 무엇인가 느리게 간 한나절
> 또는 짧게 가버린 시간들 다 무엇인가

가야 할 먼 산 먼 길 바라보니
너무 많아 슬프기는 매한가지
눈시울부터 힘이 돋아 발걸음 재촉한다
내 발길이 가다가다 머무는 곳은
새로운 것들이 나를 찾아와 펼쳐 보이는 세상
그때마다 눈부셔 나를 놀라게 하는 세상
아직 나타나지 않은 풍경을 찾아서
슬픔을 따라가는 내 발걸음이 이리 가볍구나
새로운 길이 나도 모르게 나를 지나쳐서
내 과거 속으로 멀리 달아나는 것을 본다

—「오늘도 걷는다마는」 전문

"조항산 정수리에서 돌아보"는 이 시의 시인은 지금 "많이도 왔다" "내가 오르내린 산들 너무 많아 슬프다"라고 말하며 반성과 성찰의 자세를 취하고 있다. 동시에 그는 다시 저 자신에게 "걸어온 길 다 무엇인가 느리게 간 한나절/ 또는 짧게 가버린 시간들 다 무엇인가"라고 하며 자신의 삶을 되묻고 있다. 자신의 삶을 되물으며 시인이 여기서 느끼는 심회는 '슬픔'이다. "가야 할 먼 산 먼 길 바라보니/너무 많아 슬프기는 매한가지"라고 말하고 있는 것이 시인이기 때문이다. 하지만 그는 또다시 "눈시울부터 힘이 돋아 발걸음 재촉"한다. "슬픔을 따라가는 내 발걸음이 이리 가볍구나"라고 탄식하고 있는 것이 그이지만 말이다. "새로운 길이 나도 모르게 나를 지나쳐서/ 내 과거 속으로 멀리 달아나는 것을 본다"라고 노래하고 있는 것이 그라는 것을 잊어서는 안 된다.

이성부의 이 시집에 드러나 있는 반성적이고 성찰적인 자아의 예는 "높은 산에 오르는 것이/ 하늘에 가까워지는 길이라고들 말합니다만/ 나에게는 오히려 속진 속에서/ 낮게 사는 길을 가르쳐줍니다"(「오르막길」)와 같은 구절을 통해서도 확인이 된다. 그렇다. 이번 시집에 실려있는 그의 시에서 산은 "오늘은 이만치에서 물러나야"(「표지가 흔들리는 것은 나를 유혹하는 몸짓이지만」) 하는 겸손한 마음을 가르쳐주기도 하고, "기를 쓰고 올라와서 본들/ 건너편 산이 항상 더 높아 보"(「건너 산이 더 높아 보인다」)이는 낮은 마음을 가르쳐 주기도 한다.

그의 시에서 겸손한 마음을 갖게 하고, 낮은 마음을 갖게 하는 산은 때로 "사람의 허물을 가려"(「산속에서라야」)주기도 한다. 뿐만 아니라 이들 산은 "모든 높은 곳의 중턱에는 고개가 있다"(「고개」)는 진실과 지혜를 깨닫게도 한다. 그로 하여금 이러한 진실과 지혜를 깨닫게 하는 것은 말할 것도 없이 온갖 불의와 부정, 부패와 타락의 도시적 삶으로부터 저 자신을 지켜내게 하는 산길이다. 말하자면 산길을 통해 일상의 생활과 격리되면서, 다시 말해 "사람의 발자국이 덜 미친 내음새가/ 산에 들어가"(「산 내음이 다르다」)게 되면서 그는 저 자신을 지켜내게 된다는 것이다.

산길을 걷는다는 것은 물론 시멘트 길을 걷지 않는다는 뜻이다. 시멘트 길은 인공의 길이고, 산길은 자연의 길이다. 따라서 그가 산길을 걷는다는 것은 반문명적이고, 반도시적이고, 반근대적이고, 반자본적이고, 반산업적인 자연의 길을 걷는다는 뜻이 된다. 이로 미루어 보더라도 그가 걷는 자연의 길이 순수하고, 무구하고, 개결한 시원의 길이라는 것은 자명하다. "시멘트 길"을 두고 "발바닥에서부터 올라온 폭력이 머릿속까지 흔들어/ 발길 옮길 때마다 나를 때리므로/ 가는 길 지루하고 맑지 못하다"(「시멘트 길」)라고 노래하고 있는 것이 그라는 점을 간과해서는 안 된다.

그의 시에서 산길에 오르는 주체는 몸이고, 몸의 일부인 발이지만, 동시에 마음이기도 하다. 그렇다. 그의 시에서 산길에 오르는 주체는 몸이 아니라 마음일 경우도 있다. 산에 오르다가, 특히 "바위 벼랑에 오르다가 잠시 망설일 때/ 내 몸이 어느 사이 나로부터 빠져나가/ 너울처럼 일렁이는 것을 내가 본다"(「몸」)라고 노래하고 있는 것이 그이다.

주체야 무엇이든 그의 시의 핵심 질료를 이루는 산길은 국토라고 하는 공동체의 일부이다. 여기서 말하는 국토는 조국을 이루는 일차적인 토대이니만큼 산길은 조국이라는 역사 공동체를 이루는 바탕이라고도 해도 과언이 아니다. 물론 조국이라는 역사 공동체의 바탕인 산길에 대한 탐구는 전부터 그의 시집을 이루고 있는 중요한 화두이다. 앞에서도 인용한 적이 있는 시 「마당바위」「태백산 고목 한 그루가 남긴 말」 등이 그러한 화두를 담고 있는 대표적인 예이다.

자연의 일부인 산길은 그 자체로 풍경을 이루기 마련이다. 단순한 경치가 아니라 풍경이라면, 곧 시인의 의식이 작용해 이루는 풍경이라면 당연히 그곳에도 시인의 의식, 곧 시인의 진실과 지혜가 담겨 있기 마련이다. 이를테면 "깊게 성감대"(「장마 그친 뒤」)를 감추고 있는 것이 그의 시에서의 산길이라는 얘기이다. 그가 새로운 생각을 갖고 싶어, "딴생각을 품고 싶어 집을 나"(「어느 만큼」)서 산길로 드는 것도 실제로는 이러한 맥락에서 이해가 된다. 그의 시에 따르면 "사는 일이" "그저 이렇게 돌거나 휘거나 되풀이하며/ 위로 흐르는 것임을"(「산길」) 가르치는 것이 산길이라는 것이다. 산길이 지니고 있는 이러한 점은 다음의 시를 통해서도 충분히 확인이 된다.

걷는 것이 나에게는 사랑 찾아가는 일이다
길에서 슬픔 다 다독여 잠들게 하는 법을 배우고
걸어가면서 내 그리움에 날개 다는 일이 익숙해졌다
숲에서는 나도 키가 커져 하늘 가까이 팔을 뻗고
산봉우리에서는 이상하게도 내가 낮아져서
자꾸 아래를 내려다보거나 멀리로만 눈이 간다
저어 언저리 어디쯤에 내 사랑 누워있는 것인지
아니면 꽃망울 터뜨리며 웃고 있는지
그것도 아니라면 다소곳이 앉아 나를 기다릴 것만 같아
그를 찾아 산을 내려가고 또 올라가고
이렇게 울퉁불퉁한 길을 혼자 걸어가는 것이
나에게는 가슴 벅찬 기쁨으로 솟구치지 않느냐

먼 곳을 향해 떼어놓는 발걸음마다
나는 찾아가야 할 곳이 있어 내가 항상 바쁘다
갈수록 내 등짐도 가볍게 비워져서
어느 사이에 발걸음 속도가 붙었구나!

—「어느 사이 속보速步가 되어」 전문

이 시에서 시인은 산길을 "걷는 것이 나에게는 사랑 찾아가는 일이"라고 말한다. 이어지는 구절에서 그가 "길에서 슬픔 다 다독여 잠들게 하는 법을 배"웠다고 말하고, "걸어가면서" 자신의 "그리움에 날개 다는 일이 익숙해졌다"고 말하는 것도 같은 맥락에서 기인한다. 그로서는 산길을 걷는 가운데 나날의 삶이 만드는 고통과 고난을 극복해 내고 있는 것이다. 이러한 자신을 두고 그는 "숲에서는" "키가 커져 하늘 가까이 팔을 뻗고/ 산봉우리에서는 이상하게도" "낮아져서/ 자꾸 아래를 내려다보거나 멀리로만 눈이" 간다고 말한다.

그럼에도 불구하고 그는 "어디쯤에 내 사랑 누워 있는 것인지" 하고 되물으며 "다소곳이 앉아 나를 기다릴 것만 같"은 사랑을 "찾아 산을 내려가고 또 올라"간다. 이처럼 그는 여기서 "나에게는 가슴 벅찬 기쁨으로 솟구치"는 일이 "이렇게 울퉁불퉁한 길을 혼자 걸어가는 것이"라고 말한다. "먼 곳을 향해 떼어놓는 발걸음마다/ 나는 찾아가야 할 곳이 있어 내가 항상 바쁘다"라고 말하고 있는 것이 그라는 것을 기억해야 한다.

그의 이번 시집에 수록되어 있는 대부분의 시는 "가다"와 "걷다"라는 동사, "산"과 "길"이라는 명사를 중심으로 이미지가 펼쳐지고 있다. 요컨대 '걸어가다'라는 동사와, '산길'이라는 명사를 중심으로 펼쳐지고 있는 것이 이성부의 이번 시집 『산길』에 수록되어 있는 시들이라는 것이다. 물론 그의 시와 함께하고 있는 이들 중심 시어는 오늘을 살아가는 이 나라의 역사 및 사회와 맞물리면서 시인 이성부라고 하는 반성적이면서도 성찰적인 아름다운 주체를 탄생시킨다. 그의 시는 이렇게 탄생된 반성과 성찰의 주체가 산길을 걸어가면서 그 나름으로 느끼고 깨닫는 진실과 지혜를 담고 있어 더욱 주목이 된다. 이때의 진실과 지혜는 산을 포함한 자연의 풍경이 만드는 근원적이고 근본적인 질문을 바탕으로 하고 있어 좀 더 관심을 끌지만 말이다.(2010)

둥근 시간 혹은 둥근 역사

—박주택 시집 『시간의 동공』, 문학과지성사, 2009.

시인이며, 평론가이고, 시학 교수인 박주택, 그가 2009년 11월 다섯 번째 시집 『시간의 동공』을 상재했다. 2004년 5월에 네 번째 시집 『카프카와 만나는 잠의 노래』을 상재했으니, 이번 시집은 무려 5년 만의 산물인 셈이다. 따라서 일단은 그가 이번에 제5시집 『시간의 동공』을 출간한 일부터 축하하지 않을 수 없다.

시집을 내는 것은 여전히 힘들고 어렵다. 이른바 메이저급 출판사에서 시집을 내는 것은 더욱 그렇다. 메이저급 출판사가 아니라고 하더라도 시집을 내기는 쉽지 않다. 온갖 치장된 말로 이들 출판사로부터 시집의 원고가 반려되고 있기 때문이다. 형편이 이렇게 힘들고 어려운데도 박 시인이 새롭게 시집을 내고 호평을 받으니 어찌 축하하지 않을 수 있겠는가.

내가 문단 활동을 시작한 것은 1983년 『삶의문학』을 통해서이고, 박주택 시인이 문단 활동을 시작한 것은 1986년 《경향신문》 신춘문예를 통해서이다. 따라서 그와 나는 모두 1980년대의 문단의 일원이라고 할 수 있다. 당시 나는 〈삶의문학〉의 동인이었고, 그는 〈시운동〉의 동인이었다. 〈삶의문학〉과 〈시운동〉은 지향점은 서로 달랐지만 명실공히 1980년대를 대표하는 동인 그룹이었다. 그럼에도 불구하고 나는 1980년대 내내 박주택 시인에 대해 잘 알지 못했다. 1990년대 초에 이르러서야 겨우 그의 이름을 들을 수 있었기 때문이다. 그에 대해서는 잘 몰랐더라도 그의 시에 대해서는 잘 알 수 있었을 텐데, 실제로는 그렇지도 못했다.

양문규 시인이 실천문학사에 근무할 때였다. 남동생의 친구라서 양문규 시인은 고등학교 때부터 대전시 용두동의 우리 집에 드나들어 피차 이물이 없는 사이였다. 양 시인은 본래 문단의 이런저런 정보에 밝았다. 따라서 그를 만나면 늘 듣고 배우는 것이 많았다.

"대전에서 고등학교를 나온 좋은 시인 중에 보문고등학교 출신도 꽤 있지요? 형님도 있고, 홍희표, 송찬호, 박주택 시인도 있고 말이에요?"

"박주택 시인?"

"박주택 시인을 몰라요? 1986년 《경향신문》 신춘문예 출신인데……"

내가 박주택 시인을 처음 마음속에 받아들인 것은 양 시인과의 이러한 대화를 통해서였다. 하지만 그런 뒤에도 박주택 시인을 직접 만나기는 쉽지 않았다.

박주택? 박주택이라? 웬일인지 나는 자꾸 그가 궁금했다. 고등학교 후배라는 점에서는 송찬호 시인도 마찬가지였다. 송찬호 시인에 대해서는 그래도 어느 정도 알고 있었다. 그의 시 세계에 대해서도 다소간은 짐작을 하고 있었다. 그런데 박주택 시인에 대해서는 아는 것이 거의 없었다.

그런데 왜 이렇게 그가 궁금해지는 거지? 이러는 나 자신이 나도 쉽게 짐작되지 않았다. 하지만 언제나 시간은 빠르게 지나갔다. 지나가는 시간은 내 마음까지 변하게 했다. 일 년이 넘어가자 자연스럽게 박주택 시인에 대한 궁금증도 사그라지고 말았다.

연말이 되자 고등학교 총동창회가 열린다는 연락이 왔다. 장소는 서울 시청 근처의 어느 호텔 연회장이었다. 모처럼 나도 고등학교 동기인 김두환(《연합뉴스》 기자)과 함께 총동창회에 참석을 했다.

총동창회가 열리는 호텔 연회장은 내내 그 특유의 분위기로 술렁였다. 경품 추천을 하기 전인 듯싶다. 참석한 동창들의 이름이 각 횟수별로 하나하나 호명이 되었다. 23회던가. 갑자기 '박주택'이라는 이름이 내 귓밥을 때렸다. 별로 멀지 않은 곳에 앉아있던 사람이 손을 들어 예, 하고 대답을 했다.

박주택? 이 사람이 박주택 시인인가? 순식간에 궁금증이 다시 발동하기 시작했다. 너무도 반가워 이내 나는 그에게 다가가 불쑥 말을 붙였다.

"박주택 시인이에요? 경희대를 졸업한, 《경향신문》 신춘문예 출신 박주택 시인? 아, 나는 시를 쓰는 이은봉이에요. 나, 알지요?"

"아, 그래요. 알지요. 선배님, 잘 알지요."

"박 시인! 많이 보고 싶었는데, 이렇게 만나는군요. ……언제 따로 한번 밖에서 만나요."

박주택 시인과의 첫인사는 이렇게 이루어졌다. 뒷날 따로 그를 밖에서 만났는지 어쨌는지는 잘 기억나지 않는다. 하여튼 이 일을 계기로 나는 박 시인과 급속도로 가까워졌다. 자연스럽게 이런저런 일도 함께 나누게 되었다.

문단이라는 곳에 얼굴을 내밀고 서울에 와서 살면서 나는 늘 외로웠다. 외롭기는 등단이라는 절차를 겪기 전에도 마찬가지였다. 어쩌면 시를 쓰겠다고 나선 것 자체가 외로움을 자초한 일일 수도 있다. 기댈 언덕이 없다고 생각해서일까. 나는 항상 혼자라는 생각을 하며 살아왔다.

나는 박주택 시인이 나처럼 외롭게 문단판을 떠돌지 않기를 바랐다. 많은 사람들의 후의와 격려 속에서 늠름하고 씩씩한 시인으로 성장하기를 기대했다. 이재무 시인을 박 시인에게 소개한 것도 얼마간은 그러한 뜻에서였다. 같은 무렵 대전에서 고등학교를 다닌 것이 이들이었다. 그러니 나로서는 이들이 서로 돕고 의지하면 좋지 않을까 생각했던 것이다. 물론 이러한 배려는 과도한 친절일 수도 있다. 다정도 병이라는 것을 내가 왜 모르겠는가. 그렇다고는 하더라도 박 시인에 대한 내 애정이 컸던 것은 분명하다.

어차피 메마른 사막 위를 터벅터벅 걸어가는 것이 나날의 삶 아닌가. 인생이라는 것이 늘 외롭고 쓸쓸한 것은 이에서 연유하기도 하리라. 하지만 누군가 자신을 지켜보는 사람이 있다는 것은 조금쯤 든든한 일일 수도 있다. 내가 박주택 시인의 활동에 대해 관심을 보인 것은 그러한 뜻에서이기도 했다.

그는 본래 자신을 향상시키기 위해 최선을 다하는 사람이다. 남에게는 말할 것도 없고 저 자신에게도 늘 최선을 다하는 사람이 박주택 시인이다. 최선을 다하는 삶처럼 아름다운 것이 어디에 있겠는가.

그도 그렇지만 나도 이러저런 문예지의 편집에 관여했던 적이 적잖다. 2002년을 전후해서는 계간『문학마을』의 편집에 참여하고 있었다. 이 문예지 2002년 봄호에 싣기 위해 자연스럽게 나는 그에게 신작시 2편을 청탁했다. 선뜻 그는 좋은 시 2편을 보내주었다. 이 2편 중에는 지금도 내가 즐겨 읽는 시「고요」도 들어있었다. 이 시를 처음 읽고 내가 받았던 충격이라니! 아직도 내게는 그때의 감흥이 상당히 남아있다.

> 여기 고요가 있다 고요는 분노의 무덤이다 보라, 연못의 둘레에 고요가 있다 저 고요는 오래되지 않은 것이어서 명상을 가장하지만 성난 황소의 뿔처럼 치명적이다 고요가 고요를 밀어내고 고요가 고요를 갈아엎는다 고요를 보라, 팽팽히 당겨진 시위에 걸려 있는 화살같이 독이 차있다
>
> 무엇이 이토록 굴욕을 고요로 만들었는가? 왜 고요는 핏물을 입안 가득 물고 있는가? 노란 제 몸에다 왜 창백한 유서遺書만을 새기며 싸늘히 웃음 짓고 있는가?
>
> —「고요」 전문

분노의 무덤인 고요! 독이 차있는 고요! 굴욕으로 만든 고요! 핏물을 입안 가득 물고 있는 고요! 창백한 유서遺書를 새기며 싸늘히 웃고 있는 고요……! "명상을 가장하"고 있지만 그의 시에 발화되어 있는 '고요'는 내게 "성난 황소의 뿔처럼 치명적"이었다. 일단은 '고요'라는 관념이 이렇게 실감있게 육화될 수 있다는 것이 신기했다.

『봄 여름 가을 겨울』『절망은 어깨동무를 하고』 등의 시집에 실려있는 시에서 나도 자유, 사랑, 절망 등의 관념을 의인관해 살아있는 생물처럼 표현한 적이 있기는 하다. 하지만 이처럼 격렬한 실감을 얻지는 못한 듯싶다. 어쨌든 이 시 「고요」는 아직도 내게 충격으로 남아있다.

시를 얻는 방법은 사람마다 다르다. 나는 자연과의 관계에서 시를 얻기도 하고, 사람과의 관계에서 시를 얻기도 한다. 뿐만 아니라 시와의 관계에서 시를 얻기도 한다.

시와의 관계에서 시를 얻는다는 것은 선행하는 시로부터 영향을 받는다는 것을 뜻할 수도 있다. 물론 이는 좋은 시는 좋은 시를 부른다는 관점으로 이해될 수도 있다. 박 시인의 시 「고요」가 내게 「적막」이라는 시를 쓰게 한 것도 마찬가지이다. 너무도 갑자기 쓴 것이 이 시 「적막」이다. 그러다 보니 나 자신도 그 과정이 놀랍지 않을 수 없었다.

이 시는 여러 면에서 박 시인의 영향을 짐작케 한다. 『시작』 2003년 겨울호에 발표될 당시 시의 제목 밑에 "—박주택"이라는 부제를 붙인 것은 이를 알리기 위해서이다. 물론 이 시는 당시의 내 마음을 매우 적실하게 담아내고 있다. 참고, 견디고, 기다리며 느끼던 당시의 복합적인 감정, 아프면서도 아프다고 말할 수 없던 내 마음이 마구 뒤얽혀 있는 것이 이 시이다.

조병화 선생의 장례 때이니 2003년 3월 초의 일인 듯싶다. 경희의료원에 그분의 빈소가 차려져 있어 나도 '일요고전읽기' 모임의 회원들과 함께 문상을 가게 되었다. 예를 갖춘 뒤 빈소를 떠나지 못하고 근처에서 머뭇거리고 있는데, 문득 박주택 시인의 얼굴이 보였다. 그도 문상을 마친 뒤 담배 한 대를 피우러 나온 듯했다. 모습이 초췌해 보여 어찌된 일이냐고 물으니 마음이 좀 상해 서해안 일대를 돌다가 조병화 시인이 작고했다는 소식을 듣고 지금 막 돌아오는 길이라고 했다. 겉으로 보기에도 무슨 힘들고 어려운 일을 참고 견디느라 아파하는 모습이 역력했다.

박 시인이 내면의 고통을 참고 견디는 방법을 지켜보며 당시 나는 나 자신의 마음을 이리저리 뜯어본 적이 있다. 나도 좀 예민한 편이라서 감정에 변화가 생기면 참고 견디느라고 가슴에 퍼렇게 멍이 들고는 하지 않는가. 나는 그저 이런저런 말로 동병상련을 표현하려고 애를 쓰지 않았나 싶다. 정확히 기억은 나지 않지만 대강 참아야 하니라, 참아야 하니라 등의 말을 연발했을 것으로 짐작된다.

많은 사람들이 나를 두고 박주택 시인과 닮았다고 하고, 박주택 시인을 두고 나를 닮았다고 한다. 특히 대구의 문인수 시인은 여러 차례 나를 박주택이라고 부르는 실수를 하기도 했다. 문인수 시인만이 아니라 그밖의 여러 시인들도 같은 실수를 반복해 나를 어이없게 했다.

이위발 시인도 그들 중의 하나이다. 인사동의 어느 술자리에서였는데, 느닷없이 누군가 뒤에서 나를 껴안으며 큰소리로 외쳤다. "박주택! 나야, 나. 너, 정말 오랜만이다. 나라니까. 너, 왜 모르는 체 해!" 심지어 그는 나를 돌려 세운 후 와락 끌어안기도 하고, 두 볼을 양손으로 감싸 쥐기도 하며 같은 말을 반복했다. 덩치도 커다랗고, 손바닥도 커다란, 도대체 알 수 없는 사람이 갑자기 나타나 이상한 짓을 해대니 나로서는 황당하지 않을 수 없었다.

주위의 사람들이 나선 뒤에야 그는 하던 짓을 멈추었다. 나중에 알고 보니 이위발 시인이었다. 곧바로 그는 내게 사죄를 했다. 하지만 이러한 돌출행동이 어찌 그만의 탓이겠는가.

〈글발〉이라는 축구를 좋아하는 시인들의 모임이 있다. 2007년 봄, 그들이 떼거지로 광주에 내려온 적이 있다. 광주대학교 문예창작과 학생들과 축구를 하기 위해서였다. 도서출판 북인의 대표인 조현석 시인도 〈글발〉 동인의 일원이었다. 물론 그도 광주에 내려와 학생들과 함께 공을 찼다. 내가 도서출판 북인에서 시선집 『알뿌리를 키우며』를 간행하게 된 것은 다 그 때의 인연 때문이다.

이 시선집의 교정을 보던 중이었다. 시집이 되려면 아무래도 사진이 필요할 것 같았다. 조현석 시인에게 전화를 했더니 인터넷에서 다운을 받아 이미 여러 장의 사진을 갖고 있다는 것이었다. 나도 좀 그 사진을 보자고 하자 이내 그가 10여 장의 사진을 내게 이메일로 보내왔다. 그런데 웬걸 사진 속의 인물은 내가 아니라 모두 박주택 시인이었다.

내가 박주택 시인과 그렇게도 많이 닮았나? 언뜻 보기에는 비슷한 면도 있는 듯싶었다. 하지만 그는 모든 면에서 나보다 크다. 덩치도 크고, 키도 크고, 얼굴도 크고, 마음도 크다. 물론 나이는 내가 좀 많지만. 등단도 내가 좀 빠르고……

지금까지 나는 모두 일곱 권의 시집을 출간했다. 따로 꼬집어 말하지 않아도 이들 시집에는 각기 그 나름의 이런저런 사연이 들어있다. 그중에서도 여섯 번째 시집 『길은 당나귀를 타고』는 내 생애에서 가장 고통스러웠던 시절의 정서가 담겨 있어 더욱 애착이 간다. 이 시집이 간행되고 난 뒤 비로소 나는 한성기 문학상, 유심 작품상 등 문학상이라는 것도 받았다.

겉보기와는 달리 나는 수치심이 많은 편이다. 그러다 보니 낯선 일과 마주치면 쑥스러워할 때가 없지 않다. 그것은 여섯 번째 시집 『길은 당나귀를 타고』를 간행한 뒤 홍보할 때도 마찬가지였다. 박주택 시인은 자꾸만 쭈빗대는 나를 데리고 모 신문사의 문화부에 직접 방문해 주기까지 했다. 뿐만 아니라 그는 문단의 몇몇 사람들을 모아 내게 작은 출판기념회를 열어 준 적도 있다.

박 시인과 나는 고향이 충남이라는 점에서도 연고를 함께하고 있다. 그는 서산 출신이고, 나는 공주 출신이다. 이러다 보니 그와는 충남시인협회의 일로 모여 밤늦게까지 정의情誼를 닦을 때도 있었다. 충남시인협회의 목적은 친목을 도모하는 것이 전부다. 목적이 이렇다 보니 일 년에 두어 차례 고향의 어딘가에서 모여 술과 노래로 한바탕 밤을 지새울 때도 있다. 술에 취해도 박 시인은 결코 주정을 하지 않는다. 그동안 나는 그가 술에 취해 특별한 짓을 하는 것을 한 번도 본 적이 없다.

물론 그도 가슴의 밑바닥에는 들끓는 열정을 갖고 있는 것이 분명하다. 이는 그동안 발표된 그의 시들만 보더라도 잘 알 수 있다. 이번의 시집 『시간의 동공』에 수록되어 있는 시들로도 그의 아픈 내면을 알기에는 부족함이 없다. 물론 그는 자신의 아픈 내면을 일상의 생활에서는 전혀 드러내지 않는다. 이것이야말로 그의 인간적인 장점이라고 할 수 있다. 누구라도 그를 편안하게 대할 수 있기 때문이다.

하지만 그의 시는 휴식을 삼아 읽기에는 좀 버거운 것이 사실이다. 쉽게 생각하고 그의 시에 임했다가는 중도에 읽기를 포기하기 일쑤이다. 결코 편안하게 읽히지는 않는 것이 그의 시라는 뜻이다.

우선은 그의 시의 어휘들이 곱고 부드러운 리듬으로 결합되어 있지는 않다는 것을 알 수 있다. 그의 시가 독자들에게 따듯하고 우아한 속도감을 주지는 않는다는 것이다. 그보다는 길들이지 않은 수말을 타고 허허벌판을 달리는 것처럼 거칠고 버걱거리는 음상音相을 느끼게 하는 것이 그의 시이다. 얼마간은 낯설고 불편하게 읽히는 것이 그의 시의 리듬 체계라는 것이다. 물론 이는 다분히 의도된 것으로 보인다. 이른바 소격 효과를 획득하기 위해 일부러 그렇게 만들고 있는 것이라는 얘기이다.

물론 그의 시의 이러한 면이 오직 기표의 차원에서만 이루어지는 것은 아니다. 오히려 이는 기의의 차원에서 좀 더 명확하게 나타나고 있는지도 모른다. 리듬의 형성은 쉽게 이루어지지만 이미지나 의미의 형성은 쉽게 이루어지지 않는 것이 그의 시이기 때문이다. 이로 미루어 보더라도 그의 시는 충분히 난해시의 범주에 든다고 할 수 있다.

그의 시가 난해해 보이는 가장 중요한 까닭은 그의 말처럼 "세계 속에 들어가서 세계의 해석을 시에 옮겨 놓"으려 하는 데서 연유할 수도 있다. 시를 쓸 때 그가 "세계의 해석 속으로 들어가 그 세계와 맞닥뜨리는 응시의 순간"을 파고들기 때문이라는 것이다. 이러한 "파고듦 속에 어떤 것들과의 격렬한 피 흘림이 있다면 그 피 흘림을 겪는 것을 그대로 옮겨 쓰는"[1] 것이 그의 시라는 것을 알 필요가 있다. "불멸과 영원에 대한 지향성이 있으면서"도

---

1 박주택 · 김수이 대담, 「격렬한 응시의 기록」, 『시를 사랑하는 사람들』(2010년 1-2월호) 30쪽.

"한편으로는 죽음과 소멸에 대한 끊임없는 예감과 나아가 그것을 향해 달려가는 광기 같은 것들이 혼재"[2]되어 있는 것이 그의 시라는 뜻이다.

복잡하기 짝이 없는 내포들이 마구 뒤얽혀 있기 때문일까. 그의 시는 머리가 탁한 오후보다 머리가 맑은 오전에 읽을 때 좀 더 흥취를 준다. 그만큼 집중력이 요구되는 것이 그의 시라는 것이다. 물론 그의 시 중에는 머리가 맑은 오전에 읽어도 명확히 형상이 만들어지지 않는 것도 없지 않다. 어쩌면 아예 형상을 거부하고 있는 것이 그의 시인지도 모른다.

시에서 형상은 보통 이미지와 이야기와 정서가 결합되면서 만들어진다. 그의 시에서 형상이 불분명한 까닭은 이 중에서도 이미지와 이야기의 요소가 좀 더 약화되어 있기 때문으로 보인다. 정서와 함께 흔히 형상의 3요소라고 불리는 것이 이미지와 이야기이다. 따라서 이미지와 이야기보다는 정서를 기초로 한 지성의 아우라를 전경화하는 것이 그의 시라고 할 수 있다.

이미지가 공간적인 것이라면 이야기는 시간적인 것이다. 이미지와 이야기를 소홀히 하면 시에서 시간과 공간이 명확히 드러나지 않게 된다. 그의 시는 상대적으로 이미지를 간과하기보다는 이야기를 간과한다. 상대적으로 이야기를 간과하고 있어 시간의 경과가 명확히 지각되지 않는 것이 그의 시이다.

물론 이러한 지적을 그의 시에 시간 자체가 표현되어 있지 않다는 뜻으로 이해해서는 안 된다. 주인공의 행위를 통한 시간의 흐름, 곧 스토리의 전개를 보여 주지는 않지만 시간과 관련된 기표들은 수없이 산포되어 있는 것이 그의 시이기 때문이다. 「망각을 위한 물의 헌사」에는 '물'로, 「배경들」에는 '낮과 밤'으로, 「독신자들」에는 '세월'로 변주되어 있는 것이 그의 시에 드러나 있는 시간의 기표들이다. 이는 무엇보다 그동안 그가 자신의 시를 통해 시간이 지니고 있는 다양한 모습을 아주 깊이 있게 통찰해 왔다는 것

---

2 위의 글, 위의 책, 28쪽.

을 뜻한다.

시간과 관련해 그가 통찰해 온 내용은 매우 방대하고 복잡하다. 그중 가장 눈에 띄는 것은 '시간의 축적'과 관련된 것들이다. 한편으로는 세월을 만들고, 다른 한편으로는 역사를 만드는 것이 그가 생각하는 '시간의 축적'이기 때문이다. 물론 그의 시에서 정작 따져보아야 할 것은 '세월로서의 시간'이 아니라 '역사로서의 시간'이다. '역사로서의 시간'에 대한 인식은 우선 그의 시 「강남역」을 통해 확인이 된다.

'강남역'은 밀실이 아니라 광장이다. 뿐만 아니라 '강남역'은 첨단의 문화적 공간이기도 하다. 상징적으로 말하면 '강남역'은 한여름(盛夏)의 공간이라고 불러도 좋다. 이 '강남역'과 관련해 '역사로서의 시간'이 구체적인 개인과 사회에 어떤 변화를 가져왔는가를 추적하고 있는 것이 이 시라고 할 수 있다.

> 그리하여 시간이란 계급을 재편성하는 과정이란 느낌이 들 때
> 햄버거는 입속에서 혈관을 터뜨리고 커피는 저녁처럼 어두워졌다
> 순환하는 인간들, 청춘은 중년이 되고 또 다른 청춘은
> 이곳을 가득 메우며 노년에 이르게 됨을 눈치채지 못한다
> 이십 년 전에도 그랬다, 포장마차가 즐비했던 자리는
> 고층으로 새를 부르고 검게 그을린 유리창에 잎사귀를 부르지만
> 저 싱싱한 다리는 아주 기분 나쁜 팔자를 만나
> 저녁의 숙명에 흘러가는 것을
>
> 화장품 상점에서 환한 빛으로 나오는 여자가 남자 속에서
> 둥글어지는 여름이다, 땀내 무럭무럭 자라 보잘것없음이
> 나의 나라라는 것임을 마침내 떠가며 알아갈 것이니
> 여름이란 이곳을 차지하던 그 누군가들의 부푼 육체 속에
> 청춘의 찜통을 채우는 일이다 편성된 계급에 기대어

유리창 너머로 들리는 꿈의 찰각거리는 소리에
혹독한 운명이 자신의 것이 아니라고 부인하지만
평화가, 평화가, 나의 국가에서 울려 퍼지는 것이라고
저 시간은 벽 속에 도는 피에 빗대 저녁을 침묵시킨다.

—「강남역」 전문

이 시에 따르면 역사로서의 시간은 일단 "계급을 재편성하는 과정"으로 존재한다. 시간의 수직적, 종적 축적이 역사 아닌가. 시간이 이렇게 축적되는 과정에 역사의 이름으로 계급의 재편이 일어나는 것은 너무도 당연하다. 오늘의 '강남역'도 그러한 과정을 거쳐 점차 "둥글어지는 여름"으로 변화되어 왔기 때문이다. 다소 추상화시켜 말하면 그것이 곧 역사의 진행 방향인 것이다.

여기서도 알 수 있듯이 이 시는 역사의 진행 방향이 뫼비우스의 띠처럼 순환하는 발전 형식, 곧 나선형 발전 형식을 취하고 있다는 생각까지 포괄한다. 역사로서의 시간을 순환하는 계절과 연결시켜 이해하고 있는 이 시의 몇몇 구절이 이를 잘 증명해 준다. 역사를 이렇게 인식하게 되면 당장의 시간이 둥글게 느껴질 수밖에 없다. 이 나라의 역사가 피워 올리는 성하盛夏의 현장인 '강남역'이 이 시에서 "둥글어지는 여름"으로 비유되고 있는 것을 기억하지 않으면 안 된다.

하지만 "둥글어지는 여름"으로 비유되고 있는 '강남역'이라는 이 나라의 청춘이 마냥 행복한 것만은 아니다. 이 나라의 청춘, 곧 이 나라의 여름이라는 것도 결국은 각각의 "부푼 육체 속에" 젊음이라는 "찜통을 채우는 일"에 지나지 않기 때문이다. 따라서 그가 개인의 차원이든 나라의 차원이든 여름이라는 계절과 낮이라는 시간을 별로 긍정적으로 받아들이지 않는 것은 당연하다. 낮이라는 청춘과 여름이라는 청춘도 언젠가는 밤이라는 노년과 겨울이라는 노년에게 제 자리를 내줄 수밖에 없기 때문이다. 강남역에 넘쳐흐르는 저 "싱싱한 다리"도 머지않아 시간이라는 "기분 나쁜 팔자를 만나" "저녁"에, 곧 "노년에 이르"기 마련이라는 것을 잊어서는 안 된다.

그가 "여름이란 이곳을 차지하"는 것을, 다시 말해 성하의 강남역을 차지하는 것을 별로 좋아하지 않는 것도 바로 이 때문이다. 오히려 그는 얼마간 결핍이 있고, 고통이 있는 밤이라는 시간을, 겨울이라는 계절을, 어둠이라는 역사를 선호하고 있는지도 모른다. 복잡하게 뒤얽힌 채 아프고, 힘들고, 고통스러운 심리적 현존을 참고 견뎌야 하는 시간이 훨씬 더 맑은 정신과 의욕을 줄 수도 있기 때문이다.

이처럼 고통의 시간을 오히려 친근하게 받아들이고 있는 것이 그이다. 시간에 대한 그의 생각이 이렇게 정리되고 나면 그의 시에 대한 이해도 훨씬 빨라지게 된다. 수수께끼처럼 보이던 그의 시가 의외로 쉽게 읽혀지게 된다는 것이다. 물론 시간에 대한 이러한 생각은 그의 시를 열고 들어가는 중요한 열쇠가 될 수 있다. 그의 시에 드러나 있는 '시간의 눈'이나 '시간의 눈동자' '시간의 동공' 등의 기표가 함유하고 있는 내용도 이와 관련시켜 이해하면 한결 더 명확해진다. 이들 기표가 공히 시간의 핵심 원리를 가리키는 비유적 표현에 지나지 않기 때문이다.

그렇다면 그의 시에 드러나 있는 거리(네거리)의 이미지, 울음과 눈물의 이미지, 밤과 어둠의 이미지가 내포하는 의미도 분명해진다. 물론 밤과 어둠의 이미지는 황혼, 노을, 석양, 저녁, 저물녘, 자정 등의 이미지로 확대되면서 희망이나 꿈을 뜻하는 달이나 별의 이미지를 낳기도 한다. 뿐만 아니라 밤과 어둠의 이미지는 그림자, 그늘, 잠, 적막, 고요, 침묵 등의 이미지로 심화되면서 그 시 특유의 침통하고 우울한 정서를 산출하는 데 기여한다. 하지만 그의 시에서는 이들 이미지도 구체적이고 생생한 장면이나 풍경을 만들지는 못한다. 실제로는 이미지로 기능하기보다는 의미로 기능하며 그의 시의 주지적 아우라를 창출하는 데 도움을 주는 것이 예의 기표들일 수 있기 때문이다.

이로 미루어 보더라도 박주택의 시는 기존의 모더니즘 시와 크게 변별된다. 무엇보다 이는 손쉽게 공간화되지 않는 그의 시의 시간과 깊이 연관되어 있다. 물론 그의 시에서도 시간은 있는 그대로 기술되어 있지 않다. 오히려 그의 시에는 느리게 유전하는 시공이 착종되어 있다고 해야 옳다. 그의 시 역시 느리고 둥글게 운동하는 속도감을 바탕으로 하고 있기는 하지만 말이다.

경험이나 체험의 직접적 표현보다는 주지적인 상념의 간접적 표현을 앞세우고 있는 것이 그의 시이다. 그의 시에는 구체적인 장면이나 풍경이 그려져 있지 않은 것도 이와 무관하지 않다. 장면이나 풍경이 그려져 있지 않다는 것은 제대로 된 공간을 갖고 있지 않다는 뜻이 되기도 하기 때문이다. 시간과 마찬가지로 공간도 편린의 형태로 존재해 있는 것이 그의 시이다. 이로 미루어 보면 그의 시는 시간은 물론 공간도 거부하고 있는 것처럼 보인다. 무엇보다 이는 그의 시가 구체적인 대상을 받아들이지 않고 있는 데서 기인한다. 의식의 표면에 떠오르는 이런저런 상념에 그 나름의 시적 언어를 부여하는 방식으로 시를 쓰고 있는 것이 그라는 것이다. 그의 시가 관념화되고 추상화되는 것도 실제로는 이에서 기인한다.

이와 상관없이 그의 시의 화자는 길이나 거리(네거리), 도로 위에 서있을 때가 많다. 물론 이는 그가 나날의 삶을 길 위의 존재로 이해하고 있다는 것을 뜻한다. 이때의 길이나 거리(네거리), 도로는 세차게 바람이 부는 공간인 경우가 대부분이지만 말이다.

그의 시에서 길 위의 존재는 울음과 눈물의 나날을 보내는 경우가 많다. 아침이나 낮의 이미지보다 저녁이나 밤의 이미지, 노을, 황혼, 그늘, 그림자 등의 이미지가 그의 시에 변주되고 있는 것도 이에서 비롯된다. 이는 그의 시의 주요 정서가 기쁨, 즐거움, 행복 등보다는 고통, 아픔, 슬픔, 이별, 불안, 두려움, 모독, 환멸, 죽음 등을 향하고 있는 이유이기도 하다. 이번 시집의 시들에서 그가 직선의 이미지보다는 곡선이나 원의 이미지를 앞세우고 있는 것도, '우리'라는 복수 일인칭 대명사를 내세우고 있는 것도 동일한 맥락에서 이해가 된다. 눈이나 눈동자, 동공의 이미지가 이루는 내포도 실제로는 곡선이나 원의 이미지와 깊이 연결되어 있다고 해야 마땅하다.(2010)

여성, 모성, 동심

—성배순 시집 『어미의 붉은 꽃잎을 찢고』, 시로여는세상, 2008.

성배순의 시 세계는 대강 몇 개의 단어로 요약된다. 여성, 모성, 동심 등이 다름 아닌 그것이다. 이들 단어에 함유되어 있는 내포는 상호 분리되어 있으면서도 연결되어 있어 더욱 관심을 끈다. 여성의 문제는 모성의 문제와, 모성의 문제는 동심의 문제와, 동심의 문제는 순수의 문제와 상호 뒤얽혀 있다는 뜻이다. 따라서 이들 가운데 훨씬 소중하거나 귀중한 단어는 없다고 해야 옳다. 그럼에도 불구하고 상대적으로 좀 더 중심이 되는 단어 하나를 고르라면 '여성'을 택하지 않을 수 없다. 여성이든 모성이든 동심이든 순수이든 이들 단어는 공히 사람과 깊이 관련되어 있다는 점에서 공통성을 갖는다.

이러한 논의는 성배순의 시에서 발견할 수 있는 가장 중요한 제재가 사람, 즉 인물이라는 것을 지시한다. 그의 시가 지니고 있는 첫 번째 특징이 '인물 형상의 시'라고 할 수 있는 것도 바로 이 때문이다. 그렇다. 대부분의 그의 시는 인물 형상을 심미적인 안목으로 추적하는 데 초점을 두고 있다. 인물 중에서도 여성이 주류를 이루고 있다는 점에서 그의 시는 얼마간 페미니즘적인 특징을 드러내기도 한다. 이때의 여성은 노인이거나 어머니이거나 아이라는 점에서 시인의 직접적인 경험을 반영하고 있다. 물론 여기서 말하는 '직접적인 경험'은 일상의 구체적인 체험을 가리킨다.

하지만 그의 시에 이들 여성 인물이 지니고 있는 여성성 자체가 추상적으로 천착되어 있거나 탐구되어 있는 것은 아니다. 여성성을 바탕으로 하되 전투적이거나 투쟁적인 페미니즘을 드러내고 있지는 않다는 뜻이다. 이러한 점은 그의 시에 현현되어 있는 여성성이 남성성 혹은 부성에 대해 특별히 저항적이거나 거부적이지 않다는 것으로도 충분히 확인이 된다. 여성 인물들을 소재로 하고 있기는 하지만 소외되고 버려지는 노인, 모성에 의해 감싸지는 아이, 동심에 의해 보살펴지는 어머니, 인간이면 누구나 겪게 되는 생로병사生老病死의 과정 등 다소간은 보편적인 인간의 삶에 기초하고 있는 것이 그의 시이다.

그의 시에 등장하는 여성은 이처럼 중심에서 유폐되어 있거나, 치매에 걸려 있거나, 동남아에서 팔려 왔거나, 분단으로 오래 헤어져 있거나, 늙어 죽어가고 있는 사람들이다. 말하자면 이들 여성은 소외되고 버려진 존재들로 끊임없이 시인에게 연민을 불러일으키는 존재들이라는 것이다. 그런가 하면 이들 여성은 어머니와 딸처럼 구체적인 가족관계를 이루고 있는 경우와, 단지 보편적이고 일반적인 사회관계를 이루고 있는 경우로 대별되기도 한다.

이러한 논의는 무엇보다 그가 섬세한 사회의식과 역사의식을 통해 세계를 파악하고 있고, 그 결과를 따듯한 사랑의 마음으로 자신의 시에 반영하고 있다는 뜻이 된다. 다름 아닌 바로 이러한 점이 그의 시가 이 시대의 수많은 젊은 시인들의 그것과 변별되는 중요한 특징이라고 할 수 있다. 우선은 성의 구별이 명확하게 드러나 있지 않은 시부터 살펴보기로 하자.

낡은 집에 갇혔네. 늙은 저 고양이
천장까지 꽉 찬 적막 속을 허우적거리네.
창문 틈 햇살꼬리나 물어보네.
관절 풀린 허연 고양이

잠시 열린 문틈으로

바람 속에 서보네.
풀잎에 몸 베일 때마다 비릿하네.
황홀은 잠시라고 외출은
결코 배부르지 않다고
길고양이들 수군거리네.

그때, 햇살에 현기증 나네.
몸의 기억을 꺼내
발톱을 펴보고 꼬리를 치켜세우고
늙은 저 고양이 허공으로 날아가네.
햇빛 속에서 몸을 바꾸네.

공원 무료급식소 긴 줄 끝 쓰레기통 뒤에

—「고양이」 전문

이 시에 표면적으로 노래되고 있는 대상은 말할 것도 없이 "낡은 집에 갇" 혀있는 '늙은 고양이'다. 하지만 거듭해 읽다 보면 이 시에서의 늙은 고양이가 독거노인의 알레고리라는 것을 알게 된다. 따라서 이 시의 정작의 중심 대상은 독거노인이라고 해야 마땅하다.

물론 독거노인의 알레고리인 늙은 고양이에 대한 시인의 정서적 태도는 연민이다. 그렇다면 이 시는 고양이로 상징되는 독거노인에 대한 안쓰러운 마음, 차마 어찌하지 못하는 마음에서 비롯되고 있다고 할 수 있다. 문면에는 확실히 드러나 있지 않지만 이 시에서의 독거노인도 여성이라고 해야 옳을 듯싶다. 남성으로 읽더라도 크게 어색할 것은 없지만 전체적인 분위기로 볼 때 여성으로 읽어야 좀 더 실감을 주기 때문이다.

이 시에서의 독거노인, 즉 빈집에 유폐되어 있는 독거노인은 애완용 늙은 고양이의 이미지를 통해 드러나 있어 더욱 관심을 끈다. 이러한 논의는 독거노인이 애완용 고양이에 비교, 비유되어 있다는 것을 뜻하기도 한다. 이렇게 비교, 비유될 수 있는 까닭은 독거노인이 애완용 늙은 고양이만도 못한 대접을 받고 있다는 것과 무관하지 않다. 말하자면 이 시에는 피서 철이나 여행 철이면 아무 데나 유기해 버리는 애완용 고양이와 별로 다를 바 없는 것이 독거노인이라는 인식이 깔려 있는 셈이다.

"잠시 열린 문틈으로/ 바람 속에 서보"는 늙은 고양이 같은 독거노인! 독거노인은 이 시의 핵심 소재이기도 하지만 우리 사회 전체의 핵심 문제이기도 하다. 시인은 여기서 "관절 풀린 허연 고양이", 급기야 생을 마치기 위해 "몸의 기억을 꺼내/ 발톱을 펴보고 꼬리를 치켜세우고" "허공으로 날아가"는 늙은 고양이로 이미지화되어 있는 독거노인의 문제를 우리 사회 전체의 문제로 불러내고 있는 것이다. 따라서 이 시의 주된 정서는 황홀했던 젊은 날을 보내고 이제는 "낡은 집에 갇"혀 다른 존재로 "몸을 바"꾸고 있는 독거노인들에 대한 안쓰러움에서 비롯되었다고 해야 마땅하다.

물론 시적 대상을 안쓰러워하는 마음, 차마 어찌하지 못하는 마음, 곧 연민이 유독 이 작품에만 강화되어 있는 것은 아니다. 다음의 시에서도 확인할 수 있듯이 연민은 그의 시 일반이 지니고 있는 기본적인 특징이라고 해도 지나치지 않다.

몸통에서 벗겨진 껍질들이 땅에 떨어졌다.
사방에서 검은 상복의 개미 떼들이 모여들었다.
고운 삼베로 바꿔 입은 어머니, 흙의 입속으로 들어가고 있다.

아침부터 세상의 독사 만나 싸우고 돌아온 밤에는, 소주 한 병 들이켜고는 마당에 내려가 춤추던 어머니, 달빛 당겼다가 풀었다가 이쪽에서 담 저쪽까지 흰 천 가르며, 천천히 밀교 의식 치르던 어머니, 하늘에서 두레박이 내려오면 어쩌나. 겨드랑이에서 날개가 솟아 하늘로 솟구치면 어쩌나. 그때마다 마루에서 뛰어 내려가 발목 잡았다. 이제

저 발은 자유롭게 춤추겠지. 어머니가 타고 내려간 두레박줄이 땅 위로 올라왔다.

—「두껍두껍아 헌 집 줄게」 전문

이 시에서 드러나 있는 연민의 대상은 어머니이다. 이는 특히 어머니가 "세상의 독사 만나 싸우고 돌아온 밤에는, 소주 한 병 들이켜고는 마당에 내려가 춤"을 추는 서러운 존재로 묘사되고 있는 점에서 확인이 된다. 이 시에서도 어머니라는 여성이 겪어온 고통의 날들로부터 느끼는 시인의 안쓰러운 마음이, 곧 차마 어찌하지 못하는 마음이 정서의 주조를 이루고 있다는 뜻이다.

1연에서의 어머니는 "고운 삼베로 바꿔 입"고 "흙의 입속으로 들어가고 있다". 물론 여기서 "흙의 입속으로 들어가고 있다"는 말은 이미 어머니가 죽어 흙이 되고 있다는 뜻을 에둘러 표현한 것이리라. "사방에서 검은 상복의 개미 떼들이 모여들었다"라는 말도 자연의 섭리에 따라 벌레들의 먹이가 되고 있다는 뜻을 수사적으로 표현한 것으로 보인다. 2연에 보이는 "하늘에서 두레박이 내려오면 어쩌나. 겨드랑이에서 날개가 솟아 하늘로 솟구치면 어쩌나"와 같은 구절도 에둘러 말하는 방식으로 태어난 수사적 표현이기는 마찬가지이다. 달빛 밝은 밤 분을 못 이겨 이리 뛰고 저리 뛰는 어머니가 죽기라도 할까 봐 쩔쩔매고 있는 자신의 마음을 시인은 이렇게 표현하고 있는 것이다.

이로 미루어 보면 시인 성배순은 한국어를 매개로 하는 시의 보편적인 표현 방식에 매우 익숙한 사람이라는 것을 알 수 있다. 주제의 깊이나 의미의 넓이보다는 수사적 표현에서 태어나는 이런저런 말맛과 함께하는 것이 한국어를 매개로 하는 시의 기본적인 특징이기 때문이다. 되도록 낯설고 능청스럽게 표현해 내는 말의 방식으로부터 반어며 역설, 풍자며 해학 등 한국어를 매개로 하는 시의 수사적 장치들이 태어난다는 점을 잊어서는 안 된다.

성배순 시의 주된 특징을 요약하는 단어가 '여성'이라는 것은 앞에서도 이미 말한 바 있다. '여성'은 지금까지의 그의 시를 이루는 핵심 화두라고 해도 지나치지 않다. 물론 그의 시의 좀 더 섬세한 화두는 여성 중에서도 모성이라고 해야 옳다. 모성이 그의 시가 지니고 있는 특징을 요약하는 또 하나의 단어라는 것도 이미 앞에서 말한 바 있다. 여성을 이루는 정작의 내용인 모성을 강조하기 위해 심지어 그는 이 시집의 서문에서 새끼들에게 저 자신의 몸을 희생하는 옴두꺼비, 우렁이, 염낭거미, 알바트로스 등을 예로 들기도 한다.

여성 중에서도 모성, 즉 어머니의 현존이 중심 대상으로 탐구되고 있는 그의 시로는 위의 시 이외에도 「코탱골목」「신구지가－둘」「신구지가－하나」「알의 역사」「목어」「등」「떡 만드는 아이」「어머니 장월찬은 나 성배순을 낳고」 등을 더 찾아볼 수 있다. 특히 그의 시 「등」은 유년의 화자인 시인이 어머니로부터 느끼는 모성을 섬세하게 그려내고 있어 좀 더 주목이 된다.

> 이 길을 가면 안 돼, 안 돼. 광주리 가득 열무며 깻잎 동부 등을 머리에 이고 어머니는, 신작로 옆 좁은 논둑길로 가신다. 군중이 없는 공중에서 늙은 곡예사는 외줄을 탄다. 광주리 가득 담긴 썩은 사과며 풀빵은 길가의 돌멩이. 하루 종일 햇빛에 혼자서 구워진다. 어머니의 얼굴을 아는 사람은 세상 어디에도 없다. 한밤중 무심코 깨었을 때에도 등 돌리고 깁고 있던 양말, 물꼬 문제로 동네 사람들과 다툴 때에도, 거름을 수레 가득 싣고 들로 갈 때에도, 언제나 내가 본 것은 소코뚜레로 휘어진 어머니의 등. 그렇게 어머니는 가슴으로 세상과 싸우고 나는 그 등 뒤에서 숨어 자랐다.
>
> 오금이 저려 절뚝절뚝 일어서면 아득히 보이는 어머니의 모습. 어둠보다 앞서 오시느라 땀에 흠뻑 젖은, 그 등에 업혀 빵 조각을 먹고 오줌을 지렸다. 날 키운 것은 젖이 아니었다.
>
> —「등」 전문

이 시의 중심 대상은 "소코뚜레로 휘어진 어머니의 등"이다. 이러한 등을 갖고 있는 어머니는 "광주리 가득 열무며 깻잎 동부" 따위를 "머리에 이고" 시장에 나가 팔거나, "하루 종일 햇빛에 혼자서 구워"지는 "광주리 가득 담긴 썩은 사과며 풀빵"을 길가에 내려놓은 채 들일을 하고 있다. 한밤중에는 양말을 깁기도 하고, 대낮에는 "물꼬 문제로 동네 사람들과 다"투기도 하며 지금까지 살아온 것이 어머니이다. 심지어 어머니는 "거름을 수레 가득 싣고 들로" 나가는 상일꾼의 노동을 하기도 한다.

"그렇게 어머니는 가슴으로 세상과 싸"우며 사는데, 시인은 그러한 어머니의 "등 뒤에서 숨어 자"란다. 어머니가 그에게 등으로, 곧 배경背景으로 인식되는 것은 바로 이러한 점 때문이다. 물론 어머니가 등으로, 곧 배경으로 인식될 수 있는 좀 더 직접적인 근거는 끊임없이 계속되는 모성애이다. 시인이 "어둠보다 앞서 오시느라 땀에 흠뻑 젖은" 어머니의 "등에 업혀 빵 조각을 먹고 오줌을 지"리며 컸다고 진술하고 있는 것도 실제로는 이와 관련되어 있는 것으로 보인다.

어머니를 등으로, 즉 배경으로 인식하고 있다고 하더라도 그가 이 시를 통해 정작 드러내고 있는 것은 힘들고 어렵게 살아온 어머니에 대한 안쓰러움, 곧 연민이라고 해야 옳다. 이때의 연민은 '차마 어찌하지 못하는 마음', 즉 측은지심과도 곧바로 연결된다. 당연히 측은지심은 인仁의 마음, 곧 사랑의 마음을 가리킨다. 물론 여기서 말하는 인의 마음을 지니고 있는 주체는 이 시의 화자이기도 한 시인 자신이다.

다른 시 「어떤 동거」에 따르면 그가 '차마 어찌하지 못하는 마음'으로 모시고 있는 노모는 "치매 걸"려 있다. 그리하여 "치매 걸린 노모는 새벽이 올 때까지/ 내게 밥을 먹"이고 있다. 이처럼 치매에 걸린 어머니를 풍성한 모성으로 가득 차있던 어머니, 곧 「떡 만드는 아이」의 어머니와 비교해 보면 누구라도 격세지감을 느끼지 않을 수 없으리라. 앞서 인용한 시 「두껍 두껍아 헌 집 줄게」에 따르면 이미 세상을 떠나버린 것이 시인의 어머니이지만 말이다.

> 비비 꼬인 몸속에서 몇 년 혹은 몇 십 년, 소화되어 나온 구린내 나는 그것이, 오정동 끝 막다른 곳 하수종말처리장에서 맑은 물이 되는 걸 보고 온 후, 어릴 적 똥지게 지는 어머니가 안쓰러워 몰래, 달걀귀신 나온다는 이웃집 뒷간을 이용했던 때가 생각났는데, 무서움에 제대로 일을 못 보았던 때가 그리웠는데, 좋은 거름을 아깝게 왜 남을 주냐며, 신문지 부드럽게 주무르며 문밖에 서계셨었던 어머니가 눈에 밟혔는데, 딸아이의 엉덩이를 닦아주며 네 것은 좋은 물이 될 거라고 푸른 싹을 밀어 올릴 녹생토가 될 거라고, 녹생토가 되기 전 그것을 떡이라고 부른다고 말해 주었더니, 아이는 그때부터 화장실에서 나올 때마다 떡 하나씩을 들고 나왔다.
>
> —「떡 만드는 아이」 전문

이 시의 화자인 '나'는 어린 시절 "똥지게 지는 어머니가 안쓰러워 몰래, 달걀귀신 나온다는 이웃집 뒷간을 이용했던" 경험이 있다. 우선은 어머니가 지는 똥지게의 무게를 덜기 위해 "달걀귀신 나온다는 이웃집 뒷간을 이용했"다는 '나'의 마음이 갸륵하게 다가온다. 물론 어린 시절 내가 그러한 행동을 한 것은 동심의 순수성과 무구성이 크게 작용했기 때문이다.

하지만 똥지게를 지는 어머니에 대한 안쓰러움은 아이의 마음, 즉 동심에만 존재할 따름이다. 여전히 어머니는 똥을 아까운 "좋은 거름"으로 받아들이고 있기 때문이다. 아이의 똥이 "좋은 물이" 되리라는 것을, "푸른 싹을 밀어 올릴 녹생토가" 되리라는 것을 어머니는 잘 알고 있는 것이다. 이 시의 각주에 따르면 "녹생토가 되기 전"의 똥을 심지어 "떡이라고"까지 부르고 있지 않은가.

"녹생토가 되기 전"의 똥을 "떡이라고 부"르는 마음은 "딸아이의 엉덩이를 닦아주"기 위해 "신문지 부드럽게 주무르며 문밖에 서"있는 마음과 별로 다를 바 없다. 식물에게는 녹생토가 되기 전의 똥이야말로 떡으로 존재하거니와, 어머니에게 그러한 마음을 갖도록 하는 것은 두말할 필요도 없이 모성이다. "녹생토가 되기 전"의 똥을 "떡이라고" 발상하는 마음과, "딸아이의 엉덩이를 닦아주"기 위해 "신문지 부드럽게 주무르며 문밖에 서"있는 마음이 모두 모성에서 비롯되고 있기 때문이다.

그의 시에 드러나 있는 모성의 주체는 어머니만이 아니다. 시인 자신이 여성이고 어머니인 만큼 모성의 주체는 시인 저 자신이기도 하다. 그의 시에서 모성은 대부분 차마 어찌하지 못하는 마음, 즉 연민의 형태로 나타나고 있어 좀 더 주목을 요한다. 이때의 연민의 대상, 즉 측은지심의 대상은 「인어들은 왜」에서처럼 유흥가로 팔려 온 동남아시아의 여성들인 경우도 있고, 「늪」에서 같이 조국의 분단으로 말미암아 생이별을 한 여성인 경우도 있다.

> 판문점 지나 회령 어디쯤 그가 살고 있다. 여자는 밤마다 지도를 꺼내 놓고 가장 빠른 길을 만든다. 날마다 발뒤꿈치 물집을 터뜨린다. 그를 만나면 희어진 발가락을 보여 줘야지, 그러면 그의 눈이 맑게 웃을 거야. 눈 가장자리 주름이 부챗살처럼 접혔다가 펴지겠지. 여자는 얼굴이 붉어지며 서성이다 뚜욱뚝 무릎을 굽히며 털썩 주저앉는다. 그를 만나면 손만 잡아야 하는지 포옹만 해야 하는지 입맞춤을 해야 하는지, 육십 년 전에 맞추었던 그 입술의 위치 제대로 찾을 수 있을지……
>
> —「늪」 전문

이 시의 대상 인물인 여자는 아직도 "회령 어디쯤"에 살고 있는 또 하나의 대상 인물인 "그"를 만날 기대로 부풀어 있다. 여자가 "밤마다 지도를 꺼내 놓고 가장 빠른 길을 만"들고 있는 것은 그러한 이유에서이다. 따라서 이 시는 두 명의 대상 인물인 '여자'와 '그'를 형상화하는 데 초점이 있다고 할 수 있다. "회령 어디쯤"에 살고 있는 '그'와, '그'를 만날 기대로 "얼굴이 붉어지"다가 "뚜욱뚝 무릎을 굽히며 털썩 주저앉는" '여자'를 형상화하는 데 핵심 의도가 있는 것이 이 시라는 것이다.

이 시에서 '여자'가 '그'에 대한 자신의 애정을 어떻게 표현해야 할지 고민하고 있는 것도 이와 무관하지 않다. "그를 만나면 손만 잡아야 하는지 포옹만 해야 하는지"가, 입맞춤을 하게 되면 "육십 년 전에 맞추었던 그 입술의 위치 제대로 찾을 수 있을지"가 그녀에게는 주요 관심인 것이다. 사랑은 본래 육체적인 접촉을 통해 구체적으로 현현되기 마련이다. 따라서 아무리 오랜 이별 뒤의 만남이라고 하더라도 육체적인 접촉을 통한 애정의 표현과 관련해 그녀가 이런저런 고민을 하는 것은 자연스러운 일이라고 하지 않을 수 없다.

물론 시인이 이 시의 서정적 주인공인 여자에게 그러한 걱정을 하도록 하는 것은 조국의 분단이 만들어온 상처를 좀 더 실감 있게 드러내기 위해서이다. 시인으로서는 너무도 오래된 이별은 아주 자연스러운 일에서조차 불안과 초조를 갖지 않을 수 없게 한다는 것을 강조하고 싶었으리라. 이때의 불안과 초조가 과도하게 증폭된 그리움과 무관하지 않다는 것은 덧붙여 설명할 필요조차 없다.

이 시에서도 이들 인물, 곧 "그"와 "여자"를 바라보는 시인의 마음은 모성적 연민으로 기득 차있다. 시인의 이러한 모성적 연민, 즉 측은지심은 다음의 시에도 생생하게 드러나고 있어 관심을 끈다.

목소리 팔아 예쁜 두 다리 얻었지
칼날의 하이힐 신고 춤출 때마다
비명 터졌지만 꾸욱 참았지
까맣게 눈썹 칠하고 빨간 립스틱
필리핀 베트남 러시아 조선족 인어들
변두리 왕국의 늙은 왕자들에게 팔려 갔지
시골 구석구석 꽂혀 있었지
주렁주렁 아이를 만들던 남자들
깊이 잠든 밤이면 인어들은

몸속 깊은 곳에서 파도 소리 꺼내지
바닷길을 쓸고 다니던 물고기 꼬리 펼치지
첨벙첨벙 꼬리칠 때마다
확, 끼쳐 오는 비린내에
그만 가방을 들고 집을 나서지

—「인어들은 왜」 전문

이 시의 중심 대상은 "필리핀 베트남 러시아 조선족"의 여성들이다. 이들 여성에 대해서도 시인은 비약과 생략의 어법을 매개로 하는 가운데 지극한 안쓰러움을 보여 준다. 우선 그것은 이들 여성을 '인어'로 인식하는 데서부터 드러난다.

물론 이들 여성을 인어로 인식하는 것은 그들의 인격을 깊이 존중하는 마음에서 비롯되었을 것으로 보인다. "까맣게 눈썹 칠하고 빨간 립스틱"을 칠하고 있는 것으로 미루어 보면 이들 여인은 아마도 유흥가에서 일을 했던 것으로 보인다. "칼날의 하이힐 신고 춤출 때마다/ 비명 터졌지만 꾸욱 참았지" 등의 구절에서도 알 수 있듯이 그 일이 저 스스로 선택한 것은 아니었겠지만 말이다.

마침내 이들 인어는 "변두리 왕국의 늙은 왕자들에게 팔려"가 "시골 구석구석 꽂혀 있"으며 "주렁주렁 아이를 만"든다. 따라서 이들 여인이 "남자들/ 잠든 밤이면" "몸속 깊은 곳에서 파도 소리 꺼내"는 것은 당연한 일인지도 모른다. 이때의 '파도 소리'가 이제는 먼 타향이 된 고향의 소리라는 것은 불문가지이다. 이윽고 "그만 가방을 들고 집을 나서"는 이들 여인의 삶 또한 궁극적으로는 자본주의라는 사회체제를 가능케 하는 돈과 함께할 수밖에 없었겠지만 말이다.

물론 시인은 이들 여인에게도 따듯하고 부드러운 마음, 곧 모성에 기초한 연민을 보내는 것을 잊지 않고 있다. 이들 여인 역시 한때는 부모의 사랑과 기대를 한 몸에 받으며 어린 시절을 보냈으리라는 것을 잊지 않고 있기 때문이다. 다름 아닌 이러한 마음에서 시인은 저 자신의 시를 통해 예의 안쓰러움, 곧 모성을 행사하고 있는 것이리라. 시인이 얼마나 풍부한 모성의 소유자인가는 다음의 시를 보더라도 잘 알 수 있다. 늘 차마 어찌하지 못하는 마음으로 모든 존재와 함께하고 있는 것이 시인 성배순이라는 것이다.

어깨 힘 빼고
머리띠 느슨하게
좌우로 천천히
우리 몸 안테나 맞춰가며
부 라 부 라 부 라 부 라 부 라 부 라

못 보던 아이야! 오늘 작은 풀들과 주파수 맞춰보련. 돌멩이에게 콘크리트 담장에게도 말 걸어보련. 네 웃음을, 눈의 빛을, 몸의 이완을, 그들에게서 느껴보련. 어떤 줄도 너무 팽팽히 당기면 끊어지는 거란다. 몸의 날 세우지 말고 아이야! 부라부라부라부라 부라딱딱풀무야,

—「부라부라부라부라」 전문

이 시의 중심 대상은 "못 보던 아이", 즉 남의 아이이다. 이로 미루어 보면 시인은 이 시에서 시인은 남의 아이에게 단동십훈檀東十訓의 하나인 '불아불아弗亞弗亞'를 행사하고 있는 셈이다. 여기서의 '불아불아'의 내용은 아이에게 "어깨 힘 빼고/ 머리띠 느슨하게/ 좌우로 천천히" "몸 안테나 맞춰가며" "작은 풀들과 주파수 맞춰보"도록 하거나, "돌멩이에게 콘크리트 담장에게도 말 걸어보"도록 하는 것, "웃음을, 눈의 빛을, 몸의 이완을, 그들에게서 느껴보"도록 하는 것과 관련되어 있다. 따라서 아이로 하여금 우주와 교감을 하도록 하는 것이 이 시 「부라부라부라부라」의 중심 내용인 것이다.

단동십훈은 우리나라의 옛 조상들이 인간의 존엄성을 강조하는 가운데 이지적이고 진보적이며, 활동적이고 낙천적인 성격을 기르기 위해 계발한

10가지의 어린아이 교육 방식이다. 민간을 통해 전수되어 온 이 단동십훈은 어린아이로 하여금 천심天心을 고스란히 간직한 채 재롱을 부리도록 하고 있는데, 그러는 중에 저 자신을 계발해 갈 수 있게 하는 특징을 갖고 있다.

단동십훈의 첫 번째 덕목에 속하는 '불아불아'는 할머니나 할아버지가 허리를 잡고 어린아이를 세워 왼쪽과 오른쪽으로 기우뚱기우뚱하면서 귀에 대고 불아불아불아불아 들려주는 방식을 취하고 있다. 불弗은 하늘에서 땅으로 내려온다는 뜻을 담고 있고, 아亞는 땅에서 하늘로 올라간다는 뜻을 담고 있다. 따라서 '불아불아'는 무궁무진한 생명을 지닌 어린아이를 극진하게 대접하며 예찬하는 성격을 지니고 있다고 할 수 있다. '너는 귀한 자손이니 이 세상의 빛이 되거라' '귀한 우리 아가야. 빛이 되어 이 세상을 환하게 비추거라' 등의 뜻을 담고 있는 셈이다.

이와 관련해 여기서 정작 중요하게 생각할 것은 시인이 자신의 아이가 아니라 남의 아이에게 '불아불아'를 행하고 있다는 점이다. 이는 무엇보다 그가 지니고 있는 모성이 자신의 아이에게만 국한되어 있지 않고 세상의 모든 아이에게로 확장되어 있다는 것을 가리킨다. 이로 미루어 보더라도 그는 자신의 사랑이 어디에까지 이르러야 하는가를 아주 잘 알고 있는 각성된 사람이라고 할 수 있다.

단동십훈은 충만한 사랑, 즉 넉넉한 모성을 바탕으로 하고 있어야 제대로 기능을 다하기 마련이다. 물론 이때의 충만한 사랑, 곧 넉넉한 모성은 천심天心을 뜻하거니와, 그렇다면 천심이 곧 동심童心이라는 점을 깊이 고려하지 않으면 안 된다. 여기서 이러한 논의를 하는 것은 시인 성배순의 넉넉한 모성이 천심의 동심에 닿아있다는 것을 강조하기 위해서이다. 동심의 순수성과 무구성에 닿아있지 않고서는 그의 넉넉한 모성이 빛을 발하기 어려울 것이기 때문이다. 이때의 동심이 시정신의 근본인 지공무사至公無私의 마음, 사무사思無邪의 마음에 닿아있다는 것은 불문가지이다. 위의 시 「부라부라부라부라」만이 아니라 그의 모든 시는 바로 이러한 마음, 다시 말해 지극하고 정성스러운 마음을 바탕으로 하고 있어 더욱 주목이 된다.(2008)

천진무구의 시정신

—류순자 시집 『내 마음에도 살구꽃 핀다』, 시와사람, 2008.

시인 류순자는 아주 오래전부터 전라남도 백양사 근처의 조그만 면 소재지 마을에서 살고 있다. 이 글의 앞머리에서부터 이러한 얘기를 하는 까닭은 비교적 단순하다. 그의 시에는 그 자신이 거주하고 있는 지역의 특성이 강하게 묻어있다는 것을 강조하기 위해서이다. 그렇다. 그의 시는 그 자신이 살고 있는 지역 및 공간의 구체적인 사람살이에 기반하고 있어 더욱 관심을 끈다.

물론 면 소재지 마을의 경우 전적으로 농업에 의지해 살림을 꾸려가고 있는 자연부락은 아니다. 하지만 농업을 위주로 하는 자연부락을 좌우에 끼고 있는 오늘의 면 소재지 마을을 가리켜 도시라고 할 수는 없다. 따라서 특별한 산업적 기반을 갖고 있지 못한 지금의 면 소재지 마을은 그냥 농촌 마을이라고 해도 크게 지나치지 않다. 농촌 마을이라고는 하더라도 2008년 대한민국 면 소재지는 형편없이 퇴락해 가고 있는 것이 사실이다.

퇴락해 가고 있는 것은 어떤 것이라도 쓸쓸하고 허전한 정서를 불러일으키기 마련이다. 이러한 점은 류순자의 시에 반영되어 있는 농촌 마을의 사람살이와 기타 제재들의 경우에도 마찬가지이다. 그의 시에 반영되어 있는 농촌 마을의 사람살이와 기타 제재들은 남다른 페이소스를 지니고 있어 더욱 주목이 된다. 이제는 상실된 지 오래인 마을공동체의 두텁고도 따듯한 상호부조의 정신을 바탕으로 모든 인간이 궁극적으로 지녀야 할 천진하고도 무구한 정서들을 거듭해 환기시키고 있는 것이 그의 시이기 때문이다.

이러한 논의에서도 알 수 있듯이 그의 시의 기본 정조는 작품을 읽자마자 선뜻 밀려오는 천진성과 무구성에 있다. 독자의 가슴에 한꺼번에 불러일으키는 맑고 깨끗한 서정의 충격이 그의 시가 지니고 있는 가장 중요한 특징이라는 뜻이다. 이때의 맑고 깨끗한 서정의 충격, 달리 말해 순수하고 순결한 서정의 충격은 무엇보다 그의 시가 이 땅의 전통적 자연과 깊이 관련되어 있기 때문으로 보인다.

이러한 논의와 관련해 우선 떠오르는 것은 그의 시의 서정적 주인공들이 늘 있는 그대로의 자연과 함께하고 있다는 점이다. 물론 여기서 말하는 자연은 이성이나 지성을 내포로 하고 있는 것이라고 하기보다는 욕망이나 감정을 내포로 하고 있는 것이라고 해야 옳다. 이는 무엇보다 그의 시에 드러나 있는 자연이 그만큼 생명의 본원에 닿아있다는 뜻이기도 하다.

> 길을 가다가
> 손자에게 할머니가 쉬를 시킨다
>
> 달이 환한 깨밭 머리다
>
> 깨꽃이 당알당알 웃는다
> 할머니 눈에도 깨꽃웃음이 붙는다
>
> —「저 환한 풍경」전문

이 시의 핵심 제재는 "손자" "할머니" "환한" 달, "깨밭 머리" "깨꽃" 등이다. 이 시에서 이들 제재는 한 치의 빈틈도 없이 한데 어울려 빛나고 있어 더욱 주목이 된다. "손자" "할머니"로 대표되는 인간들, 그리고 "환한" 달, "깨밭 머리" "깨꽃"으로 대표되는 사물들이 완전히 합일되어 있는 가운데 매우 독특한 서정을 보여 주고 있는 것이 이 시이다. 이 시가 보여 주는 이러한 합일은 "손자" "할머니"로 대표되는 인간이 본래 시원적 존재, 곧 천진하고 무구한 존재라는 점과도 깊이 관련되어 있다. 이들의 경우 원시적 자연, 곧 본성적 자연에 훨씬 더 가까운 자아를 지니고 있는 존재라는 뜻이다.

손자나 할머니로 대표되는 인간들에게서 이성이나 지성의 정신 차원을 발견하기는 쉽지 않다. 이성이나 지성을 내포로 하는 자연은 손자나 할머니의 것이 아니라 지식인이나 과학자의 것이라고 해야 옳다. 지식인이나 과학자에게 자연은 일종의 질서와 체계로서 탐구의 대상일 따름이다. 이로 미루어 보더라도 손자나 할머니와 함께하는 자연은 욕망이나 감정에 가까울 수밖에 없다. 이 시에서도 손자나 할머니는 욕망이나 감정을 해결하는 과정에 "환한" 달, "깨밭 머리" "깨꽃" 등 자연과 깊이 합일이 되고 있기 때문이다.

여기서 말하고 있는 자연은 노자老子가 말하는 무위자연無爲自然과도 깊이 연결되어 있다. 물론 무위자연은 노자가 꿈꾸는 이상향理想鄕을 상징하는 언어이기도 하다. 많은 시인들이 자신의 시를 통해 무위자연의 세계로 들어가려고 하는 의지를 보여 주는 것도 실제로는 그 세계가 이상향을 상징하고 있는 것과 무관하지 않다. 류순자의 시에서도 그것은 마찬가지이다.

물새가 먼저 강에 앉는다 물결 아래 대사리가 꼼지락거린다 이끼로 미끄러지는 돌들은 태연하다 온갖 종류 고기들, 새의 하얀 똥들, 쇠뜨기 풀이 모여있다 날씬한 물잠자리 함께 간댕거리고, 물오리들 물결 따라 가분가분하다 어린 풀잎에 머무는 물잠자리에 내 눈길 머문다 어떤 것이나 머물다 떠나간다

마음 자꾸 물속으로 내려가고, 쏴아 바람 소리는 자꾸 위로 떠오른다 영락없이 심청가 한 대목이다 물속에서는 수초들이 자연스럽게 하늘하늘 한 소절 불러젖힌다

어둡기 전 압록마을을 건너야 한다 그곳을 건너면 깨끗하고 푸른 오리가 될 수 있을까 오리 한 마리 길을 지나간다 너럭바위 가는 길 바람이 불고, 너무 멀어도 그곳은 빈터가 아니다

뜬구름도 있고 물결도 있어 고단한 곳
험난한 세상 다 넘고서야
강가에 벗어놓은 옷처럼
마음의 주름을 지운다

—「섬진강」 전문

이 시는 크게 두 대목으로 나누어져 있다. 1, 2연은 전반부이고, 3, 4연은 후반부이다. 전반부에서는 섬진강의 자연 자체가 노래되어 있고, 후반부에는 섬진강의 자연에 대한 시인의 정서적 반응이 노래되어 있다. 전반부에 노래되어 있는 섬진강의 자연 자체는 객관적으로 묘사되어 있는데 반해, 후반부에 노래되어 있는 시인의 정서적 반응은 주관적으로 진술되어 있다. 따라서 정작 시인의 의지나 의도가 드러나 있는 부분은 이 시의 후반부라고 해야 옳다.

이 시의 후반부에서 시인은 "어둡기 전 압록마을을 건너야 한다 그곳을 건너면 깨끗하고 푸른 오리가 될 수 있을까"라고 노래한다. 현재 그가 처해 있는 "압록마을"은 인간의 세계라고 할 수 있고, "압록마을"을 건너 도달하려고 하는 곳은 자연의 세계라고 할 수 있다. 이 자연의 세계에 도달해 "푸른 오리가" 되려는 것이 이 시에 나타나 있는 시인의 중심 의지이다. 물론 "푸른 오리가" 되려고 하는 것은 인간의 경지를 벗어나 자연의 경지에 이르려는 것이다. 그로서는 이 시에서 "마음의 주름을 지"우고 자연의 경지, 곧 이상향에 도달하려는 의지를 담아내고 있는 셈이다.

자연의 경지로서의 이상향에 대한 그의 의지는 다른 시 「그곳」을 통해서도 확인이 된다. 이 시에서 '그곳'은 식물들의 "뾰쪽한 봉오리가 올라"와

"빛을 발"하는 세계, 곧 자연과 함께하는 세계이다. 이 시에서 그는 자연과 함께하는 세계, 곧 "그곳까지 가려면/ 무척 오래 걸리리라/ 그래도 나는/ 뗏목이라도 타고/ 기인 시간 건너가리라"고 노래하고 있다. 이는 무엇보다 이상향으로서 자연과 함께하는 세계에 대한 그의 의지가 매우 크고 깊다는 것을 드러내 준다.

이상향으로서의 자연과 함께하는 세계를 살기 위해서는 우선 나날의 일상에서 만나는 자연에 순명하는 자세가 필요하다. 여기서 자연에 순명하는 자세가 필요하다는 것은 자연이 함유하고 있는 질서와 원리에 따라 살아가는 자세가 필요하다는 것을 뜻한다. 이를테면 하루하루의 삶을 '자연의 순리'에 따르면서 단순하고 소박하게 살아가는 태도가 요구된다는 뜻이다. 물론 그것은 자연을 대상화하여 지식이나 이론을 만들지 않고 자연에 스며들어 자연의 흐름과 함께 사는 것을 가리킨다. "해가 산 밑으로 서서히 들어가듯/ 나도 언젠가는 산 밑으로 들어갈 것이다"(「일몰」)라고 노래하고 있는 것이 시인 류순자라는 것을 염두에 둘 필요가 있다.

자연에 스며들어 자연의 흐름과 함께 살기 위해서는 여중생의 자아에서나 찾을 수 있는 맑고 깨끗한 마음이 필요하다. 그의 시정신의 핵심에 맑고 깨끗한 마음, 곧 천진하고 무구한 마음이 자리해 있다는 것은 앞에서도 강조한 바가 있다. 다름 아닌 이러한 마음이 공자가 말하는 '사무사思無邪'의 마음이거니와, 그의 시에서 시인은 이러한 마음을 "내일 필 벚꽃 망울들"로부터 발견하고 있어 더욱 관심을 끈다.

적벽돌 본관 앞에서 내일 필 벚꽃 망울들
여중생들의 목소리같이 떠들썩하게 맺혀 있다

말늘임표로 다닥다닥 붙어있는 벚꽃 망울들
수다스러운 사춘기의 여중생들처럼 재잘대고 있다

교복 치마 자꾸 짧게 입으려고 애쓰는
두리뭉실한 몸매의 아직은 무 다리 여중생들이다

교생 국어 선생이 넥타이를 만지기만 해도
벚꽃 망울들 옆 친구에게 눈짓하며 솔 톤으로 웃는다.

—「중학교 벚나무」 전문

이 시에서 시인은 "내일 필 벚꽃 망울들"을 "떠들썩"한 "여중생들의 목소리"에 비유하고 있다. "떠들썩"한 "여중생들의 목소리"는 순결하고 순수한 마음, 무구하고 투명한 마음이 없이는 불가능하다. 이 시에서 그는 이러한 마음을 구체적으로 이미지화하여 "내일 필 벚꽃 망울들"이라고 명명한다. "내일 필 벚꽃 망울들"로 상징되는 천진하고 투명한 마음이 시원의 자연에 가깝다는 것은 불문가지이다.

"내일 필 벚꽃 망울들", 곧 "수다스러운 사춘기 여중생들"에게서 이성과 지성으로 상징되는 자연, 곧 질서와 체계로서의 자연을 발견하기는 힘들다. 질서와 체계로서의 자연보다는 욕망과 감정으로서의 자연에 좀 더 가까운 것이 "수다스러운 사춘기 여중생들"의 마음이기 때문이다. "수다스러운 사춘기 여중생들"의 경우 아직은 그 자체로 자연에 스며들어 자연과 함께 살고 있다고 해야 마땅하다. "내일 필 벚꽃 망울들"을 "수다스러운 사춘기 여중생"으로 비유할 수 있는 근거가 바로 여기에 있다.

이 시에서 그러한 표현이 가능한 것은 자연을 위해 헌신하고 보시하는 마음이 늘 시인에게 상존해 있기 때문이다. '고시레' 등 과거의 전통으로 볼 때 자연을 위해 헌신하고 보시하는 마음은 우리 민족의 삶 그 자체였다고 해도 과언이 아니다. 돌이켜 보면 참된 화합和合을 이루기 위해서는 자연의 생물들과도 음식을 나누어 먹는 것이 첩경이다. 화합和合이라는 한자어를 파자破字해 풀이하면 '밥을 먹되 사람마다 한결같이 먹는다'는 뜻을 지니고 있다는 점을 유의할 필요가 있다. 다음의 예는 그러한 뜻에서 자연의 존재를 위해 헌신하고 보시하는 시인의 마음을 잘 엿볼 수 있는 시이다.

어디만큼 가고 있는지
우글거리는 비행기 소리가 찬 공기를 흔든다
차갑게 얼어붙은 겨울 하늘
비행기는 보이지 않는다
마음이 출출해서인지 다른 날보다 빨리
대문을 닫고 들어와 방 온도를 높인다
서둘러 저녁밥을 먹고
집에 사는 들고양이에게
먹다 남은 조기 대가리를 내준다
적적한 마음 굴려
푸른 집 하나씩 지어보다가
무릎을 탁 치는 웃음 하하하 웃으며
겨울밤 보낸다 아침에
창문을 열어보니 수북이 눈이 내려있다
대문을 열려고 창밖으로 나가는데
들고양이가 마당가 화선지 위에
작고 하얀 국화꽃을 가만히 그려놓는다

—「들고양이와 함께」 전문

이 시에서 시인과 관계하고 있는 대상은 "겨울 하늘" "들고양이" "마당가"의 눈 등이다. 이들 가운데 중심을 이루고 있는 대상은 말할 것도 없이 "들고양이"이다. 그렇다. "서둘러 저녁밥을 먹고/ 집에 사는 들고양이에게/ 먹다 남은 조기 대가리를 내"주는 데 이 시의 초점이 있다. 시인이 자신의 삶 속에 들고양이를 깊이 받아들이는 것으로 긴 겨울밤을 맞이하고 있기 때문이다.

"들고양이에게/ 먹다 남은 조기 대가리를 내"주는 일이야 말로 참된 화합을 위해 음식을 나누어 먹는 일, 곧 자연의 존재들을 위해 헌신하고 보시하는 일이다. 그렇게 한 뒤에도 시인이 "적적한 마음 굴려/ 푸른 집 하나씩 지어보"기는 하지만 말이다. 이처럼 자연의 순리에 따라 천진하고 무구하게 살아가는 일상을 섬세한 필치로 그려내고 있는 것이 이 시이다.

다소 "마음이 출출"하기는 하지만 이 시에서 시인은 권태나 짜증, 불안이나 초조 등 비정상적 정신 병리를 보여 주지 않는다. 그가 이처럼 온전한 정신 지향을 보여 줄 수 있는 것은 늘 "겨울 하늘" "들고양이" "마당가"의 눈 등 자연과 혼연일치를 이룬 삶을 살아가고 있기 때문이다. 이들 자연과 깊이 합일되어 있는 그에게는 대다수의 현대인들이 갖고 있는 고독, 소외, 우울, 환멸 등 이상 심리가 틈입하지 못하리라는 것은 자명하다. "구석 후미진 곳에 떨어지는 눈"이 "차가운 정이라도 나누자고 서로를 보듬"(「눈」)고 있다고 노래하고 있는 것이 시인이라는 것을 알 필요가 있다.

그가 세계 일반과 깊이 합일하는 삶을 살고 있다는 것은 그의 시에 두루 나타나 있는 고향의 풍광들 및 풍물들만 보더라도 알 수 있다. 물론 여기서 말하는 고향의 풍광들 및 풍물들은 그의 시에 구체적이고 생생한 형상을 통해 드러나고 있어 주목이 된다. 이와 관련해 구체적이고 생생한 형상이라고 명명할 수 있는 까닭은 그것들이 언제나 해학으로 가득 차있는 서민들의 삶을 통해 나타나기 때문이다. 물론 이때의 해학은 대상에 대한 시인의 연민에서 비롯되는 씁쓸한 감회가 주된 바탕을 이루고 있기는 하지만 말이다.

> 참게는 바다신문사에서 열심히 심부름을 했다 신문사 옆에 '형제신발가게'가 있었다 잘 진열된 예쁜 꽃신이 보였다 집에서 밥을 해주는 바로 아래 누이동생이 매일 생각났다 참게는 옆 걸음으로 살그머니 기어가 꽃고무신을 가슴에다 감추고 얼른 나왔다
>
> 그 이튿날 다른 애들보다 얼굴이 이쁜 누이동생은 신발이 작아 바꾸

겠다며 '형제신발가게'로 신을 가져왔다 신발가게 주인은 참게를 불러
게 같은 놈이라고 호통을 쳤다 참게는 된바람에 감추는 실눈을 뜨고
다리를 쭉 뻗고 집으로 와버렸다

—「참게」 전문

이 시는 "바다신문사에서 열심히 심부름을" 하는 참게가 "집에서 밥을 해주는 바로 아래 누이동생"을 위해 저지른 도둑질을 모티프로 하고 있다. 이 때의 도둑질은 "옆 걸음으로 살그머니 기어가" '형제신발가게'에서 "꽃고무신을 가슴에다 감추고 얼른 나"온 일을 가리킨다. 물론 그것은 "집에서 밥을 해주는 바로 아래 누이동생"을 위해서 한 일이다. 이 일은 누이동생이 "신발이 작아 바꾸겠다며 '형제신발가게'로 신을 가져"오면서 도둑질로 드러난다.

이 시의 이러한 에피소드에서 정작 중요한 것은 시인이 참게가 저지른 도둑질을 도둑질로 보고 있지 않다는 점이다. 무엇보다 이는 "집에서 밥을 해주는 바로 아래 누이동생"에 대한 참게의 지극한 사랑에서 기인하는 것으로 보인다. 한편으로는 이들 서민들의 삶에 대한 시인의 깊은 연민에서 비롯되는 것으로 보이기도 하지만 말이다. 누이동생을 위해 참게가 저지른 도둑질이 너무도 안쓰러워 시인으로서는 차마 이들을 가슴 깊이 품지 않을 수 없었으리라.

이러한 해학의 예는 "푸른 바구니에 다 익은 고추를 불룩하게 담아/ 배에다 대고 아그작아그작 겨우 걷는"(「운수 좋은 날」) 할머니를 임신부로 묘사하고 있는 시, "돈 벌러 서울 갔다가/ 새 각시 만나 사는 남편을 둔 아짐"(「앵두나무」)을 앵두나무에 빗대어 노래하고 있는 시 등에서도 확인이 된다. 이와 관련해 기억하지 않을 수 없는 것은 이들 시가 늘 시인 자신이 거주하고 있는 마을공동체의 깨어있는 언어들을 통해 형상화되고 있다는 점이다. 여기서 말하는 마을공동체의 깨어있는 언어들은 말할 것도 없이 아직도 싱싱하게 살아있는 고향의 사투리를 가리킨다. 이를테면 항상 그의 시는 나날

의 삶과 함께 있는 구비 언어, 곧 생활어를 통해 구체적이고 참신한 표현을 얻고 있다는 것이다.

초등학교 동창 아이의 결혼식에 갔다
돌들이 도란도란 기대고 사는
냇갈 건너로 하교하던 송산리 친구가
옛날 한 20리 길 걸어와
집에 갈 때는 그만 발이 부어
고무신을 애태우게 하던 다른 한 친구한테
아이, 순자네 집 좋아? 하고
물었다 그래서 내가
아니, 물짜! 그랬다
송산리 친구는 목젖까지 내놓고 막 웃었다
나는 어안이 벙벙해
옆 친구의 눈치를 살폈다
너무 오랜만에 들어보는 사투리라 웃었다고 했다
그는 서울에 가서
알아듣나 못 알아듣나
전라도 사람들한테 써먹어 봐야겠다고 했다
먹감처럼 살갑고 투박하게 웃는 친구들이라니!
그제사 나는 자세를 딱 잡고
목구멍이 보이는 그 친구 앞에서 말했다
앗따 내장 사람이 내장 말하는디
뭣시 그러케 우습당가

—「물짜!」 전문

이 시는 구체적인 생활 언어, 곧 사투리로 이루어져 있을 뿐만 아니라 사투리 자체를 대상으로 삼고 있다. 사투리 자체를 대상으로 삼고 있는 이 시는 그와 관련해 조그만 에피소드를 만들고 있어 더욱 주목이 된다. 이때의 조그만 에피소드는 "초등학교 동창 아이의 결혼식에 갔다"가 "냇갈 건너로 하교하던 송산리 친구"가 좀 더 먼 곳으로 하교하던 "다른 한 친구한테" "아이, 순자네 집 좋아? 하고" 물으면서 구체화된다. 이 물음에 "다른 한 친구"가 아니라 시인이 직접 "물짜!" 하고 대답하면서 이 시의 초점은 "물짜"라고 하는 내장산 지역 사투리에로 집중된다.

"물짜"라고 하는 내장산 지역 사투리는 전후의 문맥으로 보아 대강 '좋지 않다'는 뜻으로 읽힌다. 따라서 이 말은 내장산 지역 사람들의 은어라고 해도 과언이 아니다. 은어는 본래 특수한 계층이나 지역의 언어이니만큼 그 말을 알아듣는 사람들 간에 깊은 공감대를 형성하기 마련이다. "서울에 가서" 이 말을 "알아듣나 못 알아듣나/ 전라도 사람들한테 써먹어" 보고 이 말을 알아들었을 때 느끼게 될 결속감을 생각해 보라. 시골에서 상경해 대도시에서 살고 있는 사람들이 고향 마을에서나 들었음직한 궁벽진 말을 들었을 때의 느낌은 누구에게나 마찬가지이리라. 이 시에서 시인의 친구들이 "먹감처럼 살갑고 투박하게 웃는" 것도 실제로는 그러한 느낌 때문으로 보인다.

이러한 논의에서 정작 확인할 수 있는 것은 시인 류순자가 그가 살고 있는 지역과 지역어를 진심으로 사랑하고 있다는 점이다. 그가 "앗따 내장 사람이 내장 말하는디/ 뭣시 그러케 우습당가"라고 항변할 수 있는 것도 다름 아닌 이에서 기인한다. 지역과 지역어는 향토와 향토어이거니와, 향토와 향토어를 바탕으로 하는 향토문학이 결국은 민족과 민족어를 바탕으로 하는 민족문학으로 성장하기 마련이라는 것을 간과해서는 안 된다. 민족문학이 곧 세계문학이라는 사실을 염두에 두면 그의 지역과 지역어에 대한 깊은 애정은 아무리 높게 평가해도 지나치지 않아 보인다. 그렇다. 언제나 고향의 언어로 고향의 풍물들과 풍광들을 노래해 온 것이 시인 류순자이다. 「정읍탱고」「부악골」「일번 식당에서」「주머니꽃」「초승달」「달」 등의 시를 통해 고향의 상징이라고 불러도 좋을 아버지와 어머니를 생생하고 구체적인 형상으로 그려내고 있는 것이 그라는 것을 강조하며 여기서 글을 맺는다. (2008)

기억과 체험의 시학

—김응수 시집『낡은 전동타자기에 대한 기억』, 고요아침, 2009.

시인 김응수가 지천명의 나이를 넘겨 첫 시집을 낸다. 이름하여『낡은 전동타자기에 대한 기억』! 1993년 계간『시와사회』를 통해 등단을 했으니 무려 16년 만의 일이다. 지금은 발간되지 않은 이 시 전문지의 편집인으로 참여한 적이 있는 나로서는 거듭 축하의 마음을 갖지 않을 수 없다.

등단을 한 지 16년 만에 내는 것이니만큼 이 시집에는 아무래도 그동안의 세월이 응축되어 있을 수밖에 없다. 1993년 이래 시인 김응수가 살아온 삶의 행로가 압축되어 있다는 것인데, 실제로는 그런 정도에 그쳐있는 것이 아니다. 유년 시절부터 그가 겪은 다양한 체험들이 기억의 창고 속에서 불려 나와 새롭게 가공되고 있는 것이 이 시집의 내용들이기 때문이다. 따라서 이 시집에 수용되어 있는 이미지들은 그가 전 생애에 걸쳐 체험한 가장 중요한 것들을 상징하고 있다고 해도 과언이 아니다.

김응수의 시는 이처럼 기억의 창고 속에서 불거져 나온 체험들을 바탕으로 하고 있어 더욱 관심을 끈다. 체험이 내면화되고 육화되면서 형성되는 기억을 질료로 한 상상력에서 비롯되는 것이 그의 시라는 뜻이다. 육화된 체험은 기억을 만들고, 기억은 상상력의 도움을 받아 시적 형상을 이루기 마련이거니와, 그의 시 역시 이러한 과정을 통해 태어나고 있다는 것이다.

본래 기억은 시적 상상력을 깊게 하고 넓게 하는 원천이라고 할 수 있다.

시적 상상력이 기억에 의해 재생되는 과거의 체험에 의해 심화되고 풍부해진다는 것을 간과해서는 안 된다. 그렇다. 기억은 상상력이 발휘되는 토대이고 기초라고 해도 과언이 아니다.

그의 시가 지니고 있는 이러한 면은 문장의 특징, 곧 시제 사용의 특징을 통해서도 확인이 된다. 종결어미를 통해 드러나는 것이 문장의 시제이거니와, 그의 시의 경우 대부분 과거시제나 과거완료시제를 택하고 있기 때문이다. 이 또한 그의 시가 과거의 체험을 기억의 상상력에 의해 재생시키는 방법적 특징을 보여 주고 있는 증표라는 것이다. 다음의 시에 의해서도 이는 확인이 되는데, 정작 여기서 확인해야 할 것은 그것만이 아니다. 기억의 상상력을 통해 그가 재생해 내는 과거의 체험이 괴로움이나 아픔, 슬픔이나 서러움 등의 정서와 깊이 뒤얽혀 있기 때문이다.

> 아픔을 숨죽인 채 너 헐떡이며 달려왔구나
> 좌우로 흔들리는 중심을 잡으러
> 비틀거리면서 어찌 견디었느냐
> 서러움을 견디었느냐
>
> —「귀가」 부분

이 시집의 모두冒頭에 실린 시 「귀가歸家」의 일부이다. 이 시에서 시인은 '너'로 인격화된 자신의 다리를 내려다보며 위로와 격려의 말을 전하고 있다. 이때의 다리를 자기 자신의 환유적 이미지로 이해하면 이 시가 자기 연민에 초점이 있다는 것을 곧바로 알 수 있다. 자기 연민은 저 자신을 측은하게 바라보는 어진 마음, 곧 사랑의 마음을 가리킨다. 물론 여기서의 어진 마음, 곧 사랑의 마음은 딱하게 여기는 마음, 곧 안쓰럽게 생각하는 마음과 다르지 않다.

저 자신을 딱하게 여기고 안쓰럽게 여기는 마음은 기본적으로 타자를 그렇게 여기는 마음에서 비롯된다. 애기애타愛己愛他라고 하거니와, 자신에 대한 사랑이나 연민 없이 타자에 대한 사랑이나 연민은 불가능하기 때문이다. 이로 미루어 보면 적어도 자신의 시에 등장하는 시인 김응수는 저 자신이나 타자에 대해 매우 풍성한 사랑과 연민을 지니고 있는 사람이라고 해야 옳다.

그렇다고는 하더라도 여기서 정작 주목이 되는 것은 그가 자기 자신의 어제와 오늘에 대해 보여 주는 정서적 태도, 즉 기억의 상상력이다. 그렇다. 기억의 상상력이야말로 과거의 체험을 오늘에도 새롭고, 신선하게, 나아가 실감 있게 재생해 주는 그의 정신기제라는 것을 잊어서는 안 된다. 그의 시에 드러나 있는 괴롭고 아픈, 슬프고 서러운 과거의 체험이 서정적 정서보다 수필적 서사에 가깝다고 하더라고 그것은 마찬가지이다.

수필적 서사라고 했지만 그의 시에 등장하는 다양한 서사가 매번 명징하고 투명한 풍경을 보여 주는 것은 아니다. 사실적인 서사를 구체적이고도 생생한 풍경으로 그려내기보다는 감추어져 있는 서사를 반구상적인 형상으로 그려내고 있는 경우가 적잖기 때문이다. 말하자면 기억의 창고 속에 가라앉아 있는 과거의 체험을 불러내 이런저런 의미를 부여하다 보니 반추상의 형식으로 진술되는 예가 상당하다는 것이다. 다음은 추상의 정도가 훨씬 완화되어 있는 가운데 기억의 상상력이 발휘되어 있는 시의 한 예이다.

병원 실습 시절
다들 첫 수술의 비릿함을 숙덕일 때
나는 먼저 타자기로 처방전을 치던 모습을 떠올렸지

아버지가 묵직한 고통을 서울로 옮겼을 때
신주처럼 분홍 보자기에 싸인
전동타자기가 실려있었지
간혹 전기 콘센트에 끼워 두드리곤 했지만
흰 테이프로 잘못된 철자를 고치듯이

하루하루 정정하고 싶을 때가 많았지
주섬주섬 꼭두새벽 이삿짐 싸던 날
전동타자기에 부딪혀 복사뼈가 부었을 때
흠가지 않았을까 둘러보며 마음 졸였지

유리병에 담긴 알약이 떨어질 때쯤, 세간 하나씩
빠져나가는데도 타자기만은
응수, 박사 되면 써야지
아버지의 한마디에 되돌아왔지, 마지막
아버지마저 나갈 때 명동성당 옆 골목길 어스름,
자판 하나 빠지지 않은 전동타자기가 나는,
부러웠지

지금도 광 깊숙이 분홍 보자기에 싸인
서울로 올라온 아버지 같은,
서너 번 데우다 만 콩나물국 같은
타자기를 볼 때마다 복사뼈가,

내 복사뼈가 아파온다

—「낡은 전동타자기에 대한 기억」 전문

이 시는 무엇보다 그의 시와 함께하는 기억의 상상력이 어디에서 비롯되는지를 잘 알 수 있게 해준다. 그렇다. 그의 시 가운데 기억의 상상력이 뿌리를 내리고 있는 곳은 가족공동체, 특히 아버지와의 체험이다. 이 시에서도 알 수 있듯이 시를 통해 그가 보여 주는 가족공동체, 특히 아버지에 대한 애정은 크고도 집요해 보인다. '아버지와 나'라는 부제가 붙어있는 시만 하더라도 무려 7편이나 수록되어 있는 것이 이 시집이다.

물론 이 시 「낡은 전동타자기에 대한 기억」에는 '아버지와 나'라는 부제가 명시적으로 붙어있지는 않다. 하지만 이 시에는 '아버지와 나'라는 부제가 붙어있는 연작시의 서시라고 해도 좋을 정도로 '아버지와 나'와의 관계가 깊이 잠재되어 있는 것이 사실이다. 이 시에 따르면 "아버지가" 사업에 실패해 "묵직한 고통을 서울로 옮겼을 때/ 신주처럼 분홍 보자기에 싸인" 채 차에 "실려" 온 것이 전동타자기이다. "꼭두새벽 이삿짐 싸던 날/ 전동타자기에 부딪혀 복사뼈가 부었을 때"도 아픈 복사뼈보다는 전동타자기가 "흠가지 않았을까 둘러보며 마음 졸였"던 것이 그라는 사실을 잊어서는 안 된다. "세간 하나씩/ 빠져나가는데도" "응수, 박사 되면 써야지/ 아버지의 한 마디에 되돌"아온 것이 전동타자기일 만큼 그에게는 매우 소중한 것이 이 전동타자기이다.

이러한 체험과 함께하고 있으니 그가 이 전동타자기로부터 아버지의 사랑을 떠올리는 것은 당연하다. 그로서는 이 전통타자기를 아버지의 환유적 대체물로 이해하고 있는지도 모른다. 사업에 실패해 "서울로 올라온 아버지 같은" "지금도 광 깊숙이 분홍 보자기에 싸"여 있는 "타자기를 볼 때마다 복사뼈가" "아파"오는 것이 시인 김응수라는 것을 염두에 둘 필요가 있다.

그가 전동타자기로부터 끊임없이 아버지를 떠올리는 것은 가장으로서의 아버지의 역할에 심리적으로 적잖은 압박을 받고 있다는 것을 뜻하기도 하다. 가족을 부양하고 부모를 봉양하는 것이 가장의 가장 중요한 역할이라고 할 때 그의 삶에도 이와 관련한 강박관념이 자리해 있지 않느냐는 것이다. 그가 다른 시에서 "사랑은 냉정할 때도 있어야 한다고" 가르친 것이 아버지이지만 아버지가 "사랑에 질질 끌려다"닌 것처럼 자기 역시 "사랑에 질질 끌려다니고 있"다고 고백하고 있는 것이 이를 잘 증명해 준다. 집안의 대소사, 특히 어머니에 대한 "사랑에 코가 꿰어" "요 모양 요 꼴로 살아가고 있"(「나는 이런 사랑을 하련다—아버지와 나 · 여덟」)는 것이 그라는 사실을 염두에 두지 않으면 안 된다.

하지만 그는 의외로 가장으로서의 역할과 고통을 시시콜콜 상세하고 자세하게 그려내지는 않는다. 가족의 구성원들과 관련된 이런저런 체험에서 기억의 상상력이 불거지기는 하지만 얼마간은 감추고 눙치며 자신에게 주어진 길을 가는 것이 그이다. 자신이 겪은 크고 작은 상처로 말미암아 시를 쓰기는 하지만 그가 그것을 미주알고주알 까발리고 있지는 않다는 것이다. 쓰리고 아린 마음이 도처에 묻어있지만 그것을 구체적인 장면으로 투사하기보다는 그에 따른 자기 다짐을 주관적으로 진술하고 있는 것이 시인 김응수라는 얘기이다. 이는 매우 독특하면서도 심미적인 성취를 담아내고 있는 다음의 시에 의해서도 확인이 된다.

여기까지 왔다
뒷그림자를 밟을 여유도 없이
구두 밑창이 닳아 못이 쓰라림으로 튀어나올 때까지
땀 덩이와
소금기 배인 육신을 이끌고
추적추적
바람의 길을 따라 내가 왔다

누가 막느냐
갈 길을 막으려느냐
정체를 알 수 없는 흐릿한 시간의 배후에 쫓겨
옛 여인의 바랜 답신인 양
간직했던 꿈을 팽개칠 수 없어
나 이제 불망을 넘어섰다

바람아, 어디서 오느냐
어디로 가려느냐

가자

불망에서 불혹으로

희망을 버린 나이에서 유혹마저 없는 나이로

삶의 흰 깃발을 붙들고

바람의 길을 따라 헤쳐나가자

—「바람의 길」 전문

이 시는 시인이 40대를 바라보면서 느끼는 심리를 바탕으로 하고 있다. "가자/ 불망에서 불혹으로" 등의 구절에서도 알 수 있듯이 막 "이제 불망을 넘어"서는 나이의 복잡한 심리를 담아내고 있는 것이 이 시라는 뜻이다. 이를테면 이 시에는 아직은 "꿈을 팽개칠 수 없"는 30대의 고통이 짙게 배어있다는 것이다. 무엇보다 이 시에는 "땀 덩이와/ 소금기 배인 육신을 이끌고/ 추적추적/ 바람의 길을" 떠나는 시인의 쓰리고도 아린 마음이 잘 드러나 있기 때문이다. 아직은 감성이 풍부한 나이인 만큼 그의 정서가 슬픔과 서러움을 토대로 하는 것은 충분히 있을 수 있는 일이다.

물론 그가 자신의 정서를 이처럼 부정적으로 받아들이는 것이 오늘의 현실에서 겪는 일에 대해서만은 아니다. 기억의 상상력을 통해 재생되고 있는 것들, 즉 청년 시절의 체험 또한 괴로움과 아픔으로 받아들이기는 마찬가지이다. 이를테면 그의 시에 드러나 있는 청년 시절의 체험 또한 여전히 괴로움과 아픔의 세월로 그려져 있다. 물론 이는 그때 이미 그가 "절망처럼" "희망이란 고통과 동의어라는 것을 알았"(「마지막 크리스마스—아버지와 나·넷」)기 때문으로 보인다.

시인 김응수는 대구에서 태어나 서울로, 부산으로, 다시 서울로 거처를 옮겨 가면서 자신의 유소년 시절을 보낸 바 있다. 그러한 그가 이 과정에 받았을 이런저런 심리적 억압은 짐작이 되고도 남는다. 자신의 시에서 그가 친구의 말을 통해 "어릴 적 아버지 원망도 많이 했는데/ 아이 둘 낳고서야/ 아버지도 그럴 수밖에 없었구나 생각이 든다고"(「육교 위에서—아버지와 나·하나」) 진술하고 있는 것도 이러한 삶의 행로와 무관해 보이지 않는다. 때로는 "대쪽 같아 쉽게 부러진" 그의 아버지의 경우 "꽃 가꾸길 좋아하"(「꽃밭에서—아버지와 나 · 아홉」)는 따듯하고 부드러운 분으로 기억되기도 하지만 말이다.

이로 미루어 보면 앞에서 말한 그의 삶의 행로는 의식주를 찾아 떠도는 신유목新遊牧의 과정이라고 하지 않을 수 없다. 이때의 신유목의 과정이 파란으로 점철되는 모험이 아닐 수 없고 보면 나날의 삶에서 그가 느꼈을 고통에 대해서는 덧붙여 설명할 필요가 없다. 물론 초년의 그의 삶이 이처럼 간단없는 떠돌이로 영위될 수밖에 없었던 것은 아버지의 사업이 항산恒産을 만들지 못했기 때문이리라. 항산이 보장되지 못할 때 느끼는 고통이 사람들에게 깊은 정신적 외상을 입힌다는 것은 이미 잘 알려져 있는 사실이다.

정신적 외상이라고는 했지만 가난과 함께했던 청년 시절이 한편으로는 자못 아름답고 넉넉하게 회상되는 것도 사실이다. 이는 시인 김응수의 경우도 마찬가지인데, 무엇보다 너덜거리는 "궁핍의 기억"을 담고 있는 시 「낡은 외투에 관한 기억」이 그것을 잘 증명해 준다. "회색과 군청색이 교직으로 짜인/ 형이 입다 준 헐렁한 외투"를 통해 가난하기는 했지만 정겨웠던 시절에 대한 아련한 그리움을 담아내고 있는 것이 이 시이기 때문이다.

그의 시에서 이러한 그리움은 대부분 가난했지만 정겨웠던 가족사와 함께해 온 상실 의식에서 비롯된다. 물론 이때의 상실 의식은 어머니보다는 아버지에게 초점이 맞춰져 있다. 지금은 존재하지 않는 아버지와의 체험을 거듭해 되살려 내는 것 자체가 부상실父喪失 의식의 구체적인 예라고 하지 않을 수 없다. 앞에서도 여러 차례 인용한 바 있는 '아버지와 나'라는 부제가 붙어있는 연작시가 무엇보다 이를 증명해 준다.

예의 연작시에서도 알 수 있듯이 그의 시에는 아버지, 할머니, 어머니, 딸, 아내 등 낱낱의 가족들이 등장한다. 할머니의 삶은 「이복년 약전」을 통해 엿볼 수 있고, 어머니의 삶은 「어둔 밤」을 통해 짐작할 수 있으며, 딸의 삶은 「어둔 날 작은 내를 건너다」를 통해 살펴볼 수 있다. 그밖에 아내의 삶은 '아내와 나'라는 부제가 붙어있는 연작시 8편을 통해 알 수 있거니와, 이들 시를 통해 정작 확인할 수 있는 것은 가족을 바로 세우기 위한 그의 고뇌라고 할 수 있다.

가家가 모여 국國을 이루는 것이 동양의 일반적인 국가관이다. 가족家族에 대한 애정과 국족國族에 대한 애정이 다르지 않은 까닭이 다름 아닌 여기에 있다. 그렇다. 국족을 구성하는 하위 단위, 즉 민족을 구성하는 하위 단위가 가족이라는 것을 주목하지 않으면 안 된다. 이러한 이유로 가족에 대한 걱정은 국족, 곧 민족에 대한 걱정을 낳기 마련이다. 다음의 시가 좀 더 생생한 감동을 주는 것도 얼마간은 이와 무관해 보이지 않는다.

> 버스에서 내려
> 얼어붙은 보도를 미끄러지며 내려가면
> 연탄난로 모글모글 피어오르는 순댓국집
> 국물을 불며 소주를 나누어 마시면
> 시상만은 불길처럼 올랐다
>
> 포개지듯 드러누운
> 고만고만한 집들 사이의 약국 옆
> 주차장에 세 들어 살던 형
> 셔터를 열면 세상은 그만큼 열렸다
> 약국 아가씨를 좋아하던 형은
> 아픈 데도 없이 박카스를 사 오고
> 손잡이에 놓인 돌멩이를 치우곤, 간혹 거렁뱅이가
> 셔터를 올려 놀라곤 했다
>
> 여주인은 순댓국 푸기에 바쁜데
> 주인 남자는 소주를 들이켜며
> 금달래 이야기를 했지

낙성대 입구에 살던 조금 모자라던 처녀
이놈, 저놈이 꼬드겨 아랫도리를 벌리더니만
떼기를 너덧 차례, 오늘은
어미가 못 참겠다며 배꼽수술 해버리고 왔다고 하는구만

소주 한잔을 마시고
교차로 쪽 둔덕을 미끄러지며 기어오르면
연탄난로 모글모글 피어오르는 순댓국집
연탄재가 뿌려진 보도를 골라
허리 굽은 노인처럼 버스 정류장으로 오르면
시상만은 불길처럼 올랐다

—「봉천동 파랑새」 전문

이 시는 매우 구체적이고 실감 있는 풍경을 담고 있어 관심을 끈다. 이 시가 생생한 감동을 주는 것도 실제로는 이와 무관하지 않다. 앞에서도 말했듯이 그의 시는 대체로 반추상의 형상을 그리고 있다. 그의 시가 지니고 있는 이러한 점에 비하면 훨씬 완벽한 구상을 실현하고 있는 것이 이 시이다. 이를테면 여타의 그의 시에 비해 묘사의 밀도가 상대적으로 높은 것이 이 시라는 것이다. 하지만 정작 독자를 사로잡는 것은 묘사의 밀도도 밀도이지만 이 시의 풍경에 담겨 있는 서민적인 삶 그 자체라고 해야 마땅하다. 시인도 직접 참여하고 있는 봉천동의 가난한 삶이 아주 실감 있게 그려져 있는 것이 이 시라는 것을 잊어서는 안 된다.

이 시처럼 촘촘한 흥취를 주지는 못하더라도 이 시집은 그의 또 다른 기획과 의도가 곳곳에 스미어있어 주목이 된다. 군의관으로 복무하던 시절의 체험이 함유되어 있는 '해족도설'이라는 부제가 붙어있는 연작시도 그 한 예라고 할 수 있다. 의사라는 자신의 직업과 관련된 이런저런 경험을 담고 있는 시 「바트웬하우젠」「어둠에게 묻다」「다시 손을 씻다」 등도 동일한 맥락에서 살펴볼 수 있는 좋은 예이다. 현실과 관련한 비판적 안목을 함유하고 있는 '을숙도'라는 부제가 붙어있는 연작시도 독자들의 관심을 끄는 데는 별로 부족함이 없어 보인다.

그의 이 시집과 관련해 논의의 대상으로 삼아야 할 또 하나의 모티프는 '개'의 이미지이다. '개'를 모티프로 하고 있는 시들도 자못 돋보인다는 것인데, 「개가 살다」「개가 죽다」「눅눅한 꿈처럼 다가온 죽음」「개가 짖지 않는다」 등이 그 실제의 예이다. 통상적인 의미로서의 개가 아니라, 김응수식 개의 의미가 펼쳐진다는 점에서 주목을 요하는 것이 이들 시이다.

하지만 이들 시가 지니고 있는 다양한 내포까지 낱낱이 살피기에는 지면이나 시간 등 부족한 면이 너무 많다. 기억과 체험의 상상력을 매개로 하여 그의 시가 지니고 있는 가족공동체에 대한 집착과 애정을 살펴보는 것으로 이 글을 마감할 수밖에 없는 까닭이 바로 여기에 있다. 가족공동체의 위기가 심화되고 있는 때에 나온 시인 김응수의 가족 응시凝視의 시들은 그러한 점에서 적잖은 울림을 선사한다. 바로 이러한 점이 그의 시의 다음 행보에 관심을 기울이도록 하는 중요한 까닭이다.(2009)

절제된 이미지 혹은 은폐된 사랑

—문경화 시집 『아니마 아니무스』, 시인, 2005.

문경화의 시에서 화자는 대강 두 개의 시선을 갖는다. 하나는 시적 대상에 대해 일정한 거리를 갖는 경우이고, 다른 하나는 시적 대상에 대해 일정한 거리를 갖지 않는 경우이다. 시적 대상과 관련해 객관적 관찰자의 태도를 보여 주거나, 주관적 참여자의 태도를 보여 주는 것이 다름 아닌 그것들이다. 물론 이러한 시점의 선택을 가리켜 오직 문경화 개인만의 것이라고 할 수는 없다. 많은 시인들이 객관적 이미지 위주의 시와, 주관적 정서 위주의 시를 상호 교차해 가며 쓰고 있기 때문이다.

차분하게 거리를 두고 객관적인 풍경을 그려내는 그의 시는 대체로 절제된 이미지를 주요 자질로 하고 있다. 이들 시의 경우 화자는 객관적인 관찰자의 입장을 취하며 섬세하고 치밀한 이미지의 군집을 만드는 일에 주력한다. 이들 이미지의 군집이 독자들에게 주는 것은 일종의 심미적인 충격이다. 심미적인 충격은 항상 놀라움을 동반하기 마련이다. 다양한 비유의 활용을 통해 즉물적 감각을 활성화시키는 것이 이들 시이다.

네 그리움의 그림자는
쿵쿵 빛을 내며 차오르고 있다.

—「초승달」 전문

흰 봉오리는
저고리로 떨어지는 긴 목선을 닮았나.

봄 햇살, 그냥 지나치지 못하고
여러 번 쓰다듬는다.

—「목련」 전문

이미지는 묘사로부터 태어나기도 하고, 비유로부터 태어나기도 한다. 위의 시들의 이미지는 비유로부터 태어나고 있다. 앞의 시는 '초승달'이 "그리움의 그림자"로, 뒤의 시는 '목련'의 "흰 봉오리"가 "긴 목선"으로 비유되고 있기 때문이다. 물론 이때의 비유는 은유이다. 문경화의 시는 이처럼 각종 비유를 통해 태어나는 깜찍한 이미지들로 하나의 흐름을 형성하고 있다. 양귀비꽃을 가리켜 "작은 권력자"(「양귀비꽃」)라고 명명하고 있는 것이며, 산수유를 가리켜 "붉은 추억들"(「산수유」)이라고 명명하고 있는 것이 그 한 예이다.

비유는 테너tenor와 비클vehicle의 관계를 바탕으로 한 하나의 체계이다. 비유 체계는 본래 테너tenor와 비클vehicle의 관계가 이루는 차별성에 기초를 두고 있다. 그것은 직유든, 은유든, 제유든, 환유든 마찬가지이다. 상징이나 알레고리의 경우라고 하더라도 이는 다를 바 없다. 물론 이때의 차별성은 유사성을 전제로 한다. 테너와 비클 사이에는 얼마간 유사성이 있어야 비유 체계가 성립되기 마련이다. 차별성 속에서 유사성을 발견하는 일이 비유 체계의 기본적인 속성인 것이다.

따라서 비유 체계가 성립되기 위해서는 다른 것 속에서 같은 것, 같은 것 속에서 다른 것이 기초를 이루고 있어야 한다. 이것이 바로 비유 체계에서 테너와 비클이 관계하는 본질이다. 다르면서 같은 것, 같으면서 다른 것을 가리켜 선불교에서는 '불이不二'라고 한다. 그렇다면 비유 체계에서 두 사물 혹은 두 관념의 관계는 불이의 관계를 이루고 있는 것이 된다.

나날의 일상에서 각각의 존재들이 이루는 불이의 관계, 곧 다르면서 같은 관계를 찾기는 쉽지 않다. 자칫하면 억압으로 전이되기 일쑤인 것이 각각의 존재들이 이루는 결고 트는 관계, 곧 불이의 관계이다. 많은 사람들이 비유에서 테너와 비클의 관계를 유일唯一의 관계로 착각하고 있기 때문이다. 불이의 관계는 유일의 관계가 아니다. 그럼에도 불구하고 두 언어를 결고 트는 비유에서 불이의 관계를 유일의 관계로 이해하는 경우가 잦은 것이 사실이다. 테너와 비클 사이의 다르면서도 같은 점을 구현하는 과정에 억압이 따르는 것은 바로 이 때문이다.

이처럼 두 언어 사이의 다르면서도 같은 것, 같으면서도 다른 것을 구현하는 일은 아무래도 억압을 만들기 쉽다. 더러는 강제도 불사해야 하는 것이 서로 다른 언어를 하나로 묶어내는 일, 곧 비유 체계를 만드는 일이다. 일단은 각기 다른 존재들 사이에서 억지로라도 유사성을 찾아내야 하기 때문이다. 따라서 새로운 비유 체계를 만드는 일에는 얼마간 무리가 따르기 마련이다. 그렇다고는 하더라도 정작 중요한 것은 각각의 언어를 비유 체계, 곧 다르면서 같은 관계로 묶어내는 일 자체이다.

각각의 언어를 다르면서 같은 관계, 곧 불이의 관계로 묶어내게 되면 이내 새로운 이미지가 태어나게 된다. 새로운 이미지는 새로운 일체감을 낳거니와, 이때의 일체감 역시 불이의 관계를 이루기는 마찬가지이다. 모든 비유 체계는 이러한 일체감, 곧 다르면서 같은 감흥을 산출하는 데 목표가 있거니와, 그것이야말로 심미적 쾌락의 실제라는 것을 기억하지 않으면 안 된다.

> 외할머니 젖가슴처럼 얄팍하고
> 선선한 흰 꽃들.
> 숭고한 용서란 게 무어냐고
> 어린것 얼굴 쪽으로

몸을 숨긴다.

—「자두꽃」 전문

이 시의 비유 체계는 직유의 방식으로 이루어져 있다. "자두꽃"을 '처럼'이라는 매개어를 통해 "외할머니 젖가슴"으로 유추하고 있기 때문이다. 이 경우 전통적인 시각에서는 "자두꽃"의 이미지가 "외할머니 젖가슴"의 이미지로 전이된다는 점에만 초점을 둔 바 있다. 하지만 이들 두 이미지의 관계를 단순히 전이라고만 하기는 어렵다. 독자의 인지 영역에서는 자두꽃의 이미지와 "외할머니 젖가슴"의 이미지가 상호 겹쳐진 채로, 곧 둘이면서 하나인 관계로 존재하기 때문이다. 바로 이러한 점만으로도 테너와 비클의 관계는 불이의 관계에 있다는 것이다.

두 사물이나 관념을 겯고 틀어 비유 체계를 만드는 데 가장 직접적으로 작용하는 것은 시인의 세계관이다. 비유 체계를 만드는 일은 이미지를 창조하는 일이거니와, 이미지를 창조하는 데 가장 직접적으로 작용하는 것이 시인의 세계관이라는 점을 염두에 둘 필요가 있다. 이처럼 비유 체계는 단지 시인의 잘 계산된 의도에 의해서만 이루어지는 것이 아니다.

문경화의 시에서 비유 체계를 이루는 사물이나 관념들은 거의 일상의 삶이나 책 등에서 익히 보아왔던 것들이다. 진전하는 문명의 이기들보다는 나날의 일상에서 쉽게 경험하는 것이 테너와 비클을 형성하고 있다는 뜻이다. 이는 무엇보다 그의 삶이나 사유가 사람살이의 구체적인 전통과 맞닿아 있다는 것을 가리킨다. 위의 시에서만 해도 "자두꽃"이라는 이미지가 "외할머니의 젖가슴"이라는 이미지와 겹쳐지고 있다는 것을 알 수 있기 때문이다.

봄밤을 보냈으면서도 여전히
아무것도 눈치채지 못하는
놀라운 순진함.
백치같이 발그레하게 달아오르기만 하는

촌스러운 볼.

—「영산홍」 전문

이 시에는 '영산홍'을 "촌스러운 볼"이라고 명명하고 있다. 영산홍의 이미지나 "촌스러운 볼"의 이미지는 모두 전통적인 삶에서 익히 보아왔던 것들이다. 이들 두 이미지를 둘이면서 하나인 관계로 받아들이더라도 크게 이질감이 느껴지지 않는 것은 바로 그 때문이다. 이처럼 그의 시에서 비유 체계의 두 축을 이루는 사물이나 관념은 별로 억지스럽지가 않다. 무엇보다 이는 비유 체계를 만들기 위해 그가 특별히 인위적인 기획을 하지 않는다는 것을 뜻한다. 쉽게 접할 수 있는 일상의 이미지들을 자연스럽게 하나의 이미지로 겹쳐 짜고 있는 것이 그의 시의 비유 체계라는 것이다.

이러한 점은 봄 햇살을 "하늘의 조서詔書"라고 명명하고 있는 「군마도」 같은 시에서도 잘 알 수 있다. '봄 햇살'과 '조서'의 경우 별로 유사성이 없기는 하지만 독자들의 상상력이 따라잡지 못할 정도는 아니다. 이러한 비유 체계의 예로는 "빗줄기"를 "채찍"과 결합시키고 있는 「12월에」 같은 시를 통해서도 확인이 된다.

비유 체계에서 태어나는 이들 이미지는 대강 그의 시를 객관적 풍경으로 존재하게 한다. 크고 작은 절제된 풍경을 만드는 데 참여하고 있는 것이 이들 이미지라는 것이다. 물론 그의 시에서 풍경을 만드는 데 참여하는 이미지가 오직 비유 체계를 통해서만 생산되는 것은 아니다. 묘사로부터 발생하는 이미지 역시 그의 시를 객관적 풍경으로 만드는 데 적극적으로 참여하고 있기 때문이다.

여승 세 명이 다정스레 앉아 몸을 씻고 있다.
아이를 밴 여자도 옆에 앉아 뽀드득뽀드득
무슨 설거지를 하는 것처럼,
구석구석 반질반질 닦고 있다. 세상의 먼지

나이 든 할머니도 우유를 몸에 바르며
시집갈 새색시처럼 야단법석이다.
이곳은 몸이 가장 성스럽게 대접받는 성전聖殿
신도 인간도 몸 안에 깃들고
사랑도 미움도 몸 안에 있는 거라고
성사聖事를 치르듯 몸을 담근다.
음탕한 건 육체가 아니라 허위의 정신이라고

—「춘화」 전문

이 시 역시 표면적으로는 객관적 풍경을 지향하고 있다. 이때의 핵심 자질은 묘사적 이미지이다. 물론 이 시에도 "무슨 설거지를 하는 것처럼" "시집갈 새색시처럼" 등 비유적 이미지가 사용되어 있기는 하다. 그러나 이를 가리켜 이 시의 풍경을 만드는 주요 자질이라고 말하기는 쉽지 않다. 요컨대 그의 시가 만드는 객관적 풍경에는 묘사적 이미지 또한 중요한 자질로 참여하고 있다는 것이다.

이 시의 제목은 「춘화」로 되어있다. 그러나 이 시의 풍경으로부터 세속적 의미에서의 '춘화'를 읽기는 어렵다. 오히려 이 시의 풍경은 거룩한 제의의 형상을 담고 있다고 해야 옳다. 따라서 이 시는 단지 객관적 풍경만으로 구성되어 있다고 잘라 말하기가 쉽지 않다. 이는 특히 마지막 부분, 즉 "성사聖事를 치르듯 몸을 담근다./ 음탕한 건 육체가 아니라 허위의 정신" 등의 구절에 의해 확인이 된다. 이 구절에 이르면 다소간 시인의 주관적인 정서가 개입되기 때문이다.

그의 시 일반에서 이처럼 주관이 개입되어 있는 부분에는 대강 '사랑'의 마음이 작용한다. 위의 시에서도 그것은 증명이 된다. 목욕을 하고 있는 "여승 세 명" "아이를 밴 여자" "나이 든 할머니" 등에 대한 시인의 사랑의 마음이 작용하고 있기 때문이다. 물론 이때의 사랑은 측은지심에서 비롯된 연민이라고 해야 옳다.

자객의 검은 발자국 소리다.
월랑月廊 위를 달리는.
북쪽에서 동쪽으로, 동쪽에서 남쪽으로
지붕 위로, 꽃 창살 뒤로.

검푸른 하늘 아래에서 베이는 꽃, 지는 소리.
대나무 문살이 부러질 듯,
여섯 장 꽃잎 문양 하나씩 흩어질 듯.

신도 벗지 않고 방 안으로 들이치는 밤 소나기.
칼처럼 꽂히는 그리움이여,
피처럼 흥건한 사랑이여.

—「밤 소나기」 전문

전반부 1, 2연은 객관적 관찰자의 시선을 유지하고 있고, 후반부 3연은 주관적 참여자의 시선을 유지하고 있다. 1, 2연은 화사한 비유 체계를 통해 '밤 소나기'를 이미지화하고 있어 더욱 주목이 된다. 특히 밤 소나기 소리를 "월랑月廊 위를 달리는" "자객의 검은 발자국 소리"로 비유하는 솜씨는 놀랍도록 신선하다. 3연에 이르면 "방 안으로 들이치는 밤 소나기"가 "칼처럼 꽂히는 그리움"으로, "피처럼 흥건한 사랑"으로 구체화되면서 화자의 주관적 정서가 개입되기는 하지만 말이다.

이처럼 객관적 관찰자의 시선과 주관적 참여자의 시선이 착종되어 있는 그의 시의 예는 별로 많지 않다. 이러한 시들보다는 주관적 참여자의 정서가 전면에 드러나 있는 시들을 찾기가 훨씬 용이하다. 그의 시의 풍경에 화자의 정서가 능동적으로 개입되는 예를 찾기가 좀 더 쉽다는 뜻이다. 이들 시는 화자의 사랑의 감정이 바탕을 이루기 일쑤라는 점에서 한층 주의를 요한다.

밤의 빛깔이 이토록 짙푸른 날이
언제이겠습니까.
달빛에도 흔들리지 않는 부용지芙蓉池는
당신을 닮았습니다. 이 밤
나는 연못가 호안석에 새겨진 물고기처럼
당신에게 뛰어오릅니다.

규장각 불빛은 아직도 꺼지지 않았습니다.
책 틈에서 잠드는 날이
많으면서도 나는 사소한
예절 하나 얻지 못합니다. 시간이
모든 걸 해결한다는
비루함 하나 이기지 못합니다.

—「밤의 부용정芙蓉亭」 부분

이 시를 주목하는 까닭은 작품의 내용에 화자의 감정이 구체적으로 개입되어 있기 때문이다. 기본적으로 이는 시인이 자신의 체험을 훨씬 더 직접적으로 진술하고 있다는 것을 뜻한다. 일인칭 주인공의 시점을 택해 화자가 자신의 체험을 보다 순정하게 고백하는 화법을 택하고 있다는 것이다.

이러한 화법의 시는 본래 낭만적인 정조를 바탕으로 할 수밖에 없기 마련이다. 이는 일인칭 화자가 '당신'을 향해 사랑의 감정을 고백하는 형식을 취하고 있는 것이 이 시라는 점에서도 확인이 된다. "나는 연못가 호안석에 새겨진 물고기처럼/ 당신에게 뛰어오릅니다"와 같은 구절이 그 대표적인 예이다. 이처럼 이 시는 화자가 당신으로부터 느끼는 사랑의 감정을 고백하는 과정에 초점이 있다. "미처 가져가지 못한 당신의 마음"을 가져가려는 낭만적 정서를 노래하고 있는 것이 이 시인 것이다.

그의 시 일반에서 이처럼 '나-당신'의 구조로 되어있는 예를 찾기는 어렵지 않다. 그의 시 가운데 가장 많이 사용되는 단어가 '당신'이나 '사랑'이라는 점을 기억할 필요가 있다. 물론 이때의 '나'의 사랑의 경우 '당신'에 대한 강한 주지적 제어력을 바탕으로 하는 가운데 펼쳐지고 있기는 하다.

사랑이 시작되기 위해서는 일단 먼저 탐색의 과정이 필요하다. "눈 소리 속으로 몰래/ 당신을 불러" "나의 마음을 열어"(「탐매探梅」) 보일 필요가 있다는 것이다. 하지만 사랑의 열정도 열정인 만큼 때가 되면 일정한 수난을 거느리기 마련이다.

> 함부로 외롭고 함부로 괴로운,
> 청춘의 응어리들이 멍울멍울
> 각혈하며 물드는 가을을 바라보며
> 아무 신음 없이, 아무 어리광 없이
>
> —「쓰기 1-1」 부분

> 나의 영혼은 난데없이 이곳으로
> 끌려왔다네. 나는 달아날 수 없다네.
>
> 너는 상처의 지팡이를
> 두드리는 맹인의 손처럼 시작되는가.
> 두드려 빛나는 별 하나를 만들고 있는가.
>
> —「12월에」 부분

앞의 시에는 상실된 사랑으로 인한 외로움과 그에 따른 서러움이 노래되어 있고, 뒤의 시에는 되찾은 사랑으로 인한 기쁨과 그에 따른 불안이 노래되어 있다. 여기서도 알 수 있듯이 사랑에 취해 있을 때처럼 사람을 들뜨게 하는 것은 없다. 사랑은 본래 난데없이 영혼이 끌려오는 일이고, 도무지 달아날 수 없는 일이기 때문이다. 새삼스러운 얘기이기는 하지만 사랑

만큼 사람을 생기 있게 하고 활기 있게 하는 것은 없다. "꼭꼭 숨은 계원溪苑" "우리만의 수신 지역"(「금원禁苑」)인 금원을 갖는 경우에는 더욱 그렇다.

물론 이러한 생기와 활기는 끊임없이 '나'를 빨아들이는 '당신'을 내가 깊이 갈망하고 있을 때나 가능하다. "내 안에 들어와 박히는 살구꽃잎처럼/ 나도 모르게 나를 물들인 당신 목소리"(「춘경春景」)에 취해 있을 경우에나 사랑은 기쁨으로 존재하기 마련이다. "어떻게 지냈는지 묻지도 못하고,/ 어깨 위에 따뜻한 손 얹어주지도 못하"(「세월교」)는 것이 사랑의 감정이 만드는 실제이다. 사랑에 빠지면 "당신의 황량함 속에서"도 "아주 많은 상상력"(「동해」)을 자극받는 법이다.

나, 당신에게 연루되었습니다.

세상에는 같은 이름의 무수히 많은 것들이 숨 쉬고 있지만,
길을 걷다가 우연히 눈에 들어온 간판,
들판을 거닐다가 가까이에 나를 앉히는 작은 풀꽃처럼.
당신이 나와 마주친 그 순간, 그 영원 같은 찰나가
길을 다시 만들어냅니다.

무수히 많은 말들 중에 당신의 한마디가
무수히 많은 사람 중에 당신이라는 한 사람이

—「산책」 부분

이 시는 "나, 당신에게 연루되었"을 때의 설레는 정서가 주조를 이루고 있다. 하지만 이러한 정서도 정점의 순간에 영원히 머물러있는 것은 아니다. 사랑도 시간의 산물이니만큼 언젠가는 정점의 순간에 밖으로 미끄러질 수밖에 없다는 것이다. 아무리 "그 순간, 그 영원 같은 찰나가/ 길을 다

시 만"든다고 하더라도 그 길 역시 시간의 안에 존재하기 마련이다. 시간의 안에 존재하는 한 모든 사랑은 변화의 메커니즘과 함께한다. "감출 수 없었던 숨막힘"의 순간에 나의 "청혼을 받아"(「춘경春景」)들여 준다고 하더라도 이는 마찬가지이다.

대부분의 사랑이 '당신'으로부터 일정한 거리를 갖는 것도 이와 무관하지 않다. "사랑한다는 것"은 "한 발자국 멀어짐으로써/ 너에게로 마침내 깊어지는 것"(「북한산」)이기도 하기 때문이다. 하지만 정점으로 다가가면서도 일일이 그러한 것들을 고려한다면 정작의 사랑이라고 하기 곤란하다. 사랑에 빠지게 되면 "당신에게로 걸으면서도/ 당신으로 물들어 아파질 것을/ 알지 못"(「추경秋景」)할 수밖에 없다. 정점의 순간이 지나면 이내 "미친한 실험 정신으로 멍이 들" 수밖에 없는 것이 온당한 사랑의 절차라는 점을 잊어서는 안 된다. "살아낸다는 것 역시/ 서로에게 결례이고, 금기"(「금등화」)이고 보면 그러한 질곡 때문에 밀려오는 사랑을 피할 수는 없는 일이다.

절정의 순간 이후 사랑은 연민으로 그 질이 변하는 것이 보통이다. 연민을 이루는 주요 내용은 측은지심이다. 이는 문경화의 시에서도 크게 다를 바 없이 드러난다. 그가 보기에는 "두 개의 계절이 솜틀에 들어가/ 한 겹의 추억 같은 이불이 되는 것"(「환절기」)이 절정 이후의 사랑이기 때문이다. 모든 사랑이 항상 고통을 거느릴 수밖에 없는 까닭이 바로 여기에 있다. 절정의 순간 이후 연민으로라도 남게 되면 차라리 다행인 것이 일상에서의 사랑이라는 뜻이다.

> 당신이 고통으로 상처로 얼룩져서,
> 다시는 돌아가고 싶지 않다고 말했을 때
> 나의 꽃은 가난해지고 가난해졌습니다.
> 그 가난한 꽃들이 모두 떨어져 내리고

우리의 사랑도 비로소

백 개의 업業으로부터 자유로워졌습니다.

—「백일홍 질 때」 전문

이 시에서 당신은 "고통으로 상처로 얼룩져서" "다시는 돌아가고 싶지 않다고 말"한다. 그런데 "다시는 돌아가고 싶지 않"은 곳은 어디인가. 이론의 여지 없이 그곳은 열정으로 가득 차있는 사랑의 세계이다. 그러한 세계 이후에는 '당신'이나 '나'나 "고통으로 상처로 얼룩"지는 것이 당연하고, 따라서 더는 그곳으로 "돌아가고 싶지 않"으리라.

사랑의 절정 뒤에 남는 것은 "나의 꽃"이 "가난해지고 가난해"지는 길밖에는 없다. 이때의 꽃이 백 일 동안 피어있는 '백일홍'이라고 하더라도 그것은 마찬가지이다. "그 가난한 꽃들이 모두 떨어져 내"린 뒤에야 "사랑도 비로소/ 백 개의 업業으로부터 자유로워"질 수 있기 때문이다.

"고통으로 상처로 얼룩"진 사랑으로부터 자유로워질 때 남는 감정은 연민이다. 연민은 '당신'과 무관하게 존재하는 '나'만의 자유로운 감정이다. 연민은 '당신'을 향해 고정되어 있는 감정이 아니다. '나' 자신에게로도 충분히 되돌려질 수 있는 감정이 연민이라는 것이다.

누군가의 안부가 궁금해지듯,

내 영혼의 안부가 궁금해지는 날이 있습니다.

잘 있는 거니? 내 영혼아

혹시, 무서운 가위에 눌리고

세상의 소음 때문에 고열에 시달리고 있지는 않니?

마음은 철 지난 바닷가로, 고기잡이배들이 정박해 있는
낮은 담장들 사이로 그물이 얼기설기 널려 있고
밤늦은 파도 소리를 따라가고만 싶은
그 소나무 길들 때문에 울지는 않니?

멀리 온 것 같아서,
너무 멀리 온 것 같아서
기억조차 나지 않는 영혼이라는 말.
아프지 말고, 마르지 말고, 지치지 말거라.
작은 우주여.

—「근황」 전문

이 시에서 화자인 시인은 자기 자신을 향해 이것저것을 되물으며 부탁을 한다. "잘 있는 거니? 내 영혼아" "고열에 시달리고 있지는 않니?" "아프지 말고, 마르지 말고, 지치지 말거라./ 작은 우주여" 등이 그 구체적인 예이다. 이들 예에서도 알 수 있듯이 여기서 화자인 시인은 저 자신을 연민의 대상으로 받아들이고 있다. 연민 역시 사랑의 하나라면 이제 그는 저 자신을 사랑하는 일에 좀 더 충실해지고 있는 셈이다.

이처럼 그의 시는 화자가 시의 풍경에 개입해 자신의 심리적 현존을 고백하는 또 다른 흐름을 갖고 있다. 이러한 고백적 진술의 기법은 우리 시사에서 이미 하나의 전통으로 수립된 지 오래이다. 이러한 기법 또한 객관적인 사물들이 이루는 즉물적인 이미지를 순간적으로 포착해 내는 기법과 마찬가지로 서구 시와의 교섭 과정에 정착된 것이 사실이다. 오늘에 이르러서는 이러한 기법 역시 뛰어난 심미적 성취를 이루고 있지만 말이다.

시인 역시 자신의 감정을 통제하기 어렵기 때문에 시에서 이러한 기법을 선택하기는 쉽지 않다. 그러나 침통하고 우울한 현대인의 정서를 표현하는 데 이보다 더 효과적인 기법은 없다. 문경화의 시는 바로 이러한 점에서, 즉 대상에 대한 시선을 자유롭게 운용할 수 있다는 점에서도 짐짓 돋보인다. 세계 일반의 진실을 객관적 관찰자의 시선으로 포착해 내거나 저 자신만의 개인적 진실을 주관적 개입자의 시선으로 포착해 내는 등 시선의 자유로운 운용이 담겨 있어 무엇보다 관심을 끄는 것이 그의 이 시집이다.(2005)

자기 고백과 전통 지향의 시 세계

—권현수 시집『칼라차크라』, 문학아카데미, 2007.

서정시는 본래 '나'를 노래하는 형식이다. '나'를 노래하는 형식이라는 것은 서정시의 주체와 대상이 시인 자신인 경우가 대부분이라는 것을 뜻한다. 이는 시인 자신의 목소리로 시인 자신을 탐구하는 언어형식이 서정시라는 것을 가리키기도 한다. 서정시가 주관적인 정서를 토로하는 언어예술이라고 하는 사전적인 정의도 실제로는 이와 무관하지 않다.

이러한 논의에 따르면 시인 자신의 목소리로 시인 자신의 현존을 탐구하는 것이 서정시의 보편적인 특징이라고 해도 지나치지 않다. 특별히 '고백시'에 한정해 말하지 않더라도 그것은 마찬가지이다. 서정시가 지니고 있는 이러한 특징은 리얼리즘이나 이미지즘을 표방하고 있는 시의 경우보다는 낭만주의를 표방하고 있는 시의 경우에 더욱 그렇다. 시인 자신의 추상이나 의식, 정서 등이 좀 더 주관적인 형태로 토로되고 있는 것이 낭만주의 경향의 시이기 때문이다.

오늘날 이성과 지성의 시각을 견지한 채 객관화된 이미지나 이야기를 담아내고 있는 시는 별로 많지 않다. 이를 이미지즘이나 리얼리즘 경향의 시보다는 낭만주의 경향의 시가 주류를 형성하고 있다는 뜻으로 이해해도 좋다. 시인 자신의 주관적 정서를 직접적으로 고백하고 있는 것이 2000년대 대한민국 시가 지니고 있는 일반적인 특징이기 때문이다. 서정시라는 것이 본래 자본주의의 성숙과 더불어 보편화된 개인주의의 산물이라는 점, 즉 자아 발견과 자아실현의 한 형태로 태어난 것이라는 점을 소홀히 여겨서는 안 된다. 시인 자신의 추상이나 의식, 정서 등을 시인 자신의 목소리로 토로하는 것이 오늘의 대한민국 시가 지니고 있는 광범위한 특징이라는 점을 깊이 유의할 필요가 있다.

지금 이곳의 시가 보여 주는 이러한 특징은 권현수의 시라고 해도 크게 다를 바 없다. 다음의 예에서도 볼 수 있듯이 그의 시 역시 기본적으로는 저 자신의 인지 영역에 펼쳐지는 불투명한 사유를 다소간은 주관적으로 진술하고 있기 때문이다.

옛사람 솜씨전에서 들여온 삼베 조각보
활활 털어서 유리문에 걸었다
한여름 더운 기운이 기웃거리는
남향 유리문에 걸었다

세모네모 크고 작은 삼베 조각을
한 땀 한 땀 수만 땀의 정성으로 촘촘히 엮어서
사방 석 자 한 보자기 인연으로 묶은 옛 어머니
손끝에 맺힌 한숨 소리 활활 털어내고
구석구석 선연한 땀 냄새도 활활 털어서
별 가리개로 유리문에 길게 걸었다

그리움은 헤어질 때 괴로우니 털어내고
미운 정은 두 번 보기 싫어서 털어내고
마음의 묵은 때까지 활활 털어서
남향 유리문에 걸었다

치자빛 아린 그늘이 여태도 삼삼해서
한여름 더운 기운이 저만큼 물러난다.

—「삼베 조각보를 유리문에 걸다」 전문

이 시는 시인이 저 자신의 행위를 직접적으로 고백하는 형식을 취하고 있다. 시의 화자가 시인이고, 시의 대상이 시인의 행위이니만큼, 이 시는 시인 자신의 서사를 얼마간은 주관적으로 진술하고 있다고 할 수 있다. 물론 이때의 서사는 "옛사람 솜씨전에서 들여온 삼베 조각보"를 "활활 털어서 유리문에" 거는 시인의 행위와 깊이 관련되어 있다. 이 시에서 예의 행위는 시인이 과거의 풍속이나 전통적 풍물들에 대해 매우 진지한 관심을 보여 주고 있다는 점에서도 주목을 요한다.

과거의 풍속이나 전통적인 풍물들과 함께하고 있는 시인 자신의 행위를 직접적으로 진술하는 것은 그의 시 일반이 지니고 있는 중요한 특징이라고 해도 지나치지 않다. 물론 여기서 말하는 과거의 풍속이나 전통적인 풍물들은 시인 자신의 품격 있는 삶과 무관하지 않다. 과거의 풍속이나 전통적 풍물들에 대한 진지한 관심을 통해 저 자신이 추구하는 의식 지향뿐만 아니라 깊이 있는 삶의 격조까지 드러내고 싶어 하는 것이 시인이기 때문이다. 다름 아닌 이러한 점에서도 그의 예의 시들은 과거의 풍속이나 전통적인 풍물과 함께하는 시인 저 자신의 행위를 직접적으로 고백하는 특징을 보여 주고 있다고 해야 옳다.

그렇기는 하더라도 모든 시인이 저 자신을 탐구하기 위해 저 자신을 주체로 삼거나 대상으로 삼는 것은 아니다. 타자를 주체로 삼거나 대상으로 삼으면서도 충분히 시인 자신을 탐구하는 시들이 적잖기 때문이다. 그렇다. 시인이 저 자신을 탐구하기 위해 저 자신이나 저 자신의 경험을 직접적으로 토로하기보다는 그것들을 타자나 타자의 경험에 의탁해 간접적으로 진술하는 경우도 얼마든지 있을 수 있다. 객관적인 사물이나 대상에 시인 자신의 주관적인 정서를 의탁하는 방식을 통해서도 시인 자신을 탐구할 수 있는 것이 서정시 일반의 특징이라는 점을 기억할 필요가 있다.

서정시가 지니고 있는 이러한 자아 탐구의 방식은 권현수의 시에도 이미 익숙하게 응용되어 있어 관심을 끈다. 우선 전반부에는 대상이나 대상의 행위가 객관적으로 진술되어 있고, 후반부에는 시인의 정서나 의식이 주관적으로 진술되어 있는 시부터 살펴보기로 하자.

관음죽 잎새마다 노란 분으로 황사가 내려앉았다.
서역 멀리 타클라마칸사막
모래언덕 사이로 해가 뜨고 해가 지는 곳
삶은 이것이 아니라고
이것만은 아닐 것이라고
모래 폭풍 한 자락에 명을 맡기고
수만 리 하늘길을 한사코 날아와서
관음죽 너그러운 이파리에 몸을 풀었다
천 개의 손과 천 개의 눈으로 세상의 어둠을 밝히는
관음의 손바닥 위에 둥지를 틀었다

나는 물조리개로 물을 주기 시작한다
이 물길 따라 내려앉아라 황사야
줄기 타고 뿌리까지 닿아서
관음의 피가 되고 살이 되고 향기가 되어라

이 생生에 너의 인연은 관음죽이다.

—「타클라마칸 황사」 전문

이 시의 1연에는 황사와 관음죽의 관계가 객관적으로 묘사되어 있다. 계속되는 묘사에 따르면 황사는 "서역 멀리 타클라마칸사막"에서 날아온 존재이고, "관음죽"은 이렇게 날아온 황사가 "몸을 풀"게 한 존재이다. 2연에는 이러한 관계의 관음죽과 황사, 즉 관음죽의 "손바닥 위에 둥지를" 튼 황사에 대한 '나'의 반응이 직접적으로 진술되고 있다. 말하자면 관음죽의 "손바닥 위에 둥지를" 튼 황사에게 시인인 내가 개입을 하는 것이 2연의 내용인 셈이다.

물론 여기서 말하는 '개입'은 황사가 내려앉은 관음죽의 이파리 위에 내가 "물을 주"는 일을 가리킨다. 황사로 하여금 "물길 따라 내려앉아" 관음죽의 "피가 되고, 살이 되고, 향기가 되"도록 하는 것이 내가 관음죽의 이파리 위에 "물을 주"는 일이라는 것이다. 3연에 이르면 시인은 황사를 의인관하여 "이 생生에 너의 인연은 관음죽"이라고 강조한다. 시인의 인지 영역에서 이때의 관음죽은 자주 '관음보살'과 착종되고 있어 더욱 주목이 된다. 1연 마지막 행의 "관음의 손바닥 위에 둥지를 틀었다", 2연 마지막 행의 "관음의 피가 되고 살이 되고 향기가 되어라" 등의 구절이 그 대표적인 예이다. 관음보살은 관세음보살의 준말로 세상의 소리를 들어 중생의 괴로움을 알고 구제한다는 불교의 보살을 가리킨다. 시인으로서는 저 자신이 "관음의 손바닥 위에 둥지를" 틀고 싶은 마음을, 나아가 "관음의 피가 되고 살이 되고 향기가 되"고 싶은 마음을 이렇게 표현하고 있는 것이다.

따라서 이 시에서 "관음죽 잎새마다 노란 분으로" 내려앉은 황사는 시인 자신의 객관상관물이라고 해도 좋다. 시인으로서는 저 자신이 지니고 있는 불교와의 인연, 특히 관세음보살과의 인연을 이렇게 표현하고 있는 것이다. 이러한 면에서 살펴보면 이 시의 결구인 "이 생生에 너의 인연은 관음죽이다"라는 구절도 쉽게 이해가 된다. "너의 인연"이라고 할 때의 '너'가 궁극적으로는 시인 자신을 가리킬 수도 있기 때문이다.

시에 수용되는 객관적인 사물이나 사건에는 기본적으로 시인의 자아나 세계관이 투영되어 있기 마련이다. 겉으로는 객관적인 사물이나 사건을 노래하고 있는 것처럼 보일지라도 속으로는 시인의 주관적인 자아나 경험이 투영되어 있을 수밖에 없다는 뜻이다. 표면적으로는 남, 곧 타자를 얘기하고 있다고 하더라도 내면적으로는 나, 곧 자아를 얘기하고 있는 것이 서정시가 지니고 있는 보편적인 특징이라는 점을 잊어서는 안 된다. 서정시 일반에 드러나 있는 이러한 특징은 권현수 시의 경우라고 하더라도 크게 다르지 않다.

뒤란 오지항아리 속에서 생감이 익어간다
연꽃 봉오리 같은 단성시 설익은 감이
미처 다스리지 못한 생가슴을 삭이고 있다
떫은 옹이 알알이 박힌 단단한 육질
마른 볏짚 사이에 가부좌로 앉히고
묻어둔 뜨거운 불꽃, 묵언으로 다스리며
지긋이 피어날 그날을 기다리고 있다
단전까지 밀어내린 서늘한 기운으로
연한 속살 스스로 열릴 때 꽃잎 하나 피어나고
다문 입속에 가득 고인 향내로
붉게 익은 꽃잎 하나 더 피어나서
항아리 가득 단내 나는 연꽃으로 넘칠 날을
기다리고 있다

햇볕 따스한 어느 겨울날
둥근 해주반에 담겨 그대 앞에
무르익은 속내 활짝 열어 보일 그날까지.

—「감을 익히며」 전문

이 시의 중심 대상은 "오지항아리 속에서" 익어가는 "생감"이다. "오지항아리 속" "마른 볏짚 사이에 가부좌로 앉"혀져 있는 "생감"이 잘 "익은 속내"를 "활짝 열어 보일" 때까지를 서술하고 있는 것이 이 시이다. 따라서 이 시에는 생시生柿가 숙시熟柿로 변해 가는, 곧 성숙해 가는 과정이 비교적 감정이 절제된 채 서술되어 있다고 할 수 있다.

물론 여기서의 생시生柿나 숙시熟柿가 있는 그대로의 감 자체만을 뜻하는 것은 아니다. 시의 언어로 포섭되는 순간 이미 상징적 의미를 함유하는 것이 그것이기 때문이다. 시인 자신의 객관상관물로 기능할 수밖에 없는 것이 이 시에서의 생시生柿나 숙시熟柿라는 뜻이다.

시인 자신의 객관상관물로 받아들여지는 순간 이 시에서의 생시生柿나 숙시熟柿는 그 의미가 증폭될 수밖에 없다. "다문 입속에 가득 고인 향내"를 지닌 존재로 시인 자신을 성숙시켜 가고자 하는 염원을 담고 있는 것이 이 시라고 이해하면 그것의 의미는 더욱 깊어지게 된다. 이 시에 드러나 있는 이미지들을 이렇게 이해하게 되면 시인의 생활 현실과 관련해 "둥근 해주반에 담겨 그대 앞에/ 무르익은 속내 활짝 열어 보"이는 숙시熟柿의 내포도 자못 확정된다.

이들 이미지를 통해 저 자신을 탐구하고 있는 것을 보면 시인 권현수의 경우 다소간은 과거 지향적이고 전통 지향적인 의식을 지니고 있다는 것을 알 수 있다. 일단은 "오지항아리 속에서 생감"을 앉혀 연시軟柿를 만드는 과정 자체가 이제는 사라지고 없는 과거의 풍속, 전통적 풍물이라는 것을 상기할 필요가 있다. 과거의 풍속, 전통적 풍물에 대한 의식 지향은 위에서 인용한 몇몇 시들을 통해서도 확인이 된다. 「삼베 조각보를 유리문에 걸다」의 '삼베 조각보', 「타클라마칸 황사」의 '관음죽' 등이 이미 과거의 풍속, 전통적 풍물을 대표하는 예이기 때문이다. 뿐만 아니라 「배꽃무늬 골무를 끼고」의 '골무', 「조선 막사발에 말차 한잔 받아 들고」의 '막사발', 「줄어름 타기」의 줄어름 등도 과거의 풍속, 전통적 풍물을 상징하는 중요한 이미지라고 할 수 있다.

이처럼 두루 과거 지향적이고 전통 지향적인 의식을 보여 주는 것이 권현수의 시이다. 이러한 의식을 보여 준다는 것은 그가 매우 민감한 시간관을 지니고 있다는 것을 뜻하기도 한다. 그렇다. 과거의 풍속, 전통적 풍물

자체가 이미 시간의 산물이라는 점을 깊이 유의할 필요가 있다. 물론 과거의 풍속, 전통적 풍물과 얽혀 있는 그의 시간 의식이 지금 이곳의 시간과 깊이 연결되어 있는 것은 사실이다. 그 자신이 '영원한 수레바퀴'라는 뜻을 갖는 인도의 말 '칼라 차크라'를 이 시집의 제목으로 택하고 있다는 점을 간과해서는 안 된다.

그의 시가 과거 혹은 전통과 관련해 매우 민감한 시간 의식을 보여 주고 있다는 것은 그의 시에 드러나 있는 시제 운용을 통해서도 확인이 된다. 한 시인의 시간 의식은 시에 나타나 있는 시제 운용에 의해 알 수 있다는 것이 정설이다. 서정시의 기본 시제는 현재이거니와, 이때의 현재가 어떻게 변용되어 드러나느냐에 따라 시인의 시간 의식이 확인될 수 있다는 뜻이다.

이러한 점에서 살펴보면 그의 시를 이루는 문장의 종결어미가 현재시제와 과거시제가 착종된 채로 응용되어 있음을 알 수 있다. 위에 인용한 시「삼베 조각보를 유리문에 걸다」의 경우만 하더라도 제목은 기본 시제로 되어 있지만 본문의 종결어미에는 현재시제와 과거시제가 뒤섞여 있기 때문이다.

물론 그의 시에서 과거시제로 되어있는 본문의 종결어미의 경우 현재시제로 고쳐 쓰는 것이 바람직할 수도 있다. 이를테면 그의 시의 첫 문장 종결어미 "유리문에 걸었다"(「삼베 조각보를 유리문에 걸다」)를 '유리문에 건다'로 고쳐 쓰는 것이 나을 수도 있다는 뜻이다. 이는 또 다른 그의 시의 첫 문장 종결어미 "황사가 내려앉았다"(「타클라마칸 황사」)를 '황사가 내려앉는다'로 고쳐 쓰는 것이 나을 수도 있다고 하는 것과 마찬가지이다.

현재시제로 창작되어야 하는데 과거시제로 창작되어 있다고 하는 것은 일단 시에 투영되어 있는 시인의 시간 의식이 과거 지향적이고, 전통 지향적이라는 것을 말해 준다. 물론 그의 시간 의식과 함께하는 과거 지향성과 전통 지향성은 지금의 이곳의 시간 의식과 뒤얽히는 가운데 칼라 차크라를 형성한다. '영원한 수레바퀴'라는 뜻을 갖는 인도의 말 '칼라 차크라'가 과거의 풍속, 전통적 풍물과 관련해 앞으로는 좀 더 풍성한 시적 이미지로 펼쳐지기를 빈다.(2007)

사랑과 연민의 시정신

—공광규 시집 『말똥 한 덩이』, 실천문학사, 2008.

지난 2000년대 초만 해도 많은 사람들이 '시의 위기' 운운하며 우려를 피력해 온 바 있다. 돌이켜 보면 이에는 무엇보다 시의 영향력이 감퇴하는 것에 대한 깊은 고뇌가 담겨 있는 것으로 보인다. 물론 지금에 이르기까지 '시의 위기' 운운하며 시의 미래를 걱정하는 사람은 드물다. 시의 영향력은 감퇴했을지 모르지만 상당한 사람들이 여전히 시를 나누며 즐기고 있는 것은 사실이다. 블로그나 카페에 실려있는 엄청난 양의 시만 보더라도 이는 쉽게 짐작이 된다.

실제로도 헤아리기 어려울 만큼 많은 시가 생산되고 있는 것을 잘 알 수 있다. 각종 문예지에 실려있는 수많은 신작시가 이를 증명해 준다. 이렇게 생산된 시는 이내 시집으로 묶여져 나오거니와, 이 또한 헤아리기 어려울 만큼 많다고 하지 않을 수 없다. 이들 시를 읽다 보면 나로서는 보이지 않는 어떤 선이나 구획을 느끼지 않을 수 없다. 시단의 현실에 존재하는 이 선이나 구획은 시간의 상하에 존재하며 세대의 차이를 만들기도 하고, 공간의 좌우에 존재하며 이념의 차이를 만들기도 한다.

물론 세대의 차이에 따른 심미적 경향의 차이는 어제오늘 갑자기 생겨난 것이 아니다. 문학사를 들여다보면 수도 없이 자주 발견되는 것이기 때문이다. 그렇다고는 하더라도 오늘의 시가 보여 주는 세대 차이가 얼마간 독자들을 긴장하게 하는 것은 사실이다. 물론 젊은 세대의 시가 지니고 있는 새로운 심미적 경향은 내가 이처럼 낡았나, 하고 되묻지 않을 수 없을 정도로 낯설게 느껴지고는 한다. 내가 이렇게 되묻는 것이 그들의 혼란한 미의식 자체를 부정적으로만 생각하고 있기 때문은 아니다.

그렇다고는 하더라도 이른바 '미래파' 등 '새로운 시'의 경우 감동은 말할 것도 없고 독해조차 쉽지 않는 예가 적잖다. 그렇다. 이들 시를 이해하기 위해서는 각종 사전이나 자료 등을 뒤적여야 하는 고통도 마다하지 않아야 할 정도이다. 따라서 이들의 시는 감동의 형식이나 심미의 형식이 아니라 해독의 형식이거나 암호의 형식이라고 해야 마땅하다. 그러다 보니 시의 경지나 수준에조차 이르지 못한 것을 새로운 미의식을 표상하고 있는 새로운 세대의 '새로운 시'로 평가하고 있는 것은 아닌가, 하는 의구심을 지울 수 없다.

시단의 현실에 존재하는 예의 선이나 구획 가운데 공간의 좌우에 존재하는 이념의 차이도 어제오늘 형성된 것은 아니다. 실제로는 그것이 모더니즘이나 리얼리즘, 전통 서정 등의 이름으로 불리어온 기존의 선이나 구획과도 무관하지 않기 때문이다. 그렇다고는 하더라도 리얼리즘과 모더니즘의 회통이 주장된 이래 얼마간은 가시화되는 것처럼 보이던 이들의 통합도 실제로는 먼 옛날의 구호로나 남아있는 듯싶다. 대다수의 시인들이 리얼리즘이나 모더니즘으로 불리는 심미적 이념의 본질과 실재가 무엇인지조차 모르는 채 시를 쓰고 있다는 점을 생각하면 이러한 지적은 당연한 일인지도 모른다. 모더니즘의 성향을 지니든 리얼리즘의 성향을 지니든 대부분의 시인들이 오늘의 역사, 사회에 대해 아무런 고민이나 고뇌도 갖고 있지 않다는 점을 생각하면 이는 더욱 분명해진다.

최근 들어 많은 사람들이 근대시가 지니고 있는 가치와 의의가 무의미해지고 있다고 말한다. 어찌 보면 그러한 면이 아주 없지도 않은 것이 오늘의 대한민국 시가 처해 있는 현실이라고 할 수 있다. 그렇다고는 하더라도 여전히 자기 시대의 역사와 사회에 대한 의문과 질문이 담겨 있는 시에 좀 더 호감이 가는 것은 분명하다. 오늘의 대한민국 시에 자리해 있는 보이지 않는 선이나 구획이 정작의 세대 차이나 이념 차이로 받아들여지지 않는 까닭도 이와 무관하지 않다. 심지어는 예의 선이나 구획이 시의 경지에 이른 것과 시의 경지에 이르지 않은 것을 가르는 척도로까지 비추어질 정도이다.

새로운 세대의 '새로운 시'와 관련해 또 하나 주목이 되는 것은 시적 자아, 곧 시적 주체의 과도한 분열이다. 여기서 말하는 시적 주체의 과도한 분열은 물론 다극적인 화자 혹은 다성적인 화자의 횡행을 가리킨다. 이들 다극적인 화자 혹은 다성적인 화자의 횡행은 말할 것도 없이 근대 후기에 이르러 더욱 강화되고 있는 자아의 현존 때문이다. 이때의 자아의 현존이 이른바 자아의 발견을 뛰어넘어 자아의 파괴와 자아의 해체를 반영한다는 것은 더 말할 나위가 없다. 파괴된 자아의 언어와 해체된 자아의 언어는 그것이 어떠한 것이든, 말하자면 시의 형식을 취하든 그렇지 않든, 지독한 신경증을 반영하고 있다고 하지 않을 수 없다. 여기서 말하는 신경증은 정신질환을 뜻하거니와, 그렇다면 자아의 파괴나 자아의 해체를 반영하고 있는 시는 정신질환자의 언어 뭉치라고 하지 않을 수 없다.

정신질환자의 언어 뭉치는 아무리 기이하고 특이한 이미지를 갖는다고 하더라도 시로 받아들이기 곤란하다. 특별히 심미적으로 포장되어 있다고 하더라도 이들 언어의 경우 실제로는 정신질환자를 치료하기 위한 임상 자료에 불과하기 때문이다. 그럼에도 불구하고 오늘의 문예지나 연간사화집 등을 보면 시 이전의 임상 자료를 있는 그대로 제출하고 있는 경우를 자주 보게 된다. 당대의 사회나 역사에 대한 자각이나 비판 없이 일그러지고 찌그러진 자아를 무분별하게 투사시키고 있는 정신질환자의 이들 임상 자료를 온전한 시라고 수용하기는 어렵다.

오늘의 '새로운 시'에 등장하는 다극적인 화자 혹은 다성적인 화자는 무책임하고 미성숙한 철부지의 모습을 취하고 있어 더욱 주목이 된다. 시의 화자가 철부지의 모습을 취하고 있다는 것은 그만큼 독선적이고 이기적이라는 뜻도 되지만 그만큼 돼먹지 않은 말을 마구 지껄여댄다는 뜻도 된다. 무책임한 철부지들이 함부로 지껄여대고 있는 말에 조리나 질서, 초점이 있을 리 만무하다. 오늘의 '새로운 시'가 보여 주는 길고 지루한 장광설은 이러한 맥락에서도 검토되어야 마땅하다. 철부지에 지나지 않는 아이나 소년이 화자로 등장하는 경우 말의 자유는 보장이 될는지 모르지만 응축과 압축의 방식으로 구현되는 밀도 높은 시의 형상은 보장되기 어렵다.

이로 미루어 보면 오늘의 '새로운 시'는 새로운 미의식의 탄생 운운하기 이전에 서정성 자체를 상실시키고 있다는 비판을 감수하지 않을 수 없다. 한국 현대시의 역사에서 서정성을 포기한 채 이루어진 실험시의 경우 거의 대부분 한갓 언어 뭉치로 전락하고 말았다는 점을 기억하지 않으면 안 된다. 그동안 수많은 전위 운동이 있어왔지만 서정성을 배제한 채 이루어진 경우 미학적으로 성공한 예가 드물다는 것이다.

또한 시의 문법을 포기하고 있는 이들 '새로운 시'는 거개가 사소설을 지향하거나 사철학을 지향하는 것처럼 보인다. 미성년 주체들이 아무런 운산 없이 토해 내는 이들 언어 뭉치를 수준 있는 시라고 인정할 때 우리 시의 미래는 뻔하다. 강조하거니와, 시는 소설이 아니고, 철학이 아니다. 더구나 사소설이거나 사철학일 리는 만무하다. 시가 소설의 특징인 서사를 십분 받아들이는 것이고, 철학의 특징인 이념을 십분 받아들이는 것이라고 하더라도 이는 마찬가지이다.

시의 독자는 소설의 독자와 마찬가지로 전문가가 아니라 대중이다. 하지만 독자가 시를 향해 요구하는 것과 소설을 향해 요구하는 것은 다르다. 따라서 시를 원하는 독자에게 소설을 들이미는 것은 난센스라고 하지 않을 수 없다. 시의 독자와는 달리 철학의 독자는 전문가이다. 전문가가 아닌 대중인 독자가 시를 통해 철학을 읽고 싶지는 않으리라.

필자의 이러한 지적이 이른바 '새로운 시'가 지니고 있는 퓨전의 속성을 무시하거나 간과하는 것은 아니다. 퓨전의 속을 십분 받아들인다고 시의 밖에 버려져 있던 것들을 시의 안으로 끌어들여 시끄럽게 구는 것은 문제라고 하지 않을 수 없다. 심미적으로 공감이 되지 않는 시끄럽기 짝이 없는 소음을 시에 받아들이는 것으로 관심을 불러 모으려 하는 짓은 우스운 일이다.

이들 '새로운 시'가 지니고 있는 파편적 의식과는 달리 강력한 서정적 자장을 형성하고 있는 것이 이 글에서 살펴보려고 하는 공광규의 시이다. 최근에 발간된 그의 시집 『말똥 한 덩이』는 시집의 제목만큼이나 친근한 서정적 아우라를 지니고 있어 관심을 끈다. 이 시집에 수록되어 있는 그의 시에는 상대적으로 온전하고 부드러운 화자가 등장하고 있어 독자의 심미적 심성과 함께한다. 무엇보다 이는 그의 시에서 시인과 시의 화자가 필요 이상으로 분리되어 있지 않기 때문으로 보인다. 비교적 온건하고 편안하고 따듯한 자세로 움직이고 떠돌고 변화하는 시인의 자아를 엿볼 수 있는 것이 그의 이들 시이다.

"당신, 창의력이 너무 늙었어!"
사장의 반말을 뒤로하고
뒷굽이 닳은 구두가 퇴근한다

살 부러진 우산에서 쏟아지는 빗물이
굴욕의 나이를 참아야 한다고
처진 어깨를 적시며 다독거린다

낡은 넥타이를 끌어당기는 비바람이
술집에서 술집으로
걸레처럼 끌고 다니는 밤

빗물이 들이치는 포장마차에서
술에 젖은 몸이
악보도 연주자도 없이 운다.

—『몸관악기』 전문

이 시는 목관악기나 금관악기에서 패러디한 '몸관악기'를 소재로 삼고 있다. 이러한 패러디가 가능한 것은 이 시의 서정적 주인공인 '당신'이 시에서 지금 목관악기나 금관악기처럼 연주되고 있기 때문이다. 물론 이때의 연주는 "빗물이 들이치는 포장마차에서/ 술에 젖은 몸이" 울고 있는 것을 환유적으로 표현한 것이다. "뒷굽이 닳은 구두로" 환유되어 이 시의 서정적 주인공이 울고 있는 것을 "연주자도 없이" 몸관악기가 연주되고 있는 것으로 표현하고 있다는 뜻이다. 이러한 표현이 가능한 것은 무엇보다 화자인 시인이 이 시의 서정적 주인공인 "뒷굽이 닳은 구두"에 대해 깊은 연민을 지니고 있기 때문이다.

연민은 변형된 사랑의 감정이다. 시적 대상에 대한 사랑의 정서, 곧 일치의 정서가 서정시가 지니고 있는 보편적인 특징이라는 것이 통설이다. 물론 그것은 이 시에서도 마찬가지이다. 시적 대상이 "굴욕의 나이" "낡은 넥타이" 등 환유적인 이미지로 드러나 있기는 하지만 바로 그렇기 때문에 이 시는 곧바로 서정시의 일반적인 특징과 함께한다. 물론 이 시에 드러나 있는 정서는 좀 더 구체적으로 말해 측은지심惻隱之心이라고 해야 마땅하다. 일찍이 맹자도 언급한 바 있듯이 측은지심은 인지단야仁之端也, 즉 사랑의 실마리이다.

그렇다면 이 시에 드러나 있는 시인의 감정은 그 자체로 서정시의 본질에 깊이 뿌리내려져 있다고 하지 않을 수 없다. 시인이 지니고 있는 사랑의 마음, 곧 측은지심이야말로 이 시집에 수록되어 있는 시들이 지니고 있는 기본적인 정서이다. 측은지심, 즉 인仁의 마음은 흔히 '차마 어찌하지 못하는 마음'이라고 하거니와, 공광규의 시는 무엇보다 이들 마음에 기초하고 있어 더욱 주목이 된다.

'인'의 마음은 유교적인 용어이거니와, 이를 불교적인 용어로 바꾸어 말하면 대자대비大慈大悲의 마음이 된다. 대자대비大慈大悲한 시인의 마음을 반영하고 있어 이 시집의 시들은 밝고 환하고 따듯한 아우라를 뿜어낸다. 물론 그의 시에서 측은지심을 불러일으키는 대상은 시마다 각기 다르다.

「시래기 한 움큼」에서는 "한 회사원"이, 「무량사 한 채」에서는 "늙어가는 아내"가, 「미루나무」에서는 "나를 닮"은 "미루나무"가 측은지심의 대상이 되고 있다.

시인에게 측은지심이 풍부하다는 것은 사랑과 연민이 풍부하다는 것을 뜻한다. 사랑과 연민이 풍부하지 않은 시인이 좋은 시를 쓰기는 불가능하다. 절제되고 통제되는 가운데 자연스럽게 흘러넘치는 사랑과 연민을 지니고 있을 때 저절로 태어나는 것이 정작의 서정시이다. 서정시가 지니고 있는 이러한 보편적 특징은 다음의 시에 의해서도 확인이 된다.

앞 냇둑에 살았던 늙은 미루나무는
착해빠진 나처럼 체질이 너무 물러
재목으로도 땔감으로도 쓸모없는 나무라고
아무한테나 핀잔을 받았지

가난한 부모를 둔 것이 서러워
엉엉 울던 사립문 밖 나처럼
들판 가운데 혼자 서서 차가운 북풍에 울거나
한여름에 반짝이는 잎을 하염없이 뒤집던 나무

논매던 어른들이 지게의 농구를 기대어놓고
낮잠 한숨 시원하게 자면서도
마음만 좋은 나를 닮아 아무것에도 못 쓴다며
무시당하고 무시당했던 나무

그래서 아무도 탐내지 않아 톱날이 비켜 갔던
아주아주 오래 살다가
폭풍우 몰아치던 한여름

바람과 맞서다 장쾌하게 몸을 꺾은 나무.

—「미루나무」 전문

이 시는 "땔감으로도 쓸모없는" 미루나무에 대한 사랑과 연민을 바탕으로 하고 있다. 이 시에서 미루나무는 "들판 가운데 혼자 서서 차가운 북풍에 울거나/ 한여름에 반짝이는 잎을 하염없이 뒤집던 나무"이고, "논매던 어른들이 지게의 농구를 기대어놓"던 나무이며, "아무도 탐내지 않아 톱날이 비켜 갔던/ 아주아주 오래 살다가" "바람과 맞서다 장쾌하게 몸을 꺾은 나무"로 그려져 있다.

이 시에서 미루나무에 대한 사랑과 연민은 곧바로 시인 자신에 대한 사랑과 연민으로 전이되는데, 이는 기본적으로 미루나무가 시인 자신의 객관 상관물로 존재하기 때문이다. 이러한 점에서 시인이 생각하는 자기 자신은 "가난한 부모를 둔 것이 서러워/ 엉엉 울던 사립문 밖"의 "착해빠진" "마음만 좋은" "체질이 너무" 무른 사람이다. 그러한 모습을 보여 주는 이 시에서의 시인과 미루나무는 하나이면서 둘인 관계, 즉 불이의 관계를 이루며 사랑과 연민의 대상으로 존재한다.

사랑과 연민이라 했지만 좀 더 구체적으로 말하면 측은지심이라고 해야 마땅하다. 시인의 감정이 "아무것에도 못 쓴다며/ 무시당하고 무시당했던" 미루나무에 대한 딱하고도 안쓰러운 마음을 바탕으로 하고 있기 때문이다. 물론 이 시에는 미루나무에 대한 측은지심과 시인 자신에 대한 측은지심이 불이의 관계로 혼재되어 있는 것이 사실이다. 하지만 그러한 관계는 자기 자신에 대한 측은지심을 미루나무에 대한 측은지심을 통해 드러내려고 하는 시인의 기획과 의도에서 비롯된다고 해야 옳다.

여기서 말하고 있는 측은지심은 시인 자신을 향하고 있다는 점에서 일종의 자기 연민이라고 하지 않을 수 없다. 자기 연민은 언제나 반성적 성찰과 함께한다는 점에서 서정시를 이루는 핵심 정서라고 해야 마땅하다. 다음의 시도 그의 시에 드러나 있는 자기 연민을 훨씬 구체적으로 알 수 있게 해주는 좋은 예라고 할 수 있다.

천은사 팔상전을 등에 얹고 있는 축대
돌 틈 사이에 뱀이 허물을 남겼다

자신의 허물을 벗고 달아난 뱀

뱀은 돌 틈을 지나가기가 고통스러웠는지
허물이 되어서도 입을 쩍 벌리고 있다

뱀에 물려 단청으로 독이 오른 팔상전
가을 산이 피를 뚝뚝 흘린다

나는 고통이 두렵고 독이 없어
평생 허물을 입고 산다.

—「허물」 전문

이 시는 뱀과, 뱀의 허물에 대한 딱하고도 안쓰러운 마음을 통해 화자로 등장하는 시인과, 시인의 허물에 대한 딱하고도 안쓰러운 마음을 담아내고 있다. 물론 여기서 말하는 딱하고도 안쓰러운 마음은 '차마 어찌하지 못하는 마음', 즉 측은지심의 초보적 형태라고 할 수 있다. 이로 미루어 보면 딱하고도 안쓰러운 마음은 사랑과 연민이 현현된 구체적인 예라고 하지 않을 수 없다. 따라서 이 시는 위의 시 「미루나무」와 크게 다를 바 없는 정서적 형식과 구조를 갖고 있다고 해야 마땅하다.

이러한 점에서 보더라도 공광규의 이번 시집 『말똥 한 덩이』에 실려있는 시들은 서정시의 본질적 특성을 십분 구현하고 있다고 생각된다. 그의 시에 드러나 있는 이러한 점은 대상을 대하는 정서의 면에서 특히 돋보인다. 그렇다. 대상에 대하는 사랑과 연민은 이른바 서정을 탄생시키는 원동력이라고 해도 과언이 아니다. 서정시라고 할 때의 서정이 본래 대상에 대한 시인의 측은지심, 즉 사랑과 연민으로부터 발현된다는 것을 잊어서는 안 된다.

공광규의 시가 최근의 요란한 '새로운 시'와 달리 독자 일반의 정서와 깊이 공감하고 있는 예는 그밖에도 여러 면에서 확인이 된다. 우선은 그의 시의 형상들, 곧 시의 장면들과 풍경들이 현실에서 충분히 실현될 수 있는 것들을 토대로 하고 있다는 점을 들 수 있다. 말하자면 그의 시는 체험이 불가능한 비현실적인 장면들, 곧 환상적인 이미지들을 만들어 독자 일반의 접근을 억지로 차단하지 않는다는 것이다.

시는 학문의 형식이거나 연구의 형식이 아니라 감동의 형식이거나 향유의 형식이다. 공광규의 시가 독자 일반으로 하여금 접근하기 쉬운 이미지와 이야기와 정서를 추구하고 있는 것도 이러한 인식에서 비롯되는 듯싶다. 편안하면서도 따듯한 자연 및 삶으로부터 생생하면서도 활기 있는 이미지를 발견하고 있는 것이 그의 시라는 뜻이다. 다름 아닌 이러한 면에서도 그의 시는 최근의 요란한 '새로운 시'들과 비교해 돋보인다.

공광규의 시에 수용되어 있는 자연 및 삶은 사람들이 쉽게 경험할 수 있는 친숙한 것들이다. 충분히 개연성을 갖고 있는 것들인 만큼 어렵지 않게 상상력을 펼쳐낼 수 있는 것들이 그것들이기도 하다. 상상력이라는 것이 본래 경험이나 체험에서 비롯되는 기억을 질료로 하는 인식 방식이라는 것을 염두에 둘 필요가 있다. 기억의 창고 속에 들어있지 않은 이미지로는 풍성하고 활기 있는 상상력을 펼치기가 어렵거니와, 공광규의 시는 바로 그러한 점에서도 주목이 된다. 이러한 특징 또한 그의 시가 독자 일반의 정서와 편안히 공감대를 형성할 수 있는 중요한 특징이라는 것이다.(2009)

자연과 더불어 살아가는 마음들

—김화정 시집 『맨드라미 꽃눈』, 푸른사상, 2012.

김화정 시의 화자는 언제나 집 밖에 위치한다. 그의 시의 화자가 처해 있는 자리는 집이나 사무실 등 밀폐된 공간인 경우가 드물다. 뿐만 아니라 그곳이 도시의 거리인 경우도 많지 않다. 더러는 "사람들 머리 위로/ 어깨 위로" "눈이 쏟아져 내"려 "온통 하얀 눈꽃길이"(「눈 내리는 퇴근길」) 된 도시의 풍경이 그려지기도 하지만 말이다. 하지만 그의 시의 화자가 이처럼 도시의 거리 위에 자리해 있는 예를 찾아보기는 쉽지 않다. 결국 이는 그의 시의 주요 대상이 자연이라는 것을 가리킨다. 그렇다. 거개의 경우에는 자연 속에 처해 있는 것이 그의 시의 화자이다.

자본주의 경제체제가 보편화되면서 인간의 삶은 거개가 도시를 중심으로 이루어지고 있다. 나날의 삶이 도시를 중심으로 영위되고 있는 것이 오늘의 자본주의 경제체계라는 것이다. 김화정 시의 화자와 대상이 그렇지 않는 것은, 다시 말해 늘 자연과 함께하는 것은 따라서 많은 것을 생각하지 않을 수 없게 한다.

이와 관련해 먼저 확인할 수 있는 것은 그의 시의 화자가 끊임없이 도시에서 자연으로 이동하고 있다는 점이다. 그의 시의 이러한 특징에 대한 논의는 다음과 같은 그의 시의 몇몇 구절들에 의해서도 증명이 된다.

화창한 초여름 날 철부선을 탄다(「전람회의 그림」)

그 배를 타고 나는 황톳집 굴뚝의 노래/ 연기로 퍼지는 외딴 산골에 와있다(「그런 노래는 잊어달라며」)

산길을 지나/ 물가에 이르는 길에는/ 참국이 피어있다(「참국이 피는 마을」)

바닷길 열리는 날이면/모도모도 모도茅島 가는 길(「모도 가는 길」 부분)

이들 인용 시에서도 알 수 있는 것처럼 그의 시의 화자인 시인은 끊임없이 도시를 떠나 자연을 찾아 나선다. 그가 도시를 떠나 자연을 찾아 나서는 까닭은 무엇인가. 자연과 함께하는 삶이 그 자신을 훨씬 더 편안하고 행복하게 해주기 때문이리라. 편안하고 행복하게 해준다는 것은 그 자신의 왜곡되고 어긋난 마음을 따듯하고 부드럽게 감싸준다는 것을 가리킨다. 자연이 나날의 삶이 만드는 고통을 따듯하고 부드럽게 감싸주는 것은 그것이 인간의 근원적인 고향인 데서 기인한다. 자연을 가리켜 흔히 어머니 대지라고 하지 않는가.

평화와 안식을 주는 자연과 함께했을 때 그가 보여 주는 태도는 다양하다. 일단은 이러한 자연과 관련해 그가 예찬과 상찬, 감탄과 기쁨의 정감을 드러내고 있는 예부터 확인할 수 있다. 이때 그와 함께하고 있는 자연 역시 모든 생명이 지니고 있는 다양한 욕망과 활기를 포괄하고 있기는 하지만 말이다. 그의 시가 지니고 있는 이러한 면은 우선 '월등면'이라는 지명과 관련해 시상을 펼치고 있는 다음의 시에 의해 확인이 된다.

지금 한창이에요

점점이 꽃뜸 뜨는 가지들……
월등면 산동네는 매화 가지마다
피어오르는 꽃들로 부르텄어요

꽃들로 배부른 산비탈 이곳저곳 볼거리가 줄지어 서있어요 '사은 대축제' 기간이라나요 안개 묵상을 시작으로 꽃들이 최면에서 깨어나면 산마루에서는 해가 눈부셔요 꽃들이 빛나는 게 모두 제 공이라며 웃지요 안개는 햇볕을 멀리할 수밖에요

알맞은 호황에 일벌들의 휘파람이 비명 소리로 들리네요 그중에는 영역 다툼도 있지요 청매 홍매 국수전國手戰은 해가 갈수록 치열하지요 꽃들이 지면 승자도 패자도 의미가 없는데요

매화가 지면 월등면은 복사꽃이 한창일 거예요 점점이 꽃뜸 뜨는 가지…… 복사꽃 가지들 발갛게 탈까 두려워요 복사꽃 피는 산골, 그야말로 산골의 온 천지가 무릉도원이겠지요 그땐 작정하고 떠난 자식들도 멀리 되돌아올까요 매화가 지고도 이별이 아프지 않는 것은 아마도 이 때문일 거예요

꽃 피는 월등면은 등불 밝히는 곳이에요
하늘 아래 산동네가
온통 봄으로 타고 있어요
지금 한창이에요.

—「달은 등불을 켜고」 전문

이 시에는 "피어오르는 꽃들로 부르"터 있는 "월등면 산동네"의 아름다운 풍광이 들뜬 마음으로 노래되어 있다. "꽃들로 배부른" 월등면 산비탈

의 모습을 흥분된 목소리로 노래하고 있는 것이 이 시이다. 이 시에 의하면 "매화가 지면 월등면"에는 다시 "복사꽃이 한창" 피어나게 될 것이다. "복사꽃 가지들 발갛게 탈까 두려"운 곳, 그가 보기에 이곳 월등면은 "온 천지가 무릉도원이"다.

무릉도원은 동양의 제현들이 줄곧 이상향으로 삼아왔던 세계이다. 이는 김화정 시인의 경우에도 마찬가지이다. 비록 상징적이기는 하더라도 그 또한 봄꽃들로 흐드러져 있는 월등면 산동네 일대를 일종의 이상향으로 여기고 있다는 뜻이다. 구체적이고 생생한 자연의 공간에서 무릉도원이라는 이상향을 찾고 있는 것이 그라는 얘기이기도 하다.

그의 시의 화자가 끊임없이 자연을 향해 발걸음을 옮기는 까닭도 실제로는 이와 무관하지 않다. 자연의 사물들과 함께할 때 비로소 평화와 안식, 행복과 기쁨을 얻는 것이 그라는 사실을 기억할 필요가 있다. 이때 평화와 안식, 행복과 기쁨을 얻는 것은 그가 무엇보다 자연의 사물들과 깊이 화응하고 있기 때문으로 보인다. 자연의 공간을 무릉도원으로 받아들일 때 그가 처할 수 있는 기본적인 태도는 그것과 별 괴리 없이 화응하는 일인지도 모른다.

그의 시에서 자연은 이처럼 하나가 되는 존재, 나아가 저 자신을 발견하고 깨닫는 존재로 자리해 있다는 것을 주목해야 한다. 이는 다음의 시의 "억새는 키가 크다 그도 나처럼/ 하늘빛을 좋아하기 때문이다"와 같은 구절에 의해서도 증명이 된다. "억새"와 "나"가 서로 뒤섞이는 가운데 양가적 이미지를 투사하고 있는 것이 이 시이다.

> 무등산 마루 억새들 활짝 꽃피고 있다
> 산은 평등해 장불재 저 멀리까지
> 밀려오는 가을과 바람을 등에 진다
>
> 억새는 키가 크다 그도 나처럼

하늘빛을 좋아하기 때문이다
바람이 억새밭 오른쪽으로 불고 있다

점점 바람의 몸이 한쪽으로 쏠릴 때마다
억새의 뼈마디에서는
낙엽 흩날리는 소리가 난다

바람만을 탓할 수는 없다 억새는 이미
나처럼 머리칼 하얗게 탈색되고 있다
오랜 시간, 가슴에 안고 있기 때문이다.

—「억새」 전문

이 시의 중심 소재인 '억새'에는 화자인 시인의 감정이 이입되어 있다. "이미/ 나처럼 머리칼 하얗게 탈색되고" 있는 것이 "억새"이다. "오랜 시간, 가슴에 안고 있"다는 점에서도 "나"는 "억새"와 다르지 않다. "나처럼/ 하늘빛을 좋아하"는 억새와 함께할 때는 그의 마음에 갈등이나 대립이 있을 리 만무하다. 이러한 점에서도 안식과 평화를 주는 자연의 공간은 그에게 애호와 사랑의 대상으로 존재한다. 따라서 애호와 사랑의 대상으로 존재하는 자연의 공간이 제대로 된 면모를 갖지 못할 때 그가 온전한 마음을 갖지 못하는 것은 당연하다.

저 자신의 시와 함께하고 있는 파괴되고 해체된 자연에 대해 시인 김화정이 안타까움과 연민, 절망과 공포 등의 복합적인 정서를 보여 주는 것도 다름 아닌 이러한 이유에서이다. 파괴되고 해체된 자연은 파괴되고 해체된 공동체를 전제로 하거니와, 공동체가 파괴될 때 이들 복합적인 정서가 구체화되기는 별로 어렵지 않다.

나무들 어두움 속에 몸 숨긴다 서서히 한 몸이 된다 그 숲 한가운

데 아가리 쳐들고 서있는 타워 크레인, 숲의 어두움마저 하얗게 삼키
고 있다.

—「명암」 전문

이 시는 "숲 한가운데 아가리 쳐들고 서있는 타워 크레인"을 절망과 공포의 정서로 형상화하는 데 초점이 있다. "숲의 어두움마저 하얗게 삼키고 있"는 것이 이 시에서의 "타워 크레인"이다. 이때의 "타워 크레인"이 성장과 발전이라는 이름으로 산천을 초토화시키고 있는 자본주의 문명을 상징한다는 것은 불문가지이다. 문명보다는 자연을 친화하고 있는 것이 이 시의 시인이거니와, 그가 "저수지 둑의 언저리" "물 위에 떠있"는 "죽은 붕어 한 마리"에 대해, "막걸리 빈 페트병"(「내지마을 저수지」)에 대해 깊은 연민을 보여 주는 것도 동일한 맥락의 마음을 담고 있는 예라고 할 수 있다.

이처럼 그는 문명에 의해 파괴되고 해체되는 자연과 관련해 일련의 비판과 저항을 보여 준다. 그러한 뜻에서의 문명에 대한 비판과 저항은 다음의 시를 통해서도 확인이 된다. "하나, 둘/ 늘어가는 낯선 구조물들" "자동차 바퀴가 할퀸 자국들"로 하여 점차 제 모습을 잃어가는 증도의 자연에 대해 깊은 안타까움을 보여 주고 있는 것이 다음의 시이다.

증도가 들썩인다 하나, 둘
늘어가는 낯선 구조물들
자동차 바퀴가 할퀸 자국들
얼굴 여기저기에 상처가 생긴다
다리에 힘을 잃고 쓰러지는 섬
"아니, 이래도 되는 겁니까?"
온몸으로 뻘밭을 뒹굴던
짱뚱어들 잔뜩 볼멘소리로
짜증을 낸다 "이렇게 질펀한

마당이 어디 있단 말이오?”
조개들도 너무 분통이 나서
연신 물대포를 쏘아댄다 속상한 게들
사정없이 두 눈을 흘겨댄다
“왜 이래” 하며 마구 집게발
들이댄다 이들 갯벌의 아이들
해가 저무는데도 마당극을 멈추지 않는다
코스모스도 춤을 추며
박수를 친다 저 증도섬 비웃는 거다
자꾸만 노을이 푸른 하늘
붉게 물들인다 그래도
들판에는 낱알들 익어가고
소금밭에 알맹이들 보석처럼 쌓인다
어둠은 파도의 자장가를 타고
지친 섬 머리 위로 스며든다.

—「갯벌 마당극」 전문

이 시는 그 제목이 ‘갯벌 마당극’이라는 점부터 주목할 필요가 있다. 갯벌 마당극의 출연진은 짱뚱어들, 조개들, 게들이다. 이들 출연진이 갯벌 마당극의 주인공인 셈이다. 이들에 의해 공연되는 마당극을 관람하는 관객은 “코스모스” “노을” “낱알들” “소금 알들”이다. “해가 저무는데도” “멈추지 않는” 이들 주인공들이 펼치는 마당극을 관람하는 동안 “춤을 추며/ 박수를” 치는 것이 예의 관객들이다. 마당극의 대사 형태로 발화되기는 하지만 “아니, 이래도 되는 겁니까?”라고 하며 “잔뜩 볼멘소리로/ 짜증을” 내는 것이 짱둥어들이고, “너무 분통이 나서/ 연신 물대포를 쏘아”대는 것이 조개들이며, 너무 “속상”해 “사정없이 두 눈을 흘겨”대는 것이 게들이라는 것을 알 필요가 있다. 시인은 지금 이들 갯벌 마당극의 주인공들, 곧 짱둥어들,

조개들, 게들을 통해 형편없이 망가져 가는 자연에 대한 자신의 생각을 드러내고 있는 것이다.

자연에 대한 그의 이러한 입장은 다른 시의 "바람에 줄타기를 하고 있는 밤나무 시위대, 밤에는 촛불시위도 하려나 보다 하나, 둘, 불을 켠다"(「밤나무 시위」)와 같은 구절에 의해서도 확인이 된다. 이는 무엇보다 그가 그만큼 문명에 의해 파괴되는 자연에 대해 깊은 안타까움을 갖고 있다는 뜻이 된다. 파괴되는 자연에 대해 이처럼 깊은 안타까움을 갖는 것은 그가 그것을 저 자신과 다를 바 없는 귀한 존재로, 곧 인간으로 받아들이고 있기 때문이다. 이는 그가 자연을 객관적 타자, 곧 이용후생의 도구로 받아들이는 것이 아니라 일상의 삶을 함께 나누는 구체적인 인간으로 받아들이고 있다는 뜻이기도 하다. 그에게는 자연의 모든 사물이 의인관擬人觀적으로 존재한다는 것인데, 무엇보다 이는 그가 세계의 모든 존재들을 저 자신을 포함하는 공동체의 소중한 일원으로 파악하고 있는 데서 비롯된다.

다음의 시에 의하면 자신의 아파트 베란다에서 기르는 여러 식물들조차 동백 담임선생님이 교육하는 학생들로 생각하고 있는 것이 그라는 것을 알 수 있다. "하루에도 몇 번씩 순찰을 도"는 "교장 선생님"이 책임을 맡고 있는 학교의 베란다 교실의 풍광을 그는 다음과 같이 노래하고 있다.

> 종이 울린다 겨울 햇볕이 킁킁 유리창을 비빈다 교장 선생님은 하루에도 몇 번씩 순찰을 도신다 후다닥 놀란 아이들, 눈이 초롱초롱 빛난다 동백 담임선생님이 들어오신다 "여러분 자리에 앉으세요! 앉으세요!"
>
> 베란다에는 등받이가 떨어진 낡은 나무 걸상이 하나 있다 다리 굽이 닳았지만 아직은 단단하다 소국들이 키를 고르며 걸상 위에 앉는다 커다란 유리병에 담긴 아이들이다 각기 노랑, 주홍, 하얀 저고리를 입고 있다

체조 시간이다 동백 선생님 목에는 예쁜 꽃망울 호루라기가 걸려 있다 "푸른 손 위로 아래로 흔들흔들, 이제 숨 쉬기 하고" 쌩쌩 위로 물 올리면 음악 시간이다 "주홍색은 소프라노, 노란색은 메조소프라노, 하얀색은 알토입니다" 향기가 구름처럼 피어오른다

동백 선생님의 열정에 벌서는 개구쟁이가 있다 두 손 들고 서있는 게발선인장이다 빨간 눈물이 뚝뚝 떨어질 듯 맺혀 있다 그 모습을 보고 있는 사랑초 꼬마들이 깔깔깔 웃는다 눈이 오자 아이들 따뜻한 집 안으로 들어간다

소사 아저씨인 관음죽이 교실 문을 잠근다 어두워지는 교실에는 나무 걸상만 덩그러니 남아있다 쿨럭쿨럭 교실이 기침을 한다 어깨동무 눈동자를 닮은 별 하나, 둘…… 나무 걸상 주위에 모여든다.

—「베란다 교실」 전문

이 시에 등장하는 자연의 사물은 모두 의인관화되어 있다. 그가 자연을 이처럼 의인관해 파악하는 것은 나날의 삶에서 쉽게 그러한 체험을 하기 때문으로 보인다. 물론 이때의 체험은 심리적인 것이거니와, 이는 그가 자신의 다른 시 「가을 장미」의 한 구절에서, 곧 가을날 "돌아 내려가는 길가에" 피어있는 "한 송이 장미꽃"에서 "외롭고 쓸쓸해 보이는" 어머니를 발견하고 있는 것을 통해서도 잘 알 수 있다. 뿐만 아니라 이는 그가 "어머니와 가을 장미"를 병치시켜 "어머니 가을 장미"라고 표현하고 있는 것에서도 충분히 확인이 된다. "제 시절을 다 보"낸 어머니를, 다시 말해 가을 들녘에 나가 "스르르 한 바퀴 돌며" "어깨춤 들썩이는 어머니"를 "가을 장미"로 은유하고 있는 것이 이 시이다.

김화정의 시가 지니고 있는 이러한 면은 자연의 사물에 감정을 이입해 객관상관물로 받아들이고 있는 것들에서도 증명이 된다. "맨드라미 꽃눈"

에서 "실핏줄이 터진"(「맨드라미 꽃눈」) 자신의 눈을 발견하고 있는 시라든지, "주암호"의 "물가"에 "피어있"는 "참국"의 "노란 꽃송이들"에서 "수몰된 마을"의 "흩어진 사람들"(「참국이 피는 마을」)을 발견하고 있는 시가 그 구체적인 예이다. 물론 그에게는 자연의 사물이 단지 객관상관물로만 받아들여지는 것이 아니다. 자연의 사물들을 통해 사랑을 배우기도 하고 그리움을 배우기도 하는 것이 그이기 때문이다. "차밭에 내려앉은/ 푸른 하늘"에서 "산자락에 층층이 포개진/ 사랑"을, "한겨울 내내 붙들어 놓은/ 그리움"(「녹차」)을 연상하고 있는 것이 그라는 것이다.

이처럼 그는 자연의 사물들로부터 삶의 진실을 깨닫고 있다. 그의 시의 이러한 면은 자연의 사물들과 함께하는 삶을 노래하고 있는 다음의 예에 이르면 한층 더 높은 격을 갖게 된다.

당단풍나무 앞에서 어머니가 걸음을 멈추신다 돌개바람이 인다 서둘러 삶의 과속방지턱을 넘어버린 잎새들, 후두둑 떨어진다

TV 뉴스에서는 남은 생을 보증금으로 빼낸 뒤 홀연히 세상을 등지는 자식들, 그들의 뒷모습과 절정의 단풍잎이 눈앞에서 빠르게 교차된다

불쌍한 것, 에이 불쌍한 것들…… 어머니는 수없이 머리띠 동여매신다

절정絕頂은 스스로가 결정하는 거라며, 생의 한가운데로 중력을 모으고 있는 단풍잎들, 당단풍나무가 가을 산의 중심이다

지난 시대 어머니는 수많은 문턱을 넘어오셨다 가을 산을 오르시는 어머니…… 아직도 허기진 어머니는 문턱을 넘고 계신다.

—「절정의 가을」 전문

이 시는 "가을 산의 중심"을 이루는 "당단풍나무"에 주목하면서부터 시작된다. "당단풍나무 앞에서 어머니가 걸음을 멈추"는 장면에서부터 출발하는 것이 이 시이다. 이러한 장면이 펼쳐지는 것은 무엇보다 시인이 어머니의 생을 한 해의 가을과 비교, 대조하고 있기 때문이다. 한 해의 가을에 도달하게 된 어머니의 생에 대한 안타까움과 연민이 이러한 비교, 대조를 가능하게 했으리라는 것이다.

이 시에는 앞의 시 「가을 장미」에서처럼 자연의 존재들과 함께하는 어머니가 등장한다. 이 시에서 어머니와 자연의 존재들이 이루는 관계는 상호 침투적이고 상호 공존적이다. 가을 산의 당단풍나무에서 어머니를 발견하기도 하지만 어머니에게서 가을 산의 당단풍나무를 발견하기도 하기 때문이다. 따라서 어머니가 자연이 되는가 하면 자연이 어머니가 되기도 하는 것이 이 시이다.

인간과 자연이 이루는 이러한 상호 교섭은 김화정의 시가 갖고 있는 가장 큰 특징이라고 해도 과언이 아니다. 다른 많은 시의 경우처럼 그의 시의 대상에는 저 자신의 주체가 깊이 반영되어 있기 때문이다. 그의 시의 대상에는 언제나 그의 자아가 깊이 투영되어 있기 마련이라는 것이다. 그의 시가 지니고 있는 이러한 면은 은행나무와 여자의 상호 교섭을 그리고 있는 시, 다시 말해 "한 그루 은행나무가 되어/ 가을 속으로 걸어"(「은행나무 여자」) 들어가는 여자를 노래하고 있는 시에 의해서도 확인이 된다.

자연과 인간의 이러한 상호 교섭은 항용 그의 시에 회상하는 공간을 투사하기도 한다. 종종 회상하는 공간은 유년 시절에 그가 경험했던 가족 공동체에 대한 진한 그리움을 갖게도 한다. "어머니와 함께 들길을" 가다가 만난 빈집의 "무너지는 토담 사이로" 보이는 "장독대" "가마솥" "아궁이" 등을 통해 "모락모락 김을 피워 올리던 옛날을 꿈꾸고 있는"(「가마솥과 누룽지」) 것이 그라는 뜻이다. 자연 자체를 가리켜 어머니 대지라고 하거니와, 그의 이들 시에서 엿볼 수 있는 어머니에 대한 집착 또한 근원적으로는 공동체에 대한 의지를 반영하고 있다고 해야 옳다.

그의 시에 드러나 있는 공동체에의 의지는 사람을 포함한 모든 존재들에 대한 깊은 사랑을 바탕으로 한다. 이로 미루어 보면 그의 자연 사랑, 곧 어머니 대지에 대한 사랑은 궁극적으로 인간 사랑을 바탕으로 하고 있다고 할 수 있다. 시인 김화정의 인간 사랑이 과연 어디를, 무엇을 향하고 있는지를 여실히 드러내고 있는 다음의 시를 함께 읽으며 여기서 글을 맺기로 한다.(2012)

길자의 자전거는
멈추지 않는다 세상살이
아직 짜고 매워도
녹슬지 않은 새벽을 달린다

스치는 바람을 확인한다
밤새 져버린 꽃잎과
둥지를 떠난 새와
아주 가버린 강물이 궁금하다

언제나 그 자리
떠오르는 해가 있어
함께 달리는 새벽이
더 이상 외롭지 않다

차오르는 페달에
모였다 사라지는 길
언덕 저편을 향한 노래
그녀의 자전거는 달리고 또 달린다.

—「길자의 자전거」 전문

반성하고 성찰하는 자아의 근심과 걱정

—김완 시집『너덜겅 편지』, 푸른사상, 2014.

시를 쓰는 사람이라면 언젠가는 반드시 부딪치는 문제가 있다. '무엇을 쓸 것인가'가 바로 그것이다. '무엇을 쓸 것인가'라는 문제는 소재에 관한 문제이기도 하고, 주제에 관한 문제이기도 하다. '소재'에 관한 문제는 질료에 관한 문제이기도 하고, 대상에 관한 문제이기도 하다. 이들 문제 중에서도 정작 중요하게 생각해야 할 것은 시를 이루는 대상에 관한 문제이다.

시에서의 대상은 외적인 것으로 존재할 수도 있고, 내적인 것으로 존재할 수도 있다. 물론 그것들이 상호 뒤섞인 채로 존재할 수도 있다. 부분적으로는 외적인 대상으로, 부분적으로는 내적인 대상으로 존재할 수도 있다는 것이다. 이때의 외적인 것은 객관적인 대상을 가리키고, 내적인 것은 주관적인 대상을 가리킨다. 객관적인 대상은 시에 받아들여지는 외적 사물을 가리키고, 주관적인 대상은 시에 받아들여지는 내적 심리를 가리킨다. 외적 사물은 시에 받아들여지는 자연물 등을 의미하고, 내적 심리는 시에 수용되는 의식이나 무의식을 등을 의미한다.

김완의 시에 자리해 있는 대상이 내적 심리인 경우는 별로 많지 않다. 그의 시에 자리해 있는 대상은 자연물 등 외적 사물이나 시인 자신의 행위인 경우가 좀 더 많다. 이때의 외적 사물이나 시인 자신의 행위는 마땅히 주관적인 의식이나 상념이 아니라 객관적인 현상이나 사실로 존재한다. 시인 자신이 시의 대상으로 등장하더라도 저 자신의 내적 심리보다는 외적 행위인 경우가 대부분이라는 뜻이다. 그의 시의 대상이 갖고 있는 이러한 면은 다음의 시에 의해서도 확인이 된다.

벚꽃잎 분분분 날리는
부곡정에 들어선다

연탄불 돼지 삼겹살 구이
상추에 마늘, 매운 고추 얹어
된장 쌈하니
세상살이 여여如如하다

도가지 헐어 내온 갓지에
소주 한잔 하니
가야 할 길들 환해진다

—「봄, 소주」 전문

이 시는 시인 자신의 행위를 묘사하는 데 초점이 있다. "벚꽃잎 분분분 날리는/ 부곡정에 들어"서는 시인 자신의 행위를 묘사하는 것에서부터 시작되는 것이 이 시이다. 그렇다. 객관적인 삼인칭 대상인 '그'의 행위가 아니라 주관적인 일인칭 대상인 '나'의 행위를 묘사하고 있는 것이 이 시이다. "연탄불 돼지 삼겹살 구이/ 상추에 마늘, 매운 고추 얹어/ 된장 쌈하"는 행위, "도가지 헐어 내온 갓지에/ 소주 한잔 하"는 행위 등이 그 구체적인 예이다. 이들 행위와 관련해 그는 "세상살이 여여如如하다"는, "가야 할 길들 환해진다"는 정서적 반응을 보여 준다. 따라서 시인 김완의 내적 심리가 토로되어 있지는 않은 것이 이 시라고 할 수 있다. 물론 이때의 내적 심리는 한국 현대시의 한 경향이기도 한 병적인 멜랑콜리를 가리킨다. 그의 시가 이처럼 건강한 정신을 바탕으로 하고 있다는 것이다.

적잖은 한국 현대시는 병적인 멜랑콜리를 주된 정서로 받아들여 관심을 끌고 있다. 이로 미루어 보면 그의 시에 수용되어 있는 건강한 정서는 남다른 바가 없지 않다. 등산이나 여행, 산책이나 소요 등의 과정에 만나는 사물과 경험, 그에 따른 긍정적인 정서를 바탕으로 하고 있는 것이 그의 시이기 때문이다. 이처럼 그의 시는 구질구질한 의식 내면의 병적인 멜랑콜리, 곧 우울, 좌절, 권태, 짜증, 불안, 초조, 상실 등 죽음의 정서와는 멀리 떨어져 있다. 시인 김완이 사람의 질병을 치유하는 의사이기도 하다는 점을 생각하면 이는 너무도 당연하다. 건강한 정신을 갖고 있지 않은 의사가 어떻게 남의 질병을 치유할 수 있겠는가.

그의 시에 드러나 있는 건강한 정서는 맑고 투명한 무구의 정서, 곧 순수의 정서를 뜻한다. 다음의 예 역시 그러한 뜻에서의 순수의 정서를 보여주고 있는 시이다.

삼복더위 속의 산행, 오랜 친구인
내변산 직소폭포와 놀다가
재백이 고개에서 내소사로 가는 길
오전 11시 30분경
구름이 해를 삼킨다
짱짱하던 여름 햇빛 움찔 놀란다
숲이 깜깜해지고
소란하던 풀벌레 울음소리 뚝 그친다
노루 새끼 오줌발 같은 비 뿌린다
찰나의 고요……
우주는 여여如如하구나
미끈한 젊은 햇빛 다시 나온다
매미들 와, 하고 일제히 아우성친다

—「찰나刹那」 전문

이 시에서 어둡고 음험한 정서, 구석지고 소외된 정서를 찾아보기는 힘들다. "여름 햇빛"처럼 밝고 환한 정서, 어린아이처럼 깨끗하고 순진한 정서가 주조를 이루고 있는 것이 이 시이다. 이 시의 이들 정서에 대해 '맑고 투명한 무구의 정서', 곧 '순수의 정서'라는 이름을 붙이기는 별로 어렵지 않다. 이처럼 밝고 환한 정서, 건강한 정서를 바탕으로 하고 있는 것이 그의 시의 한 특징이다.

시인은 지금 "오랜 친구인/ 내변산 직소폭포와 놀다가/ 재백이 고개에서 내소사 가는 길" 위에 서있다. "삼복더위 속의 산행" 중에 있는 것이 이 시의 시인이다. 그는 "오전 11시 30분경" 그 길 위에 서서 "구름이 해를 삼"키는 것과 "짱짱하던 여름 햇빛"이 "움찔 놀"라는 것을 바라본다. 순간 그는 "숲이 깜깜해지고/ 소란하던 풀벌레 울음소리 뚝 그"치는 것을 느낀다. "노루 새끼 오줌발 같은 비"가 뿌리고 있는데 말이다. "찰나의 고요"가 지나가자 그는 여여한 "우주" 속으로 "미끈한 젊은 햇빛"이 "다시 나"오는 것을 바라본다. "매미들 와, 하고 일제히 아우성"을 치는 것은 바로 그때이다.

이상의 논의에서도 알 수 있듯이 김완 시인은 주로 등산이나 여행 중에 만나는 자연물이나 자연현상으로부터 시적 발상을 얻는다. 외적이고 객관적인 대상으로부터 시적 상상력을 펼치고 있는 것이 그라는 것이다. 이로 미루어 보면 그의 시는 등산의 산물이나 여행의 산물이라고 해도 과언이 아니다. 실제로도 고여 있거나 멈춰있지 않은 것이, 끊임없이 움직이거나 떠돌아다니는 것이 시 속에서의 그이다. 이처럼 어딘가로 쏘다니는 것은 시 속에서의 그가 산책하는 자아, 소요하는 자아로서의 성격을 지니고 있기 때문이다. 산책하는 자아, 소요하는 자아가 고여있는 자아, 앉아있는 자아보다 좀 더 많은 깨달음, 좀 더 많은 아이디어를 얻을 수 있는 것은 주지하는 바이다. 끊임없이 움직이거나 떠돌아다니는, 쏘다니는 그의 자아가 따라서 안보다는 밖을, 밀실보다는 광장을 선호하리라는 것은 자명하다.

이때의 밖은, 이때의 광장은 일단 자연의 내포를 갖는다. 자연의 현상과, 그것이 지니고 있는 의미를 찾아나서는 것이 김완 시의 자아라는 것이다.

물론 여기서 말하는 자연의 현상은 물물의 현상 그 자체를 가리킨다. 물물의 현상 그 자체라고 하더라도 그의 시 안에서는 그것이 늘 사람살이의 구체적인 면면들과 깊이 관련되어 있다는 것을 잊어서는 안 된다. 그의 시의 대상이 구체적인 삶의 일상과 무관한 자연물 그 자체의 사물성을 추구하지는 않는다는 것이다. 그의 시에 수용되는 자연의 현상이 지니고 있는 생활의 면면은 다음의 시에 의해서도 확인이 된다.

> 한겨울 남녘 진도에 가서 보아라
> 바람 많은 섬마을 자드락밭
> 겨우내 눈 이불을 둘러쓰고 있는 배추의 속살
> 늦게 철든 아이마냥 시나브로 야물어갔다
> 눈비 먹고 동지섣달 된바람 받아들이며
> 배추 뿌리는 찰진 흙의 속살 깊이 파고든다
> 가난해도 웅숭깊은 섬사람들처럼
> 눈치 보지 않고 서로의 체온으로
> 언 땅을 녹이니 흙은 말랑말랑 숨을 쉰다
> 봄 햇발이 겨울 눈 툭툭 털어내면
> 너나들이 만들어낸 삭은 맛
> 배추 속에 녹아든 사랑이 일품이다
>
> —「봄똥」 전문

이 시는 “겨우내 눈 이불을 둘러쓰고 있는 배추”, 이른바 봄동을 대상으로 하고 있다. 봄동은 채소가 본격적으로 생산되기 전인 이른 봄에 사람들의 식탁에 오르는 소중한 음식이다. 시인은 지금 “늦게 철든 아이마냥 시나브로 야물어”가는 이 봄동을 “한겨울 남녘 진도에 가서” 만나고 있다. “눈비 먹고 동지섣달 된바람 받아들이며” “찰진 흙의 속살 깊이 파고든” 것이 봄동이다. 이를테면 봄동은 “눈치 보지 않고 서로의 체온으로/ 언 땅을 녹이”

는 "가난해도 웅숭깊은 섬사람들"과 같은 존재이다. 이때의 봄동은 민중적 음식이라고 불러도 좋을 만큼 서민적이다. 김완 시의 일각에는 이처럼 민중적 음식에 대한 따듯하고도 정 많은 의지가 들어있다. 그의 시「봄, 소주」「민들레꽃」「소주 한 잔」「기다림」 등과 함께하고 있는 '연탄불 돼지 삼겹살구이' '국밥' '소주' '돼지 애호박 찌개' 등이 그 구체적인 예이다.

이처럼 그의 시에 받아들여지는 자연물은 삶의 활기에 기여한다. 뿐만 아니라 이때의 삶의 활기는 끊임없이 삶의 문제를 제기한다. 어떤 무엇보다 이는 그가 지식인으로서의 성격을 지니고 있기 때문으로 보인다. 지식인으로서의 성격을 지니고 있다는 것은 그가 오늘의 현실에 대해 이런저런 비판적 시각을 갖고 있다는 것을 뜻한다. 다음의 시야말로 그가 지니고 있는 지식인으로서의 성격을 살펴볼 수 있는 또 하나의 예이거니와, 이 시에서도 그는 어딘가로 쏘다니고 떠돌아다니는 모습을 보여 준다. 끊임없이 쏘다니고 떠돌아다니는 그가 새로운 깨달음이나 발견을 얻기 위해 고뇌하는 산책자나 소요자로서의 자아를 갖고 있는 것은 불문가지이다. 그의 시에 드러나 있는 이러한 자아는 당연히 새로운 것을 보고, 알고, 익히고, 깨닫고, 비판하기 위한 수행자로서의 성격도 갖는다.

새벽녘 광주 제2순환도로를 달린다
서창 지하 차도 지나 극락강을 끼고 도는
상무대교와 유덕 톨게이트 사이쯤 가면
바람결 따라 시궁창 냄새가 난다
광주천이 극락강과 합쳐지며
도시의 온갖 더러운 것들
걸러지지 않은 채 흘러나오는 곳이다
화려한 빛고을의 조명 아래
도시의 숨겨진 부조리가 지금
시나브로 곪아가고 있는가 한때

(주)광주순환도로투자 대표이사가
청기와집의 장조카였다는 말이 사실일까
병원 연구실의 세면대도 고친 뒤부터
어찌된 일인지 시궁창 냄새가 올라온다
연구실에 들어설 때마다 구토를 느끼는
새벽녘 술이 덜 깬 내 몸 어디도
무언가 부패하고 있는 것일까
도시 전체가 죽음의 강이 되었구나

—「죽음의 강」 전문

이 시에서 시인은 자동차로 "새벽녘 광주 제2순환도로를 달"려 "극락강을 끼고 도는/ 상무대교와 유덕 톨게이트 사이쯤 가"고 있다. "바람결 따라 시궁창 냄새가" 풍겨오는데, 이는 "광주천이 극락강과 합쳐지"는 곳에서 "도시의 온갖 더러운 것들"이 "걸러지지 않은 채 흘러나오"고 있기 때문이다. 광주천이 합류하는 극락강은 이명박 정권의 4대강 공사 때 대폭 정비된 이후 지금은 다른 강들처럼 활기를 잃고 있다. 이제는 극락강도 수질오염을 걱정하지 않을 수 없는 곳이라는 것이다.

마침내 시인은 극락강의 수질오염과 관련해 "시나브로 곪아가고 있는" "화려한 빛고을의" "숨겨진 부조리"까지 자각하게 된다. 이어 그는 광주 제2순환도로 회사의 사주, 곧 "(주)광주순환도로투자"의 "대표이사가/ 청기와집의 장조카였다는 말이 사실일까" 하는 점을 되묻는다. 물론 그의 이러한 되물음 속에는 오늘의 왜곡된 현실에 대한 깊이 있는 비판적 시각이 들어있다.

급기야 그는 극락강의 수질오염과 관련해 "고친 뒤부터" "병원 연구실의 세면대"에서 올라오는 "시궁창 냄새"를 떠올린다. "병원 연구실의 세면대"에서 올라오는 "시궁창 냄새"가 "광주천이 극락강과 합쳐"지는 곳에서 올라오는 "시궁창 냄새"와 다르지 않다는 자각을 하고 있는 것이다. 이는 결국 그에게 이 나라에서 썩고 부패한 것이 극락강만이 아니라는 것을 깨닫게 한다. 이 땅의 썩고 부패한 것 모두에게 비판의 화살을 날리고 있는 것이 이 시에서의 그인 것이다.

이로 미루어 보면 이 시에서의 시인이 이 나라의 현실 일반에 대해 많은 관심을 갖고 있는 지식인이라는 것을 알게 된다. 지식인은 어떤 사람인가. 지식인은 당대 현실에 대해 끊임없이 걱정하고, 근심하고, 우려하는 사람이다. 뿐만 아니라 지식인은 때로 탄식하기도 하고 때로 울기도 하며 자신의 처해 있는 어긋난 현실에 대해 울분을 토하는 사람이다. 김완의 시에서 지식인으로서 그가 보여 주는 걱정과 근심, 우려와 탄식을 찾아보기는 별로 어렵지 않다. 자신의 시를 통해 그가 왜곡되고 모순된 오늘의 현실에 대해 보여 주는 비판적 시각은 「기다림」「동서화합이라는 말」「오월에 내리는 비」「한 사람」「추한민국의 사월」 등의 시를 통해서도 확인할 수 있다.

이들 시에 따르면 지금의 대한민국에는 억울한 사람들, 소외된 사람들이 너무도 많다. 그가 보기에는 "퇴근길 여의도에서" "경제가 파탄 난 한 젊은 이가 무시무시한 칼로 한반도의 아랫배를 깊이 찔"러대는 것이 오늘의 현실이다. 이러한 현실은 사람들이 지나치게 "자본주의 과일 맛에 길들"(「기다림」)어 있기 때문이기도 하고, "보수 언론 매체들"이 "역사 지우는 작업 한창"이기 때문이기도 하다. 그렇다고 하더라도 시인 김완은 "진리는 제멋대로 시절에 따라/ 달라지지 않는다"고 노래하며 "우리가 꿈꾸는 화엄 세상/ 언젠가 오리라는 믿음"(「오월에 내리는 비」)을 잃지 않는다.

이처럼 그는 자신의 시를 통해 낙관적이면서도 긍정적인 자아를 드러내고 있다. 그가 현실의 모든 부정적인 면에 저항의 칼끝을 들이대지 않고 있는 것도 다소간은 이와 무관하지 않다. 실제로는 저항의 칼끝과는 다소 먼 곳에 존재하는 것이 그인지도 모른다. 저항의 칼끝보다는 정성스럽고 온전한 정서를 선호하는 것이 그이기 때문이다. 이와 관련해 정작 중요하게 생각해야 할 것은 시 속의 그가 끝내 고립 분산적이고 파편적인 모습을 보여 주지 않는다는 점이다. 말하자면 충동적인 저항의 포즈를 보여 주지는 않는 것이 그라는 것이다.

지식인은 사회적이고도 역사적인 인식을 바탕으로 당대의 현실이 지니고 있는 고통을 지각하는 사람이기도 하다. 지식인이 지니고 있는 이러한 면은 시 속의 그에게서도 발견할 수 있다. 시를 통해 그가 늘 당대의 현실이 지니고 있는 고통에 적극적으로 동참하는 의지를 보여 주기 때문이다. 어쩌면 그에게는 "하루하루를 산다는 것"이 "속도에 맞추어 시간을 견디는 일"인지 모른다.

> 바람재에서 토끼등으로 가는 길
> 무등산 덕산 너덜겅을 바라본다
> 켜켜이 쌓인 회색빛 시간이 풍화되어
> 무리 지어 흘러내리는 너덜겅
> 아득히 먼 지상의 모습은
> 가물거리는 과거일 뿐
> 시간은 시간의 부재 속에서 찬란하다
> 그리운 누군가를 떠나보내고
> 하루하루를 산다는 것은
> 속도에 맞추어 시간을 견디는 일이다
> 물러가지 않는 어둠과
> 그저 오래 눈 맞추는 일이다
> 무너지고 있는 것들의 아름다움이라니
> 저물고 있는 것들의 찬란함이라니
> 그리움도 슬픔도 무리 지어
> 모이고 흩어지는 너덜겅을 바라보는 것은
> 먼 하늘 지나가는 바람과 구름에게
> 오지 않은 시간을 물어보는 일이다

—「너덜겅 편지 2」 전문

이 시에서 시인은 지금 “무등산 덕산 너덜겅을 바라”보며 ‘시간’에 대해 사유하고 있다. 너덜겅의 ‘시간’에 대해 말이다. 너덜겅은 돌이 많이 흩어져 있고 깔려 있는 산비탈을 가리킨다. “켜켜이 쌓인 회색빛 시간이 풍화되어/ 무리 지어 흘러내리는 너덜겅”의 모습에서, 이 “아득히 먼 지상의 모습”에서 그는 “가물거리는 과거”를 바라본다. “가물거리는 과거”는 그에게 “시간의 부재” 혹은 부재하는 시간으로 인식되고 있다. 이 부재하는 시간 속에서 그는 “하루하루를 산다는 것”이 “속도에 맞추어 시간을 견디는 일이”라고 받아들인다. 나아가 또한 그는 그것이 “물러가지 않는 어둠과/ 그저 오래 눈 맞추는 일이”라고 생각한다. 이러한 생각 속에서 그는 마침내 “무너지고 있는 것들의 아름다움”에 대해, “저물고 있는 것들의 찬란함”에 대해 깨닫는다.

인간은 너덜겅만큼이나 긴 시간을 이 지구상에서 살아오고 있다. 인간이 그 긴 기간을 사는 동안 어둠이 물러간 적이 있었던가. 이러한 질문과 관련해 정작 중요하게 생각해야 할 것은 시인이 “물러가지 않는 어둠”에 대해 깊이 깨닫고 있다는 점이다. 이때의 깨달음에 따르면 어둠 또한 삶의 일부라고 하지 않을 수 없다. 실제로는 이에 대한 깨달음이 이 시의 화자로 하여금 너덜겅에서 “그리움도 슬픔도 무리 지어/ 모이고 흩어지는” 것을 발견케 하는 것이리라. 그가 “너덜겅을 바라보는 것”이 “먼 하늘 지나가는 바람과 구름에게/ 오지 않은 시간을 물어보는 일”인 까닭이 바로 여기에 있다.

이처럼 시를 통해 그는 끊임없이 쏘다니고 떠돌아다니면서도 현실의 의미를 깊이 있게 되묻고 깨닫는다. 현실의 의미를 되묻고 깨닫는 일은 삶의 의미를 되묻고 깨닫는 일과 다르지 않다. 끊임없이 반성하고 성찰하지 않는 사람이 삶의 의미를 되묻고 깨닫기는 쉽지 않다. 나날의 삶의 의미를 바로 되묻고 깨닫기 위해서는 나날의 삶에 대한 지속적인 진찰과 진단이 필요하다. 지속적인 진찰과 진단을 통해 삶의 의미를 되묻고 깨닫는 일은 “불편한 것”일 수밖에 없다. 언제나 그것이 삶의 진실을 추구하는 일과 관련되어 있기 때문이다. “진실은 진실로 불편한 것”(「진실은 불편한 것」)이다.

김완 시인은 의과대학을 나와 아주 오랫동안 의료 현장에서 일을 해온 심혈관 전문의이기도 하다. 의사인 그는 인간의 심혈관계 질환뿐만이 아니라 이 사회의 온갖 질병까지도 치유하고 싶어 하는 듯싶다. 개별 인간의 몸만이 아니라 이 사회의 온갖 질병까지 치유하고 싶어 하는 것이 그라는 것이다. 이로 미루어 보면 그는 시업 또한 의업의 하나로 받아들이고 있는 것처럼 생각되기도 한다. 역사와 사회의 오늘과 내일에 대한 지속적인 그의 관심이야말로 이러한 추측을 가능케 하는 근거이다. 의업과 다르지 않은 시업에 대한 그의 기대가 큰 것도 다름 아닌 이에서 비롯된다. 그가 성찰하고 반성하는 자아를 지니고 있는 걱정하고, 근심하고, 우려하는 지식인이라는 점을 생각하면 이러한 기대는 더욱 분명해진다.(2014)

비극적 주체의 절망과 희망

—박석준 시집『카페, 가난한 비』, 푸른사상, 2013.

시인 박석준은 한국 민주화운동 과정에 수많은 고통을 겪은 형제들을 두고 있는 사람이다. 이러한 가족의 일원인 그는 저 자신 또한 전남 지역에서 교사로 근무하며 전교조 운동에 참여하는 등 적잖은 고통을 감내한 바 있다. 그래서일까. 그의 시의 정서적 바탕에는 고통의 그늘이 짙게 드리워져 있다. 오랫동안 마음고생을 하지 않고서는 형성되기 어려운 슬프고도 서러운 정서가 깊게 깔려 있는 것이 그의 시이다.

이때의 슬프고도 서러운 정서는 거개가 침통한 표정, 좀 더 구체적으로 말해 우울한 표정을 하고 있다. 따라서 그의 시의 이러한 정서는 멜랑콜리라고 명명되어도 무방할 정도이다. 멜랑콜리라고 불리는 비정상적인 심리는 그 범주를 한마디로 잘라 말하기 쉽지 않다. 그것이 고독, 소외, 상실, 환멸, 염증, 피곤, 절망, 불안, 초조, 공포, 설움, 우울, 침통, 싫증, 짜증, 권태, 나태, 무료 등 어긋나고 비틀린 정서를 모두 포괄하고 있기 때문이다. 이들 왜곡된 정서는 물론 자본주의적 근대에 들어 부쩍 만연해진 병적 심리 일반과 무관하지 않다. 극단적인 이기주의로 말미암아 소통이 단절된 시대, 공감이 사라진 시대의 정서와 깊이 연결되어 있는 것이 멜랑콜리이다.

그렇다고 하더라도 멜랑콜리는 일조량이 부쩍 줄어드는 가을에 훨씬 심하게 나타나는 것이 사실이다. 플러스의 양기보다는 마이너스의 음기에 훨씬 더 가까운 것이 멜랑콜리이거니와, 그것이 신생의 봄기운보다는 소멸의 가을 기운과 밀접하리라는 것은 자명하다. 박석준의 시에 가을을 노래한 시가 유독 많은 것도 실제로는 이와 깊이 관련되어 있다. 제목에 가을이라는 언표가 들어가 있는 시만 하더라도 「가을비—물컵 속의 담뱃재」「가을, 도시의 밤」「가을의 오전」「세련되지 못한 가을비」 등을 쉽게 찾아볼 수 있는 것이 그의 이 시집이다.

일조량이 줄어들 뿐만 아니라 겨울이 멀지 않다는 점에서도 가을은 쓸쓸하고 외로운 계절이다. 고독을 노래하는 데 평생을 바친 김현승 시인의 시에 특히 가을을 노래한 시들이 많다는 점도 이와 관련해 주목할 필요가 있다. 고독은 소외의 적극적인 모습이거니와, 그것이 과도할 정도로 경쟁을 우위에 두는 자본주의 사회에 이르러 더욱 심화되었으리라는 것은 불문가지이다.

물론 이때의 고독은 우울로, 곧 멜랑콜리로 전이되기 쉽다. 멜랑콜리의 핵심 정서는 우울이거니와, 이때의 우울이 고독이나 소외, 상실이나 좌절 등의 정서와 상호 침투되기 쉽다는 것은 이론의 여지가 없다. 박석준이 자신의 시에서 "비는 전날에도 왔지만/ …… 내가 가는 길 위에 우수가 들어선다"(「마지막 출근 투쟁」)라고 노래하고 있는 것을 보더라도 이는 잘 알 수 있다. 다음의 시도 동일한 맥락에서 읽을 수 있는 중요한 예이다.

> 외로움 때문이었다.
> 댓글 하나에, 얼굴도 모르는 사람에게
> 그리움을 둔 것은
>
> —「음악 카페에서」 부분

> 한 해면 삼백육십오 일을, 슬프다고 말해 놓고도
> 말 못할 슬픔이 있다고, 말한 적이 있어요.
>
> —「안」 부분

버리고 싶은 우울이 가난이 튀어나온 곳에서 일어난다.

우울은 아무것도 아닌 것에서는 일어나지 않는다.

우울은 네가 없는 곳에서는 일어나지 않는다.

—「비와 세 개의 우산과 나」 부분

위의 인용 시에는 각 편마다 '외로움' '슬픔' '우울' 등의 어휘가 토로되어 있다. 이로 미루어 보더라도 그의 시의 기본 정조가 멜랑콜리라는 이름의 죽음의 정서라는 것만은 분명하다. 그것이 고독, 소외, 상실, 환멸, 염증, 피곤, 절망, 불안, 초조, 공포, 슬픔, 설움, 우울, 침통, 싫증, 짜증, 권태, 나태, 무료 등 어긋나고 비틀린 정서와 무관하지 않다는 것은 앞에서도 말한 바 있다. 그와 더불어 우수나 우울이 실제로는 심화된 슬픔이나 설움으로부터 비롯되기 마련이라는 것도 기억하지 않으면 안 된다. 이들 정서가 자본주의적 근대에 이르러 끊임없이 부추겨진 욕망이 지속적으로 억압되는 데서 기인하는 왜곡된 정서, 병적 정서라는 것도 잊어서는 안 된다.

이러한 점에서 생각하면 자본주의적 근대에 대한, 특히 자본 자체에 대한 시인 박석준의 비판 역시 도저하다는 것을 알 수 있다. 이는 우선 "구르는 차 안에서/ 돈을 세며 '돈을 세는 사람'을/ 바라본다. 다시 나는/ 돈을 세며 '돈을 세는 사람'을,/ '나'를"(「돈을 세며, '돈을 세는 사람'을」)과 같은 그의 시를 통해 확인이 된다. 뿐만 아니라 그는 "사람이 얼어 죽어도/ 냄새나는 돈, 살 길 막막한/ 내 머릿속을 항상 떠다닌다"(「길이 떠는 겨울」) 라고 하며 자본에 대해 비판하기도 한다. 자본주의 경제체제를 단적으로 상징하는 것이 은행이거니와, 은행과 관련해 자신이 느끼는 멜랑콜리를 다음과 같이 노래하기도 하는 것이 그이기도 하다.

금남로 길, 낙엽이 있다. 은행잎!

은행에 갔다 돌아오는 길

횡단보도 앞에 서있는데

은행잎 몇 개 바람 따라 뒹굴고 있다.

초록빛 깜박거려 건넌 횡단보도,
인도의 보도블록, 네모진 것들
빈칸 같다, 내가 만났던 꼬마가 남겨 놓은.

떠나겠다고 지난가을에 문자메시지를 보낸
23세가 된 한 꼬마가
그동안 아팠어요, 사실은
생활할 돈이 없어요,
라고, 오늘 아침 핸드폰으로 쏟아내던 말
이미 전에 만든 빈칸 같다.

너무 고독해 그녀는 사랑을 시도하고,
어쩌면 오늘도 한 사람과 같이 있을 텐데…….
사람 흔한 금남로에서
나는 돈과, 그녀와, 한 사람을 떠올리고 있다.

—「은행 앞, 은행잎이 뒹구는 여름날」 부분

이 시에서 그는 은행잎이 구르는 금남로의 "은행에 갔다 돌아오는 길"에 이런저런 몽상에 빠진다. "떠나겠다고 지난가을에 문자메시지를 보낸" 여자, "그동안 아팠어요, 사실은/ 생활할 돈이 없어요"라고 고백한 여자와, 돈과, 한 사람을 떠올리기도 하는 것이 이 시에서의 그이다. 말하자면 그는 "은행잎 몇 개 바람 따라 뒹굴고 있"는 금남로의 한 은행 앞에서 "돈과, 그녀와, 한 사람"에게서 받은 실연의 상처를 되새기고 있는 것이다.

주지하다시피 멜랑콜리를 불러일으키는 주된 원인은 실연의 상처이다. 하지만 이때의 실연의 대상이 언제나 이성적 존재로 한정되어 있는 것은 아니다. 트라우마로 내재하기 쉬운 실연의 상처는 형제나 부자간에도 충분히 가능할 수 있기 때문이다. 심지어는 상처를 만드는 실연의 대상이 조국일 수도 있고, 고향일 수도 있다는 점을 간과해서는 안 된다. 어쨌거나 그의 시가 지니고 있는 멜랑콜리 역시 실연의 상처와 함께하는 정신적 트라우마와 깊이 관련되어 있는 것만은 분명하다. 물론 그의 시에 나타나 있는 왜곡된 정서, 병적 정서만으로 그가 겪은 실연의 상처를 제대로 알기는 어렵지만 말이다.

그의 시에는 이처럼 저 자신의 주관적인 정서, 곧 고독이나 소외, 상실이나 환멸 등과 함께하는 멜랑콜리가 직접적으로 토로되어 있는 예가 적잖다. 주체의 내면이 겪는 고통이나 아픔, 슬픔이나 설움 등을 직접적으로 토로하고 있는 것이 그의 시의 한 특징이라는 것이다.

만나고 싶지 않은 사람이었지만, 술 속에 밤이 깊었음을 알고 만다. 하지만 나는 갈 곳을 생각하지 않는다.

알고 싶은 사람은 가버렸고, 그들이 언젠가 남겨 놓은 술잔엔 눈에 보이는 지금의 사람만 새겨져 있다.

사랑은 가고 옛날은 남는 것! 이런 노래 구절 하나만으로도 절규하던 시절이 있었다.

시간의 잔상이었다, 알고 싶지 않는 사람들 속에 섞여 있으면서.

술은 어둠 속 얼굴을 흘려보내고 내 의식도 마비시키려 한다. 결국 마비당한 내 의식은 나를 아무렇게나 팽개친다.

총알택시를 타고 쏟아지는 술 같은 밤비를 뚫고 가야 한다. 쓰레기 같은 돈이 없어도 나는 아무렇게나 갈 곳을 부르며 총알택시에 오른다. 내 몸은 쓰레기가 된다.

그리운 사람의 모습이 먼 시간처럼 찾아와서 의식을 덮고 사라진다. 그러고 나면 잠들고 싶었던 의식이 흔들거리는 내 몸을 깨워 일으켜 세운다.

나는 다시 사람 없는 밤거리를 걷는다. 아무도 없는 길 위에 독백을 털어놓다가 비워져 버린 술잔처럼 생을 잃어간다.

파스토랄! 그건 어디에 있는가? 빈센트! 그의 그림에는 비가 내리지 않는다. 블루 벌룬, 그건 가난한 빗속에 떠있을 수 없다.

그렇게 생을 잃어간다. 밤과 술이 빗속에 있던 날에.

—「술과 밤」 전문

이 시는 "밤과 술이 빗속에 있던 날" "만나고 싶지 않은 사람"을 만나면서 느끼는 고통을 담고 있다. 그렇다. 정작 "그리운 사람"은 "먼 시간처럼 찾아와 의식을 덮고 사라"진 지 오래인 밤에 술에 취해 느끼는 "마비당한" 의식을 담아내고 있는 것이 이 시이다. "사람 없는 밤거리를 걷"고 있는 그의 모습, "아무도 없는 길 위에 독백을 털어놓"는 그의 모습을 보더라도 그의 시와 함께하고 있는 멜랑콜리를 알기는 어렵지 않다. 바로 이러한 연유만으로도 정서에 대한 의존도가 매우 높은 것이 그의 시라고 하지 않을 수 없다. 그 자신이 느끼는 비애나 우울, 곧 슬픔이나 설움 등의 정서가 형상의 주요 자질을 이루고 있는 것이 그의 시라는 뜻이다.

그의 시에 나타나 있는 멜랑콜리는 주체를 적극적으로 개진하고 있는 경우만이 아니라 주객의 일치를 추구하고 있는 경우에도 크게 다르지 않다.

뿐만 아니라 그의 시와 함께하고 있는 멜랑콜리는 객관적인 대상을 집중적으로 다루고 있는 경우에도 마찬가지로 드러나고 있어 주목이 된다.

> 가을이 깊어갈수록 일찍 오는 석양 녘엔 귀가하는 사람도 외출하는 사람도 지는 빛에 걸음이 흔들리고 있다.
>
> 저녁에 일을 마친 사람은 귀가하면 곧 TV를 볼 텐데 9시 뉴스를 시청할 텐데……
>
> 어떤 사람은 석양을 지나 술집이나 카페에 가 못다 한 말을 털어내겠지, 또 어떤 사람은 PC방에 가 작업을 하겠고.
>
> 차들이 광선을 뿌리면서 밤은 깊어간다. 낮에는 길과 가로수, 가로수 옆 건물들이 한가롭고 쉬고 싶은 가을 풍경으로 채색된다.
>
> 밤에는 길이 자동차 불빛 아래로 눕는다. 네온사인과 가로등 불빛이 사라져버린 그곳으로 사람의 눈빛을 서성이게 한다.
>
> 말을 하지 못해서던가. 가을, 도시의 깊은 밤은 사람의 눈빛을 서성이게 한다.
>
> —「가을, 도시의 밤」 전문

이 시는 '가을, 도시의 밤'에 느끼는 시인의 정서를 드러내는 데 초점이 있다. 제목 그대로 '가을, 도시의 밤'이라는 객관적인 대상으로부터 느끼는 우울한 정서를 그려내는 데 중심이 있는 것이 이 시라는 것이다. 그렇다. 이 시에 나타나 있는 풍경에는 우울한 정서가 깊이 배어있다. 이로 미루어 보더라도 그의 모든 시가 주관적인 정서를 직접적으로 토로하는 형식을 취하고 있지는 않다는 것을 알 수 있다. 이를테면 주체의 내면 의식보다는 객체의 외면 현상을 중심 대상으로 삼고 있는 시도 상당하다는 것이다. 이들 객체의 외면 현상에도 그의 쓸쓸하고 우울한 심리가 깊이 침윤되어 있는 것은 사실이지만 말이다.

이와 관련해 주목되어야 할 것은 그의 시에 '주체의 자기 객관화'가 보편적인 창작 방법으로 깊이 응용되어 있다는 점이다. 객체의 시각으로 주체 자신의 현존, 곧 시인 자신의 현존을 진술하는 기법을 십분 활용하고 있는 것이 그의 시라는 것이다. 풍경의 선택은 세계관의 선택이라고 하거니와, 그의 시에 드러나 있는 객체의 외면은 그 자체로 주체의 멜랑콜리에 의해 포획되어 있어 관심을 끈다.

카페 '가난한 비'는 사람의 그림자를 잃어, 말의 쉴 곳을 잃어, 벽 유리에 바깥 풍경만 어른거린다.

주인은 주인이 아니다. 주인은 아는 사람의 이야기도 이제 없다고 한다.

주인은 자기 이야기마저 카페 창문가에 혹은 카페 문 앞에 머뭇거릴 뿐이라고 한다.

4월, 몹시 맑은 날인데도 주인은 그저 비가 오는 날이라고 한다.

주인은 단지 그 말 한마디에 카페는 과거로 가지 못하고 현재를 서성거린다고 한다.

주인은 주인이었던 사람을 생각한다, 주인이었던 사람은 사오-이십이 성립되던 날의 이미지로만 지금은 남아있을 뿐이라는 해석을 하면서.

카페 '가난한 비'에 비가 내리지 않는 날, 카페 '가난한 비'는 카페가 된다.

카페 '가난한 비'에 비가 오면 주인이었던 사람은 **가난한 비**가 된다.

사람들이 **가난한 비**를 그리워 할 이유를 잃어 카페 '가난한 비'는 지금 **가난한 비** 속을 흐르고 있다, 현재가 없는 지금.

—「카페, 가난한 비」 전문

이 시의 중심 대상은 카페 '가난한 비'이다. 하지만 이 시에서 카페 '가난한 비'가 항상 중심 대상으로만 존재하는 것은 아니다. 한편으로는 그것이 "벽 유리에 바깥 풍경"이 어른거리게 하는 주체로도 존재하기 때문이다. 쓸쓸함과 외로움을 드러내는 주체로도 존재하면서 "**가난한 비** 속을 흐르고 있"는 대상으로 존재하는 것이 이 시에서의 카페 '가난한 비'라는 것이다.

카페 '가난한 비'에 대한 시인의 이러한 시각은 매우 독특하면서도 신선한 감각을 담아내고 있어 주목이 된다. 뿐만 아니라 더러는 과감하게 서사를 받아들여 저 스스로의 경계를 허물기도 하는 것이 이러한 감각을 지니고 있는 그의 시이다. 침통하고 우울한 정서, 쓸쓸하면서도 고통스러운 정서를 바탕으로 하고 있으면서도 기발한 서사를 함축하고 있는 것이 그의 시라는 얘기이다.

이로 미루어 보면 위의 시는 예의 비극적 정서를 바탕으로 하고 있으면서도 주관적 화자의 상념을 고백적으로 진술하기보다는 객관적 인물의 행위를 독백적으로 진술하고 있다고 해야 옳다. 이는 다음의 시에서도 마찬가지이다.

한 아이가 고무로 만든 테(hulla-hoop)를 다리에 두르고 놀고 있었다. 귀가하던 나는 그 정경을 바라보고 있었고……. 아이가 움직이는 뒤로, 어두워지는 집들과 해가 지며 노을이 지는 하늘이 있었다. 길이 갈리는 곳의 모퉁이를 돌아 내가 제 옆으로 점차 가까워져 가고 있었는데, 아이는 주의하려 하지 않은 채, 그저 놀고 있었다.

진갈색의 바지와 흔하게 볼 수 있는 하늘색 웃옷이 찌푸린 석양에 한 템포를 채우고 있었다. 아이의 몸은 내 눈을 따라 굴러갔고, 시간을 따라 굴러갔고, 거기 갈리는 지점, 어둠이 짙게 깔려 있었다. 얘야, 그만 놀고 어서 와서 밥 먹어. 어서, 하는 소리가 들려왔다. 아이의 정경이 추억같이 사라졌다.

아이의 시들하고 쉬운 몸짓은 나를 그곳에 퍼져 앉게 했다. 나는 길을 찾아 헤매는 사람처럼 겨우 집으로 돌아왔다. 고관절로 다리를 잘 못 쓰는 어머니가 나를 불러, 오늘은 빨리 왔구나, 배고프겠다, 어서 밥 먹어라, 하는 소리에 나는 사라진 정경을 떠올렸다.

—「시간 속의 아이—테를 돌리는 아이」 전문

이 시에는 우선 "고무로 만든 테", 곧 훌라후프를 돌리며 놀고 있는 아이와, "귀가"를 하며 "그 정경을 바라보고 있"는 나의 모습이 그려져 있다. 이 구절에 진술되어 있는 대상은 상대적으로 객관적이라서 겉으로는 시인의 주관적 정서가 일정 정도 배제되어 있는 것처럼 보인다. 물론 이들 대상에 대한 시인의 태도는 2연에 이르면서 다소 흔들리기 시작한다. '아이와 나'라는 이 시의 중심 대상에 대한 그의 정서가 2연에 이르러 좀 더 적극적으로 드러나기 때문이다. "아이의 몸은 내 눈을 따라 굴러갔고, 시간을 따라 굴러갔고, 거기 갈리는 지점, 어둠이 짙게 깔려 있었다"와 같은 표현이 그 구체적인 예이다.

3연에서는 "아이의 시들하고 쉬운 몸짓"이 "나를 그곳에 퍼져 앉게 했다"고 진술하고 있다. "퍼져 앉"아있다가 그는 "길을 찾아 헤매는 사람처럼 겨우 집으로 돌아"온다. 이들 구절에서 알 수 있는 것은 그가 지금 망연한 삶, 멍한 시간에 빠져있다는 점이다. 이는 어쩌면 그가 무위자연의 정신 경지에 이른 것일 수도 있다. "어머니가 나를 불러, 오늘은 빨리 왔구나, 배고프겠다, 어서 밥 먹어라, 하는 소리에" 다시금 세계와의 객관적 거리를 회복하는 것이 그이지만 말이다.

무위자연이라고 했지만 이는 곧 무념무상에 빠진 것이라고도 할 수 있다.

세계와 미분리되어 있는 심리, 좀 더 구체적으로 말해 "아무런 생각도 없"는 심리에 처한 것 말이다.

물컵 속에 담뱃재를 털고 있었다, 나는
어제를 바라보다가
말없이 흩어지는 연기,
사이를 거닐다가
컵에 떨어진 담뱃재를 보고 있었다.

우산을 가지고
터미널까지 남몰래 갔다.
가을비가 어둡게 소리를 내며 떨어져
자판기의 커피를 마시며 빗길을 걸었다.
라이터로 불을 붙인 담배가
비에 젖고, 나는
은행으로 가고 있었다.

카드로 약 살 돈을 뽑고
핸드폰을 꺼냈다가 시간만 확인했다.
천천히 비를 맞고 돌아와
세 시 차가 떠나는 것을 지켜보다가
잊어야 할 일들을 생각하며
다음 차로 귀가했다.

오늘 아침에도 사람들이
새들처럼 어제 일을 지절거리는
실내를 걸어 나와, 감기약이나

먹겠다고 가지고 나온 물컵 속에
아무런 생각도 없이, 나는
담뱃재를 털고 있었다.
흐르는 것은 연기뿐이었다.

—「가을비—물컵 속의 담뱃재」 전문

이 시는 우선 무심코 "물컵 속에 담뱃재를 털고 있"는 '나'를 그리고 있다. "말없이 흩어지는 연기,/ 사이를 거닐다가/ 컵에 떨어진 담뱃재를 보고 있"는 '나'를 묘사하고 있는 것이 이 시이다. 이들 구절에서 확인할 수 있는 것은 말 그대로 "아무런 생각도 없"는 심리, 곧 세계와 미분리되어 있는 심리이다. 흔히 말하는 '멍 때리고 있는 심리'의 현존을 그리고 있는 것이 이 시의 이들 구절인 것이다.

그가 겪는 이러한 심리, 곧 무념무상의 심리를 통해 독자들이 알 수 있는 것은 무엇인가. 그가 자주 이러한 심리, 곧 무망의 심리, 홀황의 심리에 처한다는 것은 그의 마음이 매우 선善하다는 것을 가리킨다. 선하다는 것, 곧 착하다는 것은 무엇보다 그의 자아가 신의 섭리와 함께하고 있다는 것을 뜻한다. 이때의 신의 섭리가 대지 자연의 운행 원리와 다르지 않다는 것은 되물어 볼 필요도 없는 사실이다.

하지만 일상의 주체가 나날의 삶에서 신의 섭리와 함께하기는 쉽지 않다. 세상의 모든 사물에 처음으로 언어를 부여하던 신의 마음을 가질 때나 그것은 가능할 수 있기 때문이다. 어쩌면 그것은 신의 경지에 이르지 않고서는 불가능한 일인지도 모른다. 하지만 신의 섭리와 함께하는 것이, 곧 대지 자연의 운행 원리와 함께하는 것이 실제의 삶에서 전혀 불가능한 것은 아니다. 일단은 먼저 신의 섭리라는 것이 이른바 순수하고 무구한 삶, 곧 천진天眞하고 천연天然한 삶과 다르지 않다는 것을 알 필요가 있다.

순수하고 무구한 삶, 곧 천진하고 천연한 삶을 살게 되면 누구나 존재하는 사물이나 상념을 가감 없이 있는 그대로 받아들이기 마련이다. 여기서 가감 없이 있는 그대로 받아들인다는 것은 신이 모든 사물에 처음으로 언어를 부여하던 때의 마음을 잃지 않는다는 뜻이 된다. 그러한 마음을 잃지 않고 있기 때문에 시인 박석준에 의해 명명되는 심미적 언어는 한의 설움과 함께하면서도 신선하고 충만한 감각을 획득하는지도 모른다.

길을 걷다가 문득
가을의 오전이 목욕하고 있는 모습을 본다.
낮 열두 시가 되면 곧 사라지겠지만
그때까진 시간을
신록처럼 깨끗하게 만들어
행인들을 낯설게 할 것이다.
살짝 내리는 비가 햇살처럼 가로수 밑동까지 닿는다,
햇살은 노점의 바구니와 상점의 쇼윈도 속으로 스며들고.

밤이면 언제나 삶에 대해 질문을 만드는 카페는
2층 유리 창문 안에서 잠들어 있다.
가을 오전의 거리엔
노점 아낙 바구니의 과일들을 낯설게 스쳐가는,
은행이나 슈퍼마켓으로 가는
사람들이 잠시 머물러있을 뿐이다.

거리에서 가을 오전이 목욕하고 있을 때
초등학교 앞을 스치면
구멍가게 안 아이스크림이 특별히 떠오른다
이어 어디선지 모르게
소년 하나가 따라와
함께 길을 걷는다. 이제라도

그 아이와 아이스크림 한 개씩
나눠 먹으며 걷고 싶다.

누군가를 사랑하는 사람은
여름처럼 쉽게 떠나보내지 않는다.

—「가을의 오전」 전문

이 시에서 시인은 우선 "길을 걷다가 문득/ 가을의 오전이 목욕하고 있는 모습을" 발견한다. 이어 그는 "낮 열두 시가 되면 곧 사라지겠지만/ 그때까진 시간을/ 신록처럼 깨끗하게 만들" 것이라고 진술한다. "가을의 오전이 목욕하고 있"다니? "시간을/ 신록처럼 깨끗하게 만들" 것이라니? 이들 구절만 보더라도 그의 시가 매우 신선한 감각을 바탕으로 하고 있다는 것을 알 수 있다.

가을의 오전이 주는 신선한 분위기를 이처럼 생생하게 표현하기 위해서는 무엇보다 순수하고 무구한 마음, 지공무사至公無私한 마음이 필요하다. 지공무사한 마음, 다시 말해 사무사思無邪의 마음이 없이는 지극한 정신 차원에 이를 수 없고, 지극한 정신 차원에 이르지 않고서는 각각의 사물에 새로운 이름, 곧 신선한 언어를 부여할 수 없다.

물론 이 시집에 드러나 있는 박석준의 자아는 무력해 보일 때도 있고, 무료해 보일 때도 있다. 더러는 절망하고 좌절하는 자아로도, 더러는 고독하고 외로운 자아로도 존재하는 것이 그의 시에서의 주체의 모습이다. 뿐만 아니라 그의 시와 함께하고 있는 주체는 때로 실패한 자아, 상실한 자아의 모습을 보여 주기도 한다. 이처럼 아픈 주체, 고통을 받는 주체로서의 그의 시의 자아는 급기야 "내일, 혈관확장시술을 하기로 되어 있는데"(「어느 협심증 환자의 유월」) 등의 고백을 보여 주기까지 한다.

이러한 모습을 보여 주는 자아의 정서 일반을 이 글에서는 죽음의 정서, 곧 멜랑콜리라고 명명하고 있다. 하지만 이때의 죽음의 정서, 곧 멜랑콜리

역시 시인 박석준의 순수하고도 무구한 마음에서 비롯되었을 것은 분명하다. 지공무사의 마음, 사무사의 마음을 갖지 않고서는 자신의 시에서 그가 이처럼 밝으면서도 어두운 정서를 구현하기가 힘들기 때문이다. 명징하고 정직한 양심이 불러일으키는 슬프고도 서러운 정서에 기초해 있지 않고서는 가능하지 않은 것이 그의 시에서의 멜랑콜리라는 것이다. 그의 시에 구현되어 있는 이들 정서를 가리켜 밝은 어둠, 나아가 흰 그늘이라고 불러도 무방한 까닭이 바로 여기에 있다.(2013)